KALTER VERRAT

KALTER VERRAT

COLD DECEIT

TONI ANDERSON

Übersetzt von
MARTIN WICK

IMPRESSUM

Cold Deceit

Englische Ausgabe Copyright © 2022 Toni Anderson Inc.

Kalter Verrat - Cold Deceit

Deutsches Urheberrecht © 2023 Toni Anderson Inc.

Toni Anderson. Toni Anderson Inc. Fillmore Riley LLP, 1700-360 Main Street, Winnipeg, MB, Canada. R3C3Z3. Telephone: (612) 440-1355.

Einbandgestaltung: Regina Wamba von ReginaWamba.com

Print ISBN: 978-1-990721-33-5

Digital ISBN: 978-1-990721-34-2

Die in diesem Buch dargestellten Personen und Ereignisse sind rein fiktiv. Jede Ähnlichkeit mit realen Personen, ob lebend oder tot, ist zufällig und von der Autorin nicht beabsichtigt.

Dieses eBook ist nur für Ihren persönlichen Gebrauch lizenziert und darf nicht weiterverkauft oder an andere Personen weitergegeben werden. Wenn Sie dieses Buch mit einer anderen Person teilen möchten, erwerben Sie bitte für jede Person ein zusätzliches Exemplar. Wenn Sie dieses Buch lesen und es nicht gekauft haben oder es nicht nur für Ihren Gebrauch gekauft wurde, dann geben Sie es bitte zurück und kaufen Sie Ihr eigenes Exemplar. Danke, dass Sie die harte Arbeit der Autorin respektieren. Alle Rechte vorbehalten. Kein Teil dieser Veröffentlichung darf in irgendeiner Form oder mit irgendwelchen Mitteln, elektronisch oder mechanisch, ohne schriftliche Genehmigung der Autorin vervielfältigt oder übertragen werden, außer im Falle von kurzen Zitaten in kritischen Artikeln oder Rezensionen.

E-Mail: info@toniandersonauthor.com

Weitere Informationen zu Toni Andersons Büchern erhältst du, wenn du dich für ihren Newsletter anmeldest oder auf ihrer Website (https://www.toniandersonauthor.com/german/).

DEUTSCHE BÜCHER VON TONI ANDERSON

Ihr Risiko (Her Risk To Take)

ROMANTISCHER MILITÄR-THRILLER
Tödliches Spiel (The Killing Game)

ANDERE DEUTSCHE TITEL
Im Sog Der Gefahr
Wogen Des Zorns

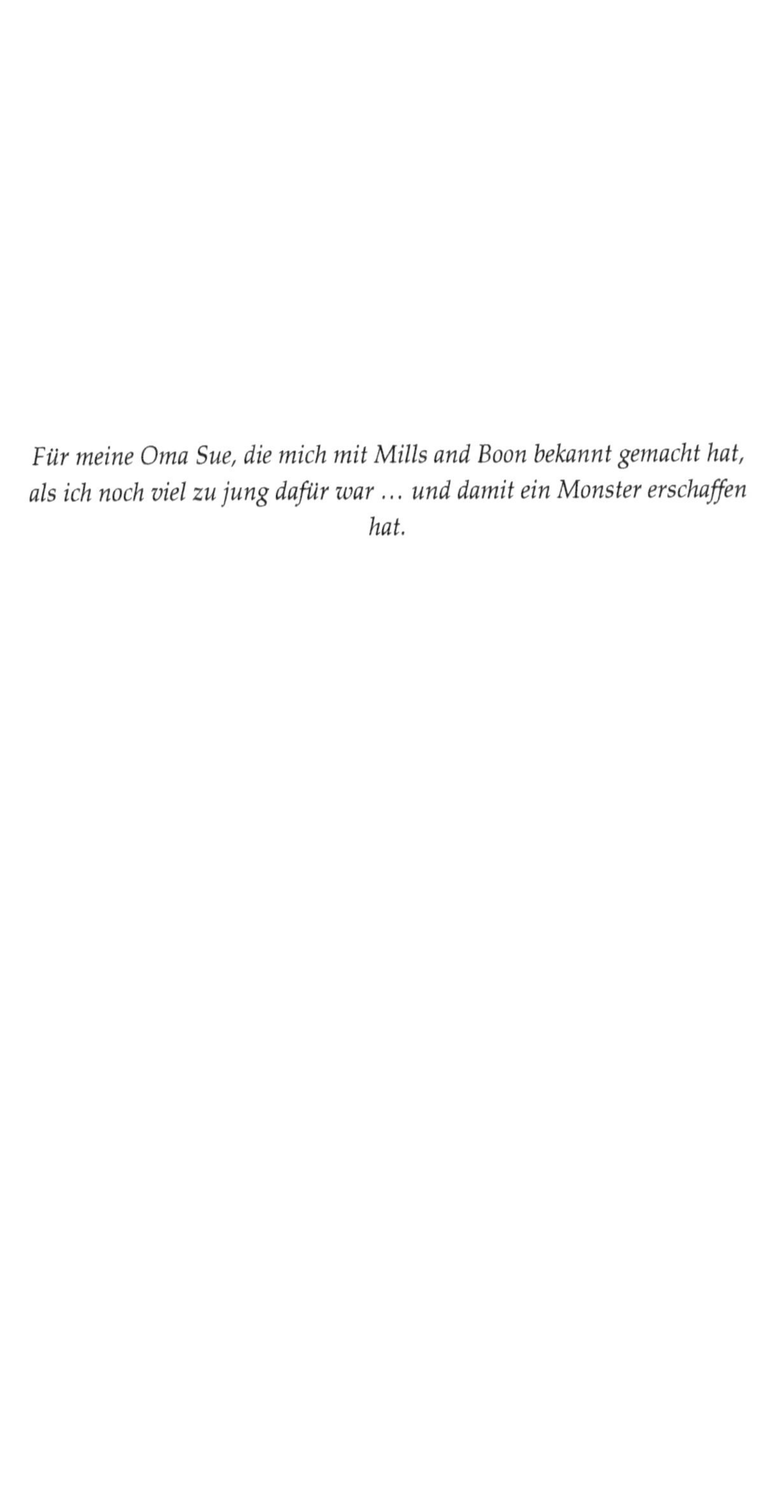

Für meine Oma Sue, die mich mit Mills and Boon bekannt gemacht hat, als ich noch viel zu jung dafür war … und damit ein Monster erschaffen hat.

1

16. JANUAR

Zoe Miller hockte unter der glühenden Sonne von Arizona auf der Erde und hielt sanft einen ausgeblichenen, menschlichen Schädel in den Händen, während eine Fliege sie summend umkreiste. Sie wischte sich den Schweiß von der Stirn, dankbar für ihren alten Schlapphut, der sie vor den sengendsten Sonnenstrahlen schützte. Auf den ersten Blick sah der Schädel aus wie der eines erwachsenen Mannes. Die Knochen waren schwerer, dicker, die Stirn eher geneigt als gebogen, wie es bei Frauen meistens der Fall war.

Mit ihrem behandschuhten Zeigefinger strich Zoe über den Wulst oberhalb der Augenhöhlen, wo sich früher einmal die Augenbrauen dieses Menschen befunden hatten, und musterte die leeren Augenhöhlen. Eher eckig als rund – ein weiteres Merkmal eines männlichen Skeletts – aber der obere Rand des Knochens war schärfer als sie es erwartet hätte, eher wie der einer Frau. Der Unterkiefer fehlte, aber der Processus mastoideus am Schläfenbein war groß und auffällig, deutete ebenfalls auf einen Mann hin.

Kein forensischer Anthropologe würde allein anhand eines Schädels ein endgültiges Urteil über das Geschlecht des Opfers fällen. Nur leider war der Hüftknochen weit und breit nicht zu

I

finden. Vielleicht gehörte dieser Schädel zu den menschlichen Überresten, die Zoes Freunde nicht weit von hier entfernt entdeckt hatten und die von Grabschändern verstreut worden waren.

Die Mitarbeiter der Rechtsmedizin von Pima County würden DNS-Proben aus den Knochen entnehmen und sie mit den Proben der Familienangehörigen von vermissten Einwanderern vergleichen, die das Colibri Center im Rahmen des Missing Migrant Programs – der Initiative für vermisste Migranten – bereits gesammelt hatte. Wenn sie Glück hatten, würde es einen Treffer geben.

Vorsichtig legte Zoe den Schädel in eine Kiste zu der Handvoll weiterer menschlicher Gebeine, die sie bereits an diesem Ort eingesammelt hatte, in der Hoffnung, diese Knochen würden ausreichen, um ein aussagekräftiges biologisches Profil zu erstellen. Es würden Mutmaßungen zu Statur, Alter, Geschlecht und Abstammung dieser Person angestellt werden, was schließlich zu einer positiven Identifizierung führen konnte.

Allerdings mussten jegliche Profile mit einem gewissen Maß an Zurückhaltung behandelt werden. Menschliche Bevölkerungsgruppen hielten sich nicht an starre Grenzen, sondern flossen ineinander über. Für forensische Anthropologen hieß das, dass sie sich der Beschränkungen ihrer Datenbanken bewusst sein und ihre eigenen Erfahrungswerte heranziehen mussten.

Trotzdem, Zoes Bauchgefühl sagte ihr, dass dieser Schädel zu einem männlichen Skelett gehörte.

Verwitterte Nagespuren legten nahe, dass die Weichteile des Körpers vor langer Zeit von Tieren gefressen worden waren, was darauf hinwies, dass diese Person bereits etwa ein Jahr tot war. Vielleicht war sie kurz nach dem letzten Arbeitseinsatz von Zoe und ihren Freunden in diesem Teil des Organ Pipe Cactus Nationalparks gestorben. Oder vielleicht hatten sie die Knochen auch übersehen, und diese Person war langsam in dieser rauen, aber wunderschönen Landschaft verrottet, in der Flora und Fauna gleichermaßen zu Staub verwandelt wurden.

Diese Vorstellung bekümmerte Zoe.

In der Nähe des Schädels waren dreckverkrustete Kleider verstreut. Eine Halskette lag im Staub.

Zoe ging auf die Perlenkette zu und erkannte, dass es sich nicht um ein Schmuckstück, sondern um einen Rosenkranz mit einem kleinen Kruzifix handelte. Sie fotografierte alles mit ihrer Nikon, bevor sie die Stoffreste in eine Papiertüte packte und sie zu den Knochen in die Kiste legte, wobei sie hoffte, diese Gegenstände würden bei der Identifizierung weiterhelfen. Jede noch so kleine Information war wichtig. Zoe hob die rote Perlenkette des Kruzifixes hoch und bewunderte die letzten Sonnenstrahlen, die durch die Wolken drangen, und deren Licht in einem sanften, rubinroten Schimmer gebrochen wurden.

Hoffnung.

Für manche in dieser gefährlichen Welt bedeutete ein Rosenkranz Hoffnung, aber man brauchte mehr als ein Plastikkreuz, um in dieser feindseligen Wüstenlandschaft zu überleben.

Ohne ein Wunder oder barmherzige Samariter, die Wasser und Verpflegung zur Verfügung stellten, starben die meisten hier durchreisenden Migranten. Selbst mit Schmugglern, die ihnen „halfen", verirrten sich die Einwanderer oftmals in dieser Wildnis und kamen um.

Oder sie wurden hintergangen. Vergessen. Geopfert.

Zoe schüttelte die Schuldgefühle und die Melancholie ab. Sie tat, was sie tun konnte. Das war genug. Es musste genug sein.

Sie und ihre drei besten Freunde hatten sich an den großen Edelstahltischen einer Leichenhalle kennengelernt und angefreundet, während sie im Sommer vor ihrem Masterstudium in Phoenix ein Praktikum in der Rechtsmedizin von Tucson absolvierten. In den letzten sechs Jahren hatten die vier viel Zeit damit verbracht, diese Wildnis nach Leichen zu durchkämmen. Die Rechtsmedizin kannte sie mittlerweile gut genug und vertraute ihnen so sehr, dass sie dort Mitarbeiterstatus genossen und rechtlich befugt waren, menschliche Überreste zu dokumentieren und, im Fall von vollständig skelettierten Überresten oder solchen, die nur noch Bänder aufwiesen – Body Condition Scale oder auch Leichenzustand Stufe 6 beziehungsweise 7 – die Überreste sorgsam einzusammeln und zur völlig überlasteten Leichenhalle zu transportieren.

Dabei zu helfen, trauernden Familien Gewissheit zu bringen und einen Abschied zu ermöglichen, war der Grund, weshalb Zoe ihre gesamte Freizeit damit verbrachte, die Wüste nach Leichen zu durchkämmen. Und die Tatsache, dass sie von diesem Bedürfnis, permanent nach Toten zu suchen, völlig vereinnahmt wurde, war der Grund, weshalb sie endlich gehen musste.

Na gut, es war einer der Gründe.

Wieder wischte sich Zoe den Schweiß von der Stirn und warf einen Blick auf die immer länger werdenden Schatten. Es war Mitte Januar, aber der Tag war ungewöhnlich warm gewesen, selbst für die Sonora-Wüste. Das verhieß für die bevorstehende Waldbrandsaison und den ohnehin tödlich heißen Sommer nichts Gutes. Zoe trank einen großen Schluck aus ihrer Flasche, dann schüttelte sie die Flasche. Beinahe leer. Kein Wasser mehr und auch keine Zeit. Sie musste zum verabredeten Treffpunkt zurückkehren.

Frustriert blickte Zoe zur untergehenden Sonne.

Die Zahl der Überreste nicht erfasster Grenzüberquerer wuchs mittlerweile auf alarmierende Mengen an. Es war egal, wie sehr die Migranten in der heutigen politischen Landschaft verteufelt wurden, ihre Knochen zeugten von ihrer Menschlichkeit und ihrer Verzweiflung. Keiner von ihnen hatte für sein Handeln die Todesstrafe verdient, ganz gleich, wie sein Aufenthaltsstatus aussah.

Eine Woge der Traurigkeit drohte, Zoe zu überwältigen, als sie den Rosenkranz behutsam in die Kiste legte.

Es war das Ende einer Ära. Ihre letzte Bergung einer Leiche in diesem Teil der Welt.

Sie hatte einen Lehrauftrag angenommen, der sie zwang, ans andere Ende des Landes zu ziehen. Ein kleiner Teil in ihr hatte das Gefühl, aufzugeben, versagt zu haben. Aber dieses Problem war größer als ein Mensch, größer als ihre kleine Gruppe von Freiwilligen, die sich immer am falschen Ende der Suche wiederfanden. Es war ein globales Problem und musste auf internationaler Ebene angegangen werden. Zoe hatte jede Menge Ideen dazu, was tatsächlich helfen könnte, und war entschlossen, alles zu tun, um ihre Botschaft zu verbreiten.

Sie gab nicht auf, aber es fühlte sich trotzdem verdammt danach an, als ihr Blick auf die Knochen von etwas fiel, was vor nicht allzu langer Zeit ein lebendiger Mensch gewesen war – eine Person, nicht viel anders als die, die sie jeden Morgen im Spiegel erblickte.

„Zoe!" Ihr Name hallte durch die felsige Landschaft.

„Ich komme!", rief sie zurück, während sie eine weitere lästige Fliege verscheuchte.

Der alten Zeiten wegen, und weil sie einfach nicht anders konnten, hatten ihre Freunde und sie entschieden, ihren letzten gemeinsamen Samstag in der Wüste zu verbringen, bevor Zoe ihre lange Soloreise zu ihrem neuen Zuhause in Richmond antreten würde. Das hier war ihr letztes Opfer, und Zoe würde ihm den Respekt erweisen, den es verdient hatte.

Ein Trauerseidenschnäpper ließ seinen markanten Ruf in der Abendluft erschallen. Zoe schaute sich nach dem schönen, schwarzgefiederten Vogel mit roten Augen um, der im Frühjahr in der Sonora-Wüste nistete, aber sie konnte den Vogel, den sie gehört hatte, nicht entdecken.

Sie war weiter gelaufen, als sie beabsichtigt hatte. Heute hatten sie sich auf ihrer Suche auf eine der ausgetrockneten Flussschleifen konzentriert, westlich der Hauptroute der Einwanderer, die quer durch das 1300 Quadratkilometer große Naturschutzgebiet führte. Die Gegend war dicht mit riesigen Wäldern aus Saguaro-Kakteen bedeckt, mit prachtvollen Orgelpfeifenkakteen, Mesquiten und Wüstengräsern. Der Boden war übersät von Cholla-Schoten und Kaktusfeigen, die sich in die Fußsohlen der Unachtsamen bohrten.

Ein männlicher Kolibri mit schillernd grünem Körper und magentafarbenem Kopf flog auf der Suche nach Nahrung vorbei.

Die Sonne versank hinter den nahen Hügeln, tauchte die Landschaft in lebhaftes Rot und Gold, so wunderschön, dass es fast wehtat. Während die Schatten immer länger wurden, begann die Hitze glücklicherweise langsam nachzulassen.

„Zoe!" Wieder wurde Karinas Stimme von der Abendbrise herübergeweht, und ein Schauer durchfuhr Zoes Körper. Sie schaute sich um, bekam plötzlich das unheimliche Gefühl, beobachtet zu werden.

Die Toten machten ihr keine Angst.

Dieser Nationalpark galt als einer der gefährlichsten des Landes, und das lag nicht nur an den rauen Witterungsverhältnissen und den Gefahren durch wilde Tiere.

Wie aufs Stichwort rasselte eine der vielen Klapperschlangenarten im Park warnend mit ihrem Schwanz. Das Geräusch war weit genug entfernt, um Zoe keine übermäßige Angst einzujagen, aber dennoch schossen ihre Augen suchend über den Boden, nur für alle Fälle. Die Reptilien sollten eigentlich schon in Winterstarre sein, aber dank des warmen Wetters waren sie noch aktiv. Zoe packte ihre Utensilien und ihre Kamera ein, stand auf, knüllte ihre verschwitzten Gummihandschuhe zusammen und klopfte sich die Knie ab. Dann warf sie sich ihren leichten Rucksack über die Schulter und hob zögernd die Kiste mit den Knochen hoch. Etwas blitzte golden auf, etwa sechs Meter entfernt, und zog ihren Blick auf sich.

Stirnrunzelnd ließ Zoe die Kiste wieder zu Boden sinken, wobei sie sich nun beeilte, denn es wurde mit jedem Augenblick dunkler. Sie beugte sich hinunter und entdeckte ein goldenes Medaillon an einer Kette, dessen Schnalle kaputt war und das am Stachel eines Kaktusfeigenbaums hing. Zoe presste die Lippen zusammen und betrachtete das Medaillon. Mit ihrem Handy schoss sie ein paar Bilder davon, dann ließ sie die Kette in einen kleinen Umschlag gleiten. Auf der Vorderseite des Umschlags notierte sie die Koordinaten der Fundstelle, zusammen mit dem Datum.

Beunruhigt von der plötzlichen Stille blickte Zoe sich um und erstarrte, als sie einen teuer aussehenden, schwarz-pinken Turnschuh entdeckte, der an einem reglosen Fuß steckte. Der Rest des Körpers war vom Gestrüpp verdeckt.

Trauer schnürte ihr die Kehle zu.

„Zoe!" Freds Stimme schallte von den Felswänden des Canyons wider, klang nun näher.

Fred, James und Karina hatten sich weiter hinten, auf der anderen Seite des Flussbettes verteilt, als sie etwas gefunden hatten, was höchstwahrscheinlich eine menschliche Rippe war.

„Fünf Minuten!", rief Zoe zurück, und ihre Stimme brach. Ihre Freunde würden es eilig haben, vor Einbruch der Dunkelheit aus der Wüste zu kommen. Genau wie sie.

Zoe drückte sich an einem hoch aufragenden Saguaro-Kaktus vorbei. Dann schoss ihr der Atem aus der Lunge, als sie die Szene vor sich sah.

Vor ihr auf der Erde lag eine Frau, deren Kopf zur Seite gedreht war. Ihre Jeans war heruntergezerrt, ein Bein war vollkommen nackt, und ihr T-Shirt und ihr BH waren verrutscht. Sie war keine Woche tot. Dem Muster der Verwesung nach zu urteilen, war sie wahrscheinlich angegriffen und vergewaltigt worden.

Verdammt. Was war nur mit den Menschen los?

„Zoe!"

„Gib mir eine Minute!" Ihre Stimme klang rau und vor Tränen gedämpft.

Sie blinzelte eilig, schluckte angestrengt.

Ihre Hand zitterte, als sie mit dem Handy eine Reihe von Fotos schoss. Das Blitzlicht erleuchtete die zunehmende Finsternis.

Zoe notierte die GPS-Koordinaten und schoss noch ein paar Fotos aus anderen Blickrichtungen, für den Fall, dass der Gerichtsmediziner am nächsten Tag Schwierigkeiten hatte, die genaue Stelle zu finden. In diesem Teil des Parks gab es kein Handysignal, aber sie würde den Gerichtsmediziner anrufen, sobald sie wieder Empfang hatte. Heute Abend würde ohnehin niemand mehr die Leiche abholen. Die Gerichtsmedizin war ständig überlastet, und nachts war es hier draußen zu gefährlich.

Zoe ignorierte den Gestank der Verwesung und das Surren der Insekten. Mit frischen Gummihandschuhen ausgestattet, ging sie in die Hocke und drehte den Körper behutsam auf die Seite, weit genug, um Bilder von dem, was vom Gesicht der Frau übrig geblieben war, machen zu können.

Im Staub entdeckte Zoe etwas Perlweißes. Einen Zahn. Sie zögerte kurz, bevor sie ein weiteres Beweistütchen hervorzog und damit umständlich den Backenzahn aufhob. Dann steckte sie ihn in ihre Tasche neben das Medaillon. Es war die Sorte Beweis, die leicht übersehen werden konnte. Nachdem sie diese Frau gefunden hatte, spürte Zoe, wie sich eine schwere Last der Verantwortung auf ihre Schultern legte.

Sie richtete sich auf, zog die Handschuhe aus und steckte sie in die Tasche ihrer Weste, die für Abfälle reserviert war.

„Zoe!" Näher diesmal. Karinas Stimme klang besorgt, denn diese Wüste war nachts ein gefährlicher Ort. Ein Niemandsland zwischen Armut und Wohlstand, Hoffnung und Verzweiflung.

Mit einem letzten, zögernden Blick auf die Tote ging Zoe zurück zum Hauptpfad und steckte eine kleine, gelbe Markierung aus ihrer Ausrüstung neben den Kaktus in die Erde, an dem sie das Medaillon gefunden hatte. Das würde demjenigen, der morgen hier rauskommen würde, dabei helfen, die Leiche schneller zu finden und zu bergen.

Zoe hob die Kiste mit den menschlichen Überresten hoch, gerade als ihre Freunde an der Wegbiegung auftauchten und in Sichtweite kamen.

Karina stemmte die Hände in die Hüften und blies sich nachdrücklich eine Haarsträhne aus der Stirn. „Wir haben uns schon Sorgen um dich gemacht."

„Tut mir leid." Zoe versuchte, die Kontrolle über ihre Emotionen wiederzuerlangen, bevor sie bei ihren Freunden ankam. „Ich habe zwei nicht erfasste Grenzüberquerer gefunden. Ein paar Wirbel und einen Schädel, die möglicherweise zu eurer Rippe gehören. Und dann ein weiteres Opfer, gerade eben, vermutlich erst eine Woche tot."

Karina sog erschrocken den Atem ein.

Freds Augen weiteten sich besorgt. „Bist du okay?"

„Nicht wirklich. Ich glaube, sie wurde höchstwahrscheinlich vergewaltigt und dann ermordet." Zoe schauderte.

Sie blickten alle traurig den Weg entlang zurück.

„Komm. Du kannst Joaquin vom Auto aus anrufen. Jemand aus dem Büro in Pima County wird sie morgen früh gleich holen kommen." Mitgefühl verwandelte James´ Lippen in eine traurige, schmale Linie, während er mit der Hand beruhigend über Karinas Arm strich.

Zoe nickte, warf einen Blick über die Schulter in Richtung der Leiche, die wie weggeworfen im Staub lag. Es kam ihr falsch vor, einfach wegzugehen und die arme Frau eine weitere Nacht allein unter den Sternen liegenzulassen. Natürlich litt sie nicht länger, und Zoe würde ihr Möglichstes tun, um sicherzustellen, dass die Behörden die Frau identifizierten und so schnell wie möglich ihren Angehörigen übergaben.

Gerechtigkeit zu erwirken war vermutlich unmöglich, aber die Identität der Toten zu bestimmen, wäre schon ein guter erster Schritt.

2

___

„Fahren wir zu dem Restaurant in Gila Bend, das wir alle so mögen. Ich bin am Verhungern", schlug James mit gezwungenem Enthusiasmus vor, machte auf dem Absatz kehrt und schlurfte den Pfad hinunter, während seine Stirnlampe den Weg erhellte.

Sah ihm wieder mal ähnlich, nur an seinen Bauch zu denken.

„Solange ich ein Bier kriege", erwiderte Fred, der das Schlusslicht bildete.

„Und einen Krug Sangria mit Strohhalm", ließ Karina ihre Bestellung verlauten. Sie versuchten offensichtlich, die gedrückte Stimmung aufzuheitern, die sich über sie alle gesenkt hatte.

Zoe schauderte, während die Temperatur ihre allabendliche Talfahrt fortsetzte. Das Gefühl der Ungerechtigkeit bezüglich dessen, was sie gesehen hatte, zerschlug die Zufriedenheit und den Erfolg ihres Tagwerks. Nicht dass sie diese Arbeit einzig und allein aus Nächstenliebe heraus verrichtete. Es ging dabei nicht um sie.

Die zwei Kilometer zurück zu James' Truck fühlten sich zehnmal so lang wie gewöhnlich an, weil die Strapazen des Tages sie einholten. Ihre Füße waren schwer. Ihre Arme brannten vom

Gewicht der Kiste, obwohl sie doch so erbärmlich leicht war. Und vielleicht war es gar nicht die Erschöpfung, die an ihr zehrte, sondern die Erkenntnis, dass das vermutlich für sehr lange Zeit ihr letzter Ausflug in diesen Teil der Welt gewesen war – vielleicht für immer.

Diese Erkenntnis rief ein unerwartetes und seelentiefes Bedauern und gleichzeitig auch Erleichterung in ihr hervor. Aber ganz egal, wie oft sie und ihre Freunde hier herauskamen, ganz egal, wie viele Überreste sie bargen und Familienangehörigen übergaben, es würde immer weitere bedauernswerte Seelen geben, auf die ein tragisches Ende wartete.

Zoe war ausgebrannt.

Als sie auf dem Parkplatz ankamen, luden sie die Kisten mit den geborgenen menschlichen Überresten auf die überdachte Ladefläche von James' altem, aber heißgeliebten Ford Truck, dann füllten sie am großen Wasserbehälter, den James bei Ausflügen in die Wüste immer dabeihatte, ihre Flaschen auf. Als sie fertig waren, wuchtete James den schweren Plastikcontainer neben den hölzernen Wegweiser, der den Einstieg des Brady-Pfads markierte. Den leeren Container, der danebenstand, lud er in seinen Truck, um ihn zu Hause wieder aufzufüllen.

Zoe zog eine Grimasse, fragte sich, was ihre Mutter wohl sagen würde, wenn sie sie jetzt sehen könnte. Am besten einfach nicht dran denken. Sie nahm ihren Hut ab und fuhr sich mit der Hand durch die verschwitzten Haare. Für ein paar Augenblicke wedelte sie sich mit dem Hut Luft ins Gesicht, wusste, dass ihre Frisur nicht mehr zu retten war.

Die vier leerten ihre Taschen, warfen den Müll in eine Abfalltüte im Truck. Vorerst würde Zoe das Medaillon und den Zahn bei sich behalten. Sie würde Fred die Umschläge separat überreichen, damit er wusste, dass sie zum neuen Opfer gehörten, nicht zu den Knochen. Karina bot ihr ein Desinfektionstuch an, mit dem Zoe sich Hände, Gesicht und Nacken abwischte, bevor sie in den Truck stieg, der sich heiß wie ein Backofen anfühlte, und ihren

Kopf vorsichtig gegen das brennend heiße Vinyl der Rückbank sinken ließ.

Sie rollten die Fenster hinunter, um etwas von der drückenden Hitze entweichen zu lassen, hießen die Brise willkommen, während James den Motor anließ und auf die unbefestigte Straße einbog.

„Wird dir das nicht fehlen? Diese atemberaubende Landschaft, die Tierwelt, die Hitze?" Karina drehte sich auf dem Vordersitz um und schaute Zoe an.

„Der Tod, die Gefahren, das Verdursten", bemerkte Fred trocken von seinem Platz neben Zoe aus. Er streckte die Finger aus, drückte sanft Zoes Hand.

Fred war dunkelhaarig und attraktiv. Sie waren mal ein Paar gewesen, kurz, vor langer Zeit, als sie sich gerade erst kennengelernt hatten. Nach ein paar Wochen hatte Zoe Schluss gemacht, denn obwohl sie Fred mochte, war da einfach kein Funke gewesen, keine Chemie, und sie hatten für den Rest ihres Masterstudiums eng zusammenarbeiten müssen. Sie hatten beide Besseres verdient. Sie verdienten, was James und Karina hatten.

„Ehrlich gesagt, bin ich mir da nicht mehr sicher." Für einen kurzen Augenblick drückte sie Freds Hand, wurde daran erinnert, dass es auf dieser Welt noch gute Männer gab, und war dankbar dafür. Dann zog sie ihre Hand zurück, starrte aus dem Autofenster und fühlte sich einsamer als jemals zuvor.

Sie dachte an die Gewalt, die diese arme Frau hatte erleiden müssen, die zurückgelassen worden war, um in der Wüste zu verwesen, und erschauderte. Es war nicht einmal der Prozess des Zellsterbens oder des biologischen Zerfalls, der sie so mitnahm – ihre Ausbildung hatte ihr schon vor langer Zeit die Mechanismen hinter diesen Mysterien aufgezeigt. Es war die Tatsache, dass diese Frau so herzlos weggeworfen worden war wie ein Stück Abfall. Zurückgelassen wie die Plastikflaschen, die in die unberührte Natur geworfen wurden, wenn sie nicht länger gebraucht wurden.

Zoe wusste, dass Gewalt jederzeit und überall passieren konnte, aber in der Sonora-Wüste kam sie ihr schon alltäglich vor.

Zahlreiche Menschen arbeiteten ausdauernd und angestrengt daran, die Opfer zu identifizieren, aber es gab einfach so viele Opfer und so wenig Informationen, dass diese Aufgabe oftmals nicht bewältigt werden konnte. Es war unmöglich, für jedes der Opfer eine Antwort zu finden.

„Ich vermisse dich jetzt schon", bemerkte Karina und schniefte. „Ich hasse es, dass du so weit von deinen besten Freunden wegziehst." Sie streckte die Hand hinter sich aus und drückte Zoes Bein.

„Ich werde euch auch vermissen." Zoe griff nach der Hand ihrer Freundin. „Ihr müsst mich einfach besuchen kommen. Virginia ist ziemlich cool, und ich freue mich auf meinen neuen Job."

„Warte erst mal ab, bis du mit unterrichten anfängst", grummelte Fred. „Dann wirst du nicht mehr so begeistert sein."

Fred arbeitete im Southwest Center der University of Arizona, an dem die vier auch ihre Masterstudien abgeschlossen hatten.

James' Truck rumpelte über die unebene, festgefahrene Erde, bis sie an der Schotterstraße ankamen. Die Fahrt war holprig und fürchterlich unbequem – aber tausendmal besser, als zu laufen.

Sobald sie zur Interstate 85 gelangten und wieder Empfang hatten, rief Zoe Joaquin Rodriguez an, ihren Lieblingsermittler aus der Rechtsmedizin.

„Hey", ging Joaquin mit einem Lächeln in seiner Stimme ans Telefon. „Was gibt's?"

„Wir haben ein paar Kisten für euch, ein oder zwei Migranten, die wir eigentlich heute Abend noch vorbeibringen wollten, aber es ist jetzt schon später als gedacht–"

Fred fiel ihr ins Wort. „Sag ihm, dass ich sie morgen oder spätestens Montagmorgen vorbeibringe, nachdem du abgereist bist." Was ihnen mindestens zwei Stunden Fahrtzeit heute Abend ersparen würde. „Sag ihm, was du noch gefunden hast."

„Montag reicht aus", erwiderte Joaquin geduldig, während er

die Unterhaltung verfolgte. Ein paar Tage mehr machten keinen Unterschied mehr, wenn die Familien schon so lange gewartet hatten. „Was hast du noch gefunden?"

„Eine junge Frau. Meiner Einschätzung nach ist sie noch keine Woche tot. Ich schicke dir die Fotos von meinem Handy. Möglicherweise wurde sie ermordet." Zoe musste sich anstrengen, um ihre Stimme ruhig zu halten. „Ich habe eine gelbe Markierung am Pfad angebracht, aber der Fundort ist ziemlich abgelegen." Sie nannte Joaquin die Koordinaten.

„Okay." Seine Stimme klang rauer. „Ich bin heute nicht im Einsatz. Rosy hat Geburtstag, aber ich weiß, dass das Team bereits zu einem Hausbrand in Summit gerufen wurde, bei dem möglicherweise mehrere Menschen ums Leben gekommen sind." Ermittler vermieden es normalerweise, nachts weit abgelegene Orte aufzusuchen, zumal sie oft allein arbeiteten. „Ich werde den National Park Service informieren und die Bergung koordinieren. Ich schicke morgen gleich bei Tagesanbruch jemanden raus."

„Ich habe noch zwei kleine Beweisstücke dabei, von denen ich befürchtet habe, dass sie übersehen worden wären, also habe ich sie dokumentiert und mitgenommen. Ich gebe sie Fred mit, bevor ich hier verschwinde. Wer auch immer den Tatort untersucht, wird Hilfe dabei brauchen, die Leiche zu bergen. Sie liegt über eine Meile von der nächsten Stelle entfernt, an die man noch mit einem Auto kommen könnte, und das Gelände ist sehr unwegsam."

„Mein Mitarbeiter wird deine Vorwarnung zu schätzen wissen."

Zoe wollte am liebsten sagen, dass sie den Rechtsmediziner dort treffen würde, aber dafür hatte sie keine Zeit mehr. Sie konnte sich die Anziehungskraft dieses speziellen Opfers nicht erklären. Zoe hatte innerhalb der letzten sechs Jahre Dutzende von Leichen geborgen, und wenn sie auch um alle von ihnen getrauert hatte, hatte sie feststellen müssen, dass manche der Opfer sie mehr berührten als andere.

Aber so sehr sie auch bleiben wollte, es war unmöglich. Sie

musste loslassen. Sie hatte eine sehr lange Fahrt vor sich und musste ihren neuen Job antreten. Sie musste diese Verbindung ein für alle Mal kappen. Die Tote würde bei Joaquin und seinem Team in guten Händen sein. In den besten Händen.

„Okay", sagte sie matt. „Danke."

„Und jetzt habt ein bisschen Spaß. Das Leben besteht nicht nur aus Arbeit, wisst ihr", schalt Joaquin sie noch. Und Zoe glaubte, im Hintergrund Kinderlachen zu hören. „Ihr seid noch jung. Los, geht feiern und betrinkt euch."

„Du klingst wie mein Dad." Zoe musste grinsen.

Joaquin prustete. „Ich fühle mich auch wie dein Dad, allerdings ohne die ganze Knete."

„Dafür hast du wenigstens Haare."

„Tja, das stimmt allerdings." Joaquin lachte und verabschiedete sich.

„Was hat er gesagt?", fragte James vom Fahrersitz aus.

„Dass wir gehen und ein bisschen Spaß haben sollen."

„Spaß?", schnaubte Karina. „Was soll das denn sein?"

„Er hat recht." Niedergeschlagen starrte Fred aus dem Fenster auf die letzten Strahlen des herrlichen Sonnenuntergangs. „Keiner von uns weiß, wie wir ohne eine Kelle in der Hand entspannen sollen."

Zoe steckte ihr Handy ein und fühlte sich zunehmend bedrückt. Vermutlich, weil sie diese Leute so verdammt vermissen würde. Ihr Umzug war nicht vorübergehend. Sie schlug ein vollkommen neues Kapitel ihres Lebens auf. Nichts würde für sie vier jemals wieder so sein wie früher. Und diese Erkenntnis war furchteinflößend.

Eine Stunde später hielten sie vor ihrem Lieblingsrestaurant in Gila Bend, dessen Kundschaft hauptsächlich aus Touristen bestand. Es gab ein angrenzendes Motel mit einem Pool, in dem sie in der Vergangenheit oft übernachtet hatten. Zoe konnte Leute im Pool wild herumplantschen hören. Auf der anderen Straßenseite parkten Wohnmobile.

Die Stadt war ein Magnet für Einwanderer. Oft vereinbarten

die Schmuggler, sich mit den Überlebenden des Marsches durch die Wüste hier am Stadtrand zu treffen, bevor sie ihnen bei der nächsten Etappe ihrer Reise durch die USA halfen.

Zoe stieg aus dem Truck und streckte ihre steifen Glieder. Sie bemerkte die unverhohlenen Blicke einer Gruppe Männer, die vor dem Motel stand. Sie sahen wachsam und verdächtig aus, wie sie Zoe und ihre schmutzig aussehenden Freunde so von Kopf bis Fuß musterten.

Insbesondere einer der Typen erweckte Zoes Aufmerksamkeit. Kurzgeschorene Haare, das gute Aussehen eines Bad Boys und der dazu passende Körper. Außerdem war er bewaffnet. Strafverfolgungsbehörde oder Militär, so wie er aussah.

Ihre Blicke trafen sich, und er warf ihr ein blendendes, halbes Lächeln zu.

Boom.

Ihre Eierstöcke explodierten in Millionen von Teilen.

„Zoe", erklang Freds schneidende Stimme.

Der Zauber war gebrochen, und sie wandte ihre Aufmerksamkeit wieder ihren Freunden zu. „Was?"

Freds dunkle Augen flackerten von ihr zu den Männern und wieder zurück. „Kommst du?"

„Äh. Ja." Ihr Mund war trocken und rau, und sie brauchte wirklich einen Drink. Sie zwang einen Fuß vor den anderen, als sie das Restaurant betraten und einen Tisch auswählten. Zoe ging direkt zu den Toiletten weiter, um sich frisch zu machen.

Als sie ihr Spiegelbild erblickte, zuckte sie zusammen. Schweiß glänzte auf ihrer Stirn, und ihr Gesicht war gerötet. Ihre Haare standen in fünfzehntausend verschiedene Richtungen ab. Trotz der unzähligen Lagen Sonnencreme waren ihre Nase und ihre Wangen verbrannt. Ihre Lippen waren trocken und aufgeplatzt.

Siehst super aus, Zoe.

Es amüsierte sie, dass sie so dreist gewesen war, den Schönling draußen anzuglotzen. Sein Lächeln war vermutlich nur das Vorspiel von Gelächter oder Mitleid gewesen. Aber es war viel angenehmer, an dieses hervorragende Exemplar anregender Männlichkeit zu denken, anstatt an die Leichen und Knochen, die ihren Tag bestimmt hatten. Der Fremde erinnerte sie an das Vergnügen und die Ablenkung, die Sex bot, eine Aktivität, an der es in ihrem Leben in letzter Zeit bitter gemangelt hatte.

Mit einem feuchten Papierhandtuch wischte sie sich über den Nacken, dann fuhr sie sich mit den nassen Fingern durch die Haare und gab es auf, sie irgendwie auch nur annähernd frisieren zu wollen.

Als sie zum Tisch zurückkam, bedienten sich Karina, James und Fred gerade an einer großen Platte Nachos, und vor den Männern standen zwei Flaschen Bier.

Zoe rutschte auf die Bank neben Fred und beobachtete Karina, wie sie ihren Arm um die Schultern ihres Verlobten legte und ihm einen Kuss auf den Hals drückte. Karina war einer der schönsten Menschen, die Zoe jemals getroffen hatte. Zoes innere Romantikerin war jedes Mal amüsiert darüber, dass ihre umwerfende Freundin so hoffnungslos in James verliebt war, den sonderlichsten und blassesten Rotschopf diesseits des Atlantiks.

Zoe drehte sich zu Fred um und ertappte ihn dabei, wie er sie mit einem Blick anschaute, den sie seit Jahren nicht mehr gesehen hatte.

Es erschreckte sie.

Verstohlen rutschte sie ein kleines Stück von ihm fort, genug, um einen Abstand zwischen sich und ihm zu bilden. Sie wollte ihrem Freund nicht den Eindruck vermitteln, sie wäre möglicherweise dazu bereit, ein altes Feuer wieder anzufachen. Nicht heute. Niemals.

Sie dachte, ihre Beziehung wäre geklärt. Sie waren Freunde. Mehr nicht.

Und nach ihrem letzten, desaströsen Techtelmechtel war Zoe an keiner romantischen Beziehung interessiert. Noch nicht. Sie wusste ihre Freiheit zu sehr zu schätzen. Aber ein leidenschaftlicher, bedingungsloser, Nimm-mich-gegen-die-Wand-bis-ichkomme-Fick? Das Bild des Fremden vor dem Motel blitzte erneut in ihren Gedanken auf.

Genau. Dagegen hätte sie absolut nichts einzuwenden.

Aber sie hatte keinerlei Absichten, Fred auf falsche Gedanken zu bringen oder ihre Beziehung kompliziert zu machen. Er bedeutete ihr zu viel, als dass sie das tun würde.

Karina und sie bestellten Sangria, und der unbehagliche Moment verflog. Sie bestellten noch mehr Essen, und als Zoes Hühnchen-Fajitas gebracht wurden, war sie so hungrig, dass sie sie förmlich verschlang. Voller Sehnsucht beäugte sie die Dessertkarte, aber es wurde langsam spät, und sie hatten nicht wirklich viel Zeit.

Zoe gähnte ungeniert. „Ich schätze, wir sollten aufbrechen."

„Oder", widersprach Karina und wackelte scheltend mit dem Finger. „Wir könnten noch ein paar Drinks bestellen und im Motel übernachten. Und morgen früh direkt nach Phoenix fahren. Du könntest dich immer noch wie geplant mittags auf den Weg machen."

Zoes Augenbrauen schossen in die Höhe. Karina war die am wenigsten spontane Person, die sie kannte.

„Haben sie überhaupt Zimmer frei?" Zoe musste an die Gruppe Männer denken, die sie vorhin draußen gesehen hatte. Es waren mindestens zehn Leute gewesen, und möglicherweise gab es noch mehr, die sie nicht gesehen hatte. Das Motel war womöglich voll belegt.

Karina zog ihr Handy hervor, fand die Nummer des Motels und gab sie ein. Dann presste sie eine Hand auf ihr freies Ohr und stand auf, um in eine etwas stillere Ecke zu gehen. Gerade, als sie sich erhob, betrat die Gruppe der Männer von draußen das Restaurant und nahm an dem großen, reservierten Tisch im hinteren Bereich des Lokals Platz.

Der Typ, der ihr draußen schon aufgefallen war, warf Zoe wieder einen kurzen Blick zu, dann flackerten seine Augen zu Fred, dessen Hand hinter Zoes Rücken auf der Lehne der Sitzbank ruhte.

Zoes Mund wurde trocken. Ihre jüngsten Fantasien hatten sie mehr als nur ein bisschen aus der Fassung gebracht.

Noch immer mit dem Handy an ihr Ohr gepresst, ließ Karina sich wieder auf den weichen Vinylbezug der Bank fallen, der protestierend nach Luft zu schnappen schien. „Wie viele Zimmer brauchen wir?"

Fred zuckte mit den Schultern und warf Zoe einen Blick zu. Normalerweise wäre es völlig in Ordnung für sie gewesen, sich ein Zimmer mit ihm zu teilen, aber sie wollte heute Abend wirklich niemandem einen falschen Eindruck vermitteln. Ihr Umzug nach Virginia hatte ihr für gewöhnlich so unbeschwertes Gleichgewicht gestört, und vielleicht versuchte Fred einfach nur, dieser Veränderung Widerstand zu leisten, und zwar auf die einzige Art und Weise, die ihm einfiel.

„Nimm drei, wenn sie genug haben", antwortete Zoe. „Ich bin so erschlagen, ich gehe vollkommen davon aus, dass ich die ganze Nacht über wie ein Güterzug schnarchen werde."

Der Blick, den Karina Fred zuwarf, entging ihr nicht, und sie vermutete, dass hinter ihrem Rücken ein letzter Versuch der Kuppelei abgesprochen worden war.

Karina bestätigte die Buchung, und Zoe schlug sich die Hand vor den Mund, um ein weiteres Gähnen zu verbergen. Sie waren seit fünf Uhr auf den Beinen und hatten den ganzen Tag hart gearbeitet. Die nächste Runde Drinks wurde gebracht, und Karina hob ihr Glas.

„Auf all die guten Zeiten, die wir zusammen erlebt haben. Wir lieben dich. Wir werden dich sehr vermissen."

Ihre Freundin warf ihr ein tränenreiches Lächeln zu, und Zoes Kehle war wie zugeschnürt.

„Ich werde euch alle auch vermissen. Ihr müsst mich besuchen kommen, wie ihr es versprochen habt. Prost."

Sie trank einen großen Schluck Sangria und dachte an die Kisten mit den Knochen im Truck, an die Leiche der jungen Frau, die in der Wüste lag, und wieder einmal wurde ihr die Surrealität dieses Tages bewusst.

Unbewusst wanderte ihr Blick wieder zu dem attraktiven Fremden. Er war auf eine raue Art und Weise schön, mit perfekten, symmetrischen Zügen, hohen Wangenknochen, vollen Lippen und dichten Augenbrauen.

Das Funkeln in seinen Augen sah verdammt nach Ärger aus, und das war genau ihr Typ.

Sie trank noch einen weiteren Schluck Sangria und konzentrierte sich auf ihre Freunde. Diese drei Menschen bedeuteten ihr unglaublich viel, und sie schätzte ihre Gegenwart in ihrem Leben. Sie würde sie unfassbar vermissen.

———

Seth Hopper, Teamleiter des FBI-Geiselrettungsteams, war frustriert und genervt davon gewesen, in dieser heißen, trockenen Ödnis festzusitzen. Die Langeweile brachte ihn fast um den Verstand, während er den ganzen Tag über im Motel eingesperrt war. Fror sich jede Nacht die Eier ab, wenn er in der Wüste herumpirschte. Und das alles, während seine Teamkollegen des Geiselrettungsteams auf der Jagd nach einem sadistischen Serienmörder waren, der sich mit den falschen Leuten angelegt hatte.

Aber dann war diese zierliche, staubbedeckte Blondine aus einem alten Truck geklettert und hatte sich gestreckt, hatte ihn ins Auge gefasst, als ob er die Antwort auf all ihre Probleme wäre – und seine ganze Welt war plötzlich von Sonnenstrahlen und bunten Regenbogen erhellt worden.

Nur leider warf ihm der Typ, der neben ihr saß, einen sehr grimmigen Blick zu.

Nicht dass Seth tatsächlich in der Lage gewesen wäre, die Gelegenheit, die sich ihm bot, auch wahrnehmen zu können, denn er würde schon sehr bald in ein Flugzeug Richtung Arsch der Welt steigen müssen.

Aber man durfte ja wohl noch träumen.

Das Leben hatte ihm in letzter Zeit schmerzhaft wenig Gründe zum Lächeln geliefert.

Seth saß mit dem Rücken zur Wand am Tisch, während die Jungs der US Border Control Tactical Unit (BORTAC) – der taktischen Einsatztruppe der Grenzpolizei – mit der er zusammenarbeitete, auf den abgewetzten Vinylstühlen lümmelten.

Vor drei Tagen hatten sie das Motel nebenan bezogen, ein längerer Aufenthalt als an den meisten anderen Orten, aber noch heute Abend würden sie weiterziehen. Es war ein praktischer Stützpunkt für ihren Einsatz gewesen, auch wenn sie es sich noch lange nicht erlauben konnten, unvorsichtig zu werden. Ironischerweise war es an manchen Orten so nah an der Grenze sicherer, so zu tun, als ob man einer der bösen Jungs wäre, anstatt sich offen als Angehöriger einer Strafverfolgungsbehörde zu outen.

Seine Kollegen bestellten Nachos und Krüge mit Eiswasser. Ein Bier wäre toll gewesen, aber sie mussten nüchtern und einsatzbereit bleiben.

„Hast du ein Auge auf die niedliche Blondine oder auf die heiße Brünette geworfen?", fragte Roger Bertrand, einer aus der Eliteeinheit von Grenzschützern, die Seth in der letzten Woche begleitet hatte.

„Ich bewundere nur die Aussicht." Mit einem kühlen Lächeln hielt Seth Rogers Blick stand.

Seth und JJ Hersh, einer der Scharfschützen aus dem Gold Team des Geiselrettungsteams, waren theoretisch für einen dreiwöchigen Austausch hier. Offiziell arbeiteten sie mit der Zoll- und Grenzschutzbehörde zusammen, um bei den routinemäßigen Verhaftungen von Drogenschmugglern zu helfen. Inoffiziell waren sie hier, um jemanden in genau dieser BORTAC-Einheit aufzuspüren, der dem Kartell jeweils in Echtzeit situative Koordinaten übermittelte, was zur Folge hatte, dass es in den letzten sechs Monaten einen erheblichen Rückgang an erfolgreichen Drogenrazzien und Festnahmen in diesem Teil von Arizona gegeben hatte. Außerdem stellte dies eine ernste Bedrohung für die Sicherheit laufender Ermittlungen dar.

„Soll ich ihren Freund nach seinem Ausweis fragen?", bot Roger feixend an.

„Und einen Massenaufruhr verursachen?", schmunzelte ein anderer Agent.

„Seid keine Idioten", blaffte sie Arthur, der Teamführer, von seinem Platz am anderen Ende des Tisches aus an.

Augenblicklich wurden die Männer wieder ernst. Arthur hielt nichts von solchem Quatsch. Er hatte den Körperbau eines Panzers und kannte die Wüste wie seine Westentasche. Was gut war, denn ihre Missionen fanden größtenteils nachts statt.

Die blonde Frau und ihre Freunde bestellten einen weiteren Krug Sangria, und Seth lächelte wehmütig. Die Freundin der Frau war groß und schlank, mit blassbrauner Haut, vollen Lippen und markanten Wangenknochen. Sie saß Hüfte an Hüfte neben dem Mann mit den roten Haaren, dessen Haut milchweiß war, bis auf die hochroten Stellen, an denen er offensichtlich die Sonnencreme vergessen hatte. Der Kerl neben der Blondine war dunkelhaarig und braungebrannt. Sie berührten sich nicht, aber so, wie sie nebeneinandersaßen und lachten, schien es, als ob sie sich nahestanden. Die Blondine war auf unauffällige Weise wunderschön – ganz der Typ Kleinstadtmädchen-von-nebenan, ein Typ, für den Seth seit der Highschool eine furchtbare Schwäche hatte. Nicht, dass diese Mädchen jemals Interesse an einem Typen wie ihm gezeigt hätten. Jedenfalls nicht in der Öffentlichkeit. Im stillen Kämmerlein, hinter der Tribüne des Sportplatzes oder auf der Rückbank seines alten Chevys waren sie mehr als willig gewesen, ihn näher kennenzulernen. Als Navy SEAL hatte er mit den Uniform-Groupies ähnliche Erfahrungen gemacht, die nur eine weitere Kerbe in ihren Bettpfosten schnitzen wollten. Damals war es völlig in Ordnung für ihn gewesen, mit Frauen auszugehen, die kein Interesse an mehr als an einem heißen One-Night-Stand hatten, aber nach ein paar Jahren war er dessen überdrüssig geworden.

Jetzt wuchs das Verlangen in ihm an wie ein Juckreiz, gegen den es keine Linderung gab. Leider hatte er viel zu viel zu tun, um sich überhaupt eine Strategie zurechtzulegen, mit der er die blonde Frau lange genug von dem Typen weglocken konnte, neben dem sie saß, um sie nach ihrer Nummer zu fragen.

Wäre aber spaßig.

Und er konnte ein bisschen Spaß gebrauchen.

Eine Szene blitzte in seiner Erinnerung auf, vom letzten Mal, als er wirklich Spaß gehabt hatte. Es war nur wenige Wochen her, auf der Weihnachtsfeier mit den Jungs in der Bar, in der sie sich immer gern trafen.

Es kam ihm vor, als wäre das schon eine Ewigkeit her.

Seth krallte seine Finger um das kalte Glas in seiner Hand, als seine Kehle vor Emotionen wie zugeschnürt wurde. Innerhalb von nur zwei Wochen hatte er zwei Kollegen verloren, und jeder hier im Geiselrettungsteam war noch immer erschüttert von diesem Schock.

Trauer stieg in Seth auf, aber er zwang sich, keine Spur des Schmerzes, den er empfand, zu zeigen. Bis auf Hersh waren diese Leute hier nicht seine Freunde, und er wollte einem potenziellen Feind gegenüber keine Schwäche zeigen.

„Was sagt der Wetterbericht?", fragte Seth Arthur mit heiserer Stimme.

„Wetter sieht gut aus", erwiderte Arthur mit einem verbissenen Grinsen.

Code dafür, dass der Einsatz heute Nacht stattfinden würde.

Seth nickte und hoffte, Arthur war nicht der Verräter. Er mochte den Kerl. Es war immer furchtbar, von jemandem verraten zu werden, der eigentlich auf der gleichen Seite stehen sollte. Seth verabscheute verlogene Menschen und jene, die ihre Kollegen für nichts mehr als eine Handvoll Dollar in die Pfanne hauten.

Für einen Augenblick suchte Hersh Seths Blick, bevor er ihn sofort wieder abwandte. Seth wusste, dass JJ genauso empfand.

Sie konnten es kaum erwarten, dass dieser Einsatz endlich vorbei war. Sie wollten den Verräter schnappen – aber sie wollten auch endlich wieder zu ihrer eigenen Einheit zurückkehren.

Die blonde Frau ging zur Bar, und Seths Augen folgten ihr.

Ihre Nase war ein bisschen verbrannt, als ob sie den ganzen Tag in der Sonne verbracht hätte. Sie trug enganliegende Hosen und Wanderschuhe, die Lass-mich-in-Ruhe zu sagen schienen. Ihr kurzärmliges Oberteil war lavendelfarben, und die olivgrüne Weste, die sie darüber trug, wies einen Haufen äußerst praktischer Taschen auf, was Seth sehr zu schätzen wusste. Entweder war sie eine begeisterte Wandrerin, eine Camperin oder vielleicht auch eine Biologin oder Fotografin. Was auch immer an ihrer unaufdringlichen, kompetent wirkenden Schönheit anziehend war, er war nicht der einzige Mann, dem sie auffiel.

Der Freund starrte ihn grimmig an. Schon wieder.

Scheiße.

Seth schaute auf sein Handy, aber es waren keine neuen Nachrichten von seinem Boss eingegangen. Er trommelte mit den Fingern auf dem Tisch. Er war nicht besonders gut im Nichtstun, was das Geiselrettungsteam in der Regel zu einer sehr geeigneten Truppe für seinen inneren Adrenalinjunkie machte, aber nach einem ganzen Tag in einem öden Motelzimmer brodelte die Unrast in ihm hoch und fand kein Ventil. Normalerweise wäre er laufen gegangen, aber er konnte sich nicht darauf verlassen, dass das Kartell sie nicht beschattete und nur auf die Gelegenheit wartete, zuzuschlagen, vor allem, wenn es in ihrer Truppe tatsächlich einen Maulwurf gab.

Seth rollte seine Schultern aus. „Ich geh eine Runde schwimmen."

Er stand auf und ging zum Ausgang des Restaurants. Hersh und ein anderer Typ folgten ihm. Seth warf noch einen letzten Blick zur Bar und zu der Frau, die seinen Blick erwiderte. Er lächelte kurz, gestand sich ein, dass ihre Augen scheinbar entschlossen waren, sich gegenseitig wie zwei Magnete anzuziehen.

Er nickte ihr knapp zu, dann ging er nach draußen.

„Gehst du wirklich schwimmen?", fragte Hersh leise.

„Ja, warum?"

„Ich rufe Liv an." Die Wangen des anderen Mannes wurden

rot. Der Kerl war frisch verheiratet und völlig vernarrt in seine Frau.

„Nur zu. Ich lasse dich gleich allein." Seth schloss ihre Zimmertür auf, warf seine Kleidung auf sein Bett und zog seine Badehose an. Dann ging er ins Bad und griff sich ein Handtuch. Seine Sachen waren gepackt und abreisefertig, da sie in ein paar Stunden abfahren würden.

Es gefiel ihm nicht, unbewaffnet zu sein, und er war sich unangenehm bewusst, dass er beobachtet wurde. Als FBI-Agent wurde theoretisch von ihm erwartet, dass er immer eine Waffe bei sich trug, aber er konnte es nicht riskieren, dass irgendein Kind seine Waffe in die Finger bekam, wenn er sie am Seitenrand des Pools liegen ließ.

Es war unwahrscheinlich, aber nicht unmöglich, dass das Kartell ein ganzes Team von Bundesagenten angriff. Seth bezweifelte, dass sie den Zorn der gesamten US-Regierung auf sich ziehen wollten, nicht, wenn es auf dieser Seite der Grenze eher ihr Stil war, sich unter den Felsbrocken in der Wüste zu verkriechen.

Im BORTAC-Team befanden sich auch Agenten, die jeweils zurückblieben und ihre Ausrüstung bewachten, wann immer sie Einsätze ausführten. Die Drogenkartelle waren mehr als in der Lage, die Ausrüstung oder die Fahrzeuge mit Ortungsgeräten zu verwanzen, also wurde alles und jeder regelmäßig durchsucht. Aber das eigentliche Problem war, dass das Kartell immer schon zu wissen schien, wohin sie unterwegs waren.

Seth schlenderte zum Pool, in dem um diese Zeit zum Glück keine kleinen Kinder mehr schwammen, die den Tag damit verbracht hatten, ihre Arschbomben zu perfektionieren. Ein hoher Zaun und eine dichte, stachelige Hecke umgaben das Wasser auf drei Seiten. Auf der anderen Seite befand sich ebenfalls ein Sicherheitszaun. Der Pool wurde von einigen Wandleuchten und Poollichtern erhellt, aber die reichten nicht aus, um den umliegenden Schatten ihre Geheimnisse zu entlocken.

Seth legte sein Handtuch am Beckenrand ab. Dann sprang er

mit einem geübten Kopfsprung ins Wasser. Es war ein bisschen zu warm für seinen Geschmack, aber egal.

Eine Bahn, zwei. Mit einem effektiven Kraulstil verschlang er Meter um Meter, ohne die Wachsamkeit zu verlieren, sollte jemand an den Pool treten.

Langsam verflüchtigten sich Trauer und Sorge um seine Teamkollegen aus seinen Gedanken, und er konzentrierte sich stattdessen darauf, herauszufinden, wer von seinen derzeitigen Partnern am ehesten Dreck am Stecken hatte. Er tippte auf Roger, einen Typen, der nachlässig und arrogant war. Seth hoffte sehr, es wäre nicht Paul, oder Arthur oder Ike, die ihm alle wie aufrichtige Kerle vorkamen. Trotzdem, er wurde nicht dafür bezahlt, zu hoffen.

Agenten sowohl der FBI-Außenstelle in Phoenix als auch aus dem Strategischen Kommunikations- und Operationszentrum im FBI-Hauptquartier in D.C. – dem SIOC – führten Überwachungen durch und überprüften die finanziellen Transaktionen der Grenzschutzbeamten. Und Homeland Security hatte an beiden Einsatzorten Leute vor Ort, die diese Operation überwachten.

Nach zwanzig Bahnen wechselte Seth zum Bruststil und schwamm weitere zwanzig Bahnen. Das Chlor brannte in seinen Augen, aber vermutlich war das unter den gegebenen Umständen sogar eine gute Sache. Entferntes Lachen warnte ihn, dass jemand in seine Richtung kam. Augenblicklich schwamm er zum Beckenrand, wo sein Handtuch lag, und kletterte aus dem Wasser. Er trocknete sich bereits ab, als zwei kichernde Frauen den Poolbereich betraten. Und ja, er war enttäuscht, dass es nicht eine gewisse zierliche Blondine war, aber so war das Leben eben. Was Frauen anging, war er an Enttäuschungen gewöhnt.

Heul doch.

Die Frauen beäugten ihn anerkennend, als er sich sein feuchtes Handtuch um den Hals schlang. Das Schwimmen hatte seine aufgestaute Energie etwas abgebaut, auch wenn er sich noch immer aufgekratzt fühlte. Als ob in Kürze irgendetwas passieren würde.

Er nickte den beiden Damen zu, als er barfuß an ihnen vorbei zu seinem Zimmer ging.

Und dort, vor einem der Zimmer, zwei Türen vom Pooleingang entfernt, stand die Frau, an die er permanent hatte denken müssen, seit er sie zum ersten Mal erblickt hatte.

3

———————

Sie lachte über irgendwas mit ihren beiden Freunden, die definitiv ein Paar waren und gerade das Zimmer neben ihrem betraten. Der alte, rote Truck parkte nun vor dem Zimmer.

Als ob sie spüren würde, dass jemand hinter ihr aufgetaucht war, drehte sie sich herum. Von einem Sicherheitsstandpunkt aus betrachtet hätte er sich gewünscht, ihre Freunde hätten gewartet, bis sie im Zimmer war, bevor sie verschwanden – aber vielleicht wartete ihr Freund auch schon in ihrem Zimmer.

„Ma'am." Er wurde langsamer und nickte ihr zu, wollte ihr keine Angst einjagen, indem er ihr zu nahe kam.

Sie legte den Kopf zur Seite. Ihre Lippen waren von einem weichen Rosa, von dieser zarten Farbe, die man im Innern von Muscheln fand. Ihre Augen waren blassblau und sahen aus wie die Tiefen eines Gletschersees.

„Militär oder Strafverfolgung?", fragte sie.

Seth blieb stehen. „Wie bitte?"

„Ich habe mich nur gefragt, ob Sie Militär oder von einer Strafverfolgungsbehörde sind." Ihre Stimme war tiefer, als er erwartet hatte, und es schwang so etwas wie warme Belustigung mit.

„Im Moment Letzteres", gestand er. „Was hat mich verraten?"

„Alles." Ein trauriges Lächeln schnitt in ihre rechte Wange und offenbarte drei perfekte Grübchen. Ihr Blick ruhte weiterhin auf seinem Gesicht, anstatt zu seinem nackten Oberkörper zu wandern, was er zu schätzen wusste.

„Ich hoffe, Sie sind nicht verdeckt unterwegs."

Er zog die Augenbrauen in die Höhe. Tatsächlich ermittelte er verdeckt, aber nicht im ursprünglichen Sinne.

„Ich bin mir ziemlich sicher, dass uns diese Spielzeuge in dem Moment, als wir damit in die Stadt gerollt sind, klar und deutlich als Bundesagenten verraten haben." Er nickte zu ihren dunklen SUV mit den Regierungskennzeichen.

Sie folgte seinem Blick, und ihr Ausdruck verfinsterte sich. „Allerdings. Nichts schreit so laut nach Homeland Security wie schwarze Chevy Suburbans mit getönten Scheiben."

Ihr gesamtes Auftreten verströmte Intelligenz, aber es lag eine Verbitterung in ihren Worten, die er nicht erwartet hatte. Sie sah müde aus. Ihr Lächeln schwankte.

Er wollte sie nach ihrem Namen oder ihrer Nummer fragen, aber das Timing stimmte einfach nicht, schließlich war er dienstlich hier.

Scheiß drauf.

Er machte den Mund auf, um sie trotzdem zu fragen, aber genau in diesem Augenblick kam der Typ, neben dem sie gesessen hatte, aus dem Restaurant und in ihre Richtung.

Verdammt.

Er wollte ihr keinen Ärger machen, ließ seine Enttäuschung nur in seinen Augen aufblitzen und trat einen Schritt zur Seite. „Passen Sie auf sich auf."

„Sie auch." Ihre Augen wanderten zu seinem Torso.

Er ging an ihr vorbei, wechselte mit ihrem Freund einen Blick, der voller gegenseitiger Abneigung war. Vor seiner eigenen Tür blieb Seth stehen, hielt kurz inne, bevor er anklopfte, damit Hersh ihm aufmachte.

Er warf noch einen letzten Blick zu der Frau mit den Grübchen, den sonnengebleichten Haaren und den müden Augen. Sah, wie sie mit ihrem großen Begleiter lachte, bevor sie getrennte

Zimmer betraten. Seth stand noch immer da und starrte vor sich hin wie ein Idiot, als sie ihm ein letztes, wissendes Lächeln zuwarf und leise die Tür hinter sich schloss.

Er hätte sich am liebsten in den Hintern getreten.

———

Bruno Ramirez schlurfte am Kopf einer kurzen Mulikarawane durch die Wüste, schwitzte trotz der kühlen Nachtluft. Er hatte ein Nachtsichtgerät dabei, machte sich aber nicht die Mühe, es aufzusetzen. Er bevorzugte das Licht des Halbmonds, der hell über der dürren Landschaft schien, die er besser kannte als sein eigenes Spiegelbild.

Er sollte eigentlich gar nicht hier sein, aber er hatte am späten Nachmittag erfahren, dass eine Gruppe lästiger *gringos* in der Gegend gesehen worden war. Er spuckte in den Staub.

Trotz der riesigen Summen Geld, die das Kartell für Bestechungen aufwandte, war es für jemanden wie ihn riskant, zu viel Zeit in diesem Teil des Landes zu verbringen.

Aber wenn sein Boss jemals herausfand, was Bruno getan hatte, würde ihm der Kerl bei lebendigem Leibe das Fleisch von den Knochen reißen und ihm damit Fetzen für Fetzen das Maul stopfen, bis nichts mehr von ihm übrig war.

Brunos Haut kribbelte, als er seinem Ziel näher kam. Er fluchte, als ein Kaktusstachel ihn in den Arm stach. Kurze Zeit später hielt er die Faust in die Luft.

„Stopp."

Bruno ging zum ersten Muli, hob eine Plane von seinem Rücken und warf sie einem der anderen Männer zu. Bruno trug dünne Lederhandschuhe, denn man konnte nie vorsichtig genug sein, was potenzielle Beweise anging. Ein weiterer Grund, weshalb er sicherstellen wollte, jegliche Spuren des größten Fehlers seines Lebens für immer verschwinden zu lassen.

Er deutete in die Dunkelheit.

Er hatte diese beiden Männer aus einem bestimmten Grund

ausgewählt. Sie hatten keine Familie. Sie stellten keine Fragen. Sie wussten, wie man den Mund hielt.

Mit ein bisschen Glück würden die US-Grenzschützer und die *federales* heute Nacht beschäftigt sein, weit entfernt, zu beschäftigt, um nach ihm oder jemand anderem zu suchen.

Vielleicht war das Timing doch nicht so schlecht gewesen.

Seine Männer banden die Mulis fest, dann stapften sie in aller Seelenruhe hinüber zu der Leiche, bevor sie sie ohne großes Aufheben auf die Plane rollten. Der Gestank ließ Bruno zurückweichen und eine gewisse Distanz wahren.

Jeder der Männer griff nach einem Ende der Plane, und zusammen trugen sie ihre schwer durchhängende Last zu dem Muli, das nicht bepackt war. Sie wuchteten sie auf den Rücken des Tieres, das völlig unbeeindruckt dastand und auf einem Büschel Wüstengras herumkaute. Einer der Männer band die Leiche mit einem Seil fest. Er wollte noch ein zweites Seil befestigen, aber Bruno hielt ihn zurück.

„Wir haben's nicht weit." Bruno zog eine Taschenlampe hervor und richtete sie auf den Boden, während er die Stelle absuchte, wo die Leiche gelegen hatte.

Die Lücke in seinem Unterkiefer schmerzte, dort, wo ihn die Schlampe mit einem Stein im Gesicht erwischt hatte. Die Wunde war mittlerweile von Schorf bedeckt und heilte, aber er war trotzdem nicht unter die Leute gegangen, damit ihn niemand fragte, woher er die Verletzung hatte.

Bruno konnte im Staub nichts entdecken, was sein Zahn hätte sein können.

Mierda.

Er seufzte schwer, denn er hatte keine Zeit mehr, um die Stelle noch gründlicher abzusuchen. Er hatte heute Nacht noch eine Menge zu tun. Er ging zum Pfad zurück und erblickte etwas auf dem Boden. Beugte sich hinunter und hob eine kleine gelbe Plastikmarkierung auf.

Bruno ballte die Fäuste. Die Markierung bestätigte seine Vermutung, dass die *gringos* heute in der Wüste genau die eine

Leiche in ganz Amerika gefunden hatten, von der er gehofft hatte, sie würde für immer verborgen bleiben.

Er richtete sich auf und hakte die Markierung in die Gesäßtasche seiner Jeans. Dann ging er weiter. In der Ferne jaulten Kojoten, jagten vermutlich in einem nächtlichen Überlebenskampf ein Pekari oder einen Hasen. Nach fünf Minuten bog er vom Pfad ab in die ungezähmte Wildnis und marschierte weiter. Schließlich fand er eine passende Stelle und drückte jedem der Männer eine Schaufel in die Hand.

Keiner von ihnen sprach, als die Männer zu graben anfingen. Bruno starrte hinauf zur Milchstraße und sah zu, wie sein Atem mit jedem Ausatmen eine Wolke in den Himmel schickte. Er hatte die letzten sieben Jahre damit verbracht, diese Hügel und Flussschleifen auszukundschaften, um die besten Routen und Standorte zu finden, um Drogen von Südamerika in das Gelobte Land zu transportieren. Die Wüste war eine wunderschöne, aber grausame Geliebte.

Das Geräusch von Spaten, die durch die ausgetrocknete Erde drangen, hallte durch die Nacht und ließ ihn zusammenzucken. Er zog eine Zigarette hervor und zündete sie an. Sog den Rauch in seine Lungen und spürte augenblicklich, wie die Anspannung in seiner Brust nachließ.

Es war ihre eigene Schuld gewesen.

Er atmete aus.

Ihre eigene, verdammte Schuld.

Dreißig Minuten später schaute er auf die Uhr. „Das ist tief genug."

Die beiden Männer warfen die Spaten zur Seite und wischten sich den Schweiß von der Stirn. Dann zerrten sie die Leiche vom Muli und rollten die Plane auf.

„Dranlassen!", fuhr er sie an.

Er wollte sie nicht noch einmal ansehen müssen.

Ohne jegliche Gefühlsregung ließen die beiden Männer die schwere Last wortlos in das Loch im Boden sinken. Es war nicht so tief, wie Bruno es sich gewünscht hätte, aber es musste reichen.

Der Grenzschutz besaß Drohnen. Schlepper oder unwissende Migranten könnten unabsichtlich über die Leiche stolpern. Bruno wollte nicht, dass irgendjemand Verdacht schöpfte, was vor einer Woche hier in der Wüste vorgefallen war.

Die beiden Männer füllten das Grab wieder mit Erde auf und klopften die Oberfläche mit ihren Spaten platt. Dann verstauten sie die Werkzeuge wieder im Gepäcksack des Mulis, und die drei Männer machten sich auf den Weg zurück zum Pfad. Sie schlängelten sich erst Richtung Osten, dann nach Süden.

Bruno ließ die beiden anderen Männer vorangehen. Als sie weit genug vom Grab entfernt waren, zog er lautlos seine Waffe aus dem Holster und schoss dem Mann direkt vor ihm in den Hinterkopf. Als der andere der beiden erstaunt herumfuhr, schoss Bruno ihm in die Brust.

Panisch drehten sich die Mulis im Kreis. Eilig griff Bruno nach den Zügeln des Tiers mit der Ausrüstung, die er noch brauchte. Er band das verschreckte Tier an einem niedrigen Busch fest, bevor er die beiden Toten an den Füßen vom Pfad zog. Er hoffte, sie würden sehr, sehr lange nicht gefunden werden.

Das Heulen eines gefährdeten *lobo* stellte die Härchen in seinem Nacken auf.

Ein gutes Omen. Ein Segen. Er schaute hinauf zur silbrigen Mondhälfte und atmete tief und befreiend ein.

Normalerweise wurden die Toten in diesem Teil der Erde von niemandem besonders beachtet – genau so, wie es ihm lieb war.

Er zerrte an den Zügeln des Mulis. Er hatte heute Nacht noch eine Menge zu tun.

———

Seth lag im Staub und fror sich den Arsch ab, als er Schüsse durch die Nacht hallen hörte. Sie waren mehrere Meilen östlich ihrer momentanen Position abgefeuert worden, aber dennoch verhieß es nichts Gutes für den- oder diejenigen, die sich auf der Empfängerseite der Schüsse wiederfanden.

Seth hatte die letzte halbe Stunde damit verbracht, auf der Hut vor Schlangen und Skorpionen zu sein. Er wünschte, er hätte eine weitere Fleecejacke angezogen. Das Problem war nur, sobald sie sich bewegten, wurde ihm heiß und er begann zu schwitzen, und dieser Schweiß verwandelte sich umgehend in Eis, sobald sie länger als einen Moment stillstanden. Und somit würde er sich in genau der gleichen Lage wie jetzt wiederfinden – bibbernd und frierend und sich fragend, warum zur Hölle er sich ausgerechnet für diesen Einsatz freiwillig gemeldet hatte.

Aber er wusste, warum. Sich in Arbeit zu vergraben, war seine wirksame Methode, um mit dem Mist des echten Lebens irgendwie klarzukommen. Vielleicht nicht die gesündeste Art, sich mit solchen Dingen auseinanderzusetzen, aber immer noch besser, als beispielsweise auf eine dreiwöchige Sauftour zu gehen. Und wenn er währenddessen noch ein paar Drogenschmugglern die Hölle heiß machen konnte? Er grinste grimmig vor sich hin. Die Kirsche auf dem verfluchten Sahnehäubchen.

Der Ruf einer Eule schallte durch die Dunkelheit und riss Seth zurück in seine arschkalte Realität.

Das BORTAC-Team hatte das Motel verlassen und war zum kleinen Flugplatz gefahren, wo sie von einem Helikopter abgeholt und in der Wüste etwa zehn Meilen nördlich der mexikanischen Grenze in der Wildnis von Cabeza Prieta ausgesetzt worden waren. Früher am Tag hatten die Behörden einen Hinweis erhalten, dass in der Nacht eine große Lieferung reines kolumbianisches Kokain nach Arizona gebracht werden sollte. Der Schuppen, den Seth im Augenblick durch sein Nachtsichtgerät beschattete, war angeblich der erste Zwischenstopp auf der Reise quer durch die Wüste.

Techniker des SIOC im FBI-Hauptquartier überwachten die Kommunikation in und aus dieser Gegend, um zu ermitteln, ob jemand im Team versuchte, die Drogenschmuggler zu warnen, dass ihnen die Grenzbeamten auf den Fersen waren.

Bevor sie das Motel verlassen hatten, hatten sie ihre Ausrüstung in den Autos verstaut, und das Unterstützungsteam war zum nächsten Einsatzort vorausgefahren, etwa zwanzig Meilen westlich von hier. Leider bedeutete das, dass Seth die hübsche Blondine nie wiedersehen würde, und aus irgendeinem Grund ärgerte ihn das mehr, als es der Fall hätte sein sollen.

Hätte er nicht einfach seinen Mund aufmachen und ihr seinen Namen nennen können? Sich vorstellen können, als sie direkt vor ihm gestanden hatte? Natürlich, sie könnte ein Spitzel des Kartells sein, somit waren echte Namen, Adressen und Handynummern ausgeschlossen. Trotzdem. Er hätte ihren Namen herausfinden können und hätte sie dann aufgespürt, nachdem er hier in Arizona fertig war. Hätte ihre Personalien gründlich überprüft, um sicherzustellen, dass sie keine Kriminelle war, bevor er sie zum Abendessen ausführte …

„Es regt sich was", verkündete Arthur leise.

Seth ballte die Hände zu Fäusten, dann löste er sie wieder, wärmte seinen Abzugfinger auf. Das Team war entlang des kaum erkennbaren Pfads verteilt, der von der Hütte fortführte. Etwas schlängelte sich über die trockene Erde in seiner Nähe, und nur Seths jahrelanges Training hielt ihn davon ab, kreischend in die Nacht davonzurennen.

Eine Schlange.

Er hasste Schlangen.

„Ich sehe zwei Männer und zwei Mulis." Arthurs Worte waren nur ein Murmeln in der eisigen Nachtluft, klangen aber glasklar durch die Funkausrüstung, die alle Männer im Team trugen. Es war nicht die allerneuste Ausstattung, die Seth gewöhnt war, aber sie diente ihrem Zweck. Das Team trug mattschwarze Infrarotmarker an ihren Uniformen, die in den Nachtsichtgeräten sichtbar wurden und ihnen ermöglichte, sich gegenseitig zu identifizieren.

„Glaubt ihr, es kommen noch mehr?", fragte Seth murmelnd. Zwei Mulis waren nicht gerade die beträchtliche Lieferung, die ihnen versprochen worden war.

Lange beobachtete Arthur den Pfad, bevor er antwortete. „Sieht so aus, als ob es nur die beiden sind." Er schnaubte leise.

„Besser als nichts. Niemand bewegt sich, bevor ich das Signal gebe."

Seth gefiel das Ganze nicht. Das Kartell, das in dieser Gegend operierte, war gnadenlos. Früher waren sie an das *Cartel de la Mano de Dios* in Kolumbien angeschlossen gewesen, bevor sie sich letzten Sommer wegen eines internen Disputs überworfen und ihre Kooperation aufgelöst hatten. Der Anführer, Lorenzo Santiago, stand ganz weit oben auf der Liste der meistgesuchten Personen des FBI, ebenso wie sein Handlanger, Bruno Ramirez.

Seth rollte seine Schulter aus. Vielleicht war der anonyme Tipp einfach falsch gewesen. Vielleicht hatten sich deren Pläne in letzter Sekunde geändert. Oder vielleicht hatte das Kartell mitbekommen, dass ihr Informant kompromittiert war, und diese ganze verfickte Situation war nur eine einzige, große Falle.

„Irgendwas stimmt nicht", bemerkte Seth leise. Mehr als alles andere war das eine Warnung an Hersh. Seinem Gold-Team-Kollegen mochte möglicherweise noch nicht bewusst sein, dass Seth sich fühlte wie ein Kaninchen, das jeden Augenblick in die Schlinge laufen und sich den Hals brechen würde.

„Wartet auf meinen Befehl", wies sie Arthur an.

Mit langsamen Bewegungen ließ Seth sein Nachtsichtgerät über die öde Landschaft hinter sich wandern. Er wusste, dass seine FBI-Kollegen ihn aus der Luft im Auge behielten, aber die einzige Möglichkeit, sie zu kontaktieren, bestand darin, das Satellitentelefon hervorzuholen, das er unter seiner Ausrüstung versteckt hatte, und Fragen zu stellen, die seine Mission augenblicklich kompromittieren würden.

„Ich sehe eine Bewegung, sechs Uhr", verkündete Hersh.

„Haltet still, bis ich den Befehl zum Angriff gebe", zischte Arthur.

Das Klappern von unbeschlagenen Hufen, die über die harte, festgetretene Erde kratzten, verriet Seth, dass die Mulikarawane nun ganz nah war. Der erste Schmuggler lief so dicht an ihm vorbei, dass Seth den Schweiß des Mannes über dem Gestank der Mulis riechen konnte, während er auf dem Boden lag. Er war überrascht zu sehen, dass die Zielpersonen ebenfalls Nachtsichtgeräte trugen, aber ihn hätte nichts überraschen sollen.

Trotz ihrer altmodischen Transportmethoden waren die modernen Drogenschmuggler extrem fortschrittlich und finanziell geradezu obszön gut unterstützt.

Urplötzlich tauchte Arthur aus dem Gestrüpp auf der anderen Seite des Pfads auf. „Keine Bewegung! Grenzschutz!"

Die anderen BORTAC-Agenten sprangen ebenfalls auf, brüllten Befehle, und die Mulis begannen, sich aufgeschreckt aufzubäumen und im Kreis zu drehen. Die beiden Verdächtigen versuchten nicht, zu entkommen. Stattdessen zogen sie automatische Feuerwaffen unter ihren Capes hervor und begannen zu feuern.

„In Deckung! Feuer erwidern!", brüllte Arthur.

Noch während er einen der Typen mit einer Doppelsalve seines H&K 416-Karabiners in die Brust traf, warf Seth sich zu Boden. Er feuerte einen dritten Schuss in den Kopf des Mannes ab, nur um sicherzugehen, dass der Kerl niemanden mehr verletzen konnte, denn wenn er schon ein Nachtsichtgerät trug, sollte man besser davon ausgehen, dass er auch eine schusssichere Weste hatte.

Der zweite Schmuggler erhellte die Nacht mit seinem Sturmgewehr und erwischte einen aus Seths Team, bevor er selbst zu Boden ging.

Hinter ihnen knallten weitere Schüsse und bestätigten, was Seth bereits befürchtet hatte. Es war eine Falle. Er runzelte die Stirn, als er durch den Staub rollte.

Einer der BORTAC-Agenten, der ausgebildeter Sanitäter war, begann, seinen verwundeten Kameraden zu verarzten, während Seth seinen Blick suchend über den Pfad schweifen ließ. Er zählte sieben Infrarotmarker.

„Uns fehlt einer", stellte er fest. Oder einer von ihnen hatte die Markierung abgedeckt, die sie untereinander als Angehörige ihres Teams auswies, für das Kartell allerdings als Feinde. Dieser jemand hatte sie verraten und zum Abschuss freigegeben.

„Alle zu mir." Seth befand sich in einer geschützten Position, die außerhalb der Schusslinie dieser Arschlöcher lag, die von den südlichen Hängen aus einen Feuerhagel auf sie losließen.

„Fuck." Arthur kam neben Seth gekrochen, während die Kugeln unablässig pfiffen.

Seth zog seinen Ohrknopf heraus und stopfte ihn in seine Tasche.

„Nicht die Funkverbindung benutzen", befahl Seth den anderen, die sich fluchend um ihn versammelten.

Eilig zogen sie alle ihre Ohrhörer heraus.

„Warum nicht?", fragte Arthur verwirrt.

Seth ignorierte ihn. „Wer fehlt?"

Ein kurzes Durchzählen verriet ihnen, dass Roger Bertrand fehlte.

„Ich schätze, jetzt wissen wir, wer das Kartell mit Informationen versorgt hat, hm?", bemerkte Seth trocken.

„Was zur Hölle ...?"

„Soll das ein verdammter Witz sein?"

Weiteres Fluchen und Schimpfen vom Rest des Teams.

„Ike hat es nicht geschafft", informierte sie der Sanitäter, als er zu ihnen gekrabbelt kam.

„Bedeckt eure Infrarotmarker", wies Hersh sie leise an. „Diese Typen können sie als Zielscheiben benutzen." Und auf sie schießen wie auf Fische in einer Tonne.

„Ich habe Verstärkung angefordert, aber die ist mindestens eine Stunde entfernt." Arthur klang wütend.

Sie befanden sich in einer tiefen Erosionsrinne, und es klang so, als ob fünf oder sechs Schützen ihre Position angriffen. Plus Roger, wohin auch immer dieser Wichser geflüchtet war.

Was hieß, dass nur noch sechs Angehörige der BORTAC übrig waren, um zurückzuschlagen.

„Teilen wir uns in drei Paare auf." Arthur deutete nach Westen und Osten. „Vielleicht können wir uns ihnen von hinten nähern, bevor diese Arschlöcher unsere Flanken durchbrechen."

Alle nickten zustimmend und brachten sich zügig und geduckt in ihre neuen Positionen.

Seth griff nach Hershs Arm. „Denkst du, was ich denke?"

Hersh nickte ihm knapp zu. „Suche nach dem besten Ort für unsere Position."

Seth zeigte auf eine Ansammlung von Felsbrocken auf der anderen Seite des Pfads. Hersh nickte zustimmend, und sie bewegten sich im geduckten Sprint auf die Felsen zu, während die anderen glücklicherweise das Feuer der Schützen erwiderten und ihnen Deckung gaben.

Seth und JJ kamen an der Felsansammlung an, die noch immer die Wärme des Tages verströmte, und fanden schnell einen Durchgang zwischen den Felsbrocken.

„Ich will gar nicht wissen, was sich alles in diesen Felsspalten befindet", grummelte Seth, während sie sich einrichteten. Zum Glück gab es genug Gestrüpp, um sie vor Blicken zu schützen und ihre Silhouetten zu verschleiern. Aber leider wollte jedes einzelne Teil dieses Gestrüpps ihnen wehtun.

Seth und Hersh gingen in Position, Hersh mit seiner Remington in der Hand. Es war vielleicht nicht Hershs bevorzugtes Scharfschützengewehr, aber auf diese Entfernung – und bei einem so erfahrenen Schützen wie JJ – konnte dem Feind damit beachtlicher Schaden zugefügt werden, bevor der überhaupt wusste, wie ihm geschah.

Seth duckte sich hinter einem Felsbrocken, suchte die Wüste mit seinem Zielfernrohr ab. Die Zielpersonen versteckten sich nicht. Sie ließen einfach ihre Kugeln in die Wüste hageln wie ein Haufen Irrer.

„Zweihundert Meter, zehn Uhr." Seth deutete auf den ersten Schützen.

„Hab' ihn." Hersh schickte seine Kugel los, und ein überraschtes Keuchen hallte durch die Nacht.

Seth schätzte die Entfernung des nächsten Schützen ein. Das Ziel war nicht ideal, aber es war nah genug. „Hundertsiebzig Meter, ein Uhr."

Hersh erledigte den Rest.

Ein weiterer Angreifer ging zu Boden.

„Kommt mir vor wie in alten Zeiten", bemerkte Hersh grimmig.

Seth nickte. Während ihrer Zeit in der New Operator Training School – ihres Trainings für neue Agenten – waren sie oft zusammen eingeteilt worden. Aber Seth hätte nie gedacht, dass sie beide einmal einen Krieg auf heimatlichem Boden ausfechten würden. Nicht so.

„Zweihundertzwanzig Meter, elf Uhr."

Hersh feuerte einen weiteren Schuss ab, und wieder ging ein Mann zu Boden. Hersh mochte vielleicht der netteste Typ sein, aber mit einem Gewehr in der Hand war er tödlich.

„Noch zwei. Soweit ich sehen kann."

„Plus Roger", stieß Hersh hervor.

„Plus Roger. Diesen Arsch werde ich so schnell nicht vergessen", stimmte Seth zu.

Ihre Gegner waren mittlerweile sehr still geworden. Entweder hatten sie keine Munition mehr, oder ihnen war klar geworden, dass der Tod sie gerade durch die Dunkelheit jagte. Das hier war nicht länger ihr Spiel. Sie hatten nicht länger das Überraschungsmoment auf ihrer Seite.

„Glaubst du, Roger war der Einzige im Team mit Dreck am Stecken?", wisperte Hersh.

Schulterzuckend zog Seth sein Satellitentelefon hervor. „Mal hören, was die Kommandozentrale uns dazu sagen kann."

„Sie hauen ab", informierte Hersh ihn.

„Besser für sie", erwiderte Seth grimmig.

Als FBI-Agenten würden Hersh und er einem fliehenden Mann nicht in den Rücken schießen – es sei denn, er feuerte im Fliehen weiter auf sie.

Wenn Arthurs Bitte um Verstärkung Gehör gefunden hatte, dann würde der Grenzschutz hoffentlich irgendwo in der Nähe den fliehenden Schützen den Weg abschneiden und sie einsammeln. Vor allem diesen Hurensohn von Judas, Roger Bertrand.

Seth wäre liebend gern derjenige, der dem Kerl die Handschellen anlegte, auch wenn es natürlich einer der Kollegen sein sollte, die Roger so kaltschnäuzig verraten hatte, dem diese Ehre zuteilwurde. Einer von Ikes Freunden.

Das wäre eine angemessene Strafe für einen Mann, der so tief gesunken war, seine eigenen Leute zu verraten.

———

Zoe lag hellwach in ihrem Bett und starrte auf die Schatten an der Decke. Die Klimaanlage ratterte. Eine nervige Fliege surrte im Zimmer herum. Nach ihrer Dusche war Zoe rasch eingeschlafen, die Nachwirkungen ihrer Erschöpfung und der Sangria hatten sie einschlummern lassen, sobald sie ins Bett gekrabbelt war.

Aber irgendetwas hatte sie vor ein paar Minuten aufgeweckt, und jetzt konnte sie nicht mehr einschlafen, auch wenn es erst 1:01 Uhr war.

Ihre Gedanken wanderten immer wieder zu der toten Frau, die sie heute gefunden hatte. Wie viel Angst sie gehabt haben musste, zu wissen, dass ihr niemand helfen würde. Wie verzweifelt sie gewesen sein musste. Wie einsam. Wie verdammt *wütend*.

Aufgewühlt warf Zoe sich im Bett hin und her und zwang sich, an etwas anderes zu denken. Die Vorlesungen, die sie für das anstehende Semester planen musste. Die Anträge, die sie schreiben musste. Die riesige Menge an Sachen, die sie in ihrem neuen Zuhause in Richmond auspacken musste. Die Vorfreude auf eine Forschungsreise nach Namibia, die sie diesen Sommer unternehmen würde.

Nichts davon fesselte ihre Aufmerksamkeit. Stattdessen blitzte das Bild des Mannes, mit dem sie vorhin viel zu kurz gesprochen hatte, in ihren Gedanken auf. Sie wünschte, sie hätte die Nerven gehabt, ein bisschen mehr Zeit mit diesem Kerl zu verbringen, vielleicht ein bisschen mit ihm zu flirten, so wie es die alte Zoe getan hätte.

Sie kannte nicht einmal seinen Namen.

Vielleicht könnte sie die Kontakte ihrer Mutter nutzen, um ihn aufzuspüren? Oder vielleicht sollte sie einfach an die Tür klopfen, durch die sie ihn vorhin hatte verschwinden sehen, oder einen Zettel mit ihrer Nummer unter der Tür durchschieben?

Aber wozu?

Sie hatte kein Interesse an flüchtigen Bettgeschichten, und was sollte diese Begegnung anderes sein, jetzt, wo sie schon sehr bald an die Ostküste ziehen würde? Sie hatte sich zwingen müssen, nicht seinen perfekten, nassen Körper anzuglotzen, als er vom Pool gekommen war. Wäre da nicht ihr kürzliches Techtelmechtel mit einem anderen Kerl mit verwegenem Grinsen und selbstbewusstem Auftreten gewesen, hätte sie womöglich etwas gesagt, etwas getan – wie beispielsweise, ihn für einen Quickie unter der Dusche in ihr Zimmer zu zerren …

Sie zog ihre Decke bis unter das Kinn.

Das war eine schöne Fantasie.

Aber womöglich war er verheiratet oder hatte jede Nacht eine Andre in seinem Bett. Oder beides. Zoe hatte nicht vor, das herauszufinden. Sie wollte einfach nur jemanden haben, für den sie schwärmen konnte, der ihre verschreckte Seele zu dem Gedanken verleiten konnte, sie könnte vielleicht, nur vielleicht, eines Tages wieder Sex haben.

Ein Geräusch draußen vor der Tür ließ sie senkrecht im Bett aufsitzen. Ein Schrei. Was war das? Feiernde Gäste, die erst jetzt das Restaurant verließen?

Sie erstarrte.

Eine der aufgeregten Stimmen klang wie Karina …

Zoe warf die Decke zur Seite und starrte aus dem Fenster, entdeckte mehrere Personen, die versuchten, den Kofferraum von James' Truck aufzubrechen.

Die Kisten!

Sie hatte vorgeschlagen, sie in ihr Zimmer zu bringen, aber James hatte den Vorschlag abgetan, hatte behauptet, dass auf jeden, der etwas aus seinem Truck klauen wollte, eine fiese Überraschung warten würde, sobald sie einen Blick auf die Ladefläche warfen.

Aber das Letzte, was sie wollten, war, dass die menschlichen Überreste, die sie heute eingesammelt hatten, geschändet wurden. Außerdem brauchte James seinen Truck.

Zoe zog sich eine Yogahose unter ihrem langen, grauen Schlafshirt an und schnappte sich ihr Handy, ließ ihren Daumen über dem Notrufknopf schweben, während sie riskierte, ihre Zimmertür einen Spaltbreit aufzuziehen.

Das Aufblitzen einer tödlich aussehenden Feuerwaffe in der Hand eines der Männer, der direkt neben der Tür stand, ließ sie erstarren. Er schob seine Stiefelspitze in den schmalen Türspalt. Eine Baseballkappe war ihm tief in die Stirn gezogen, und ein Halstuch bedeckte seine Nase und seinen Mund. Seine Augen waren schwarz und funkelten vor messerscharfer Intelligenz.

Warum zur Hölle hatte sie die Polizei nicht angerufen, *bevor* sie die Tür aufgezogen hatte?

4

———————

Z oe stolperte zurück ins Zimmer, und der Mann kam hinterher.

„Hilfe!", schrie sie.

Ihr Zimmer war dunkel. Sie schauderte, als sie sich daran erinnerte, was der toten Frau in der Wüste vermutlich zugestoßen war.

„Still!", bellte der Kerl. „Ich bringe dich auf der Stelle um, wenn du mir Ärger machst." Der Mann streckte seine leere Hand aus. Mit der anderen hielt er seine Pistole noch immer direkt auf sie gerichtet. „Gib mir dein Handy."

Zoe hätte sich am liebsten gewehrt, aber sie ging davon aus, dass er keinerlei Skrupel haben würde, den Abzug zu drücken. Sie gab ihm ihr Handy, das er ausschaltete und in seine Hosentasche steckte.

Scheiße, wurde sie gerade entführt?

„Pack deine Sachen hier rein." Er trat gegen ihre Reisetasche, die auf dem Boden lag. „Beeil dich. Lass nichts liegen."

Sie tat wie befohlen, trödelte, so gut sie konnte, in der Hoffnung, es würde Rettung eintreffen. Es kam niemand.

Wusste der Kerl, wer ihre Mutter war? Zoe steckte die Füße in ihre Stiefel, machte sich nicht die Mühe, Socken anzuziehen, für den Fall, dass er sich entscheiden sollte, ihr jegliches Schuhwerk zu verbieten.

„Warum tun Sie das?", fragte sie.

Seine Augen blickten ausdruckslos.

„Wohin bringen Sie mich?"

„Schluss mit reden." Er hob die Hand, als ob er sie schlagen wollte, und Zoe zuckte zusammen. „Beeil dich." Er ging ins Badezimmer und schnappte sich ihre Toilettenartikel.

Zoes Augen schossen zur Tür, aber noch während sie über eine Flucht nachdachte, erschien ein weiterer Mann im Türrahmen.

„Ist das alles?", fragte der erste Mann.

Zoe nickte.

Er schnappte sich die Griffe ihrer Tasche. „Raus." Er wies ihr mit dem Lauf seiner Pistole den Weg. „Wenn du wegrennst, erschieße ich deine Freunde."

Zoes Augen wurden groß, und ihr Herz hämmerte panisch. Vermutlich würde er sie so oder so erschießen.

„Was wollen Sie von uns?" Ihre Stimme klang heiser.

Seine Augen wanderten über ihren Körper, und sie schauderte. „Beweg dich."

Vor dem Zimmer erblickte sie Fred und James, die sich beide die Gesichter hielten. Blut tropfte von Freds Kinn, seine Nase war gebrochen. Ein weiterer Mann hielt Karinas Arm so fest, dass sie sich vor Schmerzen wand.

Verwirrt blickte Zoe sich um, aber es kam einfach niemand zu Hilfe. Nicht einmal die Gruppe von Gesetzeshütern, die ebenfalls hier im Motel wohnten. Dann bemerkte sie, dass die drei großen Fahrzeuge, die vor dem Motel geparkt hatten, verschwunden waren. Hatten diese Gangster gewartet, bis die Bundesbeamten abgereist waren? Wahrscheinlich.

Karinas verängstigter Blick traf ihren. Zoe schickte ihr ein zuversichtliches Lächeln, das sich nicht echt anfühlte. Dann wurden Karina und sie auf die Rückbank eines verbeulten SUV geschubst, während James und Fred auf die Ladefläche von

James' Truck geworfen wurden, ihre Handgelenke mit einem Seil gefesselt.

„Was ist hier los? Warum tun Sie uns das an?", schluchzte Karina.

„Halt den Mund!", fauchte ihr Kidnapper.

Erschrocken zuckte Karina zurück.

Zoe wusste nicht, was hier los war oder warum sie entführt wurden. Aber sie wusste, dass ihr nur wenige Sekunden blieben, um Hilfe zu rufen, bevor sie verschwanden, möglicherweise für immer.

Sie schirmte das leuchtende Display ihrer Smartwatch ab und drückte den Knopf an der Seite, dann fuhr sie mit ihrem Finger über den Notruf-Button. Das würde nicht nur einen Notruf absetzen, sondern, was noch viel wichtiger war, es würde auch eine Nachricht mit ihrem exakten Standort an ihre Eltern und ihr Sicherheitsteam schicken. Zoe betete, dass die Nachricht über das WLAN des Motels oder über einen nahegelegenen Funkturm übermittelt werden würde, auch wenn ihr Handy nicht eingeschaltet war.

Die Uhr besaß Mobilfunkunterstützung, also sollte es theoretisch funktionieren.

Sie hoffte, dass ihre Eltern begriffen, dass etwas ganz und gar nicht stimmte, und augenblicklich Hilfe schicken würden. Ansonsten würden sie und ihre Freunde entweder für Lösegeld festgehalten, verkauft oder umgebracht werden.

Sie drehte das Armband ihrer Uhr herum, sodass das Ziffernblatt auf der Innenseite ihres Handgelenks lag und es so aussah, als ob sie ein Armband oder einen Pulswärmer trug. Dann zerrte sie noch ihren Ärmel ein bisschen weiter hinunter.

Wussten diese Typen, wer sie war? War das alles ihre Schuld? Hatte sie die Menschen, die sie liebte, aus Naivität in Gefahr gebracht?

Der Anführer warf einen misstrauischen Blick über die Schulter. Zoe biss die Zähne zusammen und erwiderte seinen Blick, ohne mit der Wimper zu zucken.

Ein Lächeln blitzte in seinen Augen auf. „Die Aufmüpfigen gefallen mir immer am besten, *chica*. Die zu brechen, macht am allermeisten Spaß."

Vor Abscheu drehte sich ihr der Magen um, und sie war dankbar, dass sie sich nicht auf der Stelle übergeben musste. Sie schluckte die Erwiderung, die ihr schon auf der Zunge lag, hinunter. Sie war nicht dumm. Sie starrte aus dem Fenster, und ihr wurde klar, wie unfassbar hilflos sie waren. Zoe drehte sich herum und sah einen Mann, der James' Truck fuhr und ihnen darin folgte. Und hinter James' Truck schaukelte eine weitere, verrostete Schrottkarre über die unebene Straße.

„Gesicht nach vorn, *chica*. Schau nur mich an." Die Mündung seiner Pistole wedelte furchteinflößend zwischen ihr und Karina hin und her. Der Finger des Mannes lag auf dem Abzug.

„Warum tun Sie das?", fragte Zoe.

Er zuckte übertrieben mit den Schultern. „Weil ich ein Mann bin, der weiß, wie man Befehle befolgt." Er warf ihr einen finsteren Blick zu. „Ihr würdet gut daran tun, das Gleiche zu tun."

———

Seth kauerte im Staub neben dem toten Körper des Kartellmitglieds, das er auf dem Pfad erschossen hatte. Arthur und die anderen standen um ihn herum. Hersh stand ein paar Schritte abseits, beobachtete sie alle, beobachtete die Wüste. Es bestand immer noch die Möglichkeit, dass es mehr als einen abtrünnigen Agenten in der Truppe gab. Seth und Hersh wussten es besser, als unvorsichtig zu werden.

Seth trug Latexhandschuhe und durchsuchte die Taschen des Toten. Bargeld. Handy. Das Handy ließ Seth in eine Beweistüte gleiten. Machte ein Foto vom Gesicht des Mannes, völlig friedlich nun, bis auf das Einschussloch, das seine Stirn zierte. Seth bedauerte die Entscheidungen, die diesen Mann bis hierher geführt hatten. Er bedauerte nicht, ihn umgebracht zu haben, aber doch, dass er ihn hatte töten *müssen*.

Er gab den Anführern die Schuld dafür. Den skrupellosen Kartellbossen, die ihre Handlanger mit dem Versprechen auf hohe Geldsummen und der Androhung von Gewalt kontrollierten. Der einzige Ausweg aus diesem Leben war entweder das Gefängnis oder das hier – ohne Puls auf dem Wüstenboden zu liegen.

Seth fotografierte auch die Tattoos des Mannes an Hals und Unterarmen. Den Schmuck, den er trug. Das Nachtsichtgerät und die Waffen, die er bei sich hatte. Nahm Fingerabdrücke. Das würden sie mit sämtlichen toten Schützen tun, aber wenn sie einen der Männer frühzeitig identifizieren konnten, würden sie damit viel schneller herausfinden, auf welches Kartell sie mit ihrem Gegenschlag zielen mussten.

Eine Elitetruppe des Grenzschutzes war in eine Falle gelockt worden, und einer der Agenten war bei der Erfüllung seiner Pflicht umgekommen. Das Kartell musste wissen, dass die US-Regierung so etwas nicht ungestraft durchgehen lassen würde.

Bundesagenten jeder Behörde strömten in dieser Gegend zusammen, um die Grenze abzuriegeln. CBP. NPR. US Fish & Wildlife. ICE. DEA. FBI. US Marshals. Seth wäre erstaunt, wenn nicht sogar Leute von der CIA, dem Nachrichtendienst und die verfluchten Texas Rangers irgendwann hier auftauchen würden.

Sein Satellitentelefon vibrierte, und er ging ein paar Schritte in Hershs Richtung, um den Anruf entgegenzunehmen. Es war ASAC McKenzie, stellvertretender Abteilungsleiter im SIOC, der diesen Einsatz zu koordinieren half.

„Es gibt eine neue Entwicklung, bei der ich Sie sofort brauche", erklärte der Mann ohne weitere Umschweife. „Wir gehen davon aus, dass die Tochter der US-Vizepräsidentin vor etwa zwanzig Minuten in Gila Bend entführt wurde. Sie konnte noch einen Notruf über ihre Uhr absetzen, um genau 1:23 Uhr. Wir haben umgehend die Drohne umgeleitet, die wir für Ihren Einsatz in der Luft hatten, und konnten drei Fahrzeuge aufspüren, von denen wir glauben, dass sie zur Entführung benutzt wurden. Sie sind mit höchster Geschwindigkeit auf der I-85 Richtung Süden unterwegs. Der Grenzschutz ist nach Lukeville unterwegs, aber es ist unwahrscheinlich, dass sie versuchen werden, die Grenze an einem legalen Übergang zu passieren."

„Ist das ein Ablenkungsmanöver, um Agenten Richtung Süden fortzulocken?", fragte Seth. „Um Roger Bertrand Zeit zu geben, zu entkommen?"

„Könnte sein, aber woher soll das Kartell wissen, dass die Frau in der Gegend ist? Mein Bauchgefühl sagt mir, dass kein Zusammenhang mit diesem Fall besteht. Wir wissen nicht einmal, ob sie überhaupt wissen, wen sie da gekidnappt haben. Könnte sein, dass sie einfach nur entschieden haben, die Frau zu schnappen, weil sie hübsch und allein ist. Vielleicht haben sie nicht einmal vor, die Grenze zu überqueren."

Seths Magen zog sich zusammen. Möglicherweise fuhren sie mit ihr einfach in die Wüste, um sie zu vergewaltigen und zu ermorden.

Schlimm genug, dass das Kartell den Grenzschutz angriff. Dies hier konnte einen regelrechten Krieg zur Folge haben. „Wo ist ihr Personenschutz?"

„Sie hat den Schutz des Secret Service verweigert."

Seth knirschte mit den Zähnen.

„Wir haben die Fahrzeuge im Visier, und ich habe jeden Agenten, den ich aufbieten konnte, auf Position entlang der Grenze geschickt, aber wenn diese Kidnapper eine andere Methode zur Grenzüberquerung haben – einen Tunnel oder ein Flugzeug – oder wenn sie beschließen sollten, in die Wüste zu fahren oder im Landesinneren zu verschwinden ..."

Dann war die Frau so gut wie tot.

In der Dunkelheit heulte ein Wolf und schickte einen eisigen Schauer Seths Rücken hinunter.

„Ein Helikopter ist zu Ihrem Standort unterwegs. Ich will, dass Sie und Hersh diese Typen verfolgen."

„Über die Grenze?", murmelte Seth, damit die anderen ihn nicht hören konnten.

„Wenn nötig. Solange Sie sich nicht erwischen lassen", fügte McKenzie eilig hinzu. „Geiselrettungs- und SWAT-Teams im ganzen Land stehen bereits in den Startlöchern, um diesen verdammten Serienmörder zu schnappen, der einen Ihrer Kollegen umgebracht hat. Das Marine Corps Forces Special Operations Command MARSOC wurde ebenfalls über Ms. Millers Entführung alarmiert und mobilisiert sich für den Fall, dass diese Situation zu einem internationalen Zwischenfall eskaliert. In der Zwischenzeit kümmern Sie sich darum."

Wenn sogar das US MARSOC in diese Sache verwickelt wurde, konnte das einen offenen Krieg zwischen den USA und den Kartellen auf der anderen Seite der Grenze zur Folge haben, was die mexikanische Regierung mit Sicherheit nicht gutheißen würde.

Task Force Blue erließ keine Haftbefehle.

„Ich werde Agenten aus Phoenix und Tucson anfordern, um Sie zu unterstützen, aber die sind mindestens neunzig Minuten hinter Ihnen und verfügen nicht über das gleiche Training wie Sie. Sie und Agent Hersh sind dem Standort der Kidnapper am nächsten und die beste Chance, die wir haben, um Ms. Miller heil dort rauszuholen."

Und vorzugsweise vor Sonnenaufgang und auf dieser Seite der mexikanischen Grenze.

„Was ist mit den Grenzschutzagenten hier?" Es gefiel Seth nicht, die Männer zurückzulassen. Sie hatten die Hölle durchgemacht. Hatten dank eines verräterischen Kollegen einen ihrer Männer verloren.

„Ich kann es nicht riskieren, sie zu involvieren. Verstärkung in Form von FBI-Agenten ist auf dem Weg, um sie zum Vorfall zu befragen und ihnen dabei zu helfen, den Tatort zu sichern. Es gibt keine Hinweise auf jegliche ungenehmigte Kommunikation von mehr als einem der Geräte in der Gruppe, seit es dunkel geworden ist."

Vermutlich gehörte das eine, auffällige Gerät dieser Ratte Roger.

„So sehr ich sie Ihnen auch mitschicken möchte, es geht nicht."

Ein schwaches Vibrieren pulsierte durch die Nacht und warnte

Seth, dass er nicht viel Zeit zum Nachdenken und Entscheiden haben würde. Nicht dass er derjenige war, der hier die Befehle erteilte.

„Es ist ein riesiges Areal." Andererseits konnten zwei einzelne Männer sich unerkannt und rasch bewegen, vor allem, wenn sie auch Augen in der Luft hatten. Seth warf Hersh einen kurzen Blick zu, der wachsam neben ihm hockte. Seths Augen hatten sich mittlerweile so sehr an das Mondlicht gewöhnt, dass er den angespannten Ausdruck des Mannes gut erkennen konnte. „Die Drohne soll sie bloß nicht verlieren."

Seth legte auf. Das Dröhnen des Helikopters wurde lauter. Arthur warf einen nervösen Blick in Richtung des Hubschraubers. Es waren nicht immer nur die Guten, die in diesem Teil der Welt mit Helikoptern unterwegs waren.

„Das ist einer von uns", versicherte Seth dem Mann. „Hersh und ich müssen los. Verstärkung für euch ist auf dem Weg."

„Was zur Hölle …?", erwiderte Arthur.

„Tut mir leid. Wir haben einen dringenden Befehl erhalten. Sammelt alle Informationen über diese Angreifer zusammen." Noch während er sprach, schickte Seth seine Informationen an das Hauptquartier. Dort konnten sie es mit den anderen Agenten und Homeland Security teilen.

„Hat noch jemand Ersatzmunition übrig?", fragte Hersh und streckte seine Hand nach neuen Magazinen aus. Auch wenn ihm die Einzelheiten der Unterhaltung zwischen Seth und McKenzie nicht bekannt waren, hatte er genug mitbekommen, um zu wissen, dass es zu einem weiteren Schusswechsel kommen würde. Die Jungs reichten ihm ihre Ersatzmagazine, und Seth hoffte inständig, die Kartellgangster wären wirklich aus dieser Gegend verschwunden. Obwohl die meisten von ihnen, wie man ehrlicherweise zugeben musste, tot waren.

„Ihr wart nicht wirklich für ein Routinetraining hier unten, oder?", fragte Arthur missmutig.

Seth schüttelte den Kopf.

„Jemand vermutete, dass wir einen Spitzel in der Truppe haben."

Seth nickte, und Arthurs Blick fiel auf Ike, das Mitglied ihres Teams, das sie verloren hatten.

„Wenn wir davon gewusst hätten, wenn wir gewarnt worden wären …"

Seth presste die Lippen zusammen. So funktionierten Ermittlungen nicht.

„Ihr hattet auch mich unter Verdacht, hab' ich recht?", fragte Arthur.

Wieder blieb Seth stumm. Was sollte er schon sagen, wenn die Antwort so offensichtlich war?

„So viele Jahre im Job, und die Regierung traut mir noch immer nicht. Ike hat eine Frau und Kinder, und wenn wir davon gewusst hätten, hätten wir uns gegenseitig den Rücken freihalten können." Arthur hob sein Gesicht zum Himmel und stieß einen frustrierten Schrei aus.

„Tut mir sehr leid, Mann. Die Verstärkung wird bald hier sein", beteuerte Seth leise.

Arthurs Erwiderung wurde vom Dröhnen der Rotorblätter und dem aufwirbelnden Staub übertönt. Seth und Hersh sprangen in den kleinen Heli, und der Pilot hob umgehend wieder ab.

Sie setzten sich Kopfhörer auf, und Seth brachte seinen Kollegen auf den neusten Stand.

„Wissen wir, wie das Entführungsopfer aussieht?", fragte Hersh, während er seine Waffen kontrollierte.

Seth schüttelte den Kopf und schickte McKenzie eine Nachricht, bat ihn um ein Foto der Tochter der Vizepräsidentin, dann zog er eine Landkarte hervor. Er bemerkte, dass der Kopilot ein kleines Tablet auf den Knien balancierte, das die Aufnahmen der Wärmebildkamera an der Drohne übertrug. Seth hielt seine wasserfeste Karte hoch und überflog den ungefähren Standort.

Auf dem Tablet verfolgte er, wie der kurze Fahrzeugkonvoi von der Straße abbog und in die Wüste des Sonoyta-Tals einbog.

Das sah nicht gut aus. Es sah sogar richtig schlecht aus.

„Lasst uns hier raus." Seth zeigte dem Kopiloten einen Punkt auf der Karte. Der Kerl nickte. Es war nahe der Grenze, etwa neun Kilometer nördlich, acht Kilometer östlich der Hauptstraße. „Wir gehen zu Fuß in diese Gegend." Seth kreiste die Stelle für den Kopiloten ein. „Und das da nehmen wir mit." Er zeigte auf das Tablet. Er schrieb ihm die Nummern ihrer Handys und des Satellitentelefons auf seine Visitenkarte, und der Kopilot erwiderte den Gefallen. Er würde die Übertragung der Drohne auf seinem Handy verfolgen können, und Seth wusste, wenn sich die Kidnapper aufteilten, würden er und JJ die bessere Auflösung brauchen, die das Tablet bot.

Der Hubschrauber landete auf einer kleinen Lichtung.

„Wir werden in der Nähe des Grenzübergangs warten, um so unauffällig wie möglich zu wirken, aber wir holen euch ab, sobald ihr uns Bescheid gebt. Wartet, ich gebe euch noch etwas Verpflegung mit." Der Kopilot sprang aus dem Helikopter und holte mehrere Wasserflaschen aus dem Laderaum, drückte sie ihnen zusammen mit einer Handvoll Notrationen in die Hände.

„Danke. Hoffen wir mal, wir finden diese Bastarde, bevor die Sonne aufgeht." Seth und Hersh nahmen die Kopfhörer ab, stiegen aus und nickten den Piloten zu, bevor sie ein weiteres Mal in der Kälte der nächtlichen Wüste verschwanden.

Die Maschine hob ab und verschwand schnell in der Dunkelheit.

Seths Satellitentelefon vibrierte mit der Antwort von McKenzie. Das Foto der Tochter der Vizepräsidentin war auf einer Hochzeit oder irgendeinem anderen formellen Anlass aufgenommen worden, aber Seth erkannte die zierliche, blonde Frau dennoch augenblicklich.

Er hatte das Gefühl, als hätte er einen Schlag in die Magengrube bekommen.

Er zeigte Hersh das Foto.

Hershs Lippen wurden schmal. „Scheiße."

„Allerdings. Scheiße." Seth versuchte, nicht daran zu denken, was diese Typen womöglich mit einer Frau wie ihr in einer menschenleeren Wüste anstellen würden.

„Glaubst du, sie haben auch ihre Freunde mitgenommen?"

Seth zuckte mit den Schultern. „Ich schätze, wir werden es bald herausfinden."

„Verstanden."

Seth setzte sein Nachtsichtgerät auf, und die beiden liefen in die Wildnis, wobei sie beteten, noch rechtzeitig zu kommen.

———

Karina fing an zu hyperventilieren.

Zoe griff nach der Hand ihrer Freundin und hielt sie fest. Ihr eigener Hals war von der alles verschlingenden Angst so rau, dass sie kaum atmen konnte. Dieser Mann war ein Mörder. Sie konnte es in seinen Augen erkennen. Wenn es nach ihm ging, waren sie und ihre Freunde bereits so gut wie tot, und er erwartete, dass sie sich mit der Situation abfanden und ihm nicht mehr Ärger als unbedingt nötig machten.

Zoe runzelte die Stirn, als sie an die Worte ihres Kidnappers dachte.

„Wessen Befehle?", hakte sie nach.

Er drehte sich zu ihr um, und seine schwarzen Augen funkelten mit einer Belustigung, deren Mangel an Mitgefühl furchteinflößend war.

„*Wer* hat Ihnen befohlen, uns zu entführen?", wiederholte sie.

„Die müssen wissen, wer du bist", wisperte Karina.

Zoe warf ihrer Freundin einen warnenden Blick zu.

„Wer bist du denn?", fragte der Mann mit gleichgültigem Interesse. Er schien ehrlich neugierig zu sein, und Zoe war sich plötzlich hundertprozentig sicher, dass das hier absolut gar nichts mit ihrer Mutter zu tun hatte.

„Mein Dad ist ein Hollywood-Produzent. Er hat Geld. Er kann für uns alle gutes Lösegeld zahlen." Das war keine Lüge, auch wenn sich ihr Vater aus sämtlichen Posten in seiner Firma zurückgezogen hatte, um den Ruf seiner Frau nicht zu gefährden. Zoe wusste, dass sie ihre Entführer hinhalten musste, und vielleicht würde es ausreichen, sie mit Geld zu locken, um lange genug am Leben zu bleiben, bis Rettung eintraf.

Karina erstarrte und warf ihr einen kurzen Blick zu.

Ihr Kidnapper schien sie hämisch anzugrinsen, allerdings war das hinter dem Halstuch schwer zu erkennen. „Hollywood ist nur eine Traumfabrik, *chica*. Das hier ist die Realität."

Chica - Ehrlich? Was für ein Arschloch.

Aber etwas an seinem Tonfall war absolut schauderhaft. Er hatte tagtäglich mit Tod und Zerstörung zu tun und erledigte diese Dinge mit der gleichen Leichtigkeit, mit der andere Leute ihren Latte Macchiato kauften. Dieser Mann war einer der Gründe, weshalb die Wüste so ein gefährlicher Ort war, und Zoe wusste, dass er sie ohne jegliche Gewissensbisse umbringen würde.

„*Wer* hat den Befehl gegeben, uns zu entführen?", drängte Zoe.

Er erwiderte nichts, starrte sie einfach nur an. Sie und ihre Freunde waren für diesen Kerl nur ein weiterer Auftrag in seinem Arbeitstag. Ein weiterer kranker Eintrag im Terminkalender.

Sie rumpelten über die Straßen, dann bogen sie auf denselben Weg ein, auf dem sie vier schon früher am Tag unterwegs gewesen waren.

Suchend blickte Zoe sich um. „Wo fahren wir hin? Warum sind wir hier?"

Wieder konnte sie das versteckte Grinsen erkennen, das kleine Fältchen um seine dunklen Augen malte. „Vielleicht sollten du und deine Freunde lernen, eure Nasen nicht in anderer Leute Angelegenheiten zu stecken, dann wärt ihr nicht in dieser Situation."

Zoe und Karina warfen sich einen überraschten Blick zu. Es ging hier wirklich nicht um Zoe oder ihre Mutter, es ging um ihre Arbeit.

„Wir ermitteln in keinem Verbrechen. Wir helfen Familien

dabei, ihre Liebsten wiederzufinden. Würden Sie nicht auch wollen, dass Ihre Angehörigen Ihre Überreste begraben können, sollte Ihnen etwas zustoßen?"

Er zuckte gleichgültig mit den Schultern und wandte den Blick ab, aber nicht, bevor Zoe eine kaum merkliche Veränderung in seinen Augen entdeckte.

So vertraut er auch damit war, Todesurteile zu vollstrecken, sie glaubte nicht, dass er mit seiner eigenen Sterblichkeit so lässig umging, wie er vorzugeben versuchte. Vielleicht hätte er sich einen weniger gefährlichen Job suchen sollen. Und vielleicht hatte er auch keine Wahl.

Zoe hatte kein Mitleid mit ihm. Der Großteil der Leute südlich der Grenze waren ehrliche, hart arbeitende Mitglieder der Gesellschaft. Jeder traf seine eigenen Entscheidungen. Aber manche Entscheidungen konnten nicht wieder rückgängig gemacht werden.

Sie schaute aus dem Fenster und erkannte, dass sie zu *exakt* der Stelle unterwegs waren, wo sie früher am Tag geparkt hatten, am Ende des Brady-Pfads. Ein Schauder kroch über ihre Haut.

Die Autos hielten an, und zwei der Männer stiegen aus und kontrollierten die Umgebung. Beide trugen Sturmgewehre. Sie nickten, der Fahrer von Zoes Wagen schaltete den Motor aus, und die Fahrzeuge kühlten in der kalten Wüstenluft aus.

Zoe wollte sich umschauen, aber der Anführer der Truppe starrte sie schon wieder an, forderte sie förmlich heraus, seine vorherigen Befehle zu missachten. Sie biss die Zähne zusammen und fragte sich, worauf zur Hölle sie warteten, was sie hier machten und was diese Männer von ihr und ihren Freunden wollten.

Noch nie in ihrem ganzen Leben hatte sie solche Angst gehabt, aber sie glaubte nicht, dass sie etwas erreichen würde, wenn sie ihre Angst zeigte – vermutlich würde sogar das Gegenteil passieren, wenn die Kidnapper es als Zeichen von Schwäche erachteten und sie angriffen. Zoe hatte keine Ahnung, ob ihr Notruf ihre

Eltern oder die Behörden erreicht hatte. Vermutlich würden sie und ihre Freunde lange tot sein, bevor Hilfe eintraf.

Ihre Tür wurde aufgerissen, und sie wurde aus dem Auto gezerrt. Sie wäre zu Boden gefallen, wäre da nicht der eiserne Griff an ihrem Arm gewesen.

Zoe schaute auf und entdeckte James und Fred, die aus James' Truck stolperten, ihre Hände noch immer hinter dem Rücken gefesselt und frisches Blut im Gesicht. Beide Männer sahen aus, als ob ihnen Pistolenkolben ins Gesicht geschlagen worden wären.

Die Jungs starrten sie und Karina an, die aus der anderen Tür des SUV herausgezerrt worden war, und Verzweiflung stand ihnen ins Gesicht geschrieben.

Die Kidnapper stießen sie grob über den Parkplatz und zwangen sie, sich in einer Reihe hinzuknien. Als sich die harte Erde in ihre Knie bohrte, schien der Rausch der Angst beinahe Zoes Rückgrat zu schmelzen.

„Wir haben nichts getan, was Ihnen oder Ihrer Organisation schaden könnte", argumentierte sie.

„Sie machen einen riesigen Fehler", meldete sich James zu Wort. „Zoes–"

„Habe ich ihm schon gesagt", schnitt Zoe ihm das Wort ab.

„Dass ihr Dad ein Hollywood-Produzent ist." Karina warf ihr einen skeptischen Blick zu.

Glaubten sie wirklich, diese Gangster würden sie *verschonen*, wenn sie herausfanden, dass Zoes Mutter die Vizepräsidentin der Vereinigten Staaten war? Wenn überhaupt, würde ihnen das noch schneller eine Kugel einhandeln und mit ziemlicher Sicherheit ein sehr tiefes Grab.

Plötzlich tauchte ein weiterer Mann aus der Dunkelheit auf, der ein Muli an Zügeln hinter sich herzog. Überrascht schnappte Zoe nach Luft. Er war ganz und gar in Schwarz gekleidet, war groß und schlank und trug ebenfalls ein Halstuch über Mund und Nase gebunden. Die anderen Kidnapper verfielen augenblicklich in eine Haltung absoluter Unterwürfigkeit.

Das war eindeutig der Mann, der die Befehle gab. Der Mann, der angeordnet hatte, Zoe und ihre Freunde zu entführen.

Er sprach kurz mit Zoes ursprünglichem Entführer, dann kam er zu der Stelle herübergeschlendert, wo sie im Dreck knieten. In seiner Hand hielt er einen kleinen gelben Plastikmarker, von der Sorte, mit der man Beweise markierte. Die Sorte, wie Zoe ihn früher am Abend benutzt hatte, um die Fundstelle der toten Frau zu markieren.

Zoes Zähne klapperten.

Als er bei ihr ankam, hielt der Mann in Schwarz inne und blickte auf sie hinunter. Zoe hob ihr Kinn und warf ihm einen finsteren Blick zu. Sie war sich ziemlich sicher, dass sie umgebracht werden würden. Sie würde es ihm nicht einfacher machen und schon gar nicht kleinlaut den Kopf senken.

Nicht, solange sie ihre Nerven noch unter Kontrolle hatte.

Er drehte sich wieder um, ging zu James' Truck und bedeutete einem der Männer, die Ladefläche für ihn zu öffnen. Dann warf er die gelbe Markierung hinein, zog eine der Kisten zu sich und öffnete den Deckel. Zoe konnte sein Gesicht nicht sehen, aber er zuckte etwas zurück, als ob er angewidert wäre. Ein gemeines Lächeln zuckte um ihre Mundwinkel.

Trotz seines offensichtlichen Widerwillens rüttelte er die Kiste und schien nach etwas unter den Knochen zu suchen.

Das Gleiche machte er auch mit der anderen Kiste, stöberte herum, als ob er etwas verloren hätte, hielt einen Augenblick das Kruzifix in der Hand, bevor er es wieder in die Kiste fallen ließ. Dann fluchte er.

„Wo sind ihre Handys?" Der Neuankömmling hielt die Hand auf, und ihr Kidnapper reichte ihm alle vier Handys.

Zoe war sich nicht sicher, ob ihr Handy irgendeine Art Notfallsignal von ihrer Smartwatch auf dem Bildschirm anzeigen würde, wenn er es einschaltete. Sie nahm die Hände hinter den Rücken und drückte blind den Knopf an der Seite ihrer Uhr, dann glitt sie mit dem Finger über das Display, in der Hoffnung, das Signal auszuschalten, ohne dass ihre Entführer es mitbekämen.

Aber der Mann in Schwarz stellte die Handys überhaupt nicht an, sondern warf sie stattdessen auf die Ladefläche des Trucks.

„Habt ihr all ihre Sachen? Kleidung? Alles? Seid ihr sicher?", blaffte der Anführer seinen Handlanger an.

Zoes Entführer öffnete den Kofferraum des Wagens, in dem sie hierhergefahren waren, und nahm Zoes Reisetasche heraus. Der Mann in Schwarz zeigte auf James' Truck, und Zoes Tasche wurde zu den anderen Sachen auf die Ladefläche geworfen.

Verdammt.

„Mit Benzin überschütten", befahl der Mann in Schwarz.

Zoe und ihre Freunde erstarrten.

Dann ging der Mann in Schwarz zu seinem Muli und holte etwas aus dem Bündel auf dessen Rücken. Zoe war hin- und hergerissen zwischen dem Drang, davonzurennen, und dem Bedürfnis, sich in eine kleine Kugel zusammenzurollen und in Tränen auszubrechen. Wenn sie davonlief, würden die anderen erschossen werden.

Im Mondlicht suchte sie Freds Blick. Er dachte offensichtlich das Gleiche wie sie.

Ihre einzige Chance zu überleben war, wenn *alle* davonrannten.

Der Mann in Schwarz kam zu ihnen zurück und warf James und Fred zwei Schaufeln vor die Füße. Dann zeigte er in die Wüste hinter ihnen und stieß ein einziges, furchterregendes Wort aus.

„Graben."

Seth und Hersh bewegten sich lautlos vorwärts, legten mit eindrucksvoller Geschwindigkeit eine enorme Strecke zurück. Eins war verdammt sicher, Seth war nicht länger kalt.

Sie waren nicht mehr weit von den Autos entfernt, die für die Entführung benutzt worden waren. Er und Hersh kauerten sich für einen Moment zusammen und warfen einen schnellen Blick auf das Bild der Wärmebildkamera auf dem Tablet. Sieben Entführer und so, wie es aussah, vier Geiseln. Sie hatten sich nicht in verschiedenen Richtungen in der Wüste verteilt, um mögliche Verfolger zu verwirren – was gut war, denn es legte nahe, dass sie nicht ahnten, dass ihnen die Gesetzeshüter auf den Fersen waren. Stattdessen versammelten sie sich in der Nähe der Autos auf einem kleinen Parkplatz. Einer der Männer war zu Fuß durch die Wüste gekommen und scheinbar mit einem Muli im Schlepptau zu ihnen gestoßen.

Planten sie etwa, die Tochter der Vizepräsidentin zu Fuß über die Grenze zu bringen?

Auf dem Tablet zoomte Seth heraus, konnte aber keine weiteren Personen entdecken, die sich in der näheren Umgebung verschanzt hatten.

Waren die drei Geiseln dieselben Personen, die er mit Ms. Miller im Restaurant gesehen hatte? Das kam ihm wahrscheinlich vor. Sie waren aufgereiht wie bei einem Verhör.

Ursprünglich hatten Hersh und er geplant, einen Punkt zu suchen, von dem aus sie die Lage überblicken konnten, bis Verstärkung eintraf, aber diese Aufreihung sah eher wie eine Exekution aus und weniger wie eine Entführung. Vielleicht planten die Geiselnehmer, die drei Freunde zu ermorden und nur Ms. Miller zu behalten?

Seth würde nicht zulassen, dass es dazu kam.

Er und Hersh krochen näher, nah genug, um die Stimmen durch die öde Landschaft schweben zu hören.

Sie erstarrten gleichzeitig, als sie das Wort „Graben" hörten, und warfen sich einen kurzen Blick zu. Es gab nur einen einzigen Grund, hier draußen zu graben, und zwar nicht, um nach einem Schatz zu suchen.

Seth deutete auf die Karte. Achtete darauf, kaum hörbar zu wispern. „Du gehst da herum. Schneide dort rein und erledige diesen Kerl. Ich gehe hier lang." Er zeigte auf einen anderen Kerl, der in der Nähe der Autos herumlungerte, während die anderen Kidnapper den Geiseln folgten, die in die Wüste stolperten. „Wir treffen uns hier." Er zeigte auf einen dritten Punkt auf der Karte, „und sehen dann weiter."

Diese Gelegenheit, ihre Chancen zu verbessern, war ein Risiko, das einzugehen er bereit war. Seth stopfte das Tablet zurück in die Tasche seiner Weste, während Hersh in der Dunkelheit verschwand. Ein paar Minuten lang würden sie nicht wissen, was der andere tat und was mit den Kidnappern passierte, aber er musste sich ohnehin auf die Situation vor sich konzentrieren und sich nicht allein auf die Technologie verlassen.

Beide wussten, wie der andere arbeitete. Hersh mochte ein Scharfschütze sein, aber er war auch im Nahkampf ausgebildet, ebenso wie Seth zwar ein Nahkämpfer war, aber regelmäßig seine Zielsicherheit mit Langwaffen trainierte.

Seth schlich Richtung Westen davon und entkam nur knapp den fiesen Stacheln eines Saguaro-Kaktus, der wahrscheinlich seit mehr als hundert Jahren hier in der Wüste Wache hielt. Seth wand sich durch die Vegetation, achtete permanent auf jegliche Bewegungen etwa zwanzig Meter zu seiner Rechten, wo die bedauernswerten Geiseln unter Waffenzwang in die Wüste marschierten. Es war der Befehl zu graben gewesen, der ihm und Hersh diese Chance ermöglicht hatte, auch wenn die Gefahr bestand, dass die Kidnapper die Geduld verloren und nicht länger darauf warten wollten, bis das Loch tief genug war, sondern die Sache einfach früher zu Ende brachten. Oder sie würden beschließen, die Frauen abwechselnd zu vergewaltigen, während die Männer die Gräber gruben.

Diese Vorstellung erfüllte Seth mit Zorn, aber er unterdrückte ihn und konzentrierte sich stattdessen darauf, seinen Job zu erledigen.

Wussten die Entführer, mit wem Zoe Miller verwandt war? Wenn sie Ms. Miller ausgewählt hatten, weil sie die Tochter der Vizepräsidentin war, warum hatten sie dann die ganze Gruppe entführt und hier rausgebracht?

Seth zog sein Militärmesser hervor und zwang sich, an nichts anderes außer an die Gegenwart zu denken. Es zählte einzig und allein, die Geiseln zu retten, mit Ms. Miller als Priorität.

Er kroch bis zum Rand des Parkplatzes, der von den Frontscheinwerfern eines verrosteten alten Fünftürers erhellt wurde. Sein Nachtsichtgerät hatte er bereits abgesetzt, damit er nicht von dieser zusätzlichen Lichtquelle geblendet wurde. Der Halbmond reichte aus, um genug sehen zu können.

Der Gestank von Benzin lag schwer in der Luft, was sich erklärte, sobald Seth bemerkte, dass einer der beiden Männer Benzin aus dem Tank eines roten Trucks absaugte – ein Truck, den Seth früher am Abend vor dem Motel gesehen hatte. Der Mann richtete sich auf, spuckte, was ganz offensichtlich ein schlecht getimtes Saugen am Gummischlauch bedeutete, bevor er den Inhalt des Kanisters über das Dach und die Kühlerhaube des alten Wagens schüttete.

Seth brauchte einen Augenblick, bis er den zweiten Mann entdeckte, aber sobald er ihn im Visier hatte, bewegte er sich lautlos durch die Schatten, bis er sich hinter dem Kerl befand, der gerade am Rand des Parkplatzes in ein Mesquite-Dickicht pinkelte. Seth presste eine Hand auf den Mund des Kidnappers und schnitt ihm mit dem Messer die Kehle durch. Lautlos ließ er den toten Mann zu Boden gleiten.

Als er einen Blick über die Schulter warf, sah er, wie Hersh den zweiten Mann in die Dunkelheit zerrte.

Das Muli wedelte träge mit dem Schwanz, war eindeutig gelangweilt.

Seth und Hersh verschwanden wieder in der Nacht, zogen ihre Nachtsichtgeräte über, während sie sich auf den Rest der Gruppe zubewegten. Endlich kamen die Geiseln in Sicht.

Was Seth erblickte, sah nicht gut aus.

5

Zoe zitterte vor Angst, während sie hinter Karina durch die Dunkelheit strauchelte. Die eisige Kälte drang durch ihre dünnen Baumwollsachen, und ihr ganzer Körper war von Gänsehaut bedeckt, aber die niedrige Temperatur war das geringste ihrer Probleme.

Fünf der Geiselnehmer begleiteten sie. Zwei weitere waren bei den Autos geblieben. Bessere Chancen als vorher vielleicht, aber leider waren ihre Kidnapper alle im Besitz von Waffen, Nachtsichtgeräten und Herzen aus Eis.

Sie und ihre Freunde hingegen waren unbewaffnet, und außerdem waren James und Freds Hände gefesselt. Allerdings würden die Kidnapper die Fesseln lösen müssen, wenn sie wollten, dass die beiden Männer ihre eigenen Gräber gruben. Die einzige Hoffnung, die sie und ihre Freunde zum Überleben hatten, war, sich aufzuteilen und in der Wüste zu verschwinden.

„Denk nicht einmal daran, etwas Dummes zu versuchen, *chica*." Die Worte klangen so sanft wie der Flügelschlag einer Eule bei Nacht.

Zoe erstarrte.

Ihr persönlicher Kidnapper schien entschlossen, ihr nicht von der Seite zu weichen, und sie glaubte nicht, dass es damit zu tun hatte, dass er ihr Schutz bieten wollte.

„Warum nicht?" Verbitterung keimte in ihr auf. „Werden Sie mir etwa *wehtun*, wenn ich nicht das tue, was man mir sagt?" Sie machte sich keine Mühe, ihre Verachtung zu verbergen.

Sie spürte, wie sich der harte Lauf einer Waffe in ihre Rippen bohrte.

„Es gibt Schlimmeres als den Tod, *chica*."

Ihre Lippen verzogen sich. „Glauben Sie, das weiß ich nicht?" Sie warf dem Kerl einen finsteren Blick über die Schulter zu. „Ich bin engstens vertraut mit dem Tod, und er macht mir kein bisschen Angst. Leute wie Sie hingegen …"

Er lachte leise. „Dann bist du schlauer, als ich gedacht habe."

Bei seinem herablassenden Tonfall wurden ihre Augen schmal.

„Warum tun Sie das?" Sie versuchte verzweifelt, etwas Menschlichkeit in dem Mann zu finden, ihn dazu zu bringen, sie als Individuen anzusehen, nicht als Punkte auf einer To-do-Liste. „Meine Freunde und ich helfen Leuten, die das Pech hatten, hier draußen zu sterben. Wir schicken ihre Überreste nach Hause zu ihren Familien, damit sie sie begraben können. Wir haben nichts mit den Strafverfolgungsbehörden zu tun." Und wenn Zoe persönlich Drogenschmuggler verabscheute, dann war das ihre eigene verdammte Sache.

Er stieß genervt den Atem aus. „Glaubst du, es gibt in meinem Land viele Alternativen für einen Mann wie mich?"

Mir blutet das Herz.

„Niemand hat Sie gezwungen, uns aus den Betten zu zerren und zu entführen."

Ihre Reaktion war eindeutig nicht das, was er von jemandem erwartet hatte, den er offensichtlich schon in die Gutmensch-Schublade gesteckt hatte.

Er verpasste ihr einen weiteren Stoß mit dem Lauf seiner Pistole. „Beweg dich."

„Sag es ihnen", wisperte Karina eindringlich, als Zoe wieder in ihrer Nähe war.

„Es wird keinen Unterschied machen", murmelte Zoe. „Sie werden sich nur Sorgen machen, dass die Behörden nach uns suchen, und uns noch schneller umbringen."

Oder sie würden ihre Freunde umbringen und Zoe als Druckmittel verschleppen.

Zoe konnte das scharfe Krachen einer Schaufel hören, die durch die trockene Erde geschlagen wurde, als einer der Kidnapper Fred und James zum Arbeiten zwang.

Zoe starrte in die Dunkelheit. Irgendwo in der trostlosen Nacht rasselte eine Klapperschlange. Als ihr Kidnapper zur Seite trat, um mit seinem Boss zu sprechen, wisperte sie Karina zu, „Wir müssen wegrennen."

Karina schüttelte kaum merklich den Kopf. „Ich werde James nicht alleinlassen."

„Wenn wir entkommen und uns in der Wüste aufteilen, gibt das den Jungs die Chance, das auch zu tun oder zurückzuschlagen, ohne sich unseretwegen sorgen zu müssen."

Karina schluckte angestrengt. „Ich weiß nicht, ob ich das tun kann."

„Du *musst*. Je mehr sie sich aufteilen werden, umso bessere Chancen haben wir. Zerstreuen, wegrennen, verstecken. Es sind nur noch ein paar Stunden bis zum Sonnenaufgang. Die Behörden suchen bestimmt nach uns."

Fred und ihr Kidnapper schauten beide in ihre Richtung und Zoe verstummte. Sie hielt die Luft an und starrte unterwürfig auf den Boden. Einer der Männer schrie Fred auf Spanisch an, er solle weitergraben.

Die vier hatten nicht mehr viel Zeit.

Langsam, als niemand auf sie achtete, trat sie einen Schritt zurück. Dann einen weiteren. Hoffte, Karina würde ihrem Beispiel folgen. Der Mann in Schwarz sagte etwas zu seinen Lakaien, die in Gelächter ausbrachen, und Zoe nutzte den Moment der Ablenkung aus, um zwischen zwei großen Kakteen in den Schatten zu verschwinden. Dann drehte sie sich um und rannte, das schlimme Kratzen der nadelspitzen Stacheln auf ihrer nackten Haut ignorierend.

Sie war kaum ein Dutzend Meter weit gekommen, als sie jemanden erbost aufschreien hörte und die Verfolgung begann. Irgendjemand feuerte eine Waffe ab und brüllte auf Spanisch herum. Bevor Zoe sich versah, wurde sie seitlich zu Boden gerissen. Tränen der Frustration traten ihr in die Augen.

Eine große Gestalt presste eine Hand auf Zoes Mund, bevor sie vor Enttäuschung aufschreien konnte.

„Bleiben Sie ruhig, bleiben Sie unten. Ich bin hier, um Sie zu retten", wisperte eine Stimme, und warmer Atem streifte ihr Ohr. Dann war das Gewicht auf ihr verschwunden, und sie rollte sich auf die Seite, reckte den Hals und entdeckte die dunkle Silhouette eines Mannes in Kampfkleidung, der über ihr in der Dunkelheit kniete.

Er feuerte seine Waffe ab, und sie hörte ein schmerzerfülltes Keuchen, als eine Kugel in einen Körper einschlug.

„Meine Freunde sind da hinten", stieß sie verzweifelt hervor.

In der Nähe knallten mehrere laute Explosionen, und die Luft war plötzlich von widerlichem Rauch und dem Knattern von Sturmgewehren erfüllt.

Angst um ihre Freunde ergriff Zoe. Der Soldat rutschte etwas näher und feuerte weiter in die Dunkelheit. Eine Kugel flog so nah an ihnen vorbei, dass Zoe sie durch die Luft pfeifen hören konnte. Der Kerl zuckte nicht zusammen. Drückte einfach nur ihren Kopf auf den Boden und schoss weiter.

„Bitte bringen Sie meine Freunde nicht um!"

„Zwei von ihnen sind abgehauen, und der dritte hat sich auf den Boden geworfen, als der Schusswechsel losging. Die Angreifer ziehen sich zurück."

Er wühlte in einer Tasche seiner Weste herum und drückte ihr etwas Flaches, Hartes in die Hand. Ein Tablet. „Schirmen Sie das Display ab und schauen Sie, ob Sie herausfinden können, wohin alle verschwunden sind. Das Letzte, was wir gebrauchen können, ist jemand, der sich von hinten an uns heranschleicht."

Zoe tat, worum er sie gebeten hatte, und schirmte mit ihren

Unterarmen und Händen das schwache Licht des Bildschirms ab. Der Soldat wich ein wenig zurück, noch immer auf einem Knie hockend, und suchte durch sein Nachtsichtgerät die Gegend ab. Er schob Zoes Hand etwas zur Seite, damit er einen Blick auf das Display werfen konnte.

Zwei Gestalten rannten zurück zu den Autos. Vier Gestalten lagen ausgestreckt auf dem Boden in der Nähe. Zwei weitere Gestalten rannten östlich von ihnen in die Wüste. Und eine weitere Gestalt kroch langsam auf die Stelle zu, wo sie und ihr Retter im Staub kauerten. Zoes Hand griff nach dem Hosenbein des Mannes, und sie deutete aufgeregt auf das Tablet.

Er legte seine warme Hand flach auf ihren Rücken. „Der gehört zu mir."

Einen Augenblick später kauerte sich ein weiterer Soldat neben sie.

Der erste Kerl zog ein Satellitentelefon hervor. „Wir haben die Zielperson. Die Zielperson ist in Sicherheit. Fünf Kidnapper tot. Zwei auf der Flucht."

Fünf tot? Zoe zupfte ungeduldig an seinem Ärmel. „Was ist mit meinen Freunden?"

Plötzlich wurde der Nachthimmel von einer riesigen Explosion aus Licht und Rauch erfüllt, als etwa fünfzig Meter westlich von ihnen Flammen in den Himmel schossen.

Ihr Retter ignorierte sie. „Sagen Sie der Verstärkung, dass sie zu diesem riesigen Lagerfeuer kommen sollen, das gerade die Wüste erhellt hat. Ein Ford Truck." Er gab die Koordinaten durch. „Sieht so aus, als ob die zwei Kidnapper sich aufgeteilt haben und mit dem Fünftürer und ihrem SUV geflüchtet sind." Er ratterte zwei Nummernschilder herunter, scheinbar aus dem Gedächtnis.

Zoe richtete sich auf und versuchte, aufzustehen. „Ich muss meine Freunde finden."

Der Soldat griff nach ihrer Schulter, hielt sie fest. „Nicht, bis wir wissen, dass es sicher ist."

„Sie sind womöglich verletzt." Sie zog ihre Schulter weg, versuchte, seine Hand abzuschütteln und wieder aufzustehen.

Dieses Mal half er ihr, nahm ihr das Tablet ab und steckte es zurück in seine Tasche. Das riesige Lagerfeuer machte es einfach, in der Dunkelheit zu sehen.

„Na schön, aber dann machen wir das auf meine Weise. Wenn Sie sich nicht benehmen, werde ich Ihnen Handschellen anlegen und Sie hierlassen, bis ich mich versichert habe, dass die Lage sicher ist."

Zoe starrte den Kerl finster an und wiederholte: „Wir müssen uns beeilen. Sie könnten verletzt sein."

„Sie sind meine Priorität."

„Und *sie* sind meine." Zoe biss die Zähne zusammen.

„Ma'am." Die Worte waren gleichermaßen Bestätigung als auch Warnung, aber es war seine Stimme, die sie erstarren ließ.

Sie glotzte ihn an. „Sie sind es. Der vom Motel."

Ein träges Lächeln zuckte über seine Lippen, und ihr Herz machte einen kleinen Sprung.

„FBI-Special Agent Seth Hopper, Ma'am. Das hier ist Agent JJ Hersh. Wir sind im Auftrag des Geiselrettungsteams hier."

„*FBI?*"

Der andere Mann nickte, während Zoe sich den Staub von den Klamotten klopfte.

„Wo ist der Rest Ihres Teams?" Vorhin waren mindestens zehn Agenten im Motel gewesen, vielleicht sogar mehr.

„Ich fürchte, vorerst sind es nur wir beide. Bis die Kavallerie eintrifft."

Zoe verstand nicht, aber sie wusste, dass es sie nur aufhalten würde, wenn sie noch weitere Fragen stellte, und sie wollte ganz dringend ihre Freunde finden.

Mit frustrierender Langsamkeit bewegten die drei sich auf den Ort zu, an den die Kidnapper sie gebracht hatten. Hielten immer wieder in den Schatten inne. Der Agent hinter ihr huschte an ihr vorbei, um die Körper zu durchsuchen, die bäuchlings auf der Erde lagen. Er legte jedem Handschellen aus Kabelbindern an, auch wenn sie alle tot zu sein schienen.

In der Nähe einer flachen Grube erblickte Zoe einen dunklen Haufen. „Fred. Fred!"

Der Haufen bewegte sich, und eine Welle der Erleichterung überkam sie. Ihr neuer Personenschutz griff nach ihrem Arm, bevor sie zu ihrem Freund stürzen konnte.

„Halt." Seth Hoppers Tonfall ließ keine Widerrede zu, als er sie hinter sich schob. Fred rollte sich aus dem Ball auf, in den er sich zusammengerollt hatte, und setzte sich langsam auf. Er hob die Hände in die Luft und dann, zu Zoes Entrüstung, ging Agent Hopper zu Fred herüber, zerrte ihn auf die Füße und tastete ihn nach Waffen ab.

Fred sah sie die ganze Zeit über an. „Bist du okay?"

Seth Hopper trat einen Schritt zurück und ließ Fred frei.

Langsam atmete Zoe erleichtert ein, so tief, dass die Luft schmerzhaft gegen ihre Rippen presste. Sie nickte, dann trat sie vor und schlang die Arme um ihren Freund.

„Ich bin so froh, dass du lebst."

Fred erwiderte die Umarmung und drückte ihr einen Kuss auf den Scheitel. Zoe hielt ihn fest.

Sie konnte nicht glauben, dass sie heute Nacht beinahe alle umgekommen wären.

———

Zoe Millers Liebster warf Seth einen grimmigen Blick zu, während er die Arme um die Frau schlang und ihr einen Kuss auf die zerzausten, blonden Haare drückte.

Seth wandte den Blick ab, denn es ging ihn nichts an. Es war eine Sache, sich von einer anonymen Fremden angezogen zu fühlen. Aber es war eine ganz andere, auf die Tochter von Madeleine Florentine, der Vizepräsidentin der Vereinigten Staaten, heiß zu sein.

Zoe Miller gehörte ab sofort ganz entschieden in die Kategorie „Arbeit" in seinem Leben, und er vermischte Arbeit und Freizeit nie, ganz egal, wie verlockend es sein mochte.

Nicht, dass das in der Vergangenheit jemals ein Problem dargestellt hätte.

Und nicht, dass sie ihm ein Angebot machen würde.

Seth rief die Aufnahme der Drohne auf dem Tablet auf. „Irgendeine Idee, wie wir mit euren Freunden kommunizieren können, bevor sie bis nach Texas rennen?" Seine Stimme klang ein bisschen schärfer als üblich, aber er hatte auch gerade drei Männer umgebracht, um diese Leute zu retten.

Zoe trat einen Schritt von ihrem Freund fort, steckte sich zwei Finger in den Mund und ein Pfiff ertönte, der meilenweit durch die Wüste schallte.

Seth konnte nicht anders, als zu grinsen. „Nicht schlecht."

Dann richtete er seinen Blick wieder auf den Bildschirm des Tablets und sah, dass die beiden Figuren aufgehört hatten zu rennen.

„Kommt zurück, Karina! Es ist jetzt sicher", brüllte Zoe, und Seth musste zugeben, dass er überrascht war, eine derartige Lautstärke von einem so winzigen Persönchen zu hören.

Die beiden Figuren auf dem Bildschirm drehten sich langsam um, klammerten sich aneinander fest, bevor sie vorsichtig in Seths Richtung gelaufen kamen, wobei sie sich zweifelsohne vom Leuchtfeuer des brennenden Trucks leiten ließen.

In stiller Übereinkunft gingen auch Seth, Hersh, Zoe und der Boyfriend auf die Flammen zu.

„Wie kommt es, dass ihr Typen so schnell hier eingetroffen seid? Habt Ihr Zoe einen Ortungschip untergejubelt, oder was?" Freds Tonfall war eine Spur zu aggressiv für jemanden, dem gerade erst der Arsch gerettet worden war.

Zoe warf dem Kerl einen finsteren Blick zu.

Seth ließ sich davon nicht aus der Ruhe bringen. Sie waren hier nicht auf der Highschool. „Wir wurden über den Notruf informiert, den Ms. Miller abgesetzt hatte, während wir gerade auf einem anderen Einsatz in der Nähe unterwegs waren."

„Du hast Hilfe gerufen?" Fred schaute auf die besagte Frau hinunter.

„Ja. Über den Notrufknopf auf meiner Smartwatch, im Motel, während die Kidnapper gerade nicht hingeschaut haben." Zoe drehte ihr Armband herum, bis die Uhr wieder nach oben schaute. Sie lachte leise und atemlos auf, als sie auf den Knopf an der Seite drückte und das Display aufwachte. „Ich kann gar nicht glauben, dass es tatsächlich funktioniert hat."

„Und *ich* kann gar nicht glauben, dass Sie keinen Personenschutz des Secret Service haben", murmelte Seth etwas gereizt in seinen nicht vorhandenen Bart, aber offensichtlich nicht leise genug.

„Ich brauche keinen Personenschutz des Secret Service", schoss Zoe schneidend zurück.

Seth neigte das Kinn, während er sich an einem weiteren Kaktus vorbeimanövrierte. „Fünf tote Entführer und ein Mitternachtsspaziergang in der Wüste mit vorgehaltenen Waffen legen etwas anderes nahe."

Sie zuckte zusammen, und vielleicht war das eine Spur zu hart gewesen. Aber es stimmte.

Fred sprang in die Bresche – natürlich tat er das. „Wollen Sie allen Ernstes Zoe die Schuld für dieses Fiasko geben?"

„Das habe ich nicht gesagt." *Blödmann.* Seth verbiss sich die Beleidigung. „Ms. Millers Geistesgegenwart hat Ihnen heute Nacht das Leben gerettet." Seth schaute den anderen Mann unverwandt an, der ein wenig größer war als er, aber Größe sagte nichts über den Schneid eines Kerls aus, und schon gar nichts über den Kampfeswillen in seinem Herzen. „Aber wenn der Secret Service ein Team zum Schutz Ihrer Freundin abgestellt *hätte*, hätte das Kartell Sie möglicherweise nicht im Motel überfallen und hier in die Wüste hinausgezerrt, um Sie wie Hunde abzuknallen."

Suchend ließ Seth seine Augen über den Parkplatz schweifen, bevor er aus der Deckung heraustrat. Er hielt sich schützend eine Hand vors Gesicht, um sich vor der Hitze abzuschirmen, die der alte Truck verströmte, während er lichterloh brannte. Er hoffte, die Flammen würden nicht noch die Wüste in Brand setzten, denn das war wirklich das Letzte, was sie jetzt gebrauchen konnten.

„Er ist *nicht* mein Freund", murmelte Zoe genervt.

Seth warf einen Blick über seine Schulter, blickte vollkommen ausdruckslos, obwohl er am liebsten gegrinst hätte. Freds Gesichtsausdruck verfinsterte sich.

Aber das änderte nichts an den Umständen. Nicht wirklich. Zoe war die Tochter der Vizepräsidentin der Vereinigten Staaten von Amerika, und er war, trotz seines Elitestatus als FBI-Agent des Geiselrettungsteams und seiner glorreichen Zeit als ehemaliger Navy SEAL, doch nur ein armer Junge aus der falschen Gegend. Er wusste ja nicht einmal, wer seine echten Eltern waren, Herrgott noch mal.

Er richtete seine Augen starr auf die Übertragung der Drohne, beobachtete die beiden anderen Entführungs-Opfer und wollte frühzeitig gewarnt sein, falls die geflüchteten Entführer mit einer neuen Armee zurückkommen sollten. Die Autos waren von der Bildfläche verschwunden, während die Drohne weiterhin über ihnen schwebte. Hoffentlich hatte das FBI noch mehr Augen im Himmel und Agenten in den Startlöchern, um diese Bastarde aufzuspüren.

„Können Sie mir sagen, was heute Abend passiert ist?", fragte Seth.

„Diese Typen sind im Motel aufgetaucht, nachdem wir alle im Bett waren, und haben uns mit vorgehaltener Waffe gezwungen, in ihre Autos zu steigen. Niemand im Motel hat versucht, uns zu helfen", erklärte Fred, nun einen Hauch weniger feindselig. Seine Oberlippe und sein Kinn waren blutverschmiert. Er hatte eindeutig einige Schläge eingesteckt.

Klang so, als ob die Einheimischen wussten, dass man besser die Köpfe einzog. Aber möglicherweise hatte das Motel Aufnahmen von Überwachungskameras, die dabei helfen konnten, die Täter zu identifizieren.

„Und sie haben darauf bestanden, dass wir unsere ganzen Sachen mitnehmen, damit sie sie in der Wüste verbrennen können." Zoes Ausdruck wirkte aufgewühlt, während sie in die Flammen starrte. Sie verschränkte die Hände ineinander, dann rieb sie sich heftig die Arme.

Sie fror, wurde ihm klar.

Eilig zog Seth seine Weste aus, dann das Oberteil seiner Kampfausrüstung. Darunter trug er ein hochwertiges Wollhemd als Unterschicht, das er auszog, während ihn die beiden Zivilisten mit großen Augen anstarrten. Von der anderen Seite des Parkplatzes aus hielt Hersh weiterhin Ausschau nach Gefahren.

Das Letzte, was Seth gebrauchen konnte, war, dass Zoe Miller erfror. Und wenn Seth ein bisschen seine Muskeln spielen ließ, na und? Fred ging ihm auf die Nerven, und Zoe Miller hatte seinen Körper früher am Abend ganz famos gefunden. Er reichte Zoe das warme Wollhemd und hoffte, es stank nicht zu sehr nach Schweiß.

„Ziehen Sie das unter Ihrem T-Shirt an." Das groß und schlabbrig war und in etwa so nützlich darin, Wärme zu konservieren, wie ein Segel. Er drehte ihr den Rücken zu, und Hersh tat es ihm gleich. Er hatte keine Ahnung, was der „Nicht-Freund" machte.

Seth grinste.

Hieß nicht, dass sie Single war oder Interesse an ihm hatte, aber es hieß, dass dieser selbstgerechte Arsch abgewiesen worden war, denn er stand ganz offensichtlich auf Ms. Zoe Miller.

Ebenfalls.

Verdammt.

Würde auf keinen Fall passieren.

„Danke", sagte sie.

„Gerne." Er zog sich den Rest seiner Sachen wieder an und drehte sich herum, gerade als sie ihr T-Shirt über sein Wollhemd zog.

„Was war in den Kisten im Truck?" Er hatte sie durch die schmutzigen Fenster sehen können, als er vorhin hier vorbeigekommen war.

Zoe presste die Lippen zusammen, ihr Ausdruck plötzlich finster. „Menschliche Überreste."

Seth blinzelte.

Von all den Dingen, die er aus ihrem Mund erwartet hatte, stand das noch nicht einmal auf der Liste.

Sie bemerkte seine offensichtliche Verblüffung, und ein zögerliches Lachen entwich ihr. „Wir sind alle forensische Anthropologen, mit verschiedenen Fachgebieten. Wir haben uns während eines langen Sommerpraktikums in der Gerichtsmedizin von Pima County kennengelernt und arbeiten mittlerweile oft mit ihr zusammen. Sie ziehen uns immer gerne hinzu, um vollkommen skelettierte Überreste einzusammeln und die entsprechenden Informationen zu dokumentieren." Ihr Ausdruck wurde noch angespannter, als ihr Blick auf die langsam versiegenden Flammen des ausgebrannten Trucks fiel. „Die Chance, dass diese Leute, die wir heute gefunden haben, jemals identifiziert werden, ist jetzt dramatisch gesunken."

„Wir könnten noch immer brauchbare DNA-Proben finden", widersprach Fred und trat ein paar Schritte auf den Truck zu, bevor ihn die Hitze wieder zurückweichen ließ.

Die Tatsache, dass der Truck eine Art Scheiterhaufen war, ließ Seth einen Augenblick bedauernd innehalten, aber er hatte keine Zeit für Sentimentalitäten.

„Woher wusste das Kartell, dass Sie hier sind?", fragte er Zoe Miller.

„Ich glaube nicht, dass sie das wussten." Sie nahm die Flasche Wasser entgegen, die er ihr anbot, genauso wie Fred. Welche Behörde auch immer für ihre Rettungsmission in die Wüste gestürmt käme, würde hoffentlich daran denken, einige Versorgungsmittel mitzubringen. Obwohl er tatsächlich davon ausging, dass sie einen Helikopter für Zoe Miller schicken und sie schnellstmöglich hier herausbringen würden.

„Der Mann, der mich entführt hat, hat gesagt, wir hätten uns das selbst eingebrockt oder irgendwas in der Art. Und dass wir unsere Nasen nicht in seine Wüste stecken sollten."

Wut schoss durch Seths Adern. „Das hier ist nicht Kartell-Land."

„Sagen Sie das denen", brachte Fred bitter heraus.

Seth sah zu, wie der Kerl zu einem großen Wasserkanister ging, der auf einer Holzbank stand, und seine Flasche auffüllte.

Zoe folgte Seths skeptischem Blick. „Ist in Ordnung. Wir haben den Container heute hiergelassen. Es ist zu unserer Gewohnheit geworden, am Ende eines Tages in der Wüste alles übriggebliebene Wasser dazulassen."

Ihre Blicke trafen sich, und Seth entdeckte einen Anflug von Trotz in ihren Augen. Glaubte sie wirklich, er hätte unter irgend-welchen Umständen etwas dagegen, einem anderen Menschen Wasser zu geben? So war er nicht.

„Sie waren heute hier? Genau hier?", hakte er nach.

Zoe nickte. „Wir haben hier geparkt. Haben das Gelände etwa eine Meile westlich von hier durchsucht." Sie fuhr sich mit der Hand durch die kurzen, blonden Haare. Alles an ihr schrie förm-lich *niedlich*, bis auf ihren Job und ihr trotziges Kinn.

Wieder schaute er auf den Bildschirm und sah, dass die beiden Figuren nun schon sehr nah waren. Sie schienen sich nördlich von ihnen anzuschleichen. Seth machte ihnen keinen Vorwurf daraus, vorsichtig zu sein und die Lage erst einmal ausloten zu wollen.

Unauffällig veränderte er seine Position, sodass er sich nun zwischen den Neuankömmlingen und seiner primären Schutzbe-fohlenen befand. Ob es Zoe gefiel oder nicht, sie war seine Mission.

Endlich strauchelten die beiden auf den Parkplatz. Der große, rothaarige Mann starrte sie und den brennenden Truck mit offenem Mund an. Das Gesicht der Frau war ausgezehrt und bleich, selbst im orangen Licht der Flammen.

Seth und Hersh tauschten einen Blick, und Hersh trat vor. Seth warf seinem Teamkollegen eine weitere Wasserflasche zu, und der Kerl fing sie mit einer Hand auf, dann bot er sie den beiden Entführungsopfern an, bevor er sie zu der Stelle am südöstlichen Ende des Parkplatzes führte, an der sie alle standen. So weit wie möglich von den Flammen entfernt, aber noch nah genug, um in Deckung zu gehen, sollte sich das als nötig erweisen. Unwahrscheinlich, aber Training war Training. Man machte sich selbst nicht zu einem leichten Ziel. Wurde niemals unachtsam.

„Wo sind Sie verletzt?" Hersh schob die Frau sanft in eine sitzende Position auf dem Boden.

„Du bist verletzt?", rief ihr Freund erschrocken aus.

Offensichtlich hatte sie es ihm nicht gesagt.

Zoe wollte zu den beiden gehen, aber Seth hob den Arm und schnitt ihr den Weg ab. „Geben wir Agent Hersh ein bisschen Raum zum Arbeiten." Er schaute sich zu Zoe um und ihre Blicke trafen sich. „Es sei denn, Sie sind ausgebildete Sanitäterin?"

Blinzelnd schaute sie ihn an, schüttelte den Kopf. Sein Blick fiel auf ihre volle Unterlippe, bevor er seine Aufmerksamkeit wieder den anderen zuwandte.

Hersh hob das Oberteil der anderen Frau am Rücken an, und es war nicht schwer, das Blut zu erkennen, das gegen ihre dunkle Jeans unsichtbar gewesen war. Hersh zog sein Erste-Hilfe-Päckchen aus einer Westentasche und begann, die Wunde zu säubern.

„Warum hast du mir nicht gesagt, dass du verletzt bist?" Der Freund klang gequält, als er sich neben sie kniete.

„Ich hatte es gar nicht bemerkt, bis wir schon vierhundert Meter weit gerannt waren."

Terror war ein großartiges Schmerzmittel.

„Ich habe gespürt, wie mich etwas getroffen hat, als die Schüsse losgingen, aber ich wollte nicht herumtrödeln und rausfinden, was es war. Ich dachte, wenn ich es ignoriere, geht es schon wieder weg." Ihre Stimme klang atemlos.

So funktionierten Kugeln leider nicht.

„Irgendeine Idee, wer dich angeschossen hat?", fragte Fred mit einem Blick in Seths Richtung.

Seth und Hersh wechselten einen Blick, der den Typen wortlos als Arsch deklarierte.

„Wir schießen nur auf Dinge, die wir identifizieren können", erwiderte Seth ausdruckslos, warf dem Kerl aber einen durchdringenden Blick zu. „Und wir wussten, wer die Bösen sind, dank der Sturmgewehre, die sie in den Händen gehalten hatten."

Grundausbildung. Schau auf die Hände, nicht in die Gesichter. Die Leute konnten dich nicht mit ihren Blicken erschießen.

Auch wenn es ihm leidtat, dass die Frau eine Kugel abbekommen hatte, war die Tatsache, dass es unter den Geiseln nicht mehr Verletzte gegeben hatte, ein gottverdammtes Wunder. Es hatte eine Menge damit zu tun, dass Zoe Miller davongerannt war, auch wenn es ein Risiko gewesen war. Wenn man bedachte, dass sie nichts vom Nahen der Kavallerie gewusst hatte und ihre Gräber bereits ausgehoben wurden, war es das Cleverste und Mutigste gewesen, was sie hätte tun können.

Hersh wies die verletzte Frau an, sich auf eine Rettungsdecke zu legen, die er aus seinem Sanitätspäckchen zog. Vorsichtig zog er ihre Hose über ihre Hüfte und schüttete QuikClot auf Einschuss- und Austrittswunde. Das Hauptaugenmerk bei traumatischen Verletzungen war es immer, die Blutung zu stillen und die betroffene Person so schnell wie möglich in ein Krankenhaus zu bringen. Seth war nicht erfreut zu sehen, wie Militärtaktiken bei Zivilisten und auf heimatlichem Boden angewendet wurden.

Hersh presste Kompressen auf die Wunden und klebte sie fest. Dann zog er die Jeans vorsichtig wieder hoch. Anschließend begann er, eine Feldinfusion vorzubereiten.

Seth holte das Satellitentelefon heraus, um McKenzie, mit dem er mittlerweile schon wiederholt gesprochen hatte, auf den neusten Stand zu bringen.

„Wie sieht's aus?", fragte McKenzie ohne Begrüßung.

„Eine der Geiseln wurde angeschossen und verwundet. Die anderen sind unverletzt."

Zoe Millers Augenbrauen schossen in die Höhe. War es die Bezeichnung „Geiseln?" Das war vielleicht nicht hundertprozentig korrekt, aber Opfer klang auch nicht gerade super.

„Welche Geisel?", fragte McKenzie eilig.

Seth beugte sich zu Zoe Miller. „Können Sie mir die Namen von allen nennen?"

Zoe nickte. „Karina Järvi. Die Person, die angeschossen wurde, heißt Karina Järvi. Das da ist ihr Verlobter, James McAllen, und unser Freund heißt Fred Pengelli."

Fred warf Seth einen düsteren Blick zu. Es gefiel ihm scheinbar ganz und gar nicht, so deutlich in die Freundschaftszone verbannt zu werden, und er empfand Seth als Bedrohung. Das war Seth natürlich nicht. Das konnte er sich überhaupt nicht leisten, aber er hatte auch keinerlei Absicht, den anderen Mann das wissen zu lassen.

„Wir schicken einen Helikopter, um Sie, Hersh und Ms. Miller abzuholen. Die Verstärkung auf dem Boden ist dreißig Minuten entfernt. Ich fordere noch einen Rettungswagen für die Verletzte an. Die Fahrzeuge, die geflüchtet sind, haben sich Richtung Norden und Süden aufgeteilt. Unsere Agenten verfolgen sie."

Zoes Augen flogen zu seinen, was bewies, dass sie beide Seiten der Unterhaltung hören konnte.

Seth wollte fragen, ob sie Roger Bertrand schon geschnappt hatten, aber das war eine geheime Mission, und Ms. Neugierig hier hatte keine Freigabe für solche Informationen.

„Sagen Sie Ihrem Boss, dass der erste Helikopter Karina von hier fortbringen soll. Es gibt da noch etwas, was ich nachschauen will", erklärte Zoe. „Ich komme allein klar, aber ich könnte eine Taschenlampe oder so gut gebrauchen, und es wäre toll, wenn mich in ein paar Stunden jemand hier abholt. Ich nehme an, Sie müssen ohnehin die Rechtsmedizin anrufen, um die Leichen der Männer abzuholen?"

Glaubte sie wirklich, er würde sie allein in der Wüste zurücklassen?

Ihr sturer Kiefer erinnerte ihn an das Muli, das am Rand des Parkplatzes stand und an einem Grasbüschel herumkaute. Er musste das Tier sichern, denn es war durchaus möglich, dass sich an seinem Zaumzeug und Packsattel forensische Beweise befanden.

„Ich habe gehört, was sie gesagt hat", erklang McKenzies müde Stimme. „Bitte erinnern Sie Ms. Miller, dass ich meine eigenen Befehle zu befolgen habe, und vielleicht sollte sie ihre Mutter anrufen und sie wissen lassen, dass sie in Sicherheit ist, damit dann vielleicht der FBI-Direktor endlich aufhört, mir auf den Sack zu gehen."

„Verstanden", erwiderte Seth amüsiert, als Zoes Augen schmal wurden.

Ein sanftes Surren in der Luft ließ ihn wissen, dass der Heli im Anflug war.

„Was auch immer passiert, Sie und Hersh bleiben bei Ms. Miller", befahl McKenzie entschieden. „Das ist ein direkter Befehl, unabhängig von Ms. Millers Wünschen. Wenn sie abhauen will, nehmt sie in Schutzhaft."

„Verstanden." Seth legte auf und warf der besagten Frau einen Blick aus dem Augenwinkel zu. „Ich nehme an, Sie haben alles mitgehört?"

Sie erwiderte seine Frage mit einer resignierten Grimasse, dann streckte sie die Hand aus, um sich das Telefon zu schnappen.

Seth ließ es nicht los, war sich unerträglich bewusst, wie nah sich ihre Finger waren, ohne sich zu berühren.

„Wenn Sie wirklich vermeiden wollen, in diesen Heli steigen zu müssen, dann würde ich damit warten, Ihre Mutter anzurufen, bis er wieder abgeflogen ist. Denn wenn mir die Vizepräsidentin den direkten Befehl erteilt, Sie in diesen Hubschrauber zu setzen, dann werde ich diesen Befehl ausführen. Mein Job ist mir viel zu wichtig, als dass ich mich weigern würde."

Zoe Miller warf ihm einen Blick zu, der gleichermaßen angepisst und dankbar war.

„Wo kann der Pilot hier am besten landen?", fragte er und steckte das Satellitentelefon ein. Die ganze Gegend war ein riesiger Tatort, den die FBI-Büros aus Tucson und Phoenix würden sichern müssen – zusammen mit der Stelle des Überfalls auf das BORTAC-Team früher am Abend. Diese Wüste würde schon sehr bald nur so vor Bundesagenten, Rechtsmedizinern und Spurensicherungsteams wimmeln.

Gab es einen Zusammenhang zwischen den beiden Vorfällen? Es schien unwahrscheinlich, und dennoch passierte hier in der Gegend nichts Kriminelles, ohne dass das Kartell Bescheid wusste.

Was Seth allerdings mit Sicherheit wusste, war, dass Hersh und ihm dank der Ereignisse heute Nacht jede Menge Papierkram bevorstand, aber wenigstens konnten die Aufnahmen der Drohne bestätigen, was während des Feuergefechts vorgefallen war, bei dem fünf Männer umgekommen und eine Frau verletzt worden war.

Zoe Miller deutete nach Norden. „In etwa fünfzig Metern steigt die Straße etwas an. Sagen Sie dem Piloten, er soll den alten Kakteen ausweichen."

Seth nickte, wusste allerdings, dass der Pilot ohnehin sein Bestes geben würde, wenn auch eher um seiner Maschine willen und nicht so sehr der Pflanzen wegen, aber das Ergebnis würde das gleiche sein. Seth zog eine Taschenlampe hervor, änderte die Einstellung von Rot auf Weiß und reichte sie Zoe. Er warf Hersh einen kurzen Blick zu.

Die verwundete Frau änderte die Lage. Die Tatsache, dass Zoe Miller nicht tat, was man ihr sagte, hatte ebenfalls einen Einfluss.

Hersh zuckte mit den Schultern, verstand offensichtlich Seths stilles Eingeständnis, dass sie hier festsitzen würden, bis Zoe Miller oder die Vizepräsidentin etwas anderes sagten.

„Tragen wir Karina näher zu der Stelle, an der der Pilot landen kann", wies Hersh James an, der aussah, als ob er jeden Augenblick ohnmächtig werden würde. „Sie warten im Krankenhaus, bis ein FBI-Agent Ihre Aussagen aufgenommen hat, verstanden? Wir kommen so schnell wie möglich nach."

Seth schickte McKenzie eine Nachricht, erinnerte ihn daran, Agenten in das Krankenhaus zu schicken, in das Karina Järvi gebracht werden würde.

Die beiden Männer hoben Karina zwischen sich hoch. Zoe und Fred folgten dicht hinter ihnen. Seth bildete die Nachhut. Das Dröhnen des Helikopters wurde immer lauter, bis Seth den Wind der Rotorblätter auf seinem Gesicht spüren konnte. Mit Taschenlampen und Handzeichen lotsten sie den Piloten in nördlicher Richtung vom Lagerfeuer auf dem Parkplatz fort.

Es wäre toll, ein paar Beweisstücke retten zu können.

Der Helikopter landete, und der Kopilot sprang heraus, half Hersh, die Patientin und ihren Freund in die Maschine zu setzen. Karina hatte offensichtlich starke Schmerzen, und wer wusste schon, was die Kugel in ihrem Körper alles erwischt hatte. Sie musste augenblicklich medizinisch versorgt werden.

Hersh winkte Fred zu sich. Fred schüttelte den Kopf und wich einen Schritt zurück. Seth legte dem Kerl eine Hand auf die Schulter und sagte laut, um über das Brüllen der Rotoren zu übertönen: „Der Helikopter kann nur drei Passagiere mitnehmen. Er wird für uns zurückkommen. Wir haben den Befehl, bei Ms. Miller zu bleiben."

„Ich bleibe auch", rief Fred. „Ich kann helfen."

Seth schüttelte den Kopf und stellte sich breitbeiniger hin. „Wir müssen die Gegend für die Strafverfolgungsbehörden räumen."

„Jetzt auf einmal sind die Strafverfolgungsbehörden interessiert?" Fred lachte verbittert auf, dann schaute er Zoe an, die sie beide nervös beobachtete. „Willst du, dass ich bleibe?", rief er ihr entgegen.

„Ist mir egal. Ich will nur, dass Karina so schnell wie möglich ins Krankenhaus kommt."

Seth war es nicht egal, aber er nahm an, es wäre besser, wenn sie es aussprach.

Wieder winkte der Kopilot Fred zu sich, und Seth trat ein paar Schritte zurück. Mit einem letzten, sehnsüchtigen Blick auf Zoe kletterte Fred Pengelli in den Hubschrauber, und der Kopilot schlug die Passagiertür zu, bevor er eilig auf seinen Sitz zurückkletterte. Der Pilot wartete nur, bis alle Sicherheitsgurte eingerastet waren, bevor er zügig in den Himmel stieg.

———

Zoe sah zu, wie der Helikopter davonflog. Fred starrte mit einem Ausdruck in den Augen aus dem Fenster, der sie zerriss. Es war teilweise Trauer, teilweise Schrecken, und etwas, was verdächtig nach einem gebrochenen Herzen aussah. Bis heute Abend war ihr nicht klar gewesen, dass er scheinbar noch immer die Hoffnung gehegt hatte, sie könnten wieder zusammenkommen, nach so vielen Jahren, in denen sie nur Freunde gewesen waren.

Wenn es irgendjemand anderes gewesen wäre als die Person, die sie für einen ihrer besten Freunde hielt, wäre sie sauer gewesen, denn sie hatte ihm nie etwas vorgemacht oder den Eindruck erweckt, ihre Gefühle hätten sich verändert. Aber sie liebte ihn, und er liebte sie, und manchmal wurden Gefühle chaotisch, und die Grenzen verschwammen.

Nach der Nacht, die sie gerade durchgestanden hatten, war das Letzte, was sie wollte, noch mehr Schaden und Leid anzurichten. Sie wollte Fred nicht verlieren, aber sie würde ihm auch keine Gefühle vorspielen, die sie nicht empfand. Das würde er nicht wollen.

Der Helikopter flog nach Nordosten davon, und seine Lichter verblassten zu winzigen Punkten, während er immer höher stieg und schneller flog. Etwas in ihr wünschte sich, sie säße auch in der Maschine. Der andere Teil in ihr fühlte sich gezwungen, nach etwas zu suchen. Nach jemandem.

„Wird Karina sich erholen, was meinen Sie?", fragte sie FBI-Agent Hersh, der sich um ihre Freundin gekümmert hatte.

„Das hoffe ich, Ma'am."

„Bitte, nennen Sie mich Zoe."

„Ja, Ma'am", erwiderte Hersh mit ernstem Gesicht, bevor sich ein Grinsen über seine jungenhaften Züge legte.

Wieder holte Seth das Satellitentelefon hervor und reichte es ihr. „Jetzt wäre ein guter Zeitpunkt, um Ihre Mutter anzurufen. Anschließend können Sie uns sagen, was wir noch immer hier machen."

„Abgesehen davon, jemandem mit einer Schusswunde zu ermöglichen, schnell ins Krankenhaus zu kommen?"

Sein Mundwinkel zuckte. „Abgesehen davon."

Sie wurde daran erinnert, wie unglaublich attraktiv er war, und wie das Letzte, was sie jetzt tun wollte, war, ihn als irgendetwas anderes als einen FBI-Agenten zu sehen, der die Anweisungen ihrer Mutter befolgte. Zoe schaute hinunter auf das Telefon, dann nahm sie es entgegen, auch wenn sie ihre Mutter auf keinen Fall jetzt schon anrufen wollte. Sie wollte sich nicht auf die Diskussion einlassen, sie solle sofort die Gegend verlassen, und wollte auch nicht riskieren, dass diese beiden Männer hier Befehle erhielten, die sie nicht missachten konnten. Noch wollte sie sich den Schuldgefühlen stellen, die ihre Mom unweigerlich in ihr hervorrufen würde. Stattdessen rief sie Joaquin an.

Er ging mit einem leisen Stöhnen ran.

„Hey. Tut mir leid, dass ich dich mitten in der Nacht zu Hause anrufe."

Er grunzte.

„Wir wurden aus dem Motel entführt, aber wir sind jetzt in Sicherheit."

„Was?", rief Joaquin.

Der FBI-Agent, Seth, berührte ihren Arm, um ihre Aufmerksamkeit auf sich zu ziehen, machte sich offensichtlich Sorgen, wem sie was erzählte. Die Berührung schoss wie ein heißer Blitz über ihre Haut, und plötzlich war sie sich der Nähe zu ihm schmerzlich bewusst. Sein strenger Ausdruck – sichtbar im schwächer werdenden Feuerschein – ließ sie wissen, dass sie sich mit den Details zurückhalten sollte. „Und jetzt musst du mehrere Fahrzeuge der Gerichtsmedizin hier runterschicken. Ehrlich gesagt", sie stieß einen tiefen Seufzer aus, „würde es Zeit sparen, wenn du direkt einen Kühllaster hier runterschickst."

„Bist du okay? Fred, James, Karina?" Joaquin klang, als ob er aus dem Bett sprang, vermutlich, damit er seine wunderschöne, leidgeplagte Frau nicht aufweckte.

„Karina wurde angeschossen und ist auf dem Weg ins Krankenhaus. Ich glaube, sie kommt wieder in Ordnung, aber ..." Sie erstickte ein Schluchzen, denn ihre Freundin war angeschossen worden, und sie alle wären heute Nacht beinahe umgekommen. „Ich bin natürlich keine Ärztin."

Dieses Mal legte Seth seine Hand behutsam über ihre, mit der sie das Telefon hielt, und schüttelte sanft den Kopf. Er wollte offensichtlich nicht, dass sie irgendjemandem erzählte, dass sie nur mit zwei, wenn auch schwer bewaffneten Begleitern hier draußen war, wurde ihr klar.

Ihr Ex hätte sie jetzt angebrüllt, weil sie nicht tat, was man ihr sagte, und ihr das Handy aus der Hand gerissen.

Bei der Erinnerung daran wurde ihr Mund ganz trocken, aber sie schob den Gedanken fort.

Sie nickte zustimmend. Diese Männer hatten ihr und ihren Freunden heute Nacht das Leben gerettet. Es war schwer, in Worte zu fassen, wie dankbar sie dafür war, auch wenn es fünf andere Männer das Leben gekostet hatte. Fünf extrem gefährliche Männer.

„Wie auch immer." Sie räusperte sich. „Ich vermute, bis ihr beim Brady-Pfad ankommt, wird euch das FBI zeigen können, wo die Leichen liegen."

„Das FBI?"

„Meine Mutter hat die Kavallerie gerufen."

„Gott sei Dank für deine Mutter."

„Ja, Gott sei Dank für meine Mutter." Zoe schuldete ihrer Mutter eine Menge. Es war beunruhigend, daran zu denken, was passiert wäre, wenn sie nicht ihre Smartwatch getragen hätte und ihre Mutter keine Machtposition innehielte. Aller Wahrscheinlichkeit nach würde sie jetzt durch die Wüste irren wie ein Flüchtling oder bereits unter einer dünnen Schicht Erde verwesen, während sie von ihren eigenen Mikroben und einer Armee opportunistischer Insekten von innen heraus aufgefressen wurde.

„Ich muss Schluss machen. Ich bekomme einen weiteren Anruf, wahrscheinlich vom FBI oder vom Chief Ranger. Sag mir Bescheid, wie es Karina geht, sobald du etwas hörst, okay?", bat Joaquin.

„Werde ich", erwiderte Zoe leise.

„Ich fahre sofort ins Büro. Sehen wir uns später?"

Zoe sollte heute eigentlich nach Richmond fahren, aber sie konnte nicht abreisen, bis sie sicher war, dass Karina wieder gesund werden würde. Und sie war sich ziemlich sicher, dass auch das FBI Fragen an sie haben würde. „Ich werde mich bemühen. Ich melde mich später wieder."

Sie legte auf und gab Seth das Telefon zurück.

„Was ist mit Ihrer Mutter?", fragte er mit hochgezogener Augenbraue.

„Sie weiß, dass ich in Ordnung bin, oder? Das FBI hat ihr doch gesagt, dass ich am Leben und unverletzt bin, nicht wahr?" Sie hielt seinem durchdringenden Blick stand.

Ein Muskel zuckte in seinem Kiefer, bevor er antwortete.

„Lassen Sie mich meine Sache hier erledigen, dann rufe ich sie an. Okay?"

Die beiden Agenten tauschten einen unbehaglichen Blick.

„Es wird nicht lange dauern, und es ist extrem wichtig."

Die Männer tauschten einen weiteren Blick, und Seths Lippen wurden schmal. Dann nickte er. „Na schön. Beeilen wir uns."

6

Zoe füllte ihre Wasserflasche am Kanister auf, den James vorhin hier zurückgelassen hatte – und von dem sie nicht erwartet hatten, ihn selbst zu brauchen, aber nun war sie unglaublich dankbar dafür.

Die beiden Agenten nutzten die Gelegenheit, um es ihr gleichzutun. Zoe trank einen großen Schluck des noch warmen Wassers, während sie auf die beiden wartete. Die Flammen waren fast erloschen, und zum Glück hatte die Vegetation kein Feuer gefangen. Ein Wildfeuer wäre das Letzte gewesen, was sie jetzt gebrauchen konnten.

James' Truck war vollkommen ausgebrannt.

Und viel schlimmer war der Schaden an den menschlichen Überresten, die sie den ganzen Tag über geborgen hatten. Die Familien würden nun womöglich nie ihren Seelenfrieden wiedererlangen können. Zoes Herz wurde schwer, als sie an diese nicht endende Trauer denken musste.

Das Muli zerrte an seinen Zügeln, und Hersh ging zu ihm herüber und stellte sicher, dass das Tier sicher angebunden war, bevor er ihm ausgiebig zu trinken gab.

Die Flammen waren nunmehr ein schwaches, oranges Glühen, was die mitternächtliche Stille nur umso lauter dröhnen ließ und jeden ihrer Nerven zum Surren zu bringen schien. In der Ferne heulte ein Kojote, und das warnende Rasseln einer zornigen Schlange erinnerte Zoe an die Gefahren der Natur, denen man in diesem Teil der Welt zusätzlich zu den menschlichen Jägern ausgesetzt war.

Sie schaltete die Taschenlampe ein, die Seth ihr vorhin gegeben hatte. Dieser eine Typ – der Mann in Schwarz – hatte in den Kisten in James' Truck nach irgendetwas gesucht. Zoe glaubte nicht, dass er es gefunden hatte. Sie ging in die Richtung, in der sie und die anderen am Tag zuvor ihre Suche konzentriert hatten.

Die beiden Agenten hasteten hinter ihr her.

„Wohin gehen wir?", fragte Seth wie ein Mann, der sich auf eine Schlacht vorbereitete. Und vielleicht tat er das auch.

„Ich habe spät gestern Nachmittag eine Leiche gefunden." Ihre Glieder fühlten sich in der kalten Luft an wie Eis, aber Agent Hoppers Wollhemd hielt sie immerhin davon ab, unkontrolliert zu zittern.

„Die Leiche in der Kiste?", fragte er.

Sie schüttelte den Kopf. „Eine andere. Die Gerichtsmedizin wollte sie gleich heute Morgen abholen. Ich glaube, die Männer, die uns entführt haben, haben womöglich nach ihr gesucht. Ich will nur den Fundort für Joaquin und die anderen bestätigen. Sie werden nicht viel Zeit haben, sie ausfindig zu machen." Zoe wollte nicht, dass die Tote vergessen wurde.

„Können Sie uns die ungefähre Richtung sagen, damit einer von uns die Vorhut bilden kann?", bat Seth, verlor offensichtlich langsam die Geduld.

Sie warf ihm einen scharfen Blick zu.

Sein Auftreten und sein Tonfall waren selbstsicher und autoritär, aber er schien gewillt zu sein, mit ihr zusammenzuarbeiten, anstatt sie zu nötigen, seinem Willen zu folgen.

Mit der Taschenlampe leuchtete Zoe über den Boden, suchte nach dem richtigen Trampelpfad. „Die Wüste sieht nachts anders aus, und ich bin mir nicht ganz sicher, wo der Weg langgeht, aber ich erkenne ihn, wenn ich ihn sehe. Ich glaube, es ist am einfachsten, wenn ich vorgehe."

„Ich bin mir nicht sicher, ob *am einfachsten* Bestandteil meiner Jobbeschreibung ist", meinte er verschmitzt. Sein Humor erwischte sie unvorbereitet.

Sie lachte auf, und dann brach der Schrecken des Tages mit aller Macht über ihr zusammen, und sie atmete abgehackt ein.

„Hey." Er berührte ihre Schulter, das Gewicht seiner Finger warm und beruhigend. „Es ist alles in Ordnung. Ich passe auf Sie auf." Er räusperte sich. „*Wir* passen auf Sie auf."

„Ich habe mich vorhin gar nicht bei Ihnen bedankt. Dass Sie uns gerettet haben. Ohne Sie wären wir alle tot, also vielen Dank."

„Oh, da bin ich mir gar nicht so sicher." Er ließ ihre Schulter los und rückte sein Gewehr zurecht. „Sie waren ja schon auf der Flucht, als wir aufgetaucht sind."

Sie schüttelte den Kopf und ging weiter. Wenn diese beiden Männer nicht gewesen wären, wäre ihr wahrscheinlich in den Rücken geschossen worden. Immer noch besser, als widerspruchslos in den Tod zu gehen, aber ... *verdammt*. Sie wollte gar nicht daran denken.

„Was machen denn überhaupt zwei einsame Agenten des Geiselrettungsteams hier draußen in der Wüste? Wo ist der Rest von Ihrem Team, die ich am Motel gesehen habe?" Sie warf einen Blick über ihre Schulter.

Er zuckte übertrieben mit den Schultern.

„Wissen Sie es nicht, oder wollen Sie es nicht sagen?"

„Es ist kompliziert", erwiderte er todernst.

Wieder lachte sie, unerwartet.

Er streckte die Hand aus und griff nach ihrem Arm, bevor sie in den Ast eines Orgelkaktus marschierte.

Sie zuckte zusammen. „Danke."

Seth überholte sie. „Konzentrieren Sie sich darauf, den Weg zu finden, ich bilde die Vorhut und halte Ausschau. Sagen Sie Bescheid, falls ich den falschen Weg einschlage."

Die Tatsache, dass er noch immer besorgt über eine mögliche

Bedrohung durch das Kartell war, jagte einen Angstschauer ihren Rücken hinunter, aber sie schob sie fort. Nicht jeder hatte so viel Glück, vom Geiselrettungsteam höchstpersönlich gerettet zu werden. Sie war in Sicherheit.

Zoe ließ den Lichtkegel der Taschenlampe über den Boden schweifen. Unter die Fußspuren hatten sich nun auch Hufspuren gemischt, die gestern Nachmittag nicht dagewesen waren. Die Silhouette der Hügel am westlichen Himmel verriet ihr, dass sie in die richtige Richtung unterwegs waren.

„Sie lag etwa eine Meile westlich des Pfads. Dann gingen wir in einen kleinen Canyon." Aber welcher Canyon?

„Eine junge Frau, die aussah, als ob sie vor nicht einmal einer Woche überfallen und ermordet worden war." Zoes Mund wurde trocken, als ihr klar wurde, dass sie ein ähnliches Schicksal erwartet hätte, wenn nicht die dramatische Rettungsaktion dieser beiden Männer gewesen wäre. „Ich habe Fotos gemacht und die GPS-Daten dokumentiert, aber die Entführer haben unsere Handys ins Feuer geworfen." Aber sie hatten nicht alles zerstört, und es bestand eine gute Chance, dass die Fotos auf ihrem Handy bereits in der Cloud gespeichert waren.

„Gut, dass sie Ihre Uhr nicht entdeckt haben."

„Ganz im Ernst." Sie fuhr mit den Fingern über das Gerät. „Die werde ich nie wieder abnehmen."

„Warum glauben Sie, dass die Entführer Interesse an dem Opfer hatten, das Sie entdeckt haben?"

„Ich habe eine gelbe Markierung auf dem Pfad hinterlassen. Der Mann, der mit dem Muli aus der Wüste kam, hatte so eine Markierung dabei und hat sie in den Truck geworfen. Dann hat er die Kisten durchwühlt, als ob er nach etwas Bestimmtem suchen würde. Hey." Sie zog an seiner Weste, damit er stehenblieb. „Könnten Sie Ihren Boss anrufen? Ihn bitten, sicherzustellen, dass unsere Zimmer im Motel wie ein Tatort behandelt werden, bis ich wieder zurückkehre?"

„Ich habe keinen Zweifel, dass die Zimmer bereits jetzt als Tatorte gesichert werden. Warum diese Dringlichkeit? Ich dachte, die Kidnapper hätten Sie gezwungen, alle Ihre Sachen mitzunehmen?"

„Ja. Haben sie auch. Aber meine Arbeitsweste und meinen Hut hatte ich nach der Dusche an den Haken an der Badezimmertür gehängt. Der Kerl, der mich geschnappt hat, hat nur meinen Kulturbeutel gefunden, aber die Sachen an der Tür nicht bemerkt."

„Warum ist Ihre grüne Weste so wichtig?"

Zoe legte den Kopf zur Seite. Die Tatsache, dass er sich an die Farben ihrer Kleidung von vorhin erinnerte, hatte vermutlich mehr mit seinem Training als mit irgendetwas anderem zu tun, aber es wärmte sie auf eine seltsame Art und Weise. Erinnerte sie an den Funken, der im Motel zwischen ihnen gesprungen war. „Ich habe ein paar Beweise eingesammelt und in meine Tasche gesteckt. Die könnten uns einen Hinweis darauf geben, wer das Opfer ist."

„Und vielleicht auch darauf, wer sie umgebracht hat", ergänzte Seth leise.

„Genau." Auch wenn das sehr unwahrscheinlich war. Selbst wenn der Zahn im Mark genug brauchbare DNA enthielt, brauchten sie noch immer eine andere Probe, mit der sie die Ergebnisse vergleichen konnten, um einen Treffer zu landen.

„Erklären Sie mir noch mal, warum wir gerade zu einem Leichnam unterwegs sind, anstatt die Bundesagenten sich um ihn – sie – kümmern zu lassen?", hakte er nach.

„Weil etwas an dieser ganzen Sache keinen Sinn ergibt. Die Tatsache, dass der Mann in Schwarz eine gelbe Markierung dabeihatte, dass sie uns alle gekidnappt haben? Das scheint irgendwie mit unserer Suche heute Nachmittag zu tun zu haben." Eine Eule schrie, und ihr Herz raste. „Ich meine, wir arbeiten schon seit Jahren in dieser Region, und normalerweise macht uns nur der Grenzschutz Ärger."

Der FBI-Agent verteidigte seine Kollegen nicht, was Zoe zu schätzen wusste, aber das sagte womöglich mehr über sein Taktgefühl aus als über seine politische Einstellung.

„Gehörten Sie vorhin nicht noch zum Grenzschutz?", bohrte sie nach.

„Hast du was gehört, Hersh?" Seth hob leicht seine Stimme.

Der Kerl hinter ihnen grunzte leise. „Hab' gar nichts gehört, Hop."

„Ha, ha", murmelte sie mürrisch. „Sehr witzig."

Ihre Mission war offensichtlich geheim.

Abrupt blieb Seth stehen und reckte eine geballte Faust in die Luft. Sie hielten an. Dann entdeckte Zoe, was Seth im Staub erblickt hatte. Blut. Und Schleifspuren. Er schickte den anderen Agenten in Richtung der Spuren und kniete sich hin, zog Zoe neben sich auf den Boden.

Wenige Augenblicke später kam Hersh zurück. Er kauerte sich zu ihnen. „Zwei tote Männer. Sieht so aus, als ob sie beide erschossen wurden."

„Wurden sie auch entführt, so wie wir?", fragte Zoe und konnte ihren Schrecken nicht verbergen.

„Schwer zu sagen, aber ich bezweifle es", erwiderte Hersh leise. „Die beiden sehen hispanisch aus. Zwischen fünfzig und sechzig. Abgetragene, staubige Klamotten. Schlechte Qualität. Sehen aus wie die Männer, die von den Kartellen in dieser Gegend oft als Kuriere benutzt werden."

„Können Sie den Fundort notieren und ihn an Ihre Kollegen beim FBI und an die örtliche Gerichtsmedizin schicken?", bat Zoe.

„Natürlich. Ob Sie es glauben oder nicht, das ist Teil unseres Jobs." Seth lachte leise, während er die GPS-Koordinaten notierte und über sein Satellitentelefon verschickte.

„Gehen wir weiter." Zoe entging der Blick nicht, den die beiden Männer tauschten. Ihnen gefiel das verstärkte Gefühl unmittelbarer Gefahr nicht.

„Ich bin mir nicht sicher, ob es eine gute Idee ist, noch weiterzugehen", wandte Seth ein.

„Sie haben *gesehen*, wie die Entführer weggerannt sind." Zoe ballte die Hände zu Fäusten und entschied, dass es nun an der Zeit für ein bisschen Betteln war. „Bitte. Nur noch fünf Minuten, und wenn wir dann nicht finden, wonach ich suche, können wir zum Pfad zurückgehen."

Am östlichen Horizont begann die Dämmerung, die Welt zu erhellen.

Dem Ausdruck auf seinem Gesicht nach zu urteilen, war Seth Hopper überhaupt nicht begeistert davon, noch tiefer in die Wüste vorzudringen. Hersh sah unbeteiligt aus, als ob es ihm nur allzu recht wäre, Seth diese Entscheidung zu überlassen.

Zoe war es alles andere als recht. Sie wollte jetzt keinesfalls aufgeben.

„Sie können doch auf der Drohne sehen, dass niemand in der Nähe ist, oder?"

Seth zog das Tablet hervor, und tatsächlich, die Wärmebildkamera zeigte nur drei Personen, die dicht beieinander standen. Er zoomte aus soweit er konnte, aber es erschien keine weitere Seele auf dem Bildschirm.

Seth ließ das Tablet wieder in seine Tasche gleiten. „Fünf Minuten, dann gehen wir zurück."

Zügig marschierte Zoe voran und konzentrierte sich auf das Gelände. An einer Gabelung hielt sie inne, ignorierte die Abzweigung aber und ging weiter. Ein paar Sekunden später teilte sich der Weg erneut. Anhand der Gesteinsformationen und der Hufspuren war Zoe sich ziemlich sicher, dass es der richtige Weg war. Sie bog nach links ab, ging tiefer in den Canyon hinein. Schließlich erblickte sie den riesigen Saguaro-Kaktus, in dessen Schatten sie den ganzen Nachmittag verbracht hatte.

„Die fünf Minuten sind um", verkündete Seth.

„Sie ist direkt hier", beharrte Zoe. Nur noch ein paar Schritte.

Seth hielt ihren Arm fest. „Sie haben gesagt, fünf Minuten."

„Eine Frau ist hier gestorben." Sie riss sich von ihm los, wurde wütend. „Kümmert Sie das überhaupt nicht?"

„Was mich kümmert, ist die Sicherheit meiner Schutzbefohlenen."

„Ich bin nicht Ihre *Schutzbefohlene*." Sie drückte sich an ihm vorbei, noch ein paar Schritte, dann stand sie vor den anderen großen Kakteen und den Kaktusfeigen, wo sie das Medaillon gefunden hatte.

„Hier." Sie zeigte auf die Stelle. „Sie ist genau hier."

Zoe leuchtete mit der Taschenlampe ins Gebüsch, in dem sie die tote Frau gefunden hatte. Die beiden Männer standen hinter ihr, starrten stumm auf Dreck und Gestrüpp.

Zoe schluckte angestrengt. „Was zum Teufel …?"

Die Wüste war leer. Die Frau war verschwunden.

———

Zorn erfüllte Bruno, als er den SUV verließ und in das Auto einer Frau stieg, die er angewiesen hatte, auf dieser Straßenseite auf ihn zu warten.

„Brauchen Sie Wasser?", fragte sie eilig.

„Halt den Mund und fahr."

Ihre Fingerknöchel schimmerten weiß, als sich ihre Hände um das Lenkrad krallten. Vorsichtig bog sie auf den Asphalt und fuhr in Richtung der Schnellstraße davon. Normalerweise wurde sie dafür bezahlt, die Kuriere an ausgewiesenen Stellen entlang der Interstate 85 einzusammeln. Es wurde von ihr erwartet, Wasser und Essen für die Männer dabeizuhaben, die Tage damit verbracht hatten, von Mexiko aus die Wüste zu durchqueren, um die kostbare Ware des Kartells zu liefern.

Offensichtlich war ihr klar, dass er kein Kurier war. Er war etwas vollkommen anderes.

Sein Handy klingelte. *Luis.*

„Konntest du entkommen?", fragte sein kleiner Bruder und Stellvertreter atemlos.

Bruno knurrte. „Mir geht's gut."

Sie sprachen Spanisch. Er warf der Frau einen argwöhnischen Blick zu. Sie war weiß, aber in dieser Gegend sprachen viele Leute Spanisch. Er traute ihr nicht, aber sie wurde dafür bezahlt, ihren Mund zu halten. Und was noch viel wichtiger war, sie wusste, dass er sie umbringen würde, wenn er auch nur den Anflug von

Versagen oder Verrat bei ihr wähnte – und ihre Schulden, sollte sie umkommen oder ins Gefängnis wandern, würden auf ihren Sohn oder ihre Tochter oder welche Person auch immer übertragen werden, die dumm genug war, sich mit dem Kartell anzulegen.

Trotzdem, Bruno passte auf, was er sagte. „Wo zur Hölle sind die hergekommen? Warum wurden wir nicht gewarnt?"

„Ich weiß es nicht. Uns ist niemand gefolgt, ich schwöre es. Ich hatte entlang der gesamten Schnellstraße Beobachtungsposten verteilt, und nach uns ist niemand da lang gekommen, aber jetzt sind die Bullen natürlich dorthin unterwegs. Scharenweise."

Warum?

Woher hatten die Bullen gewusst, was los war?

Bruno starrte hinaus auf die vorbeifliegende Landschaft, die noch immer in Schatten getaucht war. Heute Nacht war wirklich alles schiefgelaufen. Wenigstens war Gabriella nicht länger ein Problem. Aber sein Boss würde sauer sein, dass er so viele Männer verloren hatte und dass die *federales* jetzt ihr Aufgebot in der Gegend erhöhten.

„Finde heraus, wohin unsere neuen Freunde unterwegs sind … und finde heraus, wer genau uns in der Wüste überfallen hat."

„Bin schon dran."

Niemand kam damit davon, auf ihn zu schießen und seine Leute umzubringen. Niemand.

„Und, Luis," seine Stimme klang ruhig und leise. „Sprich mit niemandem über das, was heute Nacht passiert ist. Verstanden? Du erstattest allein mir Bericht. Ich muss herausfinden, was zur Hölle da draußen passiert ist."

Und warum sie beinahe alle umgekommen waren.

———

Seth markierte die Koordinaten, wo diese tote Frau angeblich gelegen haben sollte, und schickte sie ans Hauptquartier. Er wusste nicht, was hier los war, aber wenn Zoe Miller mit dieser verschwundenen Leiche recht hatte, dann könnte das wichtig für die Ermittlungen sein.

„Schauen Sie, noch mehr Mulispuren …“ Zoe zeigte mit dem Lichtstrahl der Taschenlampe den Pfad hinunter und tat einen Schritt in diese Richtung.

„Nein“, sagte Seth entschieden. „Das FBI wird ein Team schicken, um nach der Leiche zu suchen.“

„Aber wir sind doch schon hier“, beharrte Zoe und warf einen Blick in den Himmel, der mittlerweile ein tiefes, durchsichtiges Indigoblau mit sanften rosa und goldenen Streifen im Osten zeigte. „Was, wenn es regnet?“

Ein Lächeln wollte an seinen Mundwinkeln ziehen, weil sie so verdammt stur war. „Es wird nicht regnen.“

Sie tat einen weiteren Schritt, aber Seth stellte sich ihr in den Weg.

„Schauen Sie, Zoe. In dreißig Minuten wird die Sonne aufgegangen sein. Wir haben keinen Proviant, keine Werkzeuge, nur wenig Wasser, und wir haben keine Ahnung, wohin Ihre Leiche verschwunden ist.“

Sie sträubte sich, machte schon den Mund auf, um ihm zu widersprechen, aber er war fertig damit, ihr entgegenzukommen.

„Es ist ein *riesiges* Areal, das wir absuchen müssten, und wir wissen doch noch nicht einmal, ob jemand die Leiche nur vergraben oder ganz beseitigt hat. Agent Hersh und ich müssen uns um mehrere Tatorte kümmern und uns mit den örtlichen FBI-Büros und den anderen Behörden absprechen. Wir werden detaillierte Berichte über die Hergänge der letzten Nacht erstellen müssen. Außerdem haben wir den direkten Befehl von ganz weit oben, Sie in Sicherheit zu bringen, und die Grenzen dieser Anweisung testen wir bereits weit mehr aus, als mir lieb ist.“ Als sie erneut den Mund aufmachte, um zu protestieren, wurde er laut. „Was wir *nicht* haben, ist die Erlaubnis, mit der Tochter der Vizepräsidentin der Vereinigten Staaten durch die Wüste von Arizona zu tapsen, während sie nach einer verschwundenen Leiche sucht.“

Durch das Nachtsichtgerät konnte er sehen, wie ihre hübschen Augen kalt vor Verachtung wurden. „Sie haben mir nicht zu sagen, was ich zu tun habe."

„Nein, aber ich habe die Befugnis, Sie zu verhaften, wenn es sein muss. Schauen Sie", fuhr er geduldig fort. „Ich will das nicht tun müssen." Das Feuer in ihren Augen ließ etwas nach. „Ich verstehe, dass Ihr Job Ihnen sehr viel bedeutet, aber Sie müssen verstehen, dass unsere Jobs uns ebenfalls sehr wichtig sind. Und was viel wichtiger ist" – auch wenn nichts wirklich wichtiger war als sein Job und seine Kollegen – „Ihre Sicherheit ist unsere Priorität, denn weder ich noch Agent Hersh wollen zulassen, dass Ihnen etwas zustößt."

Anscheinend hatte er bei dieser Sache eine Menge mitzureden.

Sein Blick traf Hershs, und er nickte ihm zu, er solle vorangehen, den Weg zurück, den sie gekommen waren. Hersh ging den Trampelpfad hinunter, aber Zoe rührte sich nicht von der Stelle, starrte Seth mit trotzig vorgerecktem Kinn an. Er erwiderte ihren Blick mit seinem besten ernsten, härtesten Blick – ein Blick, der Terroristen und Kriminelle normalerweise das Fürchten lehrte.

Sie wich keinen Zentimeter zurück.

„Ich bin gern dazu bereit, Sie zu tragen, wenn Sie Hilfe brauchen", verkündete er ruhig.

Ihre Augen wurden schmal. „Das würden Sie nicht wagen."

„Ist das eine Herausforderung?"

„Ich bin schwerer, als es aussieht."

Er konnte sich ein Lächeln nicht verkneifen. „Und trotzdem glaube ich, ich würde klarkommen."

Hersh blieb stehen und wartete darauf, dass sie zu ihm aufholten, während seine Augen permanent das umliegende Gestrüpp absuchten.

Zoes Ausdruck fiel in sich zusammen, und bei ihrer plötzlichen Niedergeschlagenheit zog sich etwas in Seths Brust zusammen.

Sie legte ihre linke Hand gegen ihre Wange. „Ich hasse es einfach, dass sie von all den Menschen hier draußen, von all den

Opfern diejenige ist, die am ehesten ignoriert und vergessen werden wird."

Zoe Miller schienen die Toten wirklich wichtig zu sein. Das respektierte er. Aber das änderte verdammt noch mal gar nichts an seiner Verantwortung für die Lebenden.

Seth trat näher. Für einen Augenblick sah es so aus, als ob sie vor Angst zusammenzucken würde, aber im nächsten Augenblick war der Ausdruck verschwunden. Er musste es sich nur eingebildet haben.

„Tut mir leid, Zoe. Wirklich. Aber ich kann sie nicht retten. Sie können sie nicht retten. Sie ist bereits tot. Gehen wir zum Treffpunkt zurück, und dann können Sie zusammen mit Ihrer Mutter – die Sie übrigens immer noch nicht angerufen haben – Tsunami hohe Wellen schlagen, und sie kann das FBI, den Grenzschutz und den Präsidenten höchstpersönlich damit beauftragen, diese tote Frau zu finden und ihr die Gerechtigkeit zukommen zu lassen, die sie verdient hat." Das erinnerte ihn an etwas. Er zog sein Satellitentelefon hervor. „Rufen Sie Ihre Mutter an."

Der niedergeschmetterte Ausdruck in Zoes Gesicht zerriss ihm beinahe das Herz, aber das änderte nichts an der Tatsache, dass sie drei ganz allein hier draußen in der endlosen Wildnis waren. Das gefiel ihm nicht. Nichts als Klapperschlangen und Leichen weit und breit.

Die Morgendämmerung brach nun mit aller Macht über die Wüste herein, ein Symbol des Lichts und der Farben, blendend in seiner grenzenlosen, natürlichen Schönheit. Mit der Dämmerung kam auch eine Umverteilung der Vorteile, von den Kriminellen hin zu den Justizbehörden, was Seth minimal entspannen ließ, aber wirklich nur minimal. Zoe nahm ihm das Telefon aus der Hand und wandte sich gerade ab, als Hersh einen Fluch ausstieß und die verräterische Warnung einer Grubenotter durch die Luft rasselte.

Verfickte Scheiße.

Die beiden liefen los und fanden Hersh vor, der auf einem Bein herumhopste.

Seth streckte die Hand nach seinem besten Freund aus, damit er die Balance nicht verlor. „Hör auf, dich zu bewegen."

Er ließ die verärgerte Diamant-Klapperschlange nicht aus den Augen, die sich wütend in die Wüste davonschlängelte.

„Hat sie dich erwischt", fragte Seth, befürchtete aber, dass er die Antwort bereits kannte.

„Ja." Hersh stieß verärgert den Atem aus. „Ich habe sie nicht einmal gesehen. Bin auf das arme Ding draufgetreten."

Seth schaudere. Er hasste Schlangen wirklich abgrundtief. Er kniete sich hin und riss Hershs Hosenbein so weit hoch, wie es ging, sodass ein Messer in einer Scheide und daneben zwei kleine, rote Zahnspuren im Unterschenkel seines Kollegen zum Vorschein kamen.

Scheiße, scheiße, scheiße.

Das Pech hatte sein Team in letzter Zeit regelrecht verfolgt, und es kam ihm langsam vor wie ein Fluch. Seth wollte verdammt sein, wenn er einen weiteren Freund verlor. Nicht heute.

„Zoe, rufen Sie die vorletzte Nummer in der Anrufliste an und sagen Sie dem Kerl am anderen Ende, dass wir wegen eines giftigen Schlangenbisses augenblicklich einen Rettungshubschrauber brauchen."

„Der beste Landeplatz hier in der Gegend ist die Erhöhung beim Parkplatz", teilte sie ihm nervös mit, während Seth Utensilien aus seinem Sanitätskasten nahm. „Wissen Sie, was Sie da tun?"

Verärgerung stieg in ihm auf.

„Ja. Ich weiß, was ich tue. Rufen Sie endlich an. Wir treffen den Heli am Parkplatz." Die endlosen Tage seiner Erste-Hilfe-Ausbildung waren unerträglich öde gewesen, aber jetzt war er sehr froh darum. Er nahm Hershs Messer aus der Scheide, schnitt die Hose auf, damit Hersh Bein vom Knie bis zum Fuß frei lag. Dann reichte er seinem Freund das Messer, der es wieder einsteckte.

Nervös fing Zoe an zu wählen. „Er sollte nicht gehen–"

„Er wird nicht gehen. Jetzt wählen Sie endlich die verdammte Nummer."

Seth tastete die Haut ober- und unterhalb der Wunde ab. Hershs Haut war bereits heiß und begann anzuschwellen. „Ich kümmere mich um dich, JJ. Ich bring dich hier raus und zurück zu Liv."

„Scheiße, Mann. Ich fühle mich wie ein verdammter Idiot", erwiderte Hersh heiser.

„Das Wichtigste ist jetzt, ruhig zu bleiben. Du wirst in weniger als einer halben Stunde im Krankenhaus sein, und je ruhiger du bleibst, umso langsamer schlägt dein Herz und umso langsamer wird sich das Gift in deinen Adern verteilen, und umso weniger wird mir deine Frau das Leben zur Hölle machen. Benutze dein altes Scharfschützengehirn und zeig mir was von dem eiskalten Zen-Modus, für den du so berüchtigt bist."

Seth hob den Blick, als er ein Verbandspäckchen aus seinem Kasten nahm.

Hersh grinste, was Seth etwas beruhigte.

„Ich muss zugeben, es gefällt mir, wie du vor mir im Staub kniest, bro. Du darfst mir gern auch die Füße küssen, wenn du schon mal da unten bist."

„Tu mir einen Gefallen und stirb jetzt nicht. Dann kannst du mir gern den Arsch küssen, wenn das alles vorbei ist."

Hersh gluckste, aber sein Atem ging nicht so ruhig, wie er sollte, und Seth gefiel diese Situation nicht ein verfluchtes bisschen. Er wickelte den Verband von Hershs Fußgelenk hinauf bis zum Knie. Sobald er sich vergewissert hatte, dass der Verband sicher saß, aber nicht zu eng war, verknotete er das Ende und stand auf.

„Ich muss dir deine Ausrüstungsweste abnehmen." Das waren zusätzliche knapp dreißig Kilo, die Seth nur aufhalten würden. Er nahm auch seine eigene Weste ab, holte aber ein paar der wichtigsten Sachen heraus, einschließlich Munition, und verteilte sie an seinem Körper. „Keine Sorge. Ich komme später wieder zurück und hole sie."

Die Tatsache, dass Hersh Seth nicht wegen seiner körperlichen Fitness aufzog, verriet, dass es um den Kerl schlimmer stand, als er zeigen wollte.

Zoe legte auf und stand da, hielt das Telefon fest.

Seth drückte ihr Hershs gesicherte Remington in die Hand. Ohne ein weiteres Wort hängte sich Zoe die Waffe auf ihrem Rücken um. Dann gab er ihr auch das Tablet, was sie nervös in die andere Hand nahm. Die Bedrohung war hoffentlich verflogen, aber er würde nichts zurücklassen, was den Feinden einen taktischen Vorteil verschaffen könnte, sollte das Unerwartete eintreten.

Er zog seinen H&K 416-Karabiner zurecht, damit er ihn im Notfall benutzen konnte.

„Bleiben Sie direkt hinter mir", wies Seth sie an. „Kein Abbiegen vom Pfad, unter keinen Umständen. Verstanden?"

Zoe sah blass und nervös aus. Sie nickte. „Natürlich."

Seth wuchtete Hersh über seine Schulter. Bei Schlangenbissen war es wichtig, das Herz höher als die Wunde zu halten, also klemmte Seth Hershs Kniekehlen gegen seine Brust, während sein Freund sich zwang, sich zu entspannen. Es war nicht bequem, aber es war vermutlich die einfachste Methode, einen anderen Menschen über eine gewisse Strecke zu tragen.

Seth schob Hershs Gewicht zurecht und dieser stöhnte auf.

Dann begann Seth, zügig zu gehen. Er wäre gerannt, aber er wollte das Gift nicht im Bein des Mannes herumschütteln, und aus der Unterhaltung zwischen Zoe und dem Piloten, die er mitbekommen hatte, wusste er, dass der Helikopter zehn Minuten brauchen würde, um hier zu landen. Wenn nötig, würde er rennen, sobald er die Rotorblätter hörte.

„Versuche, mir nicht den Rücken vollzukotzen."

„Solange ich mir nicht in die Hosen scheiße." Hersh lachte, dann fügte er noch hinzu, „Sorry, Ma'am."

„Wenn Sie mich nicht bald Zoe nennen, werde ich wirklich sauer."

„Das würde ich natürlich nicht wollen", murmelte Hersh mit einem Lachen.

Zoe bot an; „Soll ich Ihre Frau anrufen und ihr sagen–"

„Nein." Das Wort klang schneidend. „Ich rufe sie vom Krankenhaus aus an. Ich will nicht, dass sie sich Sorgen macht."

„Es tut mir so leid." Zoes Stimme war voller Bedauern.

„Nicht Ihre Schuld."

„Ich bin diejenige, die uns in die Wüste geschleift hat."

„Wir waren schon in der Wüste", bemerkte Seth trocken.

Das Gewicht seines Freundes war kein Pappenstiel, und Seth fing an zu schwitzen. Er war dankbar, dass er nicht noch das extra Wollhemd trug. Unablässig ließ er seinen Blick über den Boden schweifen, damit er nicht am Ende auch noch über irgendwelche angepissten Schlangen stolperte.

Als sie etwa siebenhundert Meter vom Landeplatz entfernt waren, hörte er die Rotoren des Hubschraubers. Seth begann loszulaufen, trotz Hershs missbilligendem Stöhnen. Der Parkplatz war mittlerweile zum Glück voller Polizisten und FBI-Agenten. Fahrzeuge parkten die Straße entlang, genau dort, wo der Heli landen musste.

Misstrauisch starrten die Agenten in den Himmel, als die drei aus dem Gestrüpp brachen.

Seth gestikulierte mit seiner freien Hand. „Bewegt die Autos. Wir haben einen medizinischen Notfall, und der Heli muss dort drüben auf der Erhöhung landen." Der Hubschrauber war nun fast da. Flog reglos hoch oben über ihnen in der Luft, suchte nach einem sicheren Landeplatz.

Gesetzeshüter und -hüterinnen machten eilig Platz, setzten die lange Reihe Autos zurück, die den unbefestigten Weg säumten. Seth wartete ungeduldig, bis die Maschine landete und der Kopilot mit einem besorgten Gesichtsausdruck heraussprang. Er öffnete die Hecktür und bedeutete Seth, näherzukommen.

Seth nahm Zoe das Tablet ab, bevor er zum Hubschrauber ging und Hersh neben der Maschine behutsam auf die Füße stellte. Sein Freund schwankte ein wenig. Seine Wangen waren gerötet, aber das konnte auch vom ungemütlichen Ritt herrühren.

Der Kopilot half dabei, Hersh auf die Rückbank zu bugsieren.

Seth warf einen Blick über die Schulter. Zoe sprach mit einem Mann im Anzug, der vermutlich der ranghöchste Agent vor Ort war. So sehr Seth auch mit Hersh mitfliegen und sich vergewissern wollte, dass sein Kumpel in Ordnung war, wusste er, dass er die Leute hier schnellstmöglich auf den neuesten Stand bringen musste, ihnen Bescheid geben, wo die Leichen lagen und was hier überhaupt vorgefallen war.

Dann konnten sie sich hoffentlich die Bastarde schnappen, die entkommen waren.

Er trat auf die Trittstufe, griff nach Hershs Arm und schaute ihm in die Augen. „Wenn du mir stirbst, bringe ich dich verdammt noch mal um."

„Ich liebe dich auch, Hop. Kümmere dich um unser Mädchen", rief Hersh über das Gedröhne der Rotoren, sah blass und fiebrig aus.

Seth warf ihm ein verbissenes Lächeln zu und trat zurück. Er reichte dem Kopiloten das Tablet, das er sich vorhin von ihm ausgeliehen hatte. Der Mann nickte ihm dankbar zu und sprang auf seinen Sitz, während Seth aus dem Radius des tödlichen Heckrotors trat.

Der Pilot verschwendete keine Zeit und hob augenblicklich ab, flog einmal mehr Richtung Osten nach Tucson davon.

Seth fuhr sich mit der Hand über sein verschwitztes Gesicht und wünschte sich verdammt noch mal, dieser Tag wäre endlich vorbei.

Jemand griff nach seinem Ellenbogen und drückte ihn sanft.

„Er wird schon wieder." Zoe Millers Stimme war so sanft wie das Licht der Morgendämmerung.

Seth ertappte sich dabei, wie es ihm ein wenig die Kehle zuschnürte, und er brachte kein Wort mehr heraus. Also nickte er knapp. Dann zwang er seine Emotionen fort und wappnete sich dafür, seinen Job zu tun und seine Versprechen zu halten.

„Rufen Sie Ihre Mutter an, Zoe. Kein Hinhalten mehr."

7

———————

„Nein, Mom, ich schwöre, ich bin unverletzt", versicherte Zoe ihrer Mutter durch Seths Satellitentelefon. Man hatte ihr Papierüberzieher für ihre Stiefel gegeben, und sie war von einem gehetzt aussehenden Agenten, der ihre Aussage aufgenommen hatte, angewiesen worden, sich nicht von der Stelle zu rühren und nichts anzufassen. Nun stand Zoe also brav am Straßenrand, versuchte, neben einem Truck Schatten zu finden, während das Quecksilber unaufhaltsam in die Höhe stieg. „Aber ich mache mir Sorgen um Karina. Unsere Handys wurden zerstört, also kann ich nicht nachfragen, wie es ihr geht, und sie kann mich auch nicht anrufen."

„Dein Vater hat vorhin kurz mit James gesprochen, und er hat erzählt, Karina wäre derzeit im OP, dass ihr Zustand aber stabil sei." Ihre Eltern kannten ihre Freunde gut, da Zoe sie beinahe jedes Jahr für ein verlängertes Wochenende über den vierten Juli ins Haus ihrer Eltern in Kalifornien einlud. Das Haus war riesig, hatte zwei Pools und diverse Tennisplätze, direkten Zugang zum Strand sowie zwei zusätzliche Gästehäuser auf dem Grundstück. Es war quasi ein nobles Hotel, nur eben ohne die anderen Gäste. Zoes Eltern besaßen außerdem ein Haus in D.C., und dieser Tage stand die Villa in Kalifornien meistens leer, da Zoes Bruder in einem Studioapartment in L.A. lebte und so tat, als ob er nicht mit einem der einflussreichsten Männer in Hollywood und der wohl mächtigsten Frau der Vereinigten Staaten verwandt wäre.

„Ich werde jemanden bitten, sich nochmal nach Karinas Zustand zu erkundigen. Wann fliegst du zurück? Ich möchte dich besuchen kommen. Mich vergewissern, dass du wirklich okay bist."

„Bist du nicht quasi auf dem Sprung zu einer Tour durch Südostasien?" Zoe starrte hinauf zu dem neusten Nachrichtenhubschrauber, der am Rande der Flugverbotszone, die das FBI eingerichtet hatte, in der Luft schwebte. Zu weit entfernt, um brauchbare Bilder schießen zu können, Gott sei Dank. Die Sonne schien hell, aber die verräterischen Anzeichen eines möglichen Sturms brauten sich im Norden zusammen. Die Kaltfront, die zurzeit auf den Mittleren Westen zurollte, würde dringend benötigten Regen nach Arizona bringen. Großartig für die ausgedörrte Erde. Nicht so großartig für das Sichern von Beweismitteln.

„Die kann ich absagen oder um ein paar Tage verschieben."

Zoe lachte. „Ich bin nicht sicher, was die Landesoberhäupter, die du versetzen willst, davon halten würden."

Ihre Mutter prustete. „Bei den Summen an Hilfsgeldern, die die US-Regierung ihnen zur Verfügung stellt, wird keiner von ihnen auch nur einen Mucks machen, wenn wir ein paar Meetings verschieben müssen."

Nur dass sie ihre Mutter als weich verurteilen würden, weil sie eine Frau war und zu schnell von ihren Gefühlsregungen beeinflusst wurde. Oder sie würden sie kaltherzig und gefühllos nennen, wenn sie nicht nach Zoe sah. Wozu auch immer Madeleine Florentine sich entscheiden würde, Zoes Mutter würde bei den Medien nicht gewinnen können. Zoe war an die Machtkämpfe in der Politik gewöhnt, aber sie würde auf keinen Fall Teil dieses Zirkus werden. Sie hoffte, ihre Identität und ihre Verwicklung in diese Sache aus den Nachrichten heraushalten zu können.

„Mom, ich verstehe ja, dass du dir Sorgen machst. Ich weiß nicht, was ohne deine Hilfe gestern Nacht passiert wäre, und ich bin unendlich dankbar, dass du so schnell die Truppen alarmieren konntest." Erneut brachen die Emotionen über Zoe herein, und sie rang darum, mit fester Stimme weiterzusprechen. „Aber mir geht es gut, das versichere ich dir. Bitte verschieb nicht meinetwegen deine Reise. Wir sehen uns, wenn du wieder zurück bist. Sobald mich das FBI gehen lässt, fahre ich ins Krankenhaus und schaue nach Karina."

„Aber nicht allein, auf gar keinen Fall."

Zoe blickte sich aufgebracht um. „Ich bin fast dreißig Jahre alt, Mom. Ich bin buchstäblich umgeben von Legionen von Bundesagenten, die alle vor Waffen nur so strotzen. Ich bin mir sicher, dass einer von ihnen mich ins Krankenhaus begleiten wird."

Sie beobachtete, wie der ruhige, kompetente Seth Hopper anderen Agenten mit seiner souveränen, nicht aus der Ruhe zu bringenden Art Anweisungen gab, obwohl sie wusste, dass er so besorgt um seinen Freund war wie sie um Karina. Er war noch immer geradezu lächerlich attraktiv, aber zum Glück dachte sie nicht mehr *so* an ihn. Noch erinnerte sie sich daran, wie die Wassertropfen von den definierten Muskeln seiner Brust getropft waren …

„Du hättest sterben können."

Zoes Aufmerksamkeit flog zurück zu ihrer Mutter. Sie spürte, dass ihre Gedanken sie rot werden ließen, aber niemand hier konnte Gedanken lesen, also war es okay. Sie fächerte sich Luft ins Gesicht. Ihr war einfach heiß, das war alles. „Aber zum Glück bin ich nicht gestorben. Die Leute, die uns entführt haben, sind entweder tot oder auf der Flucht, also besteht keine Gefahr mehr."

Sie konnte nicht glauben, dass heute Nacht so viele Menschen umgekommen waren. Und wofür?

„Sie werden nicht weit kommen, das verspreche ich. Und ich werde nachher mit dem Präsidenten von Mexiko sprechen, um ihm meine Meinung zu diesem Vorfall klipp und klar zu sagen."

„Bitte erwähne meinen Namen nicht. Ich will nicht hervorgehoben werden, ohne dass Karina, James und Fred erwähnt werden. Und wenn ihr schon dabei seid, überlegt doch mal, ob ihr zwei nicht eine etwas humanere Einwanderungspolitik entwickeln könnt."

Ihre Mutter atmete hörbar ein, und Zoe verspürte den Anflug von Gewissensbissen, dass sie ihre Mutter in eine Falle gelockt hatte, während sie vor Sorge um ihr Kind so aus dem Gleichgewicht gebracht worden war.

„Wir arbeiten daran, Regierungen und die Wirtschaft in Mittel- und Südamerika zu stabilisieren. Wenn die anderen Länder endlich ihre kriminellen Gangs in den Griff kriegen würden, wären wir nicht in dieser Situation–"

„Dieses Verbrechen hat definitiv auf US-amerikanischem Boden stattgefunden, Mom."

„Das ist es ja, was mir Sorgen macht, Zoe. Dass diese Kriminellen immer dreister werden und versuchen könnten, dir wieder etwas anzutun, bevor die Strafverfolgungsbehörden sie schnappen."

„Glaubst du wirklich, die Kartelle sind so dumm, wieder Jagd auf mich zu machen?"

Ihre Mutter stieß einen aufgestauten Seufzer aus. „Nicht dumm, nein, aber sie sind viel mächtiger, als ich zugeben will, und die Vorstellung, du könntest wegen meiner Stellung zur Zielscheibe werden ..."

„Mom, ich glaube ganz ehrlich nicht, dass es etwas mit dir zu tun hatte."

Die kurze Stille fühlte sich seltsam angespannt an. „Es hatte mit der Arbeit zu tun, die du da in der Wüste verrichtest, habe ich recht?" In der Stimme ihrer Mutter schwang ein vertrauter, missbilligender Ton mit.

„Ja, ich glaube, das war der Grund. Und da ich für die vorhersehbare Zukunft mit der Arbeit hier fertig bin, musst du dir keine Sorgen mehr darüber machen. Aber Leute wie James und Karina und Fred und all die anderen, die sich um die vermissten Migranten kümmern? Sie müssen von ihrer Regierung beschützt werden. Es geht hier nicht nur um mich."

Ihre Eltern waren überglücklich gewesen, als Zoe den Job in

Richmond angenommen hatte. Und resigniert, als sie ihnen verkündet hatte, sie würde ihre Habseligkeiten quer durch das Land kutschieren. Allein. Ihr Vater hatte angeboten, sie zu begleiten, aber da das wiederum den Personenschutz des Secret Service nach sich gezogen hätte, hatte Zoe das Angebot entschieden abgelehnt.

„Ich muss Schluss machen, Mom. Da kommt gerade ein FBI-Agent mit einem Notizblock im Anschlag auf mich zu." Bei dieser Lüge wand sie sich ein bisschen, aber sie musste dieses Gespräch endlich beenden.

„Zoe ..."

„Ja?"

„Denk dran, egal was passiert, ich liebe dich."

Diese Worte klangen überraschend sentimental für eine Frau, die nicht dazu neigte, ihre Gefühle zu zeigen.

„Ich weiß. Ich liebe dich auch."

Zoe trank einen Schluck warmes Wasser aus einer Plastikflasche, musterte den Dunst, der anfing, im Süden über dem Wüstenboden zu schimmern. Sie hegte die Vermutung, dass in den nächsten Stunden zwei Wettersysteme aufeinandertreffen würden, und das würde nicht gut ausgehen. Sie hätte zusammen mit Agent Hersh den Helikopter nehmen sollen.

Also saß sie für den Moment leider hier fest. Sie war darum gebeten worden, „verfügbar zu bleiben", um mögliche weitere Fragen zu beantworten – als ob sie ohne Hilfe hier verschwinden könnte.

Sie konnte ja nicht einmal zur Straße laufen und zur Stadt zurück trampen, denn die Presse hatte sich wie die Geier am Ende der unbefestigten Straße zusammengerottet, und Zoe stank definitiv nach Aas. Nicht dass sie sonst getrampt wäre. So sehr sie auch an die Freundlichkeit von Fremden glauben wollte, sie war zu vertraut mit den Opfern von Gewalttaten, als dass sie ein derartiges Risiko einzugehen bereit war.

Sie verschränkte die Arme vor der Brust, war zunehmend frustriert von der langweiligen Aussicht, sich hier die Füße in den

Bauch zu stehen. Sie könnte helfen, aber das FBI wollte nicht, dass sie den Tatort kontaminierte. Zoe verdrehte die Augen. Als ob sie letzte Nacht und gestern nicht ohnehin überall hier herumgetrampelt wäre.

Der Agent, dem sie ihre Hilfe angeboten hatte, hatte sie nicht ernst genommen, als Zoe darauf beharrt hatte, sie sei forensische Anthropologin. Vielleicht hatte es daran gelegen, wie Zoe angezogen war – ein geliehenes Wollhemd, darüber ihr eigenes Schlafhemd und eine Yogahose. Staubige Stiefel. Keine Socken oder Unterwäsche. Dreckiges Gesicht, zerzauste Haare, ungeputzte Zähne. Und vermutlich gab ihr Morgenatem richtig Vollgas.

Der Mangel an Autonomie und Kontrolle über ihr eigenes Leben untergrub ihr übliches Selbstbewusstsein.

Das gefiel ihr nicht. Es gefiel ihr ganz und gar nicht.

Es erinnerte sie an einen Kurs, den sie im College belegt hatte, über die Wichtigkeit, eine Identität zu haben. Sie hatte kein Geld und keinen Ausweis bei sich. Ihr Handy, ihre Kreditkarten, sogar ihr Führerschein waren im Feuer zerstört worden. Wenigstens kannte sie ihren eigenen Namen und konnte die Sprache sprechen. Und dank einer Mutter in der Politik würde Zoe niemals wirklich Gefahr laufen, vom System geschluckt zu werden. Sie war privilegiert. Das wusste sie. Und trotzdem war es furchteinflößend und beunruhigend, den Launen des Regierungssystems derart ausgesetzt zu sein.

Ein Neuankömmling, groß, dünn, mit einem kurzärmligen, blauen Hemd, Anzughose und glänzenden, schwarzen Lederschuhen, schaute von der Stelle, an der er sich gerade mit einem vollkommen ausdruckslosen Seth Hopper unterhielt, auf sie. Die Augen des Fremden wurden schmal, dann kam er auf sie zu.

„Miss Miller?" Sein Tonfall war kurz angebunden.

„Dr. Miller, genaugenommen", korrigierte sie ihn und wurde mit verräterisch schmal werdenden Lippen belohnt.

Wenn er nicht so offensichtlich missbilligend gewesen wäre, hätte sie ihm angeboten, sie Zoe zu nennen.

Viele Typen kamen mit einer intelligenten, selbstbewussten

Frau nicht klar, aber sie war ehrlich gesagt fertig damit, empfindliche Egos zu streicheln. Vielleicht hatte ihr Ex ihr ja einen Gefallen damit getan, ihre Toleranz für Bullshit auf null zu reduzieren.

„*Doktor* Miller. Ich bin Jeremy Patterson, Stellvertreter des leitenden Special Agent des Sondereinsatzkommandos für gewalttätige Straßengangs im FBI-Büro von Phoenix. Auf Antrag der Nationalparkbehörde übernehme ich die Leitung in dieser Ermittlung." Streitlustig stemmte er die Hände in die Hüften.

Zoe zog die Augenbrauen in die Höhe. Sie war sich nicht sicher, wie sie darauf reagieren sollte. *Gut gemacht? Bravo?* „Großartig?"

Sie wusste genug über das FBI, um zu wissen, dass dieses Vorgehen nicht normal war. Der Stellvertreter des leitenden Special Agenten war in der Regel nicht der Fallbeauftragte.

Liegt es daran, wer meine Mutter ist, oder daran, wer die Entführer sind?

„Können Sie mir genau erzählen, was Sie gestern in der Wüste gemacht haben?", fragte Patterson.

Zoe stieß einen langen, missmutigen Seufzer aus. „Das habe ich bereits mit mehreren anderen Agenten besprochen–"

„Tun Sie mir bitte den Gefallen …" Sein Lächeln war kalt. Er war Mitte fünfzig. Sein Gesicht eher grob als gutaussehend, mit braunen Haaren, die großzügig mit Grau gespickt waren, so kurz geschoren, dass seine Kopfhaut unter der gnadenlosen Sonne verbrennen würde. Die Kälte seiner dunkelblauen Augen verriet ihr, dass sie hier nicht verschwinden würde, bis er nicht mit ihrer Aussage zufrieden war.

Eilig berichtete sie, was sie gestern getan hatte, endete mit: „Die zweite Leiche, die ich gefunden hatte, war verschwunden, als wir heute Nacht nach ihr gesucht haben."

„Ah, ja, Agent Hopper hat mich bereits über Ihren nicht genehmigten Ausflug in die Wüste informiert. Er hätte Ihnen nicht erlauben dürfen, diesen Bereich zu verlassen."

Wieder zog sie unbeeindruckt eine Augenbraue hoch und

blickte Patterson an. „Ich habe ihm nicht wirklich eine Wahl gelassen."

Seine Oberlippe verzog sich etwas, als er seine Hände in die Hüften stemmte. „Seth Hopper ist ein großer Junge, Miss – Verzeihung – *Doktor* Miller, ganz zu schweigen davon, dass er angeblich ein *Eliteagent* des HRT ist. Jetzt muss er mit der Tatsache leben, dass sein – und Ihr – Handeln zur Folge hat, dass ein anderer Agent mit einer lebensbedrohlichen Verletzung ins Krankenhaus geflogen werden musste."

„Agent Hopper hat Erste Hilfe geleistet, seinen Kollegen zum Helikopter getragen und ihm damit wahrscheinlich das Leben gerettet."

Pattersons Gesicht blieb ausdruckslos.

Zoe versuchte, sich die Haare aus den Augen zu wischen, aber sie waren noch nicht lang genug, um sie sich hinter die Ohren zu stecken, und fielen ihr immer wieder ins Gesicht. Sie warf einen Blick in Seths Richtung, der mit einer hübschen Agentin sprach, die scheinbar etwas gesagt hatte, was ihn zum Lächeln brachte. Zoe ignorierte den irrationalen Anflug von Eifersucht, der in ihr aufblitzte. Sie hatte kein Recht, eifersüchtig zu sein. „Nichts von alledem war Agent Hoppers Schuld. Agent Hersh hätte ohne Weiteres auch hier auf dem Parkplatz gebissen werden können–"

„Wurde er aber nicht, oder? Er wurde mehr als eine Meile entfernt von hier gebissen. Ich werde das Office of Professional Responsibility über Agent Hoppers Verhalten informieren." Sein Blick forderte sie förmlich heraus, nun die Stellung ihrer Mutter in diese Unterhaltung einzubringen, aber das hatte Zoe nicht vor.

„Na ja, das kommt mir ein bisschen harsch vor." Zoe hielt seinem Blick stand und sprach durch ein erzwungenes Lächeln hindurch. „In Anbetracht der Tatsache, dass die Leiche, die ich gestern gefunden habe, verschwunden ist, denke ich–"

„Ist es nicht viel wahrscheinlicher, dass Sie die genaue Stelle nicht wiedergefunden haben, weil es dunkel war und Sie ganz aufgewühlt von den Ereignissen der Nacht?"

Zoe runzelte die Stirn. „Nein. Nein, ist es nicht. Ich bin ausge-bildete–"

„Schauen Sie." Der Ausdruck des Mannes war so abfällig, er sah beinahe gelangweilt aus. „Ich weiß, Ihre Mission ist es, vermisste Migranten zu finden und zu bergen, was wirklich vorbildlich ist" – er ließ es so klingen, als ob sie ihre Freizeit als Freiwillige hier verbrachte oder für eine Wohltätigkeitsorganisa-tion arbeiten würde, anstatt Profi mit einem Doktortitel zu sein, die in ihrer Freizeit humanitäre Arbeit verrichtete – „aber wir haben keine Zeit, den gesamten Nationalpark nach unbestätigten Leichen abzusuchen, die vielleicht oder vielleicht auch nicht irgendwo hier herumliegen. Wir müssen in einem ernsten Verbre-chen ermitteln, bei dem sieben Männer umgekommen sind."

Nannte er sie etwa eine Lügnerin?

Zoe rang um Geduld. „Glauben Sie nicht, die beiden Männer, die dort drüben erschossen wurden", sie zeigte nach Westen, „könnten etwas damit zu tun gehabt haben, die tote Frau fortzu-schaffen, bevor–"

„Wir haben nur Ihre Aussage, dass überhaupt ein Leichnam dort gelegen hat, ganz zu schweigen davon, dass er von der Stelle bewegt wurde. Die Chancen, dass ein Zusammenhang zu Ihrer Entführung besteht, sind bestenfalls minimal."

„Sie", korrigierte Zoe ihn und biss die Zähne so fest zusam-men, dass ihr Kiefer schmerzte.

Sie dachte an das Rätsel der zerstörten Beweise in dem ausge-brannten Truck und an das seltsame Verhalten des Mannes in Schwarz. Dann waren da noch die Beweise, die sie gestern einge-sammelt hatte. Der Zahn, das Medaillon, die Fotos, die sie mit ihrem Handy geschossen hatte, und die nun hoffentlich in ihrer Cloud waren. Wenn sie das alles diesem Agenten zukommen lassen würde, würde nichts davon in nächster Zeit bearbeitet werden, fürchtete sie.

Aber wenn Patterson wusste, dass sie in Besitz dieser Dinge war, würde er sie definitiv haben wollen, unabhängig von seinen herablassenden Worten.

Es war schließlich sein Fall.

Sie starrte ihn stumm an, ließ sich ihre Optionen durch den Kopf gehen. Wägte ab, wie sehr sie ihm zutraute, diesen Auftrag zu erledigen …

Patterson reckte seinen Nacken in eine Richtung, als ob er in der Nacht zuvor schlecht geschlafen hätte. „Schon mal von einem Mann namens Lorenzo Santiago gehört?"

„Nein." Zoe hob die Hand, um ihre Augen vor der Sonne abzuschirmen. „Wer ist das?"

„Nur einer der gnadenlosesten Kartellbosse von ganz Mexiko."

„Waren das seine Leute?", fragte sie.

Patterson runzelte die Stirn. „Das habe ich nicht gesagt."

Zoe lachte leise auf. „Mussten Sie auch gar nicht."

Er starrte sie auf eine Art und Weise an, die ihr Unbehagen bereitete. Er war angepisst, dass sie voreilige Schlüsse gezogen hatte. Sie wollte wetten, er war ein schrecklicher Teamleiter und ein grauenhafter Mentor.

„Haben Sie ein Foto von diesem Lorenzo?", fragte sie ihn. „Vielleicht war das der Mann in Schwarz, der mit einem Muli und ein paar superpraktischen Grabschaufeln aus der Wüste kam?"

„Ich dachte, Sie hätten gesagt, sie hätten alle Masken getragen?"

„Haben sie auch, aber ich bin Expertin, was den menschlichen Körper angeht, Sie erinnern sich. Es besteht die Möglichkeit, dass ich ihn trotzdem erkenne."

Patterson sah skeptisch aus und blickte sich um, als ob er sicherstellen wollte, dass alle auch tatsächlich arbeiteten. „Überprüfen Sie auf der Liste der meistgesuchten Verbrecher des FBI sein Foto. Aber wir wissen, dass er gestern Nacht nicht hier war."

„Sie haben jemanden in seiner Organisation? Jemanden, der ihn beschattet?"

Er machte einen bedrohlich wirkenden Schritt auf Zoe zu. Sie zuckte zusammen, wich aber nicht zurück, sondern hob nur herausfordernd das Kinn.

„Das habe ich auch nicht gesagt, und Sie würden gut daran tun, Ihre wilden Spekulationen für sich zu behalten, wenn Ihnen die Sicherheit anderer wichtig ist."

Zoe knirschte mit den Zähnen. Natürlich war ihr die Sicherheit anderer Menschen wichtig. Ihr Unbehagen, Beweise vor ihm zu verbergen, verpuffte. Sie würde die Umschläge höchstpersönlich einer ihrer Freundinnen überreichen, die im FBI-Labor in Quantico arbeitete. Vermutlich waren sie für ein Gerichtsverfahren nun ohnehin nicht mehr zu gebrauchen, weil sie seit über zehn Stunden nicht mehr in Zoes Besitz gewesen waren.

„Kann ich gehen, Agent Patterson? Oder soll ich Ihnen noch einmal erzählen, wie die Entführung vonstattengegangen ist?", fragte sie in zuckersüßem Tonfall.

Patterson blickte sich um und trat einen Schritt zurück. „Sie können gehen. Ich werde den ersten freien Agenten beauftragen, Sie zum Flughafen zu fahren."

„Vielen Dank. Ich weiß das zu schätzen." Sie lächelte breit, ohne eine Unze von Aufrichtigkeit. Sie würde nicht zum Flughafen fahren, aber sie würde sich auch nicht vor den Augen seines Teams mit diesem Typen streiten. Er würde nur noch schärferes Geschütz auffahren und sie in Schutzhaft nehmen. Sie wusste ihre Schlachten zu wählen und würde hingehen, wohin auch immer sie verdammt noch mal gehen wollte, ohne die Erlaubnis dieses Arschlochs einzuholen.

Patterson ging davon, und Zoe blickte sich nach Seth Hopper um.

Enttäuschung schoss durch sie hindurch, als sie feststellen musste, dass er nicht mehr da war.

8

———

Seth joggte den Trampelpfad hinunter, um Hershs und seine Ausrüstungswesten einzusammeln, bevor noch jemand entschied, sie wären Bestandteil der Ermittlungen und Beweismittel, oder schlimmer noch, sie fielen in die falschen Hände und verschwanden. Er wollte seinem Gold-Team-Anführer Payne Novak nicht erklären müssen, dass er ihre teure Spezialausrüstung verloren hatte.

Er sah Agenten des örtlichen FBI-Büros, die Suchraster einteilten und um die Leichen der beiden Männer herum, die vom Pfad fortgezerrt worden waren und die Hersh und er heute früh gefunden hatten, nach Beweisen suchten. Es war eine weitläufige Gegend, und es wurde bereits unangenehm heiß. Das würde für alle Beteiligten ein beschissener Tag werden.

Seth hatte eine Agentin an der Basisstation daran erinnert, Wasserflaschen zu verteilen und eine Art temporäres Sonnenzelt als Kommandozentrale aufzubauen, damit niemand einen Hitzschlag bekam. Sie hatte sich sofort darum gekümmert.

Dieses Arschloch Patterson hatte vorhin versucht, Seth seinen höheren Rang spüren zu lassen, aber er konnte sich noch nicht einmal um seine eigenen Leute kümmern. Seth hatte es von sich abperlen lassen. Patterson war nicht sein Vorgesetzter. Er hatte nur seine Befehle befolgt und hatte in seinem Team und im HRT jeden Tag mit schwierigeren Männern als er zu tun. Patterson war einer von den Typen, die zwar den Mund aufrissen, aber keine Taten folgen ließen, und das wusste er auch. Es war am einfachsten, zuzulassen, dass dieser Kerl von seinem eigenen Gelaber über all die Macht, die er angeblich besaß, einen Ständer bekam, sich aber innerlich nicht um diesen Idioten zu scheren.

Es gab andere Dinge, um die Seth sich Gedanken machen musste. Zum Beispiel darüber, wie es Hersh ging, und über den Serienmörder, den das Geiselrettungsteam aufgespürt hatte, und darüber, ob das Red Team mittlerweile Beweise dafür gefunden hatte, warum sein ehemaliger Boss und Mentor, Kurt Montana, bei einem Flugzeugabsturz ums Leben gekommen war.

Gott sei Dank ging es Hersh gut. Ihm war ein Gegengift verabreicht worden, und sein Kumpel erholte sich derzeit im Krankenhaus. Payne Novak war nicht glücklich darüber gewesen, dass Zoe Miller sie in diese Lage gebracht hatte, aber sie alle kannten die Risiken eines Feldeinsatzes. Seth hatte sich dabei erwischt, wie er Zoe verteidigt hatte, was sich ein wenig seltsam angefühlt hatte.

Er war dankbar, dass sich das Gold Team gerade in einer sechzigtägigen Freistellungsphase befand, in der die Mitglieder über das halbe Land verstreut waren, aber wenn sie sich mobilisieren mussten, könnten sie das ohne Weiteres tun. Das war der Grund, weshalb sie permanent trainierten – für Überraschungen und Komplikationen, mit denen niemand rechnete.

Es hatte ihm nicht gefallen, wie angriffslustig Patterson Zoe Miller belagert hatte, aber das war nicht seine Sache. Sie war erwachsen und konnte auf sich selbst aufpassen. Seth hatte sich gezwungen, sich nicht übermäßig verantwortlich für ihren außerordentlichen Hintern zu fühlen. Sie war nicht sein Problem. Nicht mehr.

Ganz egal, wie feurig der Blitz der Anziehung zwischen ihnen auch gewesen war, als sie sich das erste Mal gesehen hatten, und ganz egal, dass er sie langsam immer mehr als Person bewunderte, er konnte sich nicht erlauben, sich mit der Tochter einer Politikerin einzulassen. Sie war derart in einer anderen Liga, sie spielte quasi eine ganz andere Sportart. Außerdem war ihm seine Karriere zu wichtig, als dass er sie für etwas, was vermutlich auf einen One-Night-Stand und einen unsentimentalen Rausschmiss am Morgen herauslaufen würde, aufs Spiel setzen wollte.

Ganz egal, wie verlockend es auch sein mochte …

Er kam bei ihrer verlassenen Ausrüstung an, die noch immer auf der Erde lag. Er schüttelte seine Weste aus, um jegliches verirrte Krabbelgetier herauszulocken, dann zog er sie sich über den Kopf, trotz der drückenden Hitze. Während er die Klettverschlüsse zumachte, wanderte sein Blick über den Trampelpfad.

Hatte hier letzte Nacht jemand die Leiche einer toten Frau weggeschafft?

Aber warum, verdammt noch mal?

Warum sollte jemand diese eine Leiche wegschaffen und so viele andere zurücklassen?

Nicht länger in der Lage, diese nagenden Zweifel zu ignorieren, ging Seth den Pfad hinunter, um noch einmal nachzusehen. Er suchte den Boden nach irgendwelchen Spuren ab.

„Oberes Zeichen" war alles oberhalb des Fußgelenks. Leider war er nicht so erfahren darin wie manch andere, das Alter eines abgeknickten Zweigs zu bestimmen, vor allem, wenn der abgeknickte Zweig ausgerechnet ein Kaktus war. „Bodenzeichen" war alles unterhalb des Fußgelenks und schloss von aufgewirbelten Blättern bis hin zu Tierkot alles ein. Hauptsächlich waren es allerdings Spuren oder Abdrücke von Lebewesen. Seth konnte Hufspuren und diverse Abdrücke verschiedener Schuhsohlen erkennen, die in beide Richtungen verliefen.

Ziemlich viel Verkehr für eine so abgelegene Stelle des Parks.

Er fand die Stelle, an der Zoe, Hersh und er stehengeblieben waren und ins Gestrüpp geschaut hatten, dort, wo Zoe behauptet hatte, dass dort die Leiche liegen würde.

Seth drückte sich an einem Kaktus vorbei, hockte sich hin und ließ seinen Blick über die trockene Erde wandern, schaute auf die Szene vor sich. Die Spuren, die Zoe früher am Tag mit ihren Wanderstiefeln hinterlassen hatte, konnte er ohne Weiteres erkennen. Er sah, wo sie gestanden hatte, und die Spuren im Staub deuteten außerdem darauf hin, dass dort eine Person gelegen hatte, es möglicherweise einen Kampf gegeben hatte. Frischere Spuren waren ebenfalls zu sehen, die Zoes Spuren überlagerten, und nicht weit entfernt, weitere Hufspuren.

Schwache Spuren älterer Fußabdrücke waren ebenfalls noch erkennbar – aber sie waren so abgetragen, dass sie unbrauchbar waren.

Seth zog die Augenbrauen hoch.

Verdammt. Zoe hatte recht.

Ein faustgroßer Stein mit einer rostigen Verfärbung fiel ihm ins Auge. Seth zog sein Handy hervor und fotografierte ihn. Starrte grimmig zu den sich zusammenbrauenden Regenwolken, die sich im Norden auftürmten. Zoe hatte sogar mit der Wahrscheinlichkeit von Regen goldrichtig gelegen.

Seth blickte sich in diesem endlosen, lautlosen Abschnitt der Wüste zwischen ihm und dem Parkplatz um. Nie im Leben würde diese Stelle in nächster Zeit untersucht werden. Patterson hatte ihre nächtliche Wanderung durch die Wüste auf der Suche nach einer Leiche als irgendeine verborgene Absicht Zoes abgetan – und damit gedroht, Seth deswegen zu melden.

Er blickte auf den Stein und verzog den Mund.

Zoe hatte noch sein Satellitentelefon, und hier draußen gab es keinen Handyempfang. Er traf die einsame Entscheidung, potenzielle Beweise zu sichern, und machte eine weitere Reihe von Fotos der Fußspuren und des Steins auf dem Boden, legte sein Messer daneben, um die Größenverhältnisse zu verdeutlichen. Dann ließ er den Stein in eine kleine Papiertüte gleiten, die er sich vorhin von einem der Kriminaltechniker hatte geben lassen, und steckte sie vorsichtig in seine Hosentasche.

Ein Vogel rief, und Seth schaute auf die umliegenden Steinwände des Canyons. Hatte das Kartell selbst jetzt Männer hier draußen, die sie beschatteten? Oder waren sie alle davongestoben wie Kakerlaken?

Er wusste es nicht, aber ihm gefiel das Gefühl unsichtbarer Augen auf ihm überhaupt nicht. Er ging zurück auf den Pfad, sammelte Hershs Weste ein und wanderte zurück zum Zirkus.

———

Ein Brummen erregte Zoes Aufmerksamkeit. Ein großer Kühltransporter rumpelte schwerfällig über die unbefestigte Straße. Als er näherkam, erkannte Zoe, dass Joaquin Rodriguez hinter dem Steuer saß, neben ihm zwei Assistenten aus der Rechtsmedizin. Sie überquerte den breiten Weg, und Joaquin hielt neben ihr an, rollte das Fenster hinunter und schaute sie über den Rand seiner Sonnenbrille aus dunklen, sorgenvollen Augen an.

„Bist du okay?"

Sie zwang sich ein Lächeln aufs Gesicht. „Ich bin in Ordnung. Ein bisschen aufgewühlt."

„Ich habe mit Fred gesprochen. Er hat mir erzählt, was passiert ist – sie haben all eure Sachen verbrannt, zusammen mit den menschlichen Überresten, die ihr gestern gefunden habt?"

Zoe nickte traurig. „Ja. Ich bin mir nicht sicher, ob noch brauchbare DNA zu finden ist. Tut mir wahnsinnig leid." Möglicherweise würden diese Menschen nun niemals identifiziert werden. Womöglich waren sie für ihre Familien für immer verloren.

„Das ist nicht deine Schuld, Zoe. Und außerdem, die Technik wird immer besser. Wir versuchen es mit den Überresten, die wir haben, und wenn das nicht funktioniert, heben wir die Knochen so lange auf, bis wir tatsächlich in der Lage sind, brauchbare DNA zu extrahieren. Das wird irgendwann möglich sein." Er schaute sie voller ernster Überzeugung an. „Du weißt, dass diese Technik kommen wird."

Zoe schluckte den Kloß der Gewissensbisse hinunter, die sie den ganzen Morgen verschlungen hatten. Nickte.

Joaquin schob seine Sonnenbrille wieder seine Nase hinauf. „Fred war ziemlich durch den Wind und hat sich große Sorgen um dich gemacht." Er warf einen Blick auf den FBI-Agenten, der ihn auf eine Stelle des Parkplatzes winkte, den sie für die mobile Leichenhalle der Gerichtsmedizin vorgesehen hatten. Dankend winkte Joaquin ihm zu, dann sprach er weiter mit Zoe.

„Es war ziemlich beängstigend." Untertreibung des Jahrhunderts. Ihre Augen wanderten zu dem großen Lastwagen. „Gut, dass du meinen Vorschlag angenommen hast."

„Ich höre mir deine Vorschläge immer an, Zoe. Das weißt du."

Nachdem sie den ganzen Morgen über wie ein Schwachkopf behandelt worden war, war es schön, so etwas von jemandem zu hören, den sie respektierte. Joaquin wollte losfahren, aber sie legte ihre Hand auf das offene Fenster.

„Joaquin …"

Fragend hob er sein sauber rasiertes Kinn.

„Die Leiche, von der ich dir gestern erzählt habe. Ich bin heute Nacht zurückgegangen, um nach ihr zu schauen, aber sie war verschwunden, genauso wie die gelbe Markierung, die ich auf dem Pfad hinterlassen hatte." Sie rieb sich die Arme, als ein Schauder ihren Körper durchrüttelte. „Die gelbe Markierung ist auf der Ladefläche von James Truck gelandet und verbrannt. Kannst du sicherstellen, dass nach der Toten gesucht wird? Ich glaube, sie hat mit dem zu tun, was gestern Nacht hier vorgefallen ist."

Joaquin runzelte die Stirn. „Warum sollte jemand eine Leiche fortschaffen? Außer uns, meine ich?" Er lachte kurz auf.

„Oder der Mörder?" Zoe presste die Lippen zusammen und starrte in die staubige Landschaft.

„Ich bin wirklich froh, dass du nicht verletzt bist." Sorgen gruben tiefe Furchen um Joaquins Augen, und Zoe hätte alles darum gegeben, die Zeit zurückzudrehen und gestern Nacht nicht in Gila Bend übernachtet zu haben.

Um die Stimmung aufzuhellen, wechselte sie das Thema. „Ich kann gar nicht glauben, dass Rosy schon vier wird. Sag ihr herzlichen Glückwunsch von mir, und deiner Familie alles Liebe und dass es mir leidtut." Zoe hatte hin und wieder auf Joaquins Kinder aufgepasst, und sie waren alle unfassbar niedlich.

Sie blickte sich um und sah Special Agent Patterson, der sie mit einem Blick anstarrte, den Schulrektoren für die schlimmsten Schulschwänzer reserviert hatten.

„Hast du die GPS-Koordinaten, wo ich die Frau gefunden habe?", fragte sie Joaquin.

Er schüttelte den Kopf.

Zoe ratterte sie aus dem Gedächtnis herunter, und einer der Assistenten notierte sie eilig. „Ich glaube, das FBI glaubt mir nicht. Sie denken, die Leiche ist ein Hirngespinst von mir."

„Warum solltest du eine Leiche erfinden?"

„Weil ich so flatterhaft und unzuverlässig bin?"

„Ha, vermutlich liegt es an deiner fehlenden Geschäftskleidung, und weil du keine Dienstmarke hast." Seine Augen wanderten belustigt über ihr Outfit.

„Ehrlich gesagt", wisperte sie dramatisch und beugte sich verschwörerisch vor, „glaube ich, dass es mein fehlender Penis ist."

Joaquin flüsterte zurück, „Woher soll er wissen, dass du keinen Penis hast?"

Zoe grinste. „Er hat eine Mutmaßung angestellt."

„Ts, ts." Joaquin war eindeutig amüsiert. „Wir stellen niemals Vermutungen an. Niemals, niemals Mutmaßungen anstellen", mahnte er seine Assistenten. „Nicht in unserer Branche."

„In diesem Fall hat er sogar recht, aber ich habe nicht vor, ihm empirische Daten zu liefern." Zoe verzog den Mund. „Bitte vergesst die tote Frau nicht … Und ja, sie war eindeutig biologisch weiblich." Zoe verschränkte die Arme vor der Brust, wollte nicht daran denken, was dem Opfer angetan worden war, konnte aber nicht anders, weil sie sich sicher war, dass die Kidnapper gestern Nacht genau das Gleiche für sie und Karina vorgesehen hatten.

Joaquin lächelte traurig. „Ich tue, was ich kann."

„Danke." Sie erwiderte sein Lächeln. Das tat er immer.

Sein Ausdruck wurde ernster. Er murmelte so leise, dass Zoe sich vorbeugen musste, um ihn zu verstehen. „Sei vorsichtig, okay? Man legt sich nicht mit dem Kartell an und kommt damit durch, *entiendes*?"

„Ich verstehe." Sie nickte. Es gab niemanden auf der Welt, den sie hier draußen mehr respektierte als diesen Mann und seine Meinung – mehr als das FBI, mehr als den Grenzschutz, mehr sogar als ihre eigenen Eltern.

„Ruf mich an, wenn du Neuigkeiten von Karina hast." Er nickte, fuhr dann langsam an, lenkte den Transporter an den anderen Fahrzeugen vorbei. Die Achsen waren so breit wie die Schotterstraße und der Seitenstreifen, und ein schreckliches, kreischendes Kratzgeräusch ertönte, als er dem steifen Stachel eines großen Kaktus zu nah kam.

Plötzlich vibrierte das Satellitentelefon in ihrer Hand, und Zoe starrte es erschrocken an.

Sie blickte sich um, erleichtert, Seth Hopper wieder auf dem Parkplatz zu erblicken, die Ausrüstungswesten in der Hand, die er in der Wüste zurückgelassen hatte, als Hersh im Morgengrauen von der Schlange gebissen worden war. Er hob den Kopf und blickte sie direkt an. Dann bedeutete er ihr, den Anruf anzunehmen.

„Hallo?", sagte Zoe.

Ein kurzes Zögern. „Spricht da Zoe Miller?"

„Ja. Wer spricht da, bitte?", fragte sie vorsichtig.

„ASAC Steve McKenzie, aus dem FBI-Hauptquartier. Ich wollte eigentlich Seth Hopper sprechen. Ist er in der Nähe?"

„Er kommt gerade auf mich zu."

„Wie fühlen Sie sich?"

„Müde. Dreckig. Furchtbar."

„Klingt nach mir an einem meiner besseren Tage."

Sie konnte das Lächeln in der Stimme des Mannes hören.

„Ja. Ich wollte schon sagen, hab' mich schon schlechter gefühlt, aber ich bin mir nicht sicher, wann das gewesen sein soll." Kopfschmerzen begannen, sich in ihrem Schädel zusammenzubrauen. Sie erinnerte sich nicht, wann sie das letzte Mal ohne Proviant und ohne ihren treuen Hut in der Wüste gewesen war. Sie musste hier weg, die Erinnerungen der letzten Nacht und die autoritäre Art von ASAC Patterson hinter sich lassen – und zwar noch bevor der drohende Sturm die Straßen in schwer überwindbaren Morast verwandelte.

„Mit vorgehaltener Waffe aus dem Bett gerissen und gekidnappt zu werden, kann das schon mal mit einer Person anstellen", meinte McKenzie.

Zoe wischte sich über die Stirn, fühlte plötzlich überdeutlich, wie die Hitze der Wüste sie förmlich erdrückte. „Definitiv nichts, was ich wiederholen will."

„Amen."

Seth kam bei ihr an.

„Danke für alles, was Sie gestern Nacht für uns getan haben." Dankbarkeit erfüllte Zoe einmal mehr. „Ich kann nicht anders, als zu vermuten, dass die Sache ohne die Hilfe des FBI ganz, ganz anders ausgegangen wäre."

„Wir hatten Glück, in der Lage zu sein, so schnell helfen zu können. Sehr viel Glück."

Zoe reichte das Telefon an Seth weiter.

Er ging einige Schritte zur Seite, wollte offensichtlich nicht, dass sie die Unterhaltung diesmal mithörte. Er beobachtete sie aus dem Augenwinkel.

Zoe ließ sich gegen das heiße Metall eines Trucks zurückfallen und starrte hinaus in die Wüste.

Sie bemerkte gar nicht, dass sie eingenickt war, bis Seth sanft nach ihrer Schulter griff und sie in den Schatten schob.

Er legte seine große Hand auf ihre Stirn, und sie blinzelte zu ihm hoch.

Er hatte perfekte, symmetrische Züge – einen kräftigen Kiefer, hohe Wangenknochen, eine volle Unterlippe. Und diese Augen ... deren Farbe zwischen einem blassen Olivgrün und einem Hellbraun wechselte und die vermutlich als haselnussbraun zu bezeichnen wäre. Sie sahen viel hübscher aus als alle anderen haselnussbraunen Augen, die Zoe jemals gesehen hatte.

Ein unerwünschtes Schaudern der Erkenntnis schoss ihren Rücken hinunter, als ihr wieder einmal bewusstwurde, wie attraktiv sie ihn gefunden hatte, als sie ihn das erste Mal gesehen hatte, vor ungefähr tausend Jahren. Aber in diesem Augenblick betrachtete er sie eher wie ein widerspenstiges kleines Kind, das Fieber hatte.

„Sind Sie okay? Sie fühlen sich heiß an. Haben Sie genug Wasser getrunken?"

„Wahrscheinlich nicht. Ich hole mir welches." Zoe entzog sich seinem Griff. „Es war eine lange Nacht."

Plötzlich fühlte sie sich überhitzt. Sie zog die Arme aus den Ärmeln ihrer Oberteile, dann schob sie Seths Wollhemd aus der Kopföffnung ihres Schlafhemds, zog es sich über ihren Kopf, ohne ihr eigenes T-Shirt auszuziehen. Sie legte das Hemd zusammen und reichte es ihm an. „Danke für Ihre Leihgabe, Agent Hopper. Tut mir leid mit dem Schweiß."

Er blinzelte sie an. „Ich habe keine Ahnung, wie Sie das gerade gemacht haben. War ein bisschen so, wie bei einem Zaubertrick in Zeitlupe zuzuschauen."

Sein Ausdruck wurde freundlicher, und Zoe wurde einmal mehr an ihre eigenen, momentanen Unzulänglichkeiten in Sachen Sexappeal erinnert. Es ärgerte sie, dass sie überhaupt an ihr Äußeres dachte, wenn heute Nacht so viele Leute gestorben waren. Sie trank einen Schluck Wasser aus ihrer Flasche.

Seth schaute auf seine Armbanduhr.

„Ich werde mir ein Auto von einem der Agenten aus Phoenix ausleihen, den Rest meiner und Hershs Ausrüstung einsammeln und dann ins Krankenhaus fahren, um nach ihm zu sehen. Ich kann Sie mitnehmen, wenn Sie wollen. Der Secret Service will eine Truppe schicken, um Sie dort abzuholen."

„Ja was das Mitfahren angeht. Nein zum Secret Service."

Seine hübschen Augen wurden schmal, als er sie anschaute. „Was soll das heißen, *nein zum Secret Service*?"

„Soll heißen, nein. Ich werde keinen Personenschutz des Secret Service annehmen." Sie verschränkte die Arme vor der Brust, wollte deswegen nicht mit ihm diskutieren. Sie würde es sich keinesfalls anders überlegen.

„Warum wollen Sie keinen Personenschutz?"

„Weil ich den schon einmal hatte, und das hat mir nicht gefallen."

„Ich weiß, es kann einengend sein–"

„Versuchen Sie es mal mit *erstickend*." Emotionen brachen aus ihr hervor, und sie versuchte, sie hinter einem falschen Lächeln zu verstecken. „Ich werde nicht das Geld der Steuerzahler verschwenden. Und überhaupt, was sollen sie denn tun, etwa, sich dabei abwechseln, den Umzugswagen zu fahren?" Sie lachte prustend und wedelte mit der Hand in Richtung der zahllosen Beamten, die über die Wüste verteilt waren. „Das Kartell hat mit Sicherheit kein Interesse mehr an mir. Das FBI ist jetzt hinter ihnen her."

Schweißperlen glänzten auf Seths Schläfen, aber Zoe widerstand dem Impuls – gerade noch – die Hand auszustrecken und seine Temperatur zu fühlen, so wie er es gerade bei ihr getan hatte. Vermutlich war es besser, wenn sie ihn nicht berührte.

Seth legte den Kopf zur Seite. „Sie sagen das, als ob es eine Tatsache wäre, obwohl Sie keine Ahnung haben, warum diese Männer Sie überhaupt entführt haben. Und was meinen Sie mit Umzugswagen?"

„Ich habe es Ihnen schon gesagt, ich gehe davon aus, dass sie uns wegen der Toten entführt haben, die ich gestern Nachmittag gefunden habe."

„Die Tote, deren Leiche verschwunden ist", ergänzte Seth ausdruckslos. „Was für ein Umzugswagen?"

„Die Tote, deren Leiche jemand gestern Nacht vorsätzlich weggeschafft hat, wahrscheinlich, weil sie mitbekommen haben, dass ich sie gefunden hatte." Was bedeutete, dass Zoe gestern in der Wüste beobachtet worden war.

Kein beruhigender Gedanke.

„Diese beiden Toten, die Sie und Hersh neben dem Pfad gefunden haben, haben vermutlich die körperliche Arbeit verrichtet." Sie deutete Richtung Westen auf die niedrigen Hügel. „Ich wette, die DNA der Männer ist auf den Schaufeln, die der Mann in Schwarz Fred und James in die Hand gedrückt hat. Und ich wette, Johnny Cash hat diese toten Männer gezwungen, die Leiche der Frau wegzuschaffen und zu begraben. Dann hat er sie umgebracht, weil er nicht wollte, dass irgendjemand die Stelle des neuen Grabes kennt. Er hat uns entführt, um alle Beweise zu vernichten, die wir gesammelt hatten." Sie kaute auf ihrer Unterlippe herum und kniff die Augen gegen die blendende Sonne zusammen. Es ergab, auf eine grauenhafte Art und Weise, perfekten Sinn. „Das ist meine Theorie. Dieses erste, verschwundene Opfer ist der Schlüssel zu Ihrer Ermittlung, aber niemand im FBI will mir glauben."

Seth stieß einen müden Seufzer aus. „Erstens ist es nicht *meine* Ermittlung. Ich ermittle nicht mehr in Fällen. Zweitens kann die Leiche der Frau auf den Rücken eines Mulis gepackt und sonst wo hingebracht worden sein, wo wir sie niemals finden werden. Drittens glaube ich Ihnen. Es gab eine Leiche, und aus irgendeinem Grund wurde sie weggebracht."

Überrascht blinzelte Zoe ihn an.

„Viertens", er blickte sich um, als ihm scheinbar bewusst wurde, dass er die Stimme gehoben hatte. Er wurde wieder leiser, beugte sich zu ihr und sprach trotz seines milden Ausdrucks durch zusammengebissene Zähne. „Was für ein Umzugswagen?"

„*Mein* Umzugswagen. Der mit all meinen Sachen drin, der vor James und Karinas Haus in Phoenix steht." Sie kämpfte gegen ein Gähnen an, das aus nichts als purer Erschöpfung bestand. Ihre Beine fühlten sich an wie weichgekochte Spaghetti, und das lag nicht nur an Seth Hoppers maskulinem Charme. „Ich muss nächsten Montag in Virginia sein, für meinen neuen Job."

„Und *Sie* fahren diesen Umzugswagen?" Zwei Furchen schnitten sich zwischen seine Augenbrauen, als er sie stirnrunzelnd anstarrte.

„Ja, ich fahre." *Was sollte sie denn sonst mit einem Umzugswagen machen?* Sie unterdrückte das *Hallo?!*, das durch ihren Kopf schallte. Vermutlich war auch er erschöpft. „Eigentlich wollte ich heute abfahren, aber ich will mich erst versichern, dass es Karina gut geht, bevor ich verschwinde."

„Allein?"

Er stand nun so nah vor ihr, dass sie seine Haut riechen konnte. Er sollte eigentlich verschwitzt und eklig sein, aber … das war er nicht.

„Sie fahren mehr als zweitausend Meilen, ganz allein?"

Sie zog die Schultern hoch und verschränkte die Arme vor der Brust, war sich bewusst, dass ihr T-Shirt ein bisschen zu durchsichtig war, vor allem, wenn Schweiß mit ins Spiel kam. Sie musste wirklich von hier verschwinden.

„Mir ist klar, dass es eine lange Fahrt ist. Deshalb habe ich mir ja auch eine ganze Woche Zeit dafür genommen. Sollte kein Problem sein, wenn ich es in Etappen mache."

Der Kerl starrte sie an, als ob sie plötzlich Hörner bekommen hätte.

„Was?", rief sie aus.

„Das Kartell hat gestern Nacht ein Killerkommando losgeschickt, um Sie umzubringen."

Bei dieser Erkenntnis schoss Eis durch ihre Adern, aber sie war nicht überzeugt. „Ich glaube, sie haben eine Gruppe von Männern losgeschickt, um jegliche Beweise zu zerstören, die wir in der Wüste gefunden haben."

Als er das hörte, wurden Seths Augen groß, und Zoe fiel ein, dass sie ihm von den Beweisen erzählt hatte, die sie in ihre Westentasche gesteckt hatte und die hoffentlich noch im Motel waren. Erinnerte er sich daran? Sie würde ihm nicht auf die Sprünge helfen.

„Sie haben bekommen, was sie wollten. Und sobald sie herausfinden, wer meine Mutter ist, bezweifle ich, dass sie einen Krieg riskieren, indem sie mich erneut überfallen. Die Kartelle sind nicht dumm."

Seth veränderte seine Position. „Ihre Theorie ist pure Mutmaßung."

„Es ist das Einzige, was Sinn ergibt, weil sie offensichtlich nicht wussten, wer ich bin, und mein Privatleben zu langweilig für Worte ist." Verärgerung stieg in ihr auf. „Diese tote Frau ist nicht einfach von allein aufgestanden und davonspaziert. Ich bezweifle, dass irgendjemand – abgesehen von einem Rechtsmediziner – sie sehen und sich denken würde, ‚Oh, ich weiß, was ich mache, ich schnappe mir diesen verfaulenden Leichnam und nehme ihn mit'. Die Leute, die sie umgebracht haben, haben nicht damit gerechnet, dass sie gefunden wird, aber ich *habe* sie gefunden, und das Kartell sah sich gezwungen, zu reagieren."

Seth Hopper starrte sie einfach nur an.

Sie konnte seinen Ausdruck nicht deuten.

„Was?" Schließlich stieß sie einen müden Seufzer aus. „Soll ich mich jetzt für den Rest meines Lebens verstecken? Wenn das FBI seinen Job macht und die Leiche der Frau findet und sie identifiziert, bin ich mir ziemlich sicher, dass sich das Kartell nicht mehr um mich kümmern wird."

Seine Augen musterten sie, obwohl sein Ausdruck unergründlich blieb. „Und wie genau wollen Sie diesen Umzugswagen fahren, wenn Sie keinen Führerschein dabeihaben?"

Zoe zuckte mit den Schultern. „Die Mietwagenfirma hat eine Kopie meines Führerscheins. Ich habe nicht vor, irgendwelche Gesetze zu brechen, also werde ich hoffentlich unterwegs nicht angehalten." Sie schaute ihn mit klimpernden Wimpern an. „Vielleicht kann mir das FBI ja eine Entschuldigung schreiben?"

Er schüttelte den Kopf, starrte auf den Boden und rieb sich den Nacken.

„Könnten wir einen kurzen Umweg nach Gila Bend machen, damit ich den Rest meiner Klamotten aus dem Motel holen kann?" Ganz zu schweigen von den Beweisen. „Und wenn Sie nach Tucson fahren, würde ich es definitiv zu schätzen wissen, wenn ich Karina sehen könnte. Sobald ich mich vergewissert habe, dass es ihr gut geht, fahre ich mit Fred zusammen zurück nach Phoenix.“

„Fred, der Sie heiß findet? Der Fred?“

Zoe verdrehte die Augen. „Fred, der seit sechs Jahren einer meiner besten Freunde ist. Der Fred.“

„Der Typ will nicht ihr Kumpel sein.“ Seth neigte das Kinn und zog die Augenbrauen hoch, als ob sie naiv wäre.

Zoe spürte das Verlangen, sich und ihren Freund zu verteidigen. Vielleicht konnte sie die komplexen Gefühle erklären, die sie im Augenblick übermannten.

„Wir waren vor Jahren mal kurz zusammen. Ich glaube, er hat letzte Nacht gehofft, irgendwelche Flammen wieder anzufachen, bevor ich die Stadt verlasse.“ Sie drückte sich vom heißen Metall des Lkws ab. „Ist auch egal.“ Ihre Haut begann zu brennen, dabei war es nicht einmal zehn Uhr morgens. „Lassen Sie mich einfach in der ersten Stadt raus, dann rufe ich mir ein Taxi.“

Sein Blick wurde hart, und sie konnte sich keinen Reim aus ihm machen. Er musterte sie so lange, dass es ihr schon unangenehm wurde.

Endlich sprach er. „Es macht mir nichts aus, Sie mitzunehmen. Wir fahren sowieso in dieselbe Richtung.“

Sie hörte, wie sein Satellitenhandy erneut vibrierte, und er fischte in seiner Tasche danach herum. Bevor er den Anruf annahm, schaute er auf den Namen des Anrufers.

„Haben sie ihn schon geschnappt?“ Seths Kiefer spannte sich an, und die Knöchel seiner Hand schimmerten weiß. „Ist er tot?“

Neben ihm versteifte sich Zoe. Sprach er von einem der Männer, die gestern Nacht aus der Wüste geflüchtet waren?

Aus dem Augenwinkel warf Seth ihr einen argwöhnischen Blick zu, als ob ihm die Gefahr bewusst wäre, sie könnte das Gespräch womöglich belauschen. Sie hatte wirklich sehr gute Ohren.

„Ich will alle Details erfahren, sobald ich wieder in Quantico bin.“ Er brummte unverbindlich, dann sagte er, „Ich kann grade nicht sprechen. Ich rufe später wieder an.“

Er legte auf.

Ging es dabei um diesen Fall?

Zoe schaute ihn aus schmalen Augen nachdenklich an. „Was konnten Sie der Person am anderen Ende nicht sagen, was ich nicht hören soll?"

Ein unerwartetes Grinsen legte sich auf seine Lippen. „Ich schätze, das werden wir nie erfahren."

Er war wirklich unglaublich nervig. Und unglaublich sexy.

Zoe spürte einen unerwünschten Blitz der Lust durch sich hindurchschießen. Dann kam ihr ein schrecklicher Gedanke. Was, wenn er eine Frau oder eine Freundin hatte?

Ihr Blick flatterte zu seiner linken Hand. Er trug keinen Ring, aber andererseits hatte Hersh auch keinen getragen, und der war definitiv verheiratet.

Seth bemerkte ihren Blick – natürlich tat er das. Belustigung flackerte in seinen Augen auf, und etwas in Zoe wäre am liebsten vor Scham gestorben. Der Rest von ihr war zu erschöpft, um sich darum zu scheren.

„Kommen Sie. Sammeln wir die Ausrüstung zusammen, und dann fahre ich mit Ihnen zum Motel und zum Krankenhaus. Anschließend können Sie alles Weitere mit Ihrer Mutter und dem Secret Service ausfechten, aber da werde ich mich nicht einmischen."

———

Seth war sich nicht ganz sicher, wie Zoe Miller und er allein in einem Auto gelandet waren und nach Gila Bend zurückfuhren. Die letzten zwölf Stunden hatten eine derart surreale Wendung genommen, dass er fast schon erwartete, in seinem Bett aufzuwachen und die Operation der letzten Nacht von vorn beginnen zu müssen.

Er setzte sich eine Baseballkappe und eine Sonnenbrille auf, um den Medienzirkus zu passieren. Zoe hatte sich in den Fußraum geduckt, versteckte ihr Gesicht. Seth glaubte nicht, dass irgendjemand überhaupt mitbekommen hatte, dass sie im Auto saß.

„Wie geht es Agent Hersh?", fragte sie.

Er warf ihr einen kurzen Blick zu. Ihr Gesicht war gerötet von der Sonne und die Ponysträhnen klebten ihr an der Stirn. Dem leeren Blick ihrer Augen nach zu urteilen, war sie völlig erschöpft. Aber sie hatte noch immer etwas Faszinierendes an sich, das zu ignorieren ihm enorme Mühe bereitete. Es war nicht einfach nur das äußere Paket, das ihn von dem Moment an angezogen hatte, als er sie aus diesem alten Ford hatte steigen sehen. Es waren ihr Witz und ihre messerscharfe Intelligenz, die außerdem den Wunsch in ihm hervorriefen, er könnte sie besser kennenlernen, auch wenn sie nicht die Sorte Frau war, auf die er sich üblicherweise einließ.

Nicht, dass jetzt noch irgendwas passieren durfte, obwohl er sich absolut sicher war, dass sie sich genauso von ihm angezogen fühlte wie er von ihr.

Irgendwann in den letzten zwölf Stunden hatte sich Zoe Miller von einer attraktiven Fremden in einem billigen Motel zu seiner nicht gerade offiziellen Mission verwandelt, von der er aber wusste, dass er seinen Job verlieren würde, wenn ihr irgendetwas zustoßen sollte. Ganz abgesehen davon, dass sie jemand mit einer direkten Verbindung zur obersten Liga der US-Regierung war und seiner Karriere ernsthaften Schaden zufügen konnte, wenn sie das wollte. Das waren nicht seine Leute. Seine Leute waren die sich aufopfernden Männer und Frauen des Militärs, die Gesetzeshüter, die Lehrer und Krankenpfleger. Die arme Arbeiterklasse, die kaum über die Runden kam, aber es dennoch schaffte, Freude an der Arbeit zu haben.

„Seth? Ist es okay, wenn ich Sie Seth nenne?"

Ihm wurde bewusst, dass sie noch immer auf eine Antwort wartete.

„Oder ist Ihnen Agent Hopper lieber, oder Operator Hopper?"

Er räusperte sich. „Seth ist okay. Hersh geht es gut. Die Ärzte haben ihm ein Gegengift verabreicht, und er wird weiter beobachtet, auch wenn alles darauf hindeutet, dass er wieder vollkommen genesen wird. Er muss über Nacht im Krankenhaus bleiben und wird morgen früh entlassen, sofern es keine Komplikationen gibt. Ich habe mit seiner Frau gesprochen, und sie wird vorerst nicht herkommen – hauptsächlich deshalb, weil JJ – Agent Hersh – sie davon überzeugt hat, es nicht zu tun."

Zoe gähnte ausgiebig. „Es tut mir wirklich sehr leid, dass er gebissen wurde."

„Ihm auch, aber jetzt hat er eine coole Geschichte, die er den anderen Jungs erzählen kann, wenn er wieder zurück ist, und ein hübsches Paar Narben von diesen giftigen Zähnen."

Zoe starrte aus dem Fenster, stieß ein kehliges Lachen aus. „Was für eine verdammte Nacht."

Seth grinste. „Allerdings. So eine Aufregung hatte ich seit Washington State letzten Monat nicht mehr."

Ihre Augen wurden groß. So blau, dass sie im Morgenlicht beinahe türkis aussahen. „Was ist in Washington passiert?"

Er warf ihr einen vielsagenden Blick zu, aber er durfte mit Fremden nicht über Missionen sprechen. Nicht einmal mit Fremden, deren Mütter die Einsatzberichte lesen konnten.

Zoe rutschte auf ihrem Sitz herum, drehte sich zu ihm hin und sah neugierig aus. „Sie waren bei dem Schusswechsel auf dem Eagle Mountain dabei?"

Seth hielt den Mund und konzentrierte sich auf die Straße.

„Blinzeln Sie einmal für ja, zweimal für nein."

Er klimperte mit den Wimpern.

„Sie verstehen einfach keinen Spaß." Sie lachte.

Seine Finger zogen sich um das Lenkrad zusammen. Unter den richtigen Umständen konnte er jede Menge Spaß haben. Vermutlich war es am besten, nicht über diese Umstände nachzudenken, wenn man die Verschiebung in der Dynamik zwischen Zoe und ihm und ihre unmittelbare Nähe bedachte.

Wieder gähnte sie.

„Schlafen Sie ruhig. Ich wecke Sie auf, wenn wir beim Motel ankommen."

„Wenn ich einschlafe, werde ich schnarchen und sabbern.“

„Ihre Geheimnisse sind bei mir sicher.“

Wieder musste sie gähnen, dann schien sie den Kampf aufzugeben. „Ich glaube, ich habe keine Wahl.“ Sie drückte die Rückenlehne ihres Sitzes zurück und schloss die Augen. „Sagen Sie nicht, ich hätte Sie nicht gewarnt.“

„Ich denke, ich komme schon klar.“ Seth schaute auf die Straße, passierte einen toten Rennkuckuck auf dem Seitenstreifen, an dem sich gerade die Truthahngeier labten.

Er spürte die Erschöpfung bis in die Knochen. Erst der Hinterhalt und der Schusswechsel mit dem Kartell, gefolgt vom Sprint durch die Wüste, um Zoe und ihre Freunde zu retten, gefolgt von den tausenden Fragen und Anweisungen, die er am Tatort hatte jonglieren müssen. Wieder fragte er sich, ob die Ereignisse der letzten Nacht zusammenhingen. War es die gleiche Gruppe von Kriminellen gewesen, oder konkurrierende Gangs? Mit Sicherheit war es eine Menge Aktivität auf dieser Seite der Grenze gewesen – mehr als das FBI oder Homeland Security auf US-amerikanischem Boden sehen wollten.

Ein Blick auf seine Passagierin verriet ihm, dass Zoe Miller tief und fest schlief.

Er lächelte, gähnte, dann schüttelte er die Müdigkeit ab. Er hatte keine Zeit, sich auszuruhen. McKenzie wollte ihn noch heute Abend im Flieger wissen, damit sie morgen früh alles persönlich besprechen und mit den anderen Abteilungen eine strategische Antwort planen konnten.

Das Geiselrettungsteam trainierte seine Agenten so, dass sie auch mit wenigen oder keinen Pausen zurechtkamen. Der Auswahlprozess bestand aus vierzehn Tagen brutaler körperlicher und mentaler Herausforderungen, gespickt mit einer riesigen Portion Schlafentzug und einer Hungerdiät. Das Training basierte auf den Prinzipien, die ursprünglich vom britischen SAS-Kommando entwickelt und dann von der Delta Force, den Navy SEALs und jeder Menge anderer Elitetruppen weltweit übernommen worden waren. Man trieb die Kandidaten über ihre

Erschöpfungsgrenze hinaus, bis über die Schmerzgrenze, um zu sehen, wie jemand unter extremen Bedingungen funktionierte. Um ihr Durchhaltevermögen und ihre mentale Schärfe unter absolutem Stress zu testen. Um zu sehen, wie Individuen als Team arbeiteten, wenn ihre Reserven bis auf die Knochen erschöpft waren.

Weniger als zwanzig Prozent der Kandidaten bestanden dieses zweiwöchige Auswahlverfahren mit Erfolg. Noch weniger wurden ausgewählt, um die Herausforderung des Taktischen Operationssystems der Marineeinheiten anzunehmen. Seth war stolz, einer von ihnen gewesen zu sein. Er hatte die Ausbildung abgeschlossen und war vor etwas über drei Jahren vom Gold Team ausgewählt worden. Es war sein Training als Navy SEAL gewesen, das es ihm ermöglicht hatte, nicht aufzugeben und diese endlos fordernde Zeit durchzustehen. Die Ausbilder hatten jeden von ihnen bis an ihre Grenzen getrieben, ganz egal, welche Vorerfahrung man mitbrachte. Wie die letzte Nacht gezeigt hatte, waren Missionen im echten Leben manchmal sogar noch schwerer und herausfordernder als die vorgetäuschten Missionen während des Trainings.

Zoe stieß ein leises Wimmern aus, und Seth schaute zu ihr herüber.

Auch im Schlaf wiesen ihre Züge eine anhaltende Anspannung auf, die er nicht erwartet hatte. Ein kleines *V* hatte sich zwischen ihren Brauen geformt. Aber in Anbetracht dessen, was gestern Nacht passiert war, wäre er überrascht, wenn sie in nächster Zeit keine Albträume haben würde.

Seine Finger krallten sich um das Lenkrad. Die Tatsache, dass diese Arschlöcher vorgehabt hatten, diese Frau und ihre Freunde umzubringen, unterstrich nur, wie gefährlich die Kartelle waren. Diese Gruppen mussten unter Kontrolle gebracht und eingedämmt werden.

Erinnerungen an seine kleine Schwester fluteten seine Gedanken. Seth stieß einen langen, gequälten Seufzer aus und verdrängte die alten Erinnerungen.

Alles, was dem Drogenhandel schadete, war eine gute Sache.

Er rollte das Fenster hinunter, um sich von der frischen Luft wachhalten zu lassen.

Die Stunde Fahrt war schnurgerade und langweilig. Schließlich bog er auf den Parkplatz des vertrauten Motels ein, fühlte sich, als wäre es ein Jahr her, seit er von hier aufgebrochen war, und nicht erst gestern Abend. Das Motel sah verlassen aus. Es gab nichts Abschreckenderes als die Neuigkeit, dass ein Kartell eine Gruppe Zivilisten aus ihren Zimmern entführt hatte, um Kunden zu vertreiben. Der Van der Spurensicherung und das Polizeiband halfen sicher auch nicht.

Seth hielt neben dem Van an und war froh, als Zoe sich nicht rührte.

Er stieg aus, ließ den Motor laufen, damit die Klimaanlage nicht abschaltete, und drückte die Tür leise ins Schloss. Er zeigte den Kriminaltechnikern seinen Dienstausweis. Die beiden Techniker hatten die drei Zimmer der Freunde bereits bearbeitet. Seth erklärte ihnen, dass er alle Habseligkeiten aus Dr. Millers Zimmer bräuchte – und auch die der drei anderen Freunde, genau genommen – und wartete, während einer der beiden seinen Boss anrief, um die Erlaubnis einzuholen.

Es gab keinen Grund, davon auszugehen, dass Zoes Kleidung Hinweise auf die Identitäten der Kidnapper geben würden. Wenn diese Kidnapper die Sachen gesehen hätten, hätten sie sie ebenfalls mitgenommen, genauso wie alles andere, um sie in der Wüste zu verbrennen.

Seth konnte nichts gegen den Gedanken tun, dass an Zoes Theorie über die verschwundene Leiche etwas dran war ... und die Tatsache, dass sie beide gegenständliche Beweise gefunden hatten, könnte ihnen Antworten geben, sie aber auch in Gefahr bringen. Er hatte nicht vor, irgendjemandem außer Novak von dem blutigen Stein zu berichten, bis er ihn ins Labor geschickt hatte.

Der Techniker trat wieder zu ihm. „Mein Boss sagt, geht klar, ich kann Ihnen die Sachen aushändigen, da alle Opfer lebendig und weitestgehend unversehrt sind. Außerdem scheint nichts angefasst worden zu sein. Ich habe die Sachen bereits in Beweistüten verpackt, sie mir aber noch nicht weiter angeschaut."

„Ein Opfer sagte, die Kidnapper hätten nicht bemerkt, dass die Sachen an der Tür gehangen haben."

„Klingt plausibel." Der Kerl hielt ihm etwas widerwillig die große Papiertüte hin.

Seth nahm sie ihm ab. „Danke."

Der Techniker schielte nach Zoes schlafender Gestalt. „Ist das eins der Opfer?"

Seth nickte. „Alle vier wurden lebend geborgen. Eins der Opfer wurde angeschossen und liegt im Krankenhaus."

Diese Fakten wurden bereits überall in den Nachrichten gesendet. Zum Glück war die Verbindung zwischen Zoe und Madeleine Florentine niemandem außer dem FBI und dem Secret Service bekannt. Noch nicht.

„Haben Sie die Überwachungsaufnahmen des Motels von letzter Nacht sichern können?", fragte Seth als Nächstes.

Der Kerl nickte. „Der Inhaber hat sich ziemlich gesträubt, sie rauszurücken. Ich glaube ehrlich gesagt nicht, dass er uns so schnell hier erwartet hatte."

Weil Entführungen hier in der Gegend so häufig vorkamen? Oder weil die Polizei nicht damit hinterherkam, in den Verbrechen der Kartelle zu ermitteln, und alle das wussten? Seth fragte sich, was mit den vier Anthropologen passiert wäre, wenn Zoe nicht die richtigen Beziehungen gehabt hätte. Seth und Hersh waren nur losgeschickt worden, weil Zoe die Tochter der Vizepräsidentin war. Obwohl Zoe natürlich mit dem Notruf, den sie über ihre Uhr abgesetzt hatte, und der Tatsache, dass sie weggerannt war, als sich die Gelegenheit geboten hatte, ebenfalls einen großen Beitrag dazu geleistet hatte.

Sie war mehr als nur bücherschlau. Sie hatte gute Instinkte.

Seth suchte nach einer Visitenkarte, fand eine in einem der Fächer im Etui seines Dienstausweises, und übersah die überrascht hochgezogenen Augenbrauen des anderen Kerls, als dieser die Ausweisung des HRT entdeckte.

„Können Sie mir eine Kopie aller Aufnahmen schicken, die Sie von gestern und den drei Tagen davor haben? Eine Gruppe von Beamten der Strafverfolgung hat hier im Motel gewohnt, und ich will überprüfen, ob uns jemand beschattet hat oder heimlich in unsere Zimmer gegangen ist, obwohl sie da nichts zu suchen hatten."

Der Mann zwirbelte an seinem Schnurrbart herum. „Wird erledigt."

Seth nickte ihm dankend zu. Dann ging er zurück zum Auto, stellte die Papiertüte mit den Kleidern in den Fußraum hinter seinem Sitz. Seine Hand lag schon auf dem Griff zum Fahrersitz, als ein großer, schwarzer Chevy Suburban schlingernd auf den Parkplatz bog. Seths Hand fuhr zu seiner Waffe.

Dann erkannte er den Fahrer. Arthur O'Sullivan. Der Anführer des BORTAC-Teams.

Der Kerl sah stinksauer aus.

9

———

Arthur stieg aus seinem Auto und marschierte schnurstracks auf Seth zu. Seth ging ihm den halben Weg entgegen.

Arthur schubste ihn grob. „Du verdammtes Arschloch."

Als Arthur ein zweites Mal versuchte, Seth zu stoßen, fand er sich mit dem Gesicht gegen die Scheibe eines Motelfensters gepresst wieder, sein Arm schmerzhaft auf dem Rücken verdreht, damit Seth seine volle Aufmerksamkeit hatte. Sollte der Kerl sich bewegen, würde er sich selbst den Arm auskugeln.

„Du machst eine Szene", sagte Seth ruhig.

„Ich hatte das Recht, zu wissen, woraus zur Hölle eure Ermittlungen bestanden." Arthur war ein großer Mann, aber er besaß nicht Seths Training. Seth hielt ihn weiterhin fest, sodass Arthur sich nicht bewegen konnte, wünschte aber, er müsste das nicht tun.

Seth ließ ein wenig locker. Gab dem Kerl Luft zum Atmen. „Ich habe Befehle befolgt. Das musst du mit deinen Vorgesetzten klären."

„Scheiß auf deine Befehle. Deine Befehle haben einen meiner Männer das Leben gekostet."

„Quatsch." Seth trat einen Schritt zurück und ließ den anderen Mann vorsichtig los. „Ich habe ausschließlich beobachtet,

137

während ich weiterhin die Aufgaben erfüllte, die mir dein Team auferlegt hatte. Ich habe niemanden im Stich gelassen, ehrlich gesagt haben wir euch da draußen sogar den Arsch gerettet." Seth stellte sich breitbeinig hin und senkte die Stimme, damit niemand ihren Streit mithören konnte. „Ich gehöre mit Sicherheit nicht zum Typ Bundesagent, der Warnungen über mögliche feindliche Bewegungen gegen die eigene Truppe ignoriert, bevor er trotzdem den Befehl zum Angriff gibt."

Arthurs Blick verfinsterte sich. „Ich bin davon ausgegangen, dass es Schmuggler sind. Ich hatte erwartet, dass sie davonrennen und sich glücklich schätzen, zu entkommen. Ich hatte nicht erwartet, dass sie das Feuer gegen uns eröffnen."

„Und doch haben sie genau das getan." Seth presste die Lippen zusammen und lächelte den Kerl verbissen an, ließ ihn nicht eine Sekunde aus den Augen. „Das mit Ike tut mir leid. Wirklich. Er schien ein guter Kerl zu sein. Dieser Mist ist so schnell passiert, wir hatten Glück, dass es nicht mehr Verletzte gab."

Arthur schluckte schwer und wandte den Blick ab. „Weißt du, wie lange Roger schon Dreck am Stecken hatte?"

Seth schüttelte den Kopf. „Ich weiß nur, dass deine Vorgesetzten im Laufe des letzten Jahres einen deutlichen Rückgang in der Erfolgsrate bemerkt haben, was die Vermutung nahelegte, dass das Kartell einen der BORTAC-Agenten angeworben hatte – und das ist schon mehr, als ich dir eigentlich erzählen darf."

Arthurs Gesicht verwandelte sich in zornige Furchen. „Wenn ich diesen kleinen Wichser jemals in die Finger kriegen sollte–"

„Haben sie ihn schon geschnappt?"

Arthur schüttelte den Kopf. „Soweit ich weiß, nicht, aber anscheinend habe ich es nicht verdient, auf dem Laufenden gehalten zu werden. Seine Frau bestreitet, irgendwas davon gewusst zu haben."

„Natürlich tut sie das." Seth verdrehte die Augen.

Arthur stierte finster vor sich hin. „Sie könnte die Wahrheit sagen."

„Sie wäre eine verdammte Närrin, wenn sie zu diesem Zeitpunkt irgendetwas zugeben würde, und vermutlich weiß sie das auch. Ihr Mann arbeitet für das Kartell. Man genießt diese Vorzüge nicht, ohne sich die Hände schmutzig zu machen." Wenn sie nicht selbst in der Sache mit drinsteckte, war das Beste, was sie tun konnte, ihren Namen zu ändern und für immer zu verschwinden.

Arthur stemmte die Hände in die Hüfte. „Warum, glaubst du, haben sie uns letzte Nacht angegriffen? Denkst du, Roger hat vermutet, dass ihr ihm auf die Schliche gekommen wart, oder sollte das irgendein Ablenkungsmanöver für das sein, was auch immer euch anschließend so ins Schwitzen gebracht hat?"

Das war eine verdammt gute Frage. Seth hatte keine Antwort darauf. „Woher war der Tipp mit dem Kokain gekommen?"

Arthur verzog das Gesicht. „Glaubst du, das haben sie mir gesagt?" Er schnaubte missmutig und starrte durch die Windschutzscheibe von Seths Auto. „Hey, das ist die Frau aus dem Motel gestern Abend." Mit dem Kinn deutete Arthur auf die schlafende Zoe auf dem Beifahrersitz. „Ist sie eins der Entführungsopfer? Zu deren Rettung du und Hersh gestern Abend abkommandiert worden seid?"

Es war nicht wirklich überraschend, dass der Typ eins und eins zusammengezählt hatte. Die Entführung war heute Morgen überall in den Nachrichten, und selbst wenn das nicht der Fall gewesen wäre, Bundesbeamten unterhielten sich miteinander.

Seth beobachtete die schlafende Zoe und spürte eine Welle der Dankbarkeit, dass ihr nichts wirklich Schlimmes zugestoßen war. „Genau. Die andere Frau, die mit dabei war, wurde angeschossen und wird im Augenblick operiert. Zwei der Entführer konnten entkommen. Fünf mutmaßliche Kartellmitglieder sind noch während der Rettungsaktion umgekommen." Wenn man dann noch die Männer dazuzählte, die während des versuchten Hinterhalts auf das BORTAC-Team umgekommen waren, dann hatte das Kartell eine verdammt hohe Zahl an Gefallenen für nur eine Nacht zu beklagen.

„Wie habt ihr sie so schnell gefunden?"

„Sie hatte einen Notruf über ihre Uhr abgesetzt."

Arthur grinste. „Gut gemacht. Was passiert jetzt?"

Seth war sich nicht sicher, ob er Zoe, Roger oder seinen eigenen Job meinte. „Ich weiß es ehrlich gesagt nicht."

„Und würdest es mir auch nicht verraten, wenn du es wüsstest." Arthur stemmte die Fäuste in seine massive Hüfte. „Hoffentlich können wir demnächst wieder jede Menge Übergriffe verhindern und Verhaftungen verzeichnen, jetzt wo wir diese Ratte los sind – diesen verdammten Judas. Brauchst du deine Sachen?"

Seth blickte den Kerl überrascht an. „Du hast sie dabei?"

„Natürlich. Habe mit einem Kerl namens McKenzie gesprochen, der mir gesagt hat, wenn ich mich beeile, kann ich dich hier noch erwischen." Arthur warf Seth einen argwöhnischen Blick zu, der allerdings den Großteil seines Zorns verloren hatte. „Also habe ich mich beeilt."

Seth ging mit Arthur zum Suburban, dankbar dafür, dass er nicht quer durch Arizona rasen musste, um seine und Hershs Ausrüstung wieder aufzutreiben.

Arthur öffnete die Hintertür und reichte ihm seine Sachen. Seth warf sich die riesige Tasche über die Schulter. Arthur streckte die Hand aus, um Seths zu schütteln.

„Versteh das nicht falsch, aber ..." Er drückte Seths Hand fester.

Fragend zog Seth eine Augenbraue hoch.

„Ich hoffe, wir sehen uns nie wieder."

Seth grinste, trat einen Schritt zurück und schaute dem anderen Mann hinterher, als er davonfuhr.

———

Bruno schreckte aus dem Schlaf hoch und griff nach dem Handy, das auf dem Beistelltisch vibrierte. Es war nicht das Handy, das er in der Wüste dabeigehabt hatte. Dieses hier blieb immer in Sicherheit in einem seiner luxuriösen Häuser, im Moment in dieser Residenz am Stadtrand von Phoenix. Nur eine einzige Person kannte diese Nummer.

„Weißt du eigentlich, wen du da letzte Nacht entführt hast, du verdammter Schwachkopf?"

Bei dem Tonfall seines Bosses stieg Zorn in Bruno auf, aber er wusste es besser, als es sich anmerken zu lassen. Lorenzo war die einzige Person, die es wagen würde, so mit ihm zu sprechen. Als Kopf eines der größten Drogensyndikate weltweit konnte Lorenzo Santiago anbrüllen, wen er wollte.

Aber normalerweise war es nicht Bruno, den er anbrüllte, dessen Puls sich in diesem Moment deutlich beschleunigte. „Irgendwelche Gutmenschen, die ihre Nasen zu tief in unseren Sandkasten gesteckt haben." Er schwang die Füße auf den Boden, fuhr sich mit der Hand übers Gesicht. Er hatte in letzter Zeit nicht genug geschlafen. Und wenn er tatsächlich mal in den Schlaf abgedriftet war, dann hatten ihn seine Albträume heimgesucht.

Lorenzo stieß ein leises Geräusch aus, das man als Lachen verstehen konnte, es sei denn, man kannte ihn besser. Angst stahl sich unter Brunos Haut.

„Ach ja? Das denkst *du*. Tja, eine dieser *Gutmenschen*, die ihr aus der ungezieferverseuchten Absteige von Motel in Gila Bend weggeschnappt habt, war ganz zufällig die Tochter von Madeleine Florentine, der Vizepräsidentin der Vereinigten Staaten von Amerika. Schon mal von *ihr* gehört, Arschloch?"

Bruno schnappte hörbar nach Luft.

Die Schlampe, die davongerannt war.

„Du hättest beinahe die Tochter der Vizepräsidentin umgebracht, weil sie in unserem Sandkasten gespielt hat? *Unserem*? Denn, glaube mir, *amigo*, die Amerikaner geben sich der Illusion hin, es wäre noch immer ihr Sandkasten, und mir wäre es lieber, dass es auch so bleibt." Ein schepperndes Geräusch ließ vermuten, dass Lorenzo gerade irgendwas zertrümmerte.

Kein gutes Zeichen.

„Boss, ich schwöre, das wusste ich nicht." Bruno hatte Luis

aufgetragen, die vier entkommenen Geiseln aufzuspüren. Er würde irgendeine Lügengeschichte erfinden müssen, das alles wäre nur eine Aufklärungsmission, und nicht sein dringendes Bedürfnis, diese Angelegenheit endlich zu Ende zu bringen.

Was, wenn überhaupt, hatte die Blondine gestern denn gesehen? Könnte sie die verwesende Leiche irgendwie identifizieren?

Das bezweifelte er.

„Wie hoch stehen die Chancen, dass einer der *federales* dieses Kidnapping zu uns zurückverfolgt?"

„Es gibt keinerlei Hinweise, bis auf die Leichen, Boss. Nichts. Sie vermuten möglicherweise, dass ein Kartell involviert ist, aber sie können nicht beweisen, welches. Wir könnten es einer Fraktion in die Schuhe schieben, die abtrünnig geworden ist ..."

„Und uns als schwach darstellen lassen? Oh nein, mein Freund. Ich stelle mich lieber einer Gruppe von amerikanischen Spezialeinheiten, als auszusehen, als hätte ich meine Männer nicht im Griff."

Denn jeder Anschein von Schwäche würde andere Kartellbosse zu der Annahme hinreißen, sie könnten ihre Machtstellung ohne einen blutigen Krieg übernehmen, der sie alles und jeden kosten würde, den sie liebten. Das würde Lorenzo niemals zulassen. Schlimmer als der Tod war die Gefahr, das Gesicht zu verlieren, und Lorenzos Stolz war ein Kapitel für sich.

Wie hatte Lorenzo die Namen der Opfer herausgefunden, es sei denn, sie wurden überall in den Nachrichten gesendet? Bruno schaltet den Fernseher an und schaute sich die örtliche Berichterstattung an, die den Abschnitt der Wüste zeigte, in der sie gestern Nacht gewesen waren, aber der Lauftext am unteren Ende des Bildschirms sagte kein Wort darüber, dass die Tochter der US-Vizepräsidentin in diese Sache verwickelt war.

Interessant.

Bruno wusste natürlich, dass Lorenzo Quellen innerhalb der Bundesregierung hatte, und hätte wirklich zu gern gewusst, wer von ihnen ihm diese Information zugesteckt hatte.

„Was ist mit dem Überfall auf den Grenzschutz gestern Nacht? Warum haben wir so viele unserer Männer verloren?"

Weil die Männer, die Lorenzo geschickt hatte, nachlässig gewesen waren? Weil der Plan, ein extrem fähiges Team von BORTAC-Agenten anzugreifen, nicht die cleverste Entscheidung gewesen war? Bruno hatte seine Bedenken im Vorfeld klar geäußert, aber dann hatte er diese Ablenkung zu seinem eigenen Vorteil ausgenutzt. Es war Lorenzos Plan gewesen, und die Strategie hatte bis zu einem gewissen Punkt auch funktioniert. Sie war nur extrem blutig gewesen.

„Sie müssen uns erwartet haben."

„Du glaubst, jemand hat uns verraten?", fragte Lorenzo eilig.

„Unser Informant hat vermutet, dass das FBI in seine Einheit eingeschleust worden war, und zwar einzig und allein dafür, um ihn zu entlarven. Sie waren nicht unvorbereitet."

Hatte Lorenzo etwa erwartet, die Amerikaner würden sich einfach hinlegen und sterben? Sie waren schwer bewaffnet und hervorragend ausgebildet. Natürlich hatten sie zurückgeschlagen.

„Hast du schon mit Roger gesprochen? Ich nehme an, er hat es sicher über die Grenze geschafft?"

Ein leises, unverbindliches *Hmpf* ließ ihn wissen, dass Lorenzo sich langsam beruhigte. „Er ist vorläufig sicher genug ..."

Was sollte das denn heißen?

„Bring ihn nicht um", warnte Bruno. „Wir schaffen es nie, weitere Bundesagenten anzuwerben, wenn du immer alle umbringst, die kompromittiert werden."

„Wir werden immer wieder Leute davon überzeugen können, für uns zu arbeiten, oder hast du den Kontakt zur Realität verloren, Bruno?" Sein Boss stieß ein bellendes Lachen aus, das Bruno eiskalte Schauer über die Haut trieb. „Vielleicht war es ja das, was du gestern Nacht gemacht hast – Zoe Miller davon zu überzeugen, für das Kartell zu arbeiten? Ihre Mutter auszuspionieren. Die Grenze zu schwächen, damit wir leichter hin- und herkommen können?"

Bruno ignorierte den Sarkasmus. „Wenn du den Grenzschutzbeamten umbringst, werden die Leute aufhören, unseren Versprechen zu vertrauen. Das Versprechen von Geld ist immer effektiver als Drohungen."

„Dann verlierst du wirklich den Bezug zur Realität, Bruno."

Bruno krallte seine Finger fester um das Handy, es war ein Wunder, dass es nicht zersplitterte. Eines Tages würde er Lorenzo das Gehirn wegblasen, aber nicht heute. Er konnte ihn nicht einfach umbringen und übernehmen. Er musste den Leuten zuerst einen Grund geben, damit sie glaubten, dass es nötig war. Ihnen zeigen, dass Lorenzo labil war und schlecht fürs Geschäft. Dass er geistesgestört und psychotisch war.

„Werden sie Jagd auf uns machen?", fragte Lorenzo.

Uns? Bruno verdrehte die Augen.

Sie standen beide auf der FBI-Liste der meistgesuchten Verbrecher, auch wenn Lorenzo natürlich viel weiter oben stand. Aber Lorenzo war auf seinem wunderschönen, extrem gesicherten Gelände in Mexiko in Sicherheit. Bruno ließ den Blick durch sein Haus mit den riesigen Fensterfronten und der spektakulären Aussicht auf die Wüste schweifen. Seine einzige permanente Angestellte war eine alte Frau namens Agnes, die für ihn kochte und putzte.

Vielleicht war das sein eigener Stolz, der durchschimmerte? Seine eigene, tief verwurzelte Arroganz?

„Ich bin mir sicher, sie werden die Augen nach uns aufhalten, Boss, so wie immer. Womöglich ist es klug, für eine Weile den Kopf einzuziehen." Bruno blickte auf seine Fingernägel. Noch immer schmutzige Ränder vom Wüstenstaub. Lorenzo achtete dieser Tage penibel darauf, sich die Hände nicht schmutzig zu machen, es sein denn, er wollte ein Statement abgeben. „Es war ein Risiko, das wir eingegangen sind. Ich denke, das war ein paar tote Männer wert."

Lorenzo grunzte wie ein Schwein. „Keine Fehler mehr, Bruno. Keine Entführungen von Politikerinnentöchtern mehr, die einen offenen Krieg zur Folge haben könnten." Lorenzos Stimme wurde sanft. „Niemand ist unersetzlich. Verstanden?"

Wollte ihm dieser Wichser tatsächlich drohen?

„Natürlich, Boss. Ich verstehe. Ich hätte sie nicht angerührt, wenn ich gewusst hätte, wer sie ist." Bruno ließ den anderen Mann zuerst auflegen, dann entspannte er langsam seinen Kiefer. Mit einem anderen Handy rief er Luis an, um sicherzustellen, dass diese Anthropologen beschattet, aber nicht verletzt wurden.

Auch wenn sein Boss im Augenblick gefährlich klingen mochte, er würde schon bald ganz kleinlaut klingen, sobald er herausfand, dass seine kleine Schwester nicht da war, wo sie sein sollte. Bruno musste jedes Staubkorn, jede Spur von Gabriella Santiago ausradieren, bevor der Kerl überhaupt den Verdacht schöpfte, dass sie verschwunden war.

Und auch wenn letzte Nacht ihn einiges gekostet hatte, war sich Bruno ziemlich sicher, dass er und seine Männer erfolgreich gewesen waren.

———

Zoe wachte auf, als sie gerade die Interstate 10 hinunterrasten und die Vororte von Tucson passierten. Die bleigrauen Wolken am Himmel sahen unheimlich und drohend aus. Sie gähnte und streckte ihre Arme über den Kopf.

„Oh Mann, ich war vollkommen weg." Sie warf einen Blick auf den Mann neben ihr. „Sind Sie okay? Soll ich mal fahren?"

Seth hatte letzte Nacht auch kein Auge zugetan.

„Es geht schon." Er nickte. „Es war gut, dass Sie sich ein bisschen ausruhen konnten."

„Was Sie nicht sagen." Sie schlug sich die Hand vor den Mund, um ein weiteres Gähnen zu verbergen. „Aber ich brauche ganz dringend eine Dusche und frische Klamotten. Vielleicht sogar Unterwäsche." Mit der Zunge fuhr sie über die Zähne und zog eine Grimasse. „Ganz zu schweigen von einer Zahnbürste." Sie setzte sich aufrechter ihn. „Wirklich, wenn Sie die nächste Ausfahrt nehmen, kommen wir an einem Einkaufszentrum vorbei. Ich könnte schnell reinlaufen und ein paar Sachen kaufen … Ich beeile mich auch, versprochen."

Sie ging davon aus, dass er sich weigern würde, aber stattdessen warf er einen Blick in den Rückspiegel, dann bog er auf die Ausfahrt ein.

Zwei Minuten später standen sie vor einem großen Betonklotz von Kaufhaus. Zum Glück regnete es noch nicht. Zoe legte die Hand auf den Türgriff, dann hielt sie plötzlich inne. „Ach Mist. Ich hab' gar kein Geld."

Seths Mund verzog sich zu einem Lächeln, das seine rauen, schönen Züge wieder einmal in Mr. Blendend Gutaussehend verwandelten. Ihr Puls flatterte, obwohl sie ihn mahnte, ruhig zu bleiben. Dieses verfluchte automatische Nervensystem.

„Ich kann Ihnen was leihen." Er zog die Augenbrauen zusammen. „Ich weiß, wo Ihre Familie lebt, wenn Sie es mir nicht zurückzahlen."

Sie grinste. „Ich zahle meine Schulden selbst, vielen Dank auch."

Seth streckte die Hand nach der Rückbank aus, wühlte in einer großen, schwarzen Sporttasche herum, die nicht da gelegen hatte, als Zoe eingeschlafen war. Eine schlichte, braune Papiertüte lag im Fußraum hinter seinem Sitz.

Zoe griff nach der Beweistüte. Als sie sie öffnete, entdeckte sie ihre dreckigen Kleider von gestern, einschließlich ihres Huts und der Weste, die sie so gern in der Wüste trug. Eine Woge der Erleichterung rollte über sie hinweg, und sie hätte die Sachen am liebsten in eine feste Umarmung gezogen. Nicht nur, weil ihre Lieblingssachen für die Arbeit in der Wüste eine Art Talisman waren, sondern vor allem, weil sie somit vermutlich noch immer im Besitz der Beweise war, die sie gestern gesammelt hatte. Möglicherweise bestand noch immer die Chance, die Tote zu identifizieren.

„Wie lange habe ich geschlafen?"

„Ein paar Stunden." Er zuckte mit einer Schulter. „Ich bin gut vorangekommen."

„Wegen Ihrem Bleifuß und dem FBI-Kennzeichen?"

„Sowas in der Art", gestand er.

Zoe zog die Weste aus der Tüte und tastete verstohlen in den Taschen herum. Der Umschlag knisterte unter ihren Fingern, und sie konnte die Umrisse von Objekten spüren, die vermutlich der Zahn und das Medaillon waren.

Seth beobachtete sie. Sie hatte ihm im Morgengrauen von den Beweisen erzählt. Hatte er es in dem ganzen Chaos vergessen? Wenn sie ihn jetzt daran erinnerte, würde er womöglich darauf bestehen, dass sie die Beweise an Agent Patterson übergab.

„Habe ich geschnarcht? Oder gesabbert?", scherzte sie, hoffte, ihn damit abzulenken. Eilig wischte sie sich über das Kinn, nur für alle Fälle. „Oder mich sonst irgendwie danebenbenommen?"

„Nein." Er wandte den Blick ab, ließ ihn über den Parkplatz schweifen. „Aber Sie haben jede Menge Stöhnlaute von sich gegeben."

Sein Tonfall verriet ihr, dass er sie aufzog.

„Oh." Sie senkte die Stimme und wackelte mit den Augenbrauen. „Tja, das ist … äußerst peinlich."

„Nicht diese Art Geräusche." Er warf ihr einen unergründlichen Blick zu, und die Luft zwischen ihnen war plötzlich wie aufgeladen. Seine Wangen verfärbten sich, und Zoe war verblüfft zu sehen, dass er tatsächlich rot wurde.

Ihr jahrelanges Studium der menschlichen Anatomie und Physiologie hatte sie beinahe immun gegen Scham gemacht, wenn es um Körperfunktionen ging. Aber natürlich war sie noch immer mehr als imstande, sich selbst auf Milliarden andere Arten zu blamieren.

Aber dieser Mann, dieser Eliteagent, wurde noch immer rot, wenn sie indirekt auf Orgasmen anspielte, und er war verdammt niedlich, wenn er das tat. Wem wollte sie hier etwas vormachen? Er war mehr als niedlich.

Sie unterdrückte ihre Belustigung. „Sorry. Ich wollte Sie nicht in Verlegenheit bringen."

Er drehte den Kopf, schaute sie unverwandt an. „Sie haben

mich nicht in Verlegenheit gebracht. Das war einfach der Doppel-kracher von Traumsex und der Tatsache, dass ich jetzt weiß, dass Sie keine Unterwäsche tragen." Er schüttelte den Kopf. „Es gibt nicht viele Männer, die diese Kombination überleben würden."

Ihr Puls beschleunigte sich.

Seth warf ihr ein Grinsen zu, das aus nichts als purem, reumü-tigem Humor bestand „Vergessen Sie es einfach. Besorgen wir Ihnen wenigstens eins davon."

Welches denn?

Zum Glück behielt sie diesen Gedanken hinter zusammenge-bissenen Zähnen für sich.

Seth stieg aus und packte seine beiden Ausrüstungstaschen in den Kofferraum – vermutlich befanden sich darin die Gewehre von letzter Nacht – zusammen mit den beiden Ausrüstungs-westen die er und Hersh getragen hatten. Dann schnappte er sich seine Brieftasche und steckte sie in eine seiner vielen Hosen-taschen.

Zoe schaute auf die Uhr, bevor sie aus dem Auto stieg. Kurz nach eins. Sie zog sich ihre grüne Weste über, dankbar für das vertraute Gefühl des Stoffs auf ihrer Haut.

Wieder klopfte sie die Taschen ab. Der Umstand, dass sie in Besitz von gegenständlichen Beweismitteln war, belegte, dass sie sich die Tote nicht etwa eingebildet hatte. Diese Kriminellen waren vermutlich davon ausgegangen, dass, wenn sie, Fred, James und Karina tot waren, die Polizei eine Weile brauchen würde, um ihre Leichen zu finden – angenommen, sie hätten sie überhaupt irgendwann gefunden – und noch mehr Zeit benöti-gen, um herauszufinden, was zur Hölle überhaupt passiert war. Und die Gangster würden davon ausgehen, dass niemand über-haupt daran denken würde, nach der Frau zu suchen, die Zoe in der Wüste entdeckt hatte – vor allem, wenn sie nicht an der Stelle war, wo Zoe behauptet hatte, dass sie sein würde.

Wieder wurde Zoe mit voller Wucht bewusst, dass sie und ihre Freunde den heutigen Tag vermutlich nicht erlebt hätten, wenn ihre Mutter nicht eine hochrangige Politikerin wäre.

Zoe war unfassbar dankbar dafür, dass sie überlebt hatte. Aber wer war diese rätselhafte Frau, die in der Wüste ermordet worden war, und warum wollte jemand, dass sie für immer verschwunden blieb?

Seth schloss das Auto ab.

„Gehen wir." Er schob sie ein wenig vor sich, blieb aber in greifbarer Nähe. Sein Kopf drehte sich permanent von rechts nach links, hoch und runter, während er die Gegend im Blick behielt. Nach Bedrohungen Ausschau hielt. Zoe war mit dieser Routine vertraut von den paar Anlässen, zu denen sie ihre Mutter auf Wahlkampfveranstaltungen begleitet hatte, bei denen Zoe entschieden im Hintergrund geblieben war.

Und von der Art und Weise, wie ihr Ex sich während ihrer kurzen Zeit zusammen verhalten hatte.

Säure drehte ihr den Magen um, als sie an all die Dinge erinnert wurde, die sie am liebsten aus ihrem Kopf verbannt hätte.

„Brauchen Sie irgendwas?", fragte sie und schob die Angst und das Gefühl des Verrats fort.

Seth schüttelte den Kopf. „Ich habe meine Reisetasche dabei. Sobald ich Hershs Sachen abgeliefert habe, fahre ich zurück nach Phoenix, gebe das Auto beim örtlichen FBI-Büro ab und fliege heute Abend noch zurück nach D.C. Passt schon, solange mir niemand zu nah kommt." Er schnüffelte kurz an seinem T-Shirt und zog eine Grimasse.

War das eine Warnung? Oder eine selbstkritische Bemerkung? Schwer zu sagen.

Zoe nickte, versuchte, nicht enttäuscht darüber zu sein, dass ihre gemeinsame Zeit bald enden würde. Sie konzentrierte sich stattdessen darauf, ihn nicht länger als nötig aufzuhalten. Er tat ihr mit diesem Zwischenstopp einen riesigen Gefallen, ganz zu schweigen von dem Geld, das er ihr borgte. Eilig schnappte sie sich ein Deo, Zahnbürste, Zahnpasta. Fand ein Ladekabel für ihre Uhr. Dann ging sie mit schnellen Schritten hinüber zur Bekleidungsabteilung, wo sie einen Sport-BH, ein billiges T-Shirt und schlichte, schwarze Leggings fand. Zum Schluss noch Unterwäsche und Socken. In James und Karinas Haus hatte sie noch eine kleine Tasche mit Klamotten, die sie abholen würde, bevor sie abreiste.

Seth wich ihr nicht von der Seite.

Schließlich warf Zoe einen Blick über seine Schulter hinter ihn. „Erwarten wir Ärger?"

Sicherheitsmitarbeiter beobachteten sie, aber Seth hatte sich seine goldene Dienstmarke an einer Kette um den Hals gehängt und niemand trat auf sie zu. Nicht, dass das offene Tragen von Waffen in diesem Bundesstaat ein Problem gewesen wäre.

Als sie an den Kassen ankamen, nahm er ihr alle Einkäufe ab. „Bei dem, was letzte Nacht passiert ist, und wenn man bedenkt, wie eingebettet das Kartell in einigen dieser Städte entlang der Grenze ist, will ich kein Risiko eingehen."

Angst kribbelte plötzlich über ihre Haut.

„Wir wissen nicht mit Sicherheit, wer Sie letzte Nacht entführt hat."

Sie starrte ihn mit offenem Mund an.

„Mir ist klar, dass Sie glauben, die Beweggründe der Entführer hängen mit der mysteriösen Toten zusammen, die Sie gefunden haben", murmelte er, während er ihre Artikel zügig an einer der Selbstbedienungskassen scannte. „Aber vielleicht wollten die Entführer Sie auch als Druckmittel benutzen oder für irgendeine Art von Rache."

Zoe schnaubte ungläubig auf, Seth bezahlte und sie verließen das Geschäft. Es kam ihr unwahrscheinlich vor, dass die Entführer sie auf dieser Seite der Grenze überfallen würden, im Gegensatz zu den Häusern und Familien der Grenzschutzbeamten oder der Beamten der Einwanderungsbehörde.

Es sei denn, sie wollten wirklich einen Krieg mit den USA heraufbeschwören, was allerdings einem guten Geschäftssinn zu widersprechen schien.

Zoe entdeckte die Kundentoilette und blieb stehen. „Ich geh schnell da rein und ziehe mich um."

Seth nickte, dann blamierte er sie, indem er sie begleitete und in der Tür stehen blieb. Dann stellte er noch eins der gelben Plastikschilder mit der Aufschrift ‚Für Putzarbeiten geschlossen‘ in den Eingang.

„Das können Sie nicht tun. Was, wenn jemand–"

„Sicher kann ich das. Beeilen Sie sich, Miller."

Sie gab es auf, sich mit ihm zu streiten, und huschte schnell in eine der Kabinen, zog sich eilig aus und hängte die schmutzigen Sachen über die Tür. Sie benutzte die Toilette, wohl wissend, dass der Mann, der sich zu ihrem Beschützer erklärt hatte, alles hören würde. Super. Dann riss sie die Schildchen und Aufkleber von ihren Einkäufen ab und zog frische Unterhose, Socken und Leggings an. Sie zog sich den Sport-BH über den Kopf und legte anschließend großzügig Deo auf. Schließlich zog sie sich das T-Shirt über und steckte ihre Füße zurück in die Stiefel, nachdem sie den Dreck darin in die Toilette geschüttelt hatte. Ihre alten Sachen verstaute sie in der Einkaufstüte.

Am Waschbecken wusch sie sich eilig die Hände und putzte sich die Zähne.

Keine fünf Minuten später fühlte sie sich schon eine Million Mal besser. Sie wedelte mit der zweiten Zahnbürste aus dem Doppelpack in Seths Richtung. „Wollen Sie auch?"

Für einen Moment wurden seine Augen schmal. Er warf einen Blick zur Seite, überprüfte den Gang, dann kam er zu ihr herüber. Zoe drückte etwas Zahnpasta auf die zweite Zahnbürste und reichte sie ihm.

In Rekordgeschwindigkeit putzte er seine Zähne und spuckte aus, dann stopfte er seine Zahnbürste in ihre Plastiktüte. „Gehen wir."

Draußen blieb er plötzlich wie angewurzelt stehen. „Besorgen wir uns noch was zu essen. Ich bin am Verhungern." Er ging zurück ins Einkaufszentrum. Betrat ein angrenzendes Fastfood-Restaurant.

Am Tresen bestellte er ihr Essen, aber er schien beunruhigt zu sein und schaute sich permanent um.

„Was ist los?", fragte sie, als sie ihr Essen in Empfang nahmen.

Seth runzelte die Stirn und schüttelte stumm den Kopf. Zuerst dachte sie, er würde nicht antworten, aber dann sagte er: „Ich dachte, ich hätte jemanden gesehen, der uns beobachtet, aber jetzt ist er verschwunden. Gehen wir."

Zoe blickte sich unauffällig um, während sie Seth aus der Tür folgte. Dicke Regentropfen fielen nun träge auf den Asphalt. „Ich habe den Verdacht, dass Sie ein bisschen paranoid sind."

„Weiter geht's." Seine Augen hörten nicht auf, über den Parkplatz zu fliegen, und als sie am Auto ankamen, schloss er auf, damit Zoe sich hineinsetzen konnte, ging aber selbst einmal um das Auto herum, kontrollierte alle vier Reifen und warf einen Blick unter die Karosserie, während der Regen nun immer heftiger vom Himmel fiel.

Schnell schloss Zoe ihre Uhr an das Ladegerät an, solange sie die Gelegenheit dazu hatte.

„Wonach haben Sie gesucht?", fragte sie, als Seth ins Auto stieg und sich die Regentropfen vom Gesicht wischte.

„Habe nur die Reifen überprüft." Seine haselnussbraunen Augen suchten ihre, aber sein ausdrucksloser Blick täuschte sie nicht für eine Sekunde.

„Sicher." Sie verdrehte die Augen.

Als sie ihre Tüte mit dem Essen öffnete, konnte sie das Gefühl nicht ganz abschütteln, beobachtet zu werden – genau wie gestern in der Wüste. Sie blickte sich um. Waren sie beide übertrieben nervös? Oder war sie naiv anzunehmen, dass sie nicht länger in Gefahr schwebte?

Sie aßen, während Seth fuhr, verschlangen ihr Essen förmlich, als ob sie beide seit einer Woche nichts mehr gegessen hätten.

Zwanzig Minuten später, nachdem sie eine umständliche Route gefahren waren, kamen sie am Krankenhaus an und parkten in der Tiefgarage. Zoe wischte sich mit einer Serviette den Mund ab und stopfte den Müll zurück in die Essenstüte. Dann nahm sie die Uhr vom Ladegerät und band sie wieder um ihr Handgelenk. Schließlich griff sie nach der kleinen Plastiktüte mit ihren Habseligkeiten und zog zuletzt ihren Hut aus der nun leeren Beweistüte.

Sie stieg aus dem Auto aus und warf den Müll in einen Mülleimer, wartete neben Seth, während er für den Parkschein bezahlte. Plötzlich wurde ihr mit aller Macht bewusst, dass sie bald getrennte Wege gehen würden.

Sie räusperte sich. „Haben Sie eine Karte oder so, damit ich weiß, wohin ich das Geld schicken kann, das ich Ihnen schulde?"

Sein Ausdruck war voller absichtlichem Desinteresse. Was auch immer zwischen ihnen aufgeblitzt war, als sie sich zum ersten Mal getroffen hatten, war definitiv erloschen, zumindest was ihn anging.

Das sollte nicht so brennen. Es war ja nicht so, als ob sie eine Beziehung mit irgendeinem Teufelskerl von Geiselrettungsagenten eingehen wollte. Sie war vollkommen zufrieden damit, Single zu sein, aber …

„Schicken Sie es einfach an Seth Hopper, Geiselrettungsteam, in Quantico. Das wird mich schon erreichen."

Sie atmete schwer ein, und es fühlte sich verdammt nach Zurechtweisung an. Wenn schon nichts anderes, so hatte sie doch zumindest geglaubt, sie würden Freunde werden. „Verstehe. Das werde ich tun."

Ironischerweise war sie sich ziemlich sicher, dass er ihr gestern Nacht im Motel seine Nummer gegeben hätte, bevor er herausgefunden hatte, wer ihre Mutter war.

Was sich vorher so natürlich angefühlt hatte, kam ihr nun unbeholfen und steif vor. Zoe schlang die Arme um ihren Oberkörper. „Ich hatte gehofft, zu erfahren, wie es Agent Hersh geht. Wenn ich herausfinde, auf welcher Station er liegt, würde ich ihn später gern besuchen, wenn das erlaubt ist."

„Sicher, ich kann Sie zur Intensivstation hochbringen."

Sein Tonfall war der eines professionellen Fremden, und Zoe fing an, sich zu fragen, ob sie sich die anfängliche Hitze zwischen ihnen und die unbeschwerte Kameradschaft mit ihm nur eingebildet hatte. War sie so von seinem Aussehen geblendet gewesen, dass sie ihn falsch eingeschätzt hatte? Das war eine Möglichkeit. Vielleicht war er einfach nur amüsiert über ihr Glotzen gewesen und hatte ihr offensichtliches Interesse später ausgenutzt, um sie zu manipulieren. Vielleicht war die angebliche *Hitze* zwischen ihnen nur ein Gespinst ihrer überaktiven Fantasie gewesen.

Demütigung rauschte durch ihre Adern.

„Gehen wir." Er griff nach ihrem Ellenbogen, aber sie riss ihren Arm fort und warf ihm einen strafenden Blick zu.

Überrascht hob Seth beide Hände. „Entschuldigen Sie."

Ihr Hals wurde trocken vor Scham. Sie betraten den Fahrstuhl, und Zoe zwang sich, irgendetwas zu sagen. Um die Dinge weniger unbehaglich werden zu lassen, als sie ihr plötzlich vorkamen.

„Ich weiß wirklich zu schätzen, was Sie gestern Nacht für mich und meine Freunde getan haben, Agent Hopper. Ich weiß nicht, was wir ohne Sie und Agent Hersh gemacht hätten."

Seth runzelte die Stirn, als ob er ehrlich verwirrt über ihre plötzliche Distanz wäre. „Ich bin froh, dass alles gut ausgegangen ist."

Das Schweigen, das darauf folgte, war unerträglich, aber Zoe wusste nicht, wie sie es brechen sollte.

Zum Glück kamen sie endlich auf der Etage mit der Pflegestation an.

Seth berührte sanft Zoes Schulter, um ihre Aufmerksamkeit auf sich zu lenken, und sie zwang sich, nicht darauf zu reagieren. Er schaute auf seine Uhr.

„Agent Hersh liegt ebenfalls auf dieser Station, den Gang da hinunter." Er zeigte auf einen weiteren Korridor. „Sie wollen nur zu Karina und sonst nirgendwo hin, oder?"

Zoe schüttelte den Kopf. Jedenfalls in diesem Moment noch nicht.

„Ich schaue kurz bei JJ rein und frage ihn, ob er für einen kurzen Besuch von Ihnen zu haben ist."

„Das wäre super. Danke."

„Okay." Er sah unsicher darüber aus, sie allein hier stehenzulassen.

„Gehen Sie, Seth. Schauen Sie nach Hersh, während ich bei Karina bin. Niemand wird mich an einem so öffentlichen Ort überfallen."

Er machte den Mund auf, um etwas zu sagen, dann überlegte er es sich offensichtlich anders. „Gehen Sie nirgendwo anders hin. Wir überlegen uns die nächsten Schritte, sobald wir hier fertig sind."

Ha. Er sprach natürlich von der Tatsache, dass der Secret Service ab jetzt eigentlich ihre Bewachung übernehmen sollte, was schlicht und einfach nicht passieren würde.

„Sicher."

Seth ging davon, warf ihr noch einen Blick über die Schulter zu, und dann war sie plötzlich allein.

Sie bezweifelte ganz ehrlich, dass sie Schutz brauchte. Sie konnte sich keinen triftigen Grund vorstellen, warum das Kartell es auf sie abgesehen haben könnte – wenigstens keinen Grund, von dem irgendjemand wissen konnte. Sobald sie sich versichert hatte, dass Karina wieder ganz genesen würde, würde Zoe sich auf den Weg nach Virginia machen. Es würde alles gut gehen.

Hoffentlich.

Zoe fand James im Wartebereich sitzend vor, die Finger tief in den roten Locken vergraben.

Als sie sich umarmten, musste Zoe gegen die Tränen ankämpfen. „Wie geht es ihr?"

James wischte sich die Tränen vom Gesicht. Seine Nase war geschwollen, seine Unterlippe aufgeplatzt. „Sie ist im Aufwachzimmer und wird sich wieder vollständig erholen. Der Arzt hat gesagt, die Kugel hätte nur Fettgewebe erwischt, was sie nicht gern hören wird." Er atmete scharf ein. „Sie lassen mich noch nicht zu ihr ..." Wieder zog er Zoe fest an sich. „Was zur Hölle ist denn da gestern Nacht *passiert*? Hast du eine Ahnung?"

Zoe schüttelte den Kopf und erwiderte die Umarmung. „Ich

vermute, dass bestimmte Leute nicht besonders begeistert darüber waren, dass ich gestern eine tote Frau gefunden habe."

„Und mit ‚bestimmte Leute' meinst du das Kartell", murmelte James an ihrem Ohr, stellte sicher, dass niemand ihre Unterhaltung mithörte.

„Ich weiß es ehrlich gesagt nicht, aber ich schätze schon. Dem Aussehen und Handeln dieser Männer gestern Nacht nach zu urteilen, muss es so sein."

Kurz überlegte sie, den Zahn und die Kette zu erwähnen, die in ihrer Tasche steckten, aber sie entschied, je weniger Menschen wussten, dass sie diese Beweise noch in ihrem Besitz hatte, umso besser.

Zoes Stimmung verfinsterte sich. „Ich bin nochmal zurück zur Fundstelle gegangen, nachdem ihr ins Krankenhaus geflogen seid, aber die Leiche war verschwunden. Joaquin hat mir versprochen, nach ihr zu suchen."

„Was zur *Hölle* ...?", rief James aus. Er ließ sich zurück in den unbequem aussehenden Plastikstuhl fallen, sah völlig erschöpft aus. „Klingt ehrlich gesagt so, als ob es sicherer wäre, wenn er sie nicht findet."

Zoe setzte sich neben ihn. „Wir können sie damit nicht durchkommen lassen."

„Warum nicht?" Seine blauen Augen leuchteten lebhaft in seinem blassen Sommersprossengesicht auf. „Sie haben uns aus einem belebten Motel entführt, Zoe. Vor einem Haufen Zeugen, die alle zu verdammt verängstigt waren, um sich einzumischen. Wir wissen alle, dass diese Typen keine halben Sachen machen, und wenn deine Mutter nicht gewesen wäre, wären wir jetzt alle tot."

„Und nun sollen wir also die Mörder mit allem davonkommen lassen, weil sie uns gedroht haben?"

James schüttelte den Kopf, wandte den Blick ab. „Sei doch nicht so naiv."

„Ich bin nicht naiv–"

„Du musst ja nicht länger in der Gegend hier leben, oder etwa doch?" Verdruss knisterte in seiner Stimme. „Du hast keine Frau und keine kleinen Kinder, so wie Joaquin."

Zoe rieb sich mit der Hand übers Gesicht. Die Vorstellung, dass jemand Tonya oder Rosy oder dem kleinen Isiah etwas antun könnte, drehte ihr den Magen um. „Das FBI kümmert sich jetzt darum."

James verschränkte die Arme vor der Brust und stieß ein bitteres Lachen aus. „Tun sie das? Und was passiert, wenn sie wieder weg sind?"

Zoe sackte auf ihrem Stuhl zusammen. Der Gedanke, das Kartell könnte gewinnen, war widerwärtig. Dass sie so viel Angst und Schrecken verbreiten könnten, bis alle still und unterwürfig blieben, war mehr als demoralisierend. Und dennoch, die Vorstellung, dass jemandem, den sie liebte, etwas zustoßen könnte, nur weil Zoe auf Gerechtigkeit für die Toten bestand ... Es war unerträglich.

Müde fragte sie: „Wo ist Fred?"

„Er ist einen Kaffee holen gegangen." James schaute sie lange und eingehend an, dann ließ er es gut sein. Er stieß einen schweren Seufzer aus. „Zoe ..."

„Lass es." Sie zog die Schultern hoch, wusste, was er sagen wollte, sträubte sich aber dagegen.

„Er liebt dich noch immer. Ich glaube nicht, dass er jemals damit aufgehört hat."

Sie schloss die Augen, als die Emotionen ihr die Kehle zuschnürten. Die letzten vierundzwanzig Stunden waren eine einzige Achterbahnfahrt gewesen. „Ich empfinde nicht so für ihn. Ich meine, ich liebe ihn, aber ich bin nicht *verliebt* in ihn. Das wäre so, als ob ich plötzlich meinen Bruder begehren würde. Oder dich."

James schlang seinen Arm um ihre Schultern. „Das ist aber ein scheußlicher Gedanke."

Sie stieß ein trauriges Lachen aus. „Ich weiß."

Stimmen warnten sie, dass jemand in ihre Richtung kam. Die

Doppeltür schwang auf, und ein Pfleger in blauen OP-Sachen kam heraus, seine Augen suchten und fanden James.

Sie standen auf. Zoe griff nach James' Hand.

„Sie ist wach", verkündete der Pfleger. Erleichterung überkam sie. „Sie können jetzt ein paar Minuten zu ihr."

10

———

Seth öffnete die Tür zum Einzelzimmer und erblickte seinen blassen Freund, der zwischen den schneeweißen Laken lag. JJ Hersh sah aus wie ein Engel, wenn er schlief, aber Seth ließ sich nichts vormachen.

„Ich kann dich bis hierher riechen." Hersh blinzelte ihn aus einem Auge an. „Hast du meine Sachen mitgebracht?"

Seth grinste und hielt die Weste und Hershs Tasche hoch. „Dein Gewehr ist in der Ausrüstungstasche." Weshalb das Ding ungefähr eine Tonne wog. „Ich hatte noch keine Zeit, sie zu reinigen."

„Was zur Hölle hast du denn den ganzen Tag gemacht?"

Seth lachte. „Jedenfalls nicht geschlafen, so wie andere Leute."

„Ich wäre fast gestorben."

„Na sicher doch." Es fühlte sich gut an, seinen Kumpel aufzuziehen, jetzt, nachdem die Gefahr vorüber war. „Ich musste mich mit einem Arschloch von einem ASAC rumschlagen, der mich an das Office of Professional Responsibility verpfeifen will, weil du gebissen wurdest. Wahrscheinlich wird er auch dich noch zur Rechenschaft ziehen, weil du eine Schlange gefährdet hast."

Hershs Mund verzog sich. „Du willst mich doch verarschen."

„Nope. Der hat echt versucht, mir den Arsch aufzureißen."

Seth schaute aus dem Fenster auf die Innenstadt. Grau und bedeckt. Die Sturmwolken waren im vollen Gange, etwas von ihrer Wut zu entfesseln. „Ich habe ihn ignoriert. Soll er sich mit McKenzie und Novak rumschlagen. Sie werden wenigstens dafür bezahlt, diese Clowns in die Schranken zu weisen."

„Hast du von Livingstone gehört?", fragte Hersh mit einem Funkeln in seinen Augen.

„Allerdings hab' ich davon gehört."

„Ich meine, das ändert nichts an dem, was passiert ist …"

Seth dachte über seine toten Kameraden nach, und eine Welle starker Rührung brach über ihn herein. „Ich bin froh, dass du in Ordnung bist. Ich bin mir nicht sicher, ob das Team mir verziehen hätte, wenn wir diesen Monat einen weiteren Mann verloren hätten."

Hersh grinste. „Du hast mir das Leben gerettet, bro. Aber du hast auch meine verdammten Eier mit deiner Schulter zermahlen. Ich habe Liv gesagt, dass es deine Schuld ist, wenn wir keine Kinder kriegen können."

Seth rollte die fragliche Schulter aus. „Wenn ihr einen Samenspender brauchen solltet–"

Hersh lachte auf. „Igitt. Dein Sperma wird sich den Eizellen meiner Frau keinen Meter nähern."

Seth schmunzelte.

„Was ist übrigens aus Zoe Miller geworden?", fragte Hersh mit Unschuldsmiene.

Netter Übergang. Seth wusste, worauf sein Kumpel anspielen wollte. Hersh kannte ihn einfach zu gut, und er hatte gesehen, wie Zoe und Seth es nicht geschafft hatten, gestern Abend im Restaurant die Blicke voneinander zu lassen. So viel dazu.

Als Zoe dann später neben ihm im Auto gesessen und ihn darüber informiert hatte, sie trüge keine Unterwäsche, und dann noch darüber gewitzelt hatte, einen feuchten Traum gehabt zu haben … Er hatte so schnell einen Steifen bekommen, dass er sich schon Sorgen gemacht hatte, er würde sich blamieren. Er war nicht daran gewöhnt, auf diese Weise die Selbstbeherrschung zu verlieren. Er war generell nicht daran gewöhnt, die Selbstbeherrschung zu verlieren, Punkt.

Seth fuhr sich mit den Fingern durch die kurzen Haare. „Ihr geht's gut. Sie hat sich gegen dieses Arschloch von Agenten behauptet, der ihr die Schuld dafür anhängen wollte, dass ich für *deinen* Schlangenbiss verantwortlich gewesen bin. Der Typ ist aber bei ihr nicht besonders weit gekommen, was mich freut." Seth trat einen Schritt vor, stellte Hershs Taschen neben dem Bett ab und setzte sich. „Sie ist übrigens hier. Hat gefragt, ob sie dich besuchen darf. Ich glaube, sie hat ein schlechtes Gewissen wegen der ganzen Sache."

Es hatte ihm zutiefst missfallen, sie allein zu lassen.

Als er beim Einkaufszentrum einen Typen entdeckt hatte, der sie möglicherweise beschattete, hatte ihn das daran erinnert, dass Zoe Miller ein Job war, kein potenzielles Date. Ganz abgesehen davon, dass sie mehrere Nummern zu groß für ihn war. Er hatte entschieden, dass ein wenig Distanz zwischen ihnen klug wäre, weil er anfing, sie ein bisschen zu sehr zu mögen, und das lenkte ihn davon ab, für ihre Sicherheit zu sorgen. Er wusste, dass er ihre Gefühle damit verletzt hatte. Er hätte sich davon sogar geschmeichelt gefühlt, wenn er sich dabei nicht so verdammt miserabel gefühlt hätte.

Hersh zuckte mit den Schultern. „War nicht ihre Schuld. Ich bin derjenige, der auf das arme Vieh draufgetreten ist."

„Vielleicht findet ASAC Patterson ja die fragliche Schlange und stellt ihr eine Verwarnung aus." Seth schauderte. Vielleicht musste er sich demnächst mal zu einer Aversionstherapie durchringen. Sich zusammenreißen und seine Angst vor Schlangen überwinden.

Er verschränkte die Hände und beugte sich vor, stützte die Ellenbogen auf seinen Knien ab. „Ich habe mit Arthur gesprochen. Er war stinksauer, dass er nicht über unsere Mission informiert wurde."

Hersh grinste schief. „Kann nicht sagen, dass ich ihm das verübeln kann."

„Nee. Ich bin nur froh, dass er nicht der Spitzel war."

„Ja, ich auch. Er ist ein guter Kerl. Nicht wie dieser Wichser Roger."

Seth starrte auf seine Daumen. „Warum, glaubst du, wurden diese vier Anthropologen entführt?"

Hersh senkte den Kopf aufs Kissen, offensichtlich noch immer erschöpft davon, gegen dieses starke Gift in seiner Blutbahn anzukämpfen.

„Ich weiß es nicht. Vielleicht als ein ganz besonderes ‚Fickt euch' an den Grenzschutz? Roger Bertrand verrät dem Kartell, wo sich das BORTAC-Team aufhält. Das Kartell beschattet das Motel. Irgendjemand entscheidet, es wäre eine gute Idee, vier Touristen zu verschleppen, nachdem wir abgereist sind, um zu beweisen, dass niemand vor dem Kartell in Sicherheit ist und um alle daran zu erinnern, was mit denjenigen passiert, die sich ihnen entgegenstellen, sobald die Gesetzeshüter die Gegend verlassen haben?" Hersh zuckte mit den Schultern. „Oder vielleicht hat Roger bemerkt, wie du Zoe gestern Abend angeschaut hast, und wollte ein krankes Spiel mit dir treiben."

Das war durchaus eine Möglichkeit. „Tja, na ja, das war aber noch bevor ich wusste, wer sie ist."

„Was für einen Unterschied macht das?" Hersh schien ehrlich verwundert zu sein. „Ich meine, ich verstehe, dass du sie auf Distanz hältst, solange wir sie beschützen, aber danach?"

„Sie ist die Tochter der Vizepräsidentin."

„Willst du damit sagen, sie ist zu gut für dich?" Nachdenklich runzelte Hersh die Stirn. „Da magst du recht haben, aber verrate niemandem, dass ich das gesagt habe."

Seth wollte nicht über sein Liebesleben oder besser gesagt sein nicht vorhandenes Liebesleben sprechen. Er hatte den Frauen für eine Weile abgeschworen.

„Es war jedenfalls ein ziemlich dreister Zug vom Kartell", bemerkte Seth stattdessen. „Und warum sollten sie die Anthropologen zu genau der Stelle zurückschleifen, an der sie an dem Tag gearbeitet hatten?"

„Zufall?"

„Verdammt krasser Zufall." Die Erschöpfung des Tages begann, an Seth zu nagen, aber er musste noch eine Menge erledigen, bevor er sich etwas ausruhen konnte.

„Zufälle passieren. Vielleicht wollte das Kartell uns aufs Glatteis führen in Bezug auf das, was mit dem Grenzschutz vorgefallen ist, oder die Bundesbehörden aufteilen und verwirren?" Hersh sah nicht überzeugt aus, während er seine Argumente aussprach.

„Passt irgendwie nicht zu einer ‚Fickt euch'-Botschaft."

„Oder es war Teil eines Revierkampfs oder interner Machtkämpfe innerhalb der Organisation. Oder eine Gruppe hat versucht, einen Rivalen in die Falle zu locken."

Könnte sein.

„Was ist mit Zoes toter Frau?", fragte Seth.

„Wir haben keine Leiche gefunden. Vielleicht hat Zoe sich in der Dunkelheit vertan und ist zur falschen Stelle zurückgegangen."

Seth schüttelte den Kopf. „Das dachte ich zuerst auch. Aber als ich unsere Ausrüstung eingesammelt habe, bin ich noch mal zurückgegangen und habe mir die Stelle genauer angeschaut."

„Und?" Hersh beugte sich vor, konnte eine Story riechen.

„Die Fußabdrücke und andere Spuren stimmen mit dem überein, was sie uns erzählt hat."

Hershs Augen wurden groß. „Du glaubst wirklich, das Kartell hat eine Leiche aus dieser Wildnis weggeschafft?"

„Ich weiß ehrlich gesagt nicht, was ich glauben soll." Seth rieb sich den Kiefer, dachte über den Stein in seiner Tasche nach.

„Hat sie die Beweise noch, von denen sie uns erzählt hat? Die dabei helfen könnten, die Leiche zu identifizieren?" Hersh dachte offensichtlich das Gleiche wie er.

Seth nickte. „Jup."

Zoe war nicht wirklich damit herausgerückt, warum sie ihre Weste unbedingt zurückhaben wollte. Sie schien zu glauben, er würde sich nicht daran erinnern, dass sie ihm bereits von den

Beweisen erzählt hatte. Er versuchte, sich deswegen nicht beleidigt zu fühlen.

„Irgendeine Ahnung, was sie damit vorhat?"

Seth schüttelte den Kopf. „Vermutlich will sie die Beweise jemandem geben, der die DNA analysieren oder Fingerabdrücke nehmen kann oder so was."

„Vielleicht kann sie selbst die DNA analysieren?"

Seth hob den Kopf. Daran hatte er gar nicht gedacht. Er wusste nicht, was für Fähigkeiten sie hatte. Er wusste generell nicht viel über sie. Diese Erkenntnis war irgendwie verdammt deprimierend.

Sein Handy klingelte. McKenzie. Seth ging ran, zog eine Grimasse, dann legte er wieder auf. „Der Secret Service ist auf dem Weg hierher, um sie abzuholen."

Hersh neigte den Kopf zur Seite. „Und was glauben wir, wie Zoe darauf reagieren wird?"

Seth wechselte einen Blick mit seinem Kumpel. „Nicht gut, aber es ist besser so. Sie können sie sicher nach D.C. zurückbringen und sie beschützen."

„Sie wird nicht begeistert sein."

Seth schloss die Augen und rieb sich vorsichtig über die Lider. Zoe würde es tatsächlich hassen, aber es war zu ihrem eigenen Besten. Kein Grund, bockig zu sein, nur weil der Secret Service ihrem Privatleben in die Quere kam. Wenigstens wäre sie in Sicherheit.

„Verrate nichts davon, wenn du mit ihr sprichst, bevor die Agenten hier auftauchen", mahnte Seth.

„Ich hoffe, ich bekomme diese Show zu sehen."

Zoe hatte ihre Meinung über den Secret Service mehr als deutlich gemacht. Nicht, dass Seth irgendwas dagegen tun konnte. Befehle waren Befehle, und er musste seinen Job machen. Die Tatsache, dass irgendwas in seiner Brust zu schmerzen anfing, war irrelevant. Es war an der Zeit, einen Schlussstrich zu ziehen.

———

Zoe kam aus dem Aufwachzimmer und fühlte sich etwas unwohl. Karina war saft- und kraftlos gewesen und hatte offensichtlich starke Schmerzen.

Ein paar Zentimeter höher, so hatte der Chirurg beinahe heiter erklärt, und die Kugel hätte irgendwelche lebenswichtigen Organe treffen können, und Karina wäre in der Wüste verblutet. Aber so, wie es ausgegangen war, schwebte sie nicht in Lebensgefahr und hatte auch ihre Fortpflanzungsfähigkeiten nicht verloren – also war ihr Wert als Frau anscheinend noch intakt.

Bei dieser Anspielung hatte James Zoes Hand beinahe zerquetscht, um sie beide davon abzuhalten, irgendwas zu sagen, was ihren Rausschmiss aus dem Zimmer zur Folge gehabt hätte, da keiner von ihnen vom rechtlichen Standpunkt aus gesehen mit der Patientin 'verwandt' war.

Zoe bekam das Gefühl, als ob die Hochzeitspläne der beiden gerade vorverlegt worden waren, sobald Karina sich fit genug fühlte, auch wenn das nur eine schnelle private Zeremonie vor der eigentlichen Feier bedeutete, die in ein paar Monaten stattfinden sollte.

Abrupt blieb Zoe stehen, als sie Fred erblickte, der in der Mitte des Warteraums stand.

„Hey." Freds Ausdruck fiel in sich zusammen, die Erschöpfung zeichnete seine Emotionen überdeutlich auf sein Gesicht. Seine Lippe war geschwollen, und er hatte eine fürchterliche Platzwunde über dem linken Wangenknochen.

Sie umarmten sich verlegen.

„Wie geht es ihr?", fragte Fred.

„Sie ist wach, wenn du reingehen willst. Der Arzt rechnet mit ihrer vollständigen Genesung, aber sie wird noch ein paar Wochen lang Schmerzen haben. Der Chirurg ist außerdem ein Arsch, also gehen wir davon aus, dass er weiß, was er tut und wovon er spricht."

Zoe rieb sich die nackten Arme. Sie hatte in den letzten sechs Monaten ziemlich viele Arschlöcher getroffen. Außerdem hatte sie im Laufe der Jahre jede Menge Chirurgen kennengelernt, und einige von ihnen hatten ihre Zuneigung gewonnen. Sie zog diejenigen vor, die ihre Skalpelle an Toten einsetzten, anstatt an den Lebenden.

„Gott sei Dank ist sie in Ordnung." Fred setzte sich, dann schaute er zu Zoe hoch. „Ich hatte noch nie im Leben so viel Angst wie gestern Nacht." Er schüttelte den Kopf, und seine Hände zitterten noch immer sichtbar. „Ich dachte, wir würden alle sterben, Zoe. Ich dachte, sie würden uns zwingen, zuzuschauen, wie sie dir und Karina grausame Dinge antun, während wir unsere eigenen Gräber schaufelten wie zwei elende Feiglinge."

Zoe setzte sich neben ihn. „Du bist kein Feigling. Sie hätten dich umgebracht, wenn du irgendwas unternommen hättest."

„Wer macht denn so was?" Seine Stimme war heiser.

„Monster."

„Ich habe mich noch nie so hilflos und verängstigt gefühlt."

„Ich weiß. Es tut mir leid."

„Warum tut dir das leid? Du warst diejenige, die uns gerettet hat."

„Aber ich glaube, ich war auch diejenige, die uns überhaupt erst in Gefahr gebracht hat." Sie erzählte ihm von der verschwundenen Leiche.

„Scheiße." Ihre Blicke trafen sich. „Hast du dem FBI davon erzählt?"

Sie nickte. „Der Agent, der die Ermittlung leitet, teilte meine Meinung nicht, dass die verschwundene Leiche wichtig sei. Ich habe Joaquin gebeten, nach ihr zu suchen."

„Wäre möglicherweise besser, wenn er es bleiben lässt."

„Das hat James auch gesagt." Verzweiflung stieg in ihr auf. Diese arme Frau.

Fred räusperte sich. „Zoe, ich muss dir etwas sagen. Über gestern Abend."

Zoe wandte den Blick ab, fühlte sich plötzlich unbehaglich. „Fred—"

„Bitte, lass mich ausreden." Er nahm ihre Hände und hielt sie auf ihrem Knie fest. „Ich weiß, was du denkst, was ich sagen will.

Bitte erlaube mir, das hier zu sagen." Er hielt inne, starrte auf ihre verschränkten Hände. „Wir sind seit vielen Jahren Freunde. Ich weiß, dass du mich nicht so liebst, wie ich dich liebe. Das respektiere ich. Ich verspreche dir, ich werde nie wieder diese Grenze übertreten oder dir Anlass dazu geben, dass du dich unwohl fühlst. Niemals. Das meine ich auch so. Du musstest dich schon einmal mit einem solchen Arschloch abgeben, und sowas will ich dir nicht auch antun."

Der Kloß in Zoes Hals wurde immer größer.

„Wir werden einfach so tun, als ob ich mich nicht wie ein eifersüchtiges Arschloch benommen hätte, als gestern dieser Weiberheld aufgetaucht ist" – Zoe rammte ihm spielerisch den Ellenbogen in die Rippen – „und ich werde anfangen, mich ernsthaft nach einer Freundin umzuschauen, die nicht du bist."

Sie blinzelte ihn an. „Du hattest doch jede Menge Freundinnen."

Sein sanftes Lächeln überrumpelte sie. „Aber unterbewusst habe ich immer gehofft, dass wir beide wieder zusammenkommen, und habe, ohne es zu wollen, diese Beziehungen sabotiert …" Er schüttelte den Kopf. „Ich war ein Narr, und die Frauen, mit denen ich zusammen war, hatten was Besseres verdient. Ich muss nach vorn schauen und aufhören, für meine beste Freundin zu schwärmen."

Zoe brachte kein Wort mehr heraus. Stattdessen drückte sie seine Hand fester und schloss die Augen, blinzelte ihre Tränen fort. Schließlich brachte sie heraus: „Ich könnte es nicht ertragen, dich zu verlieren."

Er drückte ihr einen Kuss auf die Wange. „Ich werde immer für dich da sein, als Freund. Immer."

Zoe atmete tief ein, dann stieß sie den Atem langsam wieder aus. „Was hast du jetzt vor?"

„Ich werde nach Karina schauen. Den Chirurgen beleidigen und hören, ob James irgendwas braucht. Was hast du vor?"

„Ich hatte gehofft, dass mich jemand nach Phoenix mitnimmt, damit ich den Umzugswagen holen und heute Abend nach

Virginia aufbrechen kann. Ich fliege übernächstes Wochenende zurück und besuche Karina."

Freds Lippen wurden schmal. „Hat das FBI keine weiteren Fragen mehr an dich?"

Zoe zuckte mit den Schultern. „Denke nicht? Was ist mit euch?"

Fred nickte. „Ich habe vorhin schon mit ihnen gesprochen. Aber sie haben uns gewarnt, dass sie womöglich noch weitere Fragen haben."

Zoe verzog das Gesicht. „Es ist ja nicht gerade so, als ob sie mich nicht aufspüren könnten, wenn sie das wollten."

Fred lachte. „Gott sei Dank für deine Mom, Zoe. Im Ernst. Und für das FBI. Ansonsten weiß ich nicht, ob einer von uns es gestern Abend lebend da rausgeschafft hätte." Er schaute auf seine Uhr, tat eindeutig so, als ob er nicht gegen aufsteigende Tränen ankämpfen müsste. „Wenn du willst, kann ich dich mitnehmen, sobald ich nach Karina geschaut habe. James hat einen Schlüssel zu meiner Wohnung, falls er sich hinlegen will. Ist es okay für dich, ganz allein bis nach Virginia zu fahren?"

„Ja, sollte kein Problem sein." Sie hatte sich auf die Fahrt sogar gefreut. Auf den Roadtrip. Auf das Abenteuer. Jetzt war sie ein bisschen nervös, aber scheiß auf diese Typen.

Seth Hopper tauchte in der Tür zum Wartesaal auf. Er sah argwöhnisch aus.

Fred ließ Zoes Hand los, stand auf. Zu Zoes Überraschung streckte er dem anderen Mann die Hand entgegen. „Danke, dass Sie uns gestern Nacht gerettet haben."

Seth ergriff Freds Hand, nickte dem anderen Mann zu. „Freut mich, dass wir helfen konnten."

Fred nickte ebenfalls, dann drehte er sich zu Zoe um. „Wenn du mitfahren willst, ich bin in einer halben Stunde wieder hier." Dann ging er durch die Doppeltür, die zum Aufwachzimmer führte.

Zoe stand da, hob das Kinn. Sie hatte Seths frühere Abweisung nicht vergessen. Sie wusste, wie man einen Wink zu deuten hatte.

Sie warf ihm ein kurzes Lächeln zu. „Kann ich jetzt Agent Hersh sehen? Ich verspreche, ich werde ihn nicht erschöpfen.“

Seths Blick war unergründlich, als er sie anschaute. Er nickte ihr knapp zu, dann ließ er sie vorangehen.

Zoe war beinahe an Agent Hershs Zimmertür angekommen – sie konnte ihn schon im Bett liegen sehen – als sie zwei Männer in Anzügen um die Ecke kommen sah.

„Hallo, Zoe.“

Furcht schoss in ihr Herz, und sie erstarrte, als sie den größten Fehler ihres Liebeslebens erblickte, der ihr ein boshaftes Lächeln zuwarf.

11

———————

„Ms. Miller", sagte der zweite Mann. „Sie kommen mit uns."

Urplötzlich fand Zoe sich gewaltsam an den Armen gepackt wieder. Ihr Ex, US-Secret Service Agent Colm Jacobs, grub seine Finger so schmerzhaft in ihren Oberarm, dass sie morgen blaue Flecke haben würde. Nicht, dass ihn das etwas kümmerte.

Nie im Leben würde sie das mit sich machen lassen. Sie würde sich nicht seiner Willkür oder seinem sogenannten „Schutz" aussetzen.

Sie wehrte sich. Ihr Kickboxtrainer wäre stolz auf sie gewesen, als ihre Faust Colms Oberkiefer erwischte. Er erwiderte ihren Angriff, indem er sie so brutal gegen die Wand stieß, dass ihr Kopf mit einem lauten Schlag gegen den Putz knallte.

Sein Gesicht war direkt vor ihrem, und sein Geruch ließ sie würgen.

„Sollen wir dir Handschellen anlegen, Zoe? Dich hier rauszerren wie eine Gefangene? Willst du das?" Wut blitzte in seinen kalten dunklen Augen auf.

In der nächsten Sekunde lagen beide Männer plötzlich auf dem Boden.

„Lassen Sie verdammt noch mal die Finger von ihr", forderte Seth, zielte mit seiner Waffe auf die beiden Agenten, während er gleichzeitig Zoe mit seinem Körper abschirmte.

„Secret Service, Arschloch!", brüllte einer der beiden Männer vom Boden aus.

„FBI, *Arschloch*. Zeigen Sie mir Ihre Ausweise." Seth ließ seine eigene Dienstmarke aufblitzen.

Der ältere der Männer, den Zoe nicht kannte, schob sein Sakko zur Seite und zeigte seine goldglänzende Dienstmarke. „Sie kommt mit uns mit, Kumpel. Das sind unsere Befehle, also treten Sie zur Seite."

„Ich bin nicht Ihr ‚Kumpel'. Ich bin FBI-Agent Seth Hopper vom HRT, und es scheint ein Missverständnis darüber zu geben, was hier passiert. Sie sind hier als Personenschutz, nicht zur Festnahme gewalttätiger Verbrecher."

Zoe presste ihren Rücken gegen die Wand, schob sich immer weiter von den Männern auf dem Boden fort. „Ich werde mit euch nirgendwo hingehen. Ich habe euren Schutz abgelehnt, und ihr habt kein Recht, mich festzuhalten."

Leute rannten aufgeschreckt herum. Schwestern und Ärzte riefen den Sicherheitsdienst, für den Fall, dass diese mit Waffen ausgetragene Konfrontation eine ungute Wendung nahm. Anspannung zog Zoe den Magen zusammen. Sie hasste das hier.

Langsam erhob Colm sich, ein gefährliches Funkeln in seinen Augen. „Deine Mutter will, dass du gesichert wirst, bis die Gefahr vorbei ist."

Gesichert?

Was zur Hölle hatte das denn zu bedeuten?

Wut stieg in ihr auf, aber auch Angst. Ihr Mund fühlte sich an, als wäre er voller Watte. „Soweit ich weiß, ist meine Mutter nicht für den Secret Service zuständig."

Colm Jacobs ließ seinen Ausdruck warm und mitfühlend aussehen, aber er war ein Chamäleon, und Zoe kannte mittlerweile alle seiner Persönlichkeiten. Die meisten davon waren so falsch wie sein blendend weißes Lächeln. „Deine Mom macht sich Sorgen um dich. Der Direktor des Secret Service macht sich ebenfalls Sorgen um dich. Befürchtet, die Behörden haben es womöglich versäumt, eine Bedrohung für dein Leben zu identifizieren. Wir wollen, dass du in Sicherheit bist. *Ich* will, dass du in Sicherheit bist."

Ein Schauder der Abscheu sandte eine Gänsehaut über ihren ganzen Körper. Sie beugte sich etwas vor, auch wenn Seth Hopper sie noch immer vor seinen Beamtenkollegen abschirmte.

„*Du* willst, dass ich mich sicher fühle?" Ihr Mund verzog sich verächtlich, und sein Ausdruck wurde grimmig. „Also schnappst du mich in einem Krankenhausflur und willst mich davonzerren wie eine Kriminelle? Und das trotz der Tatsache, dass ich gestern Nacht entführt wurde? Wie kannst du es wagen, mich so brutal zu behandeln?" Sie wurde nicht laut. Wenn sie die Stimme hob, würde er sie als hysterisch bezeichnen. Aber ihre Vehemenz war laut und deutlich zu hören. „*Wie. Kannst. Du. Es. Wagen.*"

Colms Ausdruck verfinsterte sich noch weiter, und Zoe spürte, wie sich Seth neben ihr anspannte, als ahnte er, dass der Kerl nicht gut darauf reagieren würde, von einer ihm unterlegenen Frau herausgefordert zu werden.

Ein bewaffneter Mann.

Ein ausgebildeter, bewaffneter Mann mit einer glänzenden, goldenen Dienstmarke.

Die abschließenden Worte ihrer Mutter hallten durch Zoes Kopf.

„*Denk dran, egal was passiert, ich liebe dich.*"

Ihre Mutter war nicht etwa sentimental gewesen. Sie hatte Zoe im Voraus um Vergebung gebeten. Madeleine Florentine hatte Colm Jacobs immer gemocht. Zum ersten Mal hatte Zoe den Agenten getroffen, als er dem Personenschutz der Vizepräsidentin angehörte. Zoe hatte sich nicht noch einen größeren Feind machen wollen, indem sie ihrer Mutter die Wahrheit erzählte, was im Endeffekt Colms Karriere zerstört hätte.

Und vielleicht war Zoe auch ein Feigling gewesen.

Sie war verletzt gewesen und hatte Angst gehabt, hatte niemals damit gerechnet, dass eine angeblich intelligente und unabhängige Frau wie sie sich in einer gewalttätigen Beziehung wiederfinden würde. Als ob ihr Doktortitel hinter geschlossenen Türen irgendwie ein Schutzschild gegen das Verhalten eines egoistischen Arschlochs bieten würde.

Aber sie war durch damit, von herrschsüchtigen Männern eingeschüchtert zu werden. Sie war durch damit, den Mund zu halten, nur weil irgendein Arschloch glaubte, er könne ihr sagen, was sie zu tun und zu denken hatte.

„Das ist meine erste und einzige Warnung, *Agent* Jacobs. Wenn ich dein Gesicht wiedersehe oder du diesem FBI-Agenten hier Ärger machst – und ich denke, wir sind uns alle einig, dass er einen verdammt *guten* Job darin macht, mich zu beschützen – werde ich die Wahrheit über das erzählen, was du mir angetan hast. Alles. Jedem."

Seine blauen Augen blitzten vor Wut auf.

„Und du wirst jegliche Konsequenzen verdient haben, die du damit auf dich ziehst. Du solltest also lange und gründlich darüber nachdenken, ob du jemals wieder in meine Nähe kommen willst. Haben wir uns verstanden?"

Was zur Hölle…?

Seth wechselte einen Blick mit Hersh, der mittlerweile in der Tür seines Zimmers stand und mit seiner maßgefertigten SIG auf den Secret Service zielte. Er hätte in seinem Krankenhaushemd eigentlich lächerlich aussehen sollen, aber die kühle Maske eines Scharfschützen hatte sich über die Züge des Mannes gelegt, und nur ein Narr würde ihn nun unterschätzen.

„Das FBI wird weiterhin die Verantwortung für den Schutz von Dr. Miller tragen", erklärte Seth. Er konnte spüren, dass Zoe schon wieder protestieren wollte, also warf er ihr einen schnellen Blick zu, war sich sicher, dass Hersh derweil die beiden anderen

Agenten im Augen behalten würde. „Es sei denn, Sie haben Ihre Meinung geändert und wollen mit dem Secret Service mitgehen?"

Trotzig schob sie das Kinn vor, und ihre Augen wurden schmal. Aber sie schüttelte den Kopf.

„Dann werden wir jetzt gehen."

Der blonde Secret Service-Agent, Colm Jacobs, mit seinen glänzenden Haaren und seiner braungebrannten Haut und der teuer aussehenden Sonnenbrille, die in seiner Brusttasche eingehakt war, sah nun gar nicht mehr so arrogant aus. Seine Oberlippe verzog sich, und er stemmte die Hände in die Hüfte, schaute sie angriffslustig an. Seth sah, dass eine tiefe Feindseligkeit in dem Mann brodelte. Der Zorn darüber, von einer Frau besiegt worden zu sein. Die Wut darüber, dass seine Beute entkommen war.

Trotz all seines Trainings war Seth schockiert über das, was hier gerade vorgefallen war. Schockiert und wütend für Zoe. Beschämt darüber, einen kleinen, wenn auch unabsichtlichen Teil darin gespielt zu haben.

Er schob sie zum Treppenhaus anstatt zum Fahrstuhl, und eilig gingen sie hinunter in die Parkgarage. Zoe zitterte und atmete heftig.

Die Wut, die ihn überkommen hatte, als dieses Arschloch Zoe gegen die Wand gestoßen hatte, hatte ihn mit dem Verlangen erfüllt, sie zu beschützen. Er wusste, dass Hersh genauso empfand, wenn vielleicht auch ein bisschen weniger ausgeprägt.

„Sie kennen dieses Arschloch?", fragte Seth, als er Zoe zügig zurück zu seinem Dienstwagen führte, während er seinen Blick hin und her, vor und zurückschweifen ließ, um keine weiteren Gefahren zu übersehen.

„Schlimmer." Zoe lachte heiser auf. „Ich war mit diesem Arschloch zusammen."

Alles ergab plötzlich ein bisschen mehr Sinn. Ihre sture Weigerung, den Personenschutz des Secret Service zu akzeptieren. Die Art und Weise, wie sie manchmal zusammenzuckte und dann versuchte, ihre Reaktion zu vertuschen. Dieser Wichser hatte sie misshandelt.

Das hatte nichts damit zu tun, dass Dr. Zoe Miller schwierig war oder eine Prinzessin. Es ging nicht darum, dass sie ihren Status ausspielte oder sich der Gefahr nicht bewusst war. Es war eine zutiefst persönliche Angelegenheit, und ihr Verhalten war schlicht und einfach ihrem Überlebensinstinkt zuzuschreiben. Und Seth konnte diese Frau Colm Jacobs genauso wenig ausliefern, wie er sie dem Kartell überlassen konnte.

———

Während Seth an einer Tankstelle auf der Autobahn Richtung Phoenix tankte, rief er Payne Novak an, den Leiter seines Gold Teams. Der Regen trommelte so laut auf das Dach über den Zapfsäulen, dass er seine Stimme heben musste, um gehört zu werden. Zoe war auf der Toilette. Er konnte den Gang dorthin von seinem Standort aus sehen und wandte den Blick keine Sekunde ab.

„Es gab einen Vorfall."

„Hersh hat es mir schon erzählt. Die Waffe gegen zwei Agenten des Secret Service zu ziehen, ist nicht gerade vorbildliches Verhalten, Hop. Was war da los?"

„Ich habe getan, was jeder in unserem Team getan hätte. Zoe Miller wird von ihrer kurzen Begegnung mit dem Secret Service Blutergüsse davontragen. Die Agenten hätten sogar noch mehr Gewalt anwenden müssen, um sie unter Kontrolle zu halten, und ich konnte nicht einfach danebenstehen und zuschauen, wie sie das unschuldige Opfer einer Entführung wird, nur weil ein paar arrogante Schwänze sie körperlich überwältigen können."

Das Schweigen am anderen Ende brodelte förmlich. „Hat sie dir Ärger gemacht?"

„Ärger?" Zoe sorgte für Ärger, allerdings, aber nicht auf die Art und Weise, wie Novak meinte. „Sie ist intelligent, einfallsreich, professionell. Sie ist ein wenig stur, aber sie ist weder rücksichtslos noch dumm. Auch nicht anspruchsvoll oder nervig. Sie weiß, was sie will." Und was sie nicht wollte, was zwei extrem angepisste Secret Service-Agenten einschloss.

Novak grunzte. „Ich kann mich erinnern, wie Kurt Montana sich vor ein paar Jahren mit Colm Jacobs angelegt hat, als wir zusammen die Sicherheitsvorkehrungen für den Superbowl organisieren mussten. Jacobs war schon damals ein aufgeblasener Arsch. Ich bezweifle, dass er sich mit zunehmendem Alter gebessert hat."

„Er ist definitiv noch immer ein aufgeblasener Arsch." Seth räusperte sich. „Haben sie mittlerweile Montanas Leiche gefunden?"

Sein ehemaliger Boss und Freund war Anfang des Monats bei einem Flugzeugabsturz ums Leben gekommen, und jeder im HRT stand noch immer unter Schock.

„Nein." Novak stieß ein schweres Seufzen aus. „Angeblich war der Absturzort ein einziges Inferno. Wir haben ein Team der DVI hinschicken müssen, die uns dort aushelfen."

Disaster Victim Identification – die Einheit zu Identifizierung von Opfern in Katastrophenfällen.

Das war die Sorte Arbeit, die Zoe machte. Seths Respekt für sie wuchs noch mehr.

„Wissen wir schon, warum Montana überhaupt dort war?", wollte Seth wissen.

„Nein. Aber interessanterweise kommt morgen jemand von der *Sajeret Matkal,* der sich dem Team für einen Arbeitsaustausch anschließen wird."

Israelische Spezialeinheit.

„Im Einsatz für den Mossad?"

„Vermutlich."

„Glaubst du, das hat was mit Montanas Tod zu tun?"

„Keine Ahnung, aber ich bin auf meine alten Tage ein bisschen zynischer geworden, und das Timing ist … na ja, da ist schon was im Busch."

„Colm und Zoe Miller waren mal zusammen, und ich meine es vollkommen ernst, wenn ich sage, dass sie regelrecht ausgeflippt ist, als er sie berührt hat. Irgendwas an der ganzen Begegnung stimmte nicht." Irgendwas, wegen dem er Colm Jacobs am liebsten seine Faust in die Zähne gerammt hätte.

„Der Direktor des Secret Service hat bei Ackers angerufen, eine Entschuldigung verlangt und darauf bestanden, dass du aus dem Team geworfen wirst, natürlich erst, nachdem du Zoe Miller in ihre Obhut übergeben hast."

Ein Gefühl wie eiskaltes Grauen schlich sich durch Seths Adern, und er biss die Zähne zusammen. Daniel Ackers war der Direktor des Geiselrettungsteams und im Prinzip Gott, wenn es um Seths Karriere im Team ging.

„Ich habe Ackers versichert, dass du dich nie im Leben eingemischt hättest, wenn du nicht das Gefühl gehabt hättest, keine andere Wahl zu haben."

Eine Woge der Dankbarkeit überkam Seth, dass Novak ihm derart vertraute.

Seth hatte wirklich nicht das Gefühl gehabt, eine Wahl zu haben. Außerdem empfand er eine weitere Welle, diesmal der Schuldgefühle, weil er Zoe Miller nicht davor gewarnt hatte, dass der Secret Service im Anmarsch gewesen war. Er hatte nicht gewollt, dass sie davonrannte und sich vermutlich in größere Gefahr begab. Aber sie war erwachsen, und er hätte ihr vertrauen sollen, dass sie einen guten Grund dafür hatte, wenn sie immer wieder betonte, sie würde den Personenschutz des Secret Service keinesfalls annehmen.

Novak fuhr fort. „Außerdem habe ich mit McKenzie im Hauptquartier gesprochen, der jetzt die Leitung der Ermittlungen zum Angriff auf das BORTAC-Team sowie zur Miller-Entführung zusammen unter seine Aufsicht genommen hat." Das würde Patterson überhaupt nicht gefallen. „Zum Glück scheint McKenzie dich zu mögen. Hat gesagt, den Damen und Herren auf der Teppichetage sei es egal, wer Zoe Miller beschützt, solange irgendjemand sie beschützt. Ackers sieht das genauso."

Seth presste die Lippen zusammen. Zoe würde das nicht so sehen. „Sie besteht noch immer darauf, ihren Umzugswagen nach

Virginia zu fahren. Sie glaubt, die Bedrohung durch das Kartell ist vorüber."

„Möglicherweise hat sie damit sogar recht. Wir haben keinen offensichtlichen Grund gefunden, weshalb sie weiterhin ein Ziel sein sollte. Keine unerklärbaren Finanzspritzen, keine verdächtigen Aktivitäten auf Handys oder per E-Mail. Kein Gerede im Untergrund und kein Wort von unseren Informanten, die nahelegen würden, das Kartell hätte einen Attentäter auf sie angesetzt."

Seth sah zu, wie Zoe aus der Toilette der Tankstelle kam und zu den Kühlschränken im Kassenbereich ging, um mit dem Geld, das er ihr gegeben hatte, ein paar Vorräte zu kaufen. Vor der Kasse war eine lange Schlange.

Seth kratzte sich das raue Kinn. Zoe würde sauer sein, wenn sie herausfand, dass das FBI ihre sämtlichen privaten Informationen durchleuchtet hatte, aber vermutlich würde sie das immer noch dem Secret Service vorziehen.

„Hat schon jemand die Leiche gefunden, die Dr. Miller gestern entdeckt hat? Die, die verschwunden ist?" Das stetige Trommeln der Regentropfen auf dem Tankstellendach machte es Seth schwer, Novak richtig zu verstehen.

„Nicht, dass ich wüsste. Sieben tote Männer bei dem Zwischenfall im Sonoyta-Tal und weitere acht tote Männer bei dem Hinterhalt auf das BORTAC-Team, die alle von der Gerichtsmedizin geborgen wurden, einschließlich des Grenzschutzbeamten. Keine Erwähnung von weiblichen Leichen."

Die gestrige Nacht war ein Blutbad gewesen, anders konnte man es nicht ausdrücken.

Wenn Zoe recht hatte – und Seth bekam zunehmend das Gefühl, dass das der Fall war – dann würde es schwerer denn je werden, die verschwundene Tote aufzuspüren, vor allem, wenn der Regen jetzt die restlichen Beweisspuren fortwusch.

„Hör mal, Boss, ich habe mir die Stelle heute früh bei Tageslicht nochmal angeschaut, als ich unsere Ausrüstungswesten eingesammelt habe. Ich habe mich umgesehen und ein paar Fotos der Bodenspuren gemacht. Es sah deutlich nach Aktivität aus, aber der Sturm wird das mittlerweile alles weggewaschen haben, und ich weiß nicht, ob die Kriminaltechnik es bis dorthin geschafft hat oder nicht." Er räusperte sich. „Ich habe einen Stein gesichert, an dem allem Anschein nach getrocknetes Blut klebt und der ein potenzielles Beweismittel darstellt."

Sollte er Novak von Zoes Beweisen erzählen?

„Schick mir die Fotos von den Spuren, ich leite sie zur Analyse weiter. Den Stein behältst du erst mal bei dir, bis du wieder hier bist, dann analysieren wir den auch. Vielleicht können wir herausfinden, warum das Kartell Interesse an dieser rätselhaften Leiche haben könnte. Die Anzugträger im Hauptquartier entscheiden gerade über unsere nächsten Schritte. Für morgen früh wurde ein Treffen der Spezialeinheiten einberufen, und ich hatte gehofft, du könntest daran teilnehmen, aber das bezweifle ich jetzt."

Seth hatte noch immer Zeit, den letzten Flug aus Phoenix zu erwischen, aber in ihm stieg eine Vorahnung eines drohenden Unheils auf und dass er wohl nicht das Glück haben würde, heute nach Hause zu fliegen.

„Da du unsere Abteilung freiwillig als Dr. Millers Personenschutz gemeldet hast, bist du nun offiziell dafür verantwortlich, sie heil wieder hierher zu bringen."

„Ich allein?" Etwas in ihm ärgerte sich darüber, aber wenn er ehrlich war, war ein anderer Teil von ihm auch erfreut über die Aussicht, mehr Zeit mit ihr allein zu verbringen, auch wenn das eine wirklich ganz schlechte Idee war.

„Wir sind ein wenig unterbesetzt, ansonsten hätte ich ein Team runtergeschickt. Die neuen Rekruten könnten ein bisschen Übung im direkten Personenschutz vertragen." Seth konnte Schüsse im Hintergrund hören. Novak befand sich entweder in der Nähe der Schießstände oder des Schießhauses. „Alle Anzeichen weisen darauf hin, dass die Kartelle sich förmlich überschlagen, um der Konkurrenz die Schuld in die Schuhe zu schieben. Niemand will die Verantwortung für Millers Entführung übernehmen, was die Experten in der Einheit für Verhaltensanalyse vermuten lässt, sie wurde nicht aus politischen Gründen entführt. Jetzt, da die Kartelle wissen, wer sie ist, macht das einen weiteren Überfall auf sie unwahrscheinlicher."

Seth musste an seine kleine Schwester denken. „Ich wünschte, wir könnten diesen Wichsern ein für alle Mal einen Riegel vorschieben."

„Irgendjemand anderes würde sich erheben und an ihre Stelle treten. So ist das immer", grummelte Novak verbittert.

Fatalistisch, aber wahr.

„Die Kriminaltechniker im Motel haben mir die Überwachungsaufnahmen der Entführung geschickt." Seth blickte zu den schwarzen Wolken am Himmel. „Ich wollte sie mir eigentlich anschauen, aber jetzt–"

„Leite sie mir weiter. Ich lasse hier jemanden einen Blick drauf werfen."

Seth hatte keine Ausreden mehr parat.

„Du hast zwei Tage, um diese dreiunddreißig Stunden Fahrt zu schaffen, Seth. Das Sonderkommando will euch beide Mittwochmorgen in D.C. befragen." Novak senkte die Stimme. „Ich glaube, die Chancen, nicht aufzufliegen, stehen besser, wenn ihr so tut, als ob ihr ein Paar wärt, als wenn sich eine Truppe extrem auffälliger Agenten in einen winzigen Truck zwängt."

Das stimmte natürlich. Beim ersten Anzeichen von Sicherheitsvorkehrungen wurden dieser Tage sofort die Handykameras gezückt, und verdeckte Ermittlungen wurden überall im Internet gepostet und bloßgestellt. Sie hatten bessere Chancen, nicht auf dem Radar aufzutauchen, wenn sie nur zu zweit unterwegs waren.

„Da das eine extrem kurzfristig anberaumte Operation ist, improvisiere ruhig – innerhalb des vernünftigen Rahmens, natürlich."

Seth grinste. Erlaubnis, die Regeln zu beugen. „Verstanden."

Zoe kam aus der Tankstelle, flitzte durch den Regen zum Auto, bis sie unter dem Dach über den Zapfsäulen war, zwei

Dosen Softdrinks im Arm, zwei abgepackte Sandwiches und zwei Tüten Chips.

Sie lächelte ihn an, sah ein bisschen nervös aus, bevor sie sich auf den Beifahrersitz setzte. Seth wusste, dass sie noch immer aufgerieben von dem Zusammenstoß im Krankenhaus war, aber unbedingt so tun wollte, als ob alles in bester Ordnung wäre. Es war irgendwie ironisch, dass sie mehr Angst vor ihrem Personenschutz zu haben schien als vor dem verdammten Kartell.

„Seth?", klang Novaks Stimme aus dem Handy.

„Ja?"

„Sei vorsichtig, okay? Wenn wir uns irren und das Kartell noch immer hinter Dr. Miller her ist, wird es ihnen egal sein, wenn sie dich aus dem Weg räumen müssen, um sie zu schnappen. Diese Arschlöcher glauben, sie stehen über dem Gesetz."

Seth machte sich keinerlei Illusionen über diese Art von Verbrechern.

„Ich werde nicht zulassen, dass sie sie erwischen, Boss. Ich rufe später wieder an, wenn wir unterwegs sind." Seth legte auf, dann steckte er den Zapfhahn zurück in die Zapfsäule. Er hatte bereits mit seiner Kreditkarte bezahlt. Dann stieg er ins Auto und warf seiner Mitfahrerin einen kurzen Blick zu, die nervös auf ihrer Unterlippe herumkaute.

„Anschnallen." *Ob sie wollte oder nicht, sie würden einen Roadtrip unternehmen.*

———

Zoe lenkte Seth zum neuen Haus von Karina und James am Stadtrand von Phoenix. Dank irrer Metallskulpturen, die Karinas Mom gemacht hatte, hatten sie das Haus vor der Ödnis bewahrt. Das, zusammen mit einem Händchen für Wüstengärtnerei, was Zoe leider trotz all ihrer Bemühungen verwehrt blieb, ließ das Grundstück in diesem langweiligen Stadtteil beinahe avantgardistisch aussehen.

Zoes Umzugswagen mit der charakteristischen weiß-orangen Farbgebung stand in der Auffahrt.

Seth und sie hatten seit der Tankstelle kein Wort mehr gewechselt. Sie hatten in geselliger Schweigsamkeit zusammen gegessen, während der Regen aufs Autodach getrommelt hatte, die Scheibenwischer mit Vollgas hin und her geschossen waren und die dringend benötigte Sintflut die Landschaft reingewaschen und den üblichen Staubschleier weggewaschen hatte.

Zoe war sich nicht sicher, was jetzt passieren würde, und erwartete schon halb, an James und Karinas Haus auf weitere Agenten des Secret Service zu treffen, die sie verhaften sollten, aber vor dem Haus war niemand zu sehen.

Sie hatte eine Reihe aufgeregter Nachrichten von ihrer Mutter ignoriert. Stattdessen hatte sie ihren Dad kontaktiert und ihm aufgetragen, ihrer Mutter auszurichten, sie solle sich zurückhalten. Zoe war noch immer stinksauer, aber das war immerhin ein Fortschritt im Vergleich zu lähmender Angst und weißglühender Wut.

Seth fuhr am Haus vorbei und bog in die nächste Straße ein.

„Sie sind am Haus vorbeigefahren." Stirnrunzelnd drehte Zoe sich auf ihrem Sitz um.

Seth bog noch ein paar Mal ab, dann landeten sie schließlich in der Straße, die hinter dem Haus ihrer Freunde entlangführte.

„Was machen wir hier?", fragte sie, als Seth zum Haus blickte.

Schwarze Wolken verdeckten die Sonne, und es sah eher aus wie Nacht als wie früher Abend. Seth hatte nicht geschlafen, aber das sah man ihm nicht an. Sein schwarzes T-Shirt war ein wenig staubig. Die ersten Anzeichen eines Bartschattens zierten seinen Kiefer. Aber sein Blick war messerscharf.

„Passt dieser Wagen in die Garage?", fragte er.

Der Verlust von James' Truck fiel Zoe mit voller Wucht wieder ein. Vielleicht nur eine unbedeutende Sache im großen Ganzen, aber trotzdem ein Verlust für James. Sie fragte sich, was die Versicherung zahlen würde. Vermutlich nicht genug, um den Wagen zu ersetzen. Sie würde mit Fred sprechen, und dann würden sie schauen, ob sie vielleicht zusammenlegen konnten.

Seth starrte sie erwartungsvoll an.

„Wenn ich Karinas Auto in die Einfahrt stelle, dann sicher, aber warum? Ich dachte, Sie fahren sofort zum FBI-Büro weiter."

Eine tiefe Furche grub sich zwischen seine Augenbrauen. „Glauben Sie wirklich, die da oben würden die Tochter der amtierenden Vizepräsidentin ohne Sicherheitsvorkehrungen herumspazieren lassen, nachdem es einen direkten Anschlag auf ihr Leben durch eine ausländische Organisation gab?"

„Na ja, wenn man es so ausdrückt." Sie schauderte. Wandte den Blick ab. „Ich dachte, je schneller ich unterwegs bin, desto unwahrscheinlicher ist es, dass sich noch irgendjemand um mich kümmert, so oder so."

„Zoe." Sein Tonfall war tadelnd.

„Was?", protestierte sie.

„Es zu leugnen, ist keine Strategie." Seth schüttelte den Kopf, und sie ertappte sich dabei, wie ihr Herz ein bisschen schneller schlug.

Was hatte er vor? „Für mich funktioniert es üblicherweise ganz gut."

„Nicht heute. Wir haben jetzt zwei Optionen."

„Wir?", fragte sie skeptisch.

„Genau. Denn da ich mich eingemischt und zwei Agenten des Secret Service Ihretwillen angegriffen habe, sind Sie und ich nun ein ‚wir'."

„Oh." Sie ignorierte das warme, weiche Gefühl, das diese Vorstellung in ihr hervorrief. Im Krankenhaus war sie so dankbar gewesen, dass er ihre Entscheidung unterstützt hatte, dass sie nicht wirklich darüber nachgedacht hatte, was für Konsequenzen dieser Vorfall für seine berufliche Karriere haben könnte. „Ich wollte Sie nicht in Schwierigkeiten bringen."

Sein Grinsen wirkte schneidend. „Ich habe mich selbst in Schwierigkeiten gebracht."

„Na ja, ich habe definitiv meinen Teil dazu beigetragen." Ihr

Mund wurde trocken, als sie an die Vergeltungsmaßnahmen denken musste, die Colm Jacobs möglicherweise versuchen würde, und an die Lügen, die er erzählen würde ... „Ich werde eine ausführliche Aussage machen und erzählen, was genau vorgefallen ist–"

„Hat er Sie geschlagen?" Seths Frage war so direkt wie ein Faustschlag und verlangte eine direkte Antwort.

Zoe drehte sich von ihm weg, wollte die hässliche Wahrheit dieser desaströsen Beziehung am liebsten leugnen. Sie stieß einen zitternden Seufzer aus. „Einmal. Er hat mich einmal geschlagen. Und ich habe sofort Schluss gemacht, sehr zu seinem Ärgernis."

Seth fluchte, wandte den Blick ab.

„Davor waren es unterschwelligere Dinge, wie beispielsweise meine Meinung zu übergehen, mich in der Öffentlichkeit auszuschimpfen, meinen Arm zu verdrehen oder mich ein bisschen doller als nötig zu schubsen."

„Mir war nicht klar, dass es überhaupt ein Maß dafür gibt, Frauen zu schubsen, außer um ihr Leben zu retten", warf Seth ein, und es klang schneidend.

„Oh, er hat immer so getan, als ob er mich beschützen würde, auch wenn er nie mein persönlicher Personenschutz war. Ich glaube, das war Teil seiner Selbstblendung." Die Erinnerung an den Ausdruck auf seinem Gesicht suchte sie noch immer heim. „Zuerst hat er nicht glauben wollen, dass es vorbei ist – ich meine, ich war sein Ticket in die oberste Liga. Dann, als ihm klar wurde, dass ich es ernst meine, hat er damit gedroht, mich fertig zu machen, wenn ich etwas sagen würde, wenn ich *Lügen* über ihn verbreiten würde." Er hatte nicht genau formuliert, was er damit meinte, aber Zoe wusste es auch so. Er würde ihr wehtun, wenn er die Gelegenheit dazu bekam. Sie schlang die Arme um ihren Oberkörper. Sie befürchtete sogar, er könnte sie umbringen, wenn er glaubte, er könnte damit durchkommen. „Er hat gesagt, er würde allen erzählen, dass ich lüge, und seine Kollegen im Secret Service dazu bringen, seine Berichte über meine *Persönlichkeitsstörungen* zu bestätigen."

Die Galle stieg ihr den Hals hoch, und sie musste wiederholt schlucken, um den bitteren Geschmack wieder aus dem Mund zu bekommen. Sie traute niemandem in dieser Behörde. Nicht mehr.

Sie hatte nicht bemerkt, dass sie ihre Finger in einem festen Knoten ineinander gekrallt hatte, bis Seth seine warme Hand auf ihre legte.

„Wenn Sie eine Aussage über das machen, was im Krankenhaus vorgefallen ist, sind Sie dann auch bereit, zu sagen, dass Sie ernsthaft Angst hatten? Ich meine, ich bin ja froh, wenn der Arsch bloßgestellt wird, aber Sie müssen sich bewusst sein, dass Sie genauestens unter die Lupe genommen werden und es ein gewisses Maß an Gegenwind geben wird. Wir wissen alle, dass dieses Land nicht besonders gut damit zurechtkommt, wenn Frauen Männern Missbrauch vorwerfen, es sei denn, es gibt noch zehn weitere Opfer, die die Aussage bestätigen, und sogar dann nicht immer."

Zoe schüttelte den Kopf, kämpfte gegen die aufsteigende Übelkeit an. „Ich werde tun, was nötig ist, um sicherzustellen, dass Sie nicht unfair behandelt werden. Sie haben mich beschützt, und das weiß ich mehr zu schätzen, als Sie je wissen können."

„Machen Sie sich meinetwegen keine Sorgen." Er zog seine Hand zurück, legte sie wieder aufs Lenkrad. Seine Knöchel schimmerten weiß unter der Haut hervor, bewiesen, dass er nicht so entspannt war, wie er zu sein vorgab. „Aber ich wünschte, ich hätte diesen Mistkerl geschlagen."

„Ich auch." Sie schüttelte ihre Hand aus. Der Fausthieb war es wert gewesen, aber ihre Finger schmerzten noch immer. Ein Schauder lief ihr den Rücken hinunter, als sie an den Blick in Colms Augen denken musste, der Rache in Aussicht gestellt hatte. „Es hat ihm nicht gefallen, dass ich ihn geschlagen habe, kein bisschen."

Seths Augen blitzten auf, und sein Kiefer verkrampfte sich vor Wut.

Um sich zu beruhigen, atmete Zoe langsam und tief ein. „Ich weiß zu schätzen, dass Sie sich eingemischt haben. Ich wünschte, es wäre nicht nötig gewesen. Ich kann einfach nicht glauben, dass meine Mutter mich derart hintergangen hat."

Seth starrte hinaus in den strömenden Regen. „Tja, die Konsequenz der ganzen Sache ist, dass ich die Anweisung erhalten habe, Sie nach D.C. zu bringen, wo wir spätestens Mittwochmorgen vor der Taskforce aussagen müssen. Bis dahin sind Sie und ich definitiv ein ‚wir'."

Das war nicht ihre Absicht gewesen. Sie wusste nicht, was sie darauf erwidern sollte.

Er drehte sich zu ihr um. „Die einfache Option wäre jetzt, zum Flughafen zu fahren und heute Abend noch nach Virginia oder D.C. zu fliegen–"

„Aber was ist mit meinen ganzen Sachen? Ich ziehe in eine neue Stadt. Ich würde in ein paar Wochen zurückkommen und den Wagen dann nach Virginia fahren müssen, und dafür habe ich keine Zeit. Der Umzugswagen ist vollgepackt und kostet mich schon jetzt ein Vermögen. Ich verstehe nicht, warum die Gefahr durch das Kartell dann anders sein sollte als jetzt!"

„Sie könnten jemanden anheuern, der die Sachen nach Virginia fährt."

„Ha. Erstens, ob Sie es glauben oder nicht, kann ich mir das nicht leisten. Zweitens, wer garantiert, dass der Fahrer nicht jemand mit Verbindungen zum Kartell ist, der dann weiß, wo ich wohne und Zugang zu meinen Sachen hat?"

Seths Ausdruck sah schicksalsergeben aus. „Die andere Option ist, dass ich Sie auf der Fahrt begleite. Wir sollten es in der Zeit locker bis D.C. schaffen."

Zoe starrte ihn an. „Hält Sie das nicht von anderen wichtigeren Pflichten ab?"

Seth seufzte. „Nicht wirklich. Auf mich wartet vor allem ein riesiger Stapel Papierkram, den ich zu letzter Nacht ausfüllen muss, aber das kann ich im Umzugswagen genauso gut machen wie an meinem Schreibtisch."

„Moment." Zoe legte ihre Hand auf seinen Unterarm, dann

zog sie eilig ihre Finger von seiner erschreckend heißen Haut zurück. „Was ist mit den anderen?"

„Was meinen Sie damit?"

„Ich meine, wenn Sie glauben, dass ich möglicherweise in Gefahr bin, dann gilt das auch für meine Freunde. Wenn ich Schutz benötige, dann benötigen sie ebenfalls Schutz."

Er musterte sie mit diesen auffälligen, haselnussbraunen Augen und schien zu begreifen, dass er entweder zugeben musste, dass Zoe nicht wirklich in Gefahr schwebte, oder er musste die vier Entführungsopfer gleichberechtigt behandeln. Mit einem Seufzer zog er sein Handy hervor, rief das örtliche FBI-Büro an und veranlasste, dass jeder ihrer Freunde von Agenten des FBI beschützt wurde, einschließlich Karina im Krankenhaus.

Zoe wünschte, sie hätte ihr eigenes Handy, damit sie ihre Freunde anrufen konnte. Darum musste sie sich bald kümmern.

Seth legte auf. „Ich nehme an, es wird Option B?"

„Definitiv Option B, aber ich verstehe noch immer nicht, warum–"

„Zoe."

Sie blinzelte. „Was?"

„Lassen Sie's gut sein und lassen Sie uns losfahren."

„Heute Abend? Ich dachte, ich könnte ein paar Stunden schlafen–"

„Sie können im Auto schlafen." Er nickte in Richtung des Hauses. „Passen Sie auf. Mein Plan ist folgender: Ich gehe rein und stelle sicher, dass das Haus leer ist. Dann, wenn ich Ihnen das Signal gebe, kommen Sie ebenfalls rein und schnappen sich Ihre Sachen. Ich kontrolliere den Umzugswagen auf Sprengsätze und Ortungsgeräte – nur um auf Nummer sicher zu gehen", beruhigte er sie eilig, als er ihren erschrockenen Blick bemerkte. „Wir lassen dieses Auto in der Garage stehen, und ich nehme die Nummern-schilder ab. Das FBI kann es abholen." Er tippte auf das Lenkrad, um auf das Auto zu deuten, in dem sie saßen. „Ein paar Meilen vor der Stadt montiere ich die FBI-Kennzeichen an den Umzugswagen, damit uns die Polizei nicht anhält. Nach zwei Stunden suchen wir uns ein Motel, und dann können wir beide schlafen."

Zoe war müde bis auf die Knochen, aber wenn sie ihre Sachen haben wollte, und das wollte sie wirklich, dann kam ihr Seth Hopper wie die beste Option vor, um nach Virginia zu gelangen, ohne dass ihre Mutter die Nationalgarde alarmierte. Abgesehen von allem anderen wollte sie nicht, dass ihre Kollegen in Richmond herausfanden, wer ihre Eltern waren. Das war vielleicht eine Kleinigkeit, aber sie wollte sich ihre Karriere durch ihre eigenen Verdienste aufbauen und nicht danach beurteilt werden, wer ihre erfolgreichen Eltern waren.

„Eine Sache noch." Seth schaute sie an, als ob sie augenblicklich die Flucht ergreifen würde, wenn sie diese eine, letzte Sache hörte. „Wir geben uns als verheiratetes Paar aus, um allen Verdacht zu zerstreuen, und teilen uns ein Zimmer. Meinen Sie, dass Sie damit klarkommen?"

Sie wich seinem intensiven Blick eine gefühlte Ewigkeit lang nicht aus. Der Plan ergab Sinn, auch wenn die Vorstellung, noch mehr Zeit mit diesem Mann zu verbringen, sie mit einem unerwünschten Durcheinander an Signalen all ihrer Nerven erfüllte.

„Zoe?"

Sie nickte. „Ich komme damit klar."

Luis stand auf der Fußmatte im Vorraum und sah aus wie eine ersoffene Ratte.

Bruno trat auf seinen Bruder zu, schloss ihn in eine schnelle Umarmung. „Was hast du herausgefunden?"

Der Regen war ein Glücksfall für Bruno, weil er alle noch vorhandenen Spuren ihrer Aktivitäten in der Wüste wegwaschen würde. Ein weiteres Zeichen der Zustimmung von ganz oben.

Luis' Augen fielen auf den Schorf an Brunos Wange, aber er fragte nicht, woher sein Bruder die Verletzung hatte. Niemand im Kartell mochte Fragen.

„Die dunkelhaarige Frau hat eine nicht lebensgefährliche Schusswunde erlitten und liegt in Tucson im Krankenhaus. Die beiden Männer sind noch bei ihr. Sie wird voraussichtlich übermorgen entlassen. Die blonde Frau hatte im Krankenhaus eine Auseinandersetzung mit zwei Bundesagenten und ist mit einem dritten Agenten verschwunden, vermutlich einer von denen, die uns gestern Nacht in der Wüste aufgelauert haben. Laut meiner Quelle liegt ein weiterer FBI-Agent im Krankenhaus, der wegen eines Schlangenbisses behandelt wird."

Bruno lächelte, als er durch seine Küche zurück ins Wohnzimmer ging. Seine Haushälterin war schon vor Stunden gegangen, also waren sie allein.

Er glaubte nicht an Entouragen. Er hielt nichts davon, viele Leute wissen zu lassen, wo er wohnte. Lorenzo hingegen lebte hinter einer hohen Mauer auf seinem Anwesen und verließ sein Haus nur mit einer Armee von bewaffneten Wachen.

Bruno presste die Lippen zusammen. Viele seiner vertrauenswürdigsten Soldaten waren gestern Nacht umgekommen. Weil diese Schlampe Gabriella ihn geködert hatte wie einen kleinen Jungen, den sie herumkommandieren konnte. Sie hatte ihn angefleht, ihr zu helfen, die Grenze zu überqueren, ohne dass ihr Bruder etwas davon mitbekam. Und dann hatte sie sich den ganzen Weg lang beschwert.

Die kleine Prinzessin hatte wohl eine Kutsche erwartet oder was.

Bruno stand vor den riesigen Fenstern und schaute zu, wie der Regen an den Scheiben hinunterströmte und seine Reflexion in den Lichtern dahinter verzerrte.

Luis berichtete weiter, dass seine Männer alles, was diese vier Gutmenschen an diesem Tag in der Wüste mit dabeigehabt hatten, vernichtet hatten, einschließlich des alten Trucks. Das Einzige, was Bruno nicht ausradieren konnte, waren die Erinnerungen an das, was die blonde Frau gesehen hatte. Aber reichten diese Erinnerungen aus, um ein Opfer zu identifizieren? Wohl kaum.

Gestern Nacht hatte Bruno einen kurzen Blick auf Gabriellas Gesicht erhascht, und wenn er nicht gewusst hätte, wer sie war, hätte er sie nie und nimmer identifizieren können.

Nein, die Gefahr war vorüber. Am besten wäre es sicherlich, zum Rückzug zu blasen und die vier glücklichen Überlebenden ihre wundersame Flucht genießen zu lassen. Je weniger Aufruhr es gab, umso besser. Aber da gab es noch immer ein paar Dinge, die er wissen wollte.

„Wie konnte Santiago Zoe Millers Identität herausfinden, bevor ich davon wusste? Was glaubst du?" In der Scheibe beobachtete er Luis Reaktion. Sie waren Brüder, aber Lorenzo verlangte unbedingten Gehorsam, so wie alte Könige oder Mafiabosse. Man konnte nur einer einzigen Person in der Organisation die Treue schwören, und diese Person musste Lorenzo Santiago sein.

Verwirrung legte sich über die Züge seines Bruders. „Ich verstehe nicht."

„Die Presse hat die Identitäten der vier Entführungsopfer nie veröffentlicht, aber Lorenzo konnte mir sagen, wer sie ist. Wusstest du es ebenfalls?"

Luis schüttelte den Kopf. „Ich hatte keine Ahnung, bis du es mir erzählt hast. Ich weiß nicht, woher er es wusste, ich schätze, er muss eine Quelle in der Polizei oder beim FBI haben."

Bruno nickte nachdenklich. Es war ihm klar, dass sein Boss Verbindungen hatte, genauso wie Bruno auch, aber das war ein Kontakt, den Lorenzo nicht mit ihm geteilt hatte, und Bruno gefiel nicht, was das implizierte. Es gefiel ihm nicht, nicht eingeweiht zu sein, nicht, wenn sich die Kommunikationsschleife jeden Moment in eine Schlinge verwandeln konnte.

„Weißt du, wo sie jetzt ist? Diese Zoe Miller?"

Luis zog ein Handy hervor und zeigte ihm ein Foto, auf dem zwei undeutliche Figuren zu erkennen waren, die in einer Parkgarage in ein Fahrzeug stiegen. „Als sie das Krankenhaus verließ, ist sie zusammen mit einem Mann in einen Buick mit Regierungskennzeichen gestiegen und zurück nach Phoenix gefahren. Ich habe sie verloren, kurz nachdem wir die Stadt erreicht hatten, weil der Kerl ständig im Zickzack gefahren ist und sich nach einem Verfolger umgeschaut hat, und du hattest mir ja eingebläut, mich nicht erwischen zu lassen."

Weil Bruno nichts erwiderte, fuhr Luis fort. „Ich nehme an, sie sind zum FBI-Büro oder zum Flughafen gefahren."

Bruno nickte nachdenklich. „Wissen wir, so sie lebt?"

„Sie hat gerade eine neue Stelle angetreten. Nicht sicher, wo sie im Augenblick lebt." Luis nannte ihm den Namen der Universität.

Virginia. Bruno verzog das Gesicht. Er hatte absolut kein Verlangen, einen Ausflug nach Virginia zu unternehmen.

Er scrollte durch die Fotos, die Luis heute gemacht hatte. Hielt inne, ließ seinen Finger über einem der Fotos schweben, auf dem die beiden vor einem riesigen Einkaufszentrum standen. Bruno zoomte hinein, schaute sich die Frau genauer an.

„Was ist das?", fragte er.

Luis warf einen Blick auf das Handy, zuckte mit den Schultern. „Sie haben angehalten, um ein paar Dinge zu besorgen, bevor sie ins Krankenhaus gefahren sind. Der FBI-Agent schien zu spüren, dass sie beschattet werden, also musste ich mich zurückziehen."

Bruno wischte durch einige weitere Bilder, dann starrte er auf eins, auf dem Zoe Miller aus dem Auto stieg. Heiße Wut schwelte in ihm. Grob drückte er seinem Bruder das Handy wieder in die Finger. „Fällt dir auf diesem Foto irgendwas auf, Luis?"

Sein Bruder sah verwirrt aus. „Nein. Ich meine, ich hatte überlegt, den Kofferraum zu knacken und ihn zu durchsuchen, aber du hast mir gesagt, ich soll mich unauffällig verhalten–"

„Was hat sie an, Luis?" Brunos Hände zitterten vor Wut, die durch seine Adern rauschte.

Offensichtlich perplex runzelte Luis die Stirn. „Ein T-Shirt und eine hässliche, grüne Weste."

Bruno zog sein eigenes Handy hervor. Rief das Foto auf, das einer seiner Späher in der Wüste ihm gestern geschickt hatte, das Bild, das alles ins Rollen gebracht hatte, was seitdem passiert war.

Es war aus großer Distanz aufgenommen worden, von den

niedrigen Hügeln aus, und zeigte eine Frau mit Hut und einer olivgrünen Funktionsweste, die in der Wüste stand und Fotos von etwas auf dem Boden schoss. Auf einem anderen Foto steckte sie etwas in ihre Tasche, auf einem weiteren trug sie eine Kiste.

Schweißperlen formten sich auf Luis' Schläfen. „Ich sehe jetzt, dass sie dieselbe Weste trägt."

Bruno legte seine Finger um den Hals seines Bruders. „Du hast mir gesagt, ihr hättet alles vernichtet, was sie aus der Wüste mitgenommen haben."

Panisch wand sich Luis unter dem Griff seines Bruders, als er ihn herumriss und gegen die Fensterfront knallte, die von dem Zusammenstoß vibrierte. Luis zerrte an Brunos Händen. „Das haben wir auch, ich schwöre es. Ich habe ihr Zimmer selbst durchsucht."

Brunos Nägel gruben sich in die Haut seines Bruders.

„Ich muss etwas übersehen haben. Das wird mir jetzt klar." Luis rang nach Luft. „Tut mir leid, Bruno. Tut mir leid. Ich bringe das wieder in Ordnung."

Die Wut wollte Bruno förmlich verschlingen. Er wollte ausrasten und töten. Jeden und alles in seiner Reichweite vernichten. Luis' schwarze Augen traten hervor, und er wurde dunkelrot im Gesicht.

Endlich stieß Bruno den jungen Mann von sich fort. Er würde seinen kleinen Bruder niemals umbringen. Er liebte ihn zu sehr. Aber er konnte sich keine losen Enden leisten.

Er presste die Fingerspitzen gegen seine Stirn.

Möglicherweise hatte es gar nichts zu bedeuten.

Möglicherweise hatte es alles zu bedeuten.

Er durfte dieses Risiko nicht eingehen.

„Ich bringe es in Ordnung, Bruno. Ich werde sie aufspüren und die Weste finden und sie zerstören."

Es war nicht so sehr die Weste als das, was sich womöglich in den Taschen befand. Bruno starrte auf den glänzenden Marmorboden seines wunderschönen Wohnhauses. Es war ein zu großes Risiko.

Er schüttelte den Kopf. „Ich will sie tot sehen."

Luis erstarrte. „Santiago hat gesagt, wir sollen sie nicht anrühren …"

Bruno wollte ihn anbrüllen, dass es ihm egal sei, was Santiago sagte, aber das konnte er nicht. Diese Worte würden einem Todesurteil gleichkommen.

Stattdessen erwiderte er leise. „Deshalb werden wir auch sicherstellen, dass es wie ein Unfall aussieht." Er blickte Luis eindringlich in die schwarzen Augen, die seinen eigenen so ähnlich waren. „Damit niemand herausfindet, was für einen Riesenmist du gebaut hast."

12

———————

Seth war von der Grenze fortgefahren, und damit auch fort vom Einfluss des Kartells, folgte der Interstate 10 in nordöstliche Richtung, anstatt zurück nach Tucson. Leider waren sie somit auch direkt in den winterlichen Sturm gefahren, der vor vierundzwanzig Stunden noch über dem Mittleren Westen festgehangen hatte, nun aber kein Anzeichen jeglichen Abflauens zeigte.

Unter normalen Umständen wäre er weitergefahren, aber sowohl Zoe als auch er waren völlig erschöpft, und es wäre nicht ratsam, ihre Reise in der Dunkelheit und bei diesen Straßenverhältnissen fortzusetzen.

Anscheinend hatte jeder in New Mexico vergessen, wie man bei diesem weißen Zeug Auto fuhr.

Es war beinahe Mitternacht, als er den Umzugswagen ein paar Türen entfernt von ihrem Motelzimmer in Gallup, New Mexico, das er gerade gebucht hatte, rückwärts einparkte. Er ließ sich Zeit damit, war sich des vereisten Asphalts bewusst und wusste, dass die Reifen bei diesen Verhältnissen in etwa so viel Grip hatten wie auf Gleitmittel.

Zoe blickte sich um, und ein kleines Lächeln tanzte über ihre

Züge, rief die Grübchen hervor, die ihm gestern Abend schon aufgefallen waren. „Wenigstens ist es hübsch hier."

Seth brummte unverbindlich.

Die Kombination aus Lichterketten, mit denen das Motel geschmückt war, und dem jungfräulichen Neuschnee war pittoresk, manche würden sogar sagen, romantisch, aber er war im Herzen noch immer der Junge aus Kalifornien und konnte mit Schnee nicht so viel anfangen. Immerhin würde er sich heute Nacht nicht in der Wüste die Eier abfrieren müssen.

Dampf stieg von der Kühlerhaube auf und brachte den Schnee darauf zum Schmelzen. Zoe wollte aussteigen, aber er hielt sie auf. „Warten Sie."

Ihre Augen wurden groß, als er seine Pistole kontrollierte und dann seinen Karabiner hinter seinem Sitz hervorholte, wo er ihn deponiert hatte, um einfachen Zugriff darauf zu haben.

„Erwarten wir Ärger?", fragte sie und blickte sich nervös um.

„Nicht wirklich, aber das ist genau der Zeitpunkt, wenn man zusätzliche Vorsichtsmaßnahmen ergreifen sollte." Er schaute ihr in die Augen, während er das Gewehr in seine schwere Ausrüstungstasche packte, die auf seinen Knien lag. „Und außerdem kann ich die Waffen ja schlecht im Auto lassen und riskieren, dass sie in die falschen Hände geraten, oder?"

Die Kriminalitätsrate in dieser Kleinstadt lag deutlich über dem nationalen Durchschnitt.

„Ich schätze nein." Dunkle Schatten hatten sich unter Zoes Augen gebildet und verrieten ihre tiefe Erschöpfung.

Seth drückte ihr eine schusssichere Weste in die Hand.

„Das ist doch nicht Ihr Ernst." Sie blickte über ihre Schulter auf das Motel. „Es sind fünf Meter bis zur Zimmertür."

„Es ist unwahrscheinlich, dass jemand weiß, dass wir hier sind", stimmte er zu. „Aber es ist möglich, dass uns jemand gefolgt ist."

„Zweifelhaft."

Er hatte die ganze Fahrt über nach Verfolgern Ausschau gehalten.

„Aber nicht unmöglich. Wir werden die Westen brauchen, wenn wir wieder abreisen, weil uns womöglich jemand einholt und den Umzugswagen wiedererkennt, während wir schlafen. Also können wir sie genauso gut auch jetzt benutzen und mich damit glücklich machen, hm?" Er warf ihr ein – wie er hoffte – gewinnendes Lächeln zu.

Zoe verdrehte die Augen, zog die Weste aber über, während sie leise vor sich hin fluchte. Er liebte Frauen, die wussten, wie man fluchte. Erinnerte ihn an seinen Großonkel, der im Zweiten Weltkrieg in Burma gedient hatte. Der Kerl hatte ein Vokabular gehabt wie ein Seemann, mit dem Gemüt eines Kiffers. Seth hatte ihn geliebt. Seine Adoptivfamilie war wirklich ein Segen gewesen. Das erübrigte die Fragen nach seinen leiblichen Eltern natürlich nicht, aber er wusste, wie viel Glück er gehabt hatte, in einer guten Familie zu landen.

Er suchte nach Spuren auf dem Gehweg, aber es sah nicht so aus, als ob jemand ihr Zimmer betreten hätte, seit es zu schneien begonnen hatte. Und da er erst vor zehn Minuten entschieden hatte, wo sie die Nacht verbringen würden, ging er davon aus, dass es so sicher wie nur möglich war.

Als Seth Zoe eine Baseballkappe auf den Kopf drückte, kicherte sie widerwillig. Sie hatte ihre Reisetasche in der Hand und legte ihre Finger erneut auf den Türgriff.

„Moment. Geben Sie mir dreißig Sekunden, um das Zimmer zu kontrollieren. Bleiben Sie im Auto. Gehen Sie nirgendwo hin."

Er sprang aus dem Auto und überprüfte eilig das Motelzimmer zwei Türen vom Parkplatz des Umzugswagens entfernt. Sobald er sich versichert hatte, dass das Zimmer keine Gefahren barg, kam er zum Auto zurück und machte Zoe die Tür auf, ließ sie zwischen sich und dem Gefährt zum Zimmer gehen.

„Ich komme gleich zurück", gab er Bescheid.

Er ging noch einmal zum Umzugswagen zurück und stellte eilig sicher, dass nichts Wertvolles mehr im Fahrerabteil zu sehen und der Laderaum fest verschlossen war. Das war alles, was er tun konnte.

Anschließend stapfte er den Fußweg auf und ab, verwischte ihre Spuren. Dann betrat er endlich das Motelzimmer und schloss die Tür ab, klemmte einen stabilen Stuhl unter den Knauf. Endlich zufrieden drehte er sich zu Zoe herum, dann blieb er wie angewurzelt stehen.

Es gab nur ein Bett.

———

Zoe kam aus dem Badezimmer, um ihren Kulturbeutel zu holen, und erblickte Seth, wie er mit offenem Mund dastand und entsetzt auf das große Doppelbett starrte, das den Großteil des Zimmers ausfüllte. Als sie das Zimmer betreten hatte, hatte sie sich schon gefragt, ob er absichtlich nach einem Doppelbett gefragt hatte, um ihre Scharade als Ehepaar aufrechtzuerhalten, aber seinem schockierten Ausdruck nach zu urteilen war das offensichtlich nicht der Fall.

Seine Augen suchten ihre. „Ich schwöre, ich habe um zwei Betten gebeten.“

Ihre Mundwinkel zuckten. „Und die Rezeptionistin hat gelogen?“

„Sie hat kaum aufgeschaut. Sah ungefähr wie siebzehn aus und war viel zu beschäftigt damit, Katzenvideos zu schauen. Ich gehe zurück und–“

„Wie verdächtig wirkt das denn, wenn ein verheiratetes Paar so vehement darauf besteht, in getrennten Betten zu schlafen?“ Sie hatte die schusssichere Weste auf einen Stuhl fallen lassen, sobald sie das Zimmer betreten hatte. Jetzt griff Zoe nach ihrem Kulturbeutel und einem sauberen Schlafhemd.

„Ich schätze, es würde nicht viel dazu beitragen, uns unauffällig zu verhalten und unter dem Radar zu fliegen, wenn ich darauf bestehe, das Zimmer zu wechseln“, musste Seth eingestehen. Wieder warf er einen missmutigen Blick auf das Bett, und Resignation grub sich in jeden Winkel seines Gesichts. „Ich schlafe auf dem Boden.“

„Oh, meine Güte, auf keinen Fall." Zoe schauderte vor Ekel, als ihr Blick auf den widerlichen, braunen Teppichboden fiel. „Ich bin erschöpft. Sie sind erschöpft. Ich bin durchaus imstande, mich nicht über Ihren unglaublichen Körper herzumachen, während Sie schlafen."

„Das ist es nicht." Seine Augen suchten ihre. „Machen Sie sich keine Sorgen ... Sie wissen schon. Wegen mir ..." Er verstummte. Konnte die Worte nicht aussprechen.

Sie verstand nicht. Bis sie es verstand.

„Dass Sie mich überfallen könnten? Himmel, Seth. Sie haben den ganzen letzten Tag damit verbracht, mir zu zeigen, wie mutig und ehrbar Sie sind." Die Glühbirne in ihrer Fantasie erwachte flackernd zum Leben. „Colm Jacobs hat mich nie sexuell misshandelt, wenn es das ist, was Ihnen Sorgen bereitet. Ich werde nicht im Schlaf durchdrehen. Ich bin mir allerdings sicher, es wäre tatsächlich möglich gewesen, wenn wir länger als ein paar Monate zusammen gewesen wären oder ich nach den ersten Schlägen geblieben wäre."

Seths Augen wurden schmal.

„Ich weiß Ihre Sorge um mein körperliches und emotionales Wohlergehen wirklich zu schätzen, aber das Bett ist definitiv groß genug für uns beide."

Zoe hoffte, die Anspannung etwas lösen zu können, aber seine Schultern waren so steif wie eh und je, und die ganze Situation war ihm eindeutig unangenehm.

„Schauen Sie. Tut mir leid. Ich sollte nicht nur an mich denken." Vielleicht war er selbst missbraucht worden, und sie fuhr fort: „Wenn es Sie so sehr stört, dann können wir natürlich nach einem anderen Zimmer fragen."

„Nein." Er schüttelte den Kopf und machte einen zögernden Schritt ins Zimmer hinein, warf seine schusssichere Weste auf die Kommode. „Es stört mich nicht. Ich wollte nur sicher sein, dass es auch für Sie okay ist. Gehen Sie unter die Dusche. Danach gehe ich." Er roch an seinem T-Shirt. „Ich stinke noch vom Feuer gestern Nacht. Wir werden ordentlich schlafen, und hoffentlich wird es bald aufhören zu schneien, und die Pflüge machen bis morgen früh die Straßen frei."

Ihr Herz machte einen kleinen Sprung.

Sie fing an, Seth Hopper zu mögen.

Ihn wirklich zu mögen.

Und nicht nur die Tatsache, dass er heiß war, sondern seine rücksichtsvolle Art und seine Ruhe inmitten von all dem Chaos. Mehrmals hatte sie heute geglaubt, sie würde vollkommen den Verstand verlieren, aber er war da gewesen, um die Situation zu retten. Wie konnte sie ihm das jemals vergelten?

Dieser ganze Verlauf war vermutlich nicht das, was er sich vorgestellt hatte, als er sich in ihre Konfrontation mit dem Secret Service eingemischt hatte. Sie war es ihm schuldig, sich gebührend zu verhalten und keine Grenzen zu übertreten. Ganz egal, wie verlockend es auch war.

Sie beobachtete ihn, während er sein tödlich aussehendes Gewehr aus der riesigen Tasche holte, was sie daran erinnerte, warum genau er hier war – weil letzte Nacht jemand versucht hatte, sie umzubringen, und es sein Job war, sie zu beschützen. Er war nicht hier, weil sie ihm gefiel. Diese Hitze, die zwischen ihnen gebrannt hatte, als sie sich das erste Mal gesehen hatten, war definitiv zur Seite geschoben worden, damit er seinen Job erledigen konnte. Die Tatsache, dass sie nicht glaubte, dass sie in Gefahr schwebte, war irrelevant.

Zoe schüttelte sich aus ihren Gedanken und ging ins Badezimmer, zog sich eilig aus. Stellte die Dusche an und wusch den Dreck und den Schmutz der letzten vierundzwanzig Stunden von ihrer Haut und aus ihren Haaren. Trotz der paar Nickerchen, die sie im Auto gehalten hatte, war sie so müde, dass sie an nichts anderes denken konnte als ans Schlafen.

Sie mussten morgen früh weiter und hatten eine lange Fahrt vor sich.

Zügig trocknete sie sich ab und trocknete ihre Haare mit dem Föhn, der an der Wand befestigt war. Dann zog sie ihr Schlafhemd und eine frische Unterhose an, fühlte sich ein wenig underdressed, um Seth gegenüberzutreten, auch wenn sie fast den ganzen Tag über ähnliche Sachen getragen hatte. Als sie die Badezimmertür aufzog, erblickte sie ihn, wie er auf einem Stuhl saß und die Zimmertür beobachtete. Sein Gewehr lag auf seinen Knien.

„Sie können ins Bad", sagte sie heiter. Zu heiter.

Er stand auf und drückte ihr seine Pistole in die Hand. Dann schnappte er sich seinen Kulturbeutel und ein paar Kleider, die er auf der Kommode zurechtgelegt hatte, und nahm schließlich das Gewehr mit ins Bad, um ihm Gesellschaft zu leisten.

Zoe starrte auf die schwere Waffe in ihrer Hand und spürte eine kalte Welle der Bestürzung über sich hinwegrollen.

Sie wäre gestern Nacht beinahe umgekommen.

Ihr Mund wurde trocken.

Sie hätte beinahe aufgehört, zu existieren.

Das war ein ernüchternder Gedanke. So sehr ihr die Prozesse nach dem Tod auch keine Angst einjagten, sie war trotzdem noch nicht bereit, das Leben aufzugeben. Vorsichtig legte sie Seths Pistole auf den Nachttisch und schaltete die Nachttischlampe an.

Der Schnee warf seine glitzernden Reflexionen durch die Vorhänge und erhellte das Zimmer mit blassgrauen Schatten. Zoe steckte die Füße unter die kühlen Laken und ließ ihren Kopf auf das Kissen sinken. In dem Augenblick, als sie ihre Augen schloss, war sie auch schon eingeschlafen.

—————

Seth war sich nicht sicher, was ihn aufgeweckt hatte, aber seine Augen öffneten sich, und er war augenblicklich in Alarmbereitschaft. Er war in einem Motelzimmer – einem weiteren in einer schier endlosen Abfolge.

Für einen Moment konnte er sich nicht daran erinnern, wo er war oder was er hier machte. Dann spürte er die Wärme eines anderen Körpers im Bett neben sich, und es fiel ihm wieder ein.

Zoe Miller.

Er teilte sich das Bett mit Zoe Miller.

Tochter der Vizepräsidentin der Vereinigten Staaten von Amerika.

Die Frau, von der er den Blick nicht hatte abwenden können, als er sie das erste Mal gesehen hatte. Eine Frau in einer derart anderen Liga, dass er überrascht war, weil bisher niemand die Tür eingetreten und ihn verhaftet hatte, einfach nur deswegen, weil er dieselbe Luft atmete wie sie.

Und er wusste, dass das sein eigener Mist war, der da aus ihm sprach, die Vorurteile, die er sich selbst einbildete, das Nebenprodukt davon, als Baby verlassen worden zu sein, und ohne das Wissen aufzuwachsen, wo in der Welt seine Gene hingehören. Trotzdem, seine Empfindungen, die von einem nicht verankerten biologischen Erbe herrührten, waren sehr echt.

Sein Adoptivvater hatte ihm vor Jahren schon beigebracht, dass man seine eigene Familie selbst erschuf. Nach einigen schwierigen Jahren hatte Seth seinen Platz bei ihnen gefunden. Später hatte er brüderliche Bande geknüpft, die ein Leben lang halten würden, zuerst bei den Navy SEALs und später im Geiselrettungsteam des FBI. Aber diese genetische Unsicherheit bestand weiterhin.

Sie reichte aus, um ihn misstrauisch gegenüber bestimmten Menschen und Situationen zu machen. Die Befürchtung, er wäre nicht gut genug, zog sich durch sein Leben, auch wenn er es besser wusste. Er hasste es, dass er so über sich selbst empfand. Hasste diese immerwährende Unsicherheit, wenn er doch jeden Tag Dinge tat, die die meisten Menschen auf der Welt niemals in Erwägung ziehen würden.

Im Schlaf drehte Zoe sich auf die Seite und legte ihren Arm über seine Brust, dann schmiegte sie sich eng an ihn.

Seth erstarrte überrascht, halb erschrocken, halb voller Hoffnung, sie würde sich vielleicht an ihn ranmachen. Die Tatsache, dass er sie begehrte, sie so unbedingt wollte, mit einer Intensität, die er niemals zuvor empfunden hatte, schockierte ihn. Sein der Schwerkraft trotzender Schwanz war der lebende Beweis dafür, dass er sich nicht so unter Kontrolle hatte, wie er es gerne täte.

Sie war ein Job.

Er konnte es sich nicht leisten, sich auf sie einzulassen oder unachtsam zu werden. Und dennoch … Vielleicht sollte er sich einfach nehmen, was er von der intelligenten, willigen Frau kriegen konnte, die seit Tagen das Zentrum all seiner Fantasien war.

Als sie sich nicht weiter regte, wurde ihm bewusst, wie kühl es im Zimmer war und dass Zoe einfach fror.

Idiot.

Sie ist ein *Job.*

Er warf einen Blick auf die Uhr. Drei Uhr morgens. Wenn das Wetter nicht so tückisch gewesen wäre, wäre er vielleicht wieder aufgebrochen, aber der Schnee zwang ihn dazu, abzuwarten, bis die Straßen geräumt und gestreut waren.

Unbeholfen legte er seinen Arm um Zoe und zog sie an seine Brust, um sie zu wärmen. Ihr Duft umfing ihn. Irgendeine flüchtige Süße, wie Zitronengras oder Honig. Er atmete den Duft tief ein und ließ ihn über sich hinwegfließen. Langsam beruhigte sich sein Herzschlag, und er ertappte sich dabei, wie er wieder einschlummerte, seine Arme um eine weiche, warme Frau geschlungen, die er liebend gerne besser kennenlernen würde, auch wenn ihm jetzt schon klar war, dass dieser Wunsch nie in Erfüllung gehen würde.

Seine Aufgabe war, sie zu beschützen.

Nirgends im Agenten-Handbuch stand, dass er die kleinen Vorteile seines Jobs nicht genießen durfte, aber nur, wenn es auch okay war, das zu tun. Nicht dass er vorhatte, diesen speziellen Vorteil mit irgendwem zu teilen.

Niemals.

Er sank in den Schlaf, atmete Zoes Duft ein, als ob er das mächtigste Elixier der Welt wäre.

———

Zoe schmiegte sich enger an die Wärme an ihrer Seite. Albträume hatten sie geplagt, und sie fühlte sich im Schlaf unruhig und benommen. Müdigkeit benebelte ihre Gedanken, aber sie wusste, dass sie in diesem Moment in Sicherheit war. Sie hob ihren Oberschenkel und drückte sich noch enger an den Körper, dann spürte sie etwas Hartes.

Sie öffnete die Augen und starrte unversehens in die finsteren Tiefen von Seth Hoppers glühendem Blick.

Eine Stimme in ihrem Kopf flüsterte ihr zu, sich zurückzuziehen. Dem Kerl ein bisschen Raum zu geben, schließlich hatte sie ihm versprochen, sich nicht an ihn ranzumachen.

Aber was, wenn seine Erregung nicht einfach nur ein Nebenprodukt seines parasympathischen Nervensystems war …

Sie blickte ihm unverwandt in die Augen, während sie ihren Oberschenkel absichtlich und behutsam gegen seine Erektion drückte, ihr Bein dann aber sofort wieder zurückzog.

Seine Nasenflügel bebten, und sein Arm zog sich um ihre Taille zusammen.

Er sah nicht aus wie ein Mann, der kein Interesse hatte. Er sah aus wie der Typ, der sie vor dem Motel in Gila Bend mit seinen Augen förmlich verschlungen hatte, als sie sich zum ersten Mal erblickt hatten.

Und hier waren sie nun, in einem ähnlichen Etablissement, auch wenn die Situation diesmal eine völlig andere war. Er war kein Fremder mehr. Und sie lagen bereits in den Armen des anderen, teilten ein Bett, und er war offensichtlich erregt.

Ihr Puls raste bei der Verwegenheit ihrer Gedanken, aber sie hatte dieses Maß an Anziehung nicht mehr empfunden, seit sie fünfmal hintereinander *Magic Mike* geschaut hatte. Die Entführung gestern hatte sie daran erinnert, wie kurz das Leben war und dass man niemals wissen konnte, wann es vorbei sein würde. Die kurzlebige, gewalttätige Beziehung zu Colm Jacobs hatte ihr monatelang die Libido geraubt und ihr das Gefühl gegeben, eine sexlose Hülle der Frau zu sein, die sie früher gewesen war. Aber in diesem Augenblick erwachte jede erogene Zone ihres Körpers nach Monaten der Erstarrung zum Leben.

Sie wollte ihr Sexleben zurückhaben, und Seth Hopper war genau der Mann, der ihr dabei helfen konnte.

„Sind Sie wach?", fragte sie.

Er sagte kein Wort. Er blinzelte. Einmal.

Es war nicht einmal fünf Uhr morgens, aber das Zimmer war hell genug, um seinen Gesichtsausdruck erkennen zu können.

Zoe schluckte die Angst vor Ablehnung hinunter und übernahm die Kontrolle über ihre Nerven. Sie hegte den Verdacht, dass sie nie wieder eine Chance mit diesem Mann bekommen würde, wenn sie es jetzt nicht versuchte. Seit er herausgefunden hatte, wer sie war, hatte er das Feuer in seinen Augen bedeckt gehalten, aber in diesem Moment war es alles andere als das.

„Seth", wisperte sie.

In stummer Frage zog er seine Augenbrauen hoch.

„Was hältst du davon, Sex mit mir zu haben?"

Das schnelle Ausstoßen seines Atems verriet ihr, dass er die Luft angehalten hatte. „Fuck. Zoe."

„Tja." Sie schluckte nervös. „Das ist in etwa das, was ich mir vorgestellt hatte."

13

Zoe beugte sich über ihn, dann setzte sie sich langsam rittlings auf seine Hüfte. „Bitte.“

Seth stöhnte leise auf, während seine Hände über ihre nackten Oberschenkel glitten. „Ich will dich so sehr.“

Sie setzte sich und spürte ein Schaudern durch seinen Körper laufen, das bis in ihren wanderte. Allein davon hätte sie schon kommen können, aber sie wollte mehr.

Sie streckte die Hand aus und streichelte über die Muskeln seiner Brust. Seth Hopper war möglicherweise das anatomisch perfekteste Exemplar von Mann, das sie jemals gesehen hatte – und er war noch nicht einmal tot.

Seine Haut war heiß und weich wie Seide. Zoe spreizte die Finger und konnte unter ihrer Handfläche das kräftige Wummern seines Herzens spüren.

Nur damit auch wirklich gar kein Zweifel mehr darüber bestand, wohin das hier führen sollte, sagte sie, „Ich hab' Kondome dabei.“

Sein Blick wurde scharf und konzentrierte sich auf ihr Gesicht, als ob ihm endlich bewusst geworden wäre, dass er nicht träumte. Er wollte etwas sagen, aber es ging unter, als sie ihr Nachthemd über den Kopf zog und nun nichts weiter trug als ihren Slip.

Seine Pupillen wurden groß, und was auch immer es war, etwas schien auf seiner Zunge zu verdunsten. Er hob seine große Hand und legte sie über ihre Brust. Ihre Nippel zogen sich augenblicklich zusammen, von der Kälte im Zimmer und der Erregung, die durch sie hindurchpulsierte. Mit seinem Daumen rieb Seth über die harte Spitze, und tausend Nervenenden fingen in Zoe an zu tanzen. Sie schauderte und drängte sich gegen ihn.

Seine Nasenflügel bebten mit jedem Ausatmen, und sein Ausdruck war wild vor Verlangen. Es waren seine Augen, die ihr verrieten, dass er sie genauso sehr wollte wie sie ihn. Sie brannten.

Zoe lächelte, entschlossen, die schlimmen Dinge, die in den letzten zwei Tagen geschehen waren, nicht in diesen Augenblick vordringen zu lassen. Seth Hopper war das Beste, was aus dieser Horrorshow hervorgegangen war, und jetzt hatte sie ihn genau da, wo sie ihn haben wollte. Beinahe.

Sie streichelte über seine Bauchmuskeln, dann über die perfekten Kurven seines Schlüsselbeins, bevor sie ihre Fingerspitzen in die zarte Kuhle dort sinken ließ. Seine Muskeln waren definiert, aber er war nicht bullig. Er war eine feingeschliffene, durchtrainierte Kampfmaschine. Aber da war etwas beinahe Verletzliches in seinem Ausdruck, als er sie anschaute. Etwas unerwartet Zartes.

Zoe bemerkte ein Tattoo mit dem Namen „Ellie" in einer kleinen, diskreten Schleife an der Innenseite seines Ellenbogens. Mit dem Finger strich sie darüber. Seth schaute hinunter, dann suchte er ihren Blick, forderte sie fast heraus, danach zu fragen. Aber sie wollte den Zauber nicht brechen.

Zoe hatte nicht das Gefühl, das Recht dazu zu haben, ihn zu diesem Zeitpunkt nach früheren Beziehungen auszufragen. Er kam ihr nicht wie ein Mann vor, der untreu war.

Es ist nur Sex, Zoe. Werde jetzt bloß nicht zu einem kranken, besitzergreifenden, eifersüchtigen Psycho, wenn du diejenige bist, die ihn verführt, Herrgott noch mal.

Sie beugte sich hinunter und küsste seinen Kiefer, liebte das

Gefühl der Bartstoppeln, die an ihren Lippen kratzten. Sie knabberte an seinem Ohrläppchen, dann an der zarten Haut seines Halses, und spürte, wie seine Finger sich in ihre Oberschenkel gruben.

Sie zitterte förmlich vor Aufregung und Erregung. Das war das erste Mal, dass sie einen Mann verführte, außer man zählte das eine Mal mit, als sie in der Highschool einen Jungen aus der Schulband nach einem Date gefragt hatte. Damals war sie genauso nervös gewesen wie jetzt, wenn auch weniger nackt.

Sie kostete ihren Weg quer über Seths Lider, dann glitt sie mit ihrer Zunge über seine volle Unterlippe. Seine Hände legten sich erneut über ihre Brüste, dann richtete er sich auf und nahm einen ihrer brennenden Nippel in den Mund.

Zoe schnappte nach Luft und ließ den Kopf in den Nacken fallen. Ihre Zehen rollten sich ein, als die Lust wie ein Blitz direkt in ihr Innerstes schoss. Sie hielt ihn an sich fest, als seine Hände begannen, ihren Körper zu erkunden. Ihre Taille. Ihre Hüfte. Ihren Hintern. Dann die nasse Hitze zwischen ihren Beinen, als er ihren Slip zur Seite schob und langsam mit einer rauen Fingerspitze in sie eindrang, die Feuchtigkeit sanft über die Falten ihrer Schamlippen und ihren Kitzler verstrich.

Erregt stöhnte sie auf.

„Fuck", stöhnte Seth. „Ich sollte das wirklich nicht tun."

Sie senkte ihre Finger in seine kurzen Haare, krallte sich daran fest und blickte ihm eindringlich in die Augen. „Wenn du jetzt aufhörst, schreie ich."

Sie sah, wie einige seiner Zweifel an die Oberfläche drangen.

„Seth, wir wollen es beide. Wir sind ganz allein hier."

„Mein Job ist es, dich sicher nach D.C. zu bringen."

Zoe richtete sich auf. „Wieso sollte Sex gefährlicher sein als schlafen?" Außer natürlich für ihr Herz vielleicht. „Ich will mich wieder lebendig fühlen." Eine Woge der Traurigkeit krachte über ihr zusammen, und sie fühlte sich plötzlich überwältigt von allem, was am Vortag passiert war. Sie schloss die Augen und versuchte, sich zusammenzureißen, weil sie sich einfach nicht leisten konnte, jetzt zusammenzubrechen. „Ich will wieder etwas Gutes spüren, Seth. Etwas Unkompliziertes und Echtes und Herrliches.“

Sie schaute ihn lange an, wollte ihn überzeugen, ihn aber nicht drängen.

Und dann küsste er sie, und seine Zweifel schienen sich zu verflüchtigen, als er ihren Körper mit seinen geschickten Händen und seinem hungrigen Mund erforschte. Sie konnte an nichts anderes mehr denken, außer daran, wie gut es sich anfühlte und wie unendlich dringend sie ihn in sich spüren wollte.

Sie streckte die Hand nach ihrem Kulturbeutel auf dem Nachttisch aus und zog einen Streifen Kondome heraus. Sie nahm außerdem die Pille, aber ungeachtet der Risiken eines gerissenen Gummis brachte die Möglichkeit einer Übertragung von Geschlechtskrankheiten sie dazu, niemals ungeschützten Sex zu haben. Sie hatte keinerlei Absichten, schwanger zu werden, bis sie bereit dazu war. Ihr Körper gehörte ihr, niemandem sonst.

Seths Mund stellte nun irgendwas Magisches mit ihrem Bauchnabel an, wovon sie niemals geahnt hätte, dass es sich so gut anfühlen könnte.

Er hob sie hoch, und sie quiekte auf, als er sie sanft auf den Rücken legte, bevor er ihren Körper hinunterwanderte.

„Ich sollte das *wirklich* nicht tun, aber du schmeckst einfach so verdammt gut, ich kann nicht widerstehen.“

Zoe lag da und nahm all die Lust dankend an, die er ihr gab. Es fühlte sich unglaublich gut an. Wie guter Sex. Wie sich Liebe machen anfühlen sollte.

Gerade als sie kurz vor ihrem Höhepunkt war, hörte er plötzlich auf, und Zoe erzitterte so heftig, dass sie nicht mehr sprechen konnte. Hatte er es sich doch anders überlegt? Sie riskierte einen Blick und war erleichtert, als sie das Aufreißen einer Verpackung hörte. Sie sah zu, wie er sich das Kondom über seinen dicken Ständer rollte.

Zoe schluckte hörbar.

„Bereit?“, fragte er und sein Blick suchte ihren.

„Wenn ich noch bereiter wäre, wäre das hier ehrlich gesagt schon vorbei", witzelte sie.

„Vorbei?"

„Vorbei." Sie war so kurz davor gewesen. Sie konnte nicht glauben, dass sie jetzt diese Unterhaltung führten, er über ihr, während sie ihn tief in sich spüren wollte. Er schien keine Eile zu haben, sondern auf weitere Erklärungen zu warten.

„Ich komme immer nur einmal. Nicht, dass ich den Sex danach nicht genießen würde", versicherte sie ihm.

„Ist das eine Herausforderung?" Er schaute ihr in die Augen, und ein Lächeln legte sich auf seinen hübschen Mund.

Zoe lachte, und etwas ihrer Anspannung, die sie nicht einmal bemerkt hatte, verflog. Er war ehrgeizig. Natürlich war er das. Sie ja auch.

„Wenn du denkst, du bist der Herausforderung gewachsen, nur zu. Aber ich habe irgendwo gelesen, dass Lust eine Reise ist, kein Ziel." Ihr Herz hämmerte bei der Vorstellung, sie könnten es mehr als einmal machen. Sie befürchtete noch immer, er könnte es sich anders überlegen.

„Das gefällt mir. Eine Reise, kein Ziel. Und wir sind auf einem Roadtrip." Er lachte, dann wanderte er ihren Körper hinauf, und sie konnte sich auf seinen Lippen schmecken, als er sie auf den Mund küsste. Zoe spürte, wie sie sich in all dem verlor, was dieser große, sexy Mann ihr bot, dessen Leben aus irgendeinem Grund mit ihrem kollidiert war.

Er liebkoste ihr Ohr. „Bereit für mehr?"

Sie konnte gar nicht glauben, dass er noch einmal nachfragte. Die meisten Männer glaubten, ein Kuss wäre schon grünes Licht für Sex. Und Cunnilingus …? Das wurde gemeinhin als der goldene Schlüssel zur Vagina einer Frau angesehen. Aber dieser Kerl? Dieser Kerl wollte, dass sie sich sicher war. Und sie wollte, dass er wusste, dass das hier keine impulsive Entscheidung war, die Zoe bereuen würde, sobald sie fertig waren.

„Ich will dich in mir spüren, Seth Hopper. Ich will dich so sehr, dass ich an nichts anderes mehr denken kann."

Er drang in sie ein. Er war groß und hart, und sie brauchte eine Sekunde, um wieder zu Atem zu kommen. Ihre Fingernägel gruben sich in seine Schultern, als sie ihre Beine um seine Hüfte schlang und ihn noch tiefer in sich hineinzog.

Sie schauten sich in die Augen.

„Immer noch okay?" Er hatte den Großteil seines Gewichts noch auf seinen Ellenbogen gelagert.

Sie grinste ihn an, als ihre inneren Muskeln um ihn herum bebten und seine Pupillen groß wurden. „Besser als okay. Und du?"

Da war ein Funkeln in seinen Augen. „Ich wollte das, seit ich dich zum ersten Mal gesehen habe. Also fühle ich mich grade ziemlich verdammt unglaublich."

Sie auch. Dann fing er an, sich zu bewegen.

Sie hatte geglaubt, er würde rau und heftig sein, weil er war, was er war – ein Soldat, ein Krieger. Aber er war langsam und zärtlich und drang noch tiefer in sie ein, fuhr in sie hinein, immer und immer wieder.

Zoe versuchte, sich an ihm festzuhalten, aber ihre Finger glitten an seiner feuchten Haut ab. Plötzlich schoss eine Welle der Empfindungen durch sie hindurch, sodass ihre inneren Muskeln sich um ihn herum zusammengezogen und sie aufschrie.

Er hörte keine Sekunde auf, sich zu bewegen, und sie ritt auf der Welle ihres Orgasmus wie ein echter Champion.

Seth stützte sich auf den Ellenbogen ab, nahm ihren Kopf in die Hand, als sein eigenes Verlangen ihn überwältigte und er anfing, immer heftiger in sie hineinzustoßen, seine eigene Erlösung suchte. Zoe glitt mit der Hand zwischen ihre Körper und streichelte über die zarte Haut hinter seinen Eiern. Sein Körper spannte sich an und er zuckte, und die Sehnen in seinem Hals traten unter der Haut hervor, als er seinen Kiefer anspannte.

Für ein paar Augenblicke bewegte er sich nicht. Dann ließ er sich schwer auf sie sinken, bevor er sie vorsichtig so rollte, dass Zoe wieder oben lag.

Und so unglaublich dieser Orgasmus auch gewesen war, ihr Körper wollte mehr.

———

Seth wusste, dass er einen furchtbaren Fehler machte, aber als Zoe von seinem Körper hinunterglitt, nach seiner Hand griff und seinen Hintern vom Bett zerrte, sträubte er sich nicht.

Allerdings nahm er seine SIG vom Nachttisch, was bewies, dass er den Verstand noch nicht komplett verloren hatte, aber das war beinahe noch schlimmer. Er konnte dieses Verhalten, das alles andere als professionell war, nicht mit vorübergehender Geistesstörung entschuldigen.

Er hatte die goldene Regel des Personenschutzes gebrochen. Sich niemals privat auf eine Schutzbefohlene einzulassen. Und auch wenn Zoe recht damit hatte, dass es keinen großen Unterschied für seine Reaktionszeit machte, ob er nun schlief oder Sex hatte, entstanden dadurch noch ganz andere Probleme. Beispielsweise, während der Ausübung seines Jobs abgelenkt zu sein, weil er über all die Arten nachdachte, wie er sie zum Höhepunkt bringen konnte. Oder zu vergessen, dass sie und ihre Familie ihn gnadenlos vernichten könnten, wenn sie es wollten. Zu wissen, dass sein Boss bitter enttäuscht sein würde, weil Seth sein Training bei der allerersten Chance auf einen schnellen Fick in den Wind geschlagen hatte.

Was allerdings nichts an seinem derzeitigen Verlangen nach dieser Frau änderte. Oder an ihrem Verlangen nach ihm, wie es schien.

Seth warf das gebrauchte Kondom im Bad in den Müll und sah, dass Zoe ein weiteres Päckchen in der Hand hielt, das sie auf den Waschtisch warf.

Sein Puls stolperte kurz. „Optimistisch."

Sie lachte ihr heiseres Lachen, das so verflucht sexy war.

Er hatte geglaubt, sein Schwanz wäre ausreichend gesättigt, aber sie anzuschauen, wie sie nackt in diesem hässlichen Badezimmer stand, ließ ihn schon wieder hart werden. Ihr Körper war an genau den richtigen Stellen weich. Ihre Kurven ließen seine Knie weich werden. Ihr Geschmack hatte sich auf seine Zunge gelegt wie eine süße Erinnerung.

Zoe streckte die Hand aus und stellte die Dusche in der Wanne an, testete mit dem Handrücken die Wassertemperatur.

„Ich dachte, wir könnten Wasser sparen und zusammen duschen." Sie drehte sich zu ihm um, und ihr Lachen ließ diese faszinierenden, türkisblauen Augen aufleuchten.

„Ich bin ein großer Fan von Umweltschutz."

Sie stellte sich unter den Wasserstrahl und Seth war verloren.

Er legte die SIG und das Kondom so, dass er sie schnell erreichen konnte. Dann schloss er die Badezimmertür hinter sich ab. Das trug nicht besonders zu ihrem Schutz bei, aber für den unwahrscheinlichen Fall, dass jemand mit einer Waffe ins Motelzimmer eindrang, würde es ihm den Sekundenbruchteil Zeit geben, den er brauchte, um sich einen Vorteil zu verschaffen.

Seth stieg hinter Zoe in die Wanne und griff nach dem Duschgel, drückte sich etwas davon in die Hand und verrieb es auf Zoes Armen und Schultern. Seine Finger gruben sich in die harten Muskeln ihres Nackens, und sie neigte den Kopf zur Seite, während er ihre Schultern massierte. Sie stöhnte leise auf. Sie fühlte sich geradezu lächerlich gut an, aber auch angespannt.

Mit seinem unrasierten Kinn strich Seth über ihren Nacken, kratzte zärtlich über die zarte Haut. Er wusste, dass ihr gefiel, was er tat, denn ihr Atem wurde schneller, und sie stöhnte leise und erregt auf.

Seth ließ seine Hände unter ihre Arme gleiten, dann legte er sie auf ihre Brüste. Zoe ließ ihren Kopf an seine Brust sinken. Sie reagierte so perfekt auf ihn, es war geradezu berauschend.

Er kniff in ihre Nippel, und sie bog den Rücken durch.

„Gefällt dir das?"

„Ich liebe es", schnurrte sie förmlich.

Erneut griff er nach der Seife und verrieb sie überall auf ihrem

Körper, glitt mit der Hand zwischen ihre Beine und neckte sie mit jeder Bewegung.

Seine Erektion stupste gegen ihren Hintern, und sie griff mit der Hand hinter sich und berührte ihn. Seth kannte ihre gerissenen Methoden mittlerweile allerdings gut genug. Er nahm ihre beiden Hände und presste sie gegen die Wand. „Nicht bewegen."

Sie versuchte, sich herumdrehen, aber er hielt sie fest. Ihre lachenden Augen suchten seinen Blick. „Aber ich will dich anfassen."

„Wir versuchen hier zu beweisen, dass *du* zwei Orgasmen innerhalb einer festgelegten Zeit haben kannst, nicht ich."

Sie lachte. „Na schön. Aber nur ausnahmsweise."

Wieder schäumte er Duschgel in seiner Hand auf, dann glitten seine Finger zwischen ihre Beine, und er neckte sie unaufhörlich, indem er sie nicht an der Stelle berührte, an der sie so eindeutig berührt werden wollte. Sie stöhnte auf, als seine andere Hand ihren harten Nippel zwischen den Fingern drehte.

„Oh Gott. Du kannst das so gut. Ich wusste es."

Seth stieß ein leises Lachen aus, war sich nicht sicher, ob es ein Kompliment war oder nicht.

Mit den Händen voller Schaum streichelte er über ihre Oberschenkel, dann über ihre Vulva und durch ihren Schlitz, und schließlich drang er mit dem Finger in sie ein. Er ignorierte sein eigenes Verlangen nach Vollendung. Ihr Körper war glitschig und nass und seiner war hart und verzehrte sich nach ihr. Ihr Mund öffnete sich mit einem Stöhnen, als er sie langsam und eingehend in einem Rhythmus bearbeitete, bei dem ihr Atem immer schneller ging und ihre inneren Muskeln anfingen, sich um seine Finger zusammenzuziehen. Es brauchte Zeit und engagierten Einsatz, um genau das richtige Tempo zu finden. Endlich schrie sie laut auf, und er spürte eine Flut der Zufriedenheit durch sich hindurchrauschen, als ihr ganzer Körper vor Erleichterung bebte.

Er hielt sie fest, bis sie wieder im Hier und Jetzt angekommen war. Eilig drehte sie sich in seinen Armen herum, und ihre Augen waren riesig und ein bisschen verblüfft.

„Du hast gewonnen." Sie griff nach ihm und küsste ihn auf die Lippen, aber als er seine Arme um sie schlingen wollte, um das Kondom sinnvoll zu nutzen, hatte sie sich plötzlich von ihm gelöst.

Sanft drängte sie ihn zurück, bis sein Rücken gegen die kühle Fliesenwand stieß.

Etwas in ihm wollte protestieren, aber ein anderer Teil …

Sie grinste unter nassen Wimpern zu ihm hoch, während die Wassertropfen auf ihr Gesicht fielen und sie in die Hocke ging. Dann malte sie mit der Zunge eine Linie seinen Penis hinauf.

Zoe streckte die Hand aus, um ihn festzuhalten und zu stimulieren, dann nahm sie ihn in den Mund, und Seths Welt explodierte in tausend Farben. Er krallte seine Faust in ihre Haare, um ein wenig der Kontrolle zurückzuerlangen, die sich rasend schnell verflüchtigte.

Diese Vision einer Frau, die nackt und nass zu seinen Füßen kniete und ihn in den Mund nahm, brachte seine Beine zum Zittern.

Mit der anderen Hand liebkoste sie seine Eier, und das alles würde für ihn schon in wenigen Sekunden vorbei sein, aber das wollte er nicht, denn er wusste, sobald sie aus der Dusche und zurück in die Realität getreten waren, durfte das hier nie wieder passieren. Auf keinen Fall.

Zähneknirschend beäugte er das Kondom und schob Zoe sanft zurück.

Langsam erhob sie sich, während er nach der Verpackung griff und sie aufriss. Zoe überraschte ihn, indem sie ihm das Kondom abnahm und es über sein heißes Glied abrollte. Anscheinend stand sie auf Folter.

Seth hob sie hoch, und sie stieß einen Laut aus, der ihn grinsen ließ.

„Du bist eine Quiekerin." Er hob sie gegen die Wand, stützte sie mit seinem Oberschenkel.

„Ich habe in meinem ganzen Leben noch nie *gequiekt*."

„Ist doch okay. Ich mag es. Ist niedlich."

„Ich bin nicht niedlich."

„Du bist sowas von niedlich."

„Ich hasse niedlich."

„Ich liebe es."

Ihre Beine schlangen sich um seine Taille, und er positionierte sich an ihrer Öffnung. Er schaute ihr in die Augen, während er tief in sie eindrang, und sah zu, wie ihre Pupillen groß wurden und sie sich auf die Unterlippe biss, sich an seinem Nacken festklammerte und angestrengt versuchte, bloß kein niedliches Geräusch zu machen.

„Immer noch okay?", grinste er.

Sie nickte und wand sich ein wenig hin und her, aber sie hatte überhaupt keinen Halt, und Seth hatte die vollkommene Kontrolle über dieses nächste Abenteuer.

Seine gebräunte Haut stand im scharfen Kontrast zu der Blässe ihrer Oberschenkel und ihres Bauches. Er veränderte seinen Stand, sodass sie an der Wand wie festgenagelt war, und drang immer wieder in sie ein, bis sie nach Luft schnappte. Schweißperlen formten sich auf seiner Haut, wurden vom heißen Wasser der Dusche weggewaschen. Zoe fühlte sich so unglaublich an. So perfekt. So eng um ihn geschlungen, nass und fantastisch.

Er wollte, dass sie noch einmal kam, aber er brauchte beide Hände, um sie festzuhalten, denn er wollte sie nicht fallenlassen.

„Fass dich an."

Nach kurzem Zögern kam sie seiner Aufforderung nach, rollte einen Nippel zwischen Daumen und Zeigefinger, bis er eine perfekte, himbeerrote Spitze war. Dann, sich seines hypnotisierten Blicks wohl bewusst, der ihren Fingern unablässig folgte, ließ sie ihre Hand tiefer gleiten und strich über ihren Kitzler.

Ihr Mund öffnete und ihre Augen schlossen sich, und sie brauchte nur ein paar Augenblicke, um erneut zum Höhepunkt zu kommen, heftig. Seth spürte, wie sie sich um ihn herum zusammenzog und wusste, er war verloren.

Er schloss die Augen.

Heilige Scheiße.

Sein Körper bebte wild, als er in einer Lawine von Empfindungen kam, die in erstaunter Glückseligkeit explodierten. Als es vorbei war und die Glocken in seinem Kopf zu läuten aufhörten, senkte er seine Stirn auf die Fliesen neben Zoes Gesicht, atmete tief durch, während er versuchte, sich zu sammeln. Für ein paar Sekunden blieben sie so stehen, bis er sich widerwillig aus ihr herauszog.

Seth warf das Kondom in den Müll, griff nach dem Duschgel und wusch sich eilig ab, während Zoe scheinbar sprachlos an der Wand lehnte.

Dieser Orgasmus hatte seine Welt auf den Kopf gestellt, und Zoe sah ähnlich mitgenommen aus.

Er schrubbte die kurzen Haare auf seinem Kopf. Neigte den Kopf in Zoes Richtung. „Bist du okay?"

„Du hast gerade jedem Liebhaber den Rang abgelaufen, den ich jemals hatte." Sie lächelte, aber er konnte sehen, wie tiefere Emotionen unter der Oberfläche schwirrten.

Bereute sie es bereits?

Scheiße. „Ich habe dir nicht wehgetan, oder?"

Zoe schüttelte den Kopf und strich sich die nassen Haare aus dem Gesicht, präsentierte einmal mehr ihre herrlichen Brüste.

„Du hast mir alles andere als wehgetan. Es war perfekt. Danke. Das war genau das, was ich gebraucht habe. Genau das Richtige."

Sie ließ es klingen, als ob er ein verfluchter Gigolo wäre. Darüber runzelte er die Stirn. „Freut mich, wenn ich helfen konnte."

Er trat aus der Dusche und schnappte sich ein Handtuch, rubbelte damit über seinen Körper, zügig und effizient. Dann band er es um seine Hüfte, zog seine Pistole auf dem Waschtisch etwas zu sich hin und putzte sich die Zähne.

Zoe schaltete die Dusche aus, dann stieg sie aus der Wanne. Band sich selbst ein Handtuch um.

Ihre Finger berührten das Tattoo auf seinem Rücken. „Das ist toll. Und anatomisch sehr genau. Warum ein Froschskelett?"

Sein Hals wurde trocken, als er an einen lange verstorbenen Freund denken musste. „Knochenfrosch." Er zuckte mit den Schultern. „Ist ein SEAL-Ding."

„Du warst ein Navy SEAL?"

Er nickte. Die Stille fühlte sich plötzlich unbehaglich an, und er wollte nicht über seine Zeit in den verschiedenen Teams sprechen. In der Vergangenheit hatten schon viele Frauen auf dieses Tattoo gestanden. Er wollte jetzt nicht an sie denken.

Seth zeigte auf das Tattoo an seinem Arm. „Meine verstorbene kleine Schwester. Falls du dich gewundert hast."

„Verstorben?" Ihre Augen fanden seine im Spiegel. „Das tut mir sehr leid."

Er nickte. Er wollte auch nicht über Ellie sprechen, obwohl er sie blöderweise selbst zur Sprache gebracht hatte.

„Und hab' ich übrigens nicht." Sie griff nach ihrer Zahnbürste. „Mich über die Tattoos gewundert."

Er sah, wie sich seine Augenbrauen im Spiegelbild skeptisch zusammenzogen. „Du hast dich nicht gewundert, warum ich den Namen einer anderen Frau tätowiert habe, ein paar Augenblicke, bevor ich in dir gekommen bin?"

Sie zog eine Grimasse. „Ich war neugierig, aber ich hatte nicht das Gefühl, dass es der richtige Zeitpunkt für ein Verhör war."

„Du meinst, sowas wie ‚Bist du Single, bist du verheiratet?'" Er spuckte aus und spülte seinen Mund aus. Kam ihm irgendwie wichtig vor.

„Du kommst mir nicht vor wie jemand, der betrügt, aber wenn du das tun würdest, wärst du vermutlich jemand, der darüber lügt." Zoe war nun offensichtlich aus dem Konzept gebracht von seiner Antwort. „Ich dachte nicht, dass es mich etwas angeht. Ich meine, es war nur Sex, richtig?"

Seth war erschrocken über den Schmerz, der in seinem Herzen aufblitzte, aber er sorgte dafür, es sich nicht anmerken zu lassen. „Na ja, ich bin definitiv Single, auch wenn es anscheinend kein Problem wäre, wenn ich es nicht wäre." Er hängte sein Handtuch über den Wannenrand. Zwang ein Lachen hervor. „Aber, Lady, *das* war nicht *nur Sex.*"

Zoe entgingen die Kühle in seiner Stimme und sein veränderter Ausdruck nicht. Sie runzelte die Stirn und ihre Lippen wurden schmal.

„*Das* war ein erstklassiger, perfekter Fick", fuhr er fort. „Der Rekordbücher würdig."

Und vielleicht war Zoe Miller nicht die Person, die er erwartet hatte, denn er hasste, wie enttäuscht er sich fühlte. Wie verdammt naiv. Er nahm seine Pistole und seine Zahnbürste, schloss die Badezimmertür auf und ermahnte sich, kein verfluchter Narr zu sein. Er war schon oft genug seines Körpers wegen benutzt worden. Er hatte nur nicht damit gerechnet, dass es diesmal so wehtun würde.

„Das Experiment ist vorbei. Zeit, wieder an die Arbeit zu gehen."

14

Ryan Sullivan lehnte an der Wand des Besprechungszimmers und gähnte. Es war acht Uhr morgens, was für seine Verhältnisse nicht besonders früh war, aber er hatte ein verdammt krasses Wochenende hinter sich – ein Arbeitswochenende, nicht etwa ein Spaß-Wochenende. Aber er liebte seinen Job, also war es für ihn im Endeffekt das Gleiche.

Novak brachte sie auf den neusten Stand, was die jüngsten Abenteuer diverser Teamkollegen von Samstagnacht auf Sonntagmorgen anging.

Meghan Donnelly warf ihm einen mörderisch finsteren Blick zu, ihr Kiefer so verspannt, dass sie aussah, als ob jeden Augenblick ihre Zähne zersplittern würden. Sie hatte ihm offensichtlich noch nicht dafür verziehen, dass er sie letzte Woche für ihren Fahrstil aufgezogen hatte. Sie wusste seinen Sinn für Humor nicht zu schätzen, allerdings musste Ryan auch zugeben, dass der ein wenig kindisch sein konnte.

Ryan hatte bereits Einzelheiten von seinen Kollegen gehört und gesehen, einschließlich der Fotobeweise, dass JJ Hersh nun einen Schlangenbiss vorweisen konnte, der sich in eine coole Narbe verwandeln würde.

Ryan hatte selbst jede Menge Narben. Und er war froh, dass es Hersh wieder gut ging.

Wieder musste er gähnen, und Novak warf ihm einen seiner ‚Leg' dich nicht mit mir an'-Blicke zu.

Ryan bedeckte seinen Mund und verzog das Gesicht. Er hatte die halbe Nacht mit seinem Bruder telefoniert. Seine Lieblingsstute litt an einer Darmverschlingung, und der örtliche Tierarzt hatte es erst in letzter Sekunde geschafft, sie zu retten. Ryan war dankbar, dass sein Bruder das Problem rechtzeitig erkannt hatte. „Cowboy", befahl Novak, als die anderen bereits das Zimmer verließen. Donnelly stieß ihn förmlich zur Seite, als sie versuchte, das Zimmer so schnell wie möglich zu verlassen.

Ryan bekam das Gefühl, als ob er irgendeine wichtige Information nicht mitbekommen hätte.

„Donnelly", brüllte Novak ihr hinterher.

Die Agentin erstarrte im Türrahmen.

Ryan wartete ab, bis die Menge den Raum verlassen hatte, und ging hinüber zu seinem Teamführer.

Schon wieder gähnte er. „Tut mir leid, Boss. Hatte eine kurze Nacht."

Donnelly grinste verächtlich, und Ryan warf ihr einen finsteren Blick zu.

„Gibt es ein Problem zwischen euch beiden?" Novak schaute von einem zum anderen.

Beide schüttelten sie den Kopf.

„Gut." Novak klappte einen Laptop auf, der auf dem Schreibtisch am Kopfende des Zimmers stand. „Seth Hopper hat mir die Überwachungsaufnahmen vom Tatort der Entführung geschickt. Es ist im selben Motel passiert, in dem er und Hersh zusammen mit dem BORTAC-Team untergebracht waren. Ich will, dass ihr beide die Aufnahmen sichtet, angefangen mit dem Eintreffen des Kriseninterventionsteams."

Mist. Das waren Aufnahmen über einen Zeitraum von vier Tagen. „Machen das normalerweise nicht die Analytiker?" Ryan rieb sich die Augen.

Novak warf ihm einen Blick zu, der jeden das Fürchten gelehrt hätte. „Ja, sie haben ebenfalls eine Kopie erhalten. Aber ich will das bis gestern erledigt haben. Ich will jedes Nummernschild jedes Fahrzeugs, das auf dem Parkplatz gestanden hat. Ich brauche die Bilder mit der schärfsten Auflösung jeder Person, die in den Aufnahmen vorkommt. Macht Bildschirmfotos, und dann jagen wir sie durch die Gesichtserkennungsprogramme."

„Die Qualität dieser Dinger ist in der Regel vorsintflutlich." Donnelly trat von einem Fuß auf den anderen.

Novak nickte. „Macht es trotzdem. Fangt mit Samstagabend an, und dann arbeitet rückwärts."

Novak marschierte davon und ließ ihn und Donnelly stehen und sich argwöhnisch beäugen.

Ryan rollte seine Schultern aus. „Wer von uns holt den Kaffee?"

Donnelly schaute ihn mit einem Blick an, der ihm das Herz durchbohrt hätte, wäre er eine Klinge gewesen.

„Ich schlage vor, ich hole den Kaffee und einen Notizblock." Ryan grinste. „Du kannst in der Zwischenzeit die Arbeitsstation aufbauen. Vielleicht können wir den Laptop an den Bildschirm vom Whiteboard anschließen." Ihre Augenbrauen wanderten in die Höhe, als ob sie überrascht darüber wäre, dass er einen guten Einfall hatte.

Er wandte sich zum Gehen.

„Willst du gar nicht wissen, wie ich meinen Kaffee trinke?", rief sie ihm hinterher.

„Schwarz, zwei Zucker." Er warf ihr über die Schulter einen Blick zu. „Wir haben für Kaffee angehalten, als wir letzte Woche diese Häftlingsüberführung gemacht haben, schon vergessen?"

Sie runzelte die Stirn. „Ach ja."

Ryan ging zum Pausenraum, stibitzte sich auf dem Weg einen Block und Papier vom Schreibtisch der Administratorin und Torhüterin des Geiselrettungsteams und fragte sich, wie zur Hölle er und Donnelly diese Woche überstehen sollten, ohne sich gegenseitig umzubringen.

———

Zoe näherte sich Albuquerque. Sie war ein wenig überrascht gewesen, als Seth ihr Angebot angenommen hatte, das Steuer zu übernehmen, aber sie hatten weitere sechsundzwanzig Stunden Fahrt vor sich, und es war nur vernünftig, sich diese Aufgabe zu teilen, wenn sie es bis Mittwochmorgen nach Quantico schaffen wollten.

Sie warf einen Blick auf Seth. Er befand sich im perfekten professionellen Personenschutz-Modus, obwohl er alte Jeans, ein schwarzes, langärmeliges T-Shirt und eine Lederjacke trug – vermutlich sein Versuch, wie ein Zivilist auszusehen.

Für sie sah er immer noch aus wie ein Mann, der einen Auftrag hatte. Oder wie jemand, der vollkommen paranoid war. Sie war sich nicht sicher, was von beidem überwog.

Aber das Kartell würde doch sicherlich davon ausgehen, dass alle Beweise ihres Ausflugs in die Wüste zusammen mit James' altem Truck zerstört worden waren? Sie hatten doch sicherlich genug Ressourcen, um herauszufinden, dass Zoe nicht irgendeine willkürliche forensische Anthropologin war, die zufällig an einem Ort gewesen war, wo sie ihrer Meinung nicht hätte sein sollen. Ob es Zoe gefiel oder nicht – und auch wenn sie die meiste Zeit stolz auf die Leistungen ihrer Mutter und deren Engagement für den Dienst an der Öffentlichkeit war – sie war die Tochter der amtierenden Vizepräsidentin, und das Justizministerium tendierte dazu, jegliche Angriffe auf jemanden wie sie als einen Angriff auf die Regierung selbst auszulegen. Jagd auf Zoe und ihre Freunde zu machen, würde die Art von Aufmerksamkeit zur Folge haben, die solche kriminellen Organisationen für gewöhnlich mieden.

Das Rätsel um die verschwundene Tote bestand weiterhin. Wer war sie? Wer hatte sie umgebracht? Warum hatte jemand ihre Leiche weggeschafft? Und wo war sie jetzt?

Ohne Leiche gab es nur einen Weg, das herauszufinden. Zoe musste das goldene Medaillon und den Zahn so schnell wie möglich ihrer Freundin im FBI-Labor übergeben.

Ihre Finger krallten sich um das Lenkrad, als ein Auto vor ihr bremste und leicht ins Schlingern geriet.

Auf der Interstate 40 war der Schnee geräumt und die Autobahn gestreut worden, also waren die Straßenverhältnisse nicht ganz so schlimm. Zoe fuhr gleichmäßig, versuchte, so wenig wie möglich auf die Bremse zu treten. Der Umzugswagen war schwer genug, um sogar in den hügeligen Abschnitten eine gute Bodenhaftung zu haben.

Seth beobachtete sie und die Straße mit Adleraugen, aber er hatte nicht angeboten zu übernehmen oder ihr mehr Anweisungen als nötig gegeben. Aber Zoe redete sich gar nicht erst ein, er würde ihr nicht ins Lenkrad greifen, sollte es nötig sein, oder dass sie seine Hilfe in einem Notfall nicht annehmen würde.

Anscheinend hatte der Schneesturm den Großteil des Mittleren Westens erwischt, von Wyoming bis Oklahoma City, und hatte sich immer noch nicht ausgeblasen. Es würde eine lange Fahrt werden.

Zoe warf ihrem Personenschutz einen weiteren zögernden Blick zu. Von außen würde ihnen beiden niemand ansehen können, was heute im Morgengrauen im Motel passiert war.

Seth tippte Berichte in seinen Laptop. Sie ertappte ihn dabei, wie er in den Außenspiegel schaute, bevor er einen Blick in ihre Richtung warf. Er schien nicht überrascht zu sein, dass sie ihn beobachtete. Sein Ausdruck wurde unergründlich, als er in stummer Frage seine Augenbrauen hochzog, sich dann wieder seinem Laptop zuwandte.

Er war genervt von ihr.

Wann hatten sich die Dinge vom unglaublichsten Sex ihres Lebens in das Gefühl verwandelt, die Eiseskälte in Seth Hoppers Augen bis in ihre Knochen spüren zu können?

Nicht, dass sie sich irgendwie körperlich von ihm bedroht fühlte. Der Mann hatte keine Mühe gescheut, ihr vor, während und nach dem Sex ein Gefühl der Sicherheit und des Schutzes zu vermitteln. Aber das Feuer der Anziehung war so schnell erloschen, sie kam sich beinahe idiotisch vor, so verletzt über seinen rapiden Rückzug zu sein. Es war ja nicht so, als ob sie Blumen und Schokolade erwartet hätte. Sie war es ja gewesen, die gesagt hatte, es wäre *nur Sex*.

Ein ‚erstklassiger, perfekter Fick‘, anscheinend.

Das brannte noch immer so sehr, wie er beabsichtigt hatte.

War das einfach nur ein Fall von einem Kerl, der nett war, damit er kriegen konnte, was er wollte, um die Frau anschließend abzuschießen? Von dieser Sorte gab es jede Menge auf der Welt – nur dass sie diejenige gewesen war, die das ganze Beschwören und Überreden betrieben hatte, und mit einer weiteren Nacht in einem Motel in Aussicht, warum sollte er sie jetzt abschießen, wenn sie die ganze Sache heute Abend wiederholen konnten?

Etwas in Seth Hopper hatte sich umgelegt wie ein Schalter, und Zoe war sich ziemlich sicher, dass sie der Auslöser dafür gewesen war. Sie hatte ihn irgendwie verärgert, ihn so sehr verletzt, dass er jetzt seine Wunden leckte, während er ganz stoisch und ungerührt tat.

Es hatte alles damit angefangen, dass sie ihm ein Kompliment für den Sex gemacht hatte, wurde ihr bewusst. Sie hatte einfach nicht gewusst, was sie sagen sollte, und dann war irgendwelcher Müll aus ihrem Mund gekommen, bevor sich ihr Verstand hatte einschalten können. Die Intensität ihres gemeinsamen Höhepunkts hatte sie völlig aus dem Gleichgewicht gebracht. Es war körperlich unglaublich gewesen, und mehr noch als das, sie hatte sich besonders gefühlt, geschätzt, bis zu dem Augenblick, als sie sich eben nicht mehr so gefühlt hatte.

Die Sache mit den Tattoos hatte den Frost in eine dicke Schicht Eis verwandelt.

Sie hatte gesagt, sie wolle ihn nicht über seinen Beziehungsstatus ausfragen … aber während sie nicht als klammernd oder besitzergreifend rüberkommen wollte, hatte sie ihn beleidigt. Sein Verständnis von richtig und falsch beleidigt. Seine Ehre beleidigt.

Sauer auf sich selbst, presste sie die Lippen zusammen. Ihre *nur Sex*-Bemerkung hatte ihm vermutlich das Gefühl vermittelt, sie wäre an ihm nur wegen einer Sache interessiert.

Einem erstklassigen Fick.

Verdammt.

Sie hatte Mist gebaut, weil sie so mit ihren eigenen Empfindlichkeiten beschäftigt war, ihren eigenen Schutzschilden und Ängsten. Aber was war mit ihm?

Es war nicht so, dass Seths Gefühle sie nicht kümmern würden, das taten sie. Aber zu versuchen, die Balance zwischen leidenschaftlichem Interesse und absoluter Unabhängigkeit zu finden, war nicht einfach, vor allem für jemanden, der das letzte Mal alles so falsch gemacht hatte, als sie sich auf einen schrecklichen Mann eingelassen hatte.

Der Motor schaltete einen Gang runter, und das Geräusch riss sie aus ihren Gedanken und zog ihre volle Aufmerksamkeit zurück auf die Straße, wo sie eigentlich auch sein sollte.

Sie warf Seth aus dem Augenwinkel einen weiteren Blick zu, und wieder ertappte sie ihn dabei, wie er sie beobachtete. Er wandte umgehend den Blick ab, mied den Augenkontakt mit ihr, war ganz in seinem Bildschirm versunken – oder gab es zumindest vor. Ihre Augen flackerten zu Seths Handy, bevor sie sich wieder auf die Straße richteten.

Es juckte ihr in den Fingern, irgendein Gerät in die Hände zu bekommen, um in ihrer Cloud nach den Fotos zu suchen. Vielleicht könnte sie auch die anderen anrufen und sich nach Karina erkundigen. Sie hatte ihre Smartwatch, aber das war nicht das Gleiche. Die Tatsache, dass sie ihr Handy und ihren Laptop ersetzen musste, war unendlich nervig. Sie war sich nicht sicher, ob ihre Versicherung ‚Kidnapping unter Waffengewalt' deckte.

Sie kamen an einem Schild für die Ausfahrt zur Interstate 25 vorbei. „Warst du schon mal in Santa Fé?"

„Nein." Er schüttelte den Kopf.

Wenn sie ihn besser kennenlernen wollte, dann hätte sie es vielleicht vorher mit Smalltalk versuchen sollen, anstatt direkt ins tiefe Ende der Verführungskünste zu springen.

„Es ist wunderschön da – die älteste Hauptstadt eines Staates in den USA. Die ganze Gegend hier ist faszinierend und geografisch atemberaubend." Er schaute nicht auf, aber sie konnte sehen, dass er aufmerksam zuhörte. Also entschied Zoe, ihn mit Geschichtsfakten zu Tode zu langweilen. Das Eis zwischen ihnen mit einer Nerd-Attacke zu schmelzen. Sie wollte sich dafür entschuldigen, ihn verärgert zu haben, war sich aber sicher, dass sie behutsam vorgehen musste, damit er wusste, dass sie es auch ernst meinte.

„Die Spanier sind Anfang des 17. Jahrhunderts hier angekommen, um diese Gegend zu kolonialisieren – lange bevor die englische Krone der Virginia Company of London eine königliche Charter ausgestellt hatte, um die Ostküste zu besiedeln. Diese Gegend wurde zu der Zeit von den Tewa bewohnt, die hier schon mindestens seit dem zehnten Jahrhundert gelebt hatten. In typisch europäischer Manier haben die spanischen *conquistadores* die Ureinwohner vernichtet – aber zum Glück ist eine beeindruckende Serie von Pueblo-Siedlungen erhalten geblieben."

Sie sah, dass ihr Versuch einer Unterhaltung Seths Interesse geweckt hatte, aber er klammerte sich noch immer an seiner miesen Stimmung fest.

Typisch männlicher Groll.

„Nicht weit entfernt von Santa Fé liegt Los Alamos. Die Geburtsstätte der Atombombe." Zoe verzog den Mund. Auch wenn sie die Bedeutung von Waffen und militärischer Stärke verstand – es gab da draußen jede Menge Despoten, die Krieg als günstige Gelegenheit erachteten und bereit waren, die Schwachen auszunutzen – fiel es ihr schwer, Begeisterung für jegliche Art von Massenvernichtungswaffe zu empfinden.

Nachdem sie das erzählt hatte, drehte Seth sich um und schaute sie an. „Du klingst wie eine Fremdenführerin."

Sie musste lachen. „Eine Menge Kulturanthropologen werden Fremdenführer, aber ich habe mich schon immer mehr für biologische Anthropologie und Knochen interessiert."

„Was genau ist denn dein Fachgebiet?"

Sie stieß einen langen Seufzer aus, und Seth schien sich

irgendwie zu verspannen. „Ich interessiere mich für die Schnittpunkte von Klimawandel und biologischer Anthropologie."

Seth runzelte die Stirn. „Klimawandel und biologische Anthropologie?"

„Klingt nach seltsamen Bettgenossen, ich weiß, aber wenn man darüber nachdenkt, ergibt es durchaus Sinn." Sie hatte das Wort ‚Bettgenossen' absichtlich benutzt. Sie wollte ihn daran erinnern, wie gut sie zusammen gewesen waren, bevor alles durcheinandergeraten war. „Biologische Anthropologen werden immer öfter zu Ereignissen hinzugezogen, die vom Klimawandel beeinflusst werden. Vom Auffinden prähistorischer Überreste in tauenden Tundren, sinkenden Wasserständen in Seen, die jahrzehntealte Mordopfer in irgendwelchen Fässern zum Vorschein bringen, bis hin zu steigenden Meeresspiegeln, die in manchen Gegenden traditionelle Begräbnisstätten von Ureinwohnern bedrohen." Sie schluckte. „Ganz abgesehen davon, Todesopfer von Waldbränden zu identifizieren, die mittlerweile dank des Klimawandels stark zugenommen haben."

„Du hast schon Opfer nach Waldbränden identifizieren müssen?"

Sie nickte, und ihre Finger krallten sich um das Lenkrad, bevor sie sich zwang, sich zu entspannen. „Ich habe während meiner Promotionszeit bei einigen Bränden in Kalifornien assistiert. Meine Hauptaufgabe war es, Knochen von anderen verbrannten Überresten zu unterscheiden. Nichts fühlt sich so an wie Knochen, aber für die darin nicht ausgebildeten Einsatzkräfte kann es schwer sein, Gebeine zweifelsfrei zu identifizieren. Anschließend haben wir die menschlichen Knochen von den tierischen getrennt. Die Brandstellen haben noch gequalmt, als wir reingegangen sind, aber die Leute brauchten natürlich so schnell wie möglich Antworten darauf, was mit ihren Liebsten passiert war."

„Das hat bestimmt keinen Spaß gemacht."

„Es macht überhaupt keinen Spaß, aber ..." Wie konnte sie die Genugtuung ausdrücken, wenn man die Überreste einer geliebten

Person an die Familie übergab? Menschen nach Hause brachte? „Die Leute wollen immer lieber hören, dass ein Angehöriger tot ist, anstatt sich eine Ewigkeit lang Sorgen um ihn zu machen. DNA-Schnelltests haben sich als sehr effektiv darin erwiesen, die Überreste zu identifizieren und den Angehörigen eine Antwort zu geben, und zwar in viel kürzerer Zeit, als es früher möglich war."

„Man kann die Familienzugehörigkeit aber nicht immer anhand von DNA bestimmen." Seine Stimme klang heiser, und er wandte seine Aufmerksamkeit wieder dem Außenspiegel zu.

Wurden sie verfolgt, oder wich er ihrem Blick aus?

„Stimmt. Die DNA-Analyse ist nicht perfekt, aber wenn man bedenkt, dass wir manchmal nichts in den Händen haben als einen verkohlten Schädel, ist es schon ein Wunder der modernen Wissenschaft, dass wir tatsächlich identifizieren können, wer diese Person im Leben gewesen ist."

Er schwieg so lange, dass sie schon glaubte, er hätte wieder dicht gemacht, aber dann überraschte er sie.

„Ich wurde adoptiert." Er kratzte sich am Nacken, und ein verwundbarer Ausdruck zeichnete sich auf seinen Zügen ab. „Meine DNA verbindet mich nicht mit den Menschen, die ich liebe."

Ein winziger Riss tat sich in ihrem Herzen auf. Er schien den kleinen Riss zu spiegeln, der sich in Seths Rüstung aufgetan hatte.

„Du hast recht. DNA definiert nicht Familie. Aber sie kann benutzt werden, um die Verbindung zwischen biologisch verwandten Individuen herzustellen. Sie ist ein Werkzeug. Aber wir haben auch noch andere." Sie atmete tief durch und entschied, ins kalte Wasser zu springen, in der Hoffnung, wiedergutzumachen, was sie vorhin so leichtsinnig kaputt gemacht hatte. Indem sie vielleicht nicht interessiert genug an ihm als Person gewesen war, sondern nur als Kerl, auf den sie stand. Sie hatte nicht zeigen wollen, wie sehr sie glaubte, sie könnte ihn wirklich mögen, wenn sie nur den Hauch einer Chance bekam. Sie hatte nicht verwundbar oder schutzlos erscheinen wollen.

„Du hast gesagt, deine Schwester Ellie ist gestorben … War sie deine biologische Schwester?"

Aus dem Augenwinkel sah sie, wie seine Lippen schmal wurden, aber sie konzentrierte sich auf die Straße, denn der Verkehr fing langsam an zu stocken.

„Nein, aber wir hatten ein sehr enges Verhältnis. Meine Eltern haben sie ein paar Jahre nach mir adoptiert, was nur beweist, dass sie wirklich Heilige sind."

Zoe musste lächeln, denn er klang glücklich. „Ich nehme an, du warst ein lebhaftes Kind?"

Seth stieß den Atem aus. „Ich war das, was die Sozialarbeiter als ‚Problemkind' bezeichnen. Aber ich war kein Problemkind. Ich war die Hölle auf Erden."

„Wie alt warst du, als sie dich adoptiert haben?"

„Zwei."

Zoe versuchte, die Emotionen zu zügeln, die seine Worte in ihr hervorriefen. Wenn ein Kind so alt war, war es manchmal schwer, die Schäden zu reparieren, die von nachlässigen oder misshandelnden Vormunden verursacht worden waren. „Hast du Erinnerungen an diese frühen Jahre?"

Sie beobachte, wie Argwohn über sein Gesicht huschte, als ob das eine Fangfrage wäre. Sie entschied, stattdessen einfach über ihre eigene Kindheit zu sprechen, was sie nur sehr selten tat, denn skrupellose Leute könnten ihren Eltern aus diesen Informationen einen Strick drehen.

Seth Hopper war nicht die einzige paranoide Person in diesem Auto.

„Meine allererste Erinnerung ist aus dieser Zeit, als ich etwa zwei war. Ich habe am Strand von Monterey gespielt. Mein Bruder sollte auf mich aufpassen, als meine Mutter zum Haus zurückgelaufen war, um etwas zu holen, aber er hat mir den Rücken zugewandt, um ein Loch im Sand zu graben, was damals scheinbar sein einziger Lebensinhalt war. Ich verschwand. Als meine Mutter zurückkam, war ich plötzlich nicht mehr da. Ben hatte es nicht einmal mitbekommen."

Sie konnte noch immer die Möwen über ihrem Kopf kreischen hören und die salzige Brise in ihren Haaren spüren. „Mom dachte, ich wäre ins Meer gegangen. Sie ist in ihrem Sommerkleid ins Wasser gerannt, um nach mir zu suchen. Ein Surfer ist zu ihr gepaddelt und hat auf die Dünen gezeigt. Ich saß versteckt im hohen Gras. Ich glaube, ich war überzeugt davon, das beste Versteckspiel aller Zeiten zu spielen, aber ich kann mich auch daran erinnern, wie sehr es weh getan hat, als sie mich in die Arme gehoben und an sich gedrückt hat. Sie hat so laut geschluchzt, ich kann es noch immer hören."

Sie spürte Seths eindringlichen Blick auf ihrem Gesicht. „Wie ist sie nach diesem Tag damit klargekommen, am Strand zu wohnen?"

„Ha. Sie hat meinen Bruder und mich für jeden verfügbaren Schwimmunterricht angemeldet und uns so viel Angst und Schrecken eingejagt, dass wir es immer erst mit ihr absprechen mussten, wenn wir auch nur daran dachten, unsere Zehen ins Wasser zu tauchen."

„Also", hakte er nach und ergriff damit ihr Friedensangebot, „du hast einen Bruder?"

„Genau. Ben. Er ist Drehbuchautor in Hollywood und versucht, allein den Durchbruch zu schaffen. Das Problem ist nur, dass jeder, der im Filmbusiness einen Namen hat, weiß, dass er der Spross von Hollywood-Adel ist."

Seth lachte. „Ihr versucht beide, es allein in der Welt zu schaffen, ohne die Hilfe eurer Eltern."

Zoe zog eine Grimasse. „Ich mache es allerdings nicht besonders gut, wenn man bedenkt, dass ich ohne die Möglichkeiten meiner Mutter, die Truppen zu mobilisieren, jetzt tot wäre."

„Das stimmt so auch nicht ganz", widersprach Seth. „Wir hätten versucht, euch zu retten, ganz egal, was deine politischen Verbindungen sind. Aber die Mission wäre möglicherweise nicht als akut eingestuft worden, oder wir hätten nicht so schnell so viele Ressourcen zur Verfügung gehabt, wenn ihr nicht verwandt wärt. Ihr hattet extremes Glück, dass wir in der Nähe waren."

„Tut mir leid, wenn wir euch von wichtigeren Dingen weggeholt haben. Daran hatte ich gar nicht gedacht."

„Wir waren schon fertig. Hatten einen Schusswechsel mit ein paar Drogenschmugglern."

Zoe wusste, dass ihre Augen groß wurden. Ihm schien die permanente Gefahr gar nichts auszumachen. „Du hattest eine ereignisreiche Nacht."

Die Erinnerungen an sie beide zusammen im Bett stiegen augenblicklich in ihr auf, und Zoe spürte, wie sich eine tiefe Röte über ihre Wangen legte, also richtete sie ihre Augen starr auf die Straße.

„Stimmt, ich habe in letzter Zeit nicht besonders viel geschlafen", erwiderte er trocken und brachte es auf den Punkt.

„Das tut mir auch leid." Sie presste ihre Beine zusammen, entschlossen, nicht daran zu denken, wie unfassbar gut Seth beim Sex war.

Sein Tonfall wurde ernster. „Es war ein Fehler meinerseits, so unachtsam zu sein. Das hätte nicht passieren dürfen."

Der unerwartete Schuss direkt in ihr Herz ließ sie in dem Versuch, ihre Emotionen zu verbergen, blinzeln. Die Tatsache, dass er so leichthin abtun konnte, was zwischen ihnen vorgefallen war, legte nahe, dass es für ihn etwas anderes bedeutet hatte als für sie.

„Ich bekomme langsam das Gefühl, dass sich dir eine Menge Frauen an den Hals schmeißen, Agent Seth Hopper." Sie zwang Belustigung in ihre Stimme.

Die Stille zwischen ihnen wurde schwer und brütend.

„Muss schwer sein, so verflucht attraktiv zu sein." Sie wusste nicht, warum sie ihn weiter stichelte, aber sie konnte einfach nicht damit aufhören.

Er lachte leise auf. „Sag du's mir."

Das war nett von ihm, aber Zoe befand sich nicht einmal annähernd auf seinem Level, was äußere Schönheit anging. „Normalerweise stehen die Männer bei mir nicht Schlange, um mich zu daten."

„Daten?", hakte er nach.

„Sorry." Sie starrte angestrengt auf die Straße vor ihnen. „Ich wollte damit nicht sagen, dass du mich daten willst."

Er schüttelte den Kopf. „Das habe ich nicht gemeint–"

„Ich weiß, was du gemeint hast. Hör mal, Seth." Ohne Unterlass würgte sie das arme Lenkrad mit beiden Händen. „Was mir so schwerfällt zu sagen, ist, dass ich zwar wegen dem, was heute früh zwischen uns passiert ist, cool wirken wollte, aber die Worte, die aus meinem Mund herausgekommen sind, waren völlig idiotisch. Ob du es glaubst oder nicht, ich habe wirklich versucht, nicht noch gestörter zu erscheinen, als ich es bin, als ich gesagt habe, wie sehr ich es genossen habe, mit dir ins Bett zu gehen und wie sehr es mir gefällt, einfach Zeit mit dir zu verbringen. Aber das kam alles ganz falsch heraus. Es ist schon eine Weile her, seit ich eine gesunde Beziehung hatte, und normalerweise springe ich auch nicht mit Typen ins Bett, die ich kaum kenne."

Er rutschte unbehaglich auf seinem Sitz hin und her.

„Nicht dass du mir irgendwas davon glauben musst, ich meine, ich war heute Morgen ziemlich aufdringlich, so wie ich auf dich raufgeklettert bin und diese ganze Sache mit dem Sex …" Sie atmete tief durch, denn die Worte purzelten schon wieder nur so aus ihr heraus. „Die Sache ist die, ich mag dich. Nicht nur deinen Körper, der unter uns gesagt einfach *fabelhaft* ist. Ich mag dich, obwohl wir uns kaum kennen, und du bist vermutlich entsetzt darüber, dass ich sowas sage, wo wir die nächsten zwei Tage in diesem Auto festsitzen und du mir nicht entkommen kannst, aber–"

„Zoe–"

„Ich habe die Situation ausgenutzt, in der wir uns heute Morgen wiedergefunden haben, habe dich praktisch angebettelt, Sex mit mir zu haben."

„Zoe–"

„Und das tut mir leid, weil ich dich anschließend offensichtlich in Verlegenheit gebracht habe." Sie schluckte. „Aber ich glaube, ich habe in dem Moment irgendwie den Eindruck vermittelt, ich würde so etwas ständig machen und dass es mir nichts bedeutet hätte."

„Zoe–"

„Nur dass es mir etwas bedeutet *hat*. Und ich sage nicht, dass du jemals an irgendwas anderem Interesse haben wirst, abgesehen von, tja, ficken, aber ich will, dass du weißt, dass du nicht einfach nur ein Mittel zum Zweck warst und ich dich nicht einfach nur überfallen habe, weil ich ein sexuelles Verlangen befriedigen wollte–"

„*Zoe*–"

„Auch wenn ich mir nicht sicher bin, wie ich sonst beschreiben soll, was ich heute früh gefühlt habe. Das war ziemlich überwältigend …"

Seth griff nach dem Lenkrad und riss ihre Aufmerksamkeit ins Hier und Jetzt zurück. „Nimm die nächste Ausfahrt."

Ihr Herz hämmerte. *Verdammt.* Ihr Mund wurde trocken, als sie den Blinker setzte und den Umzugswagen von der Autobahn fuhr. Sie hatte den Bogen offensichtlich überspannt. *Schon wieder.* Anstatt zu versuchen, sich verständlich zu machen, sollte sie vielleicht einfach ihren Mund halten.

„Bieg hier links ab."

Sie bog ab. Zwei weitere Male, während er die Spiegel im Auge behielt.

„Halte hier an."

Zoe klapperte beinahe mit den Zähnen vor Nervosität, als sie den Umzugswagen am Straßenrand anhielt.

Seth legte seinen Laptop im Fußraum ab, dann löste er seinen Gurt, dann ihren. Sie dachte, er würde ihr die Leviten lesen, darüber, dass sie nichts weiter war als ein Job und sie es ihm unmöglich machte, seine Arbeit zu verrichten, ohne das Gefühl zu haben, sexuell ausgenutzt zu werden.

Stattdessen zog er sie zu sich herüber, bis sie rittlings auf seinem Schoß saß, und sie bemerkte, dass er vor Erregung hart wie Stein war, bevor er ihre Lippen mit seinen zermalmte.

15

———

Diesmal bat Seth nicht um Erlaubnis.

Er küsste sie innig und ausgiebig. Rieb sie gegen die harte Erhebung in seiner Jeans und glitt mit einer Hand unter ihr Oberteil, um ihre Brust zu suchen und ihren Nippel mit genug Nachdruck zu kneifen, dass sie in weniger als dreißig Sekunden aufschrie.

Bebend lag sie in seinen Armen, und er hielt sie fest an sich gedrückt, eine Faust in ihren seidigen, blonden Haaren vergraben, ihr Kopf unter seinem Kinn. Er behielt die Spiegel des Wagens weiterhin im Auge, suchte ihre Umgebung nach potenziellen Angreifern ab, während er noch immer mit dem Verlangen pulsierte, sich in dieser Frau zu verlieren, wenn es doch seine einzige Sorge sein sollte, sie zu beschützen.

„Ich mag dich auch, Zoe Miller. Aber könntest du jetzt bitte aufhören, das Wort ‚ficken‘ zu benutzen, denn du treibst mich jedes Mal, wenn es aus deinem Mund kommt, vor Lust in den Wahnsinn." Er küsste ihre Stirn, dann rutschte er auf den Fahrersitz.

Seth zog den Gurt quer über Zoes Körper und schnallte sie an, während sie vollkommen sprachlos dasaß. Dann legte er den

234

Gang ein und lenkte den Umzugswagen zurück auf die Autobahn.

Zoe hatte noch immer kein Wort gesagt, als Seth auf die Interstate 40 einbog.

Es war mit ziemlicher Sicherheit ein Fehler gewesen, sich auf eine Frau wie Zoe einzulassen, wenn man ihre Verbindungen bedachte, aber jetzt war es ein bisschen zu spät, um den Kurs zu ändern. Womöglich war es bereits in dem Augenblick zu spät gewesen, als er sich in die Konfrontation mit diesem Arschloch von Secret-Service-Agenten eingemischt hatte. Oder vielleicht schon in dem Augenblick, als er dabei geholfen hatte, Zoe in der Wüste zu retten.

Zur Hölle, er hatte schon im Motel von Gila Bend gewusst, dass sie sich voneinander angezogen fühlten, und hatte sich selbst dafür verflucht, nicht nach ihrer Nummer gefragt zu haben. Und auch wenn er ihre Nummer noch immer nicht hatte, hatte er im Moment sogar etwas viel Besseres. Er hatte Zeit. Zeit, sie kennenzulernen. Zeit, sie mit seinem umwerfenden Charme und seinem unverschämt guten Aussehen zu bezirzen.

Solange er sich nicht davon ablenken ließ, sie zu beschützen.

Das war seine Priorität.

Immer.

Er hatte keinerlei Hinweise auf einen Verfolger entdecken können. Hatte kein Gemurmel von oben gehört, dass das Kartell noch immer aktiv Jagd auf Zoe Miller und ihre Freunde machte.

Zoe starrte ihn mit großen Augen und einer niedlichen Röte auf ihren Wangen an. Ihm gefiel, dass er das mit ihr angestellt hatte.

Ihm war klar, dass Frauen sein Äußeres mochten. Falsche Bescheidenheit war nicht sein Problem. Aber er wollte eine Frau, die auch Interesse daran hatte, wer er unter der Oberfläche war. Und vielleicht schuldete er ihr auch ein bisschen mehr von sich. Es war gemein, jemandem vorzuwerfen, ihn nur um des Sex willens zu wollen, sich dann aber zu weigern, dem Gegenüber irgendwelche Einblicke zu dem zu geben, wer man unter der Uniform war.

Ein Buch mochte man vielleicht aufgrund des Einbands kaufen, aber man las nur dann auch weiter, wenn einem gefiel, was darin geschrieben stand.

„Ich behaupte gern, dass meine frühste Erinnerung der Tag ist, an dem meine Adoptiveltern zum Kinderheim gekommen sind und wir uns zum ersten Mal getroffen haben. Meine Mom hat ein Foto davon, das in ihrem Schlafzimmer hängt, also ist das möglicherweise der Grund, weshalb ich meine, mich so deutlich daran zu erinnern." Der Schnee und das Eis tauten langsam auf dem Asphalt, als die Sonne sich abmühte, ein paar Strahlen durch die grauen Wolken zu schicken. „Sie hatten jahrelang versucht, schwanger zu werden, aber nach mehreren Fehlgeburten und Versuchen mit künstlicher Befruchtung haben sie sich stattdessen für eine Adoption entschieden."

Der benommene Ausdruck auf Zoes Gesicht verflüchtigte sich. Er liebte es irgendwie, wie weggetreten sie nach einem Orgasmus war. Bei ihrem Eingeständnis war er sich vorgekommen wie ein Arsch, weil er am Morgen so schäbig reagiert hatte. Ganz egal, wie sicher er in seinem Job war oder nach außen hin wirken mochte, Beziehungen – vor allem romantische – waren seine Achillesferse.

„Du warst ein Pflegekind?", fragte sie.

„Ja. Irgendjemand hatte mich auf den Stufen eines Krankenhauses ausgesetzt wie in irgendeinem viktorianischen Roman." Er versuchte, die Verbitterung aus seiner Stimme zu verdrängen, schaffte es aber nicht.

Zoe rutschte in ihrem Sitz hin und her. Beobachtete ihn. War aufmerksam. „Du hast gesagt, du würdest ‚gern behaupten', dass es deine erste Erinnerung ist, wie du deine Eltern triffst." Lichtstrahlen spiegelten sich in ihren hellen, blauen Augen. „Was ist es tatsächlich?"

Sie hatte etwas mitbekommen, was die meisten Leute nicht bemerkten.

Er stieß ein leises Grummeln aus. „Ein Gefühl, keine bestimmte Situation." Er konzentrierte sich auf die hübsche Szenerie und die warme Luft, die aus der Lüftung blies. „Dieses erdrückende Gefühl, verlassen worden zu sein. Das Gefühl von Einsamkeit, davon, nicht gewollt zu sein." Nicht geliebt zu werden.

Er wusste, dass Zoe ihn genau beobachtete, aber er wollte ihr Mitleid nicht sehen. Er erzählte ihr das alles aus einem Bedürfnis nach Aufrichtigkeit heraus. Seine letzte Ex hatte seine Gefühle abgetan, weil er adoptiert worden war, als er noch so klein gewesen war, aber diese Erfahrung war dennoch in seine DNA eingeprägt. Und vielleicht war das nicht die beste Methode, um eine Frau wie Zoe zu beeindrucken, aber ihm war es lieber, sie wusste von vornherein, worauf sie sich hier einließ. Er war nicht perfekt. Er wollte diese ganze Heldenillusion in tausend Teile zerschmettern. Er war völlig verkorkst, was Beziehungen anging, und wollte, dass sie das wusste, und zwar jetzt, bevor einer von ihnen beiden sich tiefer in diese Sache verstrickte.

„Das wirklich Traurige ist, dass Mom und Dad die ganze Zeit über, in der ich auf eine Familie gewartet habe, schon auf der Liste standen. Wir haben nur wegen der Bürokratie diese frühe Form von Bindung verpasst."

„Das tut mir sehr leid." Zoe zog die Knie an die Brust. „Wir behalten so viel aus dieser prägenden Zeit und von unseren leiblichen Eltern in uns, dabei können wir es nicht einmal bewusst abrufen. Die Epigenetik legt sogar nahe, dass wir Trauma und Stress auf eine Weise vererbt bekommen, die wir gerade erst anfangen, zu verstehen."

Seth warf ihr einen kurzen Blick zu.

Ihre Haare waren ganz zerzaust von seiner Aufmerksamkeit, aber sie schien es nicht zu merken. Er versuchte, von der Erinnerung daran nicht angeturnt zu sein, während sie gerade über etwas so Gewichtiges sprachen. Er mochte ihren Verstand und ihre offensichtliche Intelligenz.

„Hungrig?“, fragte er.

„Am Verhungern.“

Sie waren kurz vor der Stadtgrenze von Albuquerque, also bog er in ein Drive-in ein, um Koffein nachzufüllen. Die Fahrt würde aufgrund des Wetters länger dauern, als er gehofft hatte, aber er hatte nicht vor, zu spät zu dieser Besprechung zu kommen. Wer wusste schon, was danach passieren würde.

Die Tatsache, dass er hoffte, dass etwas zwischen ihnen passieren *würde*, war für ihn ein Schock.

„Warst du an dem Prozess beteiligt, als deine Schwester adoptiert wurde?“

Die Frage war wie ein Schnitt in seine Haut, und das Aufblitzen des Schmerzes erwischte ihn unvorbereitet. Er hatte diese Tür aufgestoßen. Es war keine Überraschung, dass Zoe entschieden hatte, hindurchzutreten.

„Ja. Zuerst fand ich es überhaupt nicht gut, ein Geschwisterchen zu haben. Ich schätze, ich hatte Angst, dass ich zur Seite gedrängt werden würde.“ Seine Wangen brannten, denn viel von diesem sich nach Aufmerksamkeit sehnenden kleinen Jungen steckte noch immer in ihm.

Am Fenster des Fastfood-Restaurants nahm er zwei Kaffees und Schinken-Ei-Sandwiches entgegen, die bis zum Lunch reichen sollten. Mit einem „Danke“ fuhr er davon.

„Meine Mom hat mir immer versichert, dass Liebe niemals zwischen zwei Kindern aufgeteilt wird. Es gibt immer genug für alle. Sie hat mich davon überzeugt, dass ihre und Dads Liebe für mich niemals versiegen würde, und dass Ellie uns braucht, so wie ich sie gebraucht hatte.“

Zoe streckte die Hand aus und drückte sein Bein, bevor sie nach ihrem Kaffee griff und vorsichtig einen Schluck trank. „Deine Mutter klingt wie eine wundervolle Frau.“

Seth grinste. „Ist sie auch. Wirklich.“ Aber seine Stimmung verfinsterte sich, als er an den Tod seiner Schwester dachte.

Zoe schien seine Gedanken zu lesen. „Was ist Ellie zugestoßen?"

„Überdosis." Er überholte einen SUV, der auf der rechten Spur entlangschlich.

„Tut mir leid", erwiderte Zoe nur. „Das muss schrecklich gewesen sein."

Er nickte. „Meine Eltern hatten eine Veränderung in ihr bemerkt – sie war launisch und gereizt – aber sie haben es als übliche, rebellische Teenagerphase abgetan."

„Die Phase kenne ich sehr gut." Zoe lächelte, aber ihre Augen verrieten eine tiefe Traurigkeit.

„Als sie schließlich herausgefunden haben, was los war, hat Ellie ihnen versprochen, aufzuhören, aber das war anscheinend nicht so einfach." Seine Stimme wurde rauer, kämpfte gegen den vertrauten Kloß aus Trauer und Wut an. „Sie war heimlich mit einem alten Highschoolfreund von mir zusammen, der ihr ein paar Pillen gegeben hatte – vermutlich, damit sie mit ihm ins Bett geht." Seth war froh, dass er den Wichser nicht umgebracht hatte, denn das hätte sein Leben in eine vollkommen andere Richtung gelenkt. Aber er hatte die Gesichtszüge seines alten Kumpels auf ewig neu angeordnet. „Sie waren erst ein paar Monate zusammen, als sie etwas genommen hat, was mit Fentanyl verschnitten war, und das hat sie umgebracht."

Seth konzentrierte sich auf die Straße, nicht auf diese düsteren Erinnerungen. „Das ist jetzt zehn Jahre her. Drogen und Gangs waren in meiner Heimatstadt schon immer ein Problem. Mittlerweile ist es besser geworden, aber es ist immer noch ein ewiger Kampf, weißt du, was ich meine?"

Zoe nickte. „Gegen das Kartell zu kämpfen, ist also etwas Persönliches für dich?"

Er dachte einen Augenblick darüber nach. „Es gibt alle möglichen Verbrecher auf der Welt, und während eines Einsatzes genießen sie alle meine ungeteilte Aufmerksamkeit. Aber wenn ich einen Drogenschmuggler zur Strecke bringen kann", er nickte, „verschafft mir das noch ein bisschen mehr Genugtuung."

Zoes Augen blickten weiterhin traurig. „Ich wünschte, du hättest sie nicht verloren."

Emotionen schnürten ihm den Hals zu, und er schluckte mehrmals. „Ja. Ich auch."

„Also. Wegen dieses Orgasmus´ noch mal ..." Plötzlich funkelten ihre Augen, und sie zog fragend die Augenbrauen in die Höhe.

Bei ihrem Versuch, die Stimmung mit Humor aufzuhellen, zuckten seine Mundwinkel. „Hat mir irgendwie gefallen. Es gab diesmal kein Gequieke, aber definitiv Stöhnen."

„Ich *quieke* nicht." Sie lachte mit vorgespielter Empörung.

„Und es ging schnell. Vier an einem Tag. Ich habe dir ja gesagt, dass du dich bei dieser Sache mit den multiplen Orgasmen irrst."

„Ich habe mich liebend gern eines Besseren belehren lassen." Sie gähnte. Die Sonne stand mittlerweile hoch am Himmel, aber sie hatten gestern Nacht nicht so viel Schlaf abgekommen, wie sie gebraucht hätten.

„Schlaf ein bisschen. In ein paar Stunden bist du wieder dran mit fahren." Er musste arbeiten, aber er wusste auch, dass es dabei half, konzentriert zu bleiben, wenn er Fahren und Arbeiten abwechselte.

Zoe versteckte ein Gähnen hinter ihrer Hand. „Ich würde so gern die anderen anrufen und hören, wie es ihnen geht, aber ich habe kein Handy mehr."

„Schlaf für eine Stunde und dann lasse ich dich meins benutzen."

„Bestichst du mich gerade mit Bildschirmzeit?"

„Funktioniert es denn?" Er überholte ein Fahrzeug, während er in sein Sandwich biss. Er hatte genug Fahrsicherheitslektionen absolviert, um sich sicher zu fühlen, jetzt, da die Straße wieder etwas mehr Haftung hatte.

„Es funktioniert auf jeden Fall." Zoe fand eine Decke und stopfte sie unter ihren Kopf, dann zog sie ihre Stiefel aus und drehte sich auf die Seite, legte ihre Füße gegen Seths Oberschenkel.

Eine seltsame Schockwelle schoss durch seinen Körper, als sie ihn berührte. Er drückte ihren Fuß und spürte in diesem Moment einen beinahe überwältigenden Anflug von Besitzanspruch, und es fühlte sich alles so richtig an.

Er zwang seine Aufmerksamkeit wieder darauf, andere Fahrzeuge und Fahrer zu kontrollieren. Jeden Hinweis darauf wahrzunehmen, dass etwas ungewöhnlich war. Er hatte nichts bemerkt, was darauf schließen ließ, dass ihnen jemand folgte, und fing an zu glauben, dass die Gefahr tatsächlich vorbei war. Er hoffte es. Um Zoes Willen.

Seinetwillen.

Zoe schmiegte sich an die Lehne und schloss die Augen.

Seth richtete seinen Blick unbeirrt auf die Straße.

———

Anderthalb Stunden später war Zoe aufgewacht. Seth hatte ihr sein persönliches Handy geliehen, um es als Hotspot zu benutzen, und sie arbeitete an seinem Laptop, was vermutlich gegen die Regeln verstieß, aber sie würde ihn nicht verpetzen. Sie versuchte, sich in ihre Cloud einzuloggen, aber ihr Konto war auf zwei-Faktoren-Autorisierung eingestellt, und der Code wurde an ihr Handy geschickt, welches wiederum ein Klumpen geschmolzener Teile war, also brachte sie das nicht weiter. Sie wollte nicht riskieren, dauerhaft aus ihrem Konto ausgesperrt zu werden, also gab sie es nach einem Versuch auf.

Sie hatte Joaquin angerufen. Er und sein Team hatten leider weder die verschwundene Leiche gefunden noch irgendetwas, das wie ein frisches Grab aussah. Er hatte ihr erzählt, dass sie mit den anderen Leichen und den Ermittlungen alle Hände voll zu tun hatten, ganz zu schweigen davon, dass die sintflutartigen Regenfälle, so willkommen sie für die ausgetrocknete Erde auch sein mochten, alle Spuren und Beweise weggespült hatten, die nicht bereits gesichert worden waren. Die Frau würde für alle Ewigkeit ein Rätsel bleiben, es sei denn, die Behörden stießen auf

Gold. Vielleicht könnte Zoe die Gerichtsmedizin davon überzeugen, in der Gegend eine LIDAR-Suche zu starten? Oder vielleicht konnte sie mit anderen Forschern an der Uni sprechen, ob jemand die Zeit und Ausrüstung hatte, um eine eigene Untersuchung einzuleiten?

Sie wühlte in der Seitentasche ihrer Weste herum und förderte die Beweistüte hervor, in der sich das Medaillon befand.

„Was ist das?" Seth wandte den Blick nicht eine Sekunde von der Straße ab.

Zoe zögerte. Es war ja nicht so, als ob sie Seth und Agent Hersh nicht von den Beweisen erzählt hätte, die sie gefunden hatte. Sie bezweifelte, dass er es vergessen hatte. Wenn das ein Vertrauenstest war, dann würde sie nicht durchfallen. Nicht jetzt.

„Erinnerst du dich, wie ich dir von den Gegenständen erzählt habe, die ich neben der Toten gefunden habe?"

Er nickte.

Sie hatte es gewusst.

„Eins davon war ein goldenes Medaillon mit dem Bildnis der *Santa Muerte.*"

„Die Heilige der Drogendealer." Seths Lippen wurden schmal.

„Ja, aber sie ist viel mehr als das. *Nuestra Señora de la Santa Muerte* ist eine Volksheldin, deren Ursprünge zur indigenen Spiritualität und der Aztekengöttin des Todes zurückverfolgt werden kann. Natürlich ist sie den protestantischen und katholischen Kirchen ein Dorn im Auge." Zoe verzog das Gesicht.

Ihre Mutter war christlich erzogen worden, war aber nicht gläubig. Ihr Vater war jüdisch, und ihre Familie hatte mehr Zeit in der Synagoge verbracht als in der Kirche. Zoe verstand sich selbst eher als spirituell als religiös, aber ihr war bewusst, dass Religion in den meisten Kulturen eine große Rolle spielte. Sie würde keinem von ihnen sagen, dass ihr Glaube falsch war, es sei denn, er verletzte die Freiheiten und Rechte anderer, oder sie fingen plötzlich an, Menschen zu opfern – was viele Leute es für *Santa Muerte* schon getan hatten. Davon war Zoe kein Fan.

„Die Leute beten unter anderem zu ihr, damit sie negative

Einflüsse beseitigt, und bitten um ihren Schutz. Sie zieht all jene an, die die traditionellen religiösen Institutionen ausgeschlossen haben – LGBTQ+-Menschen beispielsweise und die Armen, deren Glaube sie nicht aus ihrem Elend befreien konnte, genauso wie solche, die jenseits des Gesetzes stehen. Ihre Verehrung ist die am schnellsten wachsende neue Religion auf dem amerikanischen Doppelkontinent."

Seths Ausdruck wurde noch finsterer.

Vielleicht war seine Antipathie unter den gegebenen Umständen keine Überraschung. *Santa Muerte* war die Heilige der Drogendealer, und seine Schwester war an einer Überdosis gestorben.

„Wie auch immer, ich habe am Tatort Fotos gemacht, aber ich komme nicht in meine Cloud rein und weiß nicht, ob sie hochgeladen wurden oder nicht. Ist es okay, wenn ich mit deinem Handy ein Foto von dem Medaillon mache und es in die Datenbank für vermisste Migranten hochlade? Möglicherweise hat jemand eine Beschreibung von diesem Schmuckstück für eine vermisste Migrantin reingestellt, und wir landen einen Treffer."

Ein Schuss ins Blaue.

„Sicher. Willst du mein Diensthandy benutzen, damit das FBI es im Protokoll hat?"

Sie verzog das Gesicht. „Ich weiß nicht. Ich habe es gegenüber diesem Arschloch – ich meine ASAC – Patterson nicht einmal erwähnt, als wir gestern miteinander gesprochen haben." Es kam ihr vor, als wäre das tausend Jahre her. „Ich könnte natürlich behaupten, ich hätte es vergessen, aber ich traue ihm ehrlich gesagt nicht, meine Meinung ernst zu nehmen, und ich glaube nicht, dass er die Beweise priorisieren würde."

„Patterson ist ein klassischer Blue-Flamer."

„Ein was?"

„Jemand, der so erpicht darauf ist, Eindruck zu schinden, dass ihm schon blaue Flammen aus dem Arsch kommen. Das Problem ist, dass es ihm egal ist, wen er auf dem Weg an die Spitze verbrennt."

„Klingt schmerzhaft."

Seth lachte.

„Wenn es aus irgendeinem Grund Ermittlungen gegen dich geben sollte, welches Handy wäre dann besser?" Sie sah, wie sich seine starken, fähigen Finger um das Lenkrad schlossen, und versuchte, nicht daran zu denken, auf welche andere Art und Weise er noch derart geschickt mit ihnen umgehen konnte.

„Wenn es auf dem Diensthandy ist, hat das FBI augenblicklich Zugriff darauf." Er warf ihr einen schrägen Blick zu. „Sie würden nicht wollen, dass ich dir erlaube, das Bild auf eine externe Datenbank hochzuladen, nicht ohne die Erlaubnis des leitenden Agenten."

„Ich stimme für dein persönliches Handy, und dann kannst du sagen, du hast es mir ausgeliehen, um ein paar private Anrufe zu machen, und alles Wissen über meine schändlichen Taten abstreiten, die ich während dieser Zeit begangen habe."

„Ich habe keine Angst davor, Verantwortung für mein Handeln zu übernehmen, Zoe."

„Das weiß ich." Sie streckte die Beine aus, die ganz steif von diesem engen Fahrerhäuschen waren. „Ich hatte nur den Eindruck, dass Patterson nichts lieber tun würde, als deine Eier über offenem Feuer zu grillen."

Seth lachte schallend auf. „Allerdings. Aber dich hat er auch nicht gerade ins Herz geschlossen."

„Ja, nicht wahr? Was ist mit dem Kerl überhaupt los?" Sie gluckste und ihr wurde plötzlich bewusst, dass sie sich trotz all der furchtbaren Dinge, die in letzter Zeit passiert waren, glücklicher fühlte als seit einer Ewigkeit. „Ich wette, dass er sich als junger Mann für das Geiselrettungsteam beworben hat und abgelehnt worden ist. Jetzt hat er Männer wie dich gefressen–"

„Wir haben auch eine Frau in der Truppe, nur dass du Bescheid weißt."

„Oh mein Gott, die will ich unbedingt kennenlernen." Zoe konnte sich nicht vorstellen, wie körperlich und mental fit und entschlossen diese Frau sein musste, um ein Auswahlverfahren zu bestehen, das dafür ausgelegt worden war, sogar die besten Männer auszusortieren. „Patterson würde sie auf der Stelle verschmähen und sich jeden Morgen von ihr den Kaffee servieren lassen."

„Oder sie ans Office of Professional Responsibility verpfeifen, weil sie nicht alle ihre Bleistifte vorschriftsmäßig angespitzt hat."

„Gibt es das wirklich?"

Er nickte.

„Klingt ein bisschen seltsam."

„Es ist auch ein bisschen albern, aber sie nehmen ihren Job sehr ernst. Vermutlich kriege ich sowohl eine Bemerkung als auch eine schriftliche Verwarnung in meine Akte, weil ich dich auf diesen nicht genehmigten Ausflug in die Wüste begleitet habe und dafür gesorgt habe, dass Hersh auf diese verdammte Schlange tritt."

„Aber ich habe dich gezwungen–"

Er brummte verächtlich.

„Habe ich wirklich. Ich finde, du solltest dich mal genauer daran erinnern, was passiert ist. Du hättest mich in Handschellen legen müssen, damit ich nicht in die Wüste spaziere–"

„Was auch der Grund ist, weshalb ich immer Kabelbinder dabeihabe."

Jetzt war sie an der Reihe mit brummen. „Nie im Leben hättest du die Tochter der Vizepräsidentin in Handschellen gelegt."

„Und das ist genau das, was ASAC Patterson von mir hören will." Er blickte zur Seite, dann überholte er einen anderen Umzugswagen. „Ich glaube, er will behaupten, unser Verhalten wäre irgendwie politisch motiviert gewesen, aber auf diese verdrehte Argumentation werden Hersh und ich niemals eingehen. Im Prinzip hatten wir einfach Zeit, warum sollten wir also nicht nach einer Leiche suchen, anstatt uns die Beine in den Bauch zu stehen und Däumchen zu drehen?"

Zoe streckte die Hand aus und berührte seinen Arm. „Wenn wir nicht losgezogen wären, hätten wir nie bemerkt, dass die Leiche verschwunden ist – egal ob der Fallbeauftragte mir glaubt oder nicht. Und wir hätten auch die beiden anderen toten Männer nicht gefunden."

Agent Hersh war am Morgen zurück nach Quantico geflogen worden, zum Glück ohne bleibende Folgen des Schlangenbisses.

„Wie ungewöhnlich ist es für einen Stellvertreter des leitenden Agenten, der Fallbeauftragte zu sein?", fragte sie.

Seth zog eine Grimasse. „Sehr ungewöhnlich. Aber Lorenzo Santiago und sein Stellvertreter stehen beide auf der FBI-Liste der meistgesuchten Verbrecher. Wenn diese Ermittlung also zur Verhaftung eines der beiden führt, wird der Fallbeauftragte zumindest auf dem Papier verdammt gut dastehen. Das Hauptquartier wird seine Karriere auf die Überholspur katapultieren."

Zoe hasste es, dass Pattersons Beweggründe möglicherweise vollkommen egoistisch waren.

„Vielleicht ist Patterson auch ein guter Kerl, dem einfach die Politik deiner Mutter nicht gefällt." Seth zog eine Augenbraue hoch.

„Was kein Grund ist, es an mir auszulassen."

„Er sollte sich bei der Ermittlung nicht von seiner Politik leiten lassen, das stimmt", räumte Seth ein.

„Jetzt will ich irgendwie über den Kerl herziehen", grummelte Zoe.

„Nur zu." Er grinste sie an, und ihr Herz krachte gegen ihren Brustkorb, als sie einmal mehr daran erinnert wurde, wie atemberaubend gutaussehend dieser Mann war.

Sie atmete tief durch, um ihre Reaktion wegzudrängen, inhalierte dabei aber nur den sauberen, frischen Geruch seiner Seife ein, was sie an seine warme, weiche Haut erinnerte und wie sie sich unter ihren Lippen angefühlt hatte.

Verdammt.

Sie räusperte sich. Zurück zum Geschäftlichen. „Hast du irgendwo noch Beweistüten?"

Seth nickte. „Im Seitenfach meiner Reisetasche. Bevor ich zum HRT, also zum Geiselrettungsteam übergetreten bin, war ich Fallbeauftragter in den Ozarks und habe mir angewöhnt, für jede Eventualität vorbereitet zu sein."

„Wie ein vorbildlicher Pfadfinder."

„Tja, ganz zufälligerweise …"

Sie grinste. „Natürlich warst du Pfadfinder. Ich wurde wegen meines störenden Verhaltens aus der Wölflingsgruppe rausgeworfen."

„Ich erkenne langsam ein Muster."

„Ha ha. Ich wollte etwas Aufregendes unternehmen, Campen oder so, aber wir haben ständig nur Bastelarbeiten mit Tonnen von Glitter gemacht. Ich habe einen Aufstand angezettelt–"

„Ich wusste es."

„Sie haben mich rausgeworfen." Sie zog eine Schnute. „Meine Mutter war nicht gerade erfreut."

„Wegen dir oder wegen denen?"

„Beides."

„Ich kann mir vorstellen, dass sie nicht die einfachste Person ist", bemerkte er vorsichtig. „Ich meine, das würde ich über jeden sagen, der verrückt genug ist, in die Politik zu gehen."

Zoe zog eine Grimasse. „Ist sie nicht. Aber sie war auch nicht schlimmer als die anderen Eltern in Monterey. Nachdem sie in die Politik gegangen ist, hat sich alles ein bisschen verschoben. Ben und mir wurde unmissverständlich eingebläut, dass wir besser nichts anstellen, was den Ruf der Familie gefährden könnte, oder wir würden umgehend aufs Internat geschickt werden. Davor war es immer Dad gewesen, der die öffentliche Aufmerksamkeit auf sich gezogen hat, und niemand hat sich darum geschert, ob wir etwas anstellen oder nicht."

„Dann war es also eine große Sache, bei den Pfadfindern rausgeworfen zu werden."

„Oh mein Gott, ja. Man hätte meinen können, sie hätten mich beim Anschaffen oder Koksen erwischt." Sie erstarrte. „Nicht, dass ich das verurteile."

„Ich persönlich habe verdammt große Vorurteile, wenn es darum geht, dass Kinder anschaffen gehen oder koksen."

Sie beobachtete ihn, wie er seine Schultern ausrollte und die Spur wechselte. Er hatte seine Jacke ausgezogen und die Ärmel hochgeschoben, denn in der Fahrerkabine war es mittlerweile sehr warm. Zoe musste an den explosiven Orgasmus vor ein paar Stunden in genau diesem Sitz denken. Seitdem war es hier drin regelrecht heiß. Es war eine extrem effektive Art und Weise, sie zum Schweigen zu bringen, und sie würde diese Bestrafung liebend gern wieder über sich ergehen lassen, wenn es sein musste.

„Meine Eltern waren ziemlich cool mit allem, aber nicht damit, schlechte Entscheidungen zu treffen oder das Gesetz zu brechen", warf Seth nach einer langen Weile ein.

Zoe wollte mehr über sie wissen. „Was machen sie?"

Seth schien nicht zu bemerken, was für eine Wirkung die angespannten Muskeln seines Unterarms auf ihre Libido hatten.

„Mom ist Lehrerin. Dad arbeitet für die Stadtverwaltung, als Landschaftsgärtner. Leider konnte er seinen grünen Daumen nicht an mich weitergeben."

„Da haben wir was gemeinsam." Sie grinste, fand eine kleine, durchsichtige Beweistüte in seiner Tasche und zog sie hervor. Vorsichtig kippte sie das Medaillon vom Umschlag in die Tüte, achtete darauf, so wenig Übertragungsspuren wie möglich zu hinterlassen. Sie betrachtete das Medaillon genau und sah, dass auf der Rückseite Initialen eingraviert waren, auch wenn sie schwer zu erkennen waren.

„Du weißt, dass jegliches Spurenmaterial vor Gericht unzulässig ist?", fragte Seth.

„Ja, ich weiß. Aber ich hoffe, wir könnten vielleicht einen Fingerabdruck oder genügend DNA finden, die uns einen ersten Anhaltspunkt geben. Ich habe eine Freundin im FBI-Labor, die das Medaillon und den Zahn untersuchen wird."

„Du hast einen Zahn gefunden?", rief er überrascht.

„Direkt neben dem Körper. Ich habe mir den Mund des Opfers allerdings nicht angeschaut und weiß also nicht, ob er ihr gehört.

Ich bin davon ausgegangen, dass Joaquin das macht, wenn er die Autopsie durchführt."

Und sie wussten beide, wie das ausgegangen war.

„Wenn wir DNA finden, aber keinen Treffer in der Datenbank mit den vermissten Migranten landen, versuche ich es vielleicht auf einer dieser Stammbaumseiten. Vielleicht finde ich dort etwas." Bedrohlich aussehende Wolken brauten sich am Horizont zusammen. Noch mehr schlechtes Wetter voraus. „Hast du jemals überlegt, dich bei so einer Seite anzumelden?", fragte sie beiläufig.

Sein Kiefer verspannte sich, und seine Nasenflügel bebten.

Sie zweifelte, ob er antworten würde.

Dann stieß er einen schneidenden Seufzer aus. „Ich habe darüber nachgedacht. Mehr als einmal. Aber ich kann die Angst nicht überwinden, dass ich mit irgendeinem Monster verwandt bin, wie dem Golden-State-Mörder oder so."

„Das würde nichts daran ändern, wer du bist, Seth."

„Vielleicht. Vielleicht auch nicht." Er schluckte leer, und sie konnte sehen, dass es ihm schwerfiel, darüber zu sprechen. „Die andere Sache ist die, selbst wenn ich meine leibliche Mutter finden sollte, bin ich nicht sicher, ob ich ihr vergeben könnte, dass sie mich ausgesetzt hat. Anonym. Auf den Stufen eines Krankenhauses? Wer macht denn sowas?"

Zoe konnte sich nicht vorstellen, wie sehr einen sowas verkorksen konnte. „Ich schätze, sie war sehr jung oder hatte große Angst. Die Tatsache, dass sie dich an einem Ort abgegeben hat, wo du schnell gefunden wirst und wo man sich gut um dich kümmern würde, legt irgendwie nahe, dass es ihr nicht egal war."

Er verzog das Gesicht. „Vielleicht. Und dann ist da noch die Angst, dass sie vergewaltigt wurde und mich deshalb nicht wollte …"

Zoes Herz brach. Das erklärte eine Menge darüber, warum er heute früh so vorsichtig mit ihrer Zustimmung umgegangen war. „Wenn es ein Trost ist, und ich weiß, dass es das womöglich nicht sein kann, finde ich aber, dass du ziemlich gut geraten bist. Du bist jemand geworden, auf den jede Mutter stolz wäre."

Sein Mundwinkel zuckte. „Das sagst du nur, weil ich dich heute schon viermal zum Höhepunkt gebracht habe.“

„Ha.“ Sie hatte tatsächlich den Überblick verloren. „Ich wette, ich könnte dich heute auch viermal zum Höhepunkt bringen.“

Der Umzugswagen schlingerte ein bisschen, bevor Seth ihn wieder unter Kontrolle brachte. So viel zum Thema ungerührt.

Zoe stieß ein heiseres Lachen aus, dann wandte sie ihre Aufmerksamkeit wieder der Webseite zu, gab aus dem Gedächtnis und von den Notizen, die sie auf die Umschläge geschrieben hatte, so viele Informationen wie möglich ein. Es würde eine Weile dauern, bis alles hochgeladen und in der Datenbank verfügbar war, aber Zeit hatten sie jede Menge. Die Straßenschilder sagten ihnen, dass sie sich Amarillo näherten und Zoe mit Fahren dran war.

16

Fünf Stunden waren vergangen, und Ryan und Donnelly hatten es bisher geschafft, sich nicht gegenseitig umzubringen. Sie hatten eine Liste von neunzehn Fahrzeugen und einen Haufen verpixelter Bilder, die sie nun durch das Gesichtserkennungsprogramm jagten.

Ryans Magen knurrte vor Hunger, aber er wollte verdammt sein, wenn er der Erste war, der einbrach.

Die Einheimischen von Gila Bend waren abgehauen, sobald die Jungs vom Kartell aufgetaucht waren, aber nicht, bevor sie ihnen die Richtung zu den Zimmern der Anthropologen gewiesen hatten. Ryan wünschte, sie hätten Aufnahmen aus der Rezeption, aber angeblich funktionierte ausgerechnet *diese* Überwachungskamera nicht.

Vermutlich war es ohnehin ein Wunder, dass sie überhaupt Aufnahmen hatten.

Ryan waren weder die beiden Begegnungen zwischen Seth Hopper und Zoe Miller entgangen, noch die offensichtliche, augenblickliche Anziehung zwischen den beiden. Es war eine Körpersprache, mit der er engstens vertraut war. Er würde bei diesem Roadtrip liebend gern Mäuschen spielen, denn er hatte keine Zweifel, dass die knisternde Atmosphäre zwischen den beiden eine Menge Probleme für den sonst so hyperfokussierten Hop darstellte.

Aber Ryan wollte Donnellys Aufmerksamkeit nicht auf diesen Punkt lenken. Er war sich nicht sicher, wie sie reagieren würde. War sie eine Person, die tratschte? Oder war sie jemand, der seine Teamkollegen schützte?

„Donnelly." Daniel Ackers, der Direktor des Geiselrettungsteams, steckte seinen Kopf durch die Tür. „Ich muss Sie in meinem Büro sprechen. Jetzt gleich."

Ackers suchte Ryans Blick, und dem gefiel nicht, was er da sah.

Mit laut kratzendem Geräusch schob Donnelly ihren Stuhl zurück.

„Ich besorge uns was zum Mittagessen", bot Ryan an.

Donnelly nickte geistesabwesend. Sie sah beunruhigt über das aus, was Ackers von ihr wollte, und Ryan konnte es ihr nicht verdenken.

Er folgte den beiden aus dem Zimmer.

„Hey." Ryan ging hinüber und beugte sich über Maddie Goodwins Schreibtisch. „Wie geht's dem Baby?"

„Super." Maddie lächelte, aber ihr Ausdruck war abgelenkt, und sie zog auch nicht ihr Handy aus der Tasche, wie sie es sonst immer tat, wenn sich jemand nach ihren Kindern erkundigte. Irgendetwas stimmte nicht.

„Was ist mit Donnelly los?"

Maddie presste die Lippen zusammen und warf einen eiligen Blick auf Ackers geschlossene Bürotür. „Darf ich nicht sagen."

Ryan runzelte die Stirn. „Warum nicht?"

In diesem Moment kam Meghan Donnelly aus Ackers Büro gestürzt. Sie erblickte Ryan und wandte augenblicklich den Blick ab, aber er hatte ihre geröteten Augen und ihr tränennasses Gesicht bereits bemerkt.

Ryan warf Maddie einen fragenden Blick zu. *Was zur Hölle …?* „Wenn das irgendwas damit zu tun hat, dass Donnelly und ich uns angeblich nicht verstehen–"

„Hat es nicht", murmelte Maddie kaum hörbar.

Ryan beugte sich weiter zu ihr, kämpfte gegen den Drang an, Donnelly hinterherzurennen. „Womit dann?"

Maddie warf einen weiteren verstohlenen Blick zu Ackers Büro.

„Sie hat jemanden verloren", antwortete sie leise flüsternd. „Der Boss musste es ihr mitteilen. Sag niemandem, dass ich es dir gesagt habe, sonst verliere ich meinen Job."

Ryan nickte Maddie zu. Er würde eine Freundin niemals verraten.

Er entschied, seine Kollegin zu suchen. Ihr SUV stand noch immer auf dem Parkplatz, also wusste er, dass sie noch im Gebäude war. Er fragte herum, aber niemand wusste, wo sie war. Jeder ging davon aus, dass er sie genervt hatte und sie sich jetzt irgendwo verkrochen hatte, um wieder einen kühlen Kopf zu bekommen. Er korrigierte sie nicht.

Schließlich versuchte er es ein zweites Mal mit der Damenumkleide. Da Meghan die erste Frau war, die das Auswahlverfahren und die Aufnahme ins Taktische Operationssystem der Marineeinheiten geschafft hatte, war hier nicht gerade der Bär los. Die Umkleide hatte die ganze Zeit darauf gewartet, dass Meghan endlich diese Barriere durchbrach, und das hatte sie mit wehenden Fahnen getan. Das ganze Team empfand eine seltsame Art Stolz darüber, die erste Agentin eines Geiselrettungsteams in ihren Reihen zu haben – einen Stolz, den sie nicht verdient hatten.

Vermutlich setzte das Meghan auch enorm unter Druck – die Erwartungen anderer. Druck, den sie nicht gebrauchen konnte.

Ryan klopfte erneut an die Tür, aber niemand antwortete, also betrat er den Raum. Lauschte angestrengt.

Irgendwas an der Stille verriet ihm, dass er nicht allein war. Hier war noch jemand anderes. Jemand, der sich versteckte.

„Meghan?"

Keine Antwort.

Er ließ die Tür hinter sich zufallen. Es dauerte eine volle Minute, bis leises Schluchzen an seine Ohren drang.

Er fand sie in den Duschen, vollständig angezogen, wie sie an der Fliesenwand zusammengesackt dahockte und ihr Gesicht in den Knien vergrub.

Ryan erkannte diesen tiefen, quälenden Kummer wieder und konnte genauso wenig fortgehen, ohne zu versuchen, Meghan zu helfen, wie er zu atmen aufhören konnte.

„Hau ab." Ihre Stimme war voller Tränen.

Als Mann, der seine eigene Trauer mit der Anmut eines Boxers, der mit einem Grizzlybären ringt, verarbeitet hatte, war es vermutlich falsch, ihren Wunsch zu ignorieren. Er verstand ihr Verlangen nach Abgeschiedenheit, nach Distanz. Aber es hatte eine Zeit gegeben, als die Worte eines Freundes das Einzige gewesen waren, was ihn durch die ersten paar Tage gebracht hatte, möglicherweise durch das ganze erste Jahr, das er ohne die Liebe seines Lebens hatte durchstehen müssen.

Er ließ sich an der Wand hinunter zu Meghan sinken und schlang seinen Arm um ihre Schultern. Sie war zunächst steif wie ein Stock, aber er zog sie dennoch in seine Arme und wiegte sie an seiner Brust, bis sie endlich losließ. Sie mochte ihn nicht besonders, aber das war in diesem Moment egal. Manchmal war es einfacher, den Leuten gegenüber ehrlich zu sein, die man nicht beeindrucken wollte.

Schluchzer schüttelten ihren Körper. Ihre Tränen durchnässten sein T-Shirt. Ihre Finger krallten sich so fest an ihn, dass sie ihm die paar Haare ausriss, die er auf der Brust hatte. Er ignorierte den Schmerz und spürte die vertraute, stumpfe Klinge seiner eigenen Trauer, die in seinem Herz herumstocherte, nach einer Flasche Whisky oder einer warmen, willigen Frau suchte, um das Gefühl auszulöschen, sein Leben wäre zu Ende.

Vorbei.

Für immer.

Aber das war es nicht.

Und das Schuldgefühl dieser Erkenntnis hatte ihn beinahe von Neuem umgebracht.

Endlich hörte Meghan auf zu weinen und löste sich von ihm.

Sein Arm lag weiterhin um ihre Schulter, aber sein Griff wurde lockerer. Wenn sie wirklich Abstand wollte, war Meghan Donnelly mehr als in der Lage, ihn sich zu holen.

„Willst du mir erzählen, was los ist?", fragte er leise.

Sie wischte sich das Gesicht ab, schnäuzte sich in ein Taschentuch, das zerknüllt in ihrer Faust steckte. Stieß einen schweren Seufzer aus, der sich dann irgendwie doch nicht in ein Schluchzen verwandelte.

„Mein Dad ist gestorben."

Oh, Mist.

Eine weitere Runde Tränen.

Ryans Finger drückten ihre Schulter, als er sie umarmte. „Tut mir leid."

Ein paar Minuten war die Stille von nichts Lauterem als dem Schlag ihrer Herzen erfüllt.

Schließlich schniefte Meghan. „Wir hatten nicht immer ein gutes Verhältnis, aber in den letzten Jahren wurde er nachgiebiger."

Ryan schloss die Augen, als er das gebrochene Herz in ihrer Stimme hörte.

„Wir haben uns endlich besser verstanden, und ich glaube, er war stolz auf mich, dass ich es ins HRT geschafft habe, obwohl ich die Ranger-Schule nicht geschafft hatte." Sie verdrehte die Augen, dann wischte sie wieder die Tränen ab. „Er war Ranger und wahnsinnig stolz darauf."

Ryan lachte trocken auf. „Die Hälfte der Leute da sind ehemalige Sondereinsatzkräfte. Die sind nicht besser als du."

„Was ist mit dir?", fragte sie, offensichtlich neugierig.

Er lachte leise. „Ich war nie im Militär. Nie bei der Polizei." Was die üblichste Route war, wie man Agent wurde.

Meghan runzelte die Stirn. „Was hast du denn studiert?"

„Landwirtschaft."

Sie lachte, dann hielt sie wie ertappt inne. Ihr Ausdruck verfinsterte sich wieder.

„Du wirst dich dran gewöhnen."

„Woran?"

„An die Schuldgefühle, wenn du glücklich bist oder lächelst, oder manchmal sogar kurz vergisst, dass jemand, den du liebst, tot ist."

Ihre Unterlippe zitterte, und zum ersten Mal überhaupt bemerkte Ryan den vollen Mund seiner Teamkameradin. Er stopfte den Gedanken zurück in die Kiste, wo er all die Dinge aufbewahrte, an die zu denken er sich verboten hatte.

Er erwiderte ihren dunklen braunen Blick, vergewisserte sich, dass er nichts davon gezeigt hatte. Es hatte nichts zu bedeuten. Ryan liebte Frauen. Alle Frauen. Aber wenn es eine Frau auf dem ganzen Planeten gab, die er nicht anrühren durfte, dann diese hier.

„Wir waren endlich an einem Punkt, wo wir anfingen, als Erwachsene eine Beziehung aufzubauen. Und jetzt ist er tot, und ich bin so wütend und verzweifelt und verloren." Sie fing wieder an zu weinen, ein Schlúchzen, das Ryans eigenes gebrochenes Herz zerriss. Diese Frau war tougher als die meisten Männer, die er kannte. Aber Trauer konnte einem den Boden unter den Füßen wegziehen. Anfang des Jahres hatte sie sein ganzes Team völlig unvorbereitet erwischt, und sie hatten noch nicht wirklich begonnen, die Ereignisse zu verarbeiten.

Ryan holte tief Luft, dankbar, dass seine Teamkameraden in diesem Moment in Sicherheit waren, und untersagte sich, an diejenigen von ihnen zu denken, die nicht mehr unter ihnen weilten. Er drückte Meghan an seine Brust und ließ sie alles hinausweinen.

Als sie wieder ruhiger wurde, strich er ihr behutsam über den Rücken.

„Ich habe vor acht Jahren meine Frau verloren." Seine Stimme brach. „Sie hieß Becky, und ich habe sie mit jeder Faser meines Wesens geliebt."

Er wurde ganz still, als er den rostigen Geschmack des Namens seiner toten Frau auf seiner Zunge schmeckte. Sein Hals war so zugeschnürt, dass die Worte nur wie ein Knurren herauskamen. „Krebs." Er schluckte, erlaubte sich nicht zu weinen. Nicht einmal jetzt, vor Meghan, deren Verletzlichkeit so bloßlag. „Ich habe vor Trauer beinahe den Verstand verloren – und das meine ich ganz buchstäblich."

Tränen schimmerten in Meghans dunklen Augen.

„Das Einzige, was mir durch das erste Jahr geholfen hat, waren die Worte eines guten Freundes. Er hat mir gesagt, dass man manchmal nichts anderes tun kann, als zu atmen." Ryan presste die Lippen zusammen. „Ich weiß, es ist nicht viel, aber gerade, wenn alles andere zur Hölle fährt, funktioniert es tatsächlich, sich auf das Ein- und Ausatmen zu konzentrieren. Man taucht am anderen Ende wieder auf. Wenn nicht intakt, dann zumindest doch funktionsfähig."

Ihr Brustkorb bebte aufgrund ihres angestrengten Einatmens. „Wie Yoga?"

Er lachte leise auf. „Ich dachte eher an taktisches Atmen–"

„Sich auf den Atem zu konzentrieren, ist die Basis jeder Yogapraxis, und das ist viel älter als das Konzept von ‚taktischem Atmen'." Sie senkte die Stimme, zog ihn auf.

„Okay, dann eben Yoga-Atmen. Ein Atemzug nach dem anderen."

Meghan schluckte hörbar und wischte sich die Augen ab. Sie wirkte etwas gefasster, ließ seine Hand los, und sie standen auf. Ryan ertappte sich dabei, wie er fast zärtlich auf sie hinunterschaute.

„Tut mir leid, dass ich immer so ein Arsch bin." Sein Blick wanderte hinauf an die Fliesendecke, deren Fugen mal wieder erneuert werden könnten. „Ist meine Bewältigungsstrategie. Na gut, eine davon." Wieder schaute er ihr in die braunen Augen. „Ich kann keine davon empfehlen, bis auf diese Sache mit dem Atmen."

Ihre Lippen zuckten. „Novak hat mir versichert, dass ich mich an dich gewöhnen würde, aber ich war mir nicht sicher, ob ich ihm glauben konnte."

„Ich bin überzeugt, ich kann dich immer noch in maximal

dreißig Sekunden auf die Palme bringen, und es wäre noch nicht einmal eine Herausforderung."

„Wenn du irgendjemandem erzählst, dass ich dir ins T-Shirt geweint habe, bringe ich dich auf der Stelle um", warnte sie ihn.

Er grinste, als sie sich langsam wieder auf vertrautes Terrain begaben. „Das hier ist nie passiert."

„Was, wenn jemand sieht, wie du aus der Damenumkleide kommst?"

„Ich sage ihnen einfach, du hättest mich hier reingezerrt, um mich um den Verstand zu vögeln, aber ich hab' dich abgewiesen."

Ihre Augen waren nun klarer. Schärfer. „*Du* hast mich abgewiesen?"

„Na schön." Er rollte seine Schultern aus. „Du hast mich in die Wüste geschickt."

„Besser." Sie nickte. Sie senkte den Blick und schluckte einen heiseren Atem hinunter.

„Wir haben alle unsere Vergangenheit, Meghan. Geh nach Hause. Ruh dich aus." Ryan trat einen Schritt von der Agentin zurück. „Ich kümmere mich um den Rest der Überwachungsaufnahmen. Irgendwas sagt mir, dass wir eine volle Woche vor uns haben."

Außer er lag völlig daneben, wollte Ryan wetten, dass diese vereitelte Entführung der Tochter der Vizepräsidentin noch Konsequenzen nach sich ziehen würde, sowohl in den USA als auch in Mexiko. „Es sei denn, du nimmst Urlaub?"

Meghan schüttelte den Kopf, band ihre Haare in einen strengen Pferdeschwanz zusammen.

„Die Beerdigung ist nächste Woche. Dafür werde ich ein paar Tage freinehmen. Meine Schwester kümmert sich um alles."

Ryan ging zu Tür.

„Ryan."

Er blieb stehen und drehte sich langsam herum.

„Danke." Sie nickte, ihre Augen funkelnd und ernst und bezaubernd.

„Verschwinde hier endlich, Donnelly." Er zwang ein Lachen

heraus, aber er mochte die Veränderung nicht, die er in seiner Brust spürte. Er mochte sie ganz und gar nicht.

———

Es war fast zehn Uhr abends, und so gern Seth auch weitergefahren wäre, er war zu müde, und die Straßen waren dank des weiteren Sturms, der sich scheinbar nicht ganz entscheiden konnte, ob er Schnee oder Schneeregen sein wollte, nass und glatt.

Sie hatten es bis Memphis geschafft, was mehr als die Hälfte der Strecke war. Weniger, als er sich für heute erhofft hatte, aber vermutlich besser als erwartet, wenn man die entsetzlichen Straßenbedingungen bedachte.

Zoe gähnte. „Soll ich für eine Weile übernehmen?"

Er warf einen Blick in den Rückspiegel und entdeckte denselben Suburban, den er heute schon ein paar Mal bemerkt hatte. „Nein. Lass uns für heute anhalten."

„Okay. Billiges Motel oder nettes Hotel? Ich bin für Letzteres, aber es ist deine Entscheidung. Ich zahle es dir in jedem Fall zurück, versprochen."

Wieder warf er einen Blick in den Rückspiegel. „Ich glaube, wir werden verfolgt."

Augenblicklich erstarrte Zoe und warf einen verstohlenen Blick in den Außenspiegel.

„Ich bin mir fast absolut sicher, dass es der Secret Service ist. Ich weiß nur nicht, ob das dein Ex ist, der dir aus eigenem Antrieb folgt." Eine finstere Wut stieg bei diesem Gedanken in ihm auf. „Oder ob der Secret Service sich entschlossen hat, als Backup zu fungieren, falls das Kartell jemanden angreift, den die Behörde als ihren Schutzbefohlenen versteht."

Zoes Augen wurden groß und ihr Ausdruck wirkte gehetzt. „Das ist wirklich etwas, was er tun würde, aber es ist auch möglich, dass meine Mutter den Secret Service gebeten hat, uns als zusätzliche Schutzmaßnahme zu folgen, ob es mir gefällt oder nicht."

„Ich werde ihn nicht in deine Nähe kommen lassen, Zoe, das verspreche ich dir. Wenn du lieber willst, dass ich sie abhänge, dann kann ich das tun, aber sie würden nicht lange brauchen, um uns in der Stadt wieder aufzuspüren, weil wir nicht das Fahrzeug wechseln können und der Umzugswagen einfach ziemlich … orange ist."

Darüber musste sie grinsen.

„Oder wir können uns ordentlich ausschlafen und den Secret Service den Umzugswagen die Nacht über bewachen lassen."

Ihre Lippen wurden schmal, und ihre Augen flogen nervös zum Außenspiegel. So anders als die Frau, die ihm normalerweise so frech Paroli bot. Er wollte Colm Jacobs am liebsten in eine dunkle Gasse locken und ihm ordentlich die Fresse polieren. Aber Zoes Sicherheit war seine oberste Priorität.

„Sollen sie uns meinetwegen folgen. Solange ich ihn weder sehen noch mit ihm sprechen muss …"

„Ich werde ihn nicht in deine Nähe kommen lassen."

Wieder nickte sie und zeigte auf das Straßenschild Richtung Innenstadt. „Lass uns im Peabody übernachten. Da haben wir mal übernachtet, als Mom auf irgendeiner Konferenz war." Zoe schaute auf ihre Uhr. „Die Entenparade in der Lobby verpassen wir, aber es gibt super Zimmerservice."

Seth schüttelte den Kopf. „So verlockend das auch klingt, ich möchte gern so nah wie möglich an der Autobahn übernachten. Und nach allem, was ich über Traditionshotels weiß, wird unser wundervoller Umzugswagen nicht in die Parkgarage passen."

Zoe klopfte liebevoll auf das Armaturenbrett. „Es ist wirklich ein wundervoller Umzugswagen, das stimmt. Damals konnte ich noch nicht Auto fahren und kann mich an die Garage nicht erinnern."

„Wie alt warst du denn?" Er versuchte, sie von ihrem Verfolger abzulenken. Ihm war es lieber, wenn es der Secret Service war, nicht das Kartell, aber Zoe schien über beide Optionen gleichermaßen beunruhigt zu sein. Seth nahm die nächste Ausfahrt und fuhr in Kreisen und im Zickzack zurück bis an die Stelle, wo er ein paar Hotels in der Nähe der örtlichen Bundesbank entdeckt hatte.

„Elf, vielleicht?" Immer wieder schaute sie in den Außenspiegel auf der Beifahrerseite, und tatsächlich, der dunkle Suburban bog in die gleiche Straße ein wie sie. Wer auch immer ihnen folgte, versuchte nicht einmal mehr, unauffällig zu erscheinen. Oder er war wirklich grottenschlecht in seinem Job. Seth hoffte inständig, dass es Ersteres war.

Er fuhr um beide Hotels herum und entschied sich für das mit der ordentlichen Parkgarage. Ihm wäre ein billiges Motel mit Parkplätzen direkt vor den Zimmern am liebsten gewesen, aber es war nie eine schlechte Idee, die Dinge ein bisschen aufzuwirbeln und Routinen zu verändern, um die Pläne der anderen Leute zu durchkreuzen. „Wann hast du entschieden, forensische Anthropologin zu werden?"

Sie fuhr herum und starrte ihn an, als ob diese Frage sie überraschen würde. „Erst im College. Ich habe nur aus einer Laune heraus einen Kurs in Anthropologie belegt. Ich dachte vorher immer, ich will Umweltingenieurin werden, aber wie sich herausgestellt hat, ist Mathe ziemlich schwer."

Sie grinste ihn an, und er lachte. Er wollte wetten, *Dr.* Miller hatte sich in Mathe ganz ordentlich geschlagen. Sie hatte einfach ihre Leidenschaft entdeckt, genau wie er seine gefunden hatte.

Seth bog von der dunklen Straße in die hell erleuchtete Parkgarage ab. Der Secret Service folgte ihnen nicht hinein. Er verspürte eine finstere Befriedigung darüber, dass die beiden Agenten sich entweder die ganze Nacht lang in ihrem Auto den Arsch abfrieren mussten oder nun eine erbitterte Diskussion darüber führten, ob sie riskieren konnten, ein Zimmer zu nehmen, ohne Zoe und Seth in der Zwischenzeit zu verlieren.

Allerdings wusste der Secret Service auch, wohin sie unterwegs waren.

Seth hatte nichts gegen die zusätzlichen Augen, solange sie

sich auf die Aufgabe konzentrierten, Zoe zu beschützen, und nicht irgendeine halbgare Vendetta starteten.

Nach seiner Erfahrung mochten es Secret-Service-Agenten nicht besonders, in billigen Unterkünften abzusteigen. Die meisten von ihnen waren gut genug in ihrem Job, aber sie gehörten nicht zum Typ Agenten, der im Matsch herumrobbte und sich schmutzig machte, während sie nach dem perfekten Schuss Ausschau hielten. Und das fand Seth gefährlich. Der Secret Service sollte mal das HRT oder das MARSOC anheuern, um herauszufinden, wie nah diese Truppen einem Ziel kommen konnten, das der Secret Service beschützte. Vielleicht ein paar altmodische Praktiken und Ansichten modernisieren.

Es war nicht allzu lange her, seit Terroristen einen Anschlag auf Präsident Hagues Leben unternommen hatten. Der Anschlag war vereitelt worden, aber nicht dank des Personenschutzes des Präsidenten, sondern durch einen anderen FBI-Agenten, Jed Brennan, der für die Abteilung für Verhaltensanalyse arbeitete, und sich zwischen den Präsidenten und den Schützen geworfen hatte.

Gekonnt parkte Seth rückwärts in eine enge Parklücke ein, die von den Überwachungskameras erfasst wurde, während Zoe ihn mit großen Augen anschaute. Er mochte, dass er sie mit so einfachen Dingen wie Fahrmanövern beeindrucken konnte. Man musste sich nur mal vorstellen, wie sie ihm bei einem HALO-Sprung oder bei der Befreiung von Geiseln zuschauen würde.

Er zuckte zusammen. Hoffentlich niemals bei Letzterem.

„Ich rufe im Hotel an und buche ein Zimmer", erklärte er. „Pack alles, was du brauchst, in eine Tasche und zieh die schusssichere Weste an."

Sie reichte ihm seine Handys. „Findest du nicht, dass wir ein bisschen verdächtig aussehen, wenn wir mit schusssicheren Westen durch die Lobby marschieren?"

„Wir überspringen die Anreiseformalitäten und benutzen einen PIN-Schlüssel, wenn das geht. Hast du einen Pulli oder eine Jacke, die du drüberziehen kannst?"

Sie nickte und zerrte ein Hoodie aus ihrer Tasche.

„Na super. Problem gelöst."

Angst hatte die Angewohnheit, die Gedankengänge der Menschen zu lähmen – sogar die von sehr intelligenten Leuten – und er hatte keinen Zweifel daran, dass Zoe superintelligent war. Aber sie hatte auch wirklich Angst vor ihrem Ex, und das brachte sie ins Straucheln. Seth biss den Zorn hinunter, der von ihm Besitz ergreifen wollte. Jetzt war nicht der richtige Zeitpunkt dafür.

Er rief oben im Hotel an und reservierte ein Zimmer im ersten Stock, in der Nähe des Notausgangs. Während er die Reservierung abwickelte, fragte er sich, ob die Entführer bereits identifiziert waren. Oder die toten Kartellmitglieder in der Wüste.

Seine letzten Informationen waren gewesen, dass das FBI Lorenzo Santiagos Kartell verdächtigte, welches sich von der kolumbianischen Organisation *Mano de Dios* abgespalten hatte. Sie waren tödlich und skrupellos, und Santiago eilte der Ruf voraus, ein ganz klein wenig wahnsinnig zu sein.

Seth zog sich die schusssichere Weste über, die unter seiner Lederjacke kaum zu erkennen war. Zoe und er warfen sich ihre Taschen über die Schultern, dann gingen sie eilig auf ihr Zimmer.

„Gibt es noch Zimmerservice?", fragte Zoe.

„Bis elf." Er bemerkte ihre müden Augen. Es war das zweite Mal, dass sie von Essen sprach, also musste sie hungrig sein.

Sie kamen an ihrem Zimmer an, und Seth war enttäuscht, als er – wie erbeten – zwei Einzelbetten erblickte. Er kontrollierte das Badezimmer, aber es war leer. Dann zog er die Gardinen und Vorhänge zu. Holte seine Reserve-Glock hervor und presste sie Zoe in die Hand.

„Bestell beim Zimmerservice genug für uns beide, aber lass niemanden herein. Wenn ich noch nicht zurück bin, sollen sie das Essen vor der Tür abstellen. Den Stuhl da klemmst du unter den Türknauf und scheue dich nicht, auf jeden zu schießen, der versuchen sollte, sich Zutritt zu erzwingen, verstanden? Das Passwort lautet ‚Quack'."

Zoes Gesicht war blass. Die Schatten unter ihren Augen sahen aus wie Veilchen. „Quack im Sinne von ‚Ente‘ oder im Sinne von ‚abtauchen und verstecken‘?“

„Was ist dir denn lieber?“

„Quack im Sinne von Ente.“

Ein Lächeln zuckte in seinem Mundwinkel. „Wenn ich irgendwas anderes sage als ‚Quack im Sinne von Ente‘ oder wenn ich in zwanzig Minuten nicht wieder hier bin, ruf McKenzie an und dann die Polizei.“ Er hielt ihr wieder sein privates Handy hin. Sie kannte die PIN bereits. „Ich habe mein Diensthandy bei mir. Die Nummer steht in den Kontakten.“

Ihre Lippen verwandelten sich in eine sorgenvolle, schmale Linie, als sie nickte. „Wo willst du hin?“

Sanft strich er mit seinem Daumen über ihre Wange. „Ich will mich kurz draußen umschauen. Sicherstellen, dass uns niemand hierher gefolgt ist, und nachschauen, was genau unsere Freunde vom Secret Service treiben.“ Er musste sich zwingen, sie nicht zu küssen, aber als sie sich auf die Zehenspitzen stellte und ihre Lippen gegen seine presste, konnte er nicht widerstehen und zog sie für einen kurzen Moment an sich.

Dann trat er zurück. „Vergiss den Stuhl nicht.“

„Seth“, erwiderte sie leise. „Sei vorsichtig.“

———

Seth schlüpfte aus dem Zimmer und hörte zu, wie Zoe die Stuhllehne unter den Knauf rammte. Auch das war nicht idiotensicher, aber es würde ihr genug Zeit verschaffen, um nach der Pistole zu greifen, zu zielen und zu feuern, sollte das Kartell einen Schergen schicken.

Nicht, dass er mit Ärger rechnete.

Und Seth hasste die Tatsache, dass er unvorsichtig geworden war.

Er rief seinen Boss an und brachte ihn schnell auf den neusten Stand, während er hinunter in die Lobby ging und das Hotel durch einen der Seiteneingänge verließ. Dann versteckte er sich im Schatten, suchte nach jemandem, der in einem der Autos saß.

Er entdeckte den Suburban, der mit Sicht auf die Lobby und den Eingang zur Hotelgarage geparkt war. Das Nummernschild war eine Regierungsnummer. Ein Mann auf dem Fahrersitz. Er trug Anzug und Krawatte. Nicht Colm Jacobs. Seth vermutete, dass der andere Mann entweder auf der Toilette war oder auf der Rückbank lag und schlief.

Oder sich an ihn heranschlich …

Seth ließ sich nicht anmerken, dass er jemanden von sechs Uhr heranschleichen hörte. Er wartete ab, bis er den Mann in seiner Reichweite spürte, dann fuhr er herum, griff nach dem Arm des Kerls und schleuderte ihn gegen die Backsteinwand des Hotels.

17

———————

Seth nahm Colm Jacobs die SIG aus der Hand, während er den Arm des Mannes noch ein klein wenig fester drehte, als strenggenommen nötig war.

„Agent Jacobs. Schön, Sie wiederzusehen."

„Sie lassen mich besser los, Sie kleiner Arsch, bevor ich–"

„So gerne ich auch ein bisschen mit Ihnen spielen würde, ich muss zu meiner Schutzbefohlenen zurück. Ich bin nur kurz rausgekommen, um zu fragen, ob ich euch Jungs was vom Zimmerservice bestellen soll."

„Sie haben einen Bundesagenten angegriffen."

„Tja, ich als Bundesagent meinerseits mache hier nur meinen Job, der darin besteht, jegliche Verfolger und potenzielle Gefahren auszulöschen. Und es ist ganz sicher mein Job, sicherzustellen, dass sich niemand in der Dunkelheit und mit gezogener Waffe an mich heranschleicht."

„Das kostet dich deine Dienstmarke, du verfluchter, kleiner Arsch."

Seth war sich nicht sicher, warum der Kerl ihn immerzu klein nannte, schließlich war Seth mehrere Zentimeter größer und breiter als Jacobs. Hatte das irgendeine übertragene Bedeutung? Oder hatte er einen Napoleon-Komplex?

„Sind Sie offiziell autorisiert, uns zu folgen, oder machen Sie das aus eigenem Antrieb? Denn wenn es Letzteres ist, muss ich Sie bitten, kehrtzumachen und unter Ihren Stein zurückzukriechen."

„Der Einsatz ist genehmigt." Jacobs Stimme war hoch und dünn. „Mein Boss war sauer, als Sie sich dabei eingemischt haben, wie wir Zoes Schutz übernehmen wollten."

„Daran hätten Sie denken sollen, bevor Sie Dr. Miller letztes Jahr tätlich angegriffen haben, Arschloch."

„Was auch immer sie Ihnen erzählt hat, sie lügt."

Zorn blubberte in Seth hoch, aber sein Training veranlasste ihn dazu, ihn hinunterzuschlucken. Er würde seine Position als Zoes Personenschutz nicht für die kurzlebige Befriedigung aufs Spiel setzen, diesem Kerl die Fresse zu polieren.

„Sie kommt mir nicht vor wie jemand, der lügt, und Sie kommen mir nicht vor, als würden Sie Ihrer Agentur groß Ehre machen." Er stieß den Mann von sich fort. Nahm die Kugeln aus Jacobs Waffe und warf sie in einen Blumentopf.

Dann hielt er dem anderen Mann die leere Waffe hin. „Ich weiß die zusätzlichen Augen auf meinem Fahrzeug zu schätzen, aber wir haben nicht vor, vor sechs Uhr morgens aufzubrechen, wenn Sie sich also ein Zimmer nehmen wollen? Oder besser noch, geben Sie mir Ihre Handynummer, und ich rufe an, wenn wir aufbrechen."

„In welchem Zimmer sind Sie?" Jacobs schnappte sich seine Waffe.

Seth lächelte ihn schneidend an. „Würde ich lieber nicht sagen. Ich habe Zoe versprochen, dass sie Ihr Gesicht nie wiedersehen muss."

Der Kerl wurde sichtbar zornig, als er das hörte. „Fassen Sie sie an, und ich mache Sie fertig."

Langsam schüttelte Seth den Kopf und trat einen Schritt vor. „Was Sie hier scheinbar nicht kapieren, ist, dass es Zoes Entscheidung ist, wer sie anfasst. Aber lassen Sie mich eines klarstellen. *Sie* werden sie niemals wieder berühren. *Sie* werden sie nie wieder anfassen, angreifen oder schlagen. Sie werden sie nicht anrufen, ihr keine Mails schicken oder sie stalken. Und wenn Sie glauben, sie würde ihrer Mutter nicht von Ihnen erzählen, dann haben Sie sich geirrt. Von Arschlöchern hat sie eindeutig genug."

Seth ließ den Mann nicht aus den Augen, als er davon ging, dann das Hotel betrat. Er versicherte sich, dass ihm niemand folgte, und nahm eine umständliche Route zum Zimmer, mied die Aufzüge.

Er klopfte an die Tür. „Quack. Im Sinne von Ente."

Er hörte Geräusche im Zimmer, dann das Herumdrehen des Schlüssels.

„Alles okay?", fragte sie nervös.

Seth betrat das Zimmer und schloss die Tür. Drehte den Schlüssel wieder herum.

„Ja." Dann wandte er sich zu ihr um, und sie trat in seine Umarmung. Er hielt sie fest und rieb mit dem Kinn über ihren Scheitel. Er wusste, dass er sich etwas Mühe geben sollte, sie wieder auf eine professionelle Spur zu bringen, aber verdammt noch mal, er wusste nicht, ob er heute Abend die Willenskraft dafür fand.

Zoe Miller würde sein Untergang sein, aber verdammt, woher sollte er die Energie nehmen, sich noch darum zu scheren?

———

Die Zeit lief ihnen davon, und die Blondine würde bald ihr Ziel erreichen. Bruno konnte das Risiko nicht eingehen, dass sie etwas vom Tatort mitgenommen hatte, was entweder Spuren seiner oder Gabriellas DNA aufwies. Und er konnte auch nicht riskieren, sich direkt gegen die Befehle seines Bosses zu stellen. Nicht, wenn er seinen Kopf behalten wollte.

Luis hatte Späher entlang der Autobahnen und Schnellstraßen aufgestellt, die die Zielperson bis zur Interstate 40 verfolgt hatten, was die Route war, die er und Luis ebenfalls genommen hatten. Die Tatsache, dass diese Frau mit nur einem Agenten auf der direktesten Route nach Virginia unterwegs war, legte nahe, dass die Behörden davon ausgingen, die Gefahr wäre vorüber.

Offiziell war sie das auch. Inoffiziell musste Bruno diese Frau ausgeschaltet wissen.

„Laut meinen Quellen haben sie für die Nacht in ein Hotel eingecheckt. Der Umzugswagen steht in der Tiefgarage."

Bruno dachte nach. Er wollte es wie einen Unfall aussehen lassen, keinen Zusammenhang zum Kartell herstellen, aber die Optionen waren beschränkt. Sie mit einem Auto zu überfahren, brachte seine ganz eigenen Probleme mit sich. Eine Autobombe würde wohl kaum nach Unfall aussehen. Ein willkürlicher Raubüberfall auf das Hotel? Vermutlich schwer durchzuführen, dank ihres persönlichen FBI-Agenten.

Eine Schießerei im Vorbeifahren auf offener Straße? Auch schwierig und keine Garantie, dass der Bundesagent nicht Glück hatte und sie zuerst ausschaltete.

Bruno hatte es satt, im Auto unterwegs zu sein. Luis und er waren den ganzen Tag bei grauenhaften Witterungsbedingungen gefahren. Er wollte nach Hause. Wenn sein Gesicht nicht überall auf den Listen der meistgesuchten Verbrecher zu sehen wäre, hätte er sich am nächstbesten Flughafen absetzen lassen, und Luis wäre allein zurückgefahren. Aber seine biometrischen Daten würden einen Alarm auslösen, und es war ohnehin schon sehr spät.

Sein Handy klingelte. Das Handy, für das nur Lorenzo die Nummer hatte.

„Boss?" Das Wort drehte Bruno den Magen um.

„Wo zur Hölle bist du?" Lorenzo klang aufgebracht.

„Ziehe den Kopf ein, bis sich die ganze Aufregung gelegt hat", erklärte Bruno ausdruckslos. „Ist alles okay?"

„Gabriella ist verschwunden. Sie geht nicht ans Handy, und als ich sie mit der Ortungsapp gesucht habe, konnte ich sie nirgends finden. Sie hat es ausgeschaltet, obwohl ich es ihr verboten habe."

Furcht krallte seine eisigen Finger um Brunos Herz.

„Sie ist bestimmt bei diesem Arschloch. Den ich gewarnt habe, wenn er sich ihr jemals wieder nähern sollte, würde ich ihm die Eier abschneiden und sie an eine Echse verfüttern."

„Hast du jemanden nach Mexico City geschickt?", erkundigte sich Bruno.

Hatte Gabriella etwa jemandem von ihren Plänen erzählt? Er hatte sie gewarnt, es nicht zu tun. Hatte ihr geraten, ihr Handy auszuschalten und zu zerstören oder es in ihr Eisfach zu legen. Hatte ihr gesagt, sie solle ein neues Handy kaufen, wenn sie in den Staaten angekommen war. Hatte sie etwa einer ihrer Freundinnen von ihren Plänen, die Grenze illegal zu überqueren, erzählt? Brunos Puls beschleunigte sich. Er hatte versprochen, ihr dabei zu helfen, eine Weile von der Fuchtel ihres Bruders zu verschwinden, damit sie ihren Freund in Kalifornien besuchen konnte. Er hatte keinesfalls vorgehabt, sie für immer verschwinden zu lassen.

Sie hatte ihn bedrängt und geneckt, als ob er irgendein dummer Junge wäre. Und sie hatte gewusst, dass er sie begehrte. Er begehrte sie seit Jahren … Was passiert war, war ebenso sehr ihr Fehler gewesen wie seiner, aber nie und nimmer hatte er sie anschließend am Leben lassen können.

Ganz egal, wie sehr er seine Taten bereute, was getan war, war getan. Er konnte sie nicht wieder zurückbringen. Jetzt musste er lange genug am Leben bleiben, um Lorenzo loszuwerden und das Kartell zu übernehmen – vielleicht konnte er sogar die Beziehungen zu Manuel Gómez, der vor einem Jahr aus einem amerikanischen Gefängnis ausgebrochen war, und die Lorenzo zerstört hatte, wieder kitten.

„Natürlich habe ich Männer nach Mexico City geschickt. Sie haben mit ihren Freunden und Professoren gesprochen, aber sie war nicht in den Seminaren. Ich weiß, dass sie bei diesem Hurensohn ist, und ich werde ihn dafür umbringen, meine Befehle missachtet zu haben."

Kein Wort davon, *sie* zu bestrafen. Das war ihr Untergang gewesen. Gabriella war von ihrem viel zu nachsichtigen großen Bruder verwöhnt worden, der sie nie die Konsequenzen für ihr Handeln hatte tragen lassen. Als sie Bruno bedrängt hatte, war sie davon ausgegangen, dass er genauso reagieren würde. Aber so war er nicht erzogen worden. Echte Männer ließen sich nicht von Mädchen herumkommandieren, egal wie hübsch sie waren.

„Vielleicht solltest du sie einfach ein paar Monate bei ihrem Freund sein lassen. Sie wird ihn schnell genug satthaben und nach Hause zurückkehren." Und ihre Spur würde sich restlos verlieren. „Wenn du ihn umbringst, wird sie dir niemals verzeihen."

„Es ist mir egal, ob sie mir verzeiht." Lorenzo spuckte jedes Wort verächtlich aus. „Dieser *hijo de una chingada* muss wissen, dass ich meine Versprechen halte."

Bruno verdrehte die Augen. Hier ging es einzig und allein um Lorenzos Obsession, Gabriella für sich allein zu behalten. Schon die Tatsache, dass er sie in einer anderen Stadt zur Uni hatte gehen lassen, war ein großer Erfolg für die junge Frau gewesen. Wieder spürte Bruno Schuldgefühle in sich aufsteigen. Wenn sie ihn nur nicht so geneckt und gestichelt hätte, wäre sie jetzt genau da, wo Lorenzo sie vermutete, und Bruno hätte sie liebend gern zurück nach Mexiko gezerrt und ihr eine Lektion erteilt.

„An diesem *puto* muss ein Exempel statuiert werden."

„Dafür kann ich sorgen."

„Nein. Bring ihn zu mir. Ich werde mich um ihn kümmern. Höchstpersönlich."

Millionen von Fragen schossen durch Brunos Gedanken. Hatte Gabriella ihrem Freund den Namen der Person verraten, die ihr über die Grenze helfen würde? Könnte Bruno den Mann umbringen, ohne dass Lorenzo vor Wut um sich schlug? Vermutlich nicht. Es sei denn, er hatte keine Wahl.

„Ich hole ihn und bin morgen zurück. Kannst du einen Jet nach Kalifornien schicken, oder soll ich mich darum kümmern?"

„Ich schicke einen Jet. Ruf mich sofort an, wenn du sie findest oder wenn du ihn erwischst."

Lorenzo legte auf, und Bruno verbarg das Unbehagen, das durch ihn hindurchströmte, damit Luis es nicht in seinem Gesicht sah und vermutete, dass etwas nicht stimmte.

„Planänderung. Sieht so aus, als ob wir einen Flugplatz und einen vertrauenswürdigen Piloten finden müssten."

„Was ist passiert?"

Bruno blickte seinen jüngeren Bruder an. Luis war ein attraktiver Mann, aber manchmal sah er ihrem verstorbenen, tyrannischen Vater so ähnlich, dass es Bruno eisig den Rücken herunterlief. Das war einer dieser Augenblicke.

„Gabriella ist verschwunden. Lorenzo will, dass wir sie suchen."

Luis blinzelte. „Was ist mit dieser anderen Frau, Zoe Miller?"

Bruno starrte nachdenklich hinaus in die Dunkelheit. Dann hatte er eine Idee.

———

Am nächsten Morgen übernahm Seth das Steuer, und Zoe saß einmal mehr auf dem Beifahrersitz. Sie warf einen Blick in den Außenspiegel und sah den schwarzen Suburban, der heute nicht einmal mehr versuchte, ihnen unauffällig zu folgen. Sie erkannte Colm Jacobs auf dem Fahrersitz, der die obligatorische, schwarze Sonnenbrille und einen dunklen Anzug trug. Als sie ihn jetzt sah, fragte sie sich, wie sie diesen Mann jemals attraktiv gefunden hatte. Sicher, er war hübsch, aber da war etwas Kaltes in seinem Auftreten. Eine Abgestumpftheit und ein saures, hämisches Verziehen seiner Lippen, wenn er seinen Mund nicht in ein Lächeln zwang.

Seth warf ihr einen kurzen Blick zu, sagte aber nichts. Er hatte ihr versprochen, dass Colm nicht in ihre Nähe kommen oder mit ihr sprechen würde, und Zoe fragte sich, ob Seth den Mann konfrontiert hatte, als er sie gestern Abend im Zimmer allein gelassen hatte.

Es fühlte sich ausgesprochen verunsichernd an, sich von einem Mann vor einem anderen beschützen zu lassen, zumal sie normalerweise bestens in der Lage war, auf sich selbst aufzupassen. Aber wenn einer der Männer eine Dienstmarke trug, wurden die Dinge entschieden komplizierter. Und wenn er dann noch für den Secret Service arbeitete …

Sie hatte entschieden, ihrer Mutter alles zu erzählen, sobald sie ihr dafür verziehen hatte, sich überhaupt auf so eine ungeschickte Art und Weise eingemischt zu haben. Zoe würde auf ihre Rückkehr von ihrer Südasienreise warten müssen.

Ihre Mutter hätte Jacobs niemals geschickt, um Zoe zu beschützen, wenn sie wüsste, wie er wirklich war, also war das Zoes eigene Schuld. Sie würde alles richtigstellen, und hoffentlich würde ihre Mutter ihre Wünsche dann in Zukunft respektieren.

Ihr neues Handy klingelte, und sie spürte eine Woge der Aufregung. Zoe hatte Seth überredet, an einem Laden in Nashville anzuhalten und ihr ein Prepaid-Handy zu kaufen. Sie schuldete dem Kerl mittlerweile eine ordentliche Stange Geld, aber sie würde ihm alles zurückzahlen.

Sie war unfassbar glücklich über ihr neues Gerät. Man könnte meinen, sie hätte noch nie ein Handy besessen. Sie hatte bereits ihren Bruder angerufen, dann James, und hatte eine Nachricht für Fred hinterlassen. Karina lag noch auf der Intensivstation, erholte sich aber gut und würde aller Wahrscheinlichkeit nach morgen in ein Krankenzimmer verlegt werden.

Sie nahm den Anruf an.

„Zoe." Es war Fred. „Bist du okay?"

„Ja. Bin noch immer im Umzugswagen unterwegs. Morgen spätabends sollte ich ankommen."

Er sprach leise weiter. „Ich schließe aus dem FBI-Agenten, der an mir hängt wie eine Klette, dass du auch nicht allein bist?"

Zoe schaute zu Seth, war sich bewusst, dass der Mann, der sie die ganze Nacht lang im Arm gehalten hatte, auch wenn sie keinen Sex gehabt hatten, ihrer Unterhaltung aufmerksam lauschte. Diese Nacht hatte sich nach der Leidenschaft und den Missverständnissen der Nacht davor wie ein behutsamer Neustart angefühlt. Es war nicht so, dass sie nicht mit Seth hatte schlafen wollen, sondern dass sie akzeptiert hatte, dass er die Dinge zwischen ihnen auf einer professionellen Ebene belassen wollte, auch wenn sie diese Grenze bereits überschritten hatten. Und vielleicht mussten sie sich gegenseitig besser kennenlernen, bevor sie wieder in die Kiste sprangen.

Es war sogar möglich, dass sie Chancen auf eine tatsächliche Beziehung hatten, aber Zoe war nervös. Sie wollte keine weiteren Fehler mehr machen, indem sie zu früh davon sprach, und sie wollte verhindern, dass Seth sich verpflichtet fühlte, sich auf irgendetwas Tieferes als eine schnelle Bettgeschichte einzulassen.

„Agent Hopper hat netterweise angeboten, sich mit mir beim Fahren abzuwechseln."

Seth prustete.

Fred stöhnte.

Zoe verdrehte die Augen.

„Mein Personenschutz treibt mich noch in den Wahnsinn", erwiderte Fred schließlich barsch.

„Es ist nicht für lange. Ich glaube, das Kartell, das uns entführt hat, steht ziemlich weit oben auf der Prioritätenliste des FBI, also werden sie gut daran tun, die Köpfe einzuziehen und eine Weile stillzuhalten", beteuerte Zoe.

„Das hoffe ich. Das war eine Erfahrung, die ich niemals wiederholen will. Ich will nicht lügen, es wird eine Weile dauern, bis ich mich in der Wüste wieder sicher fühlen werde."

„Ich weiß. Tut mir leid."

„Ist ja nicht deine Schuld. Es ist die Schuld von korrupten, mächtigen Leuten, die alles tun würden, um ihre Macht zu behalten ... und die des Kartells."

Sie lachte, wie es von ihr erwartet wurde. Es war ironisch, wie sehr ihre Freunde gegen das Establishment wetterten, wenn man bedachte, wie gerne sie Zeit mit Zoes Eltern verbrachten.

„Kommst du mit Agent Pin-up-Boy klar?"

Zoe verschluckte sich beinahe. „Nenn ihn nicht so."

Seth runzelte die Stirn. Sie hatte noch nie im Leben einen Mann getroffen, dem sein gutes Aussehen so unangenehm war.

Schöne Leute haben auch ihre Probleme.

Das war ein Witz, den sie vier jedes Mal erwähnten, wenn Karina aufgrund ihrer unglaublichen, natürlichen Schönheit in irgendeine Schublade gesteckt wurde.

Anscheinend stimmte es sogar. Wer hätte das gedacht.

„Wir verstehen uns bestens." Besser als bestens.

Seth warf ihr unter gerunzelten Augenbrauen einen scharfen Blick zu, den sie geübt ignorierte.

„Agent Hopper hat mich vor dem Secret Service gerettet."

„Dieser Wichser Jacobs?"

„Genau." Zoes Mund wurde trocken. „Er hat gestern im Krankenhaus versucht, mich in Schutzhaft zu nehmen – deshalb bin ich so plötzlich abgereist, ohne mich zu verabschieden. Mom hat aus irgendeinem Grund geglaubt, das wäre eine gute Idee."

„Hast du es ihr immer noch nicht erzählt?"

„Ich dachte, ich müsste ihn nie wiedersehen, also habe ich den einfachen Ausweg gewählt. Ich hätte nie geglaubt, dass sie ausdrücklich ihn als meinen Personenschutz anfordern würde."

Zoe schlang einen Arm um ihren Bauch. Am anderen Ende der Leitung entstand eine lange Pause, als Fred die Tatsache verarbeitete, dass sie Seth offensichtlich von ihren Problemen mit dem Secret-Service-Agenten erzählt hatte. Sie gehörte nicht zu denen, die sich anderen schnell anvertrauten.

„Irgendwelche Anzeichen von Ärger?", fragte Fred schließlich.

Zoe musterte den Suburban im Außenspiegel. „Nein. Nur furchtbares Wetter."

Plötzlich wurde Zoe vom angestrengten, konzentrierten Blick in Seths Gesicht abgelenkt. Sie waren schon seit einer Weile bergauf gefahren. Hin und wieder kämpfte der schwere Van mit den Steigungen, aber mittlerweile hatten sie die Kuppe des

Hügels passiert und rollten an einem schmalen Abhang entlang ins Tal.

Seth fuhr im Allgemeinen schneller als sie, aber er schien immer die absolute Kontrolle über das Auto zu haben, trotz der schlechten Witterungsverhältnisse. Jetzt rollten sie eilig auf die Rückseite eines der zwei Lkws zu, die gerade nebeneinander die Autobahn hinunterfuhren, und Seth wurde nicht langsamer.

Sie kamen der Stoßstange des Lasters immer näher, und schließlich warf Zoe Seth einen alarmierten Blick zu.

„Du willst dich vielleicht lieber festhalten", bemerkte Seth finster. „Die Bremsen funktionieren nicht."

18

———

„Fred, ich muss Schluss machen." Sie legte auf und stopfte das Handy in die Gesäßtasche ihrer Jeans.

Mit einer Hand stemmte sie sich am Armaturenbrett ab.

Anstatt auf die Überholspur zu wechseln, mit den Scheinwerfern zu blinken oder zu hupen, blieb Seth auf der rechten Spur und rammte schließlich den Milchlaster vor ihnen.

Zoes Finger krallten sich um den Griff über der Tür. „Was machst du denn da?"

„Ich lasse uns von ihm ausbremsen."

Der Umzugswagen schlingerte ein wenig, aber Seth hielt ihn in der Spur.

Zoes Mund war trocken und ihr Herz raste.

Der Lastwagenfahrer vor ihnen wusste nicht, was los war, und wurde schneller, um dem Irren zu entkommen, der hinter ihm scheinbar auf Selbstzerstörung aus war. Die Straße führte noch immer bergab. Ohne die Barriere des Lkws vor ihnen schoss der Umzugswagen einmal mehr vorwärts.

„Was ist mit der Handbremse?", schlug Zoe vor, hin- und hergerissen zwischen ihrem Verlangen, die Augen zuzukneifen, und dem Bedürfnis, nichts zu übersehen, was vielleicht helfen könnte.

„Die ziehe ich, wenn wir langsam genug sind oder wieder an eine Steigung kommen." Seths Stimme war so ruhig wie immer, während sie sich fühlte, als ob sie innerlich am Schreien wäre. „Hoffentlich wird es ausreichen, um uns abzubremsen. Wenn ich jetzt bei dem Tempo die Handbremse anziehe, drehen wir uns nur oder sie wird durchbrennen, ohne irgendwas auszurichten."

Panisch blickte Zoe sich um, während sie sich gleichzeitig am Haltegriff festkrallte. Es war zu viel Verkehr, als dass sie riskieren konnten, herumzuschleudern. Sie wollte nicht sterben, aber genauso wenig wollte sie irgendeine andere, nichtsahnende Person auf der Autobahn umbringen, die einfach nur fröhlich ihrer Wege fuhr.

„Wann kommt der nächste Anstieg?", fragte sie und reckte den Hals, um an den Lastern vorbei die Landschaft vor ihnen auszuspähen.

„Bin nicht sicher", presste Seth finster hervor. „Aber ich weiß, dass am Fuße des Hügels eine Ortschaft liegt."

Oh, verdammt.

Sie wusste genau, was das bedeutete. Ohne Bremsen durch eine belebte Gegend zu rasen, schrie förmlich nach Katastrophe. Das Gefälle wurde steiler, anstatt flacher, und Zoe konnte nicht mehr atmen. Wieder stieß Seth gegen den Lastwagen vor ihnen, und der Fahrer des Milchlasters trat einmal mehr aufs Gas.

Zoe biss die Zähne zusammen, krallte die Finger noch fester um den Griff.

„Merkt der denn nicht, dass ich hier in Schwierigkeiten stecke?" Seth schüttelte mit den ersten Anzeichen der Frustration den Kopf.

„Wahrscheinlich denkt er, du bist irgendein irrer Straßenrowdy." Zoes Stimme klang unnatürlich schrill.

„Wenn er glaubt, ich würde versuchen, seinen Laster mit meinem Umzugswagen von der Straße zu drängen, dann ist er der Irre."

Wieder berührten sich die Stoßstangen, und der Umzugswagen stotterte und schlingerte. Seth konzentrierte sich angestrengt darauf, auf der Straße hinter dem Laster zu bleiben und nicht darunter zu geraten.

„Hast du Jacobs Handynummer?", fragte er plötzlich.

„Ich habe ihn blockiert, aber die Nummer weiß ich noch auswendig."

„Ruf ihn mit meinem Handy an, schnell. Ich spreche mit ihm."

Sogar jetzt noch, während ihrer beider Leben auf ein hässliches Ende zuraste, beschützte er sie. Zoe zwang sich, den Handgriff loszulassen. Ihre Finger zitterten, als sie nach Seths Handy griff. Aus dem Gedächtnis tippte sie Jacobs Nummer ein, dann stellte sie den Anruf auf Lautsprecher.

„Was zur Hölle ist da los, Hopper? Haben Sie einen Herzanfall?" Colms vertraute Reibeisenstimme erklang aus dem Handy.

„Unsere Bremsen funktionieren nicht. Ich versuche, mit dem Laster vor uns unser Tempo zu drosseln, aber Sie müssen vorfahren und ihn zum Abbremsen bewegen, dann soll er rechts ranfahren. Schön langsam, wenn möglich."

„Jetzt wollen Sie auf einmal unsere Hilfe?"

„Machen Sie Ihren verfickten Job, Jacobs, es sei denn, Sie wollen zwei Tote unter Ihrer sogenannten Aufsicht erklären."

Colm fluchte, aber Zoe sah, wie der Suburban sein Blaulicht einschaltete und auf die Überholspur wechselte. Das Auto raste davon, überholte den Milchlaster. Einer der beiden Secret-Service-Agenten streckte die Hand aus dem Fenster und winkte damit herum, bedeutete dem Lastwagenfahrer, rechts ranzufahren.

Die Luftdruckbremse pfiff, und der Laster wurde langsamer und blinkte, um von der Spur abzubiegen.

Erleichterung schoss durch Zoe hindurch, auch wenn die Gefahr noch nicht vorbei war. Einmal mehr krallten sich ihre Finger um den Griff, und ihre Zähne pressten sich aufeinander.

Seth blieb dicht hinter dem Laster, als die beiden Fahrzeuge langsamer wurden. Wiederholt betätigte er die Handbremse, um das Fahrzeug weiter abzubremsen und die Wucht des Aufpralls auf die Stoßstange des Lasters zu verringern. Die Stoßstangen kreischten unangenehm, dann kamen die beiden Fahrzeuge schließlich zum Stillstand.

Für einen langen, angespannten Augenblick saßen Zoe und Seth schweigend da. Sie fühlte sich gleichzeitig benommen und verängstigt. Scheinbar konnte sie den Handgriff nicht loslassen, obwohl ihr Arm vor Verspannung schon schrie. Sie schaute zu Seth, bemerkte die Blässe seiner Lippen und die Schweißperlen, die auf seine Schläfen getreten waren.

„Wir haben überlebt." Sie konnte nicht glauben, was gerade passiert war.

Sie wären beinahe umgekommen.

Seth griff nach ihrer freien Hand und küsste ihre Finger. „Wäre schwieriger geworden, wenn der Truck nicht dagewesen wäre." Er grinste, und ihr wurde bewusst, dass diese Art von Dingen ihm nicht ansatzweise so viel Angst einjagten wie ihr. Das war es, was er tagtäglich tat – Hindernisse überwinden und sich Herausforderungen stellen, die das Vorstellungsvermögen der meisten Menschen überstiegen. Killer jagen. Und das alles tat er mit derselben, ruhigen Kompetenz, mit der sie die Toten untersuchte.

„Alles in Ordnung da hinten?" Jacobs Stimme aus dem Handy riss sie zurück in die Gegenwart.

„Alles in Ordnung. Danke für die Hilfe." Seth beendete den Anruf.

Dann griff er behutsam nach ihrem Kinn und drückte ihr einen schnellen Kuss auf den Mund.

Seth hielt den Kuss kurz und süß und so, dass die Agenten des Secret Service es nicht sehen konnten, obwohl sie jeden Augenblick bei ihnen auftauchen würden.

„Warte hier. Verriegle die Türen und behalte die schusssichere Weste zwischen dir und dem Verkehr."

Zoe sah mitgenommen aus, aber sie hörte seiner schnellen Abfolge von Anweisungen aufmerksam zu. Unter den gegebenen

Umständen hatte sie sich wacker geschlagen, auch wenn ihr der Ernst der Lage zum Glück nicht bewusst geworden war, bis sie die Stoßstange des Lasters berührt hatten. Ohne den Laster vor sich hätte nichts den Umzugswagen abgebremst, bis sie im nächsten Ort angekommen wären, und dort hätten sie ein einziges Blutbad angerichtet.

Was zur Hölle war passiert?

War das ein Unfall, Sabotage oder ein Hinterhalt?

Die beiden anderen Agenten mussten mit dem Lastwagenfahrer gesprochen haben. Jetzt sah Seth, wie sie den Suburban zügig über die rechte Spur zurücksetzten, als dort gerade keine Autos kamen. Sie hielten hinter dem Umzugswagen an, was gut war.

Schnell rief Seth bei Novak an, damit er ihnen Hilfe von der örtlichen Behörde schickte, und versprach ihm ein Update, sobald er mehr wusste. Dann rief er bei der Autobahnpolizei an.

Die beiden Secret-Service-Agenten positionierten sich vorne und hinten am Umzugswagen, nahmen eine offizielle Schutzhaltung ein. Glücklicherweise stand Jacobs am Ende des Wagens, wo Zoe ihn nicht sehen konnte.

Seth stieg aus und lief zum Fahrer des Milchlasters, der aus seinem Fahrerhäuschen geklettert war und gerade den Schaden begutachtete. Ein riesiger Bär von Mann mit einem beeindruckenden Bierbauch im übergroßen Karohemd, das über seinem Gürtel hing. Sein Bart sah aus wie ein Zufluchtsort für Wildtiere, und seine Augen funkelten mit mehr Belustigung, als Seth selbst empfinden würde, wenn er auf der Autobahn absichtlich von hinten gerammt worden wäre.

„Tut mir sehr leid, Kumpel. Ich habe Sie benutzt, um uns abzubremsen, sonst hätte ich die Kontrolle über den Wagen verloren. Ich fürchte, Sie haben den Kürzeren gezogen." Seth reichte seinem Gegenüber seine Karte mit dem offiziellen, metallischen FBI-Siegel.

Der Fahrer zog die Augenbrauen hoch.

Es kam nicht jeden Tag vor, dass ein Agent des Geiselrettungsteams einen Umzugswagen quer durchs Land fuhr, aber es passierte häufiger, als die Leute glaubten. Wenn man bedachte, dass ein Agent – oder eine Agentin – alle Siebensachen, Kind und Kegel zusammenpacken und nach Quantico ziehen musste, sobald er oder sie in die Eliteeinheit aufgenommen worden war.

„Bin ja nur froh, dass niemand verletzt wurde", erwiderte der Lastwagenfahrer, schüttelte verdutzt den Kopf und starrte auf die Karte. „Und erleichtert, dass ich keinen Strafzettel bekommen werde."

Seth stimmte in das Lachen des Kerls mit ein. Sie kontrollierten den Schaden am Milchlaster und schossen Fotos von dessen Stoßstange, um sie an die Versicherung weiterzuleiten, aber das Chrom des schweren Lkws war kaum verkratzt, wohingegen die Stoßstange und der Kühlergrill des Umzugswagens übel verbeult waren.

Schließlich ließ sich Seth noch die Kontaktdaten des Fahrers geben, dann ließ er ihn wieder seiner Wege ziehen.

Seth kehrte zum Umzugswagen zurück und klopfte an die Beifahrertür. Zoe drückte die Tür auf. „Bist du okay?"

Sie nickte. Sie sah ruhiger aus, aber immer noch aufgewühlt – vermutlich, weil dieser Arsch Jacobs so nah war.

„Ich brauche nicht lange. Bleib hier." Seth hatte einen Plan, von dem er hoffte, dass er deswegen nicht gefeuert werden würde. Oder erschossen.

Er legte sich auf den nassen Asphalt und schob sich unter den Umzugswagen, und die kalte Feuchtigkeit drang sofort durch seine Jeans und sein T-Shirt.

„Was machen Sie da?" Jacobs hockte sich hin und beobachtete ihn vom hinteren Ende des Wagens aus.

„Suche nach Beweisen."

„Beweise wofür?" Der Kerl klang irgendwie belustigt.

Seth warf ihm einen scharfen Blick zu. „Was zur Hölle glauben Sie denn?"

Der Ausdruck des Mannes wurde säuerlich. Wäre Colm Jacobs so weit gegangen, diesen Wagen zu sabotieren? Zu versuchen,

Zoe und ihn umzubringen? Oder waren diese beiden Agenten einfach nur so inkompetent, dass jemand vor ihren Augen den Umzugswagen hatte sabotieren können?

Seth war sich ehrlich gesagt nicht sicher, aber beide Optionen warfen kein gutes Bild auf den Secret Service.

Natürlich konnte es auch ein Unfall gewesen sein, aber wie unwahrscheinlich wäre das wohl?

Er ignorierte die kalte Unbehaglichkeit und rutschte weiter über den Asphalt, bis er neben dem rechten Vorderrad lag und sofort fand, wonach er suchte.

Verdammt Scheiße.

Im Bremsschlauch war ein ausgefranster Riss. Und sämtliche Bremsflüssigkeit war ausgelaufen. Er macht ein Foto.

Dann kontrollierte er die andere Seite. Ein weiterer, kleiner Riss, als ob jemand ein paar Mal mit einer Bügelsäge darübergefahren wäre, um den Eindruck zu erwecken, der Schlauch wäre abgenutzt und ausgefranst, anstatt sauber mit einem Messer zerschnitten. Er schoss weitere Fotos, berührte aber nichts.

Nie im Leben war das ein Unfall gewesen – beide Bremsschläuche gleichzeitig? Keine Chance.

Und vielleicht sollte er sich selbst nicht von der Schuldzuweisung ausnehmen. Er war derjenige, der dafür verantwortlich war, Zoe sicher nach D.C. zu bringen. Auch wenn er nicht an zwei Orten gleichzeitig sein konnte, hatte er heute Morgen keine Flüssigkeit unter dem Wagen entdeckt. Die Parkgarage war nur schummrig beleuchtet gewesen, aber er hatte sich zu sehr auf die abschreckende Wirkung der Überwachungskameras und die Anwesenheit der beiden anderen Bundesagenten verlassen, was zu einem falschen Gefühl der Sicherheit geführt hatte.

Anfängerfehler.

Er hatte Scheiße gebaut.

Er machte sich nicht die Mühe, auch an den Hinterrädern nachzuschauen. Gerade als er unter dem Wagen hervorgekrochen kam, tauchte die Autobahnpolizei auf und fing an, den Verkehr auf die linke Spur umzuleiten. Dann, in Rekordgeschwindigkeit, tauchten auch die Kollegen aus dem FBI-Büro von Knoxville auf.

Seth stellte sich vor, und sie zeigten einander ihre Dienstmarken. Er erklärte, was passiert war.

„Dieser Umzugswagen muss so schnell wie möglich nach Quantico gebracht werden, um Beweise für eine potenzielle Manipulation der Bremsen zu sichern." Er beugte sich vor und sprach leiser weiter. „Und zu einem bestimmten Zeitpunkt möchte ich, dass Sie diese Secret-Service-Agenten lange genug ablenken, damit ich mit ihrem Suburban wegfahren kann – ich bringe ihn morgen früh zurück zu ihrer Zweigstelle, versprochen."

„Wieso ist der Secret Service involviert?", fragte Agent Grant und musterte die beiden Anzugträger, die in steifer Habachtstellung dastanden.

„Die Frau im Umzugswagen ist die Tochter der Vizepräsidentin, aber sie hat den Schutz der Agenten wiederholt abgelehnt. Die Sache ist die", Seth wurde noch leiser, wünschte, er müsste Zoes Geheimnisse nicht verraten, wusste aber, dass die Wahrheit immer die beste Strategie war, wenn man einen Kollegen bat, sich in die Arbeit einer anderen Bundesbehörde einzumischen. „Der blonde Typ war mit meiner Schutzbefohlenen in einer Beziehung, eine Beziehung, von der er nicht wollte, dass sie endet. Er ist noch immer sauer, dass sie Schluss gemacht hat. Und außerdem haben diese beiden Blödmänner letzte Nacht angeblich unseren Umzugswagen bewacht, der jetzt aber mindestens zwei beschädigte Bremsschläuche aufweist."

Er ließ der Agentin einen Moment Zeit, um seinen Verdacht aufzusaugen.

„Dr. Miller und ich müssen morgen früh um acht bei einer Besprechung des Sonderkommandos im Hauptquartier sein, und ich hätte wirklich wahnsinnig gerne vorher noch genügend Zeit, mich umzuziehen, bevor ich von den Anzugträgern gelöchert werde. Ich will keine Zeit damit verschwenden, eine andere Transportmöglichkeit zu arrangieren, und ich traue diesen beiden Clowns nicht, uns den Rücken freizuhalten, wenn sie uns mitnehmen würden. Noch traue ich ihnen mit diesem Umzugswagen, in dem sich alle persönlichen Habseligkeiten von Dr. Miller befinden, ganz zu schweigen von potenziellen Beweisen dafür, wer in einem Anflug von Rachegelüsten die Bremsen sabotiert hat. Na ja", er zog eine Grimasse, „entweder waren sie es oder das Kartell."

Agent Grant hob das Kinn, während sie verarbeitete, was er ihr erzählt hatte. Er vermutete, dass sie gehört hatte, was in Arizona vorgefallen war. Abschätzend musterte sie die beiden Agenten des Secret Service. Nickte. „Lassen Sie mich mit Dr. Miller sprechen. Sie können in der Zwischenzeit Ihre Sachen aus dem Auto holen."

Es war gut, dass sie sich seine Ausführungen von Zoe bestätigen ließ, denn soweit Agent Grant wusste, konnte auch Seth der verrückte Stalker sein und der Typ mit den seltsamen Haaren der Retter in der Not.

„Aber Sie wissen schon, dass der Secret Service seine Fahrzeuge orten kann, oder?", bemerkte Agent Grant.

„Klar." Es war nicht ideal, hatte aber einige Pluspunkte gegenüber anderen Strategien, und Seth konnte das Signal einfach genug kappen, sollte das nötig sein, auch wenn er das der Agentin natürlich nicht verraten würde. Er zuckte mit den Schultern. „Der Secret Service weiß, wohin wir unterwegs sind, der Suburban ist kugelsicher, und mit dem Nummernschild werde ich nicht angehalten, wenn ich mal ein bisschen über der Geschwindigkeitsbegrenzung fahre." Oder einiges darüber. „Und vor allem wird es diese beiden Clowns lange genug aufhalten, dass ich mir keine Gedanken mehr über sie zu machen brauche, selbst wenn sie aktiv versuchen sollten, uns umzubringen." Seine Miene wurde sanfter. „Ich weiß, es klingt weit hergeholt, aber ..."

Der Gesichtsausdruck der Agentin verriet ihm, dass ihr seine Geschichte als durchaus plausibel erschien. „Was ist mit den hohen Tieren? Wer kümmert sich um die?"

„Ich übernehme die volle Verantwortung. Ich rufe meinen Boss im HRT an, und er kann mit dem Leiter des Sonderkommandos und dem Direktor des Secret Service sprechen." Seth richtete sich auf. „Ich wurde angewiesen, Zoe Miller bis morgen früh sicher nach D.C. zu bringen. Mir wurde versichert, ich könne ein paar FBI-Regeln beugen, da es ein so kurzfristiger Einsatz ist und ich ganz allein bin."

Agent Grant gluckste. „Ein Secret-Service-Auto zu klauen bricht definitiv ein paar Regeln, aber das ist das Problem von Homeland Security." Ihre Mundwinkel zuckten. „Übersteigt meine Gehaltsklasse bei Weitem."

Seth lächelte und nickte, dann ging er hinüber zur Fahrertür des Umzugswagens und zog sie auf. Zoe hatte sich nicht bewegt und duckte sich förmlich auf dem Beifahrersitz zusammen, mied Jacobs, so gut sie konnte.

„Vertraust du mir?", fragte Seth und schaute ihr in die strahlend blauen Augen, wartete auf ihre Antwort.

Er war sich nicht sicher, warum es so wichtig war, aber das war es.

19

———

Vertraute sie ihm?

Zoe öffnete über diese Frage überrascht den Mund. Das Adrenalin dieser Nahtoderfahrung und der unmittelbaren Nähe eines Mannes, der sie körperlich und geistig misshandelt hatte, rauschte noch immer durch ihren Körper.

Wie konnte sie dem Mann *nicht* vertrauen, der ihr wiederholt das Leben gerettet hatte, ihr Herz vor Leidenschaft zum Rasen brachte und sie die ganze Nacht sanft im Arm gehalten hatte, während sie geschlafen hatte?

Er gab ihr nach Monaten des Unbehagens endlich wieder ein sicheres Gefühl. Stärkte ihr Selbstbewusstsein nach ihren ununterbrochenen Selbstzweifeln.

Sie hatte das ungute Gefühl, dass sie sich in diesen Mann verliebte, und hatte keine Ahnung, ob das klug war oder nicht. Nach Colm Jacobs hatte sie allen Alphamännern abgeschworen, aber Seth Hopper ließ sie vergessen, dass Colm überhaupt existierte, obwohl der Kerl keine sechs Meter entfernt von ihnen stand. Seth Hopper war ein Alpha mit weichem Herz.

Nur dass Zoe dabei zugesehen hatte, wie dieser weichherzige Alpha mehrere Male Leute umgebracht hatte, um sie zu beschützen, also war das vielleicht die falsche Beschreibung. Engagiert, ehrenhaft, geduldig, extrem gut ausgebildet, schnell, intelligent, sexy.

Sie schluckte angestrengt und nickte. „Ich vertraue dir.“

Da grinste er, und seine hübschen Züge strahlten bei ihren Worten regelrecht auf.

„Sprich mit Agent Grant hier, während ich unsere Sachen zusammensuche und in den Suburban packe.“

Ihre Augen wurden groß vor Sorge, und sie sah, wie Seth sie geduldig anschaute.

Reichte ihr Vertrauen dafür aus?

War es genug, um mit ihrem gewalttätigen Ex in ein Auto zu steigen?

Seths ruhige, haselnussbraune Augen verrieten ihr, dass er von ihrem inneren Ringen wusste. Er war nicht sauer deswegen, auch wenn sie gerade behauptet hatte, ihm zu vertrauen. Und das tat sie auch, wirklich, aber dennoch zögerte sie. Ihr Instinkt riet ihr, so weit von der Quelle ihrer Angst wegzukommen, wie nur möglich – und Seth bat sie gerade, genau das Gegenteil zu tun.

Würde sie das schaffen?

Sie machte den Rücken gerade und hob das Kinn. Ja, das würde sie. Sie war fertig damit, Angst vor einem Mann zu haben, der für sie nicht mehr war als ein Tyrann mit einer Dienstmarke. Sie war fertig damit, sich von ihm ihre Stimmung oder ihr Leben vorschreiben zu lassen. Natürlich war das viel einfacher, wenn ihr ein anderer Bundesagent den Rücken stärkte.

Es nervte sie, dass sie nicht so mutig war, wie sie gerne sein wollte, aber das Schicksal schien immer den Tätern Vorteile zu verschaffen. Sie musste sich Geltung verschaffen. Sie würde nicht zulassen, dass Colm Jacobs sie einschüchterte, selbst wenn sie mit ihm bis nach D.C. fahren musste.

„Okay.“

„Ich lasse den Umzugswagen zum FBI-Labor in Quantico abschleppen.“ Seth klopft gegen den Wagen. „Und lasse die Techniker nach möglichen Sabotageversuchen an den Bremsen suchen. Ich werde dir helfen, wieder an deine Sachen zu kommen und sie bis zum Wochenende in deine Wohnung zu bringen, wenn das irgendwie möglich ist. Ist das okay?"

„Sabotageversuch an den Bremsen. Das hatte ich schon befürchtet", murmelte sie.

Seths Mund verzog sich. „Sieht so aus."

Ihre Blicke trafen sich.

Verdammt. War das Kartell noch immer hinter ihr her? Oder hatte Colm entschieden, das Problem, dass sie nun darstellte, zu beseitigen, indem er den Umzugswagen sabotiert hatte?

Im Außenspiegel warf sie einen Blick auf den Kerl, und er grinste sie an. Eilig wandte Zoe den Blick ab. Die Tatsache, dass Seth jetzt mit dem Secret Service mitfahren wollte, legte nahe, dass er das Kartell verdächtigte. So oder so, die Gefahr war noch nicht vorüber, wurde ihr klar. Sie konnte sich nicht erlauben, unvorsichtig zu werden. Sie und Seth mussten mit ihren zwei kleinen Beweisstücken so schnell wie möglich nach Quantico. Vielleicht würde das Kartell – sofern es das Kartell war – dann aufhören, sie zu jagen.

„Mach dir keine Sorgen", betonte Seth, las ihre Gedanken. „Ich passe auf dich auf."

Zoe stieß den Atem aus. Es war schon peinlich, wie sehr sie sich wünschte, dass das stimmte.

Sie schnappte sich ihr Handy und die Ladekabel aus der Mittelkonsole, dann stieg sie aus, um mit der FBI-Agentin zu sprechen, die in der Nähe wartete.

„Bleib hinter der Motorhaube stehen, als Deckung." Seth trat einen Schritt zurück, war nun wieder ganz der professionelle FBI-Agent. Keine Spur mehr des fürsorglichen Liebhabers.

„Dr. Miller? Ich bin Agent Grant." Die Frau trug einen dunklen Hosenanzug und Absatzstiefel. Sie thronte über Zoe, während sie sie an den Straßenrand führte.

Ein eisiger Wassertropfen fiel von einem kahlen Ast und landete auf Zoes Wange. Sie wischte ihn ab wie eine unerwünschte Träne.

„Als Erstes müssen Sie wissen, dass ich bereit und in der Lage bin, Ihnen Personenschutz zu stellen und Sie zu unserem örtlichen Büro zu bringen, wenn Sie sich mit irgendwelchen Leuten hier unwohl fühlen."

Zögerlich wanderten Zoes Augen zu Colm Jacobs, der mit seinem Partner die Position gewechselt hatte und sie nun über die Motorhaube des Umzugswagens hinweg beobachtete, anstatt die Straße im Auge zu behalten.

Zoe wandte ihm den Rücken zu, und ein Schauder schüttelte ihre Schultern.

„Ich will nicht mehr Zeit als nötig mit den Secret-Service-Agenten verschwenden, aber ich bin mit Agent Hoppers Schutz sehr zufrieden." Sie bezweifelte, dass irgendjemand anderes verhindert hätte, dass sie mit einem Totalschaden auf der Autobahn gelandet wäre, ganz zu schweigen davon, dass er sie in der Wüste aufgespürt hatte. „Aber Danke für das Angebot. Ich weiß es sehr zu schätzen."

Agent Grants intelligente blaue Augen musterten sie eingehend, sahen vermutlich mehr, als Zoe lieb war. Dann nickte die andere Frau und trat einen Schritt zurück. Sie reichte Zoe ihre Visitenkarte. „Ich wollte nur überprüfen, was Agent Hopper mir erzählt hat. Rufen Sie mich an, wenn Sie es sich anders überlegen. Übrigens, ich liebe Ihre Mutter. Ich hoffe, sie kandidiert irgendwann für das Amt des Präsidenten." Agent Grant ging davon, hinüber zu den Secret-Service-Agenten.

Zoes größter Albtraum – abgesehen vom Kartell und ihrem grauenhaften Ex – war es, dass ihre Mutter Präsidentin der Vereinigten Staaten werden würde, aber das hatte ausschließlich egoistische Gründe. Zoe liebte ihre Anonymität, auch wenn die in den letzten Tagen etwas gelitten hatte. Wenigstens schien die Presse das Interesse an der Entführung verloren zu haben und hatte sich anderen Vorfällen zugewandt.

Seth hatte ihre Taschen in den Kofferraum des riesigen SUV gepackt.

Er hob leicht das Kinn, bedeutete ihr nachdrücklich, zu ihm zu kommen und einzusteigen.

Zoe holte tief Luft. Es war albern, enttäuscht darüber zu sein, dass er Colm Jacobs nicht von ihr fernhalten konnte, wie er versprochen hatte. Aber der kaputte Umzugswagen hatte ihre Pläne gründlich durcheinandergebracht.

Sie schaute im Fahrerhaus des Umzugswagens nach, ob sie auch nichts vergessen hatten, aber wie man es von ihm erwarten konnte, war Seth sehr gründlich gewesen. Sie schloss die Tür und schlenderte mit erhobenem Kinn zu ihm herüber. Sie wollte verdammt sein, wenn Colm sie wieder kuschen sehen würde.

„Steig ein und schnall dich an", murmelte Seth, als er an ihr vorbeiging.

Ihre Augen wurden groß, als sie bemerkte, dass er alle Sachen der beiden anderen Agenten aus dem Auto genommen und dahinter aufgestapelt hatte, sodass die Agenten es nicht sehen konnten.

Seth hob die Hand zum Gruß an die beiden, dann stieg er neben Zoe auf die Rückbank.

Die beiden Secret-Service-Männer ignorierten ihn und wandten sich wieder zu Agent Grant um, die sie befragte. Keiner der beiden sah besonders glücklich über dieses Verhör aus.

„Angeschnallt?", fragte Seth.

Sie klickte den Gurt ein, sah ihm zu, wie er in den Fahrersitz kletterte und mit dem Schlüssel, der in der Zündung steckte, den Motor startete. Er legte den Gang ein und beschleunigte zügig, fädelte sich in den Verkehr ein, noch bevor die beiden vom Secret Service mit mehr als offenen Mündern reagieren konnten.

Als sie an Jacobs vorbeifuhren, zeigte Zoe ihm den Mittelfinger, bezweifelte aber, dass er es durch die getönten Scheiben hindurch sehen konnte.

Im Rückspiegel suchte Seth ihren Blick. „Ich hab' dir doch gesagt, ich lasse ihn nicht in deine Nähe."

Tränen brannten plötzlich in ihren Augen, aber sie blinzelte sie fort. Ihre Kehle war so zugeschnürt, sie brachte kein Wort heraus.

Stattdessen löste sie ihren Gurt und krabbelte auf den Beifahrersitz. Sie presste einen Kuss auf Seths Wange, bevor sie sich wieder anschnallte und den Sitz einstellte. „Ich kann nicht glauben, dass du das getan hast."

Sie sah, wie sich seine Finger leicht um das Lenkrad zusammengezogen.

„Ich habe dir versprochen, dass er nicht in deine Nähe kommt. Und ich bin auch nicht hundert Prozent davon überzeugt, dass Jacobs nicht derjenige ist, der in der Nacht unsere Bremsen beschädigt hat. Ihm über längere Zeit in einem Auto ausgeliefert zu sein, war das Letzte, was ich jetzt wollte." Seth schaute in den Rückspiegel und wechselte die Spur. Er fuhr deutlich schneller als mit dem Umzugswagen.

Die Tatsache, dass er den Verdacht hegte, Jacobs könnte möglicherweise versuchen, sie beide umzubringen, war gleichermaßen beruhigend und absolut erschreckend.

„Ich muss mit Novak sprechen und ihn die Überwachungsaufnahmen von letzter Nacht aus dem Hotel sichern lassen, bevor die andere Agentur entscheiden sollte, sie für sich zu beanspruchen."

Verdammt.

„Und ich muss dich jetzt bitten, etwas zu tun, was du in der Vergangenheit offensichtlich nicht tun wolltest. Du musst deine Mutter anrufen und ihr erklären, dass du nicht von einem abtrünnigen FBI-Agenten entführt worden bist, wie Jacobs sicher behaupten wird. Und vielleicht kannst du dann auch gleich noch erwähnen, dass ich das Auto nicht geklaut, sondern nur für ein paar Stunden ausgeliehen habe."

Zoe starrte ihn mit großen Augen an, begriff, dass er die Karriere, die er offensichtlich liebte, gerade riskierte. Und er hatte das größtenteils deswegen getan, damit sie nicht Colm Jacobs Gegenwart ausgesetzt sein musste, den ihre Mutter so mochte.

„Ich weiß gar nicht, wie ich dir danken soll", murmelte Zoe vorsichtig.

„Du musst mir nicht danken", erwiderte Seth ernst. „Ich mache einfach meinen Job."

Zoe zuckte zusammen. „Natürlich."

Gott.

Sie hatte sich schon halb in den Kerl verliebt, und er „machte einfach seinen Job". Trotz der Tatsache, dass sie Sex gehabt hatten und sich näherkamen, wurde ihr bewusst, dass sie keine Ahnung hatte, ob Seth Hopper irgendwelche Gefühle für sie hegte, abgesehen davon, dass sie seine „Schutzbefohlene" und sehr willige Liebhaberin war.

Er hatte ihr eröffnet, dass er sie mochte, und sie wusste, dass er sich körperlich von ihr angezogen fühlte, aber sie hatte keinen Schimmer, ob sie Chancen auf eine gemeinsame Zukunft hatten oder ob er überhaupt nach etwas anderem in seinem Leben suchte. Er hatte nie über romantische Beziehungen gesprochen. So sehr sie sich in den letzten Tagen auch besser kennengelernt hatten, sie hatten kein einziges Mal über die Möglichkeit eines „wir" gesprochen. Aber sie hatte ja alle Vorsicht fallenlassen und eine emotionale Bindung zu diesem Typen aufbauen müssen.

Eine. Sehr. Emotionale. Bindung.

„Zoe."

Sie schüttelte den Kopf, um die unerwünschten Gedanken über diesen Mann zu verdrängen, der so unerwartet in ihr Leben getreten war. „Was?"

„Ruf deine Mutter an."

———

Immer wieder blickte Seth zu Zoe, aber sie war nun schon seit ein paar Stunden in sich versunken, seit sie ihre Mutter mitten in der Nacht von Karachi aus dem Schlaf gerissen hatte.

Zuzuhören, wie Zoe ihrer Mutter die Situation erklärte, war schmerzhaft gewesen. Die Tatsache, dass ihre Mutter ihr zuerst nicht geglaubt hatte – vermutlich hatte sie sich nicht eingestehen wollen, dass sie ihre eigene Tochter in körperliche und emotionale Gefahr gebracht hatte, indem sie Zoes ausdrückliche Wünsche missachtet hatte – hatte dieses Gefühl nur noch verstärkt.

Anschließend hatte Zoe die Augen geschlossen und so getan, als würde sie schlafen.

Aber vielleicht war Zoe gar nicht wegen dieser früheren Aufregung so still. Vielleicht lag es daran, dass sich ihre Reise dem Ende näherte und sie beinahe zu Hause waren.

Seth biss die Zähne zusammen.

Vielleicht zog sich Zoe zurück, weil sie sich darauf vorbereitete, sich von ihm zu lösen. Sie hatte kein Wort darüber verloren, ob die beiden sich wiedersehen könnten, wenn dieser Roadtrip vorbei war. Hatte kein Interesse daran bekundet, diese unerwartete und ungeplante Beziehung weiterzuführen.

War es nur um Sex gegangen?

Sie wäre sicherlich nicht die erste Frau, die ihn nur vorübergehend und ausschließlich seines Körpers wegen wollte. Die Tatsache, dass er mehr als das empfand, viel mehr, so viel mehr, dass er jede Verhaltensregel im Handbuch gebrochen hatte, war sein eigener, dummer Fehler gewesen. Er hatte die ganze Zeit über gewusst, dass es seine Karriere zerstören würde, sich auf diese Frau einzulassen – und er hatte es trotzdem getan. Und er hatte nicht das Gefühl, als ob er sie um mehr bitten könnte, denn das absolut Letzte, was er wollte, war, nach Zoes letzter, desaströsen Beziehung wie ein weiterer, bedrängender Arsch zu wirken.

Es hatte sich nach mehr angefühlt als nur nach Sex.

Seth konnte sich nicht mehr daran erinnern, wann sich Sex zum letzten Mal so intensiv und ungehemmt angefühlt hatte, aber es war nicht nur das …

Er rollte seine Schultern aus. Kein Grund, durchzudrehen wie ein verknallter Highschool-Teenie. Er konnte seinen Wunsch, diese Sache zwischen ihnen fortzuführen, zur Sprache bringen, wenn die Gefahr vorbei war. Sie anrufen und um ein echtes Date bitten. Vielleicht konnte er ihr helfen, am Wochenende den Umzugswagen auszuräumen – wenn er genug Zeit freinehmen konnte, um nach Richmond zu fahren.

Er wusste nicht, ob das FBI vorhatte, Zoes Schutz nach der Besprechung morgen früh aufrecht zu erhalten. Trotz ihres Widerstands gegen diesen Vorschlag wäre es klüger, die Sicherheitsvorkehrungen fortzuführen, bis sie genau wussten, was das Kartell vorhatte.

Die Vorstellung, dass sie verwundbar war, bereitete ihm Unbehagen. Wenigstens würde Jacobs zu beschäftigt damit sein, seinen Vorgesetzten Rede und Antwort zu stehen, als über Rache nachzusinnen, aber vielleicht auch nicht. Seth bezweifelte, dass der Kerl gefeuert werden würde, es sei denn, seine Fingerabdrücke oder DNA wurden an der Unterseite des Umzugswagens gefunden – zu viel hing von der klassischen ‚er sagt – sie sagt‘-Dynamik ab. Aber höchstwahrscheinlich zeichnete sich für den Rest der derzeitigen Administration in der Zukunft des Mannes ein Schreibtischjob ab – oder etwas anderes, um Jacobs davon zu überzeugen, sich von Zoe fernzuhalten. Seth konnte nicht immer da sein, um sie zu beschützen. Und zornige, sitzengelassene Männer ließen ihre Aggressionen oft an ihren vermeintlichen Übeltätern aus.

Seth wusste nicht genau, in wie viel Gefahr Zoe möglicherweise schwebte. Er musste mit einem seiner Kumpels sprechen, ebenfalls ehemaliger Navy SEAL, der mittlerweile in der Abteilung für Verhaltensanalyse arbeitete. Matt Lazlo würde eine gute Vorstellung davon haben, wie besorgt Zoe über Colm Jacobs und die Wahrscheinlichkeit seines Durchdrehens sein sollte.

Das Kartell hingegen war eine ganz andere Nummer.

Hoffentlich würde sich diese Gefahr verflüchtigen, sobald Zoe ihre Beweise zur Analyse an das Labor weitergegeben hatte. Er dachte an den blutigen Stein, den er eingesammelt, und von dem er Zoe nichts erzählt hatte.

Wie konnte er ihn jetzt erwähnen, so viele Stunden später?

Er würde ihr nichts davon verraten. Der Stein war ein Beweismittel in einem Fall, und er durfte mit einer Zivilistin nicht über laufende Ermittlungen sprechen – nur dass er nicht wusste, ob es überhaupt einen Fall und eine Ermittlung gab. Hatte das FBI ein Aktenzeichen zu der vermissten Toten angelegt?

Er bezweifelte es.

Er hatte den Stein in seinem Bericht erwähnt, aber Patterson und das Sonderkommando hatten ihn vermutlich noch nicht gelesen oder entschieden, ob er wichtig war.

Seth würde den Stein ebenfalls zur Analyse ans Labor schicken, und zusammen mit Zoes Beweisen würden sie vielleicht in der Lage sein, die Frau zu identifizieren, die Zoe in der Wüste entdeckt hatte – oder ihren Mörder. Und vielleicht würde das auch erklären, warum das Kartell die vier forensischen Anthropologen entführt hatte.

Sie kamen zur Ausfahrt zur Interstate 64. In Charlottesville würde sich die Straße teilen, Richtung Süden ging es nach Richmond, Richtung Norden nach Quantico. Ihm wurde bewusst, dass es vielleicht nicht perfekt war, aber dass Zoe doch nahe genug wohnte, dass sie einander sehen könnten, wenn sie das wollte ...

Er schob den Gedanken zur Seite. Es war nicht fair, ihr zusätzlichen Druck zu machen. Entweder es passierte oder eben nicht, aber er würde sie deswegen jetzt nicht bedrängen. Am besten war es, es langsam anzugehen.

Heute Abend war womöglich ihre letzte gemeinsame Nacht, und auch wenn es nur Sex sein mochte, er war noch nicht bereit, sie aufzugeben. Die Intimität, die sie teilten, machte regelrecht süchtig, und er wollte sich so lange daran klammern, wie es nur irgend ging.

Nach dem Vorfall mit den kaputten Bremsen hatte er kurz darüber nachgedacht, nach Quantico zu fliegen, aber Zoe hatte keinen Ausweis dabei, und die Flugzeiten wären alles in allem auch nicht viel schneller gewesen, als mit dem Auto weiterzufahren. Und er würde lügen, wenn er behauptete, dass er diese Zeit allein mit ihr nicht genoss.

Schließlich gähnte Zoe und schenkte ihm das Lächeln, das er schon vermisst hatte. „Sorry. Ich weiß, ich war sehr schweigsam. Ich hätte unterhaltsamer sein sollen, wenn du schon die ganze Strecke fahren musst."

„Ich brauche keine Unterhaltung." Er warf ihr einen Blick zu. „Du hast eine traumatische Erfahrung hinter dir. Du musst das erst mal alles verarbeiten."

Ihre Augen füllten sich mit Unsicherheit, als sie seinen Blick suchte. „Schätze schon."

Payne Novak hatte beinahe seine Zunge verschluckt, als Seth ihm gebeichtet hatte, was er mit den Agenten des Secret Service angestellt hatte. Aber nach Zoes Unterhaltung mit ihrer Mutter und den offiziellen Ermittlungen, die nun zum Versagen der Bremsen sowie zu Colm Jacobs früherem Verhalten eröffnet worden waren, hatte Seth für seine Entscheidungen rückwirkend grünes Licht erhalten.

Zum Glück.

Leider konnten er und Zoe sich beim Fahren nicht abwechseln, denn es war ein Regierungsfahrzeug. Gott bewahre, dass man eine solche Regel brach, wenn man um sein Leben rannte, sonst hätte man wirklich das Office of Professional Responsibility am Arsch.

„Rufen wir schon mal deine Freundin im Labor an und informieren sie, und dann muss ich außerdem kurz beim HRT vorbeifahren und meinen Truck abholen." Die meisten der Jungs würden mittlerweile aus Colorado zurück sein, waren aber vermutlich nach Hause gefahren, sobald sie in Quantico gelandet waren. Er wollte alles über die jüngsten Abenteuer seiner Teamkollegen hören, obwohl das natürlich warten musste, bis er von seinem Treffen morgen im Hauptquartier zurückkam.

Er räusperte sich. „Ich schätze, du willst vermutlich heute Nacht in D.C. übernachten, im Naval Observatory oder einem hübschen Hotel–"

„Ich will nicht im Observatory übernachten, wenn meine Eltern nicht da sind, und ein hübsches Hotel kann ich mir nicht leisten." Sie schaute ihm in die Augen. „Wie schon gesagt, ich zahle am liebsten für mich selbst, aber mir ist klar, dass es ein Privileg ist, dass ich das auch kann. Ich habe eine gute Ausbildung und das Polster reicher Eltern als Sicherung. Die meisten Leute haben nicht so ein Glück." Sie verzog das Gesicht. „Ich hoffe wirklich, die Mietwagenfirma wird es mir nicht in Rechnung stellen, wenn der Umzugswagen beschlagnahmt wird."

„Ruf sie morgen an und frag nach – ich bin mir sicher, sie wollen ihren eigenen Schadensermittler schicken. Wenn sie irgendeine Art Garantie oder Vollmacht oder so brauchen, spreche ich mit unserer Administratorin und finde heraus, ob sie weiterhelfen kann."

Maddie Goodwin wusste genau, wie man in derartigen Situationen mit solchen Firmen sprechen musste.

Wieder räusperte Seth sich, kam sich vor wie ein Junge, der das Mädchen, das er mag, nach einem ersten Date fragt. Konfrontierte man ihn mit Terroristen oder höchsten Alarmstufen, war er die Ruhe selbst. Konfrontierte man ihn mit einer Frau, die er wirklich mochte, wurde er zu einem stotternden, tollpatschigen Idioten.

„Wir könnten in einem Hotel übernachten oder einfach in meinem Haus in Quantico, und dann morgen früh nach D.C. fahren. Es ist nichts Besonderes, aber du bist mehr als willkommen, und ich könnte vor der Besprechung morgen noch mal meinen Anzug abstauben."

Er versuchte, sich daran zu erinnern, wann er das letzte Mal die Bettwäsche gewechselt hatte. Er war kein Schwein, aber er war seit einer Weile nicht zu Hause gewesen, und der Haushalt war nie so wichtig, wie seine Waffen zu reinigen.

Diese wasserblauen Augen wurden groß, und er fragte sich, ob er zu vorschnell gewesen war. Dann legte sich ein Lächeln auf ihre Lippen.

„Das würde mir sehr gefallen."

Etwas in ihm wurde ganz warm.

Er wollte noch sagen, dass es natürlich ganz unverbindlich war, entschied aber, dass das selbstverständlich war. Er hätte nichts gegen ein paar Verbindlichkeiten, aber das war nicht der richtige Zeitpunkt, um so etwas mit einer Frau zu besprechen, die kürzlich so stark traumatisiert worden war.

Und es war nicht der richtige Zeitpunkt, unvorsichtig zu werden und seine Wachsamkeit abzulegen. Er riss seine Aufmerksamkeit zurück auf die Umgebung. Irgendjemand hatte heute versucht, sie umzubringen. Und dieser jemand war noch immer irgendwo da draußen.

———

Bruno hatte Kalifornien immer gemocht, aber L.A. hasste er einfach. Zu viele Autos. Zu viele Menschen. Der Gestank von Elitismus und Bullshit, vermischt mit den Abgasen, ließ ihn würgen. Aber das Geschäft war gut hier. Nicht so profitabel wie an der Ostküste vielleicht, aber sicherlich am Boomen.

Er und Luis saßen in einem dunklen Escalade vor einem großen Haus, das sich irgendwo in der Mitte zwischen der medizinischen Hochschule und der Playboy-Villa befand. Bruno hatte jemanden dafür bezahlt, den jungen Mann hin und wieder zu beschatten, nachdem Lorenzo Gabriella verboten hatte, sich mit ihm zu treffen. Bruno kannte die Routinen des Mannes also ganz gut.

„Gehen wir endlich rein und schnappen ihn uns?", fragte Luis, der langsam ungeduldig wurde.

„Noch nicht." Die Behörden zu alarmieren, war das Letzte, was Bruno wollte. „Lassen wir ihn zu uns kommen."

Derek Belmont war ein reicher Bursche und lebte in einem wohlhabenden Viertel. Die Villen hier in der Gegend kosteten so viel wie manche mexikanische Städte.

Belmont studierte Medizin im dritten Semester und hatte Gabriella vor etwas über einem Jahr am Strand in Cancún kennengelernt. Die Tatsache, dass er Medizinstudent war, ließ darauf schließen, dass er intelligent war, aber hatte er auch den Instinkt, zu spüren, wenn er gejagt wurde?

Bruno bezweifelte es. Junge Männer tendierten dazu, sich für unbesiegbar zu halten. Er zumindest hatte das getan. Genau wie Lorenzo.

Das Schweigen zwischen ihm und seinem Bruder hing schwer und dicht wie Qualm in der Luft. Wo würde Luis' Loyalität liegen, wenn er gezwungen war, zwischen seiner Familie und seinem Boss zu wählen?

„Hat Lorenzo in letzter Zeit irgendwas über mich gesagt?", wollte Bruno wissen.

„Was zum Beispiel?" Luis runzelte die Stirn.

„Nichts." Bruno zuckte mit den Schultern. „Der Boss klingt nur seit dem letzten halben Jahr immer paranoider, also habe ich mich gefragt …" Bruno trommelte mit den Fingern aufs Lenkrad.

„Würde mich nicht überraschen, wenn Gabriella einfach abgehauen ist", meinte Luis mürrisch. „Wir wissen alle, wie sie sein kann."

„Stimmt." Es war wirklich erstaunlich. Wenn die Bilder davon, was in jener Nacht vorgefallen war, nicht so lebhaft in seinem Kopf aufblitzen würden, hätte Bruno sich vermutlich selbst davon überzeugen können, dass sie einfach abgehauen war. Die einzigen Leute, die die Wahrheit kannten, waren er selbst und Gabriella. Und keiner von ihnen beiden würde reden.

Luis rutschte unbehaglich auf seinem Sitz hin und her. Sie saßen bereits seit Stunden hier.

„Ich habe mich gefragt, ob du irgendwas von den anderen gehört hast." Er wich dem dunklen Blick seines Bruders nicht aus. „Ich träume in letzter Zeit viel." Seine Familie legte großen Wert auf Träume. „Dass mir etwas zustoßen wird. Etwas Schlimmes."

Er verzog sein Gesicht in ein hämisches Grinsen, als ob es ihm nichts ausmachen würde. Niemand im Kartell gab offen zu, Angst vor dem Tod zu haben. Ihre Chancen, es bis ins hohe Alter zu schaffen, waren bestenfalls gering. Ihre Chance, eines natürlichen Todes zu sterben? Verschwindend gering.

Aber innerlich hatten sie alle Angst vor dem Tod.

Luis schaute ihn nun aufmerksamer an. „Wünschst du dir jemals …" Sein Bruder verstummte.

„Was?", fragte Bruno neugierig.

Luis Brustkorb hob sich, als er tief einatmete. „Dass du Lorenzo nicht ins Business gefolgt wärst?"

Zögernd nickte Bruno. „Ich wünsche mir oft, ich wäre auf der

Farm unserer Familie geblieben, aber wir brauchten Geld, und Papa hat mir keine andere Wahl gelassen."

Ihr Vater war ein gewalttätiger Dreckskerl gewesen, der ihre Mutter geschlagen hatte, wann immer er besoffen und niemand anderes zu Hause war. Bruno war froh, dass der Mann gestorben war, bevor er ihm eine Kugel hatte verpassen können. Er hätte diesen Moment genossen und hätte dafür für alle Ewigkeit in der Hölle geschmort. Aber da er ohnehin in die Hölle kommen würde, hätte er den alten Bastard vielleicht vor Jahren schon umbringen sollen.

Er gluckste finster. „Wir müssen nehmen, was wir kriegen. Und wir sollten den Boss besser nicht enttäuschen, hm?"

In diesem Moment ging eine kleine Tür im großen Tor der Einfahrt auf, und ein junger Mann mit kurzen blonden Haaren und einem Fahrrad in den Händen trat heraus. Er war schwer zu übersehen, denn er trug von Kopf bis Fuß neonfarbene Radsportsachen.

Luis zog sich ein Halstuch über die Nase. Langsam ließ Bruno ihr Auto vorwärts rollen, bis er auf gleicher Höhe wie der junge Mann war. Luis sprang aus dem Wagen, zog seine Pistole und hielt sie Derek Belmont an den Kopf, während er ihm erklärte, dass er entweder ins Auto steigen oder auf dem Bürgersteig krepieren konnte.

Derek traf eine unkluge Entscheidung und stieg ins Auto.

Bruno hatte sich ebenfalls ein Bandana über Mund und Nase gezogen.

„Schaff seinen Helm und sein Handy fort." Am Helm befand sich eine Kamera.

Luis warf die Sachen aus dem Fenster, und sie krachten scheppernd auf den Bürgersteig.

„Was wollen Sie von mir?" Der junge Mann war nun ganz blass unter seiner Sonnenbräune. Schweißperlen standen auf seiner Stirn, trotz der Kühle im Escalade.

„Ich denke, du weißt genau, was wir wollen, *puto*." Bruno ließ seine Stimme tief und bedrohlich klingen. „Santiago hat dir befohlen, dich von seiner Schwester fernzuhalten."

Dereks Adamsapfel hüpfte in seinem dürren, weißen Hals auf und ab. „Sie hat mich kontaktiert, aber ich habe mich nie zurückgemeldet."

Ein kaltes Lächeln trat auf Brunos Lippen. „Wo ist sie?"

Dereks Augen wurden groß. „Ich weiß es nicht. Ich habe sie seit fast einem Jahr nicht mehr gesehen."

„Sie ist verschwunden, *compadre*, und sie hat einer Freundin erzählt, dass sie hierherkommt, um dich zu sehen."

„Was?" Der Mann schwankte förmlich in seinem Sitz. „Ich weiß nicht, wovon Sie sprechen. Ihr Bruder hat mich gewarnt, mich von ihr fernzuhalten, und ich war seitdem nicht mehr in ihrer Nähe."

„Aber du hast mit ihr gesprochen? Sie ermutigt?"

„Ich habe Schluss gemacht! Ich schwöre es. Ich habe sie geliebt, aber ich kann meine Familie nicht in Gefahr bringen." Dereks Augen schossen zu einer Frau, die die Straße entlangjoggte, als ob sie in der Lage wäre, ihn zu retten. Jeglicher Versuch würde ihren Tod bedeuten. „Ihr Bruder hat meine Eltern bedroht, meine Großmutter." Er schüttelte verzweifelt den Kopf, und dem Feigling traten sogar Tränen in die Augen. „Ich habe sie für meine Familie aufgegeben. Ich schwöre es. Ich habe sie seit Monaten nicht angerufen."

Bruno hätte ihm vielleicht geglaubt, wenn Gabriella ihm nicht erzählt hätte, dass Derek sie in Phoenix abholen würde.

Aber was, wenn sie Bruno angelogen hatte? Was, wenn sie in einem Akt der kaltherzigen Gleichgültigkeit, die ihrem Bruder alle Ehre machen würde, entschieden hatte, zu ihrem Freund zu gehen, Lorenzos Drohungen und Dereks Wohlergehen zum Trotz? Hatte sie wirklich nicht begriffen, wozu Lorenzo fähig war?

Bruno schürzte die Lippen und erwiderte im Rückspiegel den dunklen Blick seines Bruders.

Es machte keinen Unterschied. Nichts davon machte einen Unterschied. Das Einzige, was zählte, war, Lorenzo so lange glücklich zu machen, bis Bruno ihn aus guten Gründen umbringen konnte.

Er sah zu, wie sein Bruder eine schmale Nadel in den Oberschenkel des jungen Mannes stach und den Kolben der Spritze hinunterdrückte.

„Tut mir leid, *compadre*. Ich mag dir vielleicht glauben, aber Lorenzo Santiago ist etwas ganz anderes. Schlaf. Schlaf, und das alles wird bald vorbei sein."

20

Z oe traf ihre brillante Freundin Dr. Coco Montserrat im gesicherten Empfangsbereich des hochmodernen Laborgebäudes im Herzen des FBI-Campus auf dem Marine-Corps-Stützpunkt in Quantico.

Sie umarmten sich lange, und Coco drückte Zoe fest.

„Ich habe in den Nachrichten gesehen, was passiert ist, und über unser Buschtelefon hier gehört, wer involviert war. Ich bin so froh, dass es dir gut geht."

Dr. Montserrat war eine große, schlanke Frau mit tiefbrauner Haut und lockigen, schwarzen Haaren, die sie in einen strengen Dutt zusammengebunden hatte. Sie trug eine rote Lesebrille, die sie wie eine sexy Bibliothekarin aussehen ließ, und Zoe fühlte sich wieder einmal an ihre eigenen äußerlichen Unzulänglichkeiten erinnert. Vor allem, als Cocos Augen beim köstlichen Anblick von Seth ganz groß wurden, wie er in seinem engen T-Shirt, das jeden definierten Muskel an seiner Brust und seinen Armen stolz präsentierte, und der hellblauen Jeans dastand, die sich an die Partien seiner männlichen Anatomie schmiegte, über die Zoe und Coco in den Seminaren immer gekichert hatten.

Zoe stellte sie vor.

„Agent Hopper." Coco nahm ihren linken Arm nicht von Zoes

304

Schulter, als sie Seths Hand schüttelte. „Haben Sie vielen Dank, dass Sie sich so gut um meine Freundin hier *gekümmert* haben." Coco glaubte wohl, sie wäre besonders witzig, so wie sich ihr Tonfall veränderte und ihr Ausdruck zweideutig wurde.

Zoe verdrehte die Augen. Coco hatte offensichtlich mit Fred gesprochen, und vermutlich hatte die Hitze in Zoes Wangen ihr verraten, dass Zoes Gefühle für diesen Mann schon seit mindestens sieben Bundesstaaten und zwei Zeitzonen vom platonischen Pfad abgekommen waren.

„Danke, dass Sie uns so spät noch treffen." Seth stellte sich breitbeinig hin und schenkte Coco die Sorte Lächeln, bei der erwachsene Frauen in Verzückung gerieten.

„Was ist denn so wichtig?", fragte Coco neugierig.

Zoe hielt ihr die Beweistüte hin. „Ich habe in der Wüste einen Zahn und ein Medaillon gefunden, die ich gerne auf Fingerabdrücke und DNA untersuchen lassen würde. Alles, was uns dabei helfen kann, entweder das Mordopfer oder den Mörder zu identifizieren."

Cocos schlanke Augenbrauen schossen in die Höhe, als sie sich die Gegenstände anschaute. „Die hast du in der Wüste gefunden?"

„Neben einer Leiche, die anschließend verschwunden ist. Das ist alles, was noch übrig ist." Zusammen mit ein paar Fotos von Zoes Handy. Vielleicht.

Ihre jüngste Nahtoderfahrung hatte Zoe mehr aufgewühlt, als sie zugeben wollte. Aber wenn es das Kartell war, das versuchte, sie umzubringen, dann hatte sie diese Gefahr womöglich gerade an ihre Freundin weitergegeben.

Zoe schlang die Arme um ihren Oberkörper. „Ich befürchte, dass die Anschläge auf mein Leben mit diesen beiden Beweisstücken zusammenhängen. Und wenn das Kartell herausfindet, dass du sie analysierst, dann könntest auch du in Gefahr geraten."

Cocos Ausdruck wurde ernst. „Die Chancen, dass jemand außerhalb des FBI Zugriff auf die Daten des Labors haben könnte oder überhaupt weiß, woran wir arbeiten, sind extrem gering.

Sogar unsere Kollegen innerhalb des FBI haben keinen direkten Zugriff auf unsere Datenbanken."

„Wir sprechen hier allerdings von einem der reichsten und skrupellosesten Verbrecher der Welt, Ma'am", wandte Seth ernst ein. „Ein Verbrecher, der Ihre Liebsten entführt und bedroht, bis er bekommt, was er will."

Nachdenklich schürzte Coco die Lippen. „Na ja, wir wissen zumindest, dass diese Gegenstände vor Gericht nicht als Beweise zulässig sind." Sie kaute auf ihrer Unterlippe herum. „Ich bleibe heute Abend länger und schaue, wen ich dazu überreden kann, die Beweisstücke für mich zu analysieren." Sie senkte die Stimme. „Es gibt da diesen äußerst attraktiven Experten für Fingerabdrücke, und ich habe schon lange nach einem Vorwand gesucht, um mit ihm ins Gespräch zu kommen. Und die DNA-Probe kann ich mit einem Dringlichkeitsvermerk versehen, dann landet sie direkt vorn in der Schlange, aber ich bin mir nicht sicher, wie viel Erfolg wir damit haben werden, eine Probe von der Kette zu nehmen. Das kommt ganz darauf an, wie lange sie schon in der Wüste lag und ob wir Epithelzellen finden."

Seth zog einen versiegelten Beweisumschlag aus der kleinen Tasche, die er dabeihatte. „Hiermit haben Sie vielleicht mehr Erfolg. Und der *ist* vor Gericht als Beweismittel zulässig, da ich ihn am Tatort eingesammelt und ihn die ganze Zeit über in meinem Besitz hatte. Ich kenne allerdings das Aktenzeichen nicht."

Zoe blinzelte überrascht. „Was ist das?"

„Ein Stein. Mit Blutspuren daran, so wie es aussieht." Sein Ausdruck war ernst. „Von der gleichen Stelle, von der du gesagt hast, du hättest dort die Leiche gefunden. Ich hatte dir ja erzählt, dass ich am Morgen nochmal dorthin zurückgegangen bin, während Patterson dir wegen deines Verhaltens einen Vortrag gehalten hat."

Coco prustete. „Ich wette, das kam super an."

Seth reichte Coco den Umschlag, und sie unterschrieb das Beweiskettenprotokoll.

„Den Stein hast du nie erwähnt."

„Ich dachte, je weniger Leute davon wissen, umso besser."

„Sogar ich?"

„Sogar du", erwiderte er ruhig.

Zoe war sprachlos. „Du hast mir also wirklich geglaubt?"

Seine Augen wirkten ernst, als er sie anschaute. „Das habe ich dir doch gesagt. Ich habe auch Fotos der Fußspuren dort draußen gemacht. Habe sie vor zwei Tagen zur Analyse geschickt. Zumindest oberflächlich sahen die Spuren so aus, als ob sie deine Geschichte bekräftigen."

Emotionen rauschten durch sie hindurch. Er hatte ihr wirklich geglaubt.

„Brauchst du für heute Nacht einen Schlafplatz, Süße?", bot Coco an. „Ich meine, ich werde bis spät in die Nacht an diesem dringenden Job arbeiten", lachte sie, „aber ich kann dir einen Schlüssel geben. Ihr könnt beide bei mir übernachten." Sie schickte Zoe ein Zwinkern, das Seth nur übersehen hätte, wenn er blind gewesen wäre.

Zoe tat so, als ob sie es nicht bemerkt hätte. Ihre Freundin brachte sie noch um.

„Danke für das Angebot. Ich übernachte heute bei Agent Hopper." Sie warf ihm einen kurzen Blick zu und ertappte ihn dabei, wie er sie überrascht anstarrte.

Hatte sie eine Grenze überschritten?

Sie wusste, dass sie aus Sicherheitsgründen keine Einzelheiten verraten durfte, aber sie wollte ihm auch nicht das Gefühl vermitteln, sie würde sich für ihre Verbindung schämen oder sich wundern, was ihre Freunde wohl darüber dachten. Aber sie wollte natürlich auch nicht, dass er beruflich in Schwierigkeiten geriet. „Wir haben direkt morgen früh eine Besprechung in D.C."

Coco nickte. „Dann eben ein anderes Mal."

„Sei vorsichtig, Coco. Versprich mir das. Diese Leute schrecken vor nichts zurück."

„Ich werde nicht mal dieses Gebäude verlassen, bevor die Ergebnisse da sind und hochgeladen wurden." Ein trauriges

Lächeln legte sich auf ihre Lippen. „Ich wünschte, ich könnte jedem Opfer einen derartigen Service bieten, aber dann würde ich nicht mehr funktionieren."

Zoe zog ihre Freundin in eine feste Umarmung. „Danke. Pass gut auf dich auf."

„Wenn wir uns das nächste Mal sehen, gehen wir feiern. Hoffentlich hat Agent Hopper ein paar Single-Freunde, die er mir vorstellen kann."

„Niemand, den ich einer Dame vorstellen würde."

„Klingt genau nach meinem Typ. Ich rufe dich auf deinem Handy an, Zoe, sobald ich die Ergebnisse habe." Noch einmal umarmte sie Zoe, dann verabschiedeten sie sich.

———

Seth lenkte den Suburban des Secret Service zum Gebäudekomplex des Geiselrettungsteams und parkte ihn neben seinem Truck.

Es war acht Uhr abends, der Himmel war bewölkt, und Nebel kratzte an den Baumwipfeln, wobei er den Stützpunkt in eine gruselige Finsternis hüllte. Das Gebäude wurde von Sicherheitsleuchten erhellt.

Auf dem Parkplatz standen viele Fahrzeuge seiner Kollegen, aber das hieß nicht zwangsläufig, dass sie auch hier waren. Möglicherweise waren sie bei einem Training oder einer Mission. Seth mochte es nicht, nicht auf dem Laufenden zu sein.

„Meine Autoschlüssel sind in meinem Schließfach. Du kannst deine Sachen alle hier lassen, wenn du willst. Es ist sicher." Er warf Zoes nachdenklichem Gesicht einen neugierigen Blick zu.

Im Labor war sie in Ordnung gewesen, erleichtert sogar, aber jetzt wirkte sie beunruhigt.

Seine nächsten Worte würden nicht helfen. Er räusperte sich. „Zoe, es ist vermutlich am besten, nicht zu erwähnen, dass wir Sex hatten oder uns auf diesem Roadtrip persönlich nähergekommen sind."

Ihre Augen wurden groß.

„Ich meine, ich erwarte auch nicht, dass du es direkt herausposaunst wie eine Leistungsbewertung." Sie lachte leise, wie er gehofft hatte. „Aber wenn meine Vorgesetzten das herausfinden, werden sie annehmen, dass ich nicht länger geeignet bin, dich zu beschützen, und dann werden sie ein anderes Team als Personenschutz für dich abbestellen." Er runzelte die Stirn. „Vielleicht *sollten* sie das sogar tun. Oder zumindest mehr Leute."

„Nein."

„Nein?"

„Glaubst du wirklich, das Kartell würde mir jetzt noch etwas anhaben wollen? Die Beweise sind zur Analyse weitergeleitet worden, da gibt es kein Zurück mehr. Sie können sie mir nicht mehr abnehmen und zerstören. Und meine Mutter gehört nicht zu denen, die man nur aus einer Laune heraus verärgern möchte, ganz egal, wer man ist."

Er hatte für einen Augenblick beinahe vergessen, dass ihre Mutter die *Vizepräsidentin der Vereinigten Staaten* war. Was zur Hölle dachte er sich eigentlich dabei, überhaupt in Erwägung zu ziehen, sich mit Zoe einzulassen? Und dennoch, hier saß er und wartete auf nichts sehnlicher, als dass sich diese flüchtigen Grübchen auf ihren Wangen endlich wieder zeigten.

Zoe rieb ihre Hände. Es war kalt, und sie trug nur einen leichten, lila Kapuzenpulli. „Ich kann mir nicht vorstellen, dass sie einen weiteren Überfall riskieren würden."

„Ich erwarte keinen, das stimmt, aber ich hatte auch nicht damit gerechnet, dass jemand unsere Bremsschläuche manipuliert." Seth wollte nichts lieber, als sie in eine Umarmung zu ziehen, aber er konnte nicht riskieren, dass jemand sie beobachtete. Er wollte diese nächsten Stunden zwar unbedingt allein mit ihr verbringen, aber nicht, wenn es sie in Gefahr brachte.

Zoe beugte sich etwas zu ihm und er rang darum, ihr weiterhin in die Augen und nicht auf die Lippen zu schauen.

„Diese Sache mit den Bremsschläuchen kam mir nicht besonders mafiaartig vor. Ich meine, ich habe gesehen, was sie mit

Leuten machen, von denen sie glauben, sie hätten sich mit ihnen angelegt. Die schlachten ganze Ortschaften ab, wenn sie das Gefühl haben, jemand hätte sie verraten. Hacken die Opfer in Stücke und verfüttern sie an die Geier. Ich habe Messerspuren auf Knochen gesehen. Ich habe kolumbianische Krawatten und Opfer gesehen, die derart verkohlt waren, dass sie genauso gut hätten eingeäschert sein können. Das Kartell ist nicht subtil, wenn sie Leute umbringen. Sie wollen damit auch immer eine Botschaft senden. Und ein durchgetrennter Bremsschlauch schickt keine Botschaft." Zoe schüttelte den Kopf und vergrub sich förmlich in sich selbst. „Wenn ich wetten müsste, würde ich auf Jacobs tippen, auf seine Reaktion, nachdem du ihm gestern Abend gesagt hast, er solle verschwinden."

Scheiße.

„Umso mehr ein Grund dafür, weitere Agenten einzuspannen, die dich besser beschützen können–"

„Glaubst du wirklich, irgendjemand anderes kann mich besser beschützen als du?" Sie nagelte ihn mit ihrem Blick praktisch fest.

Seine Brust zog sich zusammen, und er schüttelte den Kopf. „Zoe, ich würde mich für dich erschießen lassen. Ich werde nicht zulassen, dass dir jemand etwas antut. Ich habe versprochen, dich sicher zu diesem Treffen morgen früh zu bringen, und ich halte meine Versprechen immer."

Sie griff nach seiner Hand. „Ich will auf keinen Fall, dass du dich für mich erschießen lässt, Seth."

„Hab' ich auch nicht vor." Er lächelte und drückte ihre Hand, bevor er sie wieder losließ. Wenn irgendjemand vermuten sollte, dass Zoe und er eine persönliche Beziehung hatten, würde keiner von ihnen beiden noch etwas dazu zu sagen haben, wer als Zoes Personenschutz eingesetzt werden würde. „Komm. Gehen wir rein. Ich wohne in einem Apartmenthaus, das vernünftige Sicherheitsvorkehrungen hat und in dem noch mindestens sechs weitere Kollegen des Geiselrettungsteams wohnen. Und du hast recht. Irgendwie fühlt sich das nicht wie ein Kartellanschlag an. Aber sprechen wir erst mal mit meinem Boss und hören, ob er weitere

Informationen hat. Letzten Endes ist es seine Entscheidung, wer dich beschützt–"

„Ehrlich gesagt, stimmt das nicht ganz", unterbrach Zoe. „Es ist meine Entscheidung."

Ihre Blicke trafen sich.

„Absolut." Nie im Leben würde Seth Zoe ohne Schutz ziehen lassen, und wenn er sie selbst heimlich beschatten musste. „Aber am besten wirbeln wir erst mal keinen Staub auf, bis wir das Treffen morgen im Hauptquartier hinter uns gebracht haben. Wenn nötig, können wir anschließend unsere nächsten Schritte planen."

Eine Falte legte sich auf Zoes Stirn. Sie hatte eindeutig erwartet, dass sich diese Situation auf magische Weise auflösen würde, sobald sie an der Ostküste angekommen waren. Sie stieg aus dem Auto und streckte die Arme über den Kopf. Seth versuchte, seinen Blick auf die Umgebung zu richten, anstatt auf den Ausblick, den Zoe bot.

In diesem Augenblick kam Meghan Donnelly aus dem Gebäude gestürzt. Sie sah aus, als ob sie geweint hätte. Seth runzelte die Stirn. Meghan nickte ihm knapp zu, dann ging sie zielstrebig weiter, ohne ein Wort zu ihm zu sagen.

Ryan Sullivan, den jeder im Team nur Cowboy nannte, folgte ihr etwa zehn Sekunden später.

„Hey, Hop." Cowboy grinste, als er Seth erblickte. „Nicht schlecht, wie du es dem Secret Service gezeigt hast." Er hob die Hand, um mit Seth einzuschlagen. Es entging Seth nicht, wie Ryans Augen Zoe abschätzend musterten. Der Mann war ein berüchtigter Frauenheld.

„Und Sie müssen Dr. Zoe Miller sein. Forensische Anthropologin und Tochter der Vizepräsidentin." Ryan hielt ihr die Hand hin und schüttelte ihre.

Seth musste die Zähne zusammenbeißen, als sein Freund und Teamkollege Zoes Hand nicht so schnell wieder losließ, wie es Seth gern gesehen hätte.

„Ich muss schon sagen, die Überwachungsaufnahmen aus

dem Motel werden Ihnen nicht gerecht, Dr. Miller", bemerkte Ryan und warf Seth einen wissenden Blick zu.

Zoes Mundwinkel zuckten.

Seth runzelte die Stirn. „Du hast sie durchgesehen?"

Ryan nickte. „Zusammen mit Donnelly. Wir konnten eins der Fahrzeuge identifizieren, und jemand im Ministerium für Öffentliche Sicherheit von Arizona konnte uns die Aufnahme einer Straßenkamera schicken, auf der zwei der Entführer zu sehen sind, bevor sie ihre Masken aufgesetzt haben." Cowboy zog sein Handy hervor und rief das Foto der beiden Männer auf, die an einer roten Ampel in einem Auto saßen. „Novak hat gesagt, er hätte es dir per Mail geschickt. Erkennen Sie einen dieser Männer wieder?", fragte er Zoe.

Zoe legte den Kopf zur Seite und schaute auf den Bildschirm. Dann zeigte sie auf den Kerl auf dem Beifahrersitz. „Den da. Das ist der Typ, der in mein Zimmer gedrungen ist."

Ryan nickte. „Luis Ramirez. Der kleine Bruder von Bruno Ramirez. Er ist in der Tat der Kerl, der in Ihr Zimmer gekommen ist und Sie entführt hat. Er konnte bei der Schießerei in der Wüste entkommen."

Also war es Lorenzo Santiagos Truppe, die ihre Entführung befohlen hatte.

„Gute Arbeit", lobte Seth. „Was ist denn mit Donnelly los?"

Ryan runzelte die Stirn. „Was meinst du?"

„Sie ist weinend hier rausgerannt."

Ryans Kopf fuhr zu der Stelle herum, wo die Autoscheinwerfer der Agentin in der Ferne verschwanden. „Sie hat geweint?"

Seth lachte tonlos auf. „Sag jetzt nicht, dass du sie so aufgebracht hast."

Ryan verzog den Mund. „Diesmal nicht." Seine Stimme wurde zu einem leisen Murmeln. „Ihr Dad ist gestern gestorben."

Seth zuckte zusammen. „So ein Mist."

„Allerdings. Tja, hat mich gefreut, Dr. Miller." Ryan versteckte ein Gähnen hinter seiner Hand. „Entschuldigt mich. Ich hab' einen langen Tag hinter mir, mit dem Rückflug aus Colorado, bei dem ich die ganze Zeit über das medizinische Personal an Bord unterhalten musste." Seine Augenbrauen hüpften, und Seth schüttelte grinsend den Kopf. Als er davonging, deutete Ryan noch mit dem Finger auf Seth. „Ruf Livingstone an. Er will ein Update." Er tippte sich an einen imaginären Hut, zwinkerte Seth zu. „Wir sehen uns morgen beim Debriefing."

„Ich muss um acht Uhr morgens im Hauptquartier sein."

„Dann danach. Bis zum nächsten Mal, Dr. Miller."

Seth erstarrte.

Warum glaubte Ryan, er würde Zoe wiedersehen? Was hatte Ryan auf diesen Überwachungsaufnahmen noch gesehen?

Cowboy sprang in seinen Truck und raste vom Parkplatz, als ob er zu spät für ein Date war, was definitiv eine Möglichkeit war.

„Der … ist interessant." Zoe klang ein wenig überrumpelt.

„Ryan ist normalerweise nicht ganz so verrückt, aber wir hatten alle einen stressigen Monat." Seths Stimme wurde heiser, als er sich daran erinnerte.

Zoe warf ihm einen nachdenklichen Blick zu, aber Seth wandte die Augen ab. Er wollte nicht darüber sprechen.

Sie betraten das Gebäude und gingen zum Hauptbüro. Seth war überrascht, als er die Tür zu Daniel Ackers Büro offenstehen sah.

Er entschied, dass er Ackers genauso gut auch konfrontieren konnte, anstatt dem Kerl aus dem Weg zu gehen, also ging er hinüber und klopfte an den Türrahmen.

Jordan Krychek richtete sich erstaunt auf. Der Kerl hatte dunkle Schatten unter den Augen und Trauer trübte seinen Blick. Mit einem genervten Stirnrunzeln hob Ackers den Blick, der sich schnell in Erleichterung verwandelte, als er Seth mit Zoe im Schlepptau erblickte.

„Sir. Dachte, ich stelle Ihnen Dr. Miller kurz vor. Dr. Miller, das ist Direktor Ackers."

Zoe trat vor und schüttelt die Hand seines Bosses.

„Dr. Miller. Freut mich, dass Sie heil hierhergefunden haben."

„Nur weil Agent Hopper mir mehrfach das Leben gerettet hat. Und Agent Hersh. Ich hoffe, er erholt sich gut von seinem Schlangenbiss?"

Ackers nickte. „Er ist wieder vollkommen gesund und wird morgen früh ebenfalls bei der Besprechung in D.C. mit dabei sein. Er–"

„Direktor Ackers, Sie müssen wissen, dass Ihre Männer nur auf mein Drängen hin zurück in die Wüste gegangen sind." Zoe fiel Ackers auf eine Art und Weise ins Wort, wie Seth es sich niemals getraut hätte. „Sie hätten mich nur aufhalten können, wenn sie mir Handschellen angelegt hätten, was Agent Hopper mir auch angedroht hatte."

Seth blickte weiterhin vollkommen ausdruckslos, fragte sich aber, ob sie ihm gerade half oder dafür sorgte, dass er gefeuert werden würde.

„Dieser Ausflug in die Wüste hat uns wesentliche Informationen geliefert, von denen ich glaube, dass sie für die Ermittlungen des Sonderkommandos sachdienlich sind, auch wenn der zuständige Fallbeauftragte diesbezüglich scheinbar nicht einer Meinung mit mir war. ASAC Patterson hat sich Agent Hopper gegenüber herablassend verhalten und hat angedroht, ihn beim Office of Professional Responsibility zu melden, einfach deswegen, weil er nach weiteren potenziellen Opfern des Kartells gesucht hat."

Ackers buschige Augenbrauen trafen sich in der Mitte. „Hat er das?"

Seth wollte am liebsten mit Zoe einschlagen, aber er blieb regungslos stehen. Das Einzige, was Ackers mehr hasste, als Mitglieder des HRT, die Mist bauten, waren andere Bundesagenten oder Behörden, die das Verhalten seiner Abteilung kritisierten. Nicht, dass das Geiselrettungsteam unfehlbar war, aber Ackers trat für seine Leute ein, wenn es die Umstände erforderten.

„Und ich weiß Agent Hoppers Hilfe bei meiner aufreibenden Begegnung mit dem Secret Service sehr zu schätzen."

Ackers Ausdruck verfinsterte sich. Sein Schnurrbart zuckte. „Ich habe schon davon gehört. Tut mir sehr leid." Der Blick des Mannes suchte nach Seths und verriet ihm wortlos, dass er alle Einzelheiten erfahren wollte, sobald Zoe nicht anwesend war.

Seth nickte ihm kaum merklich zu.

„Freut mich, dass wir helfen konnten", fuhr Ackers fort. „Ich schätze, Sie beide können jetzt eine Pause voneinander gebrauchen."

Seth zog die Augenbrauen hoch. Weil seine Gesellschaft so unerträglich war?

„Ich kann jemand anderen beauftragen–"

„Nein", warf Zoe so entschieden ein, dass die buschigen Augenbrauen des anderen Mannes gen Himmel schossen.

Krychek musterte Seth aufmerksam, und Seth musste sich anstrengen, seine Gedanken nicht auf seinem Gesicht zu zeigen.

Zoes Hals arbeitete, als sie sich abmühte, zu schlucken. „Ich – ich fühle mich mittlerweile wohl mit Agent Hopper und bin sicher, Sie können verstehen, dass das bei Bundesagenten für mich nicht immer der Fall ist."

Seth schmeichelte sich nicht damit, dass das ein Akt war. Zoes Misstrauen war echt.

Ackers senkte den Kopf, denn niemand wollte darüber nachdenken, wie eine Frau misshandelt wurde, vor allem nicht von einem Mann, der damit beauftragt worden war, andere zu beschützen.

„Wenn es für Agent Hopper in Ordnung ist, würde ich seinen Schutz gern weiterhin in Anspruch nehmen, bis wir morgen früh in D.C. vorsprechen." Zoes Augen waren groß und ernst. „Ich weiß, danach kann ich ihm oder dem Geiselrettungsteam nicht länger zur Last fallen, aber ich hoffe, dass bis dahin jemand herausgefunden hat, warum mich das Kartell in Arizona entführt hat und ob die Gefahr vorüber ist oder nicht."

„Agent Hopper wird den Job gern zu Ende bringen, den er begonnen hat, und wir können die Situation morgen früh neu beurteilen. Richtig, Seth?"

Seth nickte. „Ja, Sir. Gerne. Ich muss ohnehin selbst in D.C. sein."

Jordan Krycheks Lippen zuckten gerade so stark, um Seth zu verraten, dass er ganz genau wusste, welche Grenzen Seth mit dieser Frau überschritten hatte. Seth hielt die Luft an, fragte sich, ob Krychek vorhatte, sich einzumischen. Die Behauptung musste nicht einmal stimmen, und Ackers würde ihn sofort von Zoes Schutz abziehen. Krychek brauchte es nur anzudeuten, und Seth würde heute Nacht allein schlafen. Zoe würde vermutlich ein Wettbrüllen mit Ackers und dem armen Bastard, der übernehmen musste, veranstalten. Seth war sich ziemlich sicher, dass sie Zoe physisch festhalten und in Handschellen legen mussten, wenn sie überhaupt hoffen wollten, sie davon abzubringen, hier einfach herauszumarschieren, und Seth war sich nicht sicher, ob er damit klarkommen würde.

Wie es dieser Tage langsam gebräuchlich schien, hielt Krychek seinen Mund und seine Gedanken hinter den schmalen Lippen verschlossen.

„Gibt es irgendwelche Informationen darüber, wer hinter der Entführung steckt oder warum?", erkundigte sich Seth.

Ackers lächelte. „Ryan Sullivan und Meghan Donnelly haben Luis Ramirez identifizieren können, einer von Lorenzo Santiagos Männern. Wir gehen derzeit davon aus, dass die toten Männer in der Wüste ebenfalls alle für ihn gearbeitet haben, aber sie waren nur Fußsoldaten."

„Irgendwelche Hinweise auf ein Motiv?"

Ackers schüttelte den Kopf. „Nichts, was man mir mitgeteilt hätte. Ich bin mir sicher, das Sonderkommando hätte uns informiert, wenn erhöhte Gefahr für Dr. Miller und ihre Freunde bestehen würde."

Seth klopfte auf seine Ausrüstungstasche. „Ich bringe meine Sachen weg und nehme meinen Truck. Ich werde dafür sorgen, dass Dr. Miller morgen pünktlich zur Besprechung im Hauptquartier ist."

„Novak wird auch da sein", gab Ackers Bescheid.

Der Anführer des Gold Teams würde an der Sitzung teilnehmen für den Fall, dass eine weitere Aktion des Geiselrettungsteams nötig wurde. Seth hoffte inständig, dass dieses Chaos bald endgültig geklärt sein würde und Zoe in Sicherheit war, auch wenn das bedeutete, dass er keine Ausrede mehr haben würde, so viel Zeit mit ihr zu verbringen.

———

Ryan holte Meghan ein, als sie gerade in die Einfahrt ihres kleinen Bungalows bog, den sie am Ortsrand mietete.

Er parkte hinter ihrem Auto, und sie entdeckte ihn im Rückspiegel.

Er stieg aus und schlenderte zur Fahrertür, zog sie auf. Meghan saß da und schaute zu ihm hoch. Ihre Augen waren blutunterlaufen.

„Bist du okay?", fragte er.

Sie zuckte mit den Schultern, dann stieg sie aus dem Auto. „Klar."

Müde ging sie auf ihre Veranda zu und Ryan folgte ihr, ließ sich ein paar Schritte zurückfallen.

„Hast du aufgepasst, dass ich sicher nach Hause komme?" Sie musterte ihn. „Du weißt schon, dass ich zwei Waffen und zwei Messer dabeihabe und den meisten Leuten, denen ich begegne, gründlich den Arsch versohlen kann?"

„Darum ging es nicht."

„Ich werde nicht mit dir ins Bett gehen", erklärte sie entschieden.

Ryans Kinn flog hoch. Jesses. „Das habe ich auch gar nicht vor."

„Tja, na ja, du hast einen gewissen Ruf."

Ryans Lächeln wurde draufgängerisch. Sie hatte ihn entschieden ins Feindesland zurückgetrieben, und das sollte ihm nur recht sein. „Ein wohlverdienter Ruf."

„Nichts, worauf man stolz sein sollte." Sie schloss ihre

Haustür auf, ließ sie offen stehen, also folgte er ihr, blickte sich interessiert um.

„Aber auch nichts, wofür man sich schämen müsste." Er dachte an die Krankenschwester, die er heute in Alex Parkers Privatjet kennengelernt hatte. Sie hatten ein bisschen Spaß gehabt. Hatten zusammen Stress abgebaut. Hatten sich mit einem glücklichen Lächeln und schönen Erinnerungen voneinander verabschiedet.

Meghan lachte auf. „Es sei denn, man ist eine Frau."

„Du bist hier gerade diejenige, die mich als Schlampe verurteilt, Megs, nicht andersrum."

Ihr Mund verzog sich, und sie warf ihm einen wütenden Blick zu. Dann fiel sie in sich zusammen und sah aus, als ob sie wieder weinen müsste. „Tut mir leid."

„Schon verziehen." Er zuckte mit den Schultern. „Ich habe dir ja erzählt, dass ich meine Frau verloren habe. Meine Bewältigungsstrategien sind Sex und Alkohol." Er beäugte die Flasche Whisky, die auf der Küchenanrichte stand.

Sie bemerkte seinen Blick, griff nach der Flasche und stellte sie zurück in den Küchenschrank. „Du hast gesagt, deine Frau ist vor acht Jahren gestorben."

Er beobachtete sie unter zusammengezogenen Augenbrauen hervor, wünschte sich, er hätte es ihr nie erzählt, war aber gleichzeitig seltsam erleichtert, endlich darüber sprechen zu können.

„Tut es immer noch so weh wie am Anfang?"

Die Emotionen schnürten ihm die Kehle zu, und er versteckte es, indem er ihre Vorhänge zuzog. „Nein. Und das macht mich jeden verdammten Tag fertig."

Sie verschränkte die Arme vor der Brust. „Wie lange …?"

Ryan kratzte sich die Stirn. „Ich weiß nicht. Ich glaube nicht, dass es für sowas eine Gebrauchsanweisung gibt."

Meghan nahm den Wasserkessel vom Herd und füllte ihn auf.

„Ich weiß, dass es anders war, als ich meine Eltern verloren habe. Trauer, Bedauern, Wut. Aber es hat sich anschließend nicht so sehr nach dem Ende der Welt angefühlt. Aber jeder ist anders. Es gibt keine Regeln."

Sie fuhr sich mit der Zunge über die Lippen, dann füllten sich ihre Augen wieder mit Tränen. „Ich kann mich nicht erinnern, wann ich meinem Dad das letzte Mal gesagt habe, dass ich ihn liebe."

Ryan wollte seine Arme um sie schlingen, wie er es gestern getan hatte, aber die Luft knisterte heute Abend förmlich vor Spannung und er wagte es nicht. „Er wusste es."

„Es gibt so viel, was ich bedaure." Sie schnäuzte sich die Nase. Schniefte. „Ich bin ständig gemein zu dir, aber du bleibst immerzu nett. Du bist unfassbar nervtötend, aber du bist nicht so, wie ich erwartet habe, Ryan Sullivan."

Er wand sich etwas, auch wenn er sein Alter Ego mit nichts weniger als Präzision und Klarheit selbst erschaffen hatte. „Verrate es niemandem weiter."

Sie lächelte. „Vielleicht ziehe ich einfach auch los und suche mir ein hübsches Mannsbild, das ich mit nach Haus nehmen kann."

Ryans Mund wurde schmal. Dass ihm diese Vorstellung nicht gefiel, lag einzig und allein daran, dass er um ihre Sicherheit besorgt war.

„Oder betrinke mich mit Whisky, um die Schmerzen zu vergessen. Willst du einen?" Sie ging zurück zum Küchenschrank und holte die Flasche und zwei Gläser heraus.

„Ich nehme einen als Absacker. Ich will nicht zu viel trinken, für den Fall, dass wir einen Einsatz bekommen."

Sie lachte, während sie die Drinks eingoss. „Ist das eine nicht besonders subtile Ermahnung, mich nicht zu betrinken?"

Er lächelte, und sie reichte ihm sein Glas an. Meghan war ein cleveres Mädchen.

Sie trank einen Schluck, dann trat sie auf ihn zu und legte ihre flache Hand auf seine Brust.

„Vielleicht könntest du mir doch dabei helfen, für eine Weile zu vergessen." Sie stellte sich auf die Zehenspitzen und presste ihre Lippen auf seinen Mundwinkel. Ryan schloss die Augen, als eine Woge des Verlangens durch ihn hindurchrollte. „Niemand muss davon erfahren.“

Vielleicht doch nicht so clever. Er trat einen Schritt zurück. Kippte den Whisky in einem Zug hinunter. „Ich bin wirklich geschmeichelt, aber ich will nicht, dass du etwas tust, was du morgen früh bereust, Meghan.“

Tränen füllten ihre Augen, und er wusste, dass sie nicht ganz klar denken konnte. „Im Ernst? Ich erhalte von dem einen Kerl eine Abfuhr, der buchstäblich mit jeder schläft?“

Verärgert über die Wahrheit zu sein war dumm, aber es verletzte ihn dennoch.

„Ich schlafe nicht mit Leuten, mit denen ich arbeite.“ Er tat ihnen beiden einen Gefallen damit. Ryan lächelte sie an, nickte, dann ging er zur Tür. Das war eine seiner wenigen Regeln. Keine FBI-Agentinnen. Keine Angestellten. Keine Agentinnen des HRT. „Du wirst mir morgen dafür danken.“

Ihre Augen schimmerten vor Tränen, und er musste sich zwingen, hier verdammt noch mal zu verschwinden, bevor er etwas tat, was sie beide bereuen würden.

———

Der zunehmende Mond ging gerade unter, als Bruno und Luis an dem kleinen privaten Flugfeld in der westlichen Sierra Madre ankamen. Derek Belmont war noch immer bewusstlos von der Injektion, die Luis ihm vorhin verabreicht hatte, und Bruno fragte sich schon fast, ob die Dosis zu hoch gewesen war.

Für Derek wäre es tatsächlich besser, wenn das der Fall war, auch wenn Lorenzo unberechenbar genug war, um Bruno und Luis umzubringen, weil sie ihm nicht geliefert hatten, wonach er verlangt hatte.

Sie traten aus dem kleinen Jet, ließen den bewusstlosen Derek dort, wo er war. Außer er wusste, wie man ein Flugzeug flog, würde er nirgendwohin verschwinden. Niemand würde ihm helfen. Niemand würde ihn retten. Er gehörte jetzt dem Kartell.

Ungeduldig tigerte Lorenzo auf der Rollbahn hin und her.

„Wo ist dieser Bastard?", wollte er wissen, als er sie erblickte.

„Er ist noch immer k.o." Bruno nickte seinem Boss zu, dann ließ er seinen Blick über die Gesichter der anderen Männer wandern. Es waren seine Freunde, aber keiner von ihnen lächelte.

Die Anspannung zwischen ihnen knisterte förmlich, und die Gefahr hallte als schrille Warnung in seinen Ohren. Bruno schloss die Augen und atmete den Duft seines Heimatlandes ein. Der leichte Geruch von Schießpulver stand noch in der Luft, als ob jemand bei einer Fiesta in der Nähe Knaller gezündet hätte. Der Geruch von frischen Tortillas vermischte sich mit dem flüchtigen Duft von Gardenien. Es roch wie im Himmel.

„Nehmt ihn mit", verlangte Lorenzo.

Bruno erstarrte. War das sein letzter Augenblick als freier Mann? Jemand drängte sich an ihm vorbei und trampelte die Stufen des Jets hoch.

Bruno öffnete die Augen und erblickte Lorenzo, der sich mit der Hand die Augen abschirmte. Seine Haut war fahl und grau, als ob er seit Wochen die Sonne nicht gesehen hätte, die Narbe auf seinem Gesicht blendend weiß.

Lorenzo verließ zurzeit tagsüber kaum noch das Haus. Voller Angst vor Drohnenangriffen der Amerikaner, deren Technologie immer fortschrittlicher wurde. Außerdem war er überzeugt davon, dass die Amerikaner einen Maulwurf in seine Reihen eingeschleust hatten, aber sogar die Folter mehrerer Geschäftspartner hatte keine Beweise ans Tageslicht bringen können.

„Ich weiß nicht, wo sie ist, Bruno." Lorenzos Stimme klang fast wie ein Schluchzen, und Bruno spürte einen Anflug des Bedauerns über das, was er getan hatte.

Er trat einen Schritt vor. „Vermutlich schwänzt sie einfach die Uni und ist zum Strand gefahren."

Lorenzo krallte ihn sich mit beiden Händen und starrte ihm in die Augen. „Sie würde mir niemals solche Angst machen."

Das würde sie definitiv tun.

„Vielleicht hat sie einfach ihr Handy verloren? Du weißt doch, wie sie ist." Verwöhnt. Egoistisch. Wunderschön. Das Bild ihrer Leiche blitzte in Brunos Erinnerung auf, und er kämpfte gegen den Ekel an, der in ihm aufstieg.

„Meine Gabriella. Meine süße, kleine Schwester. Ich werde jeden vernichten, der ihr etwas angetan hat." Die Augen des Mannes traten vor Zorn hervor.

„Wir werden sie finden", tröstete Bruno den Mann.

Und er betete zu *la Santa Muerte*, dass es nicht stimmte.

21

Zoe folgte Seth in seine Wohnung, während er die Alarmanlage ausschaltete.

Auf den ersten Blick war es eine nette, saubere Wohnung ganz ohne Unordnung. Seth schloss die Tür und stellte den Alarm wieder ein. Dann drehte er sich zu ihr um, aber sie konnte nicht ergründen, was in seinem Kopf vor sich ging.

Plötzlich wurde sie von einem Gähnen übermannt, das sie eilig hinter ihrer Hand versteckte. „Sorry."

„Du musst völlig erledigt sein. Komm, ich zeig dir, wo du duschen und schlafen kannst, während ich uns etwas zu essen bestelle. Dann packe ich die Sachen für morgen."

Zoe schluckte ihre Enttäuschung hinunter.

Sie war sich nicht sicher, was sie erwartet hatte. Dass sie durch die Tür treten und einander sofort in die Arme fallen würden? Seth schien im Moment sogar abgeneigt, sich ihr überhaupt zu nähern. Vielleicht waren seine Worte vor dem HRT vorhin ein Versuch gewesen, sie sanft abzuweisen ...

Er führte sie in ein Schlafzimmer mit einem eins fünfzig breiten Bett, das akkurat gemacht war, die Laken sauber aufge-schlagen. Seth ging zum Fenster und ließ die Rollos hinunter, zog die Vorhänge zu.

„Hast du bei der Navy gelernt, wie man Betten macht?", fragte sie heiter, entschlossen, sich nicht zu blamieren.

„Meine Mom hat mir die Grundlagen beigebracht." Sein Blick war verhalten. „Die Navy ist für den Feinschliff verantwortlich."

Zoe ließ ihre große Tasche vor die verspiegelte Schiebetür des Kleiderschranks fallen. Sie erblickte seine Reflexion und ertappte ihn dabei, wie er sie mit Glut in den Augen anschaute. Ihre Blicke trafen sich, und die Luft knisterte augenblicklich.

Sie drehte sich zu ihm um.

„Seth?" Ihre Stimme zitterte vor Unsicherheit.

Langsam kam er auf sie zu – die Art, wie er sich bewegte, mit dieser mühelosen Anmut, verzauberte sie. Er hob die Hand, legte sie sanft auf ihre Wange. Er war immer so behutsam mit ihr. So rücksichtsvoll.

Zoe griff nach seiner Hand, drehte sie herum und presste einen Kuss auf seine Handfläche.

Seine haselnussbraunen Augen hatten einen warmen, dunklen Ring um die Pupillen. Er blickte sie eindringlich an, schien aber zu zögern, etwas zu sagen. Sie war sich nicht sicher, wo sie standen oder was er, auf lange Sicht gesehen, von ihr wollte. Sie wusste nicht einmal, was sie selbst langfristig wollte, bis auf die Chance, ihn besser kennenzulernen. Sie wusste, dass ihm sein Job unglaublich wichtig war. Den würde sie niemals gefährden, und sie hatte natürlich nicht vor, öffentlich zu verkünden, was hinter geschlossenen Türen zwischen ihnen vorgefallen war.

„Seth, ich würde wirklich gerne mit dir schlafen." Plötzlich runzelte sie die Stirn. Vielleicht gab es außer seinem Job noch einen Grund, weshalb er so zurückhaltend war. „Ich hoffe, du befürchtest nicht, ich gehöre zu denen, die falsche Anschuldigungen machen–"

„Nein. Nein, das glaube ich nicht. Deshalb mache ich mir überhaupt keine Sorgen. Es ist nur …" Ein tiefes V bildete sich zwischen seinen Augenbrauen, als er nach ihren Schultern griff. „Ich könnte mir niemals verzeihen, wenn ich unvorsichtig werde und dir etwas zustoßen sollte …"

Sie dachte, er würde noch weitersprechen, aber er schien es sich anders zu überlegen. Es war nicht fair, ihn weiter zu drängen, wenn sie nicht bereit war, ihm zu sagen, was sie für ihn empfand. Ihre Emotionen überschlugen sich förmlich, aber Zoe hatte das Gefühl, als ob sie das auch täten, wenn das Kartell sie nicht unter Waffengewalt entführt und gedroht hätte, sie umzubringen.

Seth Hopper hatte vom ersten Lächeln an eine nicht zu verleugnende Wirkung auf sie gehabt, und seitdem war nichts vorgefallen, was diese Anziehung geschwächt hätte.

Sanft strich sie über seine raue, unrasierte Wange, und er schloss die Augen.

„Wenn es okay ist, würde ich gern kurz unter die Dusche springen. Zögere nicht, mir Gesellschaft zu leisten, wenn du willst, aber es steht dir auch absolut frei, es nicht zu tun. Ich will dich nicht davon abhalten, deine Arbeit zu machen. Ich würde auch nicht wollen, dass mich jemand von meiner abhält." Was Colm Jacobs regelmäßig versucht hatte.

Seth öffnete die Augen und schaute auf sie hinunter.

„Aber wenn du wirklich glauben würdest, dass ich in Gefahr schwebe, hättest du mich niemals ohne einen Haufen weiterer bewaffneter Wachen aus dem Gebäude des Geiselrettungsteams herausspazieren lassen."

Damit zog sie ihre Hand zurück und trat zur Seite. Seth stand stocksteif da, starrte auf den Teppich.

Zoe ging ins Bad, zog ihre dreckigen Sachen aus. Als Seth ihr nicht umgehend folgte, schluckte sie den Kloß der Enttäuschung in ihrem Hals hinunter.

Sie weigerte sich, ihm das vorzuwerfen. Worum sie ihn bat, war nicht fair. Es kompromittierte seine Stellung, hatte aber gleichzeitig keine beruflichen Konsequenzen für sie. Ihre Rückschläge waren allesamt privater Natur und gingen niemanden etwas an, außer sie selbst.

Konnte sie ihren wachsenden Gefühlen für diesen Mann trauen? Oder war das nur ein Fall von sexueller Anziehung und verdrehter Dankbarkeit, die versuchten, sie davon zu überzeugen, dass sie eine Chance auf mehr hatten?

Zoe musste ihr Gleichgewicht wiederfinden, bevor sie sich auf irgendetwas Ernstes einließ – immer angenommen, Seth hätte überhaupt Interesse.

Eilig wusch sie ihre Haare, dann massierte sie die Haarspülung ein.

Als eine große männliche Gestalt hinter ihr in die Dusche trat, fiel all der Stress, der sich in ihrem Körper aufgestaut hatte, von ihr ab, und sie stieß einen Seufzer der Erleichterung aus.

Sie drehte sich nicht herum, als sich gebräunte Arme um sie schlangen, nach der Seife griffen und langsam anfingen, sie gründlich zu waschen und zu massieren, ein verkrampfter Muskel nach dem anderen.

Seine Hände waren geschickt und unbarmherzig, aber sie übersprangen all die Stellen, die sehnlichst um seine Aufmerksamkeit flehten. Sie versuchte, sich herumdrehen, aber er stoppte sie mit seinem Arm über ihrem Bauch und einem sanften Kratzen von Zähnen an der Stelle, wo ihr Hals in ihre Schultern überging.

Zoe erschauderte.

Ihr Blut kochte beinahe, und ihr Puls raste. Seth legte seine großen Hände auf ihre Brüste, strich mit dem Daumen über ihre Nippel. Sie lehnte den Kopf an seine Schulter und spürte seine Erektion gegen ihren Hintern stupsen.

Er drückte noch etwas mehr Duschgel in seine Hand und schäumte ihren Bauch ein, dann glitten seine Hände tiefer zwischen ihre Beine. Sie bebte so sehr, dass sie schon befürchtete, zu Boden zu sinken.

Er hielt sie fest. „Ich hab dich. Entspann dich. Genieße es."

Seine Finger drangen in sie ein, so glitschig, dass es sich anfühlte, als ob Seide über ihre Sinne gleiten würde. Rein und raus, immer und immer wieder versanken seine Finger tief in ihr, bevor seine Handfläche erneut über die empfindlichen Nerven ihres Kitzlers rieb.

Sie konnte hören, wie ihr eigener Atem immer schneller und

flacher ging, dann überwältigte sie der Orgasmus, bis sie das Gefühl hatte, an einem Abgrund entlang zu balancieren, bevor sie kopfüber ins Nichts stürzte. Lust pulsierte durch sie hindurch, lang und heftig, und erschütterte sie bis ins Mark.

Sie spürte, wie er gegen ihre Haare lächelte.

Zoe drehte sich herum, und er überraschte sie, als er plötzlich die Dusche abstellte und Zoe in seine Arme hob. Einen Feuerwehr-Rettungsgriff hatte sie keineswegs erwartet.

Möglicherweise quiekte sie auf, als kalte Luft ihren nackten Hintern berührte, aber sie würde es bis ins Grab abstreiten.

Behutsam ließ Seth sie aufs Bett fallen, und sie lachte auf, als sie federnd auf der Matratze landete, aber da war nichts Lustiges in seinem Blick, als er auf sie hinunterstarrte.

———

Seth hatte entschieden, die Regeln zu befolgen und sich professionell zu verhalten, auch wenn die Vorstellung, nicht mit Zoe zusammen zu sein, ihn in den Wahnsinn trieb. Aber dann hatte Zoe ihn gefragt, ob sie miteinander schlafen könnten, und das hatte all seine guten Vorsätze so gründlich zerstört wie ein brennendes Streichholz einen Heuschuppen.

Und wenn er schon beschlossen hatte, unterzugehen, dann wenigstens mit wehenden Fahnen.

Sie lag nackt und nass auf seinem Bett. Ihre Wangen waren gerötet, ihre Augen waren auf seine gerichtet, forderten ihn geradezu heraus, sie auf das Abenteuer ihres Lebens mitzunehmen.

Er schüttelte nur den Kopf und grinste.

Sie wollte sich aufsetzen, aber er musste sie einfach schmecken. Sanft drückte er ihren Oberkörper wieder hinunter. Dann kniete er sich vor dem Bett auf den Boden, zog sie bis zur Bettkante zu sich und legte ihre Beine über seine Schultern.

Seine Zunge versank zwischen ihren glitschigen Falten, und sie stieß wieder diesen Laut aus, der ihn garantiert immer erregte.

Ihre Hand krallte sich in seine Haare, aber ihre Schenkel

entspannten sich, und sie gewährte ihm Zutritt. Er schloss die Augen und fuhr mit dem Mund ihre Form entlang. Er ignorierte das scharfe Beißen ihrer Fingernägel in seiner Kopfhaut und kostete die zarte Haut am oberen Ende ihrer Beine, diesen schwer greifbaren, unsichtbaren Knoten aus Nervenenden, dann die sengende Hitze ihrer Vagina.

„Seth", flehte sie. „Ich will dich in mir spüren."

Wie konnte ein Mann da widerstehen?

Er zog die Schublade des Nachttischs auf und zog eine neue Packung Kondome heraus, die er in einem seltenen Anflug von Optimismus gekauft hatte. Er musste das Plastik mit den Zähnen aufreißen, bevor er die Schachtel aufmachen konnte.

Gekonnt. *Richtig gekonnt.*

Zoe kam ihm zuvor und öffnete vorsichtig eines der Päckchen, rollte das Kondom über sein heißes Glied ab, während er sich aufs Bett zurücklegte.

Rittlings setzte Zoe sich auf seine Hüfte, und er war von ihren weichen Kurven und ihrer unaufdringlichen Schönheit ganz verzaubert. Sie brachte sein Blut in Wallung und sein Herz zum Brechen.

Er musste vor Lust die Zähne zusammenbeißen, als sie ihn in sich führte und ihre heiße Mitte ihn umfing. Als er den Kopf hob, bemerkte er, dass er sie beide im Spiegel sehen konnte, und dieser erotische Anblick machte ihn fast fertig.

Und dann dachte er überhaupt nichts mehr. Er richtete sich auf und nahm einen ihrer Nippel in seinen Mund, bemerkte, wie er in sie hineinstieß, und sie beide versuchten, dem anderen noch näherzukommen. Sie stöhnte vor Erregung auf.

Seth hielt sie mit einem Arm um ihre Taille fest, als ihn das Verlangen überwältigte. Immer wieder stieß er in sie hinein, bis sich Schweißperlen auf seiner Stirn bildeten.

Zoe rollte zur Seite, und sie veränderten das Tempo, als sie ihre Beine um seine Hüfte schlang und ihn in sich hineinzog. Das Kopfteil des Betts knallte mit der Wucht seiner Stöße gegen die Wand, und Zoe lachte, als sie die Arme um seinen Hals schlang.

Dann sah er, wie sich ihr gesamter Ausdruck veränderte, von Lachen zu Erstaunen, als ein weiterer Höhepunkt durch sie hindurchpreschte. Er hörte nicht auf, sie zu bearbeiten, so erregt und so verzweifelt auf seinen eigenen Höhepunkt, dass es ihn fast umbrachte. Und dann berührte sie sein Gesicht, und sie schauten sich tief in die Augen. Seth spürte, wie die Verbindung zwischen ihnen einrastete. Alles, was sie zusammen durchgemacht hatten, all die Komplikationen, fielen von ihnen ab, und da waren nur noch sie beide, vereint in diesem brennenden Verlangen füreinander.

Er griff nach einem ihrer Beine und hob es an, und der Mund fiel ihr vor erstauntem Entzücken auf, als er offensichtlich genau die richtige Stelle traf.

Nur dass es diesmal nicht nur Zoe war, die in den Abgrund stürzte. Sie riss ihn mit sich, als sie wieder dieses Geräusch machte und alles für ihn vorbei war. Sein Verstand explodierte, als jeder Sinnesrezeptor in seinem Körper kurzschloss, als ob er vom Blitz getroffen worden wäre.

Er sank auf ihr zusammen, war kaum genügend bei Verstand, um einen Teil seines Gewichts von ihr auf seine Ellenbogen zu verlagern. Sein Puls war irgendwo in den Tausendern, und sein Blut war flüssiges Feuer.

Wenn dieser Test – Zoe Miller zu widerstehen – Teil der Höllenwoche während der Auswahl gewesen wäre, hätte er es niemals in die Navy SEALs geschafft. Er hätte aufgegeben und wäre glücklich nach Hause gefahren.

Als er den Kopf hob, erblickte er Zoe, die ihn anlächelte. Diese Grübchen blitzten auf, und ihre türkisblauen Augen funkelten vor Glückseligkeit. Ihre volle Unterlippe verzog sich zu einem Lächeln, das seinen Schwanz augenblicklich wieder pochen ließ.

Im Zimmer nebenan vibrierte sein Handy.

„Mist."

„Wer ist das?", fragte sie.

„Vermutlich das Abendessen."

„Du hast noch was zu essen bestellt, bevor du mir in die Dusche gefolgt bist?"

Er lachte, zog sich vorsichtig aus ihr heraus und entsorgte das Kondom. „Ein Mann muss schließlich essen."

Zoes Lächeln wollte sagen, dass er schon gegessen hatte, aber darauf würde er sich nicht einlassen. Wenn er nur daran dachte, wie gut sie schmeckte, würde er seinen Platz zwischen ihren Beinen vermutlich nie wieder verlassen und vollkommen zufrieden damit sein, sie für den Rest seines Lebens anzubeten.

Dieser Gedanke verschlug ihm den Atem.

Scheiße.

Nein.

Ganz egal, was für ein perfektes Zusammenspiel sie im Bett genießen mochten, sich zu sehr an sie zu binden, wäre nur ein direkter Weg in Verderben und Herzschmerz. Sie war die Tochter der verfluchten Vizepräsidentin der Vereinigten Staaten!

Als er auf sein Handy schaute, runzelte er die Stirn. Es war Novak.

„Boss?"

„Ich höre Gerüchte von weiter oben, dass Madeleine Florentine ganz und gar nicht glücklich über die derzeitige Sicherheitslage bezüglich ihrer Tochter ist. Sie will ein komplettes Team für Zoes Schutz abgestellt haben."

„Das wird Zoe aber nicht mitmachen." Wenn Zoe herausfand, dass ihre Mutter einmal mehr versuchte, sich in ihr Leben einzumischen, könnte das ihre Beziehung ernsthaft beeinträchtigen. Seth warf einen Blick in Richtung Schlafzimmer und senkte die Stimme. „Ich kenne Zoe. Sie wird nicht stillschweigend hinnehmen, dass man ihr etwas gegen ihren Willen aufzwingt." Diese Vorstellung lag schwer wie ein Stein in seinem Magen.

Novak räusperte sich. „Jemand im Team der Vizepräsidentin macht außerdem Andeutungen, ihr wärt vielleicht persönlich involviert, und du machst das deshalb im Alleinflug." Novak gab Seth keine Zeit zu reagieren. „Ich habe ihnen versichert, dass du ein professionelles und hoch angesehenes Mitglied des HRT und dekorierter Ex-Navy SEAL bist."

Der Kloß in Seths Hals erwürgte ihn fast. Novak verwettete seine Karriere auf Seths nichtexistierende Moral. Die Vorstellung, seinen Boss zu enttäuschen, schmerzte beinahe so sehr wie die Vorstellung, Zoe könnte in Gefahr schweben, weil er seinen Job nicht richtig machte.

„Ich habe eine Entscheidung getroffen und das Blue Team angewiesen, mit einer vierköpfigen Truppe heute dein Wohnhaus zu bewachen, und eine weitere Truppe wird euch morgen bis zum Hauptquartier beschatten. Ich dachte, es ist besser, dich vorzuwarnen, damit du weißt, wer dein Auto beobachtet. Zoe Miller muss nichts davon wissen."

Seth schloss die Augen. Es hatte es nicht mehr in der Hand. „Verstanden."

„Wir sehen uns morgen früh, Hop." Und damit legte Novak auf.

Es klingelte an der Tür und Seth ging zur Gegensprechanlage. „Ja?"

„Lieferung für Hopper."

Seth erstarrte. Es war einer seiner Teamkollegen, der ebenfalls in dem Gebäude wohnte. Damien Crow – im Team bekannt als Birdman – Teil der Scharfschützentruppe und einer von JJ Hershs besten Freunden.

„Dachte, ich bring sie dir hoch. Du musst dem Pizzaboten nur versichern, dass ich dir deine Pizza nicht klauen werde."

Seth räusperte sich. „Klar, Danke, Mann. Du sparst mir den Weg nach unten. Aber vergiss das Trinkgeld nicht."

Seth wurde plötzlich bewusst, dass er splitternackt war, und er ging zurück ins Schlafzimmer. Zoe war im Bad. Eilig zog er sich Shorts und T-Shirt über und strich die Bettlaken glatt. Warf einen Blick auf sein Spiegelbild. Er sah aus wie ein Mann, der gerade den besten Sex seines Lebens gehabt hatte.

Scheiße.

Mit dem Unterarm rieb er sich über das Gesicht, dann fuhr er sich eilig mit der Hand durch die Haare, öffnete das Fenster, um den Sexgeruch aus dem Zimmer zu bekommen. Die kalte Luft schlängelte sich in die Wohnung und machte ihn wach.

Er dachte darüber nach, an die Badezimmertür zu klopfen und Zoe zu warnen, dass sie Besuch bekamen, aber es klang so, als ob sie wieder unter der Dusche stünde. Er würde Birdman einfach so schnell wie möglich loswerden müssen.

Schließlich schnappte Seth sich seine spezialangefertigte SIG, ging zum Eingangsbereich und warf einen Blick durch den Spion. Dann zog er die Tür auf.

Birdman schien Seths ‚draußen bleiben‘-Haltung scheinbar nicht zu bemerken, denn er verschaffte sich mit gekonnt ausgefahrenem Ellenbogen Zutritt und stellte den großen Pizzakarton auf der Anrichte in der Küche ab.

„Hey, Mann. Schön, dass du wieder da bist. Habe gehört, du hattest ordentlich Spaß in der Wüste?"

„Könnte man so sagen." Seth versuchte, seinen Freund wieder Richtung Tür zu lotsen.

„Ich habe gehört, du bewachst eine gewisse VIP. Ist sie da hinten?" Birdman nickte in Richtung des großen Schlafzimmers. Es gab ein zweites, kleines Zimmer, das theoretisch als Gästezimmer genutzt werden konnte. Seth hatte dort für die Besuche seiner Eltern ein Futonbett stehen, aber für gewöhnlich benutzte er das Zimmer nur als Arbeitszimmer.

Seth nickte. „Ja." Er wusste, dass Zoe es hassen würde, als VIP bezeichnet zu werden, und konnte fast hören, wie sie dagegen protestierte. „Sie ist grade an der Reihe mit Duschen." Weil es das letzte Mal ein bisschen eng gewesen war.

„JJ sagt, sie ist süß."

Seth zuckte mit einer Schulter. „Schätze schon."

Birdman warf ihm einen überaus skeptischen Blick zu. „Du schätzt schon?"

„Sie ist eine intelligente und fähige Frau. Dozentin für forensische Anthropologie an der University of Richmond." Seth hätte sie seinem Freund gegenüber nicht weniger reizvoll klingen lassen können, wenn er es versucht hätte. Er konnte es nicht gebrauchen, dass jemand aus dem Team über seine Beziehung – *Scheiße* – mit Zoe Miller spekulierte, vor allem jetzt nicht, nachdem Payne Novak seinen Ruf auf Seths moralische Integrität verwettet hatte.

„Blond, richtig?" Birdman verzog das Gesicht. „Wahrscheinlich gut, dass sie nicht dein Typ ist."

Seth hielt in seinem Versuch inne, den Kerl rauszuschmeißen. „Was soll das heißen?"

„Na ja, in der Tendenz scheinst du sie eher groß und dunkelhaarig und ein bisschen verpeilt zu mögen."

„Was willst du denn verdammt noch mal damit sagen?"

„Das weißt du genau. Was war zum Beispiel mit Gemma?" Birdman deutete auf das alte Foto von Seth und seiner Ex, das noch immer am Kühlschrank hing, neben der Einladung zu ihrer Hochzeit. Sie hatten sich vor etwa einem Jahr getrennt. Gemmas Rebound-Affäre hatte Seth überrumpelt, auch wenn einige der anderen Jungs aus dem Team glaubten, dass Gemma sich bereits mit dem Kerl getroffen hatte, als sie noch mit Seth zusammen gewesen war. Sie hatte bereits ein Baby.

Das Foto diente als Erinnerung an seine misslungenen Beziehungen. Eine Warnung, sich auf niemanden mehr einzulassen.

„Sie war die typische Seth-Hopper-Freundin."

Seth hatte keinen Schimmer, was der Kerl damit sagen wollte. „Soll heißen?"

Birdman zuckte mit den Schultern. „Ich sage dir nur, was ich gesehen habe, Mann. Du tendierst dazu, Freundinnen zu haben, die hübsch anzusehen und schnell zu vergessen sind."

Diese Beobachtung traf Seth völlig unerwartet. Darüber hatte er nie nachgedacht, aber sein Kumpel lag hundertprozentig richtig. Er war immer nur mit Frauen zusammen, für die er niemals seinen Job aufgeben würde.

„Also ist es vielleicht gut, dass diese Frau Dozentin nicht dein Typ ist, auch wenn sie heiß sein soll." Birdman hob den Deckel des Pizzakartons an und stibitzte sich ein Stück.

In diesem Moment ging die Schlafzimmertür auf, und Zoe kam herausgeschlendert, ein Handtuch um ihren perfekten, nackten Körper geschlungen.

„Seth, weißt du, wo ich meine …" Sie hob den Kopf, und alle drei erstarrten in einem schockierten Tableau. „Mist. Ich wusste nicht, dass wir Besuch haben."

Es war das „wir", das alles besiegelte. Der Hinweis darauf, dass sie beide ein Paar waren, nicht nur ein Job.

Birdman entging nichts. Sein Mund stand offen, die Pizza vergessen in seiner Hand.

Seth griff nach Damiens Hemd und zerrte ihn zur Tür. „Danke, dass du die Pizza hochgebracht hast, Mann. Wir kommen jetzt allein klar."

Birdmans Ausdruck wurde besorgt. „Seth–"

„Genug." In Seths Tonfall schwang eine Warnung mit. „Was auch immer du glaubst, gesehen zu haben, du irrst dich. Ich würde es zu schätzen wissen, wenn du die Dame respektierst und deinen Mund hältst, denn ich will dich wirklich nicht verfolgen und mundtot machen müssen."

„Es ist nicht die Dame, um die ich mir Sorgen mache." Birdmans Stimme wurde leise. „Frauen wie ihr sind Männer wie du und ich scheißegal."

„So ist Zoe nicht", presste Seth hervor.

Birdman hob beschwichtigend die Hand, nur um daran erinnert zu werden, dass er ein Stück Pizza hielt. „Du bist einer der besten Agenten im Team, Seth, und das liegt größtenteils an deiner absoluten Hingabe an deinen Job. Wirf das nicht alles für einen schnellen Fick weg."

Zorn rauschte durch Seth hindurch, aber der andere Mann war schon verschwunden. Und Birdman hatte ja auch recht. Seths Karriere bedeutete ihm alles. Nie im Leben würde er sie – oder Payne Novaks Karriere, die ja nun mit am seidenen Faden hing – für eine kurze Affäre riskieren, wenn er keine Ahnung hatte, ob Zoe mehr wollte als das.

Er schloss die Tür. Zoe stand da, die Finger noch immer in ihr

Handtuch gekrallt. Der Geruch von Pizza erfüllte die Luft, aber Seth hatte den Appetit verloren.

„Nimm dir von der Pizza, wenn du willst, kannst du auch im Schlafzimmer essen." Er zwang sich, ruhig zu klingen. „Ich schlafe heute Nacht auf der Couch, nur für den Fall, dass es irgendwelche Überraschungen gibt."

„Seth–"

„*Bitte*, Zoe." Er schloss die Augen, klammerte sich mit letzter Kraft an seiner Fassung fest. „Lass mich bitte einmal meinen Job machen, ohne mit mir zu diskutieren." Er presste die Lippen zusammen und wandte den Blick ab. Das hier war nicht ihre Schuld. Er war der Idiot, der Birdman in die Wohnung gelassen hatte. Er war der Mann, der seine Prinzipien geopfert hatte. Er musste ganz dringend nachdenken. „Ich brauche ein bisschen Abstand."

———

Bruno sah dabei zu, wie Lorenzo seine Faust immer und immer wieder in Derek Belmonts Gesicht krachen ließ.

Da war so viel Blut, dass das Gesicht des jungen Mannes völlig unkenntlich war. Seine Nase war gebrochen. Seine Augen zugeschwollen.

Lorenzos Männer standen herum und schauten ebenfalls zu.

„Stopp", flehte Derek. „Aufhören. Ich sage alles. Alles, was Sie wissen wollen."

Bruno biss die Zähne zusammen, darauf bedacht, seine Überraschung nicht zu verraten.

„Sie hat mich vor zwei Wochen angerufen und mir gesagt, dass sie es nicht mehr aushält, mich nicht zu sehen. Sie hat gesagt, sie würde die Grenze überqueren und mich dann anrufen, damit ich sie abholen kann. Ich hab' daraufhin erwidert, dass sie nicht herkommen soll, weil ich wusste, dass Ihnen das nicht gefallen wird, aber sie hat darauf bestanden. Ich wollte sie abholen und dann direkt wieder zur Grenze zurückfahren, ich schwöre es. Ich wollte sie nie wieder sehen." Blut tropfte von seinem Kinn. „Aber dann hat sie nicht wieder angerufen, und ich dachte, sie hätte es sich anders überlegt."

Verdammter Mist.

Lorenzo zögerte. „Wie wollte sie die Grenze überqueren?"

Bruno versuchte, seinen Unterkiefer zu entspannen, und ertappte seinen Bruder dabei, wie er ihn beobachtete. Er konnte Luis' Ausdruck nicht entschlüsseln. Zählte sein Bruder endlich eins und eins zusammen? Was würde er tun, wenn er die Wahrheit erkannte? Bruno wusste es nicht. Sie liebten einander, aber dieses Leben zerriss ganze Familien.

Schweiß lief ihm den Rücken hinunter.

„Boss." Einer von Lorenzos Männern kam die hölzerne Kellertreppe hinuntergestürmt. „Einer unserer Informanten hat in der Datenbank für vermisste Migranten die Beschreibung einer jungen Frau entdeckt, die auf Gabriella passt." Der Mann blickte auf und zögerte. „Die Beschreibung gehört zu einer Toten–"

Lorenzo brüllte seine Verzweiflung heraus, und Bruno zuckte über den Schmerz in der Stimme des Mannes zusammen. Alle im Raum wechselten nervöse Blicke.

Lorenzo zog seine Waffe.

Verstohlen legte Bruno die Hand auf den Kolben der Pistole, die er in einem kleinen Holster am Rücken trug.

„Sie kann nicht tot sein. Das kann nicht sein", brüllte Lorenzo. Er schoss in den Boden, und die Kugel prallte gefährlich an den Steinen ab, schlug in der gegenüberliegenden Wand ein.

Wieder wechselten sie Blicke. Der Kerl war definitiv völlig durchgeknallt.

Für einen Augenblick dachte Bruno darüber nach, ihn hier und jetzt umzubringen, aber Lorenzo hatte noch zu viele Freunde hier im Raum. Wenn er ihn jetzt tötete, würden die anderen Bruno umbringen und sagen, es wäre ihr gutes Recht gewesen. Und dann würden sie die Organisation einfach selbst übernehmen.

„Es gab keine Fotos zu dem Eintrag, bis auf das eines goldenen Medaillons … es wurde auch kein Fundort angegeben."

Bruno fluchte innerlich.

„Zeig es mir." Lorenzo winkte den Mann zu sich, dann schaute er aus zusammengekniffenen Augen auf den Bildschirm. Er zuckte zurück und schien förmlich in sich zusammenzufallen.

„Das ist das Medaillon von *Nuestra Señora de la Santa Muerte*, das ich Gabriella geschenkt habe, als unsere Eltern gestorben sind. Ihre Initialen sind auf der Rückseite eingraviert. Erkennst du es wieder, Bruno?" Er hielt Bruno das Handy vors Gesicht, damit er es bestätigte.

Wut vermischte sich mit Angst, als Bruno nickte. Es war tatsächlich Gabriellas Kette, die sich während ihres Kampfs gelöst haben musste. Er biss die Zähne zusammen. Seine Männer hatten in jener Nacht versagt, als er sie losgeschickt hatte, um alle Beweise zu vernichten, die die Anthropologen möglicherweise in der Wüste gefunden hatten. Beweise, die darauf hindeuteten, dass Gabriella dort gewesen war – und dass Bruno sie umgebracht hatte.

Sogar sein eigener Bruder hatte ihn im Stich gelassen.

„Sprich mit jedem. Fahr die Fühler aus. Ich will wissen, ob es in irgendeiner dieser Leichenhallen eine Tote gibt, die auf Gabriellas Beschreibung passt. Ich will alles wissen", stieß Lorenzo heiser hervor. „Und ich will dieses Medaillon haben."

Das Gesicht des Überbringers war voller Angst.

In dieser Laune war es Santiago durchaus zuzutrauen, in mörderischer Rage alle und jeden zu erschießen. Niemand würde es Bruno vorwerfen, wenn er ihn dann ausschaltete.

„Und bring mir die Person, die diese Beschreibung verfasst hat. Ich will mit ihr sprechen." Lorenzo ging auf die Tür zu.

„A-aber ...", stammelte der Mann. „Das wird schwierig werden, Boss."

„Es ist mir scheißegal, ob es schwierig ist, *pendejo*. Finde sie." Wieder brüllte Lorenzo, und es hallte schmerzerfüllt von den Wänden des kleinen, beengten Kellers wider.

„Die Person, die den Eintrag erstellt hat, das war diese Frau", platzte der junge Mann nervös heraus. „Die Tochter der amerikanischen Politikerin."

Lorenzo blieb wie angewurzelt stehen und fuhr zu Bruno herum. „Warum hast du sie entführt?", verlangte er zu wissen. „Warum hast du letztes Wochenende versucht, sie umzubringen?"

Bruno wich Lorenzos irrem Blick nicht aus. „Weil ich gesehen habe, wie sie und ihre Freunde in der Wüste herumgegraben haben, und das kam mir verdächtig vor. Ich hatte keine Ahnung, wer sie ist. Ich wusste nur, dass sie da nichts zu suchen hatten."

„Vielleicht denkt sie ja, sie stünde über dem Gesetz, wäre gegen uns und die Amerikaner immun." Luis suchte Brunos Blick, als er das sagte.

Ahnte Luis, was passiert war? Versuchte er, Lorenzo abzulenken und anzudeuten, die Anthropologen hätten etwas mit Gabriellas Tod zu tun?

Die anderen Männer im Raum beobachteten sie nervös.

„Willst du sie trotzdem sprechen? Madeleine Florentines Tochter?", fragte der Überbringer.

„Das ist mir egal, und wenn es der US-Präsident höchstpersönlich wäre. Ich muss erfahren, was sie weiß. Was sie gefunden hat. Ich will wissen, woher sie das Medaillon hat. Ich muss es sehen, damit ich mich vergewissern kann, ob es meiner Schwester gehört."

„Wenn du die Tochter der Vizepräsidentin anrührst, brichst du einen Krieg vom Zaun", warnte einer der anderen Männer.

Lorenzo verzog das Gesicht und legte den Kopf zur Seite. „Lass mich dir eine Frage stellen, Pepe. Vor wem hast du mehr Angst? Vor den Amerikanern oder vor mir?"

Pepe hob das Kinn. „Ich werde dir überall hin folgen und tun, was du mir befiehlst, *jefe*. Ich weiß, dass du dir Sorgen um Gabriella machst. Ich wollte dich nur daran erinnern, mit wem du es zu tun hast. Du musst das klug angehen."

„Und du glaubst, ich wäre nicht klug?" Die Worte zischten aus Lorenzos Mund wie ein Fluch.

„Es wird nicht leicht sein, diese Frau zu schnappen." Bruno

lenkte Lorenzos Aufmerksamkeit vom anderen Mann weg. „Das FBI bewacht sie."

Lorenzo schien sich zu beruhigen. „Tut, was ihr tun müsst. Setzt jedes Mittel ein, das uns zur Verfügung steht. Alles andere ist unwichtig." Er warf Bruno einen langen, nachdenklichen Blick zu. „Die Frau muss irgendeine Schwachstelle haben, die wir ausnutzen können."

Bruno nickte. Jeder hatte eine Schwachstelle. Brunos lag ein paar Meter tief in der Wüste vergraben.

„Die Amerikaner werden die Truppen für sie schicken. Willst du das wirklich hier zu dir nach Hause holen?", fragte Bruno vorsichtig.

Lorenzo sah nachdenklich aus, dann schüttelte er den Kopf. „Macht den Jet und den Helikopter startklar. Sobald ihr sie habt, will ich es wissen."

„Was machen wir mit ihm?" Pepe deutete auf die blutige, bewusstlose Gestalt von Derek Belmont, der in seinem neongelben Lycra völlig fehl am Platz wirkte.

„Nichts. Lasst ihn hier verrotten. Wenn–" Lorenzo schluckte wiederholt, bevor er weitersprechen konnte. „Wenn Gabriella tot ist, werde ich ihn dafür büßen lassen, mich nicht über ihre Pläne informiert zu haben. Wenn sie lebt, und ich glaube, dass sie lebt", er blickte jeden der Männer im Keller durchdringend an, „dann werde ich ihn ihr vielleicht geben. Alles, um sie glücklich zu machen."

Santiago ging davon.

Luis trat zu Bruno, und zusammen schauten sie auf die zusammengeschlagene Gestalt hinunter, die sie an Lorenzo ausgeliefert hatten.

Keiner von ihnen sagte ein Wort.

22

Zoe hatte die letzte Nacht allein und schlaflos in Seth Hoppers Bett verbracht. Jetzt saßen sie in seinem Truck und waren auf dem Weg nach Washington D.C.

Sie fuhren schweigend. An einem Drive-in hatten sie sich Kaffee gekauft und konzentrierten sich jetzt beide angestrengt darauf, ihn zu trinken, ohne etwas zu verschütten oder sich den Mund zu verbrennen. Zoe studierte die Landschaft, als ob sie später einen Aufsatz darüber schreiben müsste.

Seth trug einen dunkelgrauen Anzug, ein weißes Hemd und eine moosgrüne Krawatte, und Zoe erkannte ihn beinahe nicht wieder.

Sie hatte nichts Formelleres als eine Jeans, Stiefel und eine adrette Blümchenbluse zum Anziehen dabeigehabt. Leider war die Bluse unter ihrem alten Sweatshirt mit der Aufschrift University of Arizona versteckt.

Abgesehen von den minimalen Absprachen hatten sie kein Wort gewechselt, seit Seth gestern Abend um Abstand gebeten hatte. Offensichtlich machte er sich Sorgen, dass der Mann, dem sie halbnackt begegnet war, seinen Kollegen verraten würde, dass Seth und sie eine sexuelle Beziehung hatten.

Zoe verstand, dass Seth seinen Ruf schützen wollte, aber sie waren auch beide mündige Erwachsene, und wenn sie entschieden, dass sie in ihrer Freizeit Sex miteinander haben wollten, dann war das ihre Sache und ging niemanden sonst etwas an. Nicht seinen Boss. Nicht ihre Eltern. Nicht seine Teamkameraden. Nur, dass sie auch wusste, dass es einem Agenten strikt untersagt war, sich auf seine Schutzbefohlenen einzulassen. Colm Jacobs hatte ihr einmal gesagt, wie froh er war, dass Zoe den Schutz des Secret Service abgelehnt hatte, denn das hieß, dass er sie um eine Verabredung bitten konnte.

Instinktiv wusste sie, dass Seth sich selbst dafür verachtete, diese Regel gebrochen zu haben … und sie hatte ihn ja nach allen Regeln der Kunst verführt.

Und noch ein weiterer kleiner Keim des Zweifels hatte sich in ihr eingenistet. Vielleicht war es nicht die Tatsache, dass er ihr Personenschutz war, die ihn so störte, sondern die, dass Zoe nicht aussah wie die Frau, deren Foto an seinem Kühlschrank hing, auf dem sie die Arme um Seths Hals geschlungen hatte.

Die Frau schien beinahe so groß zu sein wie er, hatte lange braune Haare, perfektes Make-up, braune Augen. Sie war in jeder Hinsicht das absolute Gegenteil von Zoe.

Jetzt, da sich ihre gemeinsame Zeit dem Ende näherte, wollte Seth vielleicht sicherstellen, dass Zoe sich keine falschen Hoffnungen machte und glaubte, sie beide wären mehr als nur ein Three-Night-Stand.

Die alte Zoe hätte ihn rundheraus gefragt, ob sie sich wiedersehen könnten, wenn das alles vorbei war, aber Colm Jacobs hatte sie zurückhaltender werden lassen, weniger selbstbewusst. Außerdem war da noch immer die Sache mit dem Machtgefälle zwischen ihr und Seth. Ob es ihr gefiel oder nicht, ihre Mom war eine ranghohe Politikerin, und vielleicht würde Seth sich fälschlicherweise unter Druck gesetzt fühlen, wenn sie ihn fragte, ob sie sich wiedersehen konnten.

Vermutlich war es das Beste, es ihm zu überlassen, danach zu fragen. Damit es von ihm kam, nicht von ihr, und damit er nicht nur deshalb ja sagte, weil er sich Sorgen um seine Karriere machte.

Und vielleicht hatte er nur Interesse am Sex gehabt und nie vorgehabt, das, was zwischen ihnen auf der Reise vorgefallen war, nach ihrer Ankunft in D.C. fortzuführen. Zoe war diejenige gewesen, die ihn beide Male verführt hatte.

Trübsal durchströmte sie, und ihre Stimmung wurde noch gedrückter. Nicht einmal unglaublicher Sex war dieses Gefühl von Nervosität und Unsicherheit wert. Je schneller sie ein bisschen Abstand voneinander bekamen, umso rascher konnte sie herausfinden, was sie wirklich für ihn empfand. Auch wenn es vielleicht irrelevant war, was sie empfand – nämlich dann, wenn Seth Hopper überhaupt kein Interesse an ihr hatte.

Sie pustete auf ihren Kaffee und versuchte, sich daran zu erinnern, wann sie sich das letzte Mal so elendig gefühlt hatte. Es war anders als der Terror ihrer Entführung oder die Angst, die Jacobs in ihr hervorrief. Das hier war eine Niedergeschlagenheit, die ihr bis ins Mark drang und alle Farben aus der Welt saugen wollte.

Sie kamen in der Innenstadt von D.C. an, und Seth fuhr direkt zur Pennsylvania Avenue und zur Tiefgarage unter dem FBI-Hauptquartier.

„Wir dürfen normalerweise nicht hier unten parken, aber ich habe deinetwegen eine Sondergenehmigung erhalten."

„Oh. Jippie."

Seth warf ihr einen scharfen Blick zu.

Sie versuchte, sich nicht wie ein bockiges kleines Kind aufzuführen und zwang sich ein Lächeln ins Gesicht, schaute ihm aber nicht in die Augen. „Ich weiß es zu schätzen, dass das FBI das für mich tut."

Es bedeutete, dass sie den Medien ausweichen konnte, die möglicherweise vor dem Gebäude warteten, und das war eine Menge wert. Nicht, dass die Medien die Story ihrer Entführung weiterverfolgt hätten. Es gab immer eine andere Krise, andere Schießereien, einen anderen Skandal, und ihr Name war aus der Berichterstattung herausgehalten worden.

Sie fuhren die Rampe hinunter und wurden augenblicklich von bewaffneten Sicherheitsmitarbeitern umringt.

Einer der Beamten klopfte an ihr Fenster. „Steigen Sie bitte aus, Ma'am."

Als sie ihren Gurt löste, explodierten die Nerven in ihr.

Alles an den bewaffneten Wachen erinnerte sie an den Ernst der Situation, und dabei wollte sie wirklich nicht darüber nachdenken. Zoe stieg aus und trat zu Seite, während der Beamte einen Scanner über ihren Körper führte.

Seth zeigte einer anderen Wache seinen Dienstausweis, und der Mann prüfte ihn sorgfältig, bevor er einen Sensor unter dem Truck entlanggleiten ließ.

„Ich brauche Ihre elektronischen Geräte, Ma'am." Der Wachmann war höflich, aber unnachgiebig.

Zoes Augen flogen zu Seth, der mit den Schultern zuckte. „Das ist die übliche Vorgehensweise bei zivilen Besuchern."

Sie zog ihr Handy aus der Tasche und reichte es dem Mann.

„Passen Sie gut darauf auf", sagte sie noch.

„Ja, Ma'am."

Die Wachen ließen die Schranke hochfahren, und Seth fuhr in die Garage und parkte in der Nähe der mit Glas verkleideten Sicherheitsstation.

Er stieg aus, richtet seine Krawatte.

Er war nervös, wurde ihr klar. Sie hoffte, dass es nicht ihretwegen war.

„Wissen Sie, wo Sie hinmüssen?", fragte die Wache.

Seth nickte und hob dankend die Hand, dann ging er auf die nächste Reihe von Aufzügen zu.

„Ich weiß ehrlich gesagt nicht, was mich hier erwartete", gestand Zoe nervös.

Seth hielt die Tür des Fahrstuhls auf und drückte auf einen Knopf. „Vermutlich fragen sie dich nach allem, woran du zurzeit arbeitest und was relevant sein könnte, und ob du so etwas schon mal erlebt hast oder vorher schon Auseinandersetzungen mit dem Kartell hattest."

„Dann wird es ja ein eher kurzes Gespräch“, scherzte sie.

Er warf ihr stirnrunzelnd einen strafenden Blick zu, der nahegelegte, dass sie die Sache nicht ernst genug nahm.

„Anschließend werden sie dich bitten, nochmal im Detail über jene Nacht zu sprechen.“

Bei der Vorstellung, jene furchtbare Nacht noch einmal zu durchleben, wurde ihr Mund ganz trocken. In den letzten Tagen hatte sie alle Erinnerungen verdrängt. Sie hatte sich in dem Roadtrip mit Seth verloren. In ihm.

Stockend atmete sie ein. „Seth, wegen gestern Abend. Ich hätte niemals davon ausgehen dürfen, dass wir allein sind–“

„Das war nicht deine Schuld.“ Er schaute sie stirnrunzelnd an. „Ich hätte dich warnen oder Birdman rausschmeißen sollen. Aber ich wollte nicht, dass er ahnt–“ Er unterbrach sich selbst. „Ist auch nicht wichtig.“

„Fühlt sich aber an, als ob es wichtig wäre.“ Sie schaute ihn an, die Augen weit und ihr Blick niedergeschlagen.

„Ich kann jetzt nicht darüber sprechen.“ Er trat einen Schritt zur Seite und blickte hinauf zur Überwachungskamera. „Ich muss mich auf dieses Treffen konzentrieren. Mein Job steht möglicherweise auf dem Spiel, wenn Patterson es auf mich abgesehen hat, und meine Karriere ist mir extrem wichtig.“

„Das ist mir klar. Ich habe nicht vor, irgendwas zu sagen, was deinen Job in Gefahr bringt.“

„Ich werde nicht lügen, Zoe.“ Seine Stimme war leise und rau. „Aber ich hoffe, es kommt während der Befragung nicht zur Sprache.“

Es.

Sie.

Sie nickte. „Das verstehe ich vollkommen.“ Plötzlich wurde sie von sich überschlagenden Emotionen überwältigt, die in einem einzigen Chaos durch ihr Gehirn tobten. Auch wenn sie sich erst seit ein paar Tagen kannten, fühlte es sich an, als ob ihr ganzes Leben zerbrach.

Nach der Kameradschaft, die sie während der letzten dreitausend Kilometer geteilt hatten, hatten sich die letzten zwölf Stunden unbeholfen und steif angefühlt. Diese glattrasierte Anzugversion von Seth Hopper kam ihr kalt und distanziert vor, und sie hasste sich dafür, dass sie sich im Vergleich dazu kindisch und dumm und so verdammt *emotional* fühlte.

Sie war auch ein Profi.

Zoe streckte die Schultern nach hinten.

Im Flur trafen sie zwei andere Agenten. Einer von ihnen zeigte auf ein Zimmer, und Seth ging hinein. Er blickte sich kurz im Raum um und schien dann zurückzuzucken, als er feststellte, dass er bis auf sie beide völlig leer war.

Ihr Magen zog sich zusammen, als ihr klar wurde, dass Seth in diesem Augenblick überhaupt nicht in ihrer Nähe sein wollte. Und es war der letzte Ort auf der Welt, an dem sie zusammenbrechen wollte.

———

Ein FBI-Agent, den Seth nicht kannte, zog die Tür zu und sie waren allein.

Scheiße.

Seth hasste sich für die Tatsache, dass er Zoe zurechtgewiesen hatte, aber heute ging es nur um die Arbeit. Er war sich bewusst, dass das Blue Team ihnen den ganzen Weg von seiner Wohnung bis nach D.C. gefolgt war, aber er hatte nichts sagen und damit riskieren wollen, dass Zoe herausfand, dass ihre Mutter sich wieder entgegen ihren Wünschen eingemischt hatte.

Er musste sich konzentrieren. Sein Job stand auf dem Spiel. Wenn er auch nur andeutete, dass er mehr als eine Personenschutz-Beziehung zu der Frau hatte, die ihm mittlerweile so viel bedeutete, war er am Arsch. All die vielen Jahre des Trainings. All der Schweiß, die Schmerzen, die Gefahren. All die auslaugenden Workouts, die Opfer, die er gebracht hatte – Familienurlaube mit seinen Eltern, die er verpasst hatte, und die Freundinnen, die sich die Klinke in die Hand gegeben hatten. Alles umsonst, weil er seinen Schwanz nicht in der Hose hatte behalten können, während er mit Zoe gearbeitet hatte.

Er musste sich von ihr lösen und die Gefühle abkühlen, die zwischen ihnen aufblitzten.

Die Chance auf eine langfristige Beziehung mit Zoe wäre das Risiko dessen, was die Vizepräsidentin mit seiner Karriere anstellen konnte, wert– *falls* er sich sicher war, dass Zoe genauso empfand. Aber das wusste er nicht. Und er hatte kein Recht, sie nach allem, was sie durchgemacht hatte, zu drängen. Und er würde auch Payne Novaks Ruf nicht in Gefahr bringen, wenn er doch keine Ahnung hatte, was Zoe tatsächlich empfand.

Sie mochte ihn, sicher.

Sie begehrte ihn. Ja, verdammt.

Aber sie hatte während der ganzen Zeit, die sie zusammen verbracht hatten, kein einziges Mal angedeutet, dass er mehr als ein willkommener Gelegenheitsfick war. Und er würde nicht um Krumen betteln.

Zoe setzte sich auf einen der Stühle, ihr Rücken kerzengerade, die geballten Fäuste im Schoß das einzige Anzeichen, das ihre Nervosität verriet.

Er wollte sie in den Arm nehmen.

Er musste sie loslassen.

Heute.

Bevor sie ihn mit all den Dingen zerstörte, die er wollte, aber nicht kriegen konnte. Sie war amerikanischer Hochadel. Er war ein ausgesetzter Waisenjunge aus der falschen Gegend. Die Sache zwischen ihnen würde nie funktionieren.

Er musste es beenden, bevor einer von ihnen beiden sich noch zu sehr darin verstrickte. Zu eingebunden war. Zu verletzt sein würde.

Sie war nicht sein Typ, und er war ganz sicher nicht ihrer. Nicht wirklich. Nicht in der echten Welt. Birdman hatte ihn gestern Abend laut und deutlich daran erinnert.

Seth hatte sein Versprechen gehalten. Er hatte Zoe sicher bis ins J.-Edgar-Hoover-Gebäude gebracht. Seine Verpflichtung war erfüllt, sein Auftrag erledigt. Er hatte seinen Job gemacht.

Er musste die Sache jetzt beenden, solange er noch einen Hauch von Würde besaß.

Seth räusperte sich. „Ich spreche mit meinem Boss, damit deine Sachen und Möbel freigeben werden."

„Was?" Sie sah völlig bestürzt aus. „Aber … Warum machst du das?"

Er blickte weiterhin ausdruckslos, verstand ihre Frage absichtlich falsch. „Du hast gesagt, deine Sachen wären wichtig. Sind wir deshalb nicht diese ganze Strecke mit dem Umzugswagen gefahren, anstatt zu fliegen?"

Wären sie geflogen, hätten sie sich auf dem Weg nicht um den Verstand gevögelt.

Hoffte er zumindest.

„Ich meine, warum bist du so … " Sie verstummte und wandte den Blick ab.

„Professionell?" Er lachte verbittert auf. „Vielleicht, weil ich das sein sollte?"

Sie warf ihm einen harten Blick zu. „Kalt."

Er zuckte zusammen.

„Seth." Sie schluckte. „Ich habe gesagt, dass mir das mit gestern Abend leidtut. Ich wollte dir keinen Ärger machen."

„Das hat nichts damit zu tun. Es hat nichts mit dem zu tun, was du getan oder nicht getan hast." Himmel, das war eine Lüge, aber es war nicht ihre Schuld.

„Oh. Das alte Lied von ‚es liegt nicht an dir, es liegt an mir' oder wie?" Ihr Lachen klang schneidend, ihre Augen funkelten. Ihre Finger verkrallten sich ineinander, so wie sie es immer taten, wenn sie nervös war.

„*Verstehst* du denn nicht?" Die Worte stürzten nur so aus ihm heraus. „Ich kann es mir nicht leisten, mich weiter auf eine Frau wie dich einzulassen."

Ihre Augen sahen verdächtig glänzend aus, und sie hob das Kinn. „Was meinst du damit, ‚eine Frau wie mich'?"

Verdammt, diese verfluchten Augen.

„Eine Frau, deren Mutter die Vizepräsidentin der Vereinigten Staaten von Amerika ist. Eine Frau, die ich beschützen soll. Eine Frau, die mich ohne einen weiteren Blick einfach sitzen lassen wird, sobald sie mich nicht länger braucht."

Zoe starrte ihn fassungslos an.

„Du hast hier alle Macht, Zoe." Und sie konnte nicht nur seine Karriere, sondern auch sein Herz vernichten, und das machte ihm eine Höllenangst. „Du hast alle Macht, und das gefällt mir nicht. Kein verdammtes bisschen." Und damit verließ er das Zimmer, sorgfältig darauf bedacht, die Tür nicht zuzuknallen und seinen Kollegen zu verraten, dass er vollkommen, hundertprozentig, unwiederbringlich am Arsch war.

„Agent Hopper?", sagte einer der Agenten heiter. „Kommen Sie bitte hier entlang. Das Sonderkommando ist jetzt für Sie bereit."

23

Eine Frau wie sie?

Zoe fühlte sich, als ob sie ohne die Chance auf Verteidigung vor Gericht gezerrt und verurteilt worden wäre.

Eine Frau wie sie?

Ihre Smartwatch vibrierte, und sie sah, dass es ein Anruf von Fred war. Vermutlich durfte sie die Uhr hier drin gar nicht haben, also ignorierte sie den Anruf, auch wenn sie nichts lieber wollte, als ihrem Freund ihr Leid zu klagen.

Ein Agent erschien in der Tür, um ihr mitzuteilen, dass es noch eine Weile dauern würde, und um ihr etwas zu trinken anzubieten. Die Muskeln in ihrem Hals zogen sich zusammen. Plötzlich gab es in dem Raum nicht mehr genug Luft zum Atmen.

„Nein, danke." Sie erhob sich, rang um einen ordentlichen Atemzug. Sie würde es nicht ertragen können, Seth oder einem der anderen FBI-Agenten gegenüberzutreten. Sich von ihnen durch die Mangel nehmen zu lassen. Sich von ihnen verurteilen zu lassen. Nicht jetzt. Sie glaubte nicht, dass sie Seth wieder sehen konnte. Jemals.

Ich kann es mir nicht leisten, mich weiter auf eine Frau wie dich einzulassen.

Leisten?

Leisten?

Was genau glaubte er denn, was es ihn kosten würde?

Sie war so ein Idiot. Aber sie wollte nicht, dass er oder irgendjemand sonst sah, wie sie zusammenbrach. Wollte nicht zugeben, dass sie sich so heillos in diesen Mann verliebt hatte, der glaubte, sie wäre den Preis nicht wert.

Panik begann, durch ihre Adern zu strömen. „Ich-ich habe etwas in Agent Hoppers Truck vergessen und muss es holen. Könnte mich jemand nach unten begleiten, bitte?"

„Sicherlich. Ich bringe Sie dorthin." Der Agent musterte sie neugierig.

Zoes Puls raste, und sie musste gegen das Verlangen ankämpfen, in Tränen auszubrechen.

Sie folgte dem Beamten aus dem Zimmer und den Korridor hinunter, dann in den Aufzug zur Tiefgarage.

Sie kamen in der Garage an, und Zoe atmete tief durch, aber die Auspuffgase lagen schwer in der Luft, setzten sich in ihrer Kehle fest und ließen sie würgen. Zoe tat so, als ob alles in Ordnung wäre, während sie auf den Wachmann zu schlenderte, mit dem sie vorhin schon gesprochen hatte.

„Könnte ich bitte mein Handy zurückbekommen?" Sie zwang die Worte heraus. „Es gibt einen Notfall."

Sie hasste dieses Gefühl der Schwäche. Nachdem Colm Jacobs sie mit seinem Verhalten beinahe zerstört hätte, hatte sie geglaubt, sie wäre stärker. Sie hatte nicht damit gerechnet, von etwas vernichtet zu werden, das – so die schreckliche Vermutung, die in ihr aufstieg - ein gebrochenes Herz war.

Warum hatte sie sich ihm geöffnet? Sie hatte den Mann unter dem hübschen Äußeren kennengelernt und hatte anschließend nichts anderes hinbekommen, als sich noch schwerer in ihn zu verlieben.

Und dann war er dahergekommen und hatte sie abgewiesen.

Sie wusste nicht, welche Version von Seth Hopper echt war. Der Mann, der sie beschützte und fest im Arm hielt, oder der

Mann, der sie dafür verachtete, eine mächtige Mutter zu haben – als ob Zoe in der Sache eine Wahl hätte.

Sie musste ihre Freunde anrufen. Sie musste gestehen, dass ihr von einem Mann das Herz gebrochen worden war, von dem sie sich erst gar nicht hätte angezogen fühlen dürfen. Ihre Freunde würden sie trösten und sie auch weiterhin liebhaben, auch wenn sie so offensichtlich eine Närrin war.

Ihre Hände zitterten, als sie ihr Handy von der Wache entgegennahm.

„Sie müssen bitte draußen telefonieren", warnte er sie streng.

Sie drehte sich zum FBI-Agenten herum, der anfing, ein bisschen nervös auszusehen. „Ich brauche nur einen Moment."

So sehr sie auch davonrennen wollte, das würde sie nicht tun. Das war nicht ihre Art. Aber sie wollte es. Sie wollte es wirklich.

Zoe ging die Rampe hinauf und blieb neben einem großen Betonkübel voller Ziergräser stehen, der definitiv als zusätzliche Schutzbarriere diente.

Sie rief James an, aber er ging nicht ran.

Dann versuchte sie es mit Karinas Nummer, aber laut der Krankenschwester schlief sie noch.

Verdammt.

Sie konnte Fred nicht ihr Herz ausschütten, das war einfach nicht fair. Sie suchte in den Kontakten nach Cocos Nummer, auch wenn sie Seth vor ihr nicht schlecht machen würde. Die beiden arbeiteten für dieselbe Behörde, und es kam Zoe schäbig vor, seinen Ruf zu schädigen, wenn er keinerlei Versprechen gebrochen hatte, nur ihr dummes Herz.

Sie könnte anrufen und fragen, ob das Labor bereits irgendwelche Ergebnisse hatte.

Ihr Handy klingelte. *Seth.*

Sie hasste es, wie das erste Aufblitzen der Aufregung ganz schnell von einer Flut der eiskalten Realität gelöscht wurde.

Vermutlich fragte er sich nur, wo zur Hölle sie war.

Sie drückte auf annehmen und hob das Handy ans Ohr, genau

in dem Augenblick, als ein Mann in einer grünen Uniform auf dem Bürgersteig auf sie zukam. Zoe dachte, er wollte ihr sagen, sie solle sich weiter vom Gebäude entfernen, und schaute sich verwirrt um.

Der Mann war groß und bullig. Er sah vage vertraut aus, aber sie war sich nicht sicher, wo sie ihn schon einmal gesehen haben sollte.

Dann hielt er ihr ein Handy mit einem Foto auf dem Bildschirm hin, und für einen Augenblick wusste Zoe nicht, was sie da sah.

Dann begann das Dröhnen zwischen ihren Ohren, als sie die Details des Fotos registrierte und Seths Stimme in ihrem Ohr fragte, ob sie okay war.

Der Mann nahm ihr ganz beiläufig das Handy ab und warf es in den Blumenkübel. Griff nach ihrer Hand, und sie glaubte schon, er wollte ihr Handschellen anlegen, aber er streifte einfach nur die Smartwatch von ihrem Handgelenk und warf sie zu ihrem Handy zwischen die Ziergräser.

Ihr Herz donnerte.

Oh mein Gott.

Er schob sie auf einen schwarzen Wagen zu, der am Bordstein anhielt.

Das konnte doch wohl nicht wahr sein.

Zoes Benommenheit wurde gebrochen, als die Erkenntnis dessen, was hier gerade nur wenige Meter vom FBI-Hauptquartier entfernt passierte, über sie hereinbrach. Sie begann, sich zu wehren, aber der Griff des Mannes an ihrem Arm wurde enger, und er zwang ihren Arm auf den Rücken. Sie schrie vor Schmerzen auf. Er legte ihr seine Hand auf den Kopf und drückte sie nachdrücklich in den wartenden Wagen.

Zoe schrie, aber ein anderer Mann auf der Rückbank presste seine Hand auf ihren Mund, während der erste Mann neben ihr ins Auto stieg.

Zoe biss in die Handfläche, die ihren Mund bedeckte, und der Kerl fluchte und riss sie so fest an den Haaren weg, dass sie das

Gefühl hatte, er würde ihr die Haare an den Wurzeln herausreißen.

„Beiß mich noch einmal, du Schlampe, und ich schlage dich so fest, dass du eine Woche nicht laufen kannst. Ist mir egal, wer deine Mutter ist."

Abscheu stieg in ihr auf, aber dann ließ sie der spitze Schmerz einer Nadel panisch nach der Spritze schlagen, die einer der Männer in ihren Oberschenkel gerammt hatte.

Sie sah zu, wie die kleinen Fenster des imposanten Betongebäudes über ihr verschwanden und bekam das schreckliche Gefühl, dass sie Seth Hopper und auch jeden anderen Menschen, den sie liebte, nie wiedersehen würde.

———

Seth hatte die Situation gerade mit der Ausgeglichenheit und Finesse eines tollwütigen Stachelschweins gemeistert.

Er war verdammt kurz davor gewesen, Zoe zu gestehen, dass er sich in sie verliebte hatte – das Einzige, was ihn davon abgehalten hatte, war die Tatsache gewesen, dass sie es nicht abgestritten hatte, als er behauptet hatte, sie würde ihn ohne einen weiteren Blick einfach sitzen lassen.

Verdammt.

Das hatte wehgetan.

So viel dazu, ein tougher Kerl zu sein. Er war ein erbärmliches Stück Scheiße.

Aber er hatte auch einen wirklich schlechten Zeitpunkt für eine persönliche Krise gewählt. Und die Tatsache, dass er zu feige gewesen war, lange genug zu bleiben, dass sie ihm antworten konnte?

Denn was, wenn sie all seine Ängste bestätigt hätte?

Wenn er sich dabei etwas vormachte, zu glauben, sie hätten eine Chance auf etwas Echtes oder Langfristiges? Wenn er, auch wenn er gut genug für eine schnelle Nummer war, nicht die Sorte

Mann war, die man Mommy und Daddy in ihrem Sommerhaus in den Hamptons vorstellte?

Seine alten Dämonen waren in seinem Kopf herumgespukt, seit Birdman seine Fantasie-Romanze mit einem Pizzakarton und einem Stück brutaler Ehrlichkeit zerstört hatte.

Scheiße.

Das änderte nichts an der Tatsache, dass er diese Angelegenheit gerade sehr dämlich gehandhabt und Zoe verletzt hatte, und dass er sich jetzt entschuldigen musste, sobald er die Chance dazu bekam.

Seth sprach kurz mit dem Sonderkommando, dann ging er, um Zoe zu holen. Er war bei der Besprechung abgelenkt gewesen. Zoe hatte seine miese Laune während der letzten zwölf Stunden nicht verdient. Seinen mürrischen Griesgram. Auch wenn sie nichts für ihn empfand außer einer aufkeimenden Freundschaft, verdiente sie eine erwachsene Unterhaltung, ganz egal, wie viel Schiss er davor hatte, wieder sitzengelassen zu werden.

Er riss sich zusammen und griff nach der Türklinke, entschlossen, ihr zumindest zu verstehen zu geben, dass es wirklich nicht ihre Schuld war, wenn er nicht alles wieder einrenken konnte. Es lag wirklich nur an ihm. Diese Klischees existierten aus gutem Grund.

Seth atmete tief durch, dann stieß er die Tür auf und betrat das Zimmer, aber der Raum war leer.

Er fragte eine Agentin im Flur, eine schwarze Frau mit einer Akte und einem Handy in der Hand, ob sie Zoe gesehen hätte.

„Sie wollte etwas aus der Garage holen. Agent Simpson ist mit ihr runtergegangen."

Seth nickte. „Kann ich seine Nummer haben? Das Sonderkommando ist bereit für sie."

Oder sie glaubten zumindest, dass sie das wären.

Sein Mund verzog sich. Er glaubte nicht, dass irgendjemand wirklich jemals bereit für Dr. Zoe Miller war.

Die Agentin nickte und suchte in ihrem Handy nach Agent Simpsons Nummer.

Seth entschied, es auf Zoes Handy zu versuchen, für den unwahrscheinlichen Fall, dass sie runtergegangen war, um einen Anruf zu tätigen, vermutlich um einem ihrer vielen Freunde zu erzählen, was für ein Arschloch er gewesen war.

Er ließ den Kopf hängen, lauschte dem Klingeln. Sie hatte jedes Recht, sauer auf ihn zu sein. Wahrscheinlich würde sie gar nicht rangehen …

Der Anruf ging durch.

„Zoe?" Seth konnte nichts hören, außer dem leisen Brummen des Verkehrs. „Bist du okay?"

Ein eilig gedämpfter Schrei ließ ihn erstarren, und seine Konzentration war mit einem Schlag messerscharf.

Wo war sie?

Die Agentin zeigte ihm die Nummer von Agent Simpson.

„Rufen Sie ihn an. Schnell", befahl er.

Die Frau wählte die Nummer, und er nahm ihr das Handy mit einem dankbaren Nicken ab.

„Sind Sie bei Zoe Miller?"

Simpson klang außer Atem. „War ich. Sie ist in ein schwarzes Auto gestiegen und davongefahren." Simpson fluchte.

Was zur Hölle …? „Ist sie freiwillig eingestiegen?"

„Ich weiß es nicht. Ich habe mit der Wache gesprochen, als Dr. Miller deutlich gemacht hat, dass sie einen Augenblick allein sein wollte, um einen Anruf zu tätigen. Ich bin rausgegangen, um nach ihr zu schauen, und da habe ich sie davonfahren sehen."

Seth bemerkte, dass es bei dem Gespräch eine seltsame Rückkopplung gab, bis ihm klar wurde, dass er den Agenten auf beiden Handys in seinen Händen hören konnte.

Sein Mund wurde staubtrocken, als das Gefühl der Angst in ihm wuchs. „Können Sie ihr Handy irgendwo sehen?"

Es entstand eine Pause, während der Kerl vermutlich danach suchte. „Nein, ich sehe es nicht."

„Ich kann Sie aber darüber hören. Suchen Sie weiter", forderte Seth ungeduldig. Er ging zum Besprechungszimmer des Sonderkommandos und zu Payne Novak, der überrascht den Kopf hob.

„Wo ist sie?", fragte Novak.

Seth hielt einen Finger hoch, um Novak um einen Moment zu bitten, während er angestrengt ins Handy lauschte.

„Scheiße. Ich sehe es in einem Pflanzenkübel."

„Sie wurde entführt." Seth sprach mit dem ganzen Raum. „Fangt an, nach dem Standort ihrer Smartwatch zu suchen."

„Machen Sie sich keine Mühe", erklang Simpsons Stimme aus dem Handy. „Die Uhr liegt hier neben dem Handy."

Seths ganze Welt brach um ihn herum zusammen.

„Tüten Sie die Geräte ein und bringen Sie sie sofort hier hoch", wies er Simpson eilig an. Er legte auf und gab der Agentin ihr Handy zurück. „Wir müssen die Überwachungsaufnahmen vom Bürgersteig vor dem Gebäude einsehen und in der ganzen Stadt Straßensperren errichten."

„Was ist los?", fragte McKenzie, der gerade dazukam.

„Zoe Miller wurde gekidnappt." Seth sprach, als ob ihm nicht gerade das Herz aus der Brust gerissen worden wäre. „Ihr Handy und ihre Smartwatch wurden draußen in einem Blumentopf gefunden. Der Agent, der sie nach unten begleitet hat, hat gesehen, wie sie in ein schwarzes Fahrzeug gestiegen ist."

„Woher wissen wir, dass sie nicht freiwillig verschwunden ist?", fragte McKenzie.

„Das würde sie nicht tun." Innerlich bebte Seth vor Angst und Verzweiflung, aber er behielt es für sich. Ließ sich nichts anmerken.

Novak musterte Seth, als ob er all seine intimsten Geheimnisse durchschauen könnte, wie beispielsweise die Tatsache, dass Seth mit der Frau geschlafen hatte, die zu beschützen er geschworen hatte.

„Woher wissen wir, dass sie nicht in einem Taxi zum Haus ihrer Mutter sitzt?", warf McKenzie ein, während andere Agenten die Sicherheitszentrale anriefen, um die Aufnahmen anzufordern.

„Weil sie das niemals tun würde. Sie würde niemals vor dieser Besprechung davonrennen." Ganz egal, wie sehr Seth sie aufgewühlt hatte. Sie würde ihm nicht den Schwarzen Peter zuschieben, auch wenn er sich noch so dämlich verhalten hätte. „Ich sage euch, sie ist entführt worden", beteuerte Seth laut. Nachdrücklich. Er wollte es von den Dächern rufen. In dem Moment, in dem er sie aus den Augen gelassen hatte, war sie entführt worden.

Niemand sonst schien davon überzeugt zu sein.

„Schaut, sie hat gesagt, sie würde ihre Smartwatch niemals wieder ausziehen, nachdem sie ihr in der Wüste das Leben gerettet hatte." Und das hatte sie auch nicht, außer, wenn sie die Uhr aufgeladen hatte. Nicht, während sie Sex gehabt hatten. Nicht in der Dusche.

Novak drückte seine Schulter.

Wusste er, was los war?

Im Augenblick war das Seth egal.

Einer der Agenten, der mit den Mitarbeitern der Sicherheitszentrale sprach, bestätigte es. „Die Mitarbeiter im Überwachungsraum haben gesehen, wie sie von einem uniformierten Mann in ein Auto gezwungen wurde. Bis sie die Kollegen vor Ort informiert hatten, war das Auto schon verschwunden."

„Weist die Capitol Police an, Straßensperren zu errichten und alarmiert die Verkehrspolizei, die Augen offenzuhalten. Ich will, dass die Flughäfen informiert werden, einschließlich aller privaten Flugplätze", befahl McKenzie. „Scheiße."

„Wir müssen diese Aufnahmen sehen", erklärte Seth.

„Kommt mit." McKenzie verließ das Zimmer, Seth dicht auf den Fersen. Novak folgte ihnen ebenfalls. JJ Hersh erschien an Seths Seite. Hersh war im Verkehr aufgehalten worden, aber sie hatten es ihm durchgehen lassen, wegen dieser ganzen Sache mit seinem Nahtoderlebnis letztes Wochenende.

„Zoe ist entführt worden?", fragte Hersh, begriff schnell.

„Sieht so aus." Seth fühlte sich, als ob er schweben würde. All das Training, das sie absolvierten, damit sie in keinen Hinterhalt gerieten, funktionierte plötzlich in der echten Welt nicht mehr. Diese Art von Situation sollte automatisch laufen, aber Seth kam nicht darüber hinweg, dass es *Zoe* war, die geschnappt worden war. Zoe mit ihren türkisblauen Augen und dem spitzbübischen

Lächeln und ihrem unerschütterlichen Gespür für richtig und falsch.

Wenn ihr irgendetwas zustoßen sollte …

Er würde niemals wieder die Chance bekommen, die Dinge zwischen ihnen zu kitten. Würde niemals die Gelegenheit bekommen, sich bei ihr zu entschuldigen. Aber nichts davon war so wichtig, wie sie in Sicherheit zu bringen.

„Wir holen sie zurück." Hersh schenkte ihm ein kühles Lächeln, das Seth irgendwie daran erinnerte, wer er war und was sie taten.

Er erwiderte den Blick seines Freunds und wusste, dass Birdman Hersh angerufen und ihm alles erzählt hatte, was gestern Abend passiert war, was allerdings wahrscheinlich nur bestätigt hatte, was Hersh von Anfang an vermutet hatte.

Sie gingen nach oben ins strategische Kommunikations- und Operationszentrum.

„Ich muss sofort die Überwachungsaufnahmen sehen", brüllte McKenzie, als sie aus dem Aufzug traten.

Der Chef der Einheit kam aus seinem Büro gelaufen und schien augenblicklich zu begreifen, dass hier etwas Wichtiges los war. Er griff nach seinem Sakko und führte sie an den Postern der zehn meistgesuchten Verbrecher vorbei auf einen Raum zu, in dem zwanzig riesige Bildschirme an einer Wand hingen.

Bis sie alle vor den Bildschirmen versammelt waren, einschließlich ASAC Patterson, der glücklicherweise diesmal nicht verantwortlich war, flackerten die Aufnahmen bereits über die Bildschirme.

Es gab zwei verschiedene Blickwinkel. Einer war zu weit entfernt, aber die andere Kamera befand sich scheinbar direkt über der Einfahrt zur Tiefgarage.

Seth stützte die Hände gegen eine Schreibtischplatte ab, beugte sich vor und starrte auf den Bildschirm. Zoes Körpersprache war angespannt, als sie anfing, Anrufe zu tätigen, und er wusste, dass sie wegen der Dinge aufgewühlt war, die er zu ihr gesagt hatte.

„Wen ruft sie an?", verlangte McKenzie zu wissen.

„Wir können ihre Anrufliste überprüfen. Ich kenne ihre PIN", warf Seth eilig ein.

„Holen Sie das Handy", befahl McKenzie einem kahlköpfigen Mann, den Seth aus Washington State kannte. Der Kerl joggte augenblicklich davon.

Alle im Raum spannten sich an, als eine uniformierte Gestalt auf dem Bildschirm auftauchte und von Süden her auf Zoe zuging, ihr etwas hinhielt.

„Ist das eine Waffe?", fragte jemand.

„Nein." Seth sah zu, wie Zoe ans Handy ging – sein Anruf, wurde ihm bewusst – und dann erstarrte.

„Er zeigt ihr ein Bild auf einem Handy", erklärte Novak. „Vermutlich das Bild von jemandem, den sie bedrohen. Jemand, der ihr wichtig ist. Wir müssen wissen, wer und wo."

Der Entführer warf Zoes Handy in den Pflanzkübel, dann zog er ihr die Uhr ab, während sie noch immer verarbeitete, was sie auf seinem Handy gesehen hatte. Sie fing an, sich zu wehren, aber es war bereits zu spät. Der Kidnapper drehte ihr den Arm auf den Rücken und wusste genau, wie viel Druck er anwenden musste, damit sein Opfer keine Wahl hatte, außer zu kooperieren.

Dieser Wichser.

„Besorgt mir das Nummernschild. Schickt eine Fahndung an alle Polizeieinheiten raus. Und dann brauche ich eine bessere Auflösung von dem Gesicht des Entführers."

„Ich weiß, wer das ist." Seth sah dabei zu, wie der schwarze Wagen davonschoss, und fühlte sich mit jeder Zelle seines Körpers wie der Jäger, zu dem er ausgebildet worden war. „Der Anführer des BORTAC-Teams, gegen das Hersh und ich ermittelt haben. Arthur O'Neill."

24

McKenzie starrte Seth aus schmalen Augen an. „Bist du sicher?"

„Absolut."

„Das Kartell hat Roger Bertrand geopfert, um diesen Hurensohn zu schützen." Hersh schüttelte den Kopf. „Warum sollten sie ihn jetzt auffliegen lassen?"

Seths Handy klingelte, und er hoffte entgegen aller Vernunft, es wäre Zoe. Aber sie war es nicht. Es war ihre Freundin und seine FBI-Kollegin, Dr. Coco Montserrat.

„Hey, ich habe versucht, mein Mädel zu erreichen", begann Coco, „aber es ging nur die Mailbox ran. Wir konnten DNA von der Kette und dem Stein auswerten. Der Zahn ist noch in der Analyse, weil wir einen Abdruck machen wollten, bevor wir das Mark herausholen."

„Gab es einen Treffer für die DNA?"

„Ja und nein."

Sie klang aufgeregt, und er stellte sie auf Lautsprecher. „Sie sind jetzt auf Lautsprecher im Hauptquartier. Erzählen Sie, was Sie gefunden haben."

„Das Blut auf dem Stein gehört zu einem gewissen Bruno Ramirez, einem Kartellmitglied, den das FBI schon seit Jahren sucht. Wir konnten auch noch eine zweite DNA auf dem Stein finden."

„Bruno Ramirez. Ruft auf, was wir über ihn haben", wies Seth die anderen an.

„Die DNA der Kette hat keinen direkten Treffer ergeben, gehört aber vermutlich zu einer vollen Schwester von jemandem, der in der Datenbank ist."

„Wer?"

„Ich weiß natürlich nicht, wer die Schwester ist." Coco lachte, hatte keinen Schimmer, dass Seths ganze Welt gerade auf einem bröckelnden Berggrat balancierte. „Aber sie ist eng mit Lorenzo Santiago verwandt, dem Kartellboss. Und hören Sie sich das mal an: Spuren ihrer DNA wurden auch auf dem Stein gefunden."

„Coco, vielen Dank. Ich sage Zoe, dass sie zurückrufen soll, sobald ich sie sehe." Seine Stimme brach. „Eine Sache noch. Verlassen Sie heute bitte nicht das Gelände. Hier gehen ein paar Dinge vor sich, und ich will nicht, dass Sie in Gefahr geraten." Vor allem, wenn das Kartell Zoe foltern sollte, bis sie den Namen ihrer Freundin im Labor verriet. Es war für jeden nur eine Frage der Zeit, aber Seth glaubte nicht, dass sie Zoe schnell brechen würden. Das ließ den Kloß in seinem Hals nur noch größer werden, bis er fast keine Luft mehr bekam. „Suchen Sie sich einen Schlafplatz, wenn es sein muss, Ma'am, vielleicht in der Akademie oder sogar im Gebäude des HRT, aber bitte fahren Sie nicht nach Hause, okay?"

Coco schien zu verstehen, wie ernst die Lage war. „Okay", lenkte sie zögerlich ein. „Ist Zoe in Ordnung?"

Seth konnte nicht antworten. „Ich melde mich wieder."

Er ging zurück zu den Postern mit den meistgesuchten Verbrechern und blickte auf das Foto von Bruno Ramirez.

Die anderen folgten ihm.

„Nehmen wir an, er ist der Mann, der in der Nacht aus der Wüste kam. Der Kerl mit dem Muli und den Schaufeln." Was wollte er von Zoe? „Ein Medaillon, das Zoe an dem Tag in der Wüste gefunden hat, hat auf der Rückseite die Initialen GS oder

CS eingraviert. Die DNA darauf wurde als die der Schwester dieses Kerls identifiziert." Er tippte auf Lorenzo Santiagos Foto. Der Typ hatte eine fiese Narbe im Gesicht.

„Du glaubst, Ramirez hat die Schwester seines Bosses umgebracht? Warum?", fragte McKenzie.

„Warum bringen Männer Frauen um?", erwiderte Seth finster.

„Vielleicht hat Ramirez die Frau gerettet. Ihren Angreifer umgebracht?", schlug McKenzie vor.

„Warum ist dann sein Blut auf einem Stein, den ich an der Stelle gefunden habe, wo eine Leiche gefunden wurde und anschließend verschwunden ist? Die DNA der Schwester war ebenfalls auf dem Stein", führte Seth aus. „Ich schätze, die Schwester hat Ramirez hart genug mit dem Stein geschlagen, damit er blutet" – und ihm möglicherweise einen Zahn auszuschlagen – „und dann hat er sie umgebracht."

Wut über das Schicksal der jungen Frau stieg in Seth auf.

„Warum sollte sonst jemand ihre Leiche verschwinden lassen?", fügte Hersh hinzu.

„Niemand außer Zoe Miller hat diese Leiche gesehen", bemerkte Patterson misstrauisch.

Seth ignorierte ihn, und sie gingen zurück ins Ermittlungszimmer.

„Suchen wir ein Bild der Schwester, angenommen, Santiago hat eine Schwester?"

„Hat er." Das kam von dem Mann, den Seth nicht kannte, den er aber schon im Besprechungszimmer des Sonderkommandos bemerkt hatte.

Er war blond und hatte eisige, blaue Habichtsaugen. „Gabriella Santiago. Studiert zurzeit in Mexico City." Er streckte Seth die Hand hin. „Lincoln Frazer. Einheit für Fallanalyse. Den Berichten zufolge verehrt Lorenzo Santiago seine Schwester derart, dass es schon an Besessenheit grenzt. Die USA haben bereits darüber nachgedacht, sie irgendwann in Zukunft als Köder für ihren Bruder einzusetzen."

Seth starrte auf das Bild einer wunderschönen, jungen Frau, das auf einem der Monitore erschien.

„Interessanterweise wurde Gabriellas Ex-Freund gestern Abend aus seinem Haus in L.A. entführt. Seine Eltern haben ihn als vermisst gemeldet, aber sein teures Fahrrad wurde auf dem Bürgersteig vor dem Haus gefunden", fügte Frazer hinzu.

„Irgendwelche Informationen von unseren Quellen, was Gabriellas Aufenthaltsorte angeht?", fragte Seth. „Ich meine, Zoe hat gesagt, die Leiche, die sie gefunden hat, lag vermutlich schon seit einer Woche dort."

„Keine Ahnung", gab McKenzie zu. „Ich mache ein paar Anrufe."

„Aber was wollen sie mit Zoe?", fragte Hersh. „Was hat sie mit all dem zu tun?"

Plötzlich trafen Pattersons Worte verspätet einen Nerv in Seth.

„ASAC Patterson hat recht. Das hat alles angefangen, nachdem Zoe die Leiche gefunden hat, und sie war die einzige Person, die sie gesehen hat. Sie hat versucht, es jedem von uns zu erzählen, aber niemand hat ihr geglaubt." Außer ihm. Er hatte ihr geglaubt. Und dennoch hatte er nicht darauf vertraut, dass sie ihn nicht so sitzenlassen würde, wie Gemma es getan hatte. Er hatte nicht darauf vertraut, dass sie ihn nicht nur für Sex benutzte.

„Sie hat Fotos von der Leiche gemacht und gegenständliche Beweise eingesammelt, und irgendjemand von Ramirez' Männern hat sie dabei beobachtet und es dem Kerl gesteckt." Das war der Anstoß für alles gewesen, was seitdem passiert war. Seth dachte über das nach, was Zoe ihm erzählt hatte. „Wir brauchen Zugriff auf ihre Cloud. Sie konnte sich nicht anmelden, weil der Sicherheitscode an ihr altes Handy geschickt wurde, das die Entführer verbrannt haben."

„Bin schon dran", meldete sich ein weiterer von McKenzies Mitarbeitern.

Frazer setzte sich und starrte nachdenklich auf den Bildschirm. „Es ist nicht das Kartell, das einen Krieg mit der US-Regierung anzettelt. Es ist Bruno Ramirez, der versucht, seine Haut zu retten, nachdem er, aus welchem Grund auch immer, die Schwester des Bosses umgebracht hat." Er kreuzte seine Füße vor dem Schreibtisch. „Lorenzo Santiago hat den Ruf, ein wandelndes Pulverfass zu sein, aber ich würde ihn eher als einen narzisstischen Soziopathen kategorisieren, der eine ungesunde Obsession für seine Schwester hat – oder möglicherweise *hatte*."

„Irgendwelche Hinweise auf Zoe von der Capitol Police?", fragte Seth.

McKenzie schüttelte den Kopf.

Seth verbarg alles, was er fühlte, unter einer Lage stoischer Professionalität, aber innerlich war er vollkommen am Durchdrehen.

„Wo bringen sie sie am wahrscheinlichsten hin?", wollte Novak wissen.

Seths ganzer Körper spannte sich an. Das Geiselrettungsteam musste sich für den augenblicklichen Einsatz bereit machen. Aber wo …

Frazer verzog den Mund. „Das kommt ganz darauf an, ob es Santiago war oder Ramirez, der sie entführt hat."

Denn Ramirez würde sie vermutlich sofort umbringen, während Santiago, der labile Soziopath, sie zuerst verhören würde.

Wut sprudelte durch Seth hindurch wie durch einen Vulkan, der jeden Moment explodieren würde.

„Wir brauchen alle verfügbaren Informationen aus dem Innern des Kartells", erklärte Novak rundheraus. „Und das MARSOC muss eingespannt und auf den aktuellen Stand gebracht werden."

Niemand erwähnte die unausgesprochene Tatsache, dass Zoes Mutter informiert werden musste. Sie würde gar nicht begeistert sein, und das konnte Seth ihr nicht übelnehmen. Er hatte Scheiße gebaut. Er hatte Zoe allein gelassen, obwohl er versprochen hatte, sie zu beschützen.

„Wenn es Santiago war, dann sucht er nach seiner Schwester. Und wir wissen, wo sie war", bemerkte Hersh. „Ich meine, wie weit kann Ramirez ihre Leiche in jener Nacht tatsächlich fortgeschafft haben?"

„Nicht sehr weit. Ramirez würde auf keinen Fall riskieren, sie in einen der Kartelltunnel zu bringen, sofern sie in der Gegend welche haben. Da drin gibt es Kameras." Seth schaute seinen Kumpel an, während sich seine Gedanken überschlugen. „Ramirez hat die beiden Männer, die ihm beim Wegschaffen der Leiche geholfen haben, umgebracht, sobald sie den Job erledigt hatten, denn er konnte es sich nicht erlauben, irgendwelche Zeugen am Leben zu lassen. Gabriellas Leiche ist vermutlich noch irgendwo in der Nähe des ursprünglichen Fundorts."

„Glaubst du wirklich, Santiago würde es riskieren, in die USA zu kommen, um seine Schwester zu finden?", fragte McKenzie.

Frazers Augen wurden schmal. „Ist eher unwahrscheinlich. Der Typ ist paranoid und verbringt den Großteil seiner Zeit damit, sich in seinem extrem gesicherten Anwesen in Zentralmexiko zu verschanzen, aber ... es ist auch nicht unmöglich. Er hat das Ego, zu glauben, er könnte mit allem durchkommen, und seine Schwester ist seine einzige lebende Verwandte."

„War", korrigierte Seth.

Er konnte sehen, wie einige der Leute im Raum über die Möglichkeit, einen – wenn nicht sogar zwei – der meistgesuchten Verbrecher auf der FBI-Liste zu schnappen, förmlich zu geifern begannen. Und als jemand, dem es ein ganz besonders Vergnügen bereitete, Drogenbosse dingfest zu machen, konnte Seth das auch gut nachvollziehen. Aber im Augenblick war ihm alles egal, außer Zoe sicher aus den Fängen dieser Leute zu befreien.

„Mobilisieren wir das Gold Team und schicken es zur Grenze", schlug Novak vor. „Wenn die Capitol Police Zoe Miller in der Zwischenzeit findet, können wir sie umlenken."

Seth nickte.

„Die Agenten Hopper und Hersh haben heute Nachmittag eine Verabredung mit dem Office of Professional Responsibility", unterbrach sie ASAC Patterson laut.

Seth atmete tief durch und behielt die Fassung. Novak und Hersh schäumten fast vor Wut.

McKenzie wedelte abweisend mit der Hand durch die Luft. „Das kann warten."

„Aber–"

„Ich brauche diese Männer jetzt. Das Office of Professional Responsibility soll das meinetwegen später mit mir ausfechten." McKenzie riss sich den Schlips vom Hals und stopfte ihn in seine Tasche. „Ihre Hilfe im Sonderkommando wird nicht länger benötigt, ASAC Patterson. Guten Flug zurück nach Phoenix."

Patterson fielen fast die Augen aus dem Kopf. Er hatte sich diesmal mit den Falschen angelegt. „Ich fliege mit dem HRT zurück."

„Nein." Novak schüttelte nachdrücklich den Kopf, als ob er genau wüsste, dass nur ein Wort dieses arroganten Arsches dort oben in der Luft reichte, damit Seth durchdrehte und Patterson ohne Fallschirm aus dem Flugzeug schmeißen würde. „Wir sind mit Agenten und Ausrüstung voll belegt. Wir haben keinen Platz mehr." Novak warf dem Mann ein gezwungenes Lächeln zu.

Patterson stand da, sah zornig und selbstgerecht aus.

Das war Seth herzlich egal. „Los geht's."

Er machte auf dem Absatz kehrt und ging voran.

———

Das Gold Team setzte sich in Bewegung. Ryan schnappte sich Hoppers und seine eigene Ausrüstung. Birdman seine Sachen und die von Hersh. Als Ryan hastig aus dem Umkleideraum schoss, stieß er im Flur beinahe mit Meghan Donnelly zusammen.

„Hey. Pass doch auf." Die Worte klangen schneidend und ihre Augen blickten heute glasklar. Der Ausdruck auf ihrem Gesicht war dankbar.

„Sorry", erwiderte Ryan.

Nebeneinander gingen sie zügig den Flur hinunter.

„Wegen gestern Abend …", begann sie leise.

„Was war gestern Abend?" Aaron Nash bewegte sich so heimlich wie ein Fuchs mit dem Gehör einer Fledermaus. Ryan hatte gar nicht bemerkt, wie er zu ihnen gestoßen war.

„Gestern Abend?" Ford Cadell kam mit seiner Ausrüstung und Hugo, dem Malinois-Spürhund des Teams an der Leine, aus einem der Zimmer.

Aus dem Augenwinkel konnte Ryan sehen, wie Meghan sich anspannte.

„Was war gestern Abend?" Hunt Kincaid und Will Griffin stießen zu ihrer kleinen Truppe dazu, während sie den Korridor hinuntereilten.

Meghan fluchte leise.

Tja. Scheiße.

„Ich habe Donnelly um ein Date gebeten, aber sie hat mich abblitzen lassen", erklärte Ryan übertrieben niedergeschlagen und schüttelte den Kopf.

„Wir daten keine Teamkollegen!" Noam Levitt, genau wie Meghan Mitglied der Echo-Truppe, klang völlig entsetzt.

„Mist. Dabei wollte ich dich als nächsten fragen", schoss Ryan zurück.

„Cowboy datet überhaupt niemanden. Er vögelt sie bloß, hab' ich recht, Ry?" Das von Grady Steel, der Donnellys Partner im Team war.

Jetzt war Ryan an der Reihe mit Zusammenzucken. „Wenigstens kriege ich welche ab, Grady."

Grady schaute ihn finster an. „Fick dich, Mann."

„Nicht heute Abend. Ich bin ausgebucht."

Grady warf ihm einen bösen Blick zu.

„Sorry, Kumpel. Ich wusste nicht, dass das so ein heikles Thema ist." Das war eine Lüge. Es gab wenig, worüber Ryan nicht Bescheid wusste, was die Leute im Geiselrettungsteam anging. „Wenn du irgendwelche Tipps brauchst, sag Bescheid."

„Hat aber bei Donnelly nicht besonders gut funktioniert", erwiderte Kincaid trocken.

„Funktioniert zu 99 Prozent. Donnelly gehört offensichtlich zur Ausnahme, die die Regel bestätigt."

Sie bogen um die Ecke und erblickten eine Frau mit langen, tintenschwarzen Haaren, die auf der Treppe stand und aus dem Fenster blickte.

Wie auf Kommando blieb ihre kleine Truppe wie angewurzelt stehen und starrte sie an.

Dinah Cohen, Austauschagentin des israelischen Spezialkommandos. Sie beäugte die Agenten herablassend, dann ging sie die Treppe hinunter in den Besprechungsraum.

„Also, das ist nun wirklich eine Teamkollegin, die ich liebend gern–"

Ryan rammte Grady den Ellenbogen ins Zwerchfell, bevor er die Stufen hinunterging. „Wir daten keine Teamkollegen, schon vergessen? Oder vögeln sie, was das angeht." Er wollte niemanden auf komische Ideen bringen.

„Du bist derjenige, der Probleme hat, Grenzen zu ziehen." Grady rieb seine Brust. „Wenn er dich wieder ärgern sollte, sag mir Bescheid, Donnelly. Wir erschießen ihn und schmeißen seine Leiche in den See."

„Kannst du gern versuchen", prustete Ryan, was Grady augenblicklich wieder in Harnisch brachte.

Meghan beschloss, reinen Tisch zu machen. „Das ist nicht, was–"

„Keine Sorge, Donnelly. Ich verspreche dir, das war ein einmaliger, betrunkener Ausrutscher", fiel Ryan ihr ins Wort. Er wusste, dass sie glaubte, sie würde das Richtige tun, indem sie die Sache richtigstellte, aber sie war neu im Team, und sein Fell war dicker als Nashornhaut.

„Himmel, die Krankenschwester auf dem Flug war wohl nicht genug für dich." Will Griffin schüttelte den Kopf.

„Krankenschwester? Was für eine Krankenschwester?" Meghan warf ihm einen scharfen Blick zu, und er zog eine Grimasse.

Scheiße.

Das Leben wurde irgendwie ganz schön kompliziert, und das war genau der Grund, weshalb er keine Freundin hatte.

„Sie hieß Deanna. Ausgebildete Krankenschwester. Sie überlegt, noch mal aufs College zu gehen und Medizin zu studieren. Nette Frau." Sexy, umwerfend, abenteuerlustig.

Meghan schüttelte scheinbar angewidert den Kopf und ging zur Tür.

Hatte er ihr nicht gesagt, er würde ihr einen Gefallen tun?

Er wünschte sich ganz dringend, er wäre Meghan gestern Abend nicht nach Hause gefolgt. Jetzt hassten ihn seine Teamkollegen. Meghan hasste ihn auch. Und dieser verdammte kleine Kuss auf den Rand seiner Lippen verfolgte seine Haut mehr als jede Verbindung, die er seit langem gespürt hatte.

Krankenschwester? Was für eine Krankenschwester?

———

Anstatt mit dem Auto zum Stützpunkt zu fahren, hatte McKenzie einen Helikopter angefordert. Seth, Novak, Hersh und ein paar der anderen aus dem Sonderkommando begleiteten ihn zur Andrews Air Force Base und kamen vor dem Rest des HRT an.

Das Wissen, dass Zoe wieder einmal diesen gnadenlosen Männern ausgesetzt war, die keinerlei Skrupel hatten, jemanden zu verstümmeln oder zu töten, trieb Seth schier in den Wahnsinn. Fred Pengelli war auf seinem Heimweg von der Arbeit verschleppt worden, vermutlich als Köder für Zoe. Freds FBI-Schatten war im Verkehr abgehängt worden und hatte nicht eingreifen können. Niemand hatte diesen jüngsten Gewaltakt vorausgesehen.

Seth riss sich die Krawatte vom Hals und schritt auf dem Rollfeld auf und ab.

„Bist du okay?", fragte Hersh leise.

„Das ist alles meine Schuld, JJ." Seth starrte hinauf in die bleigrauen Wolken und versuchte, nicht durchzudrehen. Wenn er zu emotional wurde, würde Novak ihn für diese Nummer aus dem

Team schmeißen, und Seth musste dabei sein, oder er würde völlig wahnsinnig werden. „Nachdem Birdman gestern Abend in meiner Wohnung war, bin ich nervös geworden und habe sie von mir gestoßen."

Hershs Ausdruck zeigte Enttäuschung, aber keine Überraschung.

„Ich weiß, ich habe Probleme", räumte Seth ein, „aber verdammt, eine Frau wie sie würde doch niemals bei einem Kerl wie mir bleiben–"

„Warum nicht?", unterbrach ihn Hersh.

„Du weißt schon warum."

„Ich weiß, was du dir einredest. Dass du nicht gut genug für eine Frau wie Zoe bist."

Seth starrte vor sich hin.

„Weil du als Baby ausgesetzt wurdest. Du schiebst praktisch diesem winzigen Würmchen alle Schuld für den Mist in deinem Erwachsenenleben in die Schuhe. Wie vernünftig ist das denn bitte?"

Seth schloss die Augen. „Es ist nicht nur das. Ich habe keine Ahnung, wo ich herkomme–"

„Ja, ja, ja, dein Daddy könnte ein Vergewaltiger oder Serienmörder sein." Hersh trat näher auf ihn zu. „Na und?"

Seth runzelte die Stirn. „Was soll das heißen, ‚na und'?"

„Guck dir doch mal an, wo du jetzt stehst, Seth. Du bist ein verfluchter Navy SEAL. Du bist ein unentbehrlicher Bestandteil der besten gottverdammten Strafverfolgungsbehörde der Vereinigten Staaten, wenn nicht sogar der ganzen Welt. Du bist nicht die Summe deiner leiblichen Eltern, ganz egal, wer sie gewesen sind oder was sie getan haben. Du bist das Produkt deiner eigenen DNA und der Erziehung von zwei verdammt feinen Menschen. Du bist das Produkt deiner Ausbildung und deines jahrelangen, aufopfernden Dienstes an der Öffentlichkeit. Zoe könnte sich glücklich schätzen, dich zu haben. Und mehr noch", Hersh beugte sich vor, „das weiß sie auch."

Seth wollte seine ganze Frustration herausschreien, aber er vergrub sie tief in sich.

„Ich habe gesehen, wie sie dich angeschaut hat. Und nicht nur das erste Mal in dem Motel, als ihr die Augen nicht voneinander lassen konntet. In der Wüste nach der Rettung. Im Krankenhaus, als Dumm und Dümmer aufgetaucht sind. Sie schaut dich an, als ob du ihr verdammter Held wärst."

„Ich bin kein Held. Nicht ihrer, nicht der von irgendjemandem." Seth rieb sich mit den Händen über das Gesicht. „Scheiße. Ich habe sie vor der Besprechung verärgert. Ich habe ihr alles vor den Latz geknallt und ihr gesagt, ich könnte mich nicht auf sie einlassen, weil ich es nicht riskieren wollte, dass sie mich irgendwann in der Zukunft einfach sitzen lässt. Ich habe gesagt, sie hätte alle Macht und dass mir das nicht gefällt."

„Und meinst du, daraus hat sie geschlossen, dass du Hals über Kopf in sie verliebt bist?"

Seth zog die Schultern hoch. „Habe ich das etwa nicht gesagt?"

Hersh verdrehte die Augen. „Du kannst bei diesem Zeug nicht subtil und zurückhaltend sein, Seth. Es geht hier nicht nur um dein Herz, Bruder, es geht auch um ihres."

Seth ballte die Hände zu Fäusten. „Wenn ich die Uhr zurückdrehen könnte, würde ich ihr alles sagen. Dass ich ihr helfen will, in ihr neues Zuhause einzuziehen und die Wände streichen und vielleicht sogar ein paar Kleiderbügel in ihrem Schrank beanspruchen will, wenn ich das Glück haben sollte, bei ihr zu übernachten. Dass ich sie zum Abendessen ausführen will, und zwar in ein Restaurant, das kein Drive-in ist. Dass ich am Ende einer langen Mission in ihrem Bett landen will, und wenn auch nur, um sie im Arm zu halten und ihrem Atem zu lauschen."

Er schluckte schwer, blinzelte den Tränenschleier fort. Agenten des HRT weinten nicht. *Verdammt.* „Das ist alles meine Schuld. Ich muss Novak sagen, dass wir involviert sind."

Hersh krallte seine Finger in Seths Hemd. „Du wirst Novak

einen Scheißdreck erzählen. Glaubst du etwa, er wüsste das nicht?"

Seth drehte den Kopf und erhaschte den düsteren Blick seines Bosses. Novaks Blick war direkt und voller Beunruhigung. Er schien Seth wortlos zu fragen, ob er okay war.

Seth nickte. Drehte sich wieder zu Hersh um.

„Wenn ich sie nicht verärgert hätte, wäre sie niemals nach draußen gegangen–"

„Und das Kartell hätte sie irgendwo anders geschnappt, vielleicht irgendwo, wo es keine Überwachungskameras gibt und wir nicht erfahren hätten, dass dieser Wichser Arthur damit zu tun hat oder dass sie überhaupt gekidnappt wurde."

Seth lachte. „Bitte versuch nicht, mir einzureden, ich hätte ihr einen Gefallen getan."

Hersh lächelte sanft. „Ich schätze, nein, aber es ist auch nicht deine Schuld. Konzentrieren wir uns besser darauf, Zoe zu retten und einige der größten Drogen-Terroristen zu schnappen, die dieses Land jemals gesehen hat."

Die Fahrzeuge des Geiselrettungsteams begannen einzutreffen, fuhren direkt auf das Flugzeug zu.

Seth starrte zum Horizont, dann zu Novak. Er ging hinüber zum Mann, der ungeduldig darauf wartete, dass alle ihre Ausrüstung ins Flugzeug luden.

„Bist du okay?", fragte Novak.

Seth schluckte seine Emotionen hinunter und nickte. Er musste daran glauben, dass Zoe noch am Leben war. Dass er sie retten konnte, und wenn sonst schon nichts, sich zumindest bei ihr dafür entschuldigen konnte, das Beste, was ihm im Leben jemals passiert war, zerstört zu haben. Und er wusste, wo das Kartell sie hinbringen würde. Wusste mit der gleichen Überzeugung, dass er sie liebte und sie immer lieben würde, ganz egal, ob sie ihm dafür verzieh, ein überempfindlicher Arsch zu sein, oder eben nicht.

„Sie sollen alle Fahrzeuge und Fußgänger kontrollieren, die die Grenze nach Mexiko überqueren wollen. Die Air Force soll alle nicht autorisierten Flüge umleiten, die über die Grenze zu fliegen beabsichtigen."

„Glaubst du denn nicht, dass das Santiago nervös machen wird? Ihn dazu bringt, seine Pläne zu ändern?"

Seth schüttelte den Kopf. „Er würde es sogar erwarten. Alles andere würde ihn nur alarmieren. Ich vermute, er hat einen geheimen Weg in die USA hinein und hinaus, irgendwo in dieser Wüste. Wir konzentrieren alle Elektronik und alle Satelliten auf diese Gegend von Arizona, und möglicherweise retten wir dann nicht nur Zoe" – seine Priorität – „sondern entdecken im Zuge dessen außerdem einen Kartelltunnel und setzen hoffentlich ein paar hochrangige Drogenbarone fest."

Seth wich dem Blick seines Bosses nicht aus. „Aber sie dürfen auf keinen Fall vorher mitbekommen, dass wir unterwegs sind. Wir können ihnen keine Falle stellen und auf sie warten – ich glaube, sie haben Augen in der Wüste, vermutlich sowohl menschlicher als auch elektronischer Art. Wir müssen nach Einbruch der Dunkelheit lautlos einrücken."

Novak schaute Seth nachdenklich an. „Das ist riskant."

Seth wusste, dass es riskant war. „Es ist die einzige Möglichkeit. Wenn das Kartell auch nur einen leisen Verdacht haben sollte, dass überall in der Gegend Gesetzeshüter herumschwirren, werden sie Zoe umbringen und abhauen. Und wir dürfen auch den Grenzschutz nicht über diese Operation in Kenntnis setzen. Informiert sie über die Entführung und schickt eine Fahndung raus, aber erzählt ihnen nichts über unsere Mission. Wir haben keine Ahnung, wer noch alles ein Verräter ist."

Novak nickte, und sie gingen die Heckrampe des Flugzeugs hinauf. Es war Zeit, abzuheben.

25

———

Z oe stöhnte, als ihr ganzer Körper in die Luft flog, bevor er wieder zurück auf eine harte, mit einem schmutzigen Teppich bedeckte Oberfläche krachte, der an ihrer Wange nach Öl stank.

Ihre Zunge fühlte sich dick und pelzig an. Ihr Körper schwer und lethargisch.

Sie brauchte einen Augenblick, um wieder so weit zu sich zu kommen, dass sie sich daran erinnern konnte, was genau passiert war. Dann wünschte sie, sie könnte es wieder vergessen. Sie war vor dem Hauptquartier des FBI überfallen worden, und ihre Entführer hatten sie betäubt. Voller Angst schaute sie sich um, aber es war so dunkel, sie konnte noch nicht einmal ihre eigene Nasenspitze erkennen.

Sie streckte die Hand aus, nur um feststellen zu müssen, dass ihre Handgelenke mit einem Kabelbinder zusammengebunden waren. Sie streckte die Arme so weit es ging aus, um die Grenzen ihres Gefängnisses zu ertasten. Nicht groß genug, um sich ganz auszustrecken. Der rumpelnden Fahrt und dem Abgasgestank nach zu urteilen, war sie mit Vollgas in einem kleinen Fünftürer unterwegs.

War sie noch in den USA? Oder hatten die Entführer sie irgendwie über die Grenze gebracht?

Was wollten sie von ihr? Sie wusste doch nichts.

Dann fiel ihr plötzlich ein, dass sie versuchen sollte, ein Hilfesignal abzugeben, indem sie die Heckscheinwerfer manipulierte. Mühsam ruckelte sie zur nächsten Ecke und riss die Verkleidung über dem Scheinwerfer ab. Sie zog an den Drähten, versuchte, die Glühbirne herauszudrücken, aber sie bekam ihre Finger nicht durch die kleine Öffnung.

Das Auto fuhr über eine Unebenheit, und Zoes Finger wurden schmerzhaft gegen das Metall gedrückt. Sie verschluckte einen Schrei.

Sie brauchte etwas Langes, Dünnes, um es durch die Öffnung zu stecken. Sie tastete die gesamte Teppichfläche ab, aber da war einfach nichts. Dann versuchte sie, die Teppichmatte anzuheben, um an die Einlassung für das Ersatzrad zu kommen, aber das war mit gefesselten Händen unmöglich. Als sie es trotzdem schaffte, den Teppich anzuheben, versperrte ihr das steife Brett darunter jeglichen Zugriff.

Verdammt.

Niedergeschlagen lag sie da, und ihr Kopf stieß immer wieder dumpf gegen den verfilzten Teppich. Wie lange war sie bewusstlos gewesen?

Und was hatten sie mit ihr gemacht, während sie bewusstlos gewesen war? Panisch fuhr sie mit ihren gefesselten Händen über ihre Jeans. Der Hosenknopf war noch zu, und ihre Bluse steckte weiterhin im Bund, so wie sie es mochte. Sie fühlte sich auch nicht wund, also glaubte sie nicht, dass sie vergewaltigt worden war. Aber wer wusste schon, was sie mit ihr vorhatten, wenn sie anhielten?

Wie viel Uhr war es?

Sie hatte keine Ahnung. Sie wusste nicht einmal, ob es Tag oder Nacht war, aber sie ging eigentlich davon aus, dass ein wenig Tageslicht durch die Ritzen des Kofferraums gedrungen wäre, wenn die Sonne noch schien.

Der Entführer hatte ihre Uhr und ihr Handy fortgeworfen, also standen die Chancen, dass sie dieses Mal von jemandem aufgespürt werden würde, ausgesprochen schlecht. Der Verkehr in D.C. war zu dicht, und vermutlich hatten die Kidnapper beinahe sofort das Auto gewechselt.

Zoes Zähne klapperten, aber sie war sich nicht sicher, ob vor Angst oder vor Kälte.

Sie ging davon aus, dass das FBI mitbekommen hatte, dass sie entführt worden war, anstatt zu glauben, sie wäre einfach abgehauen, nur weil sie einem bestimmten Angehörigen des Geiselrettungsteams nicht begegnen wollte.

Irgendjemand hatte doch sicherlich ihre Entführung direkt vor dem FBI-Hauptquartier beobachtet, oder? Aber was, wenn nicht? Was, wenn Seth annahm, sie hätte ihn wegen ihrer verletzten Gefühle sitzen gelassen?

Sobald er herausfand, was wirklich passiert war, würde er sich selbst die Schuld dafür geben, aber es war ja nicht seine Schuld. Sie war diejenige, die die Gefahr nicht ernst genommen hatte. Sie war es gewesen, die frische Luft gebraucht hatte. Wenn sie nicht so eine schreckliche Erfahrung mit Colm Jacobs gemacht hätte, hätte sie sich vielleicht anders verhalten, aber die Panikattacke war echt gewesen. Und sie erwartete jeden Augenblick die nächste.

Jetzt kam ihr alles so albern vor.

Nicht die Tatsache, dass sie Seths wegen so aufgewühlt gewesen war, sondern die Tatsache, dass sie geglaubt hatte, ihre Gefühle unter Verschluss halten zu müssen. Was wäre denn schon dabei, wenn er wüsste, dass sie sich in ihn verliebt hatte? Sie würde ja nicht gleich anfangen, ihn zu stalken oder ihm das Leben schwer machen, wenn er nicht genauso empfand. Und sie würden sich wohl kaum ständig über den Weg laufen, also was war das Problem?

Tränen brannten in ihren Augen, aber sie ließ sie nicht fallen.

Seine Worte kamen mit aller Macht zu ihr zurück. Darüber,

wie sie ihn ohne einen letzten Blick einfach sitzen lassen würde, darüber, dass sie alle Macht hatte.

Machte er sich Sorgen, dass sie in einem Anflug der Rachsucht jedem Ex ihre Mutter auf den Hals hetzen würde? Wenn das der Fall war, warum hatte sie dann bitte schön so lange gebraucht, ihrer Mom von Colm zu erzählen?

Mit plötzlicher Klarheit wurde ihr bewusst, dass Seth nicht über Politik oder Karrieren gesprochen hatte. Er hatte darüber gesprochen, dass sie in der Lage war, ihn zu verletzen – und das hieß, dass sie ihm wichtig war. Sie bedeutete ihm etwas, aber er hatte Angst davor, den ersten großen Schritt zu wagen. Genauso wie sie.

Es war für sie beide leichter gewesen, einfach so zu tun, als ob es nur Sex gewesen wäre, nicht … Liebe.

Seine Worte waren ein Schrei des Herzens gewesen. Er hatte sie praktisch angefleht, zu sagen, dass sie genauso empfand wie er. Ihm zu versichern, dass sie nicht einfach abhauen und ihn sitzenlassen würde. Aber sie war zu gekränkt und zu verunsichert gewesen, um das zu begreifen.

Sie wünschte, sie hätte früher erkannt, dass dieser Mann, in den sie sich verliebt hatte, unter seinem Krieger-Äußeren ein sehr verletzliches Herz hatte.

Dann wäre sie vielleicht mutiger gewesen.

Sie war sich nicht sicher, ob sie die nächsten vierundzwanzig Stunden überleben würde, aber wenn sie das tat, würde sie ihm sagen, ruhig und behutsam, dass sie glaubte, sich in ihn verliebt zu haben. Und wenn er Interesse daran bekundete, diese Sache zwischen ihnen weiter zu erforschen, dann sollte er sie sobald er konnte besuchen kommen.

Sie würde cool bleiben. Mit einem Hüftschwung und einem Hasch-mich!-Lächeln davongehen.

Genau. Das würde sie tun.

Sie schluckte die Tränen hinunter. Sie würde nicht weinen. Diese Genugtuung würde sie diesen Bastarden nicht geben.

Die Straße wurde merklich schlechter. Das Poltern der Räder

auf dem Untergrund wurde zu einem ohrenbetäubenden Dröhnen.

Sie hoffte, ihre Eltern und ihr Bruder drehten nicht zu sehr durch. Wussten sie überhaupt, dass sie wieder entführt worden war? Würde ihre Mom wieder die Truppen losschicken können, oder würde Zoe tot sein, bevor irgendjemand überhaupt mitbekam, was los war?

Sie erstarrte, als das Bild in ihren Gedanken aufblitzte, das der Mann, der sie entführt hatte, ihr auf dem Handy gezeigt hatte. Sie kniff die Augen zu. Vielleicht hatten sie es gephotoshoppt.

Das bleischwere Gefühl in ihrer Brust verriet ihr, dass sie das nicht glaubte. Es war für Kriminelle so viel einfacher, eine Gewalttat zu begehen, als ein Computerprogramm bedienen zu lernen.

Das Auto wurde langsamer, aber die Fahrt wurde dennoch immer holpriger, als ob sie über ein Waschbrett fahren würden.

Sie glaubte, Hunde bellen zu hören. War das das Hauptquartier des Kartells? War sie in Mexiko?

Bei dieser Vorstellung zog sich ihr Magen zusammen.

Ihre Mutter war keine Pazifistin. Wenn Zoe umgebracht wurde, würde Madeleine Florentine erbarmungslos Tod und Vernichtung auf das Kartell herabregnen lassen.

Abrupt hielt das Auto an, und Zoe rollte zurück und stieß mit dem Kopf an das Metall des Kofferraums.

Autsch.

Der Motor wurde ausgeschaltet.

Ihr Herz schlug schneller, und ihr wurde klar, dass sie vermutlich besser so tun sollte, als ob sie noch bewusstlos war. Eilig versteckte sie die losen Kabel unter der Teppichverkleidung. Dann lag sie regungslos da und versuchte, ihren Atem zu beruhigen, als Schritte auf den Kofferraum zukamen.

———

Als ehemaliger Navy SEAL hatte Seth hunderte von Fallschirmsprüngen absolviert, aber er war sich durchaus bewusst, dass ein abgelenkter Kopf ihn schnell umbringen konnte. Schlimmer noch, es könnte seine Teamkameraden töten und Zoe in den Fängen des Kartells zurücklassen.

Sie rückten mit einem HAHO-Sprung in die Wüste ein – High Altitude, High Opening, was so viel hieß wie große Höhe, hohe Öffnung – was unter Zeitmangel die verdeckteste Annäherung ermöglichte.

Nicht jeder im Gold Team war für einen HAHO-Sprung qualifiziert, also saß ein zusammengewürfelter Haufen aus Charlies, Echos und Scharfschützen entlang der Seiten der C-130. Insgesamt acht Springer. Nash, Birdman, Cruz, Cowboy, Romano, Donnelly, Hersh und er selbst.

Es war gut, drei Vollzeit-Scharfschützen in der Gruppe dabeizuhaben, und die restlichen von ihnen waren auch alle hervorragende Schützen.

Novak und Livingstone waren ebenfalls für HAHO-Sprünge qualifiziert, standen aber im Augenblick nicht zur Verfügung. Angeletti würde der Absetzer sein.

Seth war noch nie zusammen mit Meghan Donnelly gesprungen, aber als ehemaliges Mitglied der 82nd Airborne Division, der ‚Teufelsbrigade‘, hatte sie vermutlich mehr Sprünge absolviert als er.

Um das Risiko der Sauerstoffunterversorgung und der Dekompressionskrankheit zu verringern, waren Seth und seine Kollegen bereits an die Vorbeatmungsgeräte angeschlossen, an denen sie hundertprozentigen Sauerstoff einatmeten, um so viel Stickstoff wie möglich aus ihrem Blut zu eliminieren.

Grüne Infrarotlichter erhellten die Kabine. Das Flugzeug war am Nachthimmel praktisch unsichtbar.

Sie waren zwanzig Minuten von der Stelle entfernt, an der Zoe die Leiche gefunden hatte, die höchstwahrscheinlich Lorenzo Santiagos kleine Schwester gewesen war, und flogen durch die Dunkelheit dahin. Bei einem HAHO-Sprung konnten die Springer über sechzig Kilometer weit durch die Luft gleiten. Da sie sich noch nicht sicher waren, wo genau sich die Kartellmitglieder aufhalten würden – wenn sie überhaupt in die Wüste kamen – hatten sie einen gewissen Spielraum für Fehleinschätzungen eingeplant.

Cowboy lächelte ihn durch seine Schutzbrille hinweg an und machte das Daumen-hoch-Zeichen. Seth erwiderte sein Lächeln ohne einen Hauch von Freude. Hersh saß mit grimmigem Gesicht da. Der Physiologie-Techniker – PT – überwachte insbesondere Seths Kumpel, für den Fall, dass Überreste des Klapperschlangengifts Auswirkungen auf Hershs Herz haben sollten. Hersh befand sich schon in seinem Scharfschützenmodus und sah aus wie ein eiskalter Killer.

Seth trug eine Basisschicht aus Polypropylen und mehrere warme Schichten darüber, zuoberst einen winddichten Fliegeroverall, um gegen die minus fünfundvierzig Grad Außentemperatur gewappnet zu sein, denen sie gleich ausgesetzt sein würden. Außerdem hatte er zwei Paar Handschuhe dabei, hatte das zweite Paar aber noch nicht angezogen. Er würde damit bis zum zwei-Minuten-Signal warten.

Der Rest des HRT war bereit, per Hubschrauber in die Wüste einzurücken, sobald Novak den Befehl dazu gab.

Die Heckklappe ging auf.

Seth überprüfte erneut seine Ausrüstung, zog sein Nachtsichtgerät an.

Sein Ausrüstungsrucksack war leichter als üblich. Ihre Ausstattung war gleichmäßig zwischen allen acht Agenten verteilt worden, damit sie alle in etwa gleich viel wogen und mit der gleichen Geschwindigkeit fallen würden. Für Donnelly hieß das leider, dass sie kaum in der Lage war, aufrecht zu stehen. Sie hatten sich auf den Parkplatz, mit dem Seth und Hersh mittlerweile bestens vertraut waren, als beste Landezone festgelegt, sofern die Kartellmitglieder nicht dort waren. Die Reservelandezone befand sich auf dem Plateau oberhalb des Canyons, wo Zoe die Leiche entdeckt hatte.

Die Entscheidung, welchen der beiden Orte sie letztendlich anfliegen würden, lag bei Luke Romano – einem ehemaligen Army Ranger – der die Führung übernehmen und die Landung navigieren würde. Ihre Fallschirme waren auf der Oberseite alle mit Infrarotmarkern versehen, sodass sie sich gegenseitig von der Luft aus sehen konnten, aber vom Boden aus unsichtbar waren.

Sie hatten untereinander Funkverbindung, aber Romano war der Einzige von ihnen, der auch mit der Kommandozentrale verbunden war, die das FBI verdeckt in einer Lagerhalle in Fort Huachuca eingerichtet hatte. Niemand wollte irgendwelche undichten Stellen riskieren, die dem Kartell verraten könnten, wohin sie mit ihren Waffen zielen sollten, und niemand traute heutzutage den örtlichen Behörden.

Die Tatsache, dass sie wieder einmal Kriegstaktiken im eigenen Land anwendeten, entging keinem von ihnen. Aber das Kartell hatte die feste Absicht, zu gewinnen, und im Augenblick glaubte es, die Oberhand zu haben. Seth wollte sie das liebend gern glauben lassen, bis zu ihrem allerletzten Atemzug.

Es war zweifelhaft, dass das Kartell das lautlose Vorrücken des Geiselrettungsteams aus dem Himmel erwartete, oder vom MARSOC konfrontiert zu werden, das ähnliche Operationen südlich der Grenze durchführte – auf Anweisung des Präsidenten höchstpersönlich.

Weitere Agenten und Soldaten versammelten sich an der Grenze, machten sich bereit, falls nötig augenblicklich alle Routen über die Grenze aufzuspüren und zu blockieren oder Zoe hinterherzujagen. Die Möglichkeit, dass sie möglicherweise nicht da war, wo er landen würde, würde Seth zerreißen, hätte er sich erlaubt, darüber nachzudenken.

Aber das tat er nicht.

Das zwei-Minuten-Signal ertönte, und Seths Blick flog zu Romano.

Hatte das Hauptquartier Zoe oder Kartellmitglieder in der Zielgegend entdeckt oder wurde das HRT einfach losgeschickt, um sich zu positionieren und abzuwarten? Seth wusste es nicht.

Bewusst verlangsamte er seine Atmung, denn es brauchte nicht viel, um in 10.000 Metern Höhe die eigene Physiologie durcheinanderzubringen. Er würde das hier jetzt nicht vermasseln.

Sie setzten ihre persönlichen Sauerstoffflaschen an, überprüften ihre Ausrüstung doppelt und dreifach. Seth zog sich das zweite Paar Handschuhe an, um seine Finger vor Erfrierungen zu schützen. Das Signallicht wechselte auf Grün, und der Absetzer bedeutete ihnen, an die Rampe zu treten.

Seth kontrollierte seinen Helm, seine Maske, seinen Rucksack, den er auf der Brust trug, ein letztes Mal. Der PT kontrollierte sie alle gründlich auf mögliche Anzeichen von Sauerstoffmangel und Dekompressionskrankheit.

Seth nickte dem Kerl zu und klärte seine Gedanken bewusst von allem, außer dem immer näherkommenden Nichts.

Der Absetzer zählte mit seinen Fingern herunter, und dann begannen die Springer, sich ohne zu zögern hinaus in die schwarze Nacht zu werfen, einer nach dem anderen, eine lange Abfolge von eng verschnürten Körpern.

Die eisige Temperatur brannte auf Seths unbedeckter Haut, als die Wand aus Luft ihm wie ein Vorschlaghammer entgegenschlug. Er zählte und riss dann an seiner Fallschirmleine, dann wurde sein Körper von dem sich öffnenden Zelt zurückgerissen. Der Wind pfiff in seinen Ohren, während er den Sauerstoff einsog, sich wieder einmal zwang, seine Atmung zu verlangsamen und sich verdammt noch mal zu entspannen.

Er hatte es immer geliebt, in der Nacht zu springen. Sobald der Fallschirm geöffnet war, herrschte eine Ruhe und ein Frieden, die mit nichts zu vergleichen waren, was er jemals erlebt hatte – bis auf den Moment, als er Zoe nachts im Arm gehalten hatte, während sie schlief.

Es war die Landung, die ätzend ausfallen konnte.

Sie begaben sich in Formation, lautlos, praktisch unsichtbar, da der Mond vor einer Stunde schon untergegangen war. Romano zügelte die Geschwindigkeit ihres Sinkflugs, glitt dahin wie ein

Falke, der auf Thermalwinden durch die Luft glitt, obwohl Seth sich nur beeilen wollte.

Aber diese Sache ließ sich nicht hetzen. Normalerweise war ihr Mantra Geschwindigkeit und Durchschlagskraft, aber heute Nacht war es Stärke und Hinterlist. Er hoffte nur, dass sie nicht bereits zu spät waren.

———

Die Kofferraumklappe ging auf. Zoe lag regungslos da und spähte durch ihre beinahe geschlossenen Lider auf die beiden dunklen Schatten, die über ihr aufragten. Waren das die Männer, die sie in D.C. von der Straße verschleppt hatten? Sie ging davon aus.

„Ist sie wach?", fragte einer der Männer.

„Und ob sie wach ist. Los geht's, Dornröschen", antwortete der andere Mann zuversichtlich und leuchtete ihr mit einer Taschenlampe direkt in die Augen.

Zoe blinzelte und wandte den Kopf ab, gab die Scharade auf, bewusstlos zu sein.

„Wo bin ich? Warum haben Sie mich entführt?"

„Weil ich es ihnen befohlen habe."

Diese Stimme war neu und verströmte absolute Autorität, wie Zoe sie nur von gewissen hochrangigen Politikern und Fünfsternegenerälen kannte. Leute, die daran gewöhnt waren, dass ihre Befehle bedingungslos befolgt wurden. Langsam setzte Zoe sich auf, und einer der Männer half ihr aus dem Kofferraum.

Sie hob ihre gefesselten Hände zu ihren Augen, um sie vor den Scheinwerfern mehrerer Motorräder abzuschirmen. Der Wind, der ihr die Haare aus dem Gesicht wehte, war eisig kalt.

Sie erkannte den Ort wieder, an den sie gebracht worden war. Es war der Parkplatz am Anfang des Brady-Pfades.

Plötzlich musste sie innerlich lachen, als ihr bewusstwurde, dass sie wieder genau dort gelandet war, wo sie letzten Samstag gewesen war. Seth und sie waren tausende von Kilometern durch Schneestürme gefahren, hatten manipulierte Bremsen und einen unkontrollierbaren Umzugswagen überlebt, nur damit sie wieder an diesem Ort endete, als ob sie ihn niemals verlassen hätte.

Und Seth ... Seth war in Washington D.C. und vermutlich einfach nur sauer auf sie, dass sie vor der Besprechung davongelaufen war, als ob sie verrückt geworden wäre. Vielleicht war sie das ja auch. Wer könnte ihr das schon verübeln?

Sie hörte ein Winseln und sah, dass einer der Männer, der etwas abseits stand, zwei Schäferhunde an der Leine führte. Ein Angstschauder schüttelte sie. Würden die Männer sie laufen lassen und dann hetzen wie ein wildes Tier?

„Ich verstehe nicht, was Sie von mir wollen." Zoes Mund war staubtrocken, und sie dürstete ganz verzweifelt nach Wasser, aber gleichzeitig musste sie auch dringend pinkeln. Selbst in den besten Situationen eine unangenehme Kombination, aber umringt von eiskalten Mördern mitten in der Nacht in der Wüste war es völlig unerträglich.

„Was hast du letztes Wochenende hier gemacht?", verlangte der Mann, der offensichtlich der Anführer war, zu wissen. Sie konnte sein Gesicht nicht deutlich erkennen, war sich aber ziemlich sicher, dass sie ihm noch nie zuvor begegnet war.

Zoe versuchte, die Arme vor der Brust zu verschränken, nur um von ihren gefesselten Händen daran gehindert zu werden. Verdammt. „Was ich immer in der Wüste tue. Nach Leuten suchen, die beim Versuch, die Grenze zu überqueren, umgekommen sind."

Der Mann trat einen Schritt vor, und nun konnte sie seine Züge erkennen. Vermutlich Anfang vierzig. Dunkle Haare, fahle Haut und, so wie es aussah, blaue Augen, nur dass das in diesem Licht schwer zu erkennen war. Sein Gesicht war vollkommen ebenmäßig, bis auf eine tiefe Narbe, die seine Wange zierte.

Ihr fiel vor Überraschung der Mund auf. Diese Narbe hatte sie schon einmal gesehen.

Seine Augen blickten belustigt. „Du erkennst mich wieder?"

Sie nickte. „Lorenzo Santiago. Ich habe Ihr Foto gesehen." Auf Fahndungsplakaten.

„Weißt du, was ich mache?"

„Ich weiß genau, was Sie machen." Ein Schauder lief ihr den Rücken hinunter, aber sie entschied, dass sie schon lange konnte, was er konnte. „Und wissen Sie, wer meine Mutter ist?"

Er nickte.

„Sie ist keine Frau, die schnell vergibt. Das sollten Sie vermutlich wissen, bevor Sie hier weitermachen."

„Dann sind wir uns sehr ähnlich, deine Mutter und ich."

Langsam gewöhnten sich Zoes Augen an die Lichtverhältnisse, und sie glaubte, die Silhouette des Mannes in Schwarz wiederzuerkennen und die des Mannes, der sie letzten Samstagabend aus ihrem Motelzimmer gezerrt hatte – Luis Ramirez. Jemand stieß eine weitere Person in den Lichtkreis, und Zoes Herz zog sich schmerzhaft zusammen.

Fred.

Sie trat einen Schritt auf ihn zu, nur um brutal zurückgerissen zu werden und gegen den Körper eines der Amerikaner zu prallen, die sie in D.C. geschnappt hatten.

„Warum bringen Sie ihn hier raus, wenn ich es bin, die Sie haben wollen?" Zoe rang darum, ihre Stimme nicht zittern zu lassen.

„Weil ich sicherstellen wollte, dass du mitkommst", erklärte Santiago, als ob es das Offensichtlichste auf der Welt wäre. „Und ich wollte die Gewissheit haben, dass du mir die Wahrheit erzählst. Wenn nicht, bringe ich deinen Freund nämlich um."

Zoe blickte Fred in die dunklen Augen. Sie schluckte angestrengt. Sie würde nicht verraten, dass Fred nicht ihr Freund war und damit riskieren, dass Santiago entschied, Fred würde nicht länger gebraucht werden.

„Was wollen Sie wissen?", fragte Zoe vorsichtig.

„Du hast letzte Woche etwas in der Wüste gefunden." Santiago kam auf sie zu. Im Holster an seiner Hüfte steckte eine Pistole. Jeder andere hier schien ein Sturmgewehr zu tragen.

„Ich habe menschliche Überreste gefunden. Lose Knochen, die ich eingesammelt habe und die Ihre Männer später im Feuer verbrannt haben. Dann habe ich die Leiche einer jungen Frau entdeckt, deren Fundort ich notiert habe, damit der Rechtsmediziner sie am nächsten Tag bergen kann."

„Ist das die Frau, die du gefunden hast?" Santiago hielt ihr ein Handy unter die Nase.

Zoe betrachtete das Foto, auf dem eine aufgeweckte, junge Frau in die Kamera lachte. Ihre Augen funkelten, voller Leben und Überschwang.

„Wer ist das?", fragte sie.

„Meine Schwester", erwiderte Santiago barsch. „Gabriella. War sie es?"

Hatte Gabriella versucht, dem Leben im Kartell zu entfliehen? Die Tatsache, dass sie mit einem Drogenbaron verwandt war, hieß nicht, dass seine Verbrechen ihre Schuld waren, genauso wenig, wie Zoe für die Entscheidungen der aktuellen Regierung verantwortlich war. Ihr Herz brach für die junge Frau.

Die verschwundene Leiche konnte möglicherweise die der Schwester sein, aber es ging jedem Wissenschaftler gegen den Strich, ohne Beweise und Fakten eine definitive Aussage zu treffen. „Es ist schwer zu sagen, ob es dieselbe Frau ist, die ich gefunden habe. Möglicherweise. Ihr Gesicht war aufgedunsen. Ich habe neben der Leiche eine ähnliche Kette gefunden, wie sie Ihre Schwester auf dem Foto trägt, und habe das Medaillon zur Analyse ans FBI weitergeleitet."

Der Mann trat einen weiteren Schritt auf sie zu. „Ihr *Santa Muerte*-Medaillon." Er berührte ein ähnliches Medaillon auf seiner eigenen Brust. „Ein Talisman. Sie hat es nie abgenommen."

„*Santa Muerte*-Medaillons sind weit verbreitet", bemerkte der Mann, von dem Zoe sich mittlerweile sicher war, dass er der Mann in Schwarz war.

„In das Medaillon aus der Wüste waren Initialen eingraviert", erklärte Zoe. „Es war schwer zu erkennen, welche genau, aber … " Die Erkenntnis schnürte ihr für eine Sekunde den Hals zu, als sie ihre Schlüsse zog. „Entweder CS oder GS."

Für eine Sekunde verzog sich Santiagos Gesicht, bevor er sich wieder unter Kontrolle brachte.

„Das tut mir sehr leid."

Unter normalen Umständen hätte Zoe dem Mann vermutlich behutsam eine Hand auf den Arm gelegt, um ihn zu trösten. Aber Santiago verströmte eine Energie, die nichts als chaotisch und boshaft war. Trotzdem, ganz egal, wie böse er war, er war immer noch ein Mensch, und er trauerte.

„Ich habe einige Fotos von der Leiche gemacht, die in meiner Cloud sind und die ich mit Fotos von Gabriella vergleichen könnte. Ich kann eine statistische Analyse vornehmen, die uns solide Hinweise darauf liefern wird, ob es dieselbe Person ist. Oder wir können die DNA von der Kette mit Ihrer DNA vergleichen."

„Zeig mir diese Fotos", verlangte Lorenzo. „Sofort."

Zoe schüttelte den Kopf, während die Angst durch sie hindurchschnitt. „Das kann ich leider nicht. Ich hoffe, sie sind in meiner Cloud, aber ich habe ohne den Sicherheitscode keinen Zugriff auf mein Konto, und der wird an mein Handy geschickt, das Ihre Männer letztes Wochenende zerstört haben." Sie schnappte nach Luft, als sich eine Pistolenmündung in ihre Rippen bohrte. „Sobald ich ein Ersatzhandy habe, sollte ich mich einloggen können." Vielleicht würde er sie so lange am Leben lassen, bis sie Zugriff auf die Fotos hatte. Vielleicht könnte sie so genug Zeit schinden, bis Rettung kam.

„Wie praktisch."

Wohl kaum.

„Diese Person, die du gefunden hast", fuhr Santiago fort, „was hatte sie an?"

Zoe runzelte die Stirn. „Jeans. Schwarz-pinke Sneaker. Ein schwarzes T-Shirt."

„Meine Schwester hatte keine Turnschuhe."

„Dann war sie es vielleicht nicht." In Zoe wuchs das ungute Gefühl, dass Santiago ihr nicht glauben würde, egal, was sie sagte.

„Hast du sie umgebracht?", bellte Santiago plötzlich. Er

drückte seine Pistole gegen Freds Schläfe und Zoe wollte aufschreien.

„Nein! Die Person, die ich gefunden habe, war schon seit mehreren Tagen tot, möglicherweise sogar eine ganze Woche." Zoe sprach schnell, musste zu diesem Mann durchdringen und ihm deutlich machen, dass ihre Arbeit nicht gegen das Kartell gerichtet war. „Wir verbringen unsere freie Zeit damit, nach Opfern zu suchen, damit wir sie zu ihren Familien zurückbringen können. Wir bringen niemanden um. *Sie tun das.*"

Freds Mund wurde rund vor Terror, aber Lorenzo Santiago schaute sie mit etwas weniger Wahnsinn in seinen Augen an, also stürzte sich Zoe auf diese Chance.

„Sie können sehen, wie wichtig unsere Arbeit ist. Die Toten zu ihren Liebsten zurückzubringen." Sie dachte an Seth und wie DNA nicht für jeden funktionierte. Sie wünschte, sie hätte ihm helfen können, seine leiblichen Eltern zu finden, ihm die Informationen zu geben, die er brauchte, um damit abzuschließen. Im Augenblick sah es allerdings eher so aus, als ob sie ihn nie wiedersehen würde. Ihre Fingernägel gruben sich in ihre Handflächen.

Sie konnte nicht glauben, dass sie sich gestritten hatten.

Dumme Unsicherheiten hatten sie dazu gebracht, ihn von sich zu stoßen, als sie alles hätte riskieren sollen. Ihm alle Gefühle hätte gestehen sollen, die während der letzten Tage in etwas Furchteinflößendes und gleichzeitig Herrliches explodiert waren.

„Meine Schwester ist nicht tot", insistierte Santiago, aber ohne Überzeugung.

„Wenn Sie das wirklich glauben, warum sind wir dann hier?" Zoe wünschte, sie wäre nicht diejenige, die gerade versuchte, diesen irren Drogenbaron zur Vernunft zu bringen.

Zorn erfüllte Santiagos blutunterlaufenen Augen.

„Vielleicht lügt sie. Vielleicht ist das alles Teil eines Plots, und die Amerikaner haben Gabriella. Vielleicht haben sie sie geschnappt und ihren Tod vorgetäuscht", warf der Mann in Schwarz ein.

„So, wie Sie mich entführt haben?" Zoe konnte sich die Retourkutsche nicht verkneifen.

Santiago schlug ihr mit dem Handrücken quer über das Gesicht. Zoes Kopf flog zur Seite. Ihr Gehirn wurde durchgerüttelt. Verdammt noch mal.

„Tja, wir haben jetzt jemanden, den sie liebend gern gegen sie eintauschen würden, oder?"

„Dem Verwesungsmuster nach zu urteilen wurde die Frau, die ich gefunden habe, höchstwahrscheinlich vergewaltigt, erwürgt und dann wie ein Stück Müll in der Wüste zurückgelassen." Zoe konnte Blut auf ihrer Zunge schmecken.

Ein paar Meter entfernt erstarrte der Mann in Schwarz. Zoe erkannte ihn nun von den Fotos wieder, die das FBI ihr gezeigt hatte. Bruno Ramirez. Luis' Bruder. Heute Nacht trug keiner von ihnen Halstücher über Mund und Nase. Sie befürchtete, dass das kein gutes Zeichen war.

„Wer auch immer diese Frau umgebracht hat, hat mitbekommen, dass ich die Leiche gefunden habe, und ist zurückgekommen, um sie fortzuschaffen. Dann haben sie versucht, mich und alle Beweise, die ich eingesammelt habe, verschwinden zu lassen. Aber das haben sie nicht geschafft." Sie starrte Bruno und seinen Bruder an. „Ich hatte noch Beweisstücke in meiner Westentasche, die ich gestern dem FBI zur Analyse überreicht habe – einschließlich des Medaillons."

Es war ein kleiner Sieg, wenn man bedachte, dass sie vermutlich bald tot sein würde.

Santiagos Blick schoss zu Bruno.

„Denken Sie doch mal nach", insistierte Zoe. „Wenn ich sie nicht gefunden oder das Medaillon nicht fotografiert hätte, hätten Sie niemals daran gedacht, hier nach Gabriella zu suchen. Niemals."

Santiagos Augen wurden schmal. „Wo hast du diese Leiche gefunden?"

Zoe deutete nach Westen.

„Zeig es mir", befahl Santiago.

Der Blick, den Santiago Luis Ramirez zuwarf, dem Mann, der sie aus ihrem Hotelzimmer gezerrt hatte, entging Zoe nicht. Luis nickte seinem Boss kaum merklich zu und trat hinter seinen Bruder Bruno.

Luis hatte ihr in dieser grauenhaften Nacht gesagt, dass er sehr gut darin sei, Befehle zu befolgen. Offensichtlich schloss das auch ein, seinen eigenen Bruder zu verraten.

War Bruno Ramirez für den Tod von Gabriella verantwortlich? Er war es, der am frühen Sonntagmorgen mit einem Muli und zwei Schaufeln aus der Wüste gekommen war. Zoe wollte wetten, dass er der Schuldige war.

Santiago sagte etwas zu dem Hundeführer, der mit den beiden Tieren in die Richtung der Fundstelle davoneilte, in die Zoe gedeutet hatte. Leichenspürhunde, begriff sie. Fred wurde auf die Füße gerissen.

Santiago wedelte mit der Hand durch die Luft, um ihr zu bedeuten, voranzugehen, als ob sie einen Spaziergang machen würden.

Nach ein paar Minuten, in denen sie durch die stockschwarze Nacht gewandert waren, die nur von den langsam hinterherrollenden Motorrädern erhellt wurde, sagte sie, „Sie wissen schon, dass sie nicht mehr da ist, wo ich sie gefunden habe, oder?"

„Wir werden sie finden. Ich werde beweisen, dass es nicht meine Schwester ist."

Wenn er das wirklich glaubte, würde er nicht alles riskieren, indem er hierherkam.

Zoe verfolgte ihre Schritte von Samstagnachmittag zurück, sicher, dass sie dieses Mal nicht lebendig nach Hause zurückkehren würde. Sie warf einen Blick zurück zu Fred, und seine Augen erzählten ihr die gleiche Geschichte.

Sie würden beide sterben, und das war nicht fair. Es war wirklich nicht fair.

Verdammt. Sie wollte die Chance zurückhaben, Seth zu sagen, was sie für in empfand. Dass er geschätzt wurde. Dass sie sich ziemlich sicher war, sich bereits bis über beide Ohren in ihn verliebt zu haben. Und dass es okay war, wenn er sie nicht ebenso liebte.

Plötzlich ließ ein Bellen alle den Kopf heben.

Die Hunde hatten etwas gefunden.

Etwas Menschliches.

Etwas Totes.

26

———

In dreihundert Metern Höhe ging plötzlich alles vor die Hunde.

In der ursprünglichen Landezone war Aktivität gesichtet worden, also hatten sie die alternative Landezone angepeilt. Seth hatte sich endlich gestattet, Hoffnung in sein Herz schleichen zu lassen, dass sie am richtigen Ort waren und möglicherweise noch rechtzeitig ankommen würden, um Zoe zu retten.

Er konzentrierte sich wieder auf die Aufgabe, die in diesem Moment anstand.

Die Fallschirme, die sie für diese Sorte Sprünge verwendeten, waren extrem reaktionsfähig und manövrierbar, aber das hieß auch, dass sie anfällig für jegliche Windverhältnisse waren. Aus Norden wehten starke Böen, die eine leichte Feuchtigkeit mit sich brachten, was Seth normalerweise nicht mit einer Wüste in Verbindung bringen würde. Hier unten war es deutlich wärmer als weiter oben, aber seine Finger waren noch immer steif, und er zitterte trotz der zahlreichen Kleidungsschichten.

Alles schien glatt zu laufen, bis Donnelly plötzlich seitlich weggeweht wurde und ihren Fallschirm scheinbar nicht mehr unter Kontrolle bringen konnte.

„Donnelly, alles in Ordnung?", murmelte Seth, denn Stimmen

wurden in der Wüste weit getragen.

„Ja. Der Wind hat mich erwischt." Donnelly war die Nummer fünf in ihrer Formation. Hersh sechs. Seth sieben. Cowboy acht.

„Schaffst du es zurück in die Formation?", fragte Seth.

Er sah, wie sie mit ihren Leinen kämpfte, aber ihr Fallschirm benahm sich einfach nicht. Es musste ein Problem mit dem Stoff geben, oder die Leinen hatten sich verheddert.

„Negativ."

Der Ausblick durch das Nachtsichtgerät war nicht vielversprechend. Der Boden kam immer schneller näher, und Donnelly würde in die Felswand des Canyons krachen, anstatt oben auf dem Plateau zu landen. Romano konzentrierte sich auf die Landung, die aus einer derartigen Höhe meist ohnehin kein Spaß war.

„Flieg in den Canyon. Wir folgen dir. Wir stoßen anschließend zu den anderen."

„Verstanden."

„Und Vorsicht vor den Kakteen", warnte Seth.

„Und den Klapperschlangen", fügte Hersh hinzu.

Scheiße. Seth hatte im Eifer des Gefechts gar nicht mehr an die Schlangen gedacht. Nicht dass es einen Unterschied gemacht hätte. Neben seiner Sorge um Zoe war seine Angst vor Schlangen zur Bedeutungslosigkeit verblasst.

Donnelly mühte sich mit den Steuerleinen ab und Seth konnte hören, wie der seidige Stoff ihres Fallschirms an den Wänden des Canyons entlangstrich, was sie noch weiter vom Kurs abbrachte. Hersh zielte auf eine Lücke zwischen zwei riesigen Mesquite-Bäumen, direkt geradeaus. Seth saß seinem Kumpel praktisch auf dem Rücken.

Ein lautes Rauschen ertönte, als Donnelly in die Felswand knallte. Sie gab keinen Laut von sich, und Seth hoffte inständig, dass sie okay war.

Hersh landete und Seth war nur einen knappen Meter hinter ihm. Er schlug hart auf dem Boden auf, und ein spitzer Schmerz schoss beim Aufprall durch seinen Fuß.

„Hinter dir." Ryan Sullivan landete auf Seths Fallschirm und krachte in ihn hinein, katapultierte ihn auf dem unebenen Terrain vorwärts. „Fuck. Sorry."

Seth ignorierte den Schmerz in seinem Fuß. Solange er ihn noch benutzen konnte, denn das war das Einzige, was zählte.

Er klinkte seinen Gurt aus und sammelte seinen Fallschirm ein, während Cowboy von dem glatten Stoff trat.

Seth stopfte den Fallschirm unter einen großen Kaktus und war dankbar, dass er nicht in die Pflanze hineingeflogen war. Noch bevor er seinen Ausrüstungssack ausgeklinkt hatte, war Cowboy schon zu Donnelly hochgeklettert, die auf der Hälfte der Felswand festhing.

Scheiße.

Seth musterte die Steinwand, war zwischen dem Verlangen, Zoe zu retten, und der Notwendigkeit, seine möglicherweise verletzte Teamkameradin zu retten, hin- und hergerissen. Er sammelte Ryans Fallschirm ein und versteckte ihn zusammen mit den beiden anderen.

„Bist du verletzt?", fragte Ryan Donnelly. Alle sprachen sie in gedämpftem Ton, der kaum ein Flüstern war, aber durch ihre Funkverbindungen glasklar klang.

Sie stieß einen schmerzvollen Atemzug aus. „Nur außer Atem."

„Freut mich zu hören", sagte Romano von der anderen Position aus. „Ich habe einen der Kartellspäher ausgeschaltet, als ich auf dem Grat gelandet bin. Ich bezweifle, dass er der einzige war. Wir arbeiten uns zum östlichen Ende des Canyons vor und treffen euch da."

„Verstanden", erwiderte Seth.

„Kannst du laufen?", fragte Cowboy Donnelly.

„Ja." Sie atmete scharf ein. „Ich denke schon. Zumindest kann ich meine Zehen spüren."

„Ich helfe dir runter." Cowboy klinkte ihren riesigen Ausrüstungssack ab, hielt ihn am ausgestreckten Arm über den Canyon, dann ließ er ihn an die Stelle fallen, wo Seth und Hersh bereitstanden, um ihn aufzufangen.

Seth sah zu, wie Ryan Donnellys Gurt ausklinkte. Sie fiel wie ein Stein, aber Ryan krallte sich ihren Overall und riss sie zurück an die Felswand.

„Soll ich dich tragen?", fragte er.

„Nein." Donnelly fand einen halbwegs sicheren Stand und konnte ihr eigenes Gewicht tragen. Vorsichtig drehte sie sich um, sodass sie die Felswand nun im Rücken hatte.

„Folge mir", befahl Cowboy ihr knapp.

Seth schaute sich um. Wenigstens brachte ihnen der heulende Wind etwas Deckung, nachdem er sich schon entschlossen hatte, ihnen in ihre Landung hineinzupfuschen.

Cowboy und Donnelly arbeiteten sich langsam die Felswand hinunter bis zum Tal des Canyons vor. Seth klopfte Ryan auf den Rücken, der zur Seite trat, um wieder zu Atem zu kommen, während Seth und Hersh sicherstellten, dass Donnellys Glieder intakt waren.

„Bist du sicher, dass du okay bist? Das war ein ziemlich heftiger Aufprall." Cowboy klang besorgt.

Donnelly warf Cowboy einen mörderischen Blick zu.

Wenn Seth sich nicht solche Sorgen um Zoe gemacht hätte, hätte er gegrinst. Eilig teilten sie ihre Ausrüstung untereinander auf und versteckten das, was sie nicht brauchten, unter den Kakteen.

Plötzliches Hundegebell ließ Seths Haare im Nacken zu Berge stehen. *Scheiße.*

Donnelly hob ihren Karabiner. „Holen wir uns diese Wichser."

Seth betete, dass sie noch rechtzeitig kamen.

———

Zwanzig Minuten später stapfte ihre jämmerliche Karawane des Todes und der Angst noch immer durch die Wüste.

Zoe war endlich eingefallen, wo sie die Männer, die sie diesmal entführt hatten, schon einmal gesehen hatte.

„Sie waren letztes Wochenende in dem Motel in Gila Bend. Sie sind vom Grenzschutz." Sie versuchte, nicht anklagend zu klingen, schaffte es aber nicht.

„Genau. Aber die zahlen nicht so gut wie diese Jungs hier."

„Und die Zusatzleistungen sind nicht so gut", witzelte der kleinere Mann mit dem Frettchengesicht hinter ihr.

Damit meinte er wohl sie oder vielleicht das, was er später mit ihr vorhatte …

Zoes Magen krampfte sich schmerzhaft zusammen.

Sie schauderte. Die Luft war kalt und feucht, und der Wind machte diesen Marsch noch elender, als er es in der gnadenlosen Hitze gewesen wäre. Sie hoffte, ein paar Klapperschlangen würden plötzlich auftauchen und ein paar dieser Ärsche beißen, aber bei diesem Wetter bezweifelte sie das.

Sie versuchte, einen Blick nach hinten zu Fred zu werfen, aber da waren zu viele bewaffnete Männer zwischen ihnen plus der Kerl, der auf dem Cross-Motorrad fuhr und dabei beide Füße über den Boden schleifen ließ. Sie konnte die Hunde winseln hören.

Als sie an der Stelle angekommen waren, die die Hunde anzeigten, gab es nicht genug Platz für alle. Irgendjemand stieß Zoe grob in die Mitte des Kreises, wo Lorenzo Santiago stand und auf die nackte Erde starrte. Der Regen hatte etwas der kürzlich aufgegrabenen Erde weggespült, und im Scheinwerferlicht der Motorräder war eine flache Senke zu erkennen.

Ein Grab. Ein frisches Grab.

Zum Glück hatte jemand daran gedacht, Schaufeln mitzubringen.

Santiago stand für einen langen Moment da, starrte auf die Kuhle. Dann wich er einen Schritt zurück. „Schauen wir nach, was die Hunde gefunden haben."

Zoe erwartete fast, dass er sie und Fred zum Graben zwingen würde. Sie hätte so langsam wie möglich gegraben, in der Hoffnung, das Unvermeidbare hinauszuzögern.

Sie wechselte einen Blick mit Fred. Die Chancen, dass einer von ihnen lebendig hier herauskam, gingen gegen null. Wortlos drängte sie ihn, davonzurennen, wenn er die Chance dazu bekommen sollte. Vielleicht war es ihre beste Hoffnung, die Männer gegeneinander aufzuwiegeln und zu beten, dass sie nicht ins Kreuzfeuer geriet.

Es dauerte nicht lange, bis die Männer, die gruben, auf etwas stießen, das sich nicht wie Erde anhörte.

Eine Plane.

Ein paar Augenblicke später hatten sie den Rest der Leiche ausgegraben. Schließlich hoben die beiden Männer die Enden der Plane hoch und Erde rieselte vom zerfetzten Material hinunter auf den Boden.

„Seien Sie vorsichtig mit ihr", warnte Zoe. Es war egal, ob sie die Schwester eines Drogenbarons oder eine andere unglückliche Seele war – sie war ein Mensch gewesen, und sie war geliebt worden. Zoe trat einen Schritt vor und half den Männern, die Leiche vorsichtig zu Boden zu legen. Dann zog sie behutsam die Plane zur Seite und legte die Leiche frei, die sie vor fünf Tagen zum ersten Mal gesehen hatte.

So viel war seit letztem Samstag passiert, und doch spielte nichts davon für diese arme Frau noch eine Rolle.

Zoes Kidnapper schlugen sich allesamt die Hände vor Mund und Nase und wandten sich angewidert ab. Santiago trat einen zögerlichen Schritt vor, schien aber verwirrt zu sein.

Zoe erhob sich und wich zurück.

Santiago hob die Hände. „Das kann nicht meine Gabriella sein. Das kann sie nicht sein."

„Hatte sie ein Tattoo oder ein Muttermal?" Obwohl die schwärzer werdende Haut es schwermachen würde, solche Hinweise ohne die Zuhilfenahme von Infrarotfotografie zu erkennen.

„Nein. Woher soll ich wissen, ob das meine kleine Schwester ist?" Sein Aufschrei klang gequält. Er sah zu verängstigt aus, um sich der Leiche weiter zu nähern.

„Der Rechtsmediziner kann ihre DNA analysieren und sie mit Ihrer vergleichen."

„Sie hat die richtige Größe. Ihre Haare sind auch lang wie die hier ..." Santiago verstummte, hörte Zoe offensichtlich nicht zu. „Was ist mit ihr passiert ..."

Erneut kniete Zoe sich neben die tote Frau, und die Männer wichen entsetzt zurück, als sie den Körper berührte. „Lassen Sie mich ihren Mund auf etwas kontrollieren."

„Was?" Santiago starrte sie entgeistert an. „Ihren Mund?" Er sah aus, als ob er sich jeden Augenblick übergeben müsste.

Zoe verspürte eine finstere Genugtuung, diesen Männern die Folgen ihrer Taten vor Augen führen zu können. Sie brachten Menschen um. Zoe hoffte, der Anblick dieser verwesenden Frau würde sie für den Rest ihres Lebens heimsuchen, selbst wenn es nicht Gabriella Santiago sein sollte.

„Ich hatte neben der Leiche auch einen Zahn gefunden. Der ist mittlerweile auch beim FBI. Ich will nachschauen, ob Gabriella ein Backenzahn fehlt, denn wenn nicht, gehört der Zahn aller Wahrscheinlichkeit nach ihrem Mörder." Behutsam tastete Zoe sich durch das verwesende Gewebe. „Nein. Sie hat noch alle Zähne."

Was das hieß, war eindeutig.

Plötzlich fuhr Santiago zu Bruno herum. „Mach deinen Mund auf."

„Ich habe deine Schwester nicht umgebracht, Lorenzo. Das ist irgendein Trick der Amerikaner, um uns gegeneinander aufzubringen." Der Kerl zwang ein Lachen hervor und schaute sich nervös in der Wüste um, in der der Wind die Kakteen schwanken ließ. „Ich meine, schau uns doch mal an. Das FBI geifert förmlich danach, uns beide zu verhaften, und hier stehen wir, auf der falschen Seite der Grenze, und das alles nur wegen dieser Schlampe."

Zoe starrte Bruno aus schmalen Augen an. Er log. Sie wusste, dass er diese Frau umgebracht hatte. Er war ein Feigling. Seine Worte klangen falsch und verzweifelt.

„Was haben Sie letztes Wochenende hier in der Wüste mit

einem Muli und zwei Schaufeln gemacht, Mr. Ramirez?", fragte Zoe so laut, dass jeder hier sie deutlich verstehen konnte. „Wer hat diese beiden Männer nicht weit von hier entfernt umgebracht? Hm? Denn das war nicht das FBI und ich auch nicht. Was wollen Sie so verzweifelt vertuschen?"

———

Bruno Augen wurden schmal, und er starrte diese Schlampe an, die gerade sein Leben ruinierte.

Er zeigte mit dem Finger auf die verrottende Leiche. „Das da ist nicht Gabriella. Und wer auch immer es ist, ich habe sie nicht umgebracht."

„Mach deinen verdammten Mund auf", brüllte Lorenzo.

Die amerikanische Schlampe machte sich auf dem Boden ganz klein, aber ihr finsterer Blick wich nicht von ihm.

Luis zog seine Waffe und deutete damit auf ihn. Bruno hätte bei dem Schmerz dieses Verrats am liebsten aufgeschrien.

Lorenzo stürmte einige Schritte auf Bruno zu.

„Tu es, Bruder. Zwing mich nicht dazu, es für dich zu tun", forderte Luis ohne den Anflug einer Gefühlsregung.

Bruno öffnete den Mund und zeigte ihn seinem Bruder, erwartete für seine Lügen und seinen Verrat nun eine Kugel.

Luis drehte sich zu Lorenzo um. „Er war es nicht. Er hat alle Zähne."

Bruno versuchte, seine Überraschung und seine Verwirrung nicht zu zeigen. Sein Bruder hatte ihn nicht verraten.

„Lass mich sehen." Lorenzo trat einen Schritt vor, griff sich mit beiden Händen Brunos Kopf und versuchte, seinen Mund aufzuzwingen.

Bruno riss sich los, und er und Lorenzo begannen, miteinander zu ringen, während die anderen erschrocken zuschauten.

„Du hast doch den Verstand verloren, Lorenzo! Du bist vollkommen irre, mit deinem Verfolgungswahn und deinem

Argwohn. Sind wir nicht zusammen aufgewachsen? Hat meine Mutter dich nicht an unserem Küchentisch gefüttert?"

Wieder warf sich Lorenzo auf ihn, aber Bruno wich ihm aus und stieß Lorenzo zu Boden.

Er zog seine Waffe und zielte auf den Mann, den er einmal so tief geliebt hatte wie einen Bruder.

Er konnte spüren, wie die Männer angespannt zuschauten, und wusste, dass es nun kein Zurück mehr gab. Man drohte dem Kartellboss nicht mit einer Waffe und drückte dann nicht ab.

Langsam schüttelte er den Kopf. „Tut mir leid, mein Freund. Tut mir so leid, aber du lässt mir keine andere Wahl."

Bruno drückte zweimal ab, und die Schüsse hallten durch die Nacht, aber das Geräusch wurde schnell vom stürmischen Wind geschluckt. Lorenzo lag gekrümmt auf dem Boden, tot.

Bruno schaute in die Gesichter der Männer, die, genau wie er, Lorenzo so lange gefolgt waren, aber keiner von ihnen sah überrascht aus, nicht einmal bedauernd, was nahelegte, dass mehr als einer von ihnen schon darüber nachgedacht hatte, Lorenzo umzubringen.

Er verspürte einen Anflug der Genugtuung und der Erleichterung. Endlich war er an der Spitze, war der Mann, der die Befehle gab.

„Was machen wir mit diesen beiden?", fragte Luis, und seine schwarzen Augen funkelten bedrohlich, als er mit dem Lauf seiner Pistole auf diese lästige Frau und ihren Freund zeigte.

„Wir bringen sie um und vergraben sie, wo niemand sie je finden wird." Bruno starrte die blonde Frau an, die sein Leben in den letzten vier Tagen zur Hölle gemacht hatte. Aber das war nun vorbei, und Lorenzo war endlich tot.

Bruno konnte es sich leisten, großzügig zu sein. Er schaute die anderen an, erblickte Wollust in den Augen einiger Männer. „Aber zuerst haben wir ein bisschen Spaß, hm? Und stellt sicher, dass der Freund alles gut sehen kann." Er lächelte sie boshaft an. „Vielleicht gefällt es ihm ja sogar."

Seth war sich ziemlich sicher, dass er sich bei der Landung einen Knochen im Fuß gebrochen hatte, denn jeder Schritt schmerzte. Nicht, dass ihn das aufhalten würde. Er hatte nicht vor, stehenzubleiben oder bei dieser Mission aufs Abstellgleis gestellt zu werden. Zoe war ganz in der Nähe. Und sie brauchte ihn.

Die acht Agenten hatten sich wieder zusammengefunden und marschierten nun unauffällig und zügig durch die Wüste, an den aufragenden Kakteen vorbei. Seth bewegte sich vorsichtig, damit er nicht über Steine stolperte oder seinen verletzten Fuß anstieß.

Zwei Schüsse hallten durch die Nacht, und Seth musste alle Angst und alle Sorge, sie würden zu spät kommen, aus seinem Kopf verbannen.

„Ich habe Sichtbestätigung auf die Geiseln", murmelte Romano an die Kommandozentrale.

Erleichterung rauschte durch Seth hindurch, war aber nur von kurzer Dauer. Es brauchte nur eine Kugel. Eine verfickte Kugel, und Zoes Leben war vorbei.

Sie verteilten sich, und er fand eine Stelle, von der aus er die winzige Lichtung sehen konnte. Zwei Kartellmitglieder schienen miteinander zu diskutieren und fassten sich in den Schritt. Ein Mann lag tot auf dem Boden.

„Dreizehn Tangos. Zwei Geiseln. Sechs Geländemotorräder. Zwei Hunde und ein Hundeführer etwas abseits."

Sie schlichen sich langsam näher, und Seth entdeckte Zoe, die auf der Erde neben einem frisch gegrabenen Grab kauerte. Ein unförmiger Haufen lag direkt daneben, vermutlich die Leiche, von der Zoe letztes Wochenende so unumstößlich behauptet hatte, sie würde existieren. Anscheinend hatte sie recht damit gehabt, dass diese Tote wichtig war.

Ein großer, dunkelhaariger Mann, den Seth als Bruno Ramirez wiedererkannte, ging auf Zoe zu und riss sie auf die Füße, dann stieß er sie in die Mitte der Lichtung.

Bruno presste ihr seine Pistole gegen die Schläfe. „Ausziehen."
Dieser Wichser.

„Wir haben grünes Licht zum Angriff", informierte Romano sie leise.

„Ich habe den Typen schon im Visier", erklärte Seth und betete, dass Zoe sich nicht bewegte.

Diverse Klicks der Zustimmung erklangen über seinen Ohrhörer, als die anderen ihre jeweiligen Ziele anvisierten.

Zoe beugte sich hinunter, als ob sie sich die Stiefel ausziehen wollte, die sie so liebte, auch wenn Seth bezweifelte, dass sie sich ihrem Schicksal kampflos hingeben würde. Er schickte seine Kugel direkt durch Bruno Ramirez' dicken Schädel, noch bevor Zoe beschließen konnte, sich zu wehren oder davonzurennen.

Die anderen Agenten feuerten ebenfalls, schalteten in weniger als einer Sekunde die Hälfte der Kartellmitglieder aus.

Seth zielte erneut, rückte zusammen mit seinen Teamkameraden vor, kämpfte gegen das Verlangen an, zu Zoe zu rennen. Zoe hatte sich flach auf den Boden geworfen, als die Kugeln über sie hinweggeschossen waren. Seth erblickte Roger Bertrand, der im Dreck kauerte und seine Waffe auf Zoe richtete, sich vermutlich daran erinnerte, wie Zoe und Seth sich angeschaut hatten, als sie sich in diesem Motel das erste Mal gesehen hatten.

Seth verpasste dem Kerl eine Kugel zwischen die Augen, während das Geräusch von Motorrädern die Nacht erfüllte.

Dass einer der Fahrer blindlings hinter sich feuerte, führte dazu, dass die Kugel, die Hersh ihm in den Rücken jagte, ihn auf der Stelle tötete.

Dieser Bastard Arthur konnte nun keinen Verrat mehr an seinen Kollegen und seinem Eid begehen.

Alle Feinde waren entweder tot oder verwundet. Diejenigen von ihnen, die noch am Leben waren, warfen ihre Waffen weg und hoben die Hände in die Höhe, flehten um Gnade.

Die Einheit rückte eilig vor, und vier der Agenten legten den überlebenden Kartellmitgliedern Handschellen an, während zwei Agenten weiter Deckung gaben, um sie vor unsichtbaren Bedrohungen abzuschirmen.

Seth lief zu Zoe und Cruz schaute nach Fred.

„Ich kann nicht glauben, dass du hier bist." Sie schlang die Arme um seinen Hals und hielt ihn so fest, dass es beinahe wehtat. Seth kniff die Augen zusammen und schlang seinen Arm um sie, während sie sich an ihn klammerte. „Danke."

Er schaltete seine Funkverbindung aus, weil er ihr einige Dinge sagen musste. Er konnte nicht glauben, wie gut es sich anfühlte, sie wieder in seinen Armen zu halten. Die Tatsache, dass sie in Sicherheit war. Unverletzt. Am Leben.

„Ich liebe dich", keuchte sie. „Ich weiß, das ist verrückt und wahnsinnig schnell und möglicherweise hast du gar kein Interesse an mehr, aber ich liebe dich, und ich fände es wundervoll, wenn wir dieser Sache zwischen uns eine Chance geben könnten, aber wenn das nicht das ist, wonach du suchst, dann verstehe ich das auch. Ich möchte dich keinesfalls unter Druck setzen."

Die Worte sprudelten nur so aus ihrem Mund, und er konnte kaum folgen. Aber er hörte das Wichtigste. Sie liebte ihn. Er grinste.

„Ich liebe dich auch, Dr. Miller. Ich würde der Sache zwischen uns liebend gern eine Chance geben, na ja, das heißt, falls wir jemals aus Arizona rauskommen sollten."

Seth küsste sie. Trotz des Publikums. Trotz der Tatsache, dass er hier eigentlich arbeiten sollte. Er musste daran denken, was für einen Spaß sein alter Boss, Kurt Montana, an dieser Szene gehabt hätte, und das ließ ihn lächeln.

Nach einer gefühlten Ewigkeit lösten sie sich endlich voneinander, und Zoe wischte sich die Tränen aus den Augen.

„Wenn Sie sich immer so bedanken, bin ich als Nächster dran", bemerkte Cowboy trocken.

Das brach die Anspannung und alle lachten, bis auf Donnelly, die nur die Augen verdrehte.

„Danke. Ihnen allen." Zoes Blick glitt über die Agenten, und dann beobachtete Seth, wie sie auf Fred zueilte.

Als sie an Luis Ramirez vorbeikam, der mit hinter dem Rücken gefesselten Händen auf der Erde kniete, hielt sie inne. Sein Bruder war tot. Santiago war tot.

„Tja, sieh mal einer an, *chico*, wie Sie wie ein braver Junge Befehle befolgen." Zoe klang sauer, und Seth konnte es ihr nicht verübeln.

Luis verzog den Mund, aber was auch immer er ihr an den Kopf werfen wollte, wurde unterbrochen, als Romano ihn auf die Füße riss und ihn zu einem Sammelpunkt brachte.

Seth humpelte in dieselbe Richtung davon. Romano machte Fotos von den Toten und schickte sie an das Hauptquartier. Cruz telefonierte und organisierte Krankentransporte für die Verletzten und den Transport für die Verhafteten.

Seth konnte bereits das Wummern der nahenden Hubschrauber hören.

Der Mann mit den beiden Hunden stand ebenfalls mit Handschellen gefesselt da. „Ich arbeite normalerweise für die Polizei. Sie haben mich gezwungen, hier rauszukommen. Haben gesagt, sie würden meine Frau und meine Kinder umbringen, wenn ich ihnen nicht dabei helfe, die Leiche zu finden."

Cowboy tätschelte den beiden Hunden die Köpfe. „Ist Standardverfahren, Ihnen Handschellen anzulegen, bis wir Ihre Geschichte überprüfen und alles abklären können. Ich lasse die

Kollegen vor Ort nach Ihrer Familie schauen und sorge dafür, dass sich jemand um Ihre Hunde kümmert."

„Vielen Dank." Der Mann sah vollkommen traumatisiert aus, und Seth vermutete, dass er die Wahrheit sagte. Was das Kartell nicht hatte, das holten sie sich durch Drohungen und Gewalt.

„Wir müssen euch beide hier wegbringen", sagte Seth zu Zoe, die Fred umarmte.

Der andere Mann warf ihm über Zoes Kopf einen dankbaren Blick zu und hielt ihm die Hand hin.

„Vielen Dank. Schon wieder. Sie haben mir in nicht einmal einer Woche zweimal das Leben gerettet. Ich glaube, ich muss Ihnen mal ein Bier ausgeben."

Seth akzeptierte das Friedensangebot. „Ich mache nur meinen Job, aber ein Bier klingt gut."

Aus Süden näherte sich ein Helikopter. „Du und Fred müsst diesen Heli nehmen."

Zoe schüttelte den Kopf. „Ich gehe nicht ohne dich."

Beim entschlossenen Funkeln in ihren Augen musste er lächeln.

„Keine Sorge, Ma'am", bemerkte Luke Romano hinter ihm. „Hopper und Donnelly müssen so schnell wie möglich im Krankenhaus durchgecheckt werden."

„Bist du verletzt?", rief Zoe.

Seth schüttelte den Kopf, aber dann entschied er, dass er es besser mit ein bisschen Ehrlichkeit versuchen sollte, wenn er wollte, dass diese Beziehung funktionierte. „Hatte eine harte Landung, und ich glaube, ich habe mir was im Fuß gebrochen. Ist halb so wild."

„Landung?" Sie runzelte die Stirn, dann blickte sie in den Himmel. „Wirklich?"

Er lachte. „Doch. Wirklich. Und ich habe die Schmerzen davongetragen, um es zu beweisen."

„Donnelly hat es sogar hinbekommen, eine Felswand zu knutschen", warf Cowboy mit einem Grinsen ein.

„Ich bin nicht verletzt."

„Lass dich trotzdem untersuchen", befahl Romano.

Donnelly sah angepisst aus, aber Seth war froh, die Gelegenheit zu haben, noch mehr Zeit mit Zoe zu verbringen.

Birdman kam zu ihnen herübergeschlendert und streckte ihr die Hand hin. „Damien Crow, Ma'am. Wir wurden einander gestern gar nicht vorgestellt."

Zoe schüttelte seine Hand und wisperte, „Freut mich, Sie jetzt auch in meinen Kleidern kennenzulernen."

Die Agenten fuhren alle gleichzeitig herum und starrten sie an.

„Wow. Meine Stimme muss ganz schön weit tragen, oder Sie haben alle Ohren wie Fledermäuse."

Seth verzog das Gesicht und tippte auf sein Ohr. „Funksysteme. Zum Glück nur zwischen uns und nicht mit der gesamten Kommandozentrale, oder, Romano?"

Romano klopfte ihm auf den Rücken. „Dein Geheimnis ist bei uns sicher, auch wenn die anderen Jungs natürlich werden wissen wollen, warum wir Zoe ab jetzt ‚Flitzer' nennen. Aber es wird mir ungemeine Freude bereiten, es ihnen niemals zu verraten."

Zoe stöhnte auf und schlang ihren Arm um Seths Taille, trotz seiner ganzen Ausrüstung. „Ich will einen coolen Spitznamen haben, ‚Bones' oder so."

„Ziemlich sicher, dass Kathy Reichs den schon für sich beansprucht hat."

„Mist. Das ist nicht fair."

Seth bemerkte, dass sie dabei half, ihn zu stützen, während er auf den Hubschrauber zu humpelte. Dieses zierliche Energiebündel bot ihm seine Hilfe an, obwohl sie selbst gerade erst wieder durch die Hölle gegangen war.

„Bist du sicher, dass du in Ordnung bist?", fragte er.

Sie biss auf ihre Unterlippe. „Ja, bin ich. Oder werde ich zumindest jetzt sein." Sie drückte ihn, als ob er der Grund dafür wäre.

Das wärmte ihn. Ließ ihn erkennen, wie viel Glück er hatte. Das vermasselte er besser nicht.

Sie zappelte ein bisschen herum.

„Bist du wirklich sicher, dass alles okay ist?"

„Ich muss seit Stunden ganz dringend pinkeln."

„Geh doch hinter diesen großen Stein da."

„Im Ernst?" Sie schaute sich um, aber die anderen waren zu weit entfernt, um etwas zu sehen, und Fred war schon vorausgegangen, um ihnen ein bisschen Zeit für sich zu lassen. „Was, wenn da Klapperschlangen sind?"

„Ich schaue nach, ob es sicher ist."

„Wirklich?"

„Für dich, Dr. Zoe Miller? Für dich, alles. Egal was. Alles."

EPILOG

ZWEI MONATE SPÄTER

Die Eltern der Person kennenzulernen, mit der man es ernst meint, war nie einfach, aber aus irgendeinem Grund war Zoe so nervös, dass ihre Hände schweißnass waren. Sie wischte sie an ihren Beinen ab.

Sie hatte ein hübsches Kleid und eine Strickjacke angezogen. Seth sah überhaupt nicht nervös aus.

„Mrs. Hopper, Mr. Hopper. Es ist so schön, Sie endlich kennenzulernen." Zoe gab Seths Eltern die Hand, dann stand sie da und fühlte sich unbeholfen und befangen.

Seths Eltern schauten sie einen langen Moment an, dann erstrahlten ihre Gesichter in einem Lächeln.

Seth umarmte seinen Dad und hob ihn dabei fast von den Füßen. Seths Mutter lächelte, als ob Zoe die Sonne mitgebracht hätte.

„Wir freuen uns so, dich endlich kennenzulernen, Zoe", sagte Seths Mom. Dann zog sie ihren Sohn in eine innige Umarmung.

„Wie du dir vielleicht denken kannst, bringe ich nicht oft Frauen mit nach Hause", scherzte Seth.

„Kommt rein, kommt rein."

Zoe folgte Seths Dad in das wunderschöne, bodenständig

wirkende Haus, durch das offene Wohnzimmer hindurch und in die helle Küche.

„Ihr habt ein wunderschönes Zuhause."

„Zoe ist noch dabei, sich in ihrer neuen Wohnung einzurichten."

„Seth hilft mir, wenn er Zeit hat."

Ihre Möbel waren freigegeben worden, und die Beweise hatten darauf hingedeutet, dass Colm Jacobs nichts mit der Sabotage der Bremsen zu tun hatte – es war ein Mechaniker aus einer illegalen Werkstatt in Memphis gewesen, den Luis Ramirez angeheuert hatte. Jacobs war schriftlich verwarnt worden, sich von Zoe fernzuhalten, aber abgesehen davon war er nicht diszipliniert worden.

Zoe hatte ein Alarmsystem installiert und hoffte, das würde ausreichen. Sie dachte darüber nach, sich einen Hund zuzulegen, sofern Seths Gebäudeaufsicht grünes Licht gab, dass er auch über Nacht dortbleiben durfte.

Luis Ramirez war in einem US-Gefängnis weggesperrt. Sein Bruder und die anderen Toten, einschließlich der armen Gabriella Santiago, waren nach Mexiko zurück überführt worden, um dort beerdigt zu werden.

Zoe war froh, dass alles vorbei war.

Sie suchte Seths Blick, als er zu ihr trat. Es war eine Umstellung gewesen, eine Beziehung mit diesem Mann einzugehen. Ehrlich gesagt fiel es ihr schwer, ohne ihn in Richmond zu sein, aber es waren nur zwei Stunden Fahrt, und es gab pro Tag drei Bahnverbindungen.

Sie drückte seine Hand. Sie waren nicht nur hier zu Besuch, damit sie seine Eltern kennenlernen konnte. Seth wollte ihnen etwas sagen.

Er räusperte sich. „Mom, Dad. Es gibt etwas, was ich mit euch besprechen wollte."

Die beiden blickten ihren Sohn an, den sie so offensichtlich liebten. Zoe fing an zu verstehen, warum das hier Seth so schwerfiel. Die Sorge, diesen beiden Menschen Kummer zu bereiten, die ihn so bedingungslos liebten, musste schwer auf ihm lasten.

„Ich, ähm, ich habe entschieden, nach meinen leiblichen Eltern zu suchen.“

Seths Mutter stieß einen schweren Seufzer aus. „Ich dachte schon, dass du das eines Tages tun würdest.“

Sein Vater nickte ebenfalls.

„Es hat nichts damit zu tun, dass ich euch nicht lieben würde oder nicht zu schätzen wüsste, was ihr für mich getan habt ...“

Seine Mutter biss sich auf die Lippen, um ihre Emotionen zu zügeln, und nickte. „Nein. Wir haben immer damit gerechnet, dass dieser Tag kommen würde, Liebling.“ Sie wischte sich die Träne weg, die entkommen war.

Seth ging zu seiner Mutter und umarmte sie, und sein Vater legte seine große Hand auf Seths Rücken.

„Ich mache mir einfach Sorgen, dass du durch das, was du herausfindest, verletzt werden könntest“, erklärte seine Mutter.

Seth umarmte sie noch fester. „Werde ich nicht. Werde ich nicht.“

Sie sahen nicht überzeugt aus, und er lachte.

„Vielleicht würde es mich verletzen, wenn ich euch oder Zoe nicht hätte, aber ich habe euch. Ich muss einfach wissen, woher ich komme und was mit meiner leiblichen Mutter passiert ist, damit ich anfangen kann, meine Zukunft zu planen. Ich hoffe, sie war in Ordnung, versteht ihr, wie ich das meine?“

Er streckte die Hand nach Zoe aus, und sie fand sich plötzlich umschlungen von der Wärme dieser Familie wieder.

Sie ertappte sich dabei, wie ihr Tränen in die Augen traten, als Rührung in ihr aufstieg.

Sie trat zur Seite und wischte sich über die Augen. „Mann, und ich dachte eigentlich, Seth wäre derjenige, der heult, wenn er meine Familie kennenlernt, nicht andersherum. Natürlich mehr aus Angst als wegen allem anderen.“

Zoes Eltern waren begeistert gewesen, ihn kennenzulernen. Innerhalb von fünf Minuten hatte er ihre Eltern mit einigen seiner explosivsten Heldentaten unterhalten – Details wurden zensiert, versteht sich.

„Nun ja, ich freue mich ebenfalls darauf, sie kennenzulernen", meinte Seths Mutter verschmitzt.

„Keine Eile, Sohn." Sein Vater schlug Seth auf den Rücken, und sie lachten lauthals.

„Ich arbeite daran, Mom." Seth warf Zoe ein Grinsen zu, bei dem sich ihre Zehen kringelten. „Wir kennen uns ja erst seit ein paar Monaten."

„Ich wusste es in dem Augenblick, als ich deine Mutter zum ersten Mal gesehen habe." Seths Dad blickte seine Frau mit all der Liebe, die er für sie empfand, so zärtlich und strahlend an, dass es alle Welt sehen konnte.

Zoe konnte es ihm nachfühlen. Hatte es mehr oder weniger von dem Augenblick an gewusst, als sie Seth zum ersten Mal gesehen hatte.

Seth erwiderte ihren Blick, und sie wusste, dass er genauso empfand. Es war ein Gefühlschaos gewesen, aber es fühlte sich vollkommen richtig an.

„Komm, ich zeige dir das Haus."

„Wir essen in einer halben Stunde zu Abend", rief seine Mutter ihnen hinterher, als Seth nach Zoes Hand griff und sie die Treppe hinaufzog.

Er stieß die Tür zu seinem alten Kinderzimmer auf, und sie musste lächeln, als sie die Trophäen sah, die noch immer die Regale zierten.

„Oh, wow. Du warst wohl ein ziemliches Sportass."

Seth zuckte mit den Schultern, kratzte sich im Nacken. „Schätze, ich habe eine ehrgeizige Ader."

Zoe wackelte mit den Augenbrauen. „Ich weiß."

Seth lächelte, aber er sah auf einmal auch nervös aus. Er zog eine alte CD aus einem Stapel und legte sie in die Stereoanlage, wählte einen Song aus.

Er streckte die Hand nach ihr aus. „Wir waren noch gar nicht tanzen."

Sie trat in seine Arme, und er wiegte sie zärtlich zur Melodie.

„Das können wir nächsten Monat auf Karina und James' Hochzeit nachholen."

Als sie den Song erkannte, erstarrte Zoe. Es war Springsteens „I Wanna Marry You."

Seth wirbelte sie herum und sang leise mit. Und bevor sie zu Atem kommen konnte, trat er einen Schritt zurück. Mit dem Refrain sank er auf ein Knie und zog eine kleine Ringschatulle aus der Hosentasche.

Als er das Kästchen aufmachte, erblickte Zoe darin einen quadratischen Saphir, der von winzigen Diamanten eingefasst war.

„Zoe, würdest du mir die große Ehre erweisen, eines Tages meine Frau zu werden?"

Ihr Herz hämmerte wie verrückt, und plötzlich strömten ihr die Tränen über das Gesicht, tropften von ihrem Kinn. Sie wusste gar nicht, warum sie weinte, sie war so verdammt glücklich. „Ja."

Seth stand auf und hob sie in seine Arme, drehte sie im Kreis. Als sie wieder an ihm herunterrutschte und auf ihren Füßen landete, blieb ihr beinahe die Luft weg, als sie in sein wunderschönes Gesicht blickte.

Er nahm ihre Hand und steckte ihr den Ring an.

„Er passt", stieß sie überrascht hervor. „Plötzlich ergibt der Ausflug mit Coco zu diesem noblen Juwelier viel mehr Sinn."

„Möglicherweise habe ich mir ein bisschen Hilfe dabei geholt, deine Ringgröße herauszufinden und was für ein Stil dir gefallen könnte. Wir können ihn aber natürlich umtauschen, wenn du lieber einen anderen willst."

Zoe bewunderte den Ring, der an ihrem Finger funkelte wie der Ozean. „Nein. Ich liebe ihn." Sie schaute zu Seth hoch. „Ich liebe dich."

Sie zog ihn für einen Kuss an sich, und nur das Rufen seiner Mutter hielt sie davon ab, ihn aufs Bett zu zerren.

„Wissen sie Bescheid?"

„Nein." Seths Grinsen verriet ihr, wie sehr er sie und seine Eltern liebte. „Aber *deinem* Vater habe ich gesagt, dass ich vorhabe, seine Tochter um ihre Hand zu bitten, und dass ich auf seine Unterstützung in dieser Entscheidung hoffe."

„Und das war okay für ihn?" Sie blinzelte ihn an, war überrascht. Nicht darüber, dass ihre Eltern bei dieser Entscheidung etwas mitzureden hatten, sondern darüber, wie unglaublich süß es war, dass diese beiden so wichtigen Männer in ihrem Leben dieses altmodische Ritual beachtet hatten.

Seth nickte, sah selbstgefällig aus.

Es ging alles so schnell, und doch fühlte es sich vollkommen richtig an.

„Überbringen wir meinen Eltern die gute Neuigkeit. Stell dich auf Tränen und Umarmungen ein. Jede Menge Umarmungen."

Als sie aus Seths Kinderzimmer gingen, blickte Zoe auf den Stein an ihrem Finger, und konnte nicht glauben, was passierte. Alles in ihrer Welt fühlte sich plötzlich so richtig an, so perfekt.

Sie musste an Gabriella Santiago denken.

Das Leben konnte so schnell, so unerwartet schiefgehen. Sie drückte Seths Hand fest, wusste, dass sie Glück gehabt hatten, sich zu finden, ganz egal, unter welchen Umständen. Sie war fest entschlossen, diesen Mann so sehr und so lange zu lieben, wie sie nur konnte.

„Hey, Mom, Dad. Macht den Champagner auf. Wir haben etwas zu feiern."

Danke, dass du Kalter Verrat - Cold Deceit (Kalte Gerechtigkeit – Most Wanted, Buch #2) gelesen hast. Ich hoffe, dass dir Seths und Zoes Geschichte gefallen hat. Wenn du meinen nächsten Roman über das FBI Geiselrettungsteam lesen möchtest, dann bestelle noch heute *Kaltes Grollen (Cold Snap)*!

NÜTZLICHE ABKÜRZUNGEN FÜR TONIS BÜCHER

AG: Attorney General – Generalstaatsanwalt

ASAC: Assistant Special-Agent-in-Charge – Rang beim FBI, eine Stufe über dem Supervisory Special Agent (SSA)

ATF: Alcohol, Tobacco, and Firearms – US-Behörde für Alkohol, Tabak, Schusswaffen und Sprengstoffe

BAU: Behavioral Analysis Unit – Abteilung für Verhaltensanalyse

BOLO: Be on the Lookout – Fahndung

BUCAR: Bureau Car – FBI-Auto

CIRG: Critical Incident Response Group – Zentrale Krisen-Interventions-Abteilung des FBI

CMU: Crisis Management Unit – Unterstützt die CIRG

CN: Crisis Negotiator – Krisenverhandler

CNU: Crisis Negotiation Unit – Krisenverhandlungsabteilung

CODIS: Combined DNA Index System – Nationale DNA-Datenbank der USA

CP: Command Post – Befehlsstelle

DEA: Drug Enforcement Administration – US-Drogenbehörde

DOB: Date of Birth – Geburtsdatum

DOJ: Department of Justice – Justizministerium

EMT: Emergency Medical Technician – Rettungssanitäter

ERT: Evidence Response Team – FBI-Spurensicherungsteam

FOA: First-Office Assignment – Erster Büroeinsatz bei Strafverfolgungsbehörden

FBI: Federal Bureau of Investigation – Zentrale Sicherheitsbehörde der USA

FO: Field Office – Außenstelle des FBI

IC: Incident Commander – Einsatzleiter

HRT: Hostage Rescue Team – Geiselrettungsgruppe, FBI-Spezialeinheit

HT: Hostage-Taker – Geiselnehmer

LAPD: Los Angeles Police Department – Polizei der Stadt Los Angeles

LEO: Law Enforcement Officer – Strafverfolgungsbeamter

ME: Medical Examiner – Gerichtsmediziner

MO: Modus Operandi

NAT: New Agent Trainee – Neuer Agent in Ausbildung

NCAVC: National Center for Analysis of Violent Crime – Nationales Zentrum für die Analyse von Gewaltverbrechen

NCIC: National Crime Information Center – zentrale Datenbank der USA zur Sammlung von Informationen in Zusammenhang mit der Kriminalitätsbekämpfung

NYFO: New York Field Office – FBI-Außenstelle New York

OC: Organized Crime – Organisiertes Verbrechen

OCU: Organized Crime Unit – Abteilung zur Bekämpfung von organisiertem Verbrechen

OPR: Office of Professional Responsibility – Büro zur Untersuchung von Fehlverhalten von beim Justizministerium beschäftigten Juristen

POTUS: President of the United States – Präsident der USA

RA: Resident Agency – Kleine Außenstelle des FBI

SA: Special Agent – FBI-Agent

SAC: Special Agent-in-Charge – Leiter eines FBI-Büros oder Region

SAS: Special Air Squadron (British Special Forces unit) – Spezialeinheit der britischen Armee

SIOC: Strategic Information & Operations – Weltweite Kommando- und Kommunikationsabteilung des FBI

SSA: Supervisory Special Agent – FBI-Teamleiter

SWAT: Special Weapons and Tactics – Besonders ausgebildete taktische Spezialeinheit

TC: Tactical Commander – Befehlshaber einer taktischen Spezialeinheit

TOD: Time of Death – Todeszeitpunkt

UNSUB: Unknown Subject – Unbekanntes Subjekt (im Sinne von unbekannter Täter)

ViCAP: Violent Criminal Apprehension Program – Programm zur Aufdeckung von Gewaltverbrechen

WFO: Washington Field Office

DANKSAGUNG

Tausend Dank auch an meine Assistentin, Jill Glass für ihre wunderbare Organisation! Ich danke auch meinen Lektorinnen Deb Nemeth, Joan Turner von JRT Editing und meiner Korrektorin Alicia Dean. Ich schätze alle eure Kommentare und Beiträge. Danke an meine großartige Cover-Designerin Regina Wamba für ihr wunderschönes Kunstwerk.

Danke auch an mein Team für deutsche Übersetzungen: Martin Wick, Stef Mills und meine wunderbare Beta-Leserin Antje.

Vielen Dank an meinen Mann und meine Kinder für ihre Liebe und Unterstützung.

ÜBER DEN AUTOR

Toni Anderson schreibt düstere, heiße, romantische Thriller über das FBI-Milieu und ist *New York Times* und *USA Today*-Bestsellerautorin. Ihre Bücher haben viele Auszeichnungen gewonnen, darunter den Daphne du Maurier Award for Excellence in Mystery and Suspense, den Readers' Choice Award, den Book Buyers' Best Award, den Golden Quill Award, den National Excellence in Romance Fiction Award sowie den National Excellence in Story Telling (NEST) Wettbewerb. Sowohl im Vivian Wettbewerb als auch für den RITA Award der Romance Writers of America stand sie in der Endauswahl. Ihre Bücher wurden mehr als zwei Millionen Mal heruntergeladen.

Vor allem bekannt durch ihre *„KALTE GERECHTIGKEIT"*-Reihe, ist es vielleicht nicht überraschend, dass Toni in einem der extremsten Klimas der Welt lebt – in Manitoba, Kanada. Als ehemalige Meeresbiologin vermisst Toni das Meer, aber zum Glück kann sie zur Recherche für ihre Bücher viel reisen. Im Januar 2016 besuchte sie die Zentrale des FBI in Washington, D.C. und nahm an einer Führung durch die Weltweite Kommando- und Kommunikationszentrale des FBI (SIOC) teil. Sie hofft, aufgrund ihrer Google-Suchen nicht verhaftet zu werden.

Auf meiner Website findest du alle deutschen Übersetzungen meiner Bücher: toniandersonauthor.com/german

Melde dich für meinen deutschsprachigen Newsletter an und erhalte zwei kostenlose, exklusive „Kalte Gerechtigkeit"-

Kurzgeschichten sowie Informationen darüber, wann meine nächste deutsche Übersetzung verfügbar ist.

Toni liebt es, von Lesern zu hören:
E-Mail: toni@toniandersonauthor.com
Website: www.toniandersonauthor.com/german
Lerne Toni online kennen:

facebook.com/ToniAndersonDeutscheBucher
instagram.com/toni_anderson_autorin